Jens Essig

955

DER PAKT DER TODGEWEIHTEN

Roman

Edition
Hamouda

Im Jahre 955 sieht das christliche Abendland seiner Vernichtung entgegen. Die flinken Reiterkrieger der Magyaren fallen sengend und mordend ins völlig überforderte Frankenreich ein. Während die gefürchteten Steppenreiter mit einer gewaltigen Streitmacht die Stadt Augsburg belagern, versucht König Otto I. unter den zerstrittenen Herzögen eine Allianz gegen die gefürchteten Invasoren zu schmieden.

Doch das Bündnis findet nicht zu der erhofften Stärke und schon bald werden des Königs Truppen in einer Schlacht epischen Ausmaßes ums Überleben kämpfen.

Da legt das Schicksal den Ausgang des Krieges ausgerechnet in den Schoß dreier skurriler Gestalten, mit denen niemand gerechnet hatte. Nur wenn es der jungen Frau und den zwei Männern gelingt den König zu erreichen, kann der scheinbar unabwendbare Untergang abgewendet werden. Ein verzweifelter Wettlauf gegen die Zeit nimmt seinen Lauf…

Jens Essig, Jahrgang 1964, lebt mit seiner Frau in Nördlingen, wo er auch geboren wurde. Von 1988 bis 2004 arbeitete er als freier, redaktioneller Mitarbeiter des Nugget Verlages in Niedernhausen und verfasste zahlreiche Artikel mit historischen Themen. Es folgten diverse Fernseh- und Radioberichte über die Schicksalsschlacht im Jahre 955.

Jens Essig

955

DER PAKT DER TODGEWEIHTEN

Roman

Edition Hamouda

1. Auflage, Oktober 2022
Covergestaltung: Gary Hoffmann

ISBN 978-3-95817-131-2
www.edition.hamouda.de

„Sie sind fest und kräftig gebaut, haben feiste Nacken und sind abstoßend hässlich und widerwärtig wie zweibeinige wilde Tiere oder wie jene roh behauenen Figuren, die links und rechts auf Brücken angebracht sind. Obwohl sie nun wie Menschen aussehen, so sind sie doch so abgehärtet, dass sie weder von gekochten noch gewürzten Speisen leben, sondern sich von den Wurzeln wilder Kräuter nähren und von halb rohem Tierfleisch, das sie zwischen ihre Schenkel und die Rücken ihrer Pferde legen und es so kurz anwärmen.“ **Ammianus**

PROLOG

Um das Jahr 900 befindet sich das karolingische Großreich der Franken in Auflösung. Einst waren die Fränkischen Krieger ein heidnischer Germanenstamm, doch über die Jahrhunderte schufen sie im Zentrum Europas ein gewaltiges Herrschaftsgebiet und wurden zum Wegbereiter der Christenheit. Nun aber zerfällt ihr Reich in zahlreiche, kleine Herrschaftsgebiete.

Es dauert nicht lange, bis der Zerfall Begehrlichkeiten fremder Eroberer weckt und an vielen Fronten feindliche Heerscharen ins Gebiet der jungen Christenheit drängen.

Lediglich im Osten zeichnet sich zunächst eine trügerische Entspannung ab. Doch dann zieht von dort eine Katastrophe apokalyptischen Ausmaßes heran. Das Steppenvolk der Magyaren tritt die Nachfolge der Hunnen an und ein gewaltiger Strom aus Reiterkriegern windet sich vom Ural aus Richtung Westen. Zuerst fallen sie in Ungarn ein und besetzen das Land dauerhaft. Jetzt ist es den Steppenreitern ein Leichtes, direkt ins Herz des Abendlandes vorzustoßen. Das fremdländische Antlitz der Krieger und ihr Ruf als wildes, grausames Barbarenvolk verbreiten Furcht und Schrecken unter der Bevölkerung. Den Tod aber bringen letztlich die Pfeile der sogenannten Reflexbögen. Die aus Verbundwerkstoffen hergestellten Waffen sind den sperrigen Langbögen der Franken an Reichweite und Durchschlagskraft weit überlegen und können aus dem Sattel sitzend abgeschossen werden. Nichts und niemand vermag die wilden Krieger aufzuhalten, so hinterlassen ihre Raubzüge in zahlreichen Ländern eine regelrechte Schneise der Verwüstung.

Zudem vereiteln Streitigkeiten und Konflikte unter den fränkischen Herrschaftserben ein gemeinsames Handeln. Unfähig zur geeinten Gegenwehr, fügt sich die reiche Kulturlandschaft des Frankenreiches ihrem Schicksal. Dabei ist man selbst im rauen Mittelalter über die enorme Brutalität der fälschlicherweise als „Hunnen" bezeichneten Angreifer entsetzt.

Schon bald gibt es kaum mehr Gold und Silber zu erbeuten aber nun kommen die Reiterhorden, um auch die letzte noch verbliebene Ressource zu rauben – die Menschen selbst. Vor Allem junge Kinder und Frauen werden an den Haaren zusammengebunden und in die

Sklaverei verschleppt. Wer zu alt oder zu schwach ist wird getötet. Unter den Erben des ehemals so mächtigen Frankenreiches herrscht Endzeitstimmung, das christliche Abendland steht vor dem Untergang.

Doch als der letzte Funken Hoffnung zu erlöschen droht, erfüllt ein Mann die Herzen der Menschen mit neuer Zuversicht. Otto der I., König über das Ostfrankenreich und Italien gelang es bisher nur schwerlich, seinen Machtanspruch unter den rivalisierenden Herzögen durchzusetzen. Immer wieder kam es zu reichsinternen Streitigkeiten und Machtkämpfen. Jetzt aber ist es Otto gelungen, zumindest unter einigen, der entzweiten Herzogtümern, ein Bündnis herzustellen. Zwar steht die Allianz auf wackeligen Beinen und einige Verräter paktieren mit dem Feind, aber endlich bietet sich die Möglichkeit, den Aggressoren vereint die Stirn zu bieten.

Eine Entwicklung, die auch den von zahllosen Siegen verwöhnten Magyaren nicht verborgen bleibt. Auf keinen Fall wollen sie abwarten, bis sich ernsthafter Widerstand formieren kann. Vielmehr soll ein gewaltiger Vernichtungsschlag jegliches Aufbegehren ein für alle Mal zerschmettern. Horka Bulcsu, ein gefürchteter Kriegsherr, soll die Steppenreiter anführen. So formiert Bulcsu eine gewaltige Streitmacht, wie sie die Welt noch nicht gesehen hat.

Den eigentlichen Kampftruppen der Reiterhorden eilen versprengte Kundschafter voraus. Arrogant und siegessicher verbreiten sie eine Botschaft, die den Menschen das Blut in den Adern gefrieren lässt:

„Nichts existiert, das uns gleichkommt, zahlreich sind wir wie die Sterne am Himmel. Öffnet sich nicht die Erde, um uns zu verschlingen, stürzt nicht der Himmel ein, um uns zu zermalmen, so gibt es nichts, was uns aufzuhalten vermag.“

DER PLAN DES KÖNIGS

Im Juli des Jahres 955 erreichen Eilboten den Frankenkönig im Norden des Reiches in Magdeburg und überbringen die Schreckensnachricht. Mit zahlreichen Haufen dringen die Magyaren auf breiter Front ins südliche Grenzland ein. Sofort lässt Otto die Truppen seiner Allianz mobilisieren. Eilboten strömen mit der Order aus, die im ganzen Reich verteilten Streitkräfte an einem vereinbarten Treffpunkt im Süden zu bündeln. Auch der König selbst eilt diesem Ziel sogleich entgegen. Ganze 15.000 Panzerreiter hat der König einberufen, sie gelten als die ultimative Superwaffe jener Zeit. Auf die mit Breitschwert und Stoßlanze ausgerüsteten Panzerreiter setzt der König seine ganze Hoffnung.

Jetzt gilt es, den Ort der Zusammenkunft unbedingt geheim zu halten. Denn würden einzelne Truppenteile noch vor der Vereinigung auf den Feind stoßen, käme das einem Todesurteil gleich.

Das wissen auch die Magyaren und so ziehen zahlreiche Reiterhorden auf der Suche nach Ottos versprengten Truppen sengend und mordend durch die südlichen Lande. Dort umschließt das Hauptkorps Bulcsus siegessicher die Bischofsstadt Augsburg. Wie ein hungriges Raubtier lauert die Streitmacht der „Hunnen" vor den Toren der Stadt.

Indes marschieren Ottos Mannen aus verschiedenen Richtungen kommend zum vereinbarten Treffpunkt. Doch niemand ahnt, dass Bulcsu eine gewaltige Übermacht von 100.000 kampferprobten Kriegern befehligt.

Erster Tag
06. AUGUST 955

UNWEIT VON AUGUSTA (AUGSBURG)

Die Dörfer um Augusta sind menschenleer. Schon seit Wochen durchstreifen zahllose Reiterhorden raubend und plündernd die Region. Anfangs war es den Reitern der Magyaren noch gelungen, etliche Siedlungen zu überraschen. Ihre Bewohner wurden getötet oder verschleppt, die Häuser gebrandschatzt. Nacht für Nacht erhellten neue Feuer das sternenklare Firmament und schon bald gab es keine Dörfer mehr zu plündern. Jetzt aber finden die Raub gierigen Horden nur noch verlassene Siedlungen vor, vielen Menschen war es gelungen, rechtzeitig Schutz in der befestigten Bischofsstadt zu finden. Doch mehren sich auch vor den Toren Augsburgs die nächtlichen Lagerfeuer der Belagerer.

Längst sind sie zu zahlreich, um von den Mauern der Stadt aus noch gezählt werden zu können. Die Bischofsstadt steckt in der Falle. Sie wird der gewaltigen Übermacht kaum standhalten können.

Aber, nicht alle Menschen versuchen ihr Glück im Schutz der vermeidlich sicheren Stadt. Ein Teil der Landbevölkerung verbirgt sich in abgelegenen Schlupfwinkeln oder floh in die Tiefe der weitläufigen Waldgebiete. Jedoch nicht jedes Versteck erfüllt die hoffnungsvollen Erwartungen der Verzweifelten.

Auch eine fünfzehnköpfige Gruppe Schutzsuchender vertraut nicht auf die Wehrhaftigkeit der Augsburger Stadtbefestigung. Einige Kilometer von ihrem Heimatdorf entfernt, verharrt die kleine Schar am Ufer eines Flusses, dem Lech. Dort bietet eine flache Sandbank den Dorfbewohnern ausreichend Platz und Wasser ist im Überfluss vorhanden. Die Vegetation der Niederung spendet in der Hitze des Sommers wohltuenden Schatten und schützt vor den Blicken der gefürchteten Schreckensreiter. Zudem hat sich der Fluss an dieser Stelle ein besonders breites Bett gegraben, so ist die ängstliche Gemeinde vom gegenüberliegenden Ufer kaum auszumachen. Im Rücken deckt eine steile, mit üppigem Dickicht bewachsene Uferböschung das kleine Stückchen Schwemmland. Nur beschwerlich und auf allen Vieren kriechend kann das Unterholz der Böschung überwunden werden. Die Magyaren aber, durchstreifen die Landschaft stets zu Pferde, nur ungern verlassen sie die Sättel ihrer flinken Huftiere. Kein Reiter vermag den geheimen Schlupfwinkel der Dorfbewohner aufzuspüren.

Bereits seit drei quälend langen Wochen verharren die acht Männer, sechs Frauen und ein kleines Mädchen auf dem sandigen Refugium. Längst wich die hoffnungsvolle Stimmung der ersten Tage einer gereizten Resignation. Auch heizt der überaus trockene und heiße Sommer mit seinen extremen Temperaturen die aggressive Stimmung immer weiter auf. Das erfrischende Nass stets vor Augen, wagt es dennoch keiner, den Schutz der blickdichten Vegetation bei Tage zu verlassen. Angst beherrscht die Gemüter und die Nahrungsmittel sind restlos aufgebraucht.

Nur Fenja, eine junge, stets gut gelaunte Frau mit langem, dunkelblonden Haar scheint kein Problem damit zu haben. Von ihren Leidensgenossen misstrauisch beäugt, sammelt sie in der dichten Vegetation der Uferböschung was die Natur ihr schenkt. Täglich streift sie durch das Unterholz, neben Kräutern und Beeren bereichern auch essbare Wurzeln Fenjas Speiseplan. Kaum ein Gewächs, für das die junge Frau mit der wilden, gelockten Haarpracht keine Verwendung hätte. Ihre Kenntnis von den Wundern der Natur ist so alt, wie die Menschheit selbst. Seit Jahrhunderten tragen ihre Ahnen das alte Wissen der einstigen Germanenstämme von einer Generation zur nächsten. Einst waren große Schamanen und Seherinnen ihre Vorfahren, aber das ist lange her. Heute muss die unkonventionelle Frau mit ihrem Wissen vorsichtig agieren, denn die junge Christenheit will ihre heidnischen Wurzeln vergessen und die einfachen Bauern sehen in Fenjas Fähigkeiten nichts als teuflisches Machwerk. Das Festhalten an dem Althergebrachten blieb innerhalb der christlichen Gesellschaft für Fenjas Familie stets ein gefährlicher Balanceakt. Heute muss die unkonventionelle Außenseiterin in der ihr wenig freundlich gesonnenen Gemeinde alleine zurechtkommen. Keiner ihrer Angehörigen hatte die feindlichen Beutezüge der letzten Jahre überlebt. Nur selten hält sich Fenja seither in der heimatlichen Hütte am Rande des Dorfes auf, ihr eigentliches zu Hause sind die ausgedehnten Waldgebiete der Umgebung. Meist streift sie tage- oder wochenlang durch die Natur, hier kennt Fenja jeden Stock und jeden

Stein. Im Wald findet sie ausreichend Nahrung und in der Einsamkeit spenden ihr mächtige Eichen und Buchen den nötigen Trost.

Eigentlich käme Fenja mit ihrem Wissen in der Abgeschiedenheit alleine besser zurecht, dennoch hat sie sich anders entschieden. Denn Gesa, die Tochter des Dorfschmieds befindet sich unter den Schutzsuchenden am Fluss. Die Geburt des Mädchens war einst problematisch verlaufen und nur Fenjas Beistand ist es zu verdanken, dass Mutter und Tochter überlebten. Seither empfindet Fenja eine tiefe Verbundenheit zu dem aufgeweckten, rothaarigen Mädchen. Mit keinem Menschen sonst im Dorf hat Fenja jemals so viel Zeit verbracht. Auch Brun, der Schmied und seine Frau Irngret sind Fenja wohlgesonnen und befürworten die Freundschaft ihrer Tochter.

Doch jetzt, in den Tagen tiefster Not, gelingt es Fenja nur noch schwerlich, der kleinen Gesa Heiterkeit und Frohsinn zu vermitteln. Denn die zunehmende Nervosität und Aggressivität im Lager liegt wie ein lähmender Schleier über der ausharrenden Menschenschar. Langsam aber stetig zerbrechen Angst und Hunger die fragile Eintracht der schicksalhaften Zwangsgemeinschaft.

Ausgerechnet dem eher introvertierte Brun obliegt es, für die Gemeinschaft zu sprechen. Eine Bestimmung, die nicht im Geringsten seinem Naturell entspricht, sie wurde ihm in der langen Zeit des Ausharrens einfach zuteil. Niemand rechnete damit, dass die Magyaren die Region so lange heimsuchen. In der Vergangenheit plünderten die Reiterhorden eine Gegend und verschwanden dann wieder so schnell, wie sie gekommen waren. Doch nicht dieses Mal.

Täglich kriecht ein Späher durchs Unterholz die Uferböschung hinauf, um im Schutz der Vegetation nach umherstreifenden Magyaren Ausschau zu halten. Aber noch immer ist kein Tag verstrichen, an dem es keine Feindmeldung zu verzeichnen gab.

Schon mehrmals verloren einige der Bauern die Nerven. Ihre Hysterie griff schnell auf die Anderen über und es kam zu ernsten Streitigkeiten, lediglich Brun behielt stets einen kühlen Kopf. Mit beherztem Einschreiten und resoluten Zurechtweisungen gelang es ihm bisher, jede Situation in den Griff zu bekommen und eine Eskalation abzuwenden. Bruns tiefe Stimme, sein gedrungener, kräftiger Körperbau und der rote Vollbart scheinen seinen Autoritätsanspruch auf imposante Weise geradezu einzufordern. Aber ohnehin gab es niemanden sonst, der eine Führungsrolle hätte durchsetzen können. Uns so obliegt dem wortkargen Mann eine Verantwortung, auf die er gerne verzichtet hätte. Dies gilt nun umso mehr, da die Nerven der kleinen Gemeinschaft mittlerweile blank zu liegen scheinen.

Es ist Nachmittag, als ein neuerlicher Streit die Einheit der Notleidenden zu zerreißen droht. Wenn es Nacht wird, planen einige der Bauern ins Dorf zu schleichen, um Nahrung zu beschaffen, denn fast alle hatten Depots mit Vorräten zurückgelassen. Aber das Wissen um die Verstecke wollen sie untereinander nicht weitergeben. Nun herrscht strikte Uneinigkeit darüber, wer gehen soll und wer bleibt. Gegenseitiges Vertrauen existiert nicht mehr, Missgunst und der blanke Überlebenswille hält die Menschen fest im Griff.

Zunächst beobachtet Brun die Auseinandersetzung schweigend und scheinbar ohne jede Regung. Tatsächlich jedoch steht er unter enormen Druck, die ihm auferlegte Entscheidungsgewalt wiegt tonnenschwer. Denn das Vorhaben der Bauern birgt ein enormes Risiko. Wird auch nur einer von ihnen auf dem Weg ins Dorf von den Hunnen gefasst, könnte er gefoltert werden und das Versteck der Anderen preisgeben. Damit wäre das Schicksal aller besiegelt. Andererseits wird der Hungertod schon bald die Schwächsten aus der Gruppe reißen. Was auch immer jetzt geschehen mag, wird unmittelbar über Tod oder Überleben entscheiden. Die Last der Verantwortung treibt den noch immer teilnahmslos wirkenden Schmied an den Rand der Verzweiflung. So sehr er sich auch bemüht, seine Gedanken zu ordnen und die Risiken gegeneinander abzuwägen, desto mehr Hoffnungslosigkeit überkommt den auf einem Felsbrocken kauernden Mann.

Minuten später beginnt der Konflikt zu eskalieren, das Drama seinen Lauf zu nehmen. Immer lauter krakeelen die Kontrahenten durcheinander. Weit hallt das Geschrei der aufgebrachten Bauern über die Fläche des geräuschlos dahin kriechenden Flusses. Die Gefahr entdeckt zu werden scheint jedwede Relevanz verloren zu haben. Längst zankt die aufgebrachte Bauernschar außerhalb der schützenden Vegetation inmitten der weithin sichtbaren, flachen

Sandbank. Die anschwellende Eskalationsspirale setzt den wie erstarrten Schmied immer weiter unter Druck. Wenn er jetzt nicht handelt, wird sich die anbahnende Katastrophe kaum mehr abwenden lassen.

Da streichen zarte Kinderhände über das gesenkte Haupt des gebrochen wirkenden Mannes, Gesa blieb der Gemütszustand ihres Vaters nicht verborgen. Zwar findet Brun keine tröstenden Worte für die Kleine, doch endlich steht er auf, blinzelt Gesa mit einem Grinsen zu und schreitet entschlossenen Schrittes den zwei lautstärksten Streithähnen entgegen. Ohne Umschweife packt er beide am Kragen und schubst die Kontrahenten mit einem kräftigen Ruck zu Boden.

„Der Nächste, der außer mir meint, er müsse seine Stimme erheben, dem erteile ich eine Lektion die sich gewaschen hat. Ihr werdet euch jetzt gefälligst zusammenreißen und wir treffen eine Entscheidung, der sich alle beugen. Wenn wir überleben wollen dann..."

„Da schwimmt etwas im Wasser", mit gelassener Stimme unterbricht Fenja Bruns Zurechtweisung.

„Was sagst du da?" zischt Brun verärgert Richtung Fenja.

„Da schwimmt etwas, nein, da schwimmt jemand auf unser Ufer zu", dabei deutet sie stromaufwärts auf den in der Abenddämmerung schillernden Fluss.

Während Brun seinen Blick konzentriert auf die Person im Wasser fokussiert, fliehen die Bauern hektisch ins Gebüsch. Nur Fenja gesellt sich unbeeindruckt neben Brun. Wer auch immer da versucht den Fluss zu überqueren hat die kleine Gruppe längst entdeckt.

„Was hältst du davon", fragt Fenja mit leiser Stimme.

„Das dürfte kaum ein Hunne sein, die machen nämlich um jedes Gewässer einen weiten Bogen. Deswegen muss das aber noch lange nichts Gutes bedeuten. Außerdem könnte er beobachtet werden und Aufmerksamkeit auf uns lenken. Das gefällt mir ganz und gar nicht", erwidert Brun.

„Er hält tatsächlich genau auf uns zu", flüstert Fenja leise.

„Stimmt, aber er sieht erschöpft aus. Ich würde nicht darauf wetten, dass er es bis zum Ufer schafft. Scheint als erledigt sich das Problem von selbst. Und falls nicht...", Brun zieht seine Axt aus dem Gürtel,

„brauchst du dir wegen eines einzelnen Mannes keine Sorgen machen.“

„Ich sorge mich auch, aber nicht wegen des Mannes, sondern um den Mann.“

„Red kein wirres Zeug, wir meinen doch beide das das Gleiche...“

Brun bleibt weiterhin fest auf den mit dem Fluss ringenden Mann konzentriert. So nimmt er zunächst kaum wahr, mit welchen Worten Fenja das Geschehen mehr murmelnd als sprechend kommentiert.

„Er schafft es nicht, wir müssen ihm helfen“, Sekunden später springt sie in die Fluten des Lechs.

„Verdammt, du verrücktes Weibsbild. Komm sofort zurück, sofort hab ich gesagt.“

Doch Bruns energischer Befehl verhallt ungeachtet auf der Wasserfläche des Stromes. Noch einen Moment lang flucht er wild gestikulierend auf den Lech hinaus, dann wirft er seine Axt beiseite und springt Fenja hinterher.

Bestürzt kriechen die Bauern wieder aus dem Schutz des Buschwerks hervor. Sie können es nicht fassen, Brun schwimmt tatsächlich auf den Fluss hinaus. Ratlos und entsetzt verfolgen sie das Treiben auf dem Lech. Würde Fenja verloren gehen, es wäre für die Meisten kein Verlust, aber Brun, das war etwas anderes, sein Ableben würde auch Konsequenzen für die Gemeinschaft bedeuten. Doch soweit kommt es nicht. Minuten später ziehen Fenja und Brun einen halb ertrunkenen, besinnungslosen Mann ans rettende Ufer.

„Brun ich wollte doch nur...“, aber der nach Atem ringende Schmied lässt die junge Frau nicht zu Wort kommen.

„Nicht jetzt, nicht hier, wir klären das später Fenja.“

Vor ihnen liegt offensichtlich ein Krieger der königlichen Streitkräfte. Sein Alter ist auch aufgrund des kurz gestutzten Vollbartes schwer zu schätzen, mag aber irgendwo zwischen 40 und 50 Jahren liegen. Die Gesichtszüge des Mannes vermitteln zwar eine gewisse Strenge, doch sein Antlitz strahlt auch etwas Warmes, Vertrauensvolles aus. Er trägt weder Helm noch Panzerhemd, aber Schwert und Kleidung lassen auf eine höher gestellte Persönlichkeit schließen. Einen gewissen Rang bekundet auch ein schwerer, silberner Siegelring an seinem rechten Mittelfinger. Sicher ist er kein einfacher Soldat, vielleicht sogar ein Adeliger.

Dabei genießt der Kriegeradel bei den einfachen Bauern keine großen Sympathien. Verrat und Überläufer hatten das Vertrauen tief erschüttert. Nach Meinung vieler Menschen ermöglichten erst das Versagen und die Zwistigkeiten innerhalb des Kriegeradels das Erstarken des gefürchteten Feindes.

Für derlei Überlegungen hat Fenja keine Zeit, umgehend versucht sie den leblos wirkenden Mann wieder zum Leben zu erwecken. Doch der Fremde will das Bewusstsein nicht zurückerlangen. Voller Sorge wandert Fenjas Blick hinüber zu den anderen, aber niemand sonst scheint am Wohl des Mannes interessiert. Stattdessen palavern sie in einträglicher Geselligkeit. Zumindest im Moment scheint es, als wäre es nie anders gewesen.

„Wenigsten streiten sie nicht mehr“, haucht Fenja und wendet sich erneut dem regungslosen Fremden zu.

Einzig Brun ist gänzlich mit sich selbst beschäftigt. Die Rettungsaktion hat dem Schmied viel Kraft abverlangt, Schwimmen hatte er nie richtig gelernt. Völlig erschöpft beschließt er, die anstehende Diskussion mit den Bauern vorerst aufzuschieben. Auch will der vermeintliche Anführer nicht zeigen, wie sehr ihn die Angelegenheit tatsächlich schwächte, denn der sonst so kräftige Schmied kann sich kaum mehr auf den Beinen halten. Eilends zieht er sich in die Isolation der Vegetation zurück. Er muss sich ausruhen, muss neue Kraft schöpfen, sonst wird er den bevorstehenden Herausforderungen der nächsten Stunden nicht gerecht werden können.

Fenja nimmt davon nicht das Geringste wahr. Noch immer auf die Wiederbelebung des Fremden konzentriert, entgeht der jungen Frau zunächst; die plötzliche Eintracht der Bauern setzt eine unheilvolle Entwicklung in Gang. Denn der Argwohn, den sie vorher untereinander hegten, richtet sich nun auf eine gemeinsame Schuldige. Viel zu spät erkennt Fenja die Warnsignale der heraufziehenden Bedrohung.

Erst zögerlich, dann immer dichter drängt sich nun die aufgebrachte Bauernschar vor Fenjas Schützling.

„Was der da wohl für ein Geselle ist“, fragt einer der Ältesten mit abfälligem Unterton.

„Bestimmt ist er ein Verräter oder ein Überläufer. Was sonst soll er alleine, weit abseits seines Heerhaufens sonst zu schaffen haben", krächzt ein anderer.

„Wir wissen doch überhaupt nichts über diesem Mann, lasst ihn erst mal zu Bewusstsein kommen", entgegnet Fenja mit fester Stimme.

„Aber wir wissen, weshalb er nicht ersoffen ist. Und wieso sollte es für uns von Vorteil sein, wenn er wieder erwacht? Meinst du er scheißt dann Brot und Speck für uns du dummes Stück?"

Die Worte des alten Bauern sind voller Hass, während sein starrer Blick fest auf den silbernen Ring des Fremden gerichtet bleibt. Ein Teil der Umherstehenden bekundet durch Nicken seine Zustimmung, der Rest der Gruppe schweigt, niemand legt ein Veto ein. Erzürnt aber gefasst wendet sich Fenja an die geschlossene Front ihrer Kontrahenten.

„Was ist nur in euch gefahren? Hier liegt vermutlich ein Mann der für euch kämpft, der unsere Hilfe benötigt und ihr wollt ihn hier einfach sterben lassen?"

Die Antwort der hasserfüllten Bauern lässt nicht lange auf sich warten.

„Wegen dir Hexe haben wir überhaupt das Dilemma. Selbst Brun wäre deswegen fast ersoffen. Du bringst nichts als Unglück über uns. Zurück ins Wasser sollten wir euch schmeißen, alle beide."

Fenja kann nicht erkennen wer gesprochen hat. Noch immer neben dem besinnungslosen Fremden kniend, blendet sie die untergehende Sonne, die unmittelbar über den Köpfen ihrer Widersacher steht. Gleißende Helligkeit raubt Fenja jegliche Sicht und hüllt das Kollektiv der Urteilenden in eine undurchdringliche Aura aus Licht und Schatten. So nimmt sie lediglich die anonyme Stimme einer ungewissen Anzahl schemenhafter Silhouetten war. Deutlich gedämpfter spricht sie noch einmal zu den gesichtslosen Schattenwesen.

„Was verliert ihr denn, wenn ihr mich gewähren lasst? Wollt ihr wirklich den Tod dieses Mannes auf euch nehmen? Denkt doch mal nach, was das bedeuten könnte, für euch, für eure Familien. Wenn das raus kommt...", abrupt unterbricht die Stimme der Schatten Fenjas Worte.

„So du willst uns also verraten, womöglich erhoffst du dir eine

Belohnung, du Miststück."

„Geld bedeutet mir nichts, das Leben eines Unschuldigen aber schon. Ist es nicht die Pflicht eines jeden Christen..."

„Schweig du Teufelsweib. Was fällt dir ein, dich als anständige Christin zu bezeichnen und mit uns gleichzusetzen. Wir werden dir jetzt zeigen, wie wir mit Deinesgleichen verfahren. Entweder du schwimmst sofort zum anderen Ufer und lässt dich nie mehr blicken, oder wir erschlagen dich wie einen räudigen Hund."

Fenja schweigt, jedes weitere Wort würde die aufgebrachte Menge nur noch mehr in Rage versetzen. Fassungslos greift sie nach der Hand des Fremden. Zumindest Brun muss doch für mich sprechen, schießt es ihr durch den Kopf. Aber Bruns Stimme mag den Weg nicht zu ihr finden. Stattdessen stimmt der Kanon ihrer Richter das finale Urteil an.

„Erschlagen wir sie auf der Stelle, so kann sie uns auf keinen Fall verraten", droht einer der aufgebrachten Bauern.

„Nein, ein so schnelles Ende hat das Dreckstück nicht verdient. Ersaufen soll sie, oder die Hunnen kriegen sie zu fassen. Die werden ihren Spaß mit so einem jungen Luder haben", faucht ein anderer.

Fenja wirkt verstört und abwesend. Ernüchtert muss sie eingestehen, ihr Schicksal wurde längst besiegelt. Kaum in der Lage einen klaren Gedanken zu fassen, überlegt die verängstigte Frau, welche Möglichkeiten ihr noch bleiben. Das andere Ufer würde sie schon erreichen, da ist sie sich ganz sicher. Aber fliehen, um ihre eigene Haut zu retten kommt für Fenja nicht in Frage. Auf keinen Fall wird sie dem hasserfüllten Pöbel den wehrlosen Fremden überlassen, auch wenn das ihrem Todesurteil gleichkommt. Tiefe Verzweiflung macht sich in ihr breit.

„Bitte lasst mich den Mann versorgen, bitte", Fenja haucht die Worte mehr, als dass sie spricht.

Ihr Blick richtet sich abermals nach oben. Doch die Schatten haben ihr nichts mehr mitzuteilen, denn die stählerne Antwort blitzt bereits im Licht der untergehenden Sonne. Mit Entsetzen erkennt Fenja Bruns eiserne Axt. Einer der Bauern hat sich die am Ufer zurück gebliebene Waffe einfach gegriffen. Nun hält er die Axt hoch über die Köpfe der schweigenden Menge, bereit den tödlichen Schlag zu führen.

Aber Fenja will nicht schmählich um ihr junges Leben flehen. In Erwartung des Unfassbaren erscheinen ihr die letzten Sekunden wie eine Ewigkeit. Für einen Moment denkt sie an all das, was ihrem kurzen Leben verwehrt geblieben ist. Dicke Tränen rollen aus den Augen der Geächteten. Doch dann finden ihre Gedanken zu jenem Ort, an dem sie immer glücklich war. Ganz deutlich sieht sie die dicht belaubten Baumriesen, spürt den weichen Waldboden unter ihren nackten Füssen. Fenja schließt die Augen, ihre Gesichtszüge wirken friedvoll und gelöst. Fast scheint es, als strahle ihre Aura etwas Beruhigendes, Erlösendes aus. Sie ist bereit, den todbringenden Streich in Empfang zu nehmen. Das Ende lässt nicht lange auf sich warten. Die ungeheure Wucht des Schlages schleudert Fenja rücklings auf den Boden, wo sie regungslos zusammensackt.

KLOSTER GUNZINHUSIR, RUND 100 KILOMETER NÖRDLICH VON AUGUSTA

Bereits seit einer guten Woche zieht König Otto Richtung Süden. Am Nachmittag dieses 06. Augusts erreicht der aus 1000 Panzerreitern bestehende Heereszug das Kloster Gunzinhusir. Staunend verfolgen die Mönche das Eintreffen der martialisch anmutenden Krieger. Ein jeder führt ein stählernes Breitschwert und eine lange Stoßlanze mit ins Feld. Einige tragen lange Kettenhemden, andere mit zahlreichen Metallplättchen bedeckte Schuppenpanzer. Die konisch zulaufenden Helme der Krieger wirken aus der Ferne wie glänzende Mützen und lassen das Gesichtsfeld vollkommen frei, lediglich ein sogenanntes Naseneisen schützt das namensgebende Organ. Stählerne Beinschienen und spitzovale Schilde aus Holz vervollständigen das Rüstzeug eines jeden Reiters. Gleich einem stählernen Lindwurm glänzt der Heereszug in der strahlenden Sonne.

Bisher war Mensch und Tier auf der langen Wegstrecke keine Pause vergönnt, doch heute dürfen die erschöpften Truppen schon am Nachmittag das Lager für die Nacht errichten. Zwar begrüßen die Männer die wohltuende Verschnaufpause, der eigentliche Grund für die frühe Rast aber ist ein anderer.

Weitere 1000 Reiter erwartet der König hier beim Kloster. Verläuft Alles planmäßig, sollte die aus Böhmen kommende Verstärkung bis spätestens am Abend eintreffen. Nur deshalb nimmt der unter Druck stehende Otto die zeitraubende Verzögerung in Kauf. Umso mehr hofft er, dass er nicht vergebens wartet.

Am nächsten Morgen soll der erstarkte Heereszug zum nächsten Treffpunkt weiterziehen, dort will Otto seine Streitmacht mit insgesamt 13 weiteren Legionen zusammenführen. Jede Legion besteht aus 1000 wohl gerüsteten Reitern. 6000 Bayern, 5000 Schwaben und 2000 Kämpfer aus Lothringen unter der Führung ihrer Fürsten und Herzöge sollen die Streitmacht vervollständigen, so zumindest ist der Plan. Aber die Risiken und Unwägbarkeiten sind zahlreich.

Die letzten Jahre verlangten Otto viel ab, geprägt durch interne Machtkämpfe musste er wiederholt Krieg im eigenen Land führen, entkam nur knapp einem Mordkomplott und einige seiner Widersacher schreckten nicht davor zurück, mit den verhassten Magyaren zu paktieren. Jetzt muss Otto ausgerechnet auch auf jene Männer bauen, die gerade mal vor einem guten Jahr gegen ihn aufbegehrten. Werden tatsächlich alle an seiner Seite stehen? Aber selbst, wenn die zu Hilfe gerufenen Herzöge mit dem König in die Schlacht ziehen, die Chance auf einen Sieg für die Allianz steht nicht zum Besten. Otto besitzt keinerlei verlässliche Kenntnis über die Truppenstärke des Feindes. Sein Gegenspieler Bulcsu hingegen unterhält noch immer Verbindung zu verräterischen Kräften innerhalb des fränkischen Herrschaftshauses. Sollte Ottos Schlachtplan verraten werden, ziehen die fränkischen Reiter in den sicheren Tod.

Auch kann Bulcsu auf ein ausgedehntes Netz aus Kundschaftern und Spähern zurückgreifen. Die Pferde der Steppenreiter sind nicht nur schneller und ausdauernder als die der Franken, der Feind kommuniziert auch mittels Rauchzeichen. Otto aber verfügt lediglich über vergleichsweise langsame Meldereiter, die abgefangen werden können. So bleibt es ungewiss, ob alle Truppenteile die königliche Order zum sofortigen Marschbefehl überhaupt erhielten. Am meisten Sorge bereitet Otto jedoch die Gefahr, der Ort des Sammellagers könnte verraten werden. Für Bulcsu wäre es dann ein Leichtes, jede einzelne Einheit der Franken nacheinander abzufangen und restlos zu vernichten.

So aussichtslos die Lage auch erscheinen mag, der Frankenkönig lässt sich davon nicht entmutigen. Hat Otto ein festes Ziel vor Augen, verfolgt er es mit aller Konsequenz. Diese Entschlossenheit bring auch sein forscher Gang und seine selbstbewusste Körperhaltung zum Ausdruck. Ein langer, spitz zulaufender Bart ziert des Königs Gesicht, das Haar dagegen trägt er kurz geschnitten.

Der 42 Lenze zählende Otto ist das Herrschen schon seit jungen Jahren gewohnt. Von Anfang an regierte er mit fester Hand, doch darf er für einen Herrscher seines Ranges durchaus als äußerst unkonventionell bezeichnet werden. Höfisches Gehabe oder Arroganz zählen nicht zu seinem Repertoire. Auch ist so mancher seiner Zeitgenossen belesener als er selbst, aber das kompensiert Otto durch strategisches Kalkül und Improvisationsgeschick. Stets dominiert sein intuitives Naturell, sein Temperament und das gewinnende Wesen des Königs. Einmal hatte er es derart eilig, einen eintreffenden Geistlichen zu begrüßen, dass er selbigen mit nur einem Schuh an den Füssen empfing.

Überhaupt hält Ottos Wesen die verschiedensten Überraschungen bereit. Einerseits gebart er sich manch eines Feindes gegenüber derart milde, dass selbst zweifelsfrei überführte Missetäter einen Fürsprecher in ihm finden. Andererseits verfolgt und bestraft er andere Widersacher unbarmherzig und gnadenlos. Das mussten schon etliche seiner Gegner auf dem Schlachtfeld erfahren. Wer des Königs Langmut überstrapaziert, bekommt dessen volle Härte und Entschlossenheit zu spüren. Diese Härte und Entschlossenheit richtet sich nun gänzlich gegen die verhassten Steppenreiter. Denn auch Otto hat einen Plan, verfolgt eine raffinierte Strategie, um dem übermächtigen Gegner ein für alle Mal den Garaus zu machen. So kann er es kaum erwarten, bis mit dem Eintreffen des böhmischen Kontingents der erste Schritt seines Vorhabens in Erfüllung geht.

Doch zunächst muss sich Otto noch gedulden. Erst mit Einbruch der Dämmerung erreicht die böhmische Verstärkung unter der Führung ihres Fürsten Boleslav I. das königliche Lager beim Kloster.

Otto kennt den nur 2 Jahre jüngeren Boleslav schon lange, aber weniger als Freund oder Verbündeten, sondern vielmehr als vertrauten Feind. Annähernd zwei Jahrzehnte lang rangen die beiden Staatsmänner in zahlreichen Schlachten gegeneinander. Dabei stellte der unbeugsame Böhmenfürst seine überragenden Fähigkeiten als Kriegsherr immer wieder unter Beweis. Weitere Gemeinsamkeiten sucht man jedoch vergebens, die Männer sind ansonsten grundverschieden. Schon rein äußerlich haben die beiden wenig gemein. Boleslav trägt sein Haar im Gegensatz zu Otto lang und seine Präsenz strahlt etwas Gefährliches, Unberechenbares aus. Die deutlich kleinere Statur des Böhmen prägt ein sehnig, muskulöser Körperbau. Irgendwie wirkt die gesamte Mimik und Gestik Boleslavs stets angespannt und gereizt. Der böhmische Fürst finanziert seinen Hofstaat aus einem florierenden Sklavenhandel. Prag, der Sitz Boleslavs, gilt als die Metropole für das menschenverachtende Gewerbe, nicht nur deshalb wird er Boleslav der Grausame genannt. Einst ließ er sogar seinen eigenen Bruder ermorden, nur weil dieser schon früh die Oberherrschaft Ottos anerkennen wollte.

Im Jahr 950, also 5 Jahre zuvor musste sich Boleslav nach einer

Niederlage widerwillig doch dem König unterwerfen. Aber die Verbindung hatte keinen Bestand, bei der ersten Gelegenheit kündigte der Böhme das noch junge Bündnis auf und wurde erst im vergangenen Jahr abermals zur Huldigung Ottos gezwungen. Seither prägen Misstrauen und Argwohn das Verhältnis der beiden Männer. Zwar stimmt die Ankunft der Böhmen den König hoffnungsvoll, aber das bedeutet nicht zwangsläufig, dass Boleslav mit Otto in den Krieg zieht. Nur wenn der böhmische Fürst vom siegreichen Ausgang der Schlacht überzeugt werden kann, hat das Waffenbündnis eine Chance, werden die Böhmen im Felde zu Otto stehen. Deswegen muss der König seinen Schlachtplan Boleslav offenbaren, sonst wird es nicht gelingen, die fragile Koalition aufrecht zu erhalten.

Boleslav weiß, wie sehr der König auf den Beistand der böhmischen Truppen angewiesen ist und lässt sich Zeit, Ottos Einladung zur Lagebesprechung in einem der Klostergebäude nachzukommen. Ungeduldig aber erwartungsvoll läuft Otto an der Längsseite des großen Tisches inmitten des Raumes auf und ab. In Kürze wird er erstmals einem kampferprobten Kriegsherren seine Strategie vorstellen. Bisher war er fest von seinen Plänen überzeugt, aber nun keimen Zweifel in ihm auf. Ist das Vorhaben nicht doch zu gewagt, sind die Unwägbarkeiten nicht viel zu unberechenbar? Gedankenversunken nimmt Otto gar nicht wahr, wie sehr sich Boleslav tatsächlich verspätet. Endlich tritt der Fürst dem König gegenüber. Die üblichen Höflichkeitsfloskeln fallen kurz aus, das scheint dem Naturell beider zu entsprechen. Doch ist es Boleslav, der das Gespräch rasch auf den Punkt kommen lässt.

„Mein König, darf ich erfahren wie ihr in Anbetracht der gewaltigen Übermacht des Feindes diesen Krieg zu führen gedenkt, bevor ich meine Männer zur Schlachtbank führe?"

„Weshalb so pessimistisch werter Fürst? Ich entnehme euren Worten wenig Zuversicht", antwortet Otto mit einer Gegenfrage.

„Diese Frage stellt ihr nicht im Ernst! Mit ihren verfluchten Reiterbögen sind uns die Teufel deutlich überlegen. Unsere Truppen werden unter dem Pfeilhagel der Hunnen jämmerlich zu Grunde gehen."

„Aber dieses Mal führen wir Panzerreiter ins Feld. Schwer gerüstet sollten sie mit den nur leicht bewaffneten Kriegern des Feindes fertig werden“, kontert der König selbstsicher.

„Wie soll uns das zum Vorteil gereichen? Die Überlegenheit der Panzerreiter kann sich nur im Nahkampf entfalten, aber einer Konfrontation Mann gegen Mann wissen die Hunnen auszuweichen, das tun sie immer. Da nutzt es uns nichts, dass sie nur mit einer leichten Streitaxt und einem Lederwams in die Schlacht ziehen. Ihre Pferde sind schneller uns ausdauernder als die unsrigen, die bekommen wir nie zu fassen. Außerdem sind sie uns zahlenmäßig weit überlegen.“

„Ihr seid über die gegnerische Truppenstärke informiert?“ will Otto sofort wissen.

„Nicht vollständig, aber Boten brachten die Kunde von mehreren zehntausend Reitern. Ihre Zahl ist schwer abzuschätzen. Sie ziehen mordend und plündernd durch euer Land. Die Region zwischen den Flüssen Iller und Lech wird vollständig von ihnen kontrolliert und jüngst sammeln sie sich vor den Toren Augustas, wo Bulcsu euch vernichten wird.“

Otto greift die Provokation des Böhmen nicht auf. Stattdessen hört er aufmerksam zu und wählt seine Worte mit Bedacht, bevor er erneut eine Frage an Boleslav richtet.

„Iller und Lech begrenzen also das Wüten des Feindes im Westen und Osten. Von Belang ist aber vielmehr, wieweit drangen ihre Reiter nach Norden vor?“

„Ein gute Stück. Bis zur Donau, die haben sie nicht überschritten. Aber was spielt das für eine Rolle? Mit ihrer Übermacht werden sie uns in jedem Fall zermalmen.“

Der König quittiert Boleslavs Antwort mit einem kaum wahrnehmbaren Grinsen. Dem aufmerksamen Böhmen entgeht die Gesichtsregung dennoch nicht. Ohne seinen Sarkasmus auch nur im Ansatz zu verbergen fährt er weiter fort.

„Ihr scheint das amüsant zu finden. Mein König, lasst mich teilhaben an euren erheiternden Gedanken, damit ich im Angesicht des Todes diesen Frohsinn mit euch teilen kann.“

„An eine solch gewaltige Übermacht glaube ich nicht. Noch heute Nacht erwarte ich einen Boten, er bringt Kunde über die wahre Stärke des Feindes. Und bevor ihr euch nun gänzlich eurem Ableben widmet, solltet ihr hören wie mein Schlachtplan lautet.“

Boleslav scheint wenig Interesse daran zu haben, gelangweilt nimmt er auf einem der Stühle Platz und greift einen Apfel aus einer reich gefüllten Obstschale des Tisches. Gleich einem Wahrsager mit seiner Kristallkugel, starrt er wie gebannt auf die Frucht in seiner Hand und schenkt dem König keine weitere Beachtung. Otto aber lässt sich nicht aus dem Konzept bringen und richtet unbeirrt das Wort an Boleslav.

„Wir erreichen morgen das geheime Sammellager. Dort treffen in den nächsten Tagen nach und nach weitere 13.000 Krieger aus verschiedenen Landesteilen meines Reiches ein. Dieser Ort liegt nördlich der Donau und somit außerhalb von Bulcsus Einflussbereich. Wir werden also unbehelligt bleiben, die Zusammenkunft unserer Truppen ist nicht gefährdet."

Dessen völlig unbeeindruckt und noch immer auf den Apfel starrend hält Boleslav dagegen.

„Unser Kenntnisstand vom Standort des Feindes ist mehrere Tage alt. Woher also wollt ihr wissen, ob nicht bereits hunnische Truppen nördlich der Donau stehen und nur darauf warten, dass wir in die Falle gehen? Vielleicht gelang es Bulcsu längst, alle anderen Truppenteile auszumachen und zu vernichten."

„Über die einzige Donaubrücke wacht Reginbald, der Neffe Ulrichs von Augusta mit seinen Mannen. Sollten hunnische Verbände versuchen durchzubrechen, setzt Reginbald die Brücke in Brand und zieht seine Krieger zu uns zurück. Aber Reginbald ist nicht hier. Was also schlussfolgert ihr aus diesem Umstand?"

„Dass ihr einen Plan mit einem durchdachten Anfang und einem hässlichen Ende ersonnen habt. Denn selbst wenn ihr alle Truppen nördlich der Donau ohne Verluste zusammenführt, so bleibt doch die gewaltige Übermacht des Feindes, die euch vor Augusta einen vernichtenden Empfang bereiten wird. Gegen eine derart gewaltige Streitmacht habt ihr in offener Feldschlacht nicht den Hauch einer Chance."

Zwar stimmt Otto mit einem bestätigendem Nicken Boleslav zu, doch scheint den König die Konsequenz dieser ernüchternden Feststellung nicht zu erschüttern, so fährt er frohen Mutes weiter fort.

„Der große Hunnensturm war nur eine Frage der Zeit, längst wurden Vorkehrungen getroffen. Ich hatte nie vor, Bulcsu in offener Feldschlacht die Stirn zu bieten. Also lasst mich zunächst von der

Beschaffenheit des morgigen Sammellagers berichten. Denn uns erwartet nicht irgendein willkürlich gewählter Ort, sondern ein geheimes Bollwerk, einzig zu dem Zweck errichtet, den hunnischen Reitern Einhalt zu gebieten. Mächtige Wälle, tiefe Gräben und weithin angelegte Reiterhindernisse werden jeden Ansturm scheitern lassen."

Boleslav zeigt auch weiterhin nicht die geringste Gefühlsregung. Im fahlen Halbdunkel des großen Raumes scheint es, als sei er auf dem Stuhl mit seinem Apfel zu einer Skulptur erstarrt. Lediglich die Bewegung seiner Lippen verrät, dass noch Leben in ihm steckt.

„Eure geheime Festung beeindruckt mich nicht, sie steht am falschen Ort. Bulcsu erwartet euch bei Augusta, rund eine Tagesritt davon entfernt."

Auf diese Antwort gefasst, holt Otto enthusiastisch und breitbeinig vor der Stirnseite des Tisches stehend zur finalen Argumentation seines Schlachtplanes aus.

„Und wieder stimme ich euch zu. Bulcsu versucht mein Erscheinen vor Augusta zu erzwingen. Er hofft, ich werde der bedrängten Stadt zu Hilfe eilen. Denn die Belagerung ist für ihn nur Mittel zum Zweck. In Wirklichkeit geht es ihm um etwas ganz anderes, er sucht die Entscheidungsschlacht. In der weiten Ebene des Lechfelds vor Augusta lägen alle taktischen Vorteile auf Seiten der Hunnen. Die Stadt ist also lediglich sein Köder, den ich nicht zu schlucken gedenke. Und jetzt bedenkt das hitzköpfige Gemüt der Hunnen. Was also, wenn der Prophet nun nicht zum Berg kommt...?"

„Dann kommt der Berg eben zum Propheten", ergänzt Boleslav mit nachdenklicher Stimme.

Sein teilnahmsloser Blick ist von einem Moment auf den nächsten, einem aufgewecktem, stechendem gewichen. Interessiert aber noch nicht überzeugt, hakt der Böhme nach:

„Ihr meint es also wirklich ernst. Seid sogar bereit Augusta zu opfern, ich bin beeindruckt. Bulcsu zerstört in jedem Fall zunächst die Stadt, erst dann wird er sich euch zuwenden."

„Ihr schätzt mich noch immer falsch ein Boleslav von Böhmen. Augusta zu opfern wäre ein Akt der Barbarei. Mein Plan sieht vor die Stadt zu retten."

Boleslav blickt zwar kritisch, aber sein Ausdruck verrät auch, dass Otto die volle Aufmerksamkeit des Böhmen innehat. Zielgerichtet offenbart der König weiter seine Strategie.

„Nun hört gut zu. Ich verfüge über einen Weg, Bulcsu falsche Informationen zukommen zu lassen. So wird er zu gegebener Zeit zwar über unseren Standpunkt informiert, aber bezüglich unserer Truppenstärke werden wir ihn glauben lassen, die anderen Einheiten seinen noch nicht eingetroffen. Bulcsu bleibt dann keine Zeit. Eines schnellen Triumphes gewiss, wird er sofort Richtung Norden eilen."

Konzentriert und nachdenklich bringt Boleslav die Strategie des Königs auf den Punkt:

„Ihr dreht also den Spieß einfach um. Nicht Augusta wird zum tödlichen Köder für euch, nein, ihr selbst werdet zu dem Köder, den Bulcsu nicht ausschlagen kann."

Otto kann den Wandel in Boleslavs Gemüt spüren und setzt ohne Pause nach.

„Genau, erst wenn wir über die volle Truppenstärke verfügen, schicken wir Bulcsu jene Nachricht, die ihn in die Falle lockt. Er steht unter enormen Druck, hat seinen Herren in der Heimat einen schnellen Sieg versprochen. Die Gelegenheit, uns vor der Zusammenkunft anzugreifen, kann er sich nicht entgehen lassen. Ihm bleibt dann keine andere Wahl, als von der belagerten Stadt abzulassen und möglichst schnell zu uns zu ziehen. Dort werden wir ihm einen gebührenden Empfang bereiten. Im Schutz der Festung kämpfen unsere Streitkräfte aus taktisch überlegener Position. Darauf ist er genauso wenig vorbereitet, wie auf unsere vollständige Truppenstärke. Aber all das gelingt nur, wenn unsere gesamten Verbände rasch zum Treffpunkt eilen. Und deswegen werdet auch ihr Boleslav von Böhmen, morgen mit mir weiterziehen."

Merklich beeindruckt erwacht der Böhme vollständig aus seiner Lethargie und beißt endlich in die dunkelrote Frucht. Schmatzend brennen ihm nun viele Fragen auf den Lippen.

„Woher wollt ihr wissen, ob auch alle Truppen euch zur Seite stehen? Zumal ihr außer mir, wohl sicher auch auf andere ehemalige Widersacher zählen müsst, oder liege ich da etwa falsch?"

„Gewiss, gewiss. Aber selbst ihr seid heute hier erschienen und unsere Feindschaft währte am längsten. Im Vergleich zu euch sind alle anderen Fürsten und Herzöge treuliebende Freunde."

„Ihr glaubt doch nicht allen Ernstes, dass mich Treue zu euch geführt hat?"

Boleslav gelingt es kaum auszusprechen, denn Otto drängt es, rasch darauf zu antworten.

„Meint ihr wirklich, ich wäre einfältig genug und würde bei einem derart bedeutenden Unterfangen auf Treue und Loyalität bauen? Nein, ihr seid aus einem ganz anderen Grund hier, euch treibt die Angst. Denn wenn es mit vereinten Kräften nicht gelingt, die Streitmacht Bulcsus zu vernichten, dann wird nacheinander jedes einzelne Herzogtum unter den Hufen der hunnischen Reiter in Flammen aufgehen, auch das eure. Und genau aus diesem Grund werden auch die anderen Truppen zu mir stehen, aus Angst. Also seid euch gewahr, Treue und Ergebenheit sind nicht meine Begleiter. Diese Allianz ist aus Furcht und Schrecken geschmiedet. Damit solltet doch gerade ihr vertraut sein, Boleslav der Grausame."

Der leicht zu reizende Böhme hat den König unterschätzt, wieder einmal. Das Gesicht zu einer wutentbrannten Fratze verzerrt schnellt er aus seinem Stuhl, der mit einem lauten Krachen umgekippt zum Liegen kommt. Boleslav steht dem König nun zitternd und aufgeregt atmend direkt gegenüber. Die Blicke beider Kontrahenten scheinen sich förmlich in die Augen ihres Gegenübers zu bohren. Noch bevor es Boleslav gelingt, seine Gedanken zu sortieren, ergreift der gefasste Frankenkönig erneut das Wort.

„Ihr müsst nicht antworten, ich kann es in eurem Gesicht sehen, eure Wut und euren Zorn auf mich spüren. Aber ich weiß auch, die Hunnen hasst ihr ungleich inniger. Also nehmt euren ganzen Hass und richtet ihn gegen den Feind, lasst uns die verfluchten Hunnen gemeinsam zerschmettern. Und sollte nach all dem Schlachten und Wüten, denn das wird es werden, noch immer der Zorn in eurer Brust schwellen, dann verachtet mich auch weiterhin. Aber zunächst lasst uns allen Ungemach gegen den Feind richten."

Dann zieht Otto sein Schwert und hält es dem verkrampft blickendem Boleslav direkt vors Gesicht.

„Seht dieses Schwert Boleslav der Grausame. Es wurde geschmiedet aus damasziertem Stahl. Nur mit Mühe und Geschick gelang es dem Schmied die schwer zu verbindenden Lagen Metall der Klinge zusammenzufügen. Jede einzelne Lage des Stahls für sich alleine bewirkt nichts. Im Feuer zusammengeschweißt aber entsteht daraus eine todbringende Waffe. Lasst uns gemeinsam mit den anderen Herzögen vereint zu jener Klinge werden, die dem hunnischen Teufel den Kopf vom Leibe trennt."

Mit versteinerten Gesichtszügen und stechendem Blick steht Boleslav noch immer dem König gegenüber. Wie so oft wirkt er angespannt und unberechenbar. Die Augen weiterhin starr auf Otto fixiert, winkt Boleslav seinen an der Tür wartenden Leibwächter herbei. Hastig eilt der kräftige Krieger durch den Raum und sieht fragend zu seinem Fürst. Ohne den Blick auch nur für einen Augenblick von Otto abzuwenden zieht Boleslav mit ungeheurer Schnelligkeit seinen Dolch und rammt ihn bis zum Heft in die Brust des Kriegers, der röchelnd zwischen beiden Herrschern zusammenbricht.

„Seid ihr von Sinnen?" entfährt es Otto entsetzt.

Doch Boleslav beißt nur ein weiteres Mal in seinen Apfel und wendet Otto den Rücken zu. Gelassenen Schrittes schickt er sich an, das Gebäude wieder zu verlassen. Der fassungslose König will dem Böhmen nachsetzen, aber nach wenigen Schritten bleibt er auf Höhe des Tisches stehen und schlägt mit aller Kraft auf die Platte des schweren Möbelstücks. Unvermittelt hält Boleslav inne und bleibt stehen ohne sich dem König zuzuwenden.

„Was hat das zu bedeuten?" hallt Ottos Stimme lautstark durch den Raum.

„Meine Antwort liegt euch zu Füssen, was gibt es daran nicht zu verstehen?" erwidert Boleslav, der noch immer mit dem Rücken zum König steht.

Otto gelingt es nur noch schwer, seine bisherige Souveränität aufrecht zu erhalten. Das Blatt hat sich gewendet, nun ist es Boleslav, der den Ausgang des Gespräches zu bestimmen scheint. Noch während der irritierte König rätselt, was all das zu bedeuten hat, überrascht ihn Boleslav mit einem neuerlichen Stimmungswechsel. Heiter und scheinbar bester Stimmung erklärt er die Dramatik seines Handelns mittels einer völlig lapidaren Erklärung.

„Euer Plan kann nur gelingen, wenn niemand sonst davon erfährt. Das Geheimnis darf sich nicht unter den Truppen verbreiten, es könnte verraten werden. Ich habe nur dafür gesorgt, dass es so bleibt. Ihr hoffe, ihr wisst meine Geste zur Aufrechterhaltung der Geheimhaltung zu schätzen. Ihr dürft das als Zustimmung werten, ich fechte also an eurer Seite gegen den Feind. Und lasst noch etwas von eurem schmackhaften Obst für mich einpacken, ich bevorzuge leichte Kost, bevor ich in die Schlacht ziehe."

So also drückt Boleslav der Grausame seine Zustimmung aus. Erleichtert und entsetzt zugleich entlässt der König seinen Verbündeten mit einer Handbewegung aus der grotesken Lagebesprechung. Mit gemischten Gefühlen bleibt Otto alleine in dem Klostergebäude zurück und nimmt sichtlich mitgenommen auf einem der Stühle Platz. Zwar gelang es ihm, den Böhmen zum Bündnis zu bewegen, aber Boleslav hatte deutlich demonstriert, auf welche Art von Kooperation Otto sich gefasst machen darf.

AUGUSTA

Mittlerweile umlagern unzählige Magyarenhaufen die eingeschlossene Bischofsstadt am Lech. So gewaltig die Anzahl der Belagerer rund um Augusta auch erscheinen mag, das Lager ihres Oberbefehlshabers Horka Bulcsu liegt nicht direkt vor den Toren der Stadt. Er residiert mit seiner Leibgarde in einer Zeltstadt am jenseitigen Ufer des Lechs, weit abseits der eigentlichen Kampftruppen. So bleiben die Jurten des Horka Bulcsu vor den Blicken der Belagerten weitgehendst verborgen.

Noch steht der große Sturm gegen Augustas Mauern aus, aber von Sonnenauf- bis Sonnenuntergang jagen immer wieder einzelne Reiterhorden gegen die Stadtbefestigung und dezimieren mit Pfeilhageln deren Verteidiger. Scheinbar willkürlich und ohne System folgt eine Angriffswelle auf die nächste. Aus unterschiedlichen Richtungen kommend, galoppieren fast im Stundentakt Hundertschaften gegen die Stadt. Dabei versuchen die Reiter erst gar nicht in die Stadt einzudringen. Jeder Ansturm gipfelt in einer Salve der gefürchteten Pfeilhagel, dann drehen die Reiter ab, um kurz darauf der nächsten Reiterschar das Feld zu überlassen. Jede Angriffswelle wird vom markerschütternden Geschrei der wilden Steppenkrieger begleitet. Der andauernde Lärm dieser Kämpfe dominiert die Geräuschkulisse in der gesamten Stadt und lichtet die Reihen der ohnmächtigen Verteidiger mit erschreckender Effizienz. Lediglich der östliche Mauerabschnitt gerät nicht in Bedrängnis. Dort nämlich bildet der nahe Lech eine natürliche Barrikade und verhindert ein Heranstürmen des Feindes. Aber schon bald wird der Rhythmus des Schreckens jeglichen Widerstand gebrochen haben, wird der alles verschlingende, große Sturm erfolgen. Bis dahin zermürbt Bulcsus wohlkalkuliertes Vorspiel die Stadt mit fortwährendem Verlust an Mensch und Glaubenskraft.

Für die Kraft des Glaubens und das Schicksal der Eingeschlossenen kämpft Fürstbischof Ulrich, der Oberbefehlshaber Augustas. Der groß gewachsene, königstreue Mann hatte eine Eroberung seiner Stadt schon seit langer Zeit befürchtet, denn Augusta besitzt lediglich Reste der einstigen römischen Stadtmauer. Diese Ruinen ließ der Kirchenfürst zumindest behelfsmäßig ausbessern, Erdwälle errichten und Lücken mit Holzpalisaden schließen. Aber einem derart übermächtigem Feind kann das Provisorium nicht lange widerstehen.

In Anbetracht der mit Menschenmassen angefüllten Stadt beginnt sich ein unvermeidbares Drama anzubahnen. Keine Gasse, kein Platz innerhalb der Mauern, der nicht von Flüchtlingen besetzt wäre. Überall drängen verängstigte Kinder, Frauen, Greise und Bauern um jeden Meter Raum. Die Nahrungsmittel gehen zur Neige und die Bischofsstadt stöhnt unter der sengenden Hitze dieses ungewöhnlich regenarmen Sommers. In seinen 65 Lebensjahren gelang es Ulrich so manch missliche Lage zu überstehen, doch nun scheinen das Schicksal seiner und das der Menschen in der Stadt besiegelt. Diese unheilvolle Erkenntnis erfüllt die Herzen und Gemüter aller Eingeschlossenen mit Furcht und Hoffnungslosigkeit. Auch wenn keiner es auszusprechen wagt, so ist doch jedem Bewusst, wie die Magyaren mit ihrer menschlichen Beute verfahren. Junge Frauen und Kinder werden in die Sklaverei verschleppt, alle anderen getötet. So übergeben zahlreiche Männer ihren Frauen Messer, nicht um die Klingen gegen den Feind zu richten, sondern gegen sich selbst und die eigenen Kinder. Das nahende Ende vor Augen, breitet sich in den Nächten ein Mantel der Stille und des Schweigens über die Stadt, jegliches Gelächter oder Palaver verstummt. Doch wer genau hinhört, vernimmt allerorts leises Weinen und Wehklagen. Ihrem Schicksal gewahr, gehen die Menschen über allen Maßen liebevoll und achtsam miteinander um. Ein jeder versucht die letzten Stunden mit seinen Liebsten nicht zu verschwenden, sich dem Gefühl innigster Vertrautheit und Nähe noch einmal hinzugeben. Im Angesicht des Todes finden die Menschen zu jener Verbundenheit, die im harten Alltag nur allzu oft abhandenkam. Wer noch nicht all seine Liebsten verloren hat, nimmt nun am kollektiven Abschied teil.

Nur Ulrich will dieses Schicksal nicht hinnehmen, das Unvermeidbare nicht akzeptieren. Seit Erscheinen der heidnischen Eroberer hat er das Messgewand nicht mehr abgelegt. Sein langes, weißes Haar und der nicht weniger lange Bart lassen ihn eher wie einen germanischen Schamanen, denn einen Geistlichen der Christenheit erscheinen. Lediglich sein großes Stabkreuz weißt ihn als Mann der Kirche aus. Gleich einer Lanze, endet der lange Schaft jedoch in einem hölzernen Kreuz. Ulrich führt das christliche Symbol auf Schritt und Tritt, es ist zu einer Art Markenzeichen für ihn geworden. Tag und Nacht eilt er durch die Stadt, versucht zu ermutigen und spendet Trost wo er am dringlichsten benötigt wird. Scheinbar aller Orten gleichzeitig zur Stelle, gönnt sich der Mann Gottes kaum mehr Schlaf. Stattdessen sucht er täglich Beistand im Gebet.

Nun liegt er wieder einmal in Erwartung seines Heilands ausgestreckt auf dem Boden des Augsburger Doms. Die Arme wie ein Kreuz weit von sich gestreckt, glaubt er, die Präsenz seines Gottes wahrzunehmen. Eine ganze Stunde verharrt er so, dann kehrt wieder Leben in die Glieder des Geistlichen. Schnellen Schrittes verlässt er den noch unvollendeten Dom. In einem angrenzenden Nebenbau berief er seinen Bruder Diepald zu einer Lagebesprechung ein. Ihm hatte Ulrich die Verteidigung der Stadt und die Befehlsgewalt über die Kämpfer auf den Mauern anvertraut. Völlig erschöpft wartet der Bruder auf den gefasst wirkenden Fürstbischof und trägt ohne Umschweife seine Besorgnis vor.

„Ulrich, ich kann die Moral unserer Männer nicht mehr länger aufrechterhalten. In Anbetracht der gewaltigen Übermacht und des Rufes, welcher den Barbaren vorauseilt, wagen sich unsere wenigen Kämpfer kaum mehr auf die Mauer. Es heißt, die Hunnen würden die Leiber der erschlagenen Opfer auskochen, um mit dem gewonnenen Fett ihre ledernen Wämser zu salben. Sie sollen rohes Fleisch verzehren und Blut trinken, es heißt sie...“, der Bischof lässt seinen Bruder nicht aussprechen, sondern unterbricht ihn mit energischer Stimme.

„Derartiges Geschwätzt gilt es zu unterbinden, dazu bedarf es Disziplin. Das wirst du wohl bewerkstelligen können.“

„Aber Disziplin kann unsere Kämpfer auch nicht mehren. Wir brauchen vor allem mehr Männer, auf den Mauern, zum Ausbessern der Palisaden, einfach überall. Ich kann ohne weitere Unterstützung die Verteidigung der Stadt nicht länger aufrechterhalten. Sind wir nicht mehr in der Lage uns ausreichend zur Wehr zu setzen, wird der große Sturm beginnen, dann ist es aus und vorbei. Und wo um Gottes Willen bleibt der König? Ich weiß, du bist in Ottos Pläne eingeweiht. Seit Wochen höre ich nur, dass ich darauf vertrauen soll. Aber wenn du dich nicht endlich offenbarst, kann ich diese Stadt nicht vor dem Untergang bewahren."

„Otto lässt uns nicht im Stich, das ist gewiss. Sein Plan sieht vor, den Feind von uns hinfort zu locken. Mehr kann ich dir im Moment nicht anvertrauen. Auch ich bin gewahr, wie bang es um uns steht. Meinst du all das Leid da draußen geht an mir vorbei? Denkst du wirklich ich erkenne nicht, wie dicht die Stadt vor ihrem Ende steht? Aber was bleibt uns denn als durchzuhalten und auf den König zu vertrauen?"

Diepald schüttelt nur den Kopf, aufgebracht versucht er seinem Bruder zu verdeutlichen, dass Durchhalteparolen alleine nicht mehr helfen.

„Wir sind nicht mehr genug Männer, willst du das nicht begreifen? Und es werden jeden Tag, jede Stunde weniger. Mit jeder neuen Angriffswelle geht das Sterben weiter, Pfeil um Pfeil findet sein Ziel. Wir sind heute schon viel zu wenige auf den Mauern, bis morgen wird sich unsere Zahl noch weiter verringert haben. Sag Bruder, wie also sollen wir die Stadt ohne Verstärkung noch verteidigen?"

„Wenn wir nur fest daran glauben...", diesmal fällt Diepald seinem Bruder hart ins Wort.

„Glauben? An was denn, an Ottos großen Plan vielleicht? Den Plan der uns vergessen hat. Sieh hinaus, sieh in ihre Gesichter. Keiner der Männer hat mehr einen Überlebenswillen, die haben längst mit ihrem Schicksal abgeschlossen. Niemand mehr hofft, hier noch lebend rauszukommen, nur du klammerst dich an deinen Heiland. Wäre Gott mit uns, würde er dann all das geschehen lassen, Bruder? In Anbetracht unseres Leids findet nicht mal mehr der einfältigste Bauernbursche Halt im Glauben."

Nachdenklich hört Ulrich zu. Von Diepald abgewandt blickt er durch ein Fenster des Raumes ins Leere. Es vergeht eine ganze Weile, bis er schließlich doch noch antwortet.

„Deine Männer kann ich nicht mehren, aber den Glauben kann ich ihnen zurückgeben."

Sichtlich erzürnt quittiert Diepald Ulrichs Worte mit einem harten Faustschlag gegen die Wand.

„Es will einfach nicht in deinen Kopf, die Zeit der frommen Sprüche ist verwirkt. Geschieht nicht heute noch ein Wunder, werden wir elendiglich zu Grunde gehen."

„Und er ging mitten durch die Menge hindurch...", mehr als ein Bibelzitat scheint dem in sich gekehrten Ulrich nicht mehr einzufallen.

Ohne seinem Bruder noch weitere Beachtung zu schenken, ergreift Ulrich sein Stabkreuz, wendet sich ab und verlässt zielstrebig das Gebäude. Diepald versucht erst gar nicht ein weiteres Mal zu insistieren und bleibt kopfschüttelnd zurück. Auf seinen Bruder wird er nicht mehr zählen können.

Im Freien angekommen hält Ulrich zunächst inne, zieht mit geschlossenen Augen die warme Sommerluft tief in seine Lungen. Dann setzt er seinen Weg weiter fort und läuft zügig in Richtung der westlich gelegenen Stadtmauer. Ein Aufenthalt am westlichen Mauerabschnitt aber scheint zu jenem Zeitpunkt nicht sehr ratsam. Steht die Sonne tief genug, bricht aus dem im Westen untergehenden Gestirn allabendlich ein letzter Ansturm auf die Stadt herein. Die Reiter gegen die tief stehende Sonne abzuwehren fordert von den Verteidigern zu dieser Stunde besonders hohe Verluste ein. Das weiß auch Ulrich, dennoch läuft er weiter jenem schicksalhaften Mauerabschnitt entgegen.

Innerhalb der gesamten Stadtbefestigung stehen zahlreiche mit Wasser gefüllte Fässer und Eimer, so auch unterhalb der westlichen Stadtmauer. Diese Bevorratung dient nicht nur zum Löschen etwaiger Brände, sondern bietet den Kämpfern in der sengenden Hitze auch eine schnell verfügbare Trinkwasserquelle.

An der Westmauer angekommen, greift Ulrich nach einem vollgefüllten Eimer und steigt die Treppe zu den verdutzt blickenden Männern hinauf.

„Ich bringe euch eine wohltuende Erfrischung, ihr werdet durstig sein", spricht das Oberhaupt der Stadt zu den irritierten Kämpfern.

Sofort eilt ein Anführer aus den Reihen der Krieger hervor und steht gesenkten Hauptes seinem Fürstbischof gegenüber.

„Mein Fürst, ihr müsst diese Mauer sofort verlassen. Hier ist es wahrlich viel zu gefährlich für euch. Wir erwarten jeden Augenblick einen neuerlichen Ansturm des Feindes. Nicht einmal schwer gerüstet solltet ihr hier verweilen, aber ohne jeden Schutz..."

Ulrich lässt den Mann nicht ausreden, sondern fällt ihm höflich aber bestimmt ins Wort.

„Tretet zur Seite, bitte. Der Herr ist mein Licht und mein Heil, vor wem sollte ich mich fürchten?"

Die völlig perplexen Krieger blicken ratlos zueinander, während Ulrich mit einem hölzernen Schöpflöffel die am Boden stehenden Trinkbecher der Männer füllt.

Dann lenkt eine aufsteigende Staubwolke alle Aufmerksamkeit auf das Geschehen vor der Mauer. Begleitet vom schrillem Kampfgeschrei der Magyaren löst sich eine rund zweihundertköpfige Reiterschar aus der Zeltstadt des Feindes und galoppiert mit hoher Geschwindigkeit auf Augusta zu.

Nur Ulrich scheint dem keinerlei Beachtung zu schenken. Panisch versucht einer der Kämpfer seinen Fürstbischof noch einmal zur Vernunft zu bringen. Die Worte des besorgten Mannes scheinen sich zu überschlagen.

„Mein Fürst, ihr müsst diese Mauer umgehend verlassen und euch in Sicherheit bringen, in wenigen Augenblicken wird die Hölle über uns hereinbrechen."

„Ich bin nicht nur dein Fürst, ich bin auch der Bischof dieser Stadt. Und somit obliegt es einzig mir, der Hölle Einhalt zu gebieten. Also nimm auch du deinen Platz auf dieser Mauer ein und geh zurück auf deinen Posten. Ich stehe genau dort, wo ich hingehöre!"

Dem Krieger bleibt nichts, als Ulrich Folge zu leisten. Sichtlich enttäuscht ob seines Versagens kehrt er unversehens in die Reihen seiner Mitstreiter zurück, um hinter der Mauerbrüstung kauernd Schutz zu suchen. Ulrich hingegen steht mit seinem Kreuz in aufrechter Haltung mit ausgebreiteten Armen auf der Mauer. Als halte er eine Predigt, ruft er nach seinem Heiland und brüllt lautstark ein weiteres Bibelzitat hinaus während die Schreckensreiter in vollem Galopp der Stadt entgegen stürmen.

„Wenn ich mitten in der Angst wandle, so erquickst du mich und streckst deine Hand über den Zorn meiner Feinde."

Nur noch Sekunden, dann werden die Hunnen ihre gefürchteten Pfeilhagel auf die Unglückseligen niederregnen lassen. Geduckt hinter der Mauerbrüstung wartend, gilt es für die mit Bögen und Schleudern bewaffneten Verteidiger nun den richtigen Moment abzuwarten. Denn die Reichweite der feindlichen Reflexbögen übertrifft die der eigenen Waffen deutlich. Ein letzter Blick auf den noch immer völlig ohne Deckung stehenden Ulrich, dann vermischt sich das Kampfgeschrei der anstürmenden Steppenreiter mit einer Komposition aus unzähligen Heultönen. Etliche Pfeile der Angreifer tragen kleine Hohlkörper, die den anfliegenden Geschossenen ein schier unerträgliches Geräusch entlocken.

Das Duett aus schrillem Kampfgeschrei und todbringenden Heullauten verfehlt ihre Wirkung nicht. Zwar kauern alle Kämpfer noch immer hinter der schützenden Mauerbrüstung, doch steht vielen die blanke Panik ins Gesicht geschrieben. Vor Todesangst getrieben schickt sich der Erste an, seinen Posten aufzugeben und die Mauer zu verlassen. Der Deckung beraubt, durchbohrt augenblicklich ein Pfeil den Hals des noch sehr jungen Mannes, älter als 16 oder 17 Jahre mag er nicht gewesen sein. „Mutter" ist das letzte Wort, dass er in die Kulisse des Verderbens haucht während ein regelrechter Pfeilsturm über die Köpfe seiner in Deckung kauernden Kameraden hinwegfegt.

Das Bild aber, das sich all jenen bietet, die in geduckter Haltung auf dem Wehrgang kauern, scheint absurd und irreal. Zwischen all dem Chaos und inmitten des Pfeilregens steht Ulrich aufrecht ohne jeden Schutz, schreitet ruhig über die Mauer und befüllt völlig unbeeindruckt einen Trinkbecher nach dem anderen. Zwar weicht der Bischof hier und da dem ein oder anderen Pfeil aus, doch vollführt er das mit derart spielerischer Leichtigkeit, als trüge er ein tänzerisches Schauspiel vor.

Sekunden später kommen die verhassten Reiter endlich in Reichweite der eigenen Langbögen und Handschleudern. Blitzartig richten sich die Schützen mit lautem Gebrüll auf, schleudern den verhassten Reitern Pfeile und Steine mit aller Kraft entgegen. Aber nicht jedem Kämpfer auf der Mauer gelingt es einen Schuss abzugeben. Etliche sinken von Pfeilen durchbohrt zu Boden, noch ehe sie ihre Waffen gegen den Feind richten können. Auch ist das Zeitfenster zur Gegenwehr sehr schmal. Just in dem Moment, als die Verteidiger endlich den Beschuss erwidern, feuert die Reiterhorde eine letzte Pfeilsalve gegen die Stadt und dreht dann blitzschnell ab. Wieder fordert auch der letzte Geschosshagel des Feindes seinen

Tribut, durchbohren Pfeile die Leiber und Gliedmaßen der Verteidiger. Und während zu Ulrichs Linken, wie zu seiner Rechten etliche Kämpfer niedergestreckt werden, bleibt der Mann Gottes völlig unversehrt. Gleich einem Fels in der Brandung scheint es, als spalte Ulrich die Flut des alles überschwemmenden Pfeilregens. Zwar durchbohren einige Pfeile die weiten Ärmel seines Gewands, doch kein Geschoss vermag den Bischof zu verletzen.

Noch bevor der letzte Reiter sich zur Umkehr wendet erhebt Ulrich seine Stimme erneut gegen die abziehende Kriegerhorde. Mit strengem Blick schreit er ihnen wütend seine Botschaft hinterher.

„Sehet, ich bin Ulrich von Augusta. Gott hat mich auserkoren euch zu trotzen. Lasset ab von dieser gesegneten Stadt und der Herr wird euch verschonen, oder bleibt und Gottes Zorn wird euch zerschmettern."

Mit offenstehenden Mündern verfolgten auch die Menschen innerhalb der Mauer die surreale Szenerie.

Immer mehr Menschen strömen zum Ort des Geschehens. Bauern, Handwerker, Frauen und Kinder blicken empor, werden Zeugen des Unfassbaren. Der Angriff ist vorüber, erwartungsvoll verharren die Menschen unterhalb der Stadtbefestigung. Doch ihr Fürstbischof spricht nicht zu der fassungslosen Menge, sondern übergeht die außergewöhnlichen Ereignisse mit selbstverständlicher Gelassenheit. Dann versorgt er die Verwundeten und leistet Beistand, dort wo er benötigt wird.

Erst danach verlässt Ulrich die Mauer und steigt auf sein Stabkreuz gestützt die Treppe zur Straße hinab. Dort verharren noch immer staunend die zahlreichen Zeugen des scheinbaren Wunders. Wie Moses einst das Meer teilte, so öffnet sich nun die schweigende Menschenschar vor ihrem Bischof und weicht in ehrfurchtsvoller Haltung zurück. Lediglich ein paar Kinder scheinen einen Beweis der Leibhaftigkeit des Gottesmannes zu suchen, strecken Ulrich vorsichtig ihre kleinen Hände entgegen und berühren zaghaft sein Gewand.

Zu der Menge sprechen möchte der Geistliche noch immer nicht. Ein zustimmendes Nicken genügt und wie einem lautlosen Signal folgend, lösen sich einige Alte aus der Ansammlung, steigen auf die Palisaden, ergreifen die Waffen der Gefallenen und füllen Lücke um

Lücke zwischen den dezimierten Kämpfern. Immer mehr Menschen, selbst Verwundete, erklimmen die Mauern und finden ihren Platz inmitten der ausgebrannten Krieger.

Zufrieden und ein wenig selbstgefällig betrachtet Ulrich die durch ihn verursachte Entwicklung. Mit welchen Worten hatte ihn Diepald noch vor gerade mal einer guten Stunde belehrt? „Die Zeit der frommen Sprüche ist verwirkt.“ Jetzt hatte Ulrich seinen Bruder gelehrt, dass er selbst ohne Worte eine Wende herbeizuführen vermag.

Wie ein Lauffeuer fegt die Kunde des Wunders durch die Stadt. Gott hatte sie also nicht aufgegeben, sondern den Menschen ein Zeichen geschickt. Mit einem Mal wirkt die Bischofsstadt wie befreit, erlöst von der erdrückenden Last des unausweichlichen Exodus. Niemand mehr ist bereit, den Untergang kampflos hinzunehmen. Zwar herrscht noch immer weitestgehend Stille in der Stadt, aber Ulrich kann den Wandel in den Gesichtern der Menschen ablesen. Die Männer blicken voller Entschlossenheit, Frauen und Kinder voller Hoffnung in die Zukunft. Der Fürstbischof konnte den Menschen nicht nur ihren Glauben zurückgeben, es war ihm auch gelungen, die Verteidigung auf den Mauern der Stadt aufrecht zu erhalten.

Schon seit Stunden versucht Diepald seinem Bruder ein weiteres Gespräch abzuringen. Aber Ulrich findet dafür keine Zeit, zumindest nicht im Augenblick, denn zunächst zieht es ihn zu seinem Heiland. In gewohnter Manier betet er mit ausgestreckten Armen auf dem Boden liegend inmitten seines Gotteshauses. Danach teilt er die Nonnen des Klosters in verschiedene Schichten ein, Tag und Nacht sollen die Frauen fortan singend und betend durch die Gassen ziehen. Die Präsenz des Göttlichen muss die Menschen nun zu jeder Stunde erreichen. So wird es späte Nacht, bis der Bischof endlich Zeit für seinen Bruder findet. Wieder gelingt es Ulrich nicht, der Zusammenkunft im Kirchengebäude pünktlich beizuwohnen. Sichtlich nervös empfängt ihn Diepald mit einer innigen Umarmung, kopfschüttelnd löst er schließlich die herzliche Umklammerung. Doch ist es Ulrich, der zuerst das Wort ergreift.

„Plagt dich ein krankhaftes Leiden, oder weshalb trittst du mir nur noch kopfschüttelnd gegenüber?“

„Nach deinen Scherzen steht mir augenblicklich nicht der Sinn. Was ist nur in dich gefahren, hast du den Verstand verloren? Hätte ich gewusst...".

Diesmal ist es Ulrich, der seinen Bruder nicht zu Ende sprechen lässt.

„Ich verstehe deine Sorge um mich Bruder. Aber du hofftest auf ein Wunder, nun ist es geschehen. Stell es bitte nicht in Frage, stelle mich nicht in Frage, sondern sieh was offensichtlich ist. Gott hat uns keineswegs verlassen. Ich bin lediglich das Werkzeug unseres Heilands und der Glaube ist die Waffe, mit der wir widerstehen können."

„Solange das Werkzeug unseres Heilands nicht noch einmal während eines Angriffs auf der Mauer weilt, will ich nicht mehr mit dir hadern. Und ich muss zugeben, dein waghalsiger Auftritt konnte die Gemüter wieder hoffnungsvoller stimmen. Das verschafft uns Zeit, zumindest ein oder zwei Tage, vielleicht auch weniger. Doch mit derlei hohem Risiko war das auch verdammt teuer erkauft."

So viel die Brüder auch ansonsten verbindet, schon immer stand der Glauben Ulrichs den Zweifeln und der Skepsis seines Bruders gegenüber. Doch hat der Fürstbischof nie aufgegeben auf Diepalds Glauben Einfluss zu nehmen. Dennoch macht er nun ein Zugeständnis.

„Ich habe nachgedacht. Es scheint wenig ratsam, wenn ich das Geheimnis um Ottos Schlachtplan weiterhin für mich behalte. Sollte mir etwas zustoßen, so musst auch du im Bilde sein."

„Und das fällt dir erst jetzt, nach deinem selbstmörderischen Tanz auf der Mauer ein. Nun gut, besser spät als nie. Dann lass mal hören welchen Schlachtplan unser König nun im Schilde führt. Vielleicht verhilft euer Vorhaben auch mir zum Glauben an den Sieg."

Auf Gott zu vertrauen liegt nicht in Diepalds Naturell, aber Ulrich hofft, der Schlachtplan Ottos würde seinen Bruder zuversichtlich stimmen. Er bittet Diepald Platz zu nehmen. Gerade mal zwei Stühle und einen kleinen Tisch beherbergt das beengte Nebengebäude des unvollendeten Doms. Nachdem sich beide Brüder gegenüber sitzen, fährt Ulrich weiter fort.

„König Otto wird uns nicht zu Hilfe kommen wie alle denken, sondern sammelt seine Kräfte an einem mit Gräben und Wällen befestigtem Ort nördlich der Donau. Sind alle Truppen vereint, lässt Otto die Hunnen wissen, wo sie die Königlichen finden können. Allerdings wird Bulcsu glauben, dass Otto mit nur wenig Männern in offenem Gelände auf Verstärkung wartet. Der Feind wird dann von uns ablassen und zum Standort Ottos eilen. Dort aber empfängt die vollständige Streitmacht des Königs die Hunnen und nicht nur ein Teil davon."

Diepald hört ruhig und konzentriert zu, bevor er seines Bruders Worte kommentiert.

„Den Hunnen nicht in einer offenen Feldschlacht gegenüberzutreten scheint mir klug. Vermutlich wird der Feind auch auf die Täuschung hereinfallen und sofort aufbrechen. Aber Otto dürfte wohl kaum mehr als 15.000 Männer um sich scharen, wie will er trotz seiner Festung mit einer solchen Übermacht fertig werden? Weiß er überhaupt, was da auf ihn zukommt?"

„Ich kann dir beides nicht beantworten. Doch wie schnell das Schicksal eine ungeahnte Wendung nehmen kann, hast du heute selbst erfahren. Und Otto konnte schon so manch ausweglose Schlacht für sich entscheiden. Glaube einfach daran Bruder, glaube."

Diepald hatte ganz offensichtlich auf einen überzeugenderen Schlachtplan gehofft. Sogleich weicht der kurze Anflug aufkeimender Zuversicht der ihm eigenen Ernsthaftigkeit. Auch plagen Diepald noch ganz andere Zweifel.

„Was, wenn Bulcsu vom Treffpunkt unserer Truppen erfährt, bevor alle Kontingente eintreffen, dann werden die Hunnen zu früh abziehen und jede Abteilung des Königs einzeln niedermähen. In dem Fall bleiben uns höchstens ein oder zwei Tage bis die siegreichen Hunnen zurückkehren, um unsere Stadt in Schutt und Asche zu legen. Wie kannst du das ausschließen? Die scheinbare List eures Plans ist auch ihr größter Schwachpunkt."

„Als die Hunnen in unsere Lande einfielen wurde die Donau nicht von ihnen überschritten. Mittlerweile konzentrieren sich ihre Kräfte vor den Toren unserer Stadt. Der Fluss im Norden ist weit entfernt, das jenseitige Gebiet für sie nicht von Belang. Und ein jeder weiß, wie die hunnischen Reiter tiefe Wasser fürchten. Aber selbst, wenn versprengte Feindkräfte dennoch Richtung Norden reiten, wäre ihnen die einzige Brücke versperrt. Unser Neffe Reginbald wacht mit ausreichend Kämpfern über die Brücke und wird..."

„Stopp! Was sagst du da? Dann sind wir allesamt verloren."

Diepalds unerwarteter Einwand wirkt panisch und entsetzt, kreidebleich schlägt er seine Hände vors Gesicht.

Auch Ulrichs Optimismus scheint mit einem Mal verflogen, seines Bruders Reaktion fährt ihm durch Mark und Bein. Unheilvolles ahnend fragt er zaghaft nach.

„Mein Gott Diepald, sag was hat das zu bedeuten? Man möchte meinen, der leibhaftige Teufel sei dir erschienen."

„Schlimmer Ulrich, viel schlimmer. Euer Plan ist längst gescheitert, ihr wisst es nur noch nicht."

„Was, wie, ich versteh das nicht. Erkläre mir das auf der Stelle", leise stotternd blickt Ulrich sorgenvoll zu seinem Bruder.

Schier endlos lange Sekunden verstreichen, bis Diepald endlich reagiert.

„Beim letzten Ansturm schickte uns der Feind eine Nachricht, ich wollte dir ohnehin noch davon berichtet. Ein Reiter Bulcsus warf ein Bündel über die Mauer. Zunächst hielt ich es nur für eine weitere Grausamkeit der Barbaren. Jetzt aber offenbart sich der tatsächliche Sinn jener vernichtenden Botschaft."

„Du sprichst in Rätseln, auf was willst du hinaus?" erwidert Ulrich ungeduldig und entnervt.

„Warte hier, die Botschaft sollst du selber sehen."

Ohne eine weitere Erklärung abzugeben verlässt Diepald den Raum und kehrt nur wenige Augenblicke später zurück. Schweigend nimmt er wieder Platz und legt ein in Stoff gehülltes Bündel auf den Tisch.

Als würde seine Geste irgendetwas bewirken, sitzt er gebeugten Hauptes über dem Bündel und schüttelt unentwegt den Kopf. Mit vorwurfsvollem Blick findet er dann doch noch seine Sprache wieder.

„Ihr Narren, du und dein König. Wie konntet ihr nur auf einen derart gewagten Schlachtplan bauen?"

Ulrich aber antwortet nicht. Entrüstet steht er auf und reißt das Bündel an sich, hastig zerrt er an den Knoten des Stoffes. Sekunden später wagt er einen Blick in dessen Inneres. Entsetzt wendet er sich ab und sinkt zurück auf seinen Stuhl. Im Bündel liegt der abgetrennte Kopf ihres Neffen Reginbalds, des Wächters über die Brücke.

*****

Benommen, aber bei Bewusstsein verspürt Fenja pochende Kopfschmerzen und einen starken Druck auf ihrer Brust. Kein Blut das warm über ihre Wangen fließt, keine klaffende Wunde die Fenjas Gesicht zerschmettert hätte. Stattdessen liegt der Mann, der sie erschlagen wollte, regungslos auf ihrer Brust.

Bruns Tochter Gesa hatte ihren ahnungslosen Vater gerade noch rechtzeitig aus dem Schlaf gerissen. Wutentbrannt stürzte sich Brun auf den Aggressor, entriss ihm die Axt und streckte ihn mit einem Faustschlag in den Nacken nieder. Einen Wimpernschlag darauf knallte der selbsternannte Scharfrichter mit seiner Stirn direkt auf Fenjas Kopf und beide gingen sofort zu Boden.

Zitternd vor Zorn steht Brun nun den überraschten Bauern gegenüber. Aus deren Mitte entweicht mit verzweifelter Miene Irngret, Bruns Frau. Schluchzend und weinend fällt sie ihrem Mann in die Arme.

„Brun, sie hielten mich einfach fest, sie haben mir ein Messer an den Hals gesetzt, ich musste mit zusehen...“

Ein markerschütternder Schrei aus Bruns Kehle unterbricht das Wehklagen seiner Frau. Jeden Moment droht er die Kontrolle zu verlieren. Instinktiv weicht die erschrockene Bauernschar zurück und verteilt sich eilends im Gestrüpp der angrenzenden Uferböschung.

Noch vor einer Stunde waren sie eine durch das Schicksal vereinte Gemeinschaft, nun aber ist die Gruppe unwiderruflich entzweit. Ein Zusammenraufen, eine Aussöhnung kommt für Brun nicht in Frage, zu viele Grenzen wurden überschritten. Erst jetzt wird den hitzköpfigen Bauern bewusst, welche Konsequenz ihr Handeln nach sich zieht. Schweigend beginnen alle ihre Habseligkeiten zusammenzupacken, um das Versteck am Lech Ufer zu verlassen. Ein jeder ist nun auf sich selbst gestellt.

Benommenen Hauptes gelingt es Fenja wieder aufzustehen. Nur der geheimnisvolle Fremde liegt noch immer regungslos danieder. Eine wirklich ernste Verletzung trug Fenja nicht davon, aber der bohrende Schmerz in ihrem Kopf will nur langsam nachlassen. Wankend schwankt sie Richtung Brun, der fassungslos und mit leerem Blick seine beiden Liebsten fest in seinen Armen hält.

„Brun, ich weiß nicht wie ich es dir danken kann. Was du für mich getan hast...ich finde einfach nicht die angemessenen Worte."

„Ach Fenja, ich habe gar nicht nachgedacht, es ist einfach geschehen. Wenn du jemand danken willst, dann danke Gesa."

Fenja blinzelt der Kleinen mit einem warmen Lächeln zu, sofort kommt das aufgeweckte Mädchen angelaufen. Gesa scheint die dramatischen Ereignisse relativ unbeeindruckt überstanden zu haben.

„Ich möchte mich bei dir bedanken meine kleine Heldin und ich glaube, du bist groß genug, um zu verstehen, weshalb."

„Ist schon gut, wir sind doch echte Freundinnen."

Fenja beugt sich zu dem Mädchen herunter und greift nach Gesas Händen.

„Wir reden später noch einmal darüber meine Süße, jetzt muss ich erst nach unserem Patienten sehen."

Die Sonne steht bereits tief am Horizont, als Fenja besorgt neben dem am Boden liegenden Krieger steht. In Ratlosigkeit versunken, hört Fenja, wie Brun schließlich zur Eile mahnt.

„Wir müssen aufbrechen, schnell. Die anderen haben bereits ihre Sachen gepackt. Falls unser Dorf noch existiert, sollten wir nicht die Letzten sein, die dort ankommen. Nicht auszudenken, wenn sie unser Versteck entdecken und wir leer ausgehen. Lasst Alles stehen und liegen, die Vorräte sind jetzt wichtiger."

Bruns Absicht ins Dorf zu marschieren erfüllt Fenja mit Unbehagen. Behutsam versucht sie den entschlossen wirkenden Schmied umzustimmen.

„Brun, lass uns lieber nochmal nachdenken. Unser Dorf wurde als einziges nicht gebrandschatzt, da bin ich mir sicher. Und das macht mir Angst."

„Fenja, was soll denn das schon wieder? Woher willst du das

wissen, deine Verrücktheiten bringen uns nur in weitere Schwierigkeiten."

„Ich beobachtete jeden Tag die Rauchsäulen in der Ferne. Du kannst mir glauben, nur unser Dorf wurde nicht niedergebrannt. Das hat bestimmt einen Grund und kann kein Zufall sein, was wenn..."

Brun lässt Fenja nicht zu Ende sprechen. Sichtlich entnervt ergreift er selbst das Wort.

„Auch ich sah die vielen Feuer, aber schließen kann ich daraus nichts. Vielleicht ist uns das Schicksal wohlgesonnen und die Heiden vergaßen unser Dorf einfach nur. Fenja, wir müssen handeln und zwar sofort. Wir werden uns jetzt auf den Weg machen, keine Widerrede."

Zielsicher und entschlossen schreitet Brun in Richtung der dicht bewachsenen Uferböschung. Auch Gesa und Irngret sind Aufbruch bereit und warten nur noch auf Fenja, die wie angewurzelt neben ihrem Schützling kniet. Sie bringt es nicht übers Herz, den rätselhaften Fremden einfach so zurück zu lassen.

„Verdammt nochmal Fenja."

Brun macht unversehens kehrt und bringt kopfschüttelnd sein Unverständnis zum Ausdruck. Er ahnt bereits, die junge Frau wird abermals nicht Folge leisten.

„Bist du dir sicher Fenja, dass er das Wert ist?"

„Brun, es ist nicht nur der Nächstenliebe wegen. Ich habe da so ein Gefühl. Nein, ich bin mir ganz gewiss, dass ich...ich..."

Noch während Fenja stotternd nach den richtigen Worten sucht, packt Brun den regungslosen Krieger und stemmt ihn, einem Sack Getreide gleich, über seine rechte Schulter.

„Brun, was machst du da? Ich wollte doch nur..."

„Wir haben jetzt für derlei Unstimmigkeiten keine Zeit. Dann nehmen wir ihn eben mit."

„Aber du kannst ihn doch nicht bis ins Dorf tragen."

„Ich kann, ich bin ein starker Schmied. Schon vergessen, ich hab dir gerade das Leben gerettet. Rette ich halt jetzt den Nächsten. Hauptsache der Herr im Himmel sieht genau hin. Außerdem, wenn wir ihn hier liegen lassen, ist das ganze Theater ja umsonst gewesen. Jetzt komm, wir haben´s eilig."

Fenja lässt sich nicht zweimal bitten, erstaunt und erfreut zugleich folgt sie umgehend Bruns Aufforderung. Das Erklimmen der steilen, dicht bewachsenen Uferböschung erfordert Kraft, besonders wenn man einen Mann auf seinen Schultern trägt. Nur Gesa wieselt mit spielerischer Leichtigkeit den Hang hinauf. Kurz darauf sitzt die kleine Gruppe keuchend, aber wiedervereint am oberen Ende der Uferböschung. Noch bietet ihnen das üppige Laub der Vegetation eine ausgezeichnete Deckung. Doch vor ihnen erstreckt sich eine mehrere hundert Meter breite Graslandschaft. Der dahinter liegende Wald grenzt in einigen Kilometern Entfernung mit seinen jenseitigen Ausläufern an das ersehnte Heimatdorf. Während Gesa und Irngret etwas zurückbleiben, wagen Fenja und Brun einen Blick in die Weite der offenen Flussauen.

„Kannst du etwas erkennen, siehst du etwas, das auf Hunnen hindeutet?“ flüstert Brun fragend.

Kopfschüttelnd verneint Fenja die Frage des umsichtigen Schmieds. Aber Brun scheint es trotz der fortgeschrittenen Dämmerung immer noch zu hell, um die schützende Deckung aufzugeben.

„Lasst uns kurz warten, die Sonne wird gleich untergehen. Wir wollen besser nichts auf Spiel setzen.“

Bruns Worte sind kaum verhallt, da entnimmt er Fenjas Mimik, dass etwas nicht stimmt. Wortlos deutet sie auf eine Stelle inmitten der ausgedehnten Graslandschaft. Jetzt kann Brun es auch erkennen. Die Bauern haben die Deckung des Gestrüpps bereits verlassen. In geduckter Haltung versuchen sie mehr halbherzig als geschickt, die deckungsfreie Gefahrenzone rasch zu überqueren. Brun kommentiert das fahrlässige Handeln der Dorfbewohner mit besorgtem Blick.

„Diese dummen Bauern, wieso warten die nicht, bis es richtig dunkel wird?“

Wieder ist es Fenja, die zuerst ein leises Wiehern aus dem gegenüberliegenden Gehölz wahrzunehmen glaubt. Konzentriert blickt sie auf die gespenstisch wirkende Szenerie.

„Die müssen das gehört haben, die sind doch viel näher dran“, schießt es ihr durch den Kopf.

Da springen bereits die Ersten auf und rennen mit aller Kraft zurück in Richtung des Dickichts über der Uferböschung. Fenja kann direkt in die weit aufgerissenen Augen der flüchtenden Frauen und Männer blicken. Die Unglückseligen laufen geradewegs auf sie zu.

„Fenja, sofort zurück zum Fluss, mein Gott komm“, keucht Brun, bevor er seine Liebsten an den Händen greift.

Panisch stürmt die Familie des Schmieds den soeben erklommenen Abhang zurück. Nur Fenja bleibt wie angewurzelt im Gebüsch hocken. Sie schafft es einfach nicht, sich abzuwenden. Das Grauen erahnend, starrt sie auf das Drama vor ihr. Fast lautlos bricht ein gutes Dutzend hunnischer Reiter aus dem gegenüber liegendem Wald hervor. Mit unglaublicher Schnelligkeit nehmen sie die Verfolgung der Todgeweihten auf. Schon streckt ein gezielter Pfeilhagel zehn der elf glücklosen Bauern nieder. Lediglich dem schnellsten, einem jungen Viehhirten aus dem Dorf, gelingt es, den todbringenden Pfeilen auszuweichen. In schnellem Zickzack rennend, scheint er seinen Peinigern davon zu kommen. Nur noch ein kurzes Stück trennt ihn von dem rettenden Buschwerk, in dem die vollkommen erstarrte Fenja kauert. Da durchschneidet ein weiterer Pfeilhagel die laue Abendluft. Der Tod ereilt den jungen Mann, noch bevor sein Körper nur wenige Meter vor Fenja auf den Boden schlägt. Gleich fünf Pfeile ragen aus dem Rücken des Ermordeten. Fenja gelingt es nur noch schwerlich, gegen die in ihr aufsteigende Panik anzukämpfen.

„Nicht schreien, du darfst nicht schreien“, murmelt sie gebetsmühlenartig vor sich hin.

Die Steppenreiter aber handeln kühl und routiniert. Gelassen steigen sie von ihren Pferden, um sich den Gefallenen draußen in der Ebene zu widmen. Ausgerechnet eine Bäuerin hat den Angriff überlebt, mit einem Pfeil im Schulterblatt steckend kriecht sie weinend durch das Gras. Das ist auch den Hunnen nicht entgangen. Schon erreicht der erste Krieger die schwer verletzte Frau. Schluchzend und stotternd fleht sie um ihr bisschen Leben. Doch den Krieger interessiert ihr Wehklagen nicht. Stattdessen tritt er seinem am Boden kauernden Opfer mit aller Kraft in den Unterleib. Die Wucht des Angriffs schleudert die aufschreiende Bäuerin auf den Rücken wo sie wimmernd liegen bleibt.

Noch nie wurde Fenja mit derart menschenverachtender Brutalität konfrontiert. Einem bleiernen Mantel gleich, lähmt sie das grausame Schauspiel umso mehr.

Mittlerweile umringt die gesamte Hunnenschar ihr wehrloses Opfer. Schallendes Gelächter dringt an Fenjas Ohr. Das Leid der Bäuerin scheint die Krieger zu amüsieren. Schließlich reißen zwei Krieger der am Boden liegenden Frau brutal die Kleider vom Leib. Doch die zu erwartende Vergewaltigung bleibt aus, scheinbar entspricht das nackte Antlitz der nicht mehr jungen Bäuerin nur wenig den Erwartungen ihrer Peiniger. Erneut vernimmt Fenja lautes Gelächter, dann ergreift ein Krieger seine Streitaxt und drischt wie von Sinnen mehrfach auf den Kopf des wehrlosen Opfers ein. Nachdem das mörderische Werk verrichtet ist, schickt sich die Schar der Schlächter an, die Leichen und deren Habseligkeiten nach Wertgegenständen oder Brauchbarem zu durchsuchen. Kein Leichnam entgeht der schändlichen Entwürdigung.

Von all dem bekommt Fenja nichts mehr mit, das Grauen draußen in der Niederung kann sie einfach nicht mitansehen. Noch immer am Rand der Freifläche in ihrem Gebüsch hockend, hält sie ihre Augen fest verschlossen. So versäumt sie es, die Gunst des Augenblicks zu nutzen. Noch sind die wilden Krieger mit der Durchsuchung der entfernt liegenden Leichen beschäftigt, aber sie werden auch ihr letztes Opfer, den jungen Viehhirten, nicht außer Acht lassen. Anstatt sich rechtzeitig zurückzuziehen, verharrt Fenja mit geschlossenen Augen weiterhin im Gebüsch nahe dem Ermordetem. Viel zu spät dringt der rettende Gedanke in ihr Bewusstsein. Erst das Geräusch herannahender Hufe veranlasst Fenja unvermittelt die Augen zu öffnen. Für einen Rückzug ist es nun zu spät. In schnellem Tempo stürmt ein Reiter direkt auf den Leichnam des jungen Viehhirten zu. Nur rund 10 Schritte trennen Fenja von dem leblosen, im Gras liegenden Körper. Erst unmittelbar davor bremst der Krieger abrupt ab und schwingt sich mit einem Satz geschickt aus dem Sattel. Aufgewirbelter Staub hüllt Ross und Reiter in eine dichte Wolke. Nur langsam klart die Sicht. Mit Entsetzen starrt Fenja nun auf das, was all ihre Zeitgenossen am meisten fürchten, einen Magyarenkrieger aus allernächster Nähe.

Das exotisch anmutende Antlitz des kleinwüchsigen Mannes

wirkt auf Fenja furchteinflößend, sein kräftiger, gedrungener Körperbau bedrohlich. Solch tiefliegende, geschlitzte Augen hat sie noch nie zuvor gesehen. Das fremdartige, braungelbe Gesicht unter der kahlgeschorenen Schädeldecke mit dem kleinen Haarzopf empfindet sie besonders abstoßend. Rumpf, Hüften und Oberschenkel des Kriegers sind mit unzähligen, einander überlappenden Lederplättchen geschützt. Das wirkt auf Fenja wie die Schuppen eines grässlichen Reptils und lässt die Gestalt noch schrecklicher erscheinen.

Fenjas Herz beginnt zu rasen und kalter Angstschweiß rinnt ihr über die Stirn. Panische Gedanken schießen Fenja nun durch den Kopf. Werden Dämmerung und Geäst sie vor Entdeckung schützen? Jedes kleinste Geräusch, jede noch so vorsichtige Bewegung kann sie jetzt verraten. Während Fenja alle Kraft auf ihre Atmung konzentriert, beginnt der Krieger die Leiche zu durchsuchen. Plötzlich erfüllt unverständliches Geschrei die gespenstische Szenerie. Fenja zuckt zusammen. Die fremde Sprache kann sie nicht verstehen, den Inhalt jener Worte erahnt sie dennoch. Offenbar gab der Leichnam keine nennenswerte Beute preis und der Krieger flucht mit tiefer Stimme in die anbrechende Nacht hinaus. Unter weiteren Beschimpfungen zieht er ein langes Messer und schlitzt den leblosen Körper wie ein Stück erlegtes Wild der Länge nach auf. Augenblicklich erfüllt unerträglicher Gestank die Luft. Der Schlächter durchsucht das letzte noch verbleibende Versteck des jungen Viehhirten und wühlt in den Gedärmen nach verschluckten Münzen. Derweil kämpft Fenja gegen ihre Übelkeit, ein schier übermächtiger Würgereiz raubt ihr fast die Sinne. Die Hände fest vor den Mund gepresst, versucht sie nicht zu erbrechen. Endlich steigt der Krieger wieder in den Sattel. Gerade als er kehrt machen will, unterbricht ein leises Röcheln die angsterfüllte Stille, Fenja durchfährt es wie ein Blitzschlag. Das verräterische Geräusch dringt unmittelbar hinter ihr aus dem Unterholz. Der geheimnisvolle Fremde, Brun hatte ihn während seiner hastigen Flucht dort liegen lassen. Fenja blickt vorsichtig zurück, doch wagt sie es nicht, das kurze Stück hinüber zu kriechen. Zwar wird das Röcheln wieder leiser und verstummt, aber der aufmerksame Krieger hat das verräterische Geräusch längst wahrgenommen. Als Fenja erneut nach vorne blickt, richtet der Reiter seinen gespannten Bogen genau auf ihre Position. Wieder sieht sie starr vor Angst dem Tod ins Auge, wieder unternimmt sie nichts. Fast lautlos löst der Krieger seinen Bogen, schießt der Pfeil mit enormem Tempo auf Fenja zu. Ein lautes „Tock“ und der Pfeil schlägt direkt neben Fenjas Kopf im Stamm der jungen Weide ein. Blitzschnell spannt der Schütze den Bogen erneut. Alle Sinne auf das im Halbdunkel liegende Gebüsch fokussiert, lauert der Krieger geduldig auf einen verräterischen Fehler seiner Beute.

Da brüllt ein fernes Signalhorn tiefe Töne in die Nacht. Wiehernd und schnaubend bäumt sich das Pferd des Reiters auf, dreht einmal um die eigene Achse und verschwindet galoppierend in der Finsternis. Die Magyaren zieht es in eines ihrer zahlreichen Lager zurück. Fenja hat es überstanden, zum zweiten Mal.

Erst nach einer ganzen Weile gelingt es Fenja endlich, sich ihrer Starre zu entledigen. Vorsichtig kriecht sie zu dem noch immer ohne Bewusstsein danieder liegendem Fremden und prüft voller Sorge seinen Zustand. Er atmet noch, Fenja ist erleichtert. Das Mondlicht der sternenklaren Nacht verleiht dem Antlitz des Mannes etwas Friedliches. Fast wirkt es, als schlafe er nur ein wenig. Sachte streichelt sie ihm über Haar und Stirn. Für einen Moment scheint Alles harmlos und entspannt. Ein sanfter, wohltuender Wind trägt den Gestank des Todes in die Ferne und das funkelnde Firmament hüllt die Landschaft in ein zartes Spiel aus Licht und Schatten. Die märchenhafte Komposition der lauen Sommernacht lässt die Gewalt der letzten Stunden geradezu absurd und unwirklich erscheinen. Aber viele Menschen mussten auf grausame Weise ihr Leben lassen. Fenja erinnert sich an Bruns Worte, „Bist du dir sicher, dass er das Wert ist?“

Quälende Zweifel keimen in ihr auf. Vielleicht hatten die Bauern mit ihren Bedenken sogar recht. Ein jeder weiß von den ehrlosen Verrätern aus den Reihen des Adels, gehört auch er dazu? Verdächtig scheint sein Auftauchen inmitten des vom Feind kontrollierten Gebietes allemal. Berechtigte Zweifel gäbe es also genug. Doch seit jeher obsiegte Fenjas Gefühl über ihren Verstand, bislang war sie auch immer gut damit beraten. Aber diesmal hatte ihr Handeln tragische Konsequenzen nach sich gezogen. Kann man Leben gegeneinander abwiegen, ist die eine Seele mehr wert als die andere? Fenja beschließt die Zweifel in ihrem Herzen nicht weiter zuzulassen, zumindest nicht für den Moment. Jetzt muss sie erst mal Bruns Familie wiederfinden. Als erfahrene Waldläuferin fällt es ihr nicht schwer, den Weg durch die Dunkelheit zurück zu finden. Am Flussufer angelangt, macht sie mit leisen Rufen auf sich aufmerksam. Schließlich kriechen Gesa, Irngret und Brun verängstigt, aber wohlauf aus dem Gebüsch hervor. Das Wiedersehen des Quartetts fällt herzlich und tränenreich aus, dann berichtet Fenja was geschah. Doch für Trauer bleibt keine Zeit, nach einer kurzen Beratung steht die Entscheidung fest, den ursprünglichen Plan zu Ende zu bringen. Die Beschaffung der dringend benötigten Lebensmittel will Brun nicht aufschieben, danach wird man weitersehen. Erneut erklimmen alle die unwegsame Uferböschung. Oben angekommen, eilt Fenja zurück zu ihrem Schützling und versucht, ihn aus der Deckung des Gebüschs ins Freie zu ziehen. Aber das Vorhaben will ihr nicht so recht gelingen. Jetzt offenbart sich, dass die letzten Stunden nicht spurlos an der jungen Frau vorüber gingen. Mit weinerlicher Stimme zerrt sie verzweifelt an dem ohnmächtigen Mann.

„Warum bist du nur so schwer und kommst nicht endlich zu Bewusstsein? Ich will dir doch helfen und du liegst einfach nur da. Weißt du überhaupt was alles passiert ist?"

„Er kann dich doch nicht hören Fenja", flüstert ihr der Schmied leise zu.

Mit seiner linken Hand fasst er vorsichtig nach Fenjas Kinn und blickt ihr tief in die Augen. Brun kann die Zweifel ihres Herzens spüren. Sollte der Fremde mit dem Feind paktieren, wird sie sich für den Tod der Bauern verantwortlich fühlen. Mit sanfter Stimme versucht er Fenja zu beruhigen.

„Gib dir bitte keine Schuld, für das was heute geschehen ist. Die Wege des Herrn sind unergründlich, nur er richtet über unser Schicksal, nicht wir."

Fenja schaut aus großen, feuchten Augen zu ihm auf. Der Schmerz steht ihr ins Gesicht geschrieben.

„Dein Gott ist aber nicht der meine. Wenn wir all unsere Fehler mit dem Glauben rechtfertigen, werden die Menschen nie Verantwortung übernehmen. Ich aber will zu meiner Verantwortung stehen und weiß nicht, ob ich die Last des heutigen Tages tragen kann."

„Du magst nicht an Gott glauben, aber dennoch hast du im Sinne einer wahren Christin gehandelt und überlebt. Heute sind Menschen gestorben, die genau das nicht getan haben. Wäre das nicht ein Grund zu glauben?"

„Nein Brun, ist es für mich nicht. Wir handelten lediglich besonnener und hatten Glück, weiter nichts."

Brun schüttelt nur den Kopf. Mit einem tiefen Seufzer stemmt er den Fremden über seine rechte Schulter und signalisiert seine Bereitschaft zum Aufbruch. Eine gute Stunde wird der Weg durch die Dunkelheit in Anspruch nehmen, vorausgesetzt sie bleiben unbehelligt. Die Chancen dafür stehen gut, denn nach Einbruch der Nacht verlassen die Reiterkrieger nur selten ihre Lager. Stattdessen feiern sie nach Magyaren Art. Becher um Becher vergorener Stutenmilch rinnt in die Kehlen der durstigen Eroberer. Dann beginnt auch für die vielen verschleppten Mädchen und Frauen ein sich nächtlich wiederholendes Martyrium. So ist es auch in dieser Nacht, kein Feind kreuzt den Weg der kleinen Flüchtlingsgruppe. Zielsicher führt Fenja ihre Gefährten über Stock und Stein bis sie endlich einen Pfad erreichen. Kurz darauf verlässt der Weg den dunklen Wald und die Silhouette des unversehrten Heimatdorfes schält sich aus der Finsternis. Gut zwei Dutzend Häuser und Hütten zählt die kleine, abgelegene Gemeinde. Die Siedlung wurde also nicht ein Raub der Flammen. Doch Fenja kann Bruns Euphorie darüber nicht teilen, im Gegenteil. Skeptisch und mit einem flauen Gefühl im Magen blickt sie auf die friedlich wirkende Häusergruppe. In angemessener Entfernung legt Brun den besinnungslosen Fremden nahe am Waldrand vorsichtig zu Boden und erläutert mit flüsternder Stimme die weitere Vorgehensweise.

„Sieht zwar verlassen und ruhig aus, aber wir dürfen kein Risiko eingehen. Bestimmt ist alles in Ordnung. Ich geh nur zur Sicherheit vor und seh mal nach. Ihr wartet hier im Schutz des Waldes und zwar genau hier. Irngret, gib mir bitte meine Axt."

Aber Irngret reagiert nicht. Besorgt um ihren geliebten Mann umarmt sie ihn innig und macht keine Anstalten, wieder loszulassen.

Erst nach einer Weile drückt Brun seine Frau behutsam von sich. Mit zitternder Stimme versucht sie ihn noch umzustimmen.

„Bitte geh nicht. Vielleicht hat Fenja mit ihren Bedenken recht und die Hunnen warten nur auf ein paar dumme Gestalten wie uns, die einfältig genug sind, ins Dorf zurück zu kehren.“

„Hab keine Sorge mein Liebes. Heute hat der Herrgott uns als einzige am Leben gelassen. Wir sind behütet und beschützt. Noch bevor du drei Vaterunser beten kannst, bin ich wieder zurück.“

Vorsichtig und zart tupfen die kräftigen Hände des Schmieds die Tränen von Irngrets Wangen. Dann verschwindet Brun in der Dunkelheit.

Während die kleine Gesa von den Träumen der Nacht hinfort getragen wird, ist für Irngret nicht an Schlaf zu denken. Erst recht nicht, nachdem eine quälend lange Zeit des Wartens ereignislos verstrichen ist. Irngrets Hände sind vom langen Beten mittlerweile fest ineinander verkrampft. Auch Fenja fällt es nicht mehr leicht, ihrer Nervosität keinen Ausdruck zu verleihen. Neben ihrer Leidensgenossin sitzend nimmt sie Irngret in den Arm und versucht behutsam auf sie einzuwirken.

„Du darfst nicht mehr weinen, sonst muss dein Mann nachher wieder alle Tränen trocknen. Er wird gewiss unversehrt wiederkommen und unglücklich darüber sein, wenn du noch immer weinst.“

„Ach Fenja, ich habe solche Angst. Von meiner Familie ist mir doch kaum jemand geblieben. Vater, Mutter, meine Schwestern, allesamt tot oder verschleppt. Nur Gesa und Brun sind noch da, mein geliebter Brun. Es darf ihm nichts passieren. Warum kehrt er nicht zurück, was machen wir den bloß?“

Wortlos zieht Fenja das schluchzende Häufchen Elend näher heran. Auch sie muss eingestehen, Brun ist schon viel zu lange fort. Der Gedanke, dass Brun gefangen genommen oder getötet wurde, bring auch Fenja schier um den Verstand. Plötzlich werden Fenjas sorgenvolle Gedanken jäh unterbrochen. Nicht allzu weit entfernt nimmt sie das Geräusch knackender Äste wahr.

„Das muss Brun sein, endlich kehrt er zurück“, haucht Irngret mit erwartungsvoller Miene.

Doch Fenja legt blitzschnell ihre Hand auf Irngrets Lippen, denn die Ernüchterung folgt auf dem Fuß. Das Geräusch kommt nicht aus der ersehnten Richtung, sondern mitten aus dem Wald. Langsam aber zielgerichtet schleichen die Schritte immer näher auf die beiden Frauen und die kleine Gesa zu. Fenja hatte mit ihrem Bauchgefühl also recht behalten, nun schnappt die Falle zu. Gemeinsam wegzulaufen wird sie nicht mehr retten, dafür sind Irngret und Gesa viel zu erschöpft. Noch während Fenja angestrengt nach einem Ausweg sinnt, hat Irngret mit ihrem Schicksal bereits abgeschlossen. Zitternd presst sie einen kalten, langen Gegenstand in Fenjas Hand.

„Fenja, sie dürfen Gesa nicht bekommen. Du musst mir helfen, ich kann es nicht alleine tun."

Fassungslos starrt Fenja auf die stählerne Klinge des Messers, dann wandert ihr Blick zu dem im Mondlicht schlafenden Mädchen. Jede Faser ihres Körpers stemmt sich gegen diesen verzweifelten Akt, Gesa den Qualen der Gefangennahme zu entziehen. Nein, das darf nicht Gesas Schicksal sein.

„Weglocken, ich muss sie weglocken", kommt noch über Fenjas Lippen.

Das Messer fest umschlossen, schießt sie hoch und rennt mit aller Kraft auf die Wiese hinaus. Sofort nehmen die unheilvollen Schritte die Verfolgung auf. Fenja ist eine schnelle Läuferin, schnell genug, um den Feind von Mutter und Kind hinfort zu locken. Das wird den beiden ausreichend Zeit zur Flucht verschaffen. Fenja will rennen, bis der erste ihr zu nahekommt und dann die Klinge in den Leib des Hunnen stoßen. Fest entschlossen jagt sie durch die Nacht, während ihr mit jedem Pulsschlag das Adrenalin pochend durch die Adern schießt. Den bevorstehenden Schlussakt vor Augen, kann sie nur noch an das nahe Ende denken. Immer fester umklammern Fenjas Finger den Griff des Rost vernarbten Messers. Noch wagt sie es nicht, zurück zu blicken. Das hohe Gras der Wiese lässt die Beine der jungen Sprinterin mit jedem Schritt an Kraft verlieren, ihren Vorsprung wird sie nicht mehr lange halten können.

Den keuchenden Atem ihres Peinigers dicht im Nacken, macht sie schließlich auf der Stelle kehrt, bereit den letzten Kampf zu führen. Aber der Verfolger ist ihr bereits viel zu nah, es gelingt ihm nicht, vor Fenja halt zu machen. So nimmt sie nur noch einen dunklen Schatten wahr, ehe Jäger und Gejagte aufeinanderprallen. Trotz der harten Kollision rollt Fenja mehr oder weniger geschmeidig ab und steht nach einer kurzen Schrecksekunde wieder auf den Beinen. Aber ihr Angreifer ist nirgends auszumachen. Sicher hält er sich im hohen Gras versteckt, mutmaßt Fenja, während sie nervös in jeder Richtung blickt. Plötzlich tönt es aus dem Grün der Wiese.

„Fenja du verrücktes Weibsbild. Hast du jetzt komplett den Verstand verloren, weshalb rennst du vor mir weg? Wenn du keine Frau wärst, ich würde dir…Ehrlich Fenja, ich vergess mich gleich. Nun komm wenigstens und hilf mir hoch."

Der Klang der tiefen, wohlvertrauten Stimme tönt wie Musik in Fenjas Ohren. Sie rannte tatsächlich vor Brun davon. Nicht auszudenken, was hätte passieren können. Wie konnte sie nur so dumm gewesen sein? Auf dem Boden kniend ringt der atemlose Schmied nach Luft und wirft Fenja verständnislose Blicke zu; nicht das erste Mal in dieser Nacht.

„Brun ich wusste nicht..., du warst so lange weg und dann die Schritte aus der falschen Richtung. Wir dachten die Hunnen würden uns holen. Da bin ich losgelaufen, um von Gesa und Irngret abzulenken. Hat ja auch funktioniert, irgendwie."

„Verdammt Fenja, seh ich vielleicht wie ein Hunne aus?" dabei zieht Brun mit den Zeigefingern seine Augen zu langen, schmalen Schlitzen.

Fenja stutzt für einen Moment, Bruns vor Zorn errötetes Gesicht verleiht seiner Grimasse geradezu groteske Züge. Auch Fenjas Erleichterung weicht ob seines Gebarens einer gereizten Stimmung. Mit in die Hüften gestemmten Fäusten erwidert sie energisch.

„Also ganz so unähnlich wirkst du auf mich nicht. Und falls es dir noch nicht aufgefallen sein sollte, es ist dunkel. Da musste ich mich auf mein Gehör verlassen."

„Genau es ist dunkel, deswegen hab ich mich ein wenig verlaufen. Kein Grund gleich durchzudrehen."

„Ein wenig? Du kamst genau aus der entgegengesetzten Richtung. Und überhaupt, du hättest nach uns rufen können."

Fenjas Widerworte reizten den noch immer in der Wiese knienden Brun zusehends.

„Wie bitte, ich hätte nach euch rufen sollen? Natürlich, ich schrei es in die Nacht hinaus. Hallo ihr lieben Hunnen, habt ihr heut noch nicht genug gemordet und geschändet? Dann kommt nur her, wir warten hier auf euch."

„Ganz offensichtlich waren ja keine Hunnen im Dorf, sonst wärst du wohl nicht hier. Außerdem, jetzt kannst du auf einmal laut durch die Gegend brüllen. Oder wolltest du die Tiere des Waldes nicht erschrecken?"

Fenjas ironischer Unterton bringt Brun vollends aus der Fassung. Noch bevor er kräftig Kontra geben kann, erfasst sein Blick das Messer in Fenjas Faust; die Worte bleiben ihm im Halse stecken. Die Gefahr in der er schwebte, wird ihm schlagartig bewusst. Auch Fenja scheint mit der Situation sichtlich überfordert und so starren beide eine ganze Weile schweigend auf die Klinge. Dann stopft sie unbeholfen das Messer in eine Tasche ihres Rockes und kommentiert ihr Tun voller Ungeschick.

„Äh ja, das ist ein Messer, zum Kräuter schneiden oder so. Aber eigentlich geht das gar nicht, weil es viel zu stumpf ist, das Messer, sogar fürchterlich stumpf."

Bruns verärgerter Blick nimmt fassungslose Züge an. Der Farbwechsel seines Kopfes von Hochrot zu Schneeweiß verstärkt den Eindruck seines Stimmungswandels. Zwar richtet sich der kräftige Schmied endlich auf, aber das Gespräch mit Fenja möchte er nicht weiterführen.

„Vergiss es Fenja, ich möchte nicht mehr darüber sprechen. Sag mir lieber, wo mein Kind und meine Frau geblieben sind."

„Irgendwo im Wald, wir werden sie suchen müssen. Bestimmt finden wir die Beiden rasch, sie können nicht weit sein", antwortet Fenja leise.

„Das will ich hoffen, mein Bedarf an Überraschungen ist nämlich fürs Erste gedeckt, also lass uns keine Zeit verlieren."

Die befürchtete Überraschung bleibt aus, nur wenig später kann Brun seine Liebsten endlich wieder in die Arme schließen. Vom unverhofften Wiedersehen überwältigt, braucht es eine Weile, bis Irngret sich beruhigt. Lediglich die schlafende Gesa und den geheimnisvollen Fremden kann nichts aus ihrer Starre reißen. So berichtet Brun den beiden Frauen, wie es um das Dorf bestellt ist. Demnach hatten die Hunnen das Dorf zwar heimgesucht und schwere Verwüstungen in den Häusern hinterlassen. Die unter dem Fußboden verborgenen Vorräte aber blieben unentdeckt, jedenfalls in Bruns und Irngrets Haus. Nirgendwo fand Brun ein Lebenszeichen, das Dorf scheint tatsächlich verlassen. Die Aussicht auf eine üppige Mahlzeit erfüllt die Eheleute mit hoffnungsvoller Euphorie, nur Fenja ist es immer noch nicht wohl dabei.

„Ich kann das Essen schon riechen. Irngret du nimmst Gesa, ich trag Fenjas Märchenprinzen und du", dabei deutet Brun energisch auf Fenja,

„versuchst es ohne neuerliche Überraschung bis ins Dorf zu schaffen."

Trotz ihrer menschlichen Last eilen Brun und Irngret geradezu beflügelt Richtung Dorf. Mit gemischten Gefühlen trottet Fenja schweigend hinterher.

Im Haus des Ehepaares angekommen, entzündet Brun mit einem Feuerstahl geschickt eine Flamme, die kurz darauf ein kleines, Öl gefülltes Lämpchen speist. Im Schein des zarten Lichts offenbart sich das ganze Ausmaß der Zerstörung. Die wenigen Möbel der Familie liegen zerborsten im gesamten Raum verteilt. Aber selbst Irngret scheint in Anbetracht der langersehnten Mahlzeit kaum entsetzt darüber. Hektisch beginnt Brun in einer Ecke den gestampften Lehmboden aufzugraben. Schließlich zerrt er einen hölzernen Kasten aus der Erde, den er hastig in die Mitte des Raumes schleift. Es bedarf nur eines einzigen Hiebes mit Bruns Axt und das Behältnis zerbricht in seine Einzelteile.

„Kommt, langt doch zu. Es ist genug für alle da," fordert der Schmied die Frauen zum Schmausen auf.

Verschiedenste Sorten gedörrtes Obst und Gemüse liegen weit um Brun auf dem Boden verstreut, sogar ein Stückchen Rauchfleisch ist dabei. Erst jetzt merkt Fenja, wie sehr der Hunger sie tatsächlich quält und greift nach einer Birne. Ehrfurchtsvoll blickt sie auf die saftige Frucht, bevor sie ihre Zähne genüsslich in das Fleisch der Birne gräbt. Bereits nach kurzer Zeit sind alle wohl gesättigt.

„Wie soll es denn jetzt weitergehen?" möchte Irngret von ihrem Mann wissen.

„Wir verbringen hier auf jeden Fall die Nacht. Am frühen Morgen brechen wir aber auf und nehmen die restlichen Vorräte mit. Entweder wir gehen zurück zum Fluss, oder wir suchen ein anderes

Versteck im Wald", antwortet Brun, der noch immer auf einem Stück des Räucherfleisches kaut.

Fenja kann es kaum fassen, Brun erwägt ernsthaft im Wald ein neues Versteck zu suchen. Unvermittelt sprudelt es aus ihr heraus.

„Ja natürlich, wir gehen in den Wald. Eine großartige Idee. Da kenn ich jeden Schlupfwinkel und jedes Erdloch. Es gibt dort auch reichlich Quellen. Ich weiß schon genau wo wir hingehen, vertraut mir."

Bei den Worten „vertraut mir" läuft Brun ein kalter Schauer über den Rücken. Aber auf eine weitere Diskussion mit Fenja will er sich nicht einlassen, zumal es noch ein anderes heikles Thema abzuklären gilt. Allein der Gedanke daran lässt den Moment des Wohlbefindens abrupt in Vergessenheit geraten und die Stirn des Schmieds legt sich in tiefe Falten. Bruns sorgenvoller Blick wandert zu dem auf Stroh gebetteten Fremden.

„Morgen können wir ihn nicht mehr mitnehmen. Entweder er kommt rechtzeitig auf die Beine, oder wir müssen ihn zurück lassen."

Fenja wird bewusst, sie kann Brun die Last des Tragens nicht noch länger abverlangen. Sie muss es einfach schaffen, dem bewusstlosen Mann bis Morgen neues Leben einzuhauchen, und sie weiß auch wie.

„Das verstehe ich natürlich. Aber du musst mir noch einen letzten Gefallen tun und den Mann in meine Hütte tragen, ich werde dort die Nacht mit ihm verbringen."

Die Antwort Bruns fällt nicht weniger entrüstet aus, als Fenja es erwartet hatte.

„Himmel nochmal, bist du jetzt völlig übergeschnappt? Wir lassen dich mit dem da nicht allein, auf keinen Fall. Das kommt nicht in Frage."

„Brun, beruhige dich und hör mit bitte zu. In meiner Hütte hab ich alles was ich für ihn brauche. Die Hunnen werden wohl kaum meine Heilkräuter und Mixturen geraubt haben. Nur dort kann ich ihm helfen. Sollte ich versagen, lassen wir ihn morgen hier, versprochen. Falls er aufwacht, wird er schwach und dankbar sein. Ganz sicher geht keine Gefahr von diesem Mann aus, also beruhige dich wieder."

Ratloser blickt der abgeschlagene Ehemann zu seiner Frau. Doch Irngret kann ihm keine Unterstützung bieten, die Erschöpfung hat sie in den Schlaf gerissen.

„Ach Fenja, bald braucht es keine Hunnen mehr um mich unter die Erde zu bringen, das schaffst du ganz allein."

Der gedämpfte Tonfall seiner Stimme deutet die erneute Kapitulation des Schmiedes an.

„Das heißt du stimmst zu", Fenja lässt ihrem hilflos dreinschauendem Kontrahenten keine Chance.

Freudig fällt sie Brun um den Hals und küsst ihn mit einem schmatzenden Geräusch innig auf die Stirn. Ohne weitere Einwände schleppt der Schmied den Fremden zu Fenjas Hütte, die weit weniger verwüstet wirkt. Der einzige Raum ihrer Behausung wurde zwar gründlich durchwühlt, aber die Zerstörungen halten sich in Grenzen. Schließlich legt Brun den Fremden vorsichtig auf Fenjas Bettstatt, einem einfachen Lager aus Stroh und Stofffetzen. Noch ein paar ermahnende Worte und Brun eilt zurück zu seinen Liebsten, das kleine Lämpchen überließ er Fenja. Trotz der schummrigen Beleuchtung und des Durcheinanders findet sie sich schnell zurecht. Mit einem Stein zermahlt sie eine Hand voll Kräuter und verabreicht dem Patienten das Erzeugnis ihrer Heilkunst. Jetzt bleibt Fenja nur abzuwarten und zu hoffen, müde nimmt sie direkt neben ihrem Schützling Platz. Bisher hatte sie noch nie Gelegenheit den Mann in Ruhe zu betrachten. Erst jetzt fallen Fenja mehrere Narben an dem mittelgroßen, kräftigen Krieger auf. Eine alte Schnittwunde zieht sich mitten über seine linke Wange. Er wird wohl schon viele Schlachten geschlagen haben dünkt es Fenja, bevor das Schwert des Mannes ihre Aufmerksamkeit erregt. Vorsichtig zieht sie die Klinge aus der lederbezogenen Scheide. Fenja ist verblüfft, irgendwie zieht die Waffe sie in ihren Bann. Die fein polierte Oberfläche der breiten aber dennoch leichten Klinge, reflektiert den Schein der kleinen Lampe und zarte Lichtbündel erstrahlen im Halbdunkel der kargen Hütte. Langsam lässt Fenja ihre Finger an den Rand der Schneide wandern. Die Klinge straft die Unachtsamkeit sogleich mit einem blutenden Schnitt in die zarte Hand ihrer erschrockenen Bewunderin. Plötzlich dringen unverständliche Worte aus dem Mund des ohnmächtigen Mannes. Die im Fieber gestammelten Laute lassen das Blut in Fenjas Adern gefrieren, denn die fremde Sprache hatte sie heute schon einmal vernommen. Entsetzt weicht Fenja kreidebleich zurück. Den Blick ängstlich auf den Krieger fixiert sitzt sie in der Ecke ihrer Hütte und hält das Schwert mit beiden Händen fest umschlossen. Hätte sie doch nur auf Brun gehört, aber jetzt hinüberzulaufen um die anderen zu Wecken und das eigene Unvermögen einzugestehen traut sich Fenja auch nicht. Weinend in der Ecke kauernd ringt sie gegen ihre Ängste und die Zweifel an sich selbst. Schließlich geben ihre Kräfte nach und sie verfällt in einen unruhigen Schlaf. Wilde Träume begleiten die kurze Nacht. Im Schlaf begegnet Fenja ihren Peinigern am Fluss, den Hunnen in der Dämmerung und sie durchlebt noch einmal die Hetzjagd durch die Dunkelheit. Sie hört die Schreie der Getöteten, die fremden Stimmen der Mörder und den dumpfen Ton des feindlichen Signalhorns. Immer lauter tönt das Horn in Fenjas Kopf. Blitzartig erwacht die junge Heilerin und öffnet die Augen. Es ist bereits taghell, der Klang des Signalhorns tönt noch immer.

Zweiter Tag
07. AUGUST 955

REISENSBURG BEI GÜNZBURG

Die nahe der Donau gelegene Reisenburg liegt innerhalb des hunnischen Einflussgebietes südlich des großen Stromes. Nur spärlich befestigt, bietet die kleine Burg lediglich vor wenig schlagkräftigen Angreifern Schutz. Rund ein halber Tagesritt trennt die Reisenburg von der östlich gelegen Bischofsstadt, in welcher Ulrich um das Überleben Augustas kämpft. Auch der Weg zu Ottos Festung nimmt von hier nur einen halben Tag in Anspruch. Doch noch weiß niemand, wo der König seine Truppen sammelt. Dies herauszufinden obliegt Berthold von Reisenburg, er will den König an die Magyaren verraten.

Ein Jahr zuvor beteiligte sich Berthold mit seinem Vater, dem Pfalzgrafen Arnulf, an einem Aufstand gegen Otto. Im Verlaufe dieser Auseinandersetzung fand der Pfalzgraf den Tod und sein Sohn Berthold fiel in Ungnade. Der König verschonte Bertholds Leben, verbannte ihn jedoch auf das Anwesen des verstorbenen Pfalzgrafen, die Reisenburg. Nun sieht Berthold die Gelegenheit es Otto heimzuzahlen und er schwört bitterliche Rache. Der Drang nach Vergeltung macht selbst vor einem Pakt mit den Magyaren nicht halt. Ihnen versprach er, das Sammellager Ottos aufzudecken und den geheimen Ort zu offenbaren.

So wartet Berthold an diesem Morgen auf das Eintreffen einer Delegation seiner neuen Verbündeten. Horka Bulcsus rechte Hand, sein Unterführer Lel, stattet der Reisenburg einen Besuch ab. Erlesenste Weine und üppige Speisen will Berthold seinem Gast kredenzen, voller Ungeduld kann er die Zusammenkunft kaum erwarten. Und der Stellvertreter Bulcsus lässt auch nicht lange auf sich warten. In wildem Galopp fegt die Reiterschar in den Vorhof der Burg, die Wachen Bertholds weichen erschreckt zurück. Sofort geraten drei umherlaufende Mägde ins Visier der Krieger. Wie von Sinnen stürzen sie sich auf die Frauen, reißen ihnen die Kleider vom Leib und zerren die um Hilfe schreienden Opfer in eine Scheune des Burghofs. Keiner von Bertholds Leuten wagt es einzugreifen. Nur Lel bleibt ruhig in seinem Sattel sitzen, ohne die geringste Gesichtsregung erkunden seine Blicke abschätzend die kleine Burg. Dann reitet er langsam auf Berthold zu, den das Schicksal seiner Mägde nicht zu interessieren scheint. Der Burgherr weiß, dass Lel auch die Sprache der Franken spricht. Er greift das Pferd des Hunnen an den Zügeln und will den Gast in seine Behausung bitten. Doch Lel kommt ihm unerwartet barsch zuvor.

„Fasst mein Pferd nicht an", tönt es bestimmend aus dem Sattel.

„Steigt doch ab und begleitet mich in die Burg, seit mein Gast. Ich will euch gerne mit den Annehmlichkeiten meines Hauses erfreuen."

Aber Lel hat daran kein Interesse, mit deutlichen Worten lehnt er die Einladung Bertholds ab.

„So viel Verbundenheit bedarf es nicht. Wenn meine Krieger mit euren Weibern fertig sind, ziehen wir wieder ab. Das wird nicht lange dauern. Also sprecht schnell, was wisst ihr über Ottos Lager?"

„Ich gelangte noch zu keiner Kenntnis darüber, aber meine Leute sind dem Geheimnis auf der Spur. Sie durchstreifen die Lande jenseits der Donau und...", Lel unterbricht die Rede Bertholds forsch.

„Meine Reiter suchen ebenfalls nach Ottos Truppen. Wieso also glaubt ihr, eure Leute wären förderlicher als die meinen?"

„Niemand ahnt, dass ich die Seiten wechselte. So forschen meine Männer nicht auf feindlichem Terrain. Sie operieren völlig frei und ungehindert. Wenn sie auf des Königs Truppen treffen, und das werden sie, schöpft kein Mensch Verdacht. Dann erlangen meine Männer auch Kenntnis über den königlichen Schlachtplan, denn einer meiner Getreuen wohnt dem Kriegsrat Ottos bei. Ich glaube auch zu wissen, wo der König seine Truppen...", erneut fällt Lel seinem Gegenüber gereizt ins Wort.

„Langweilt mich nicht mit Vermutungen und Mutmaßungen, bringt mir Gewissheit. Sollten meine Reiter vor euch das Gesuchte in Erfahrung bringen, teilt ihr das Schicksal Ottos, dann ziehe ich euch persönlich die Haut vom Leibe."

Bertholds hoffnungsvolle Erwartung weicht der Angst. Mit Entsetzen erkennt er, auch sein Kopf steckt nun in der Schlinge. Dieses Bündnis hatte er sich anders vorgestellt, für eine Umkehr ist es jetzt zu spät. Seine Hände beginnen zu zittern und die Schreie der Vergewaltigungen lassen ihn kaum mehr einen klaren Gedanken fassen. Mit schlotternder Stimme versucht er Lel zu besänftigen.

„Ich will ja euren Interessen dienen und kann euch auf vielerlei Wegen von Nutzen sein. Erst gestern enttarnten und töteten meine Männer einen Spion in euren Reihen. Ich kann Zwietracht zwischen des Königs Verbündeten sähen und auf die Fürsten Ottos Einfluss nehmen. Und schon bald werde ich euch den Standort der Truppen verraten. Aber gebt mir Gelegenheit mich zu beweisen."

Plötzlich verstummen die Schreie der gepeinigten Frauen. Die Krieger kehren lachend und johlend zu ihren Pferden zurück. Erwartungsvoll sieht Berthold zu seinem neuen Herrn, doch Lel beeindruckt der Beschwichtigungsversuch des bettelnden Verräters nicht im Geringsten.

„Die Zeit ist abgelaufen, seht zu, dass euch nicht das Gleiche widerfährt."

Dann gibt Lel seinem Pferd die Sporen und die Hunnenschar stürmt in schnellem Galopp wieder davon.

*****

„Otto wacht auf, der Heereszug steht zum Abzug bereit. Ihr müsst euch erheben, dir Zeit drängt."

Bereits zum dritten Mal versucht Ulman seinen König aufzuwecken. Die Prozedur ist ihm nicht neu. Seit nunmehr 19 Jahren steht der 65jährige Ulman dem König schon zu Diensten, zuvor stand er viele Jahre Ottos Vater Heinrich bei. Sein Sohn hatte ihn mit der Königswürde von Heinrich einfach übernommen. Ulmans Dienste gehen weit über die eines herkömmlichen Untergebenen hinaus. So kümmert er sich nicht nur um die simplen Belange des Alltags, Ulman berät den König auch. Otto schätzt seine politische Kompetenz und niemand sonst darf derart offen mit ihm sprechen.

Nur langsam kehrt Leben in die Glieder des Königs. Wie so oft fand er nur wenig Schlaf und kommt nur mühsam aus dem Bett. Jedoch wirkt er an diesem Morgen noch weniger erholt als sonst und sein Haar steht trotz des kurzen Schnitts zerzaust und wild in alle Richtungen. Nicht nur deswegen ahnt sein treuer Vasall bereits, dass der vorherige Abend einen wenig erfreulichen Ausgang nahm.

„Mein König, in Anbetracht eures Antlitzes und des Leichnams im Klostergebäude nehme ich an, eure Unterredung mit Fürst Boleslav verlief nicht nach euren Vorstellungen?“

„Erinnere mich nicht daran. Das Schauspiel, welches Boleslav der Grausame mir bot, entsprach wahrhaftig seinem Namen. Aber er wird zu uns stehen und in die Schlacht ziehen. Doch muss ich ihn bei Laune halten, sonst wird er sich wie ein tollwütiger Hund gebären.“

„Darf ich das so verstehen, dass es ansonsten noch mehr Leichen zu beseitigen gilt?“

„Wir sollten das nicht zur Gewohnheit werden lassen. Aus diesem Grunde hoffe ich auf gute Nachricht, um den Böhmen wohlgesinnt zu stimmen. Deshalb verrate mir mein lieber Ulman, wie steht es um unseren Boten? Wann traf er heute Nacht ein und was weiß er über die feindliche Truppenstärke zu berichten? “

„Ich muss euch enttäuschen, der Bote traf nicht ein. Ihr werdet Boleslav mit keiner Kunde über die Truppenstärke des Feindes erfreuen können. Ihr müsst ihn wohl anderweitig bei Laune halten. Aber zum Glück weiß weder er, noch sonst jemand, dass wir einen Boten vermissen. Das ist doch so?“ Ulman sieht dem König dabei mit kritisch, fragendem Gesichtsausdruck in die Augen.

Doch Otto antwortet lediglich mit einem tiefen Seufzer. Ulman kennt seinen König wie kein anderer, einer weiteren Erläuterung bedarf es nicht, er hat verstanden. Zwar verkneift er sich eine Kommentierung, aber Ulmans vorwurfsvoller Blick genügt völlig, um sein Unverständnis über Ottos Redseligkeit zum Ausdruck zu bringen. So fühlt sich der König auch ohne Ulmans Worte genötigt, sein Handeln zu erläutern.

„Ich hätte Boleslav nicht ohne Not vom bevorstehenden Eintreffen des Boten berichtet. Die Verhandlung mit ihm verlief anstrengend. Ich musste Alles aufwarten, um den Böhmen zu überzeugen.“

„Mit beachtenswertem Ergebnis, wie ich heute Morgen im Klostergebäude feststellen durfte.“

Otto ist für Ulmans Spott in Anbetracht der ernsten Situation wenig empfänglich. Das weiß auch Ulman, doch würde er sich nie zu einer solch gewagten Äußerung hinreißen lassen, hätte er nicht einen Trumpf zu bieten. Noch bevor Otto seinem Unmut Ausdruck verleiht, fährt er eilends weiter fort.

„Ich nutzte den Morgen und sprach mit Boleslavs Männern, einige zeigten sich ausgesprochen redselig. Wie wir alle wissen, hat der Fürst für Menschen wenig übrig. Das gilt jedoch umso weniger für sein Pferd, er nennt es liebevoll Kyra. Boleslav verehrt dieses Tier regelrecht, es scheint ihm wirklich Alles zu bedeuten. Also mein König, äußert euch nur wohlwollend über sein Pferd und er wird über Einiges hinwegsehen."

„Boleslav der Grausame besitzt ein Herz für Rösser? Welch Ironie, ich danke dir für diese überaus hilfreiche Erkenntnis."

Ottos Natur entsprechend genügt der kleinste Hoffnungsfunke, einen sofortigen Stimmungswandel herbeizuführen. Freudig gestimmt kleidet er sich hektisch an und eilt aus dem Gebäude.

Boleslav hingegen schindet bereits seit Morgengrauen seine Männer. Er lässt sie nicht nur in der Kriegskunst üben, der Böhme beteiligt sich auch selbst daran. Im wilden Galopp fegt er durch die Reihen seiner Männer. Einzelne Krieger attackieren ihren Herren, aber der Fürst wehrt ohne Mühe jeden Angriff ab. Statt eines Schildes führt er eine Axt in seiner Linken, während er mit seiner Rechten geschickt das Langschwert schwingt. Die ungewöhnliche Kombination der Waffen und die Gewandtheit des Böhmen imponieren dem König merklich. Als Boleslav seinen Beobachter wahrnimmt, gibt er seinem Pferd die Sporen und stürmt direkt auf Otto zu. Erst unmittelbar vor dem König bremst er ab und blickt im Sattel sitzend auf sein Gegenüber herab. Otto zeigt sich völlig unbeeindruckt. In eine Wolke aus Staub und Sand gehüllt, entlockt ihm Boleslavs Manöver nicht die kleinste Regung. Den Staub aus seinem Rachen spuckend, klopft er seine Kleidung sauber und begrüßt den Böhmen mit einem sonnigen Grinsen.

„Ich hatte auf eine etwas weniger staubige Begrüßung gehofft."

„Und ich auf Nachricht über die Truppenstärke Bulcsus. Ihr braucht es nicht zu leugnen, ich bin im Bilde. Meine Wachen sahen weder einen Boten, noch sonst irgendjemanden eintreffen. Euer Plan scheint schon in seinen Grundzügen zu scheitern. Ich wäre wohl besser beraten, wenn ich...", Otto streichelt den Kopf des Pferdes und fällt Boleslav sogleich ins Wort.

„Ein schönes Tier das ihr da reitet. Sagt, wo konntet ihr ein so edles Exemplar erstehen?"

Boleslav hält für einen Moment inne, dann steigt er ab und wirkt zum ersten Mal nicht angespannt oder gereizt. Stolz streichelt er über den Kopf des Tieres und greift das Thema bereitwillig auf.

„Ein gutes Dutzend bester Sklaven tauschte ich einst gegen Kyra ein, so nenne ich meine Gefährtin. Ich wusste nicht, dass ihr ein Auge dafür habt."

„Ihr solltet eurer Kyra nur auserlesenes Futter zukommen lassen, damit der Glanz ihres Felles und die erhabene Ausstrahlung des Tieres nicht an Imposanz verlieren. Ich versorge euch gerne mit dem Besten, was unsere Bevorratung zu bieten hat."

So recht kann Boleslav Ottos Begeisterung nicht einordnen. Mit etwas verhaltenem Gesichtsausdruck nickt er zustimmend und richtet nur noch eine Frage an den König.

„Wann gedenkt ihr endlich aufzubrechen? Wenn wir vor Einbruch der Dunkelheit eure Festung erreichen wollen, sollten wir nicht noch mehr Zeit vergeuden."

„Keine Sorge Fürst Boleslav, wir werden in Kürze weiterziehen und unser Ziel noch früh genug erreichen."

Erst als Otto dem Böhmen erleichtert den Rücken kehrt, offenbart er seinen triumphierenden Gesichtsausdruck, die Situation scheint erst einmal entspannt. Doch zurück im Kloster empfängt ihn Ulman mit einer zur Vorsicht mahnenden Bemerkung.

„Eurer freudig gestimmten Erscheinung wegen erahne ich, ihr spieltet den Trumpf bereits aus. Ob Boleslav ein zweites Mal darauf hereinfällt, wage ich zu bezweifeln. Hoffen wir, dass keine neuerlichen Widrigkeiten den Wankelmut des Böhmen nähren. Doch fürchte ich, das Ausbleiben des Boten wird noch weitere Konsequenzen nach sich ziehen."

Otto nickt bestätigend, die Ernsthaftigkeit der Situation ist ihm durchaus bewusst. Nur wenig später erteilt er schließlich den Befehl zum Aufbruch und zieht mit seinen Truppen Boleslavs Verband voraus. Eine Vorhut sichert den Weg und verstreute Kundschafter fahnden nach etwaigen Feinden. Aber Boleslav traut dem König nicht und entsendet eigene Reiter, die Umgebung zu erkunden.

Im Gegensatz zu Ottos Männern führen die böhmischen Krieger neben den üblichen Nahkampfwaffen auch Pfeil und Bogen mit ins Feld. Boleslav hatte seine Panzerreiter speziell der Hunnen wegen in der Kunst des Bogenschießens unterrichten lassen.

So durchstreifen auch drei böhmische Reiter die Gegend östlich des Heereszuges, bis frische Hufspuren die Aufmerksamkeit des Trios auf sich ziehen.

„Was meint ihr, wie alt sind die?“ fragt der jüngste seine Kameraden.

Der erfahrenste Krieger steigt ab und begutachtet die Abdrücke im weichen Waldboden lange und nachdenklich.

„Die Spuren scheinen mir frisch, auf jeden Fall von heute Morgen. Älter sind die nicht. Noch mehr Sorge bereitet mir ihre Größe, so kleine Hufe würden zu den Hunnen passen. Seid umsichtig meine Freunde, das behagt mir ganz und gar nicht, trotzdem müssen wir die Verfolgung aufnehmen. Zwar stammen die Spuren nur von einem Reiter, aber wo sich ein Einzelner herumtreibt, sind weitere nicht fern.“

Alle Sinne geschärft, folgen die Krieger der mysteriösen Spur. Der Weg führt sie lange durch den Wald, bis sich die Fährte nach einer Anhöhe in einem breiten, offenen Tal verliert. Soweit das Auge reicht, scheint die ausladende Heidelandschaft keine Menschenseele zu beherbergen. Aufgeregt in seinem Sattel hin- und herrutschend, trägt der jüngste Krieger seine Bedenken vor.

„Wir sollten uns nicht zu weit vom Heereszug hinweg wagen. Fürst Boleslav muss von der Fährte kein Wort erfahren. Wenn wir...“, mit einem Handzeichen fordert der Älteste seinen Gefährten zum Stillschweigen auf.

Aufgeregt deutet er auf eine weit entfernt liegende Baumgruppe inmitten der Graslandschaft.

„Habt ihr das nicht gesehen? Da verschwand etwas zwischen den Bäumen, ich konnte deutlich eine Bewegung erkennen. Was immer das war, sucht jetzt zwischen den Büschen Deckung. Das sehen wir uns an, folgt mir!“

In vollem Galopp rasen die Krieger auf die dicht bewachsene Insel aus Sträuchern und niedrigen Bäumen zu. Doch der Ansturm findet ein jähes Ende. Kurz vor der Baumgruppe streckt ein Pfeil den Jüngsten aus dem Sattel, ein zweites und ein drittes Geschoss verfehlt die beiden anderen nur knapp. Schon bricht ein Magyar aus dem Gebüsch hervor und reitet schnell davon. Der älteste Böhme macht auf der Stelle Halt, steigt ab und geht sofort in Deckung. Sein Gefährte jedoch schickt sich an, dem Hunnen hinterher zu jagen. Ein aussichtsloses Unterfangen, denn die Rösser der Magyaren laufen ungleich schneller. Fest im Sattel sitzend, dreht der Hunne seinen Oberkörper um 180 Grad und legt auf den Verfolger an. Einen Wimpernschlag darauf durchbohrt der Pfeil die Brust des Kriegers. Unterdessen ergreift der letzte Böhme seinen Bogen und nimmt den Hunnen ins Visier. Sein Pferd als Deckung nutzend, schätzt er die Entfernung ab. Die Zeit reicht nur für einen Schuss, denn der Steppenreiter hetzt in Richtung Wald hinfort. Ruhig und konzentriert legt der erfahrene Krieger auf seinen Gegner an, dann löst er den Pfeil. Doch das Geschoss streckt nicht den Reiter nieder, stattdessen geht das Pferd des Hunnen hart zu Boden und sein Reiter überschlägt sich mehrmals. Benommen aber bei Sinnen, kriecht er durch das Gras und sucht nach seinem Bogen.

Die Gelegenheit nutzt der Böhme auf der Stelle und läuft eilends aber achtsam auf den Hunnen zu. Die Distanz zum Feind ist rasch verringert, jetzt bietet der Magyare ein leichtes Ziel. Einen zweiten Pfeil im Anschlag, beobachtet der Böhme seinen Kontrahenten mit Argusaugen, voller Zorn will er den Mörder seiner Kameraden eigentlich sofort erledigen. Doch zögert er zunächst, denn ein Gefangener brächte ihm sicher einen gehörigen Extrasold ein. Sein Fürst könnte den Hunnen dann verhören und eventuell sogar wichtige Informationen erhalten. Die Belohnung schon vor Augen, überlegt der Böhme, wie er den Hunnen lebend fangen kann. Aber ein solch riskantes Unterfangen wird nur gelingen, wenn er den Feind im Nahkampf stellt. So entspannt der Böhme seine Waffe erst, nachdem der Hunne seinen Bogen zerbrochen aus einem Busch der Heide zieht. Die Axt des Magyaren blieb indes unversehrt, mit schrillem Kampfgeschrei rennt er sofort auf seinen böhmischen Widersacher zu. Der zieht sein Schwert und greift mit seiner Linken nach einem am Boden liegenden Stein. Lauernd lässt der Böhme seinen Gegner näherkommen. Gefährlich nahe stürmt der Angreifer heran, dann schleudert der Böhme den faustgroßen Brocken mit aller Kraft gegen die Stirn des Magyaren. Der Wurf gelingt, die Wucht des Aufpralls lässt den Stein zerbersten und reißt den Hunnen förmlich von den Beinen.

Es dauert bis zum Mittag, bis der siegreiche Krieger endlich wieder den Heereszug erreicht. Voller Stolz präsentiert er Boleslav seine fest verschnürte Beute. Der Fürst kommt nicht umhin, seinem tapferen Krieger Anerkennung zu zollen und spricht ihm eine angemessene Belohnung zu. Dann entsendet er einen Boten an die Spitze des Heerzuges und erbittet vom König eine kurze Rast. Von seinem Gefangenen erwähnt er jedoch keine Silbe. Nun kann er sich in aller Ruhe dem Hunnen widmen. Dazu benötigt Boleslav der Grausame keinen Folterknecht, dieses Handwerk möchte er höchst selbst verrichten. Zwar spricht er nicht die Sprache der Magyaren, aber Boleslav schickt sofort nach seinem Übersetzer. Doch zunächst muss der besinnungslose Hunne sein Bewusstsein zurückerlangen. So lässt ihn Boleslav an einen Baum binden und weist seine Leibwachen an, den Gefangenen wieder zum Leben zu erwecken. Es bedarf mehrerer harter Ohrfeigen, bis der Hunne tatsächlich erwacht. Ein freudiges „na also“ entweicht dem Fürst und man sieht ihm deutlich an, jetzt ist Boleslav in seinem Element. Der Hunne hingegen wirkt völlig teilnahmslos, mit starrem Blick sieht er apathisch auf den Boden. Boleslav verlangt nach einem Klappstuhl und nimmt nur wenige Schritte vor dem Gefangenen Platz. Minutenlang fixiert der Fürst sein Gegenüber, bevor er einen umher stehenden Krieger herbeiwinkt.

„Gib mir deine Lanze“, befiehlt er mit gelassener Stimme.

Die sogenannte Flügellanze ist unter den Kriegern ein beliebter Typus. Hinter der eigentümlichen Form der Waffe aber steckt ein perfider Gedanke. Denn direkt hinter dem lang gezogenem, schmalen Blatt der Klinge sitzen zwei sich gegenüberliegende, dreieckige Fortsätze - die namensgebenden Flügel. Diese beiden Daumennagel großen Metallplatten fangen die Wucht des Lanzenstoßes ab und lassen lediglich das stählerne Blatt der Waffe ins Fleisch des Feindes eindringen. So verhindern die Flügel, dass bei einem allzu kraftvoll ausgeführten Stoß auch der hölzerne Schaft in den Leib des Opfers eintaucht und die Waffe kann schnell wieder herausgezogen werden.

Boleslav aber will die Lanze entgegen ihrer eigentlichen Bestimmung verwenden. Doch zunächst weist er seinen Übersetzer an, den Gefangenen nach dessen Truppenstärke zu befragen. Wie zu erwarten ignoriert der Hunne diese Aufforderung. Auf seinem Stuhl sitzend, entlockt das Schweigen des Kriegers Boleslav ein erwartungsvolles Lächeln, dann stößt er die Lanze unvermittelt in die linke Lende des Mannes. Die Konstruktion der Waffe erfüllt ihren Zweck. Zwar ragt die Spitze der Klinge aus dem Rücken des Hunnen, aber die Flügel verhindern, dass die Lanze den Körper noch weiter durchbohrt. Während der Gefolterte sich unter Schmerzen brüllend in seinen Fesseln windet, stemmt Boleslav mit aller Kraft gegen den Schaft der Waffe. Unter der enormen Last schneiden nun auch die Flügel, die eigentlich ein zu weites Eindringen verhindern sollen, tief ins Fleisch des laut aufschreienden Gefangenen ein. Die Flügel erfüllen nun den gegenteiligen Effekt und stecken, Widerhaken gleich, weit im Leib des unglückseligen Mannes verhakt. Ein Herausziehen der Lanze ist jetzt nicht mehr möglich.

„Frag ihn nochmal“, befiehlt der Fürst dem Übersetzer.

Doch der Hunne ignoriert die Frage selbst unter der Qual der Folter. Gegen die Schmerzen kämpfend, würdigt er Boleslav keines Blickes. Da dreht und zieht der Böhme an dem Schaft der Lanze. Schweiß überströmt schreit der Gepeinigte nur umso lauter auf und die Prozedur verfehlt ihre Wirkung nicht. Mit schmerzverzerrtem Gesicht sprudelt es nun aus ihm heraus. Aufmerksam lauscht der Übersetzer jedem Wort. Nach einigen Sätzen verstummt die Stimme und der Hunne fixiert mit hasserfülltem Blick seinen brutalen Folterknecht.

Boleslav schaut fragend zu seinem Übersetzer, dem kreidebleich kein Wort entweicht.

„Sag schon, was hat der Teufel gesprochen“, zischt Boleslav genervt.

Mit zitternder Stimme wagt der Übersetzer kaum, seinem Fürsten Auskunft zu erteilen.

„Ich trage es euch so vor, wie der Hunne zu mir sprach. Es sind nicht meine Worte, verzeiht mir...“, Boleslav unterbricht die Beschwichtigungen verärgert und fordert ungeduldig Rede und Antwort ein.

„Entweder du trägst jetzt sofort vor, was der verfluchte Hunne sprach, oder ich presse es auf ebensolche Weise aus dir heraus!"

Boleslavs Drohung bleibt nicht ohne Resultat. Sofort gibt der Übersetzer des Hunnen Wortlaut preis.

„Zahlreich sind wir wie die Sterne am Himmel. Tötet mich und entfernt ein Sandkorn aus der Wüste. Unter den Hufen unserer 100.000 Krieger werdet ihr schon morgen allesamt zu Grunde gehen."

Die Worte des Übersetzers versetzen Boleslav in einen regelrechten Schockzustand. Wie paralysiert starrt er mit leerem Gesichtsausdruck auf sein geschundenes Opfer, das nun trotz der Qualen laut und schallend über seinen Peiniger lacht. Die Reaktion des Böhmen lässt nicht lange auf sich warten und er dreht neuerlich mit steinernem Gesichtsausdruck am Schaft der Lanze. Unerträgliche Schreie begleiten die nicht enden wollende, grausame Marter, bis der Tod endlich die Erlösung bringt. Erst jetzt lässt Boleslav vom Schaft der Lanze ab. Mit wutentbrannter Stimme brüllt er seinen Männern zu.

„Schickt nach dem König, schafft mir sofort Otto herbei! Das Bündnis findet hier sein Ende."

*****

Bereits mit den ersten Sonnenstrahlen verlässt Ulrich den Dom. Der Tod seines Neffen Reginbalds und die damit verbundenen Konsequenzen hatten ihn am Vorabend sehr getroffen. Die Sorge um die Stadt und das Schicksal der königlichen Truppen belegte zunächst wie ein bleierner Mantel sein Gemüt, doch im nächtlichen Gebet fand er zu neuer Zuversicht und Kraft. So empfängt er seinen Bruder zur allmorgendlichen Lagebesprechung in hoffnungsvoller Stimmung. Ganz im Gegensatz zu Diepald, nervös und voller Kummer betritt sein Bruder den Raum des Klostergebäudes.

„Ulrich, ich habe nachgedacht. In Anbetracht der unglücklichen Entwicklung dürfen wir nicht mehr auf des Königs Schlachtplan bauen. Seine Truppen sind ganz sicher dem Tode geweiht, wir müssen uns selbst retten."

Der Fürstbischof erwidert lediglich einen kritischen Blick und zuckt mit den Achseln, den Worten seines Bruders kann er nicht folgen. Noch während er darüber nachdenkt, fährt Diepald hektisch weiter fort.

„Sicher durchstreifen die Kundschafter des Feindes das Gebiet nördlich der Donau. Entdecken sie die einzelnen Truppenteile Ottos, lassen die Hunnen von der Stadt ab, um an ihnen ihr tödliches Werk zu verrichten. Dann müssen wir Augusta aufgeben und unser Heil in der Flucht suchen. Kehren die siegreichen Reiterhorden erst zurück, so sind auch wir verloren. Dann gehen wir direkt nach Ottos Streitkräften unter. Unsere einzige Chance bleibt die rasche Flucht. Beten wir, dass all das schnell geschehen möge und die Stadt nicht vorher fällt."

Ulrich reagiert aufgebracht, mit lauter Stimme weißt er seinen Bruder erzürnt zurecht.

„Was fällt dir ein, das ist Blasphemie, du setzt das Scheitern des Königs einfach voraus. Schlimmer noch, du sprichst, als sei das schon geschehen. Hatte ich dir nicht erst gestern eine Lektion in Sachen Glauben erteilt? Genau auf diese Schwäche baut der Feind, dass wir nicht mehr auf unseren Herrn und Schöpfer bauen, uns der Furcht hingeben und davonlaufen. Von derlei Ansinnen will ich nichts mehr hören, denn mit Gottes Hilfe halten wir die Stadt. Otto wird siegen und wenn er den fliehenden Hunnen nachsetzt, muss unsere Stadt sicheres Quartier für seine Truppen bieten. Nur wenn wir zusammenstehen gelingt der Triumph, gerade du darfst keine Zweifel zulassen. Ich entbinde dich für die nächsten Stunden von dienen Pflichten. Geh jetzt in den Dom, bete und bitte um Vergebung. Finde die Nähe zu unserem Heiland und verlasse das Gotteshaus erst, wenn du deinen Glauben wiedergefunden hast."

Mit einer derart resoluten Reaktion hatte Diepald nicht gerechnet, Widerworte würden Ulrich nur noch mehr erzürnen. So verlässt er gesenkten Hauptes den Raum, um den Anweisungen seines Bruders Folge zu leisten.

Nun obliegt es Ulrich, die Aufgaben Diepalds zu übernehmen, zumindest für die nächsten Stunden. Es gilt die Kämpfer auf den

Mauern einzuteilen, den Zustand der Befestigungen zu prüfen und Mut zuzusprechen. Gerade als er sich auf den Weg machen möchte, erscheinen zwei Männer der Stadtwache, sie führen einen fremdländischen Kaufmann herein.

„Mein Fürst, dieser Händler wünscht euch zu sprechen. Er verfügt über ein magisches Instrument, dass hilfreich sein könnte."

Ulrich blickt verärgert, für derlei Hokuspokus hat er weder einen Sinn noch Zeit. Es ist bereits die zweite Begegnung dieses Morgens, die ihn missmutig stimmt. Entsprechend harsch fällt seine Erwiderung aus.

„Was fällt euch ein, mich in diesen schweren Tagen mit solch närrischer Gauklerei zu belästigen? Wir müssen diese Stadt verteidigen und gottesfürchtig unseren Dienst verrichten. Also zurück auf eure Posten und schafft mir diesen Zauberkünstler aus den Augen."

Dann verlässt auch Ulrich das Gebäude. In Kürze werden die Hunnen wieder eine Angriffswelle auf die nächste folgen lassen. Zuvor muss der Fürstbischof die Kämpfer aufsuchen und den Zustand der Verteidigungsanlagen inspizieren. Den Weg durch die mit Menschen angefüllten Straßen und Gassen beschreitet er an diesem Morgen deutlich zügiger als sonst. Die Zeit bis zum ersten Ansturm scheint knapp bemessen und die ärgerlichen Vorkommnisse der letzten Stunde stimmen Ulrich wenig wohlgesinnt. An der Stadtmauer trifft er die Menschen wider erwartend in ungewohnt gelöster Stimmung an. Nur wenige Kämpfer stehen auf ihren Posten, die meisten sitzen palavernd in Gruppen unterhalb der Stadtbefestigung beisammen. Zielstrebig erklimmt Ulrich die Mauer, läuft auf den ranghöchsten Krieger zu und stupst ihn mit seinem Stabkreuz an, um eine Erklärung einzufordern.

„Was herrschen hier für liederliche Zustände? Wieso nehmen die Männer nicht ihre Plätze auf der Mauer ein? Die Hunnen stürmen jeden Moment gegen die Stadt und du und deine Mannen wagen es, eure Verpflichtung zu vernachlässigen. Sprich, was hat das zu bedeuten?"

„Verzeiht mein Fürst, wir erwarten vorerst keinen Angriff. Seht selbst, keine Staubwolke steigt zum Himmel auf. Führen die Hunnen am Morgen ihre Pferde aus den Koppeln kann man das an dem aufgewirbelten Staub deutlich erkennen, erst eine ganze Weile danach formieren sich die Reiterhorden zum Ansturm. Auch das löst eine weithin sichtbare Staubwolke aus. Aber heute deutet nichts auf einen Angriff hin, uns droht vorerst keine Gefahr."

Ulrich bleibt dem Krieger eine Antwort schuldig, gedankenversunken starrt er in die Ferne. Auch mag keine Freude über die scheinbare Entspannung in ihm aufkommen, vielmehr löst das Ausbleiben der Angriffe eine befremdliche Unruhe in Ulrich aus. Für einen Augenblick mutmaßt er, der Feind hätte Ottos Truppen entdeckt und würde deswegen von einem weiteren Sturm gegen die Stadt absehen. Aber weshalb ziehen die Hunnen dann nicht ab?

Wie er es auch dreht und wendet, eine plausible Erklärung fällt ihm einfach nicht ein. Diese Ungewissheit lässt seine Unruhe zu einer ausgeprägten Nervosität anschwellen. Noch eine ganze Stunde harrt der Fürst auf der Mauer aus, aber nichts weiter geschieht oder deutet auch nur im Geringsten auf die Absicht des Feindes hin. Schließlich weist er die Krieger noch zur Umsicht an und läuft zurück zum Dom. In seinem Gotteshaus angekommen, studiert er zum wiederholten Male eine alte Schrift über die Kriegslist der Steppenreiter. Doch auch hier findet er keinen Hinweis. Je länger Ulrich über das unerklärliche Verhalten der Hunnen nachdenkt, desto mehr steigen unheilvolle Bedenken in ihm auf. In sich versunken bemerkt er weder wie die Zeit vergeht, noch, dass jemand den Raum betritt. In Erwartung Diepalds überrascht ihn jedoch nicht sein Bruder, sondern dessen Sohn, Riwin. Herzlich und innig fällt die Umarmung mit dem Neffen aus. Ulrich hatte den jungen Mann seit Tagen nicht gesehen, denn auch Riwin verrichtet tapfer seinen Dienst auf den Mauern der Stadt und die ständigen Angriffe hatten eine Begegnung der beiden vereitelt.

„Sag wie geht es dir mein Lieber?" eröffnet Ulrich das Gespräch.

„Ich bin trotz der andauernden Kämpfe wohlauf und unversehrt, viele hatten weniger Glück. So will ich nicht klagen, auch wenn mir die letzten Tage viel Kraft abverlangten. Aber deswegen bin ich nicht hier, um meinen Vater steht es nicht zum Besten. Nicht, dass ihn ein leibliches Unwohl schmerze, es ist sein Gemüt, welches ihn quält. Jeglicher Zuversicht beraubt, spricht er nur vom nahen Ende, wähnt uns allesamt dem Tode nah."

Ulrich nickt zwar mit besorgter Miene, dennoch spricht er seinem Neffen voller Optimismus zu.

„Verharre nicht im Kummer ob deines Vaters Zustand. Ich gewährte ihm fürs Erste Ruhe und Gelegenheit zur Glaubensfindung. Sicher kehrt er schon bald auf den rechten Weg zurück, geben wir ihm einfach noch ein wenig Zeit. Wenn du Diepald und auch mir helfen möchtest, dann übernehme die Leitung der Stadtwache. Traust du dir das zu?"

„Die Männer achten und respektieren mich. Und um ehrlich zu sein, obliegt mir bereits seit Tagen die eigentliche Herrschaft auf den Mauern."

„Nun gut, so sei es. Doch bevor du nun dein Werk verrichtest, will ich dir berichten, was mein Gemüt betrübt."

Ulrich erzählt von allen Ereignissen des Vormittags, vom Aussetzen der Angriffe, von seinen damit verbundenen Sorgen und auch vom ärgerlichen Erscheinen der Stadtwache am Morgen. Nun hofft der Fürst, gemeinsam mit Riwin dem rätselhaften Verhalten des Feindes auf den Grund gehen zu können. Vielleicht kommt dem jungen Geist in den Sinn, worauf Ulrich keine Antwort findet. Fragend blickt er zu seinem Neffen, aber Riwin interessiert sich für etwas ganz anderes.

„Ein magisches Instrument, in wieweit sollte es hilfreich sein? Hast du dir wenigstens angehört, was der Kaufmann zu sagen hatte?"

Dem Fürstbischof fehlen die Worte, enttäuscht schüttelt er den Kopf. Statt die mögliche Strategie der Hunnen zu erörtern, bekundet Riwin lediglich seine Neugier an dem albernen Unfug des Kaufmanns. Es war wohl naiv, auf eine kundige Meinung des noch unerfahrenen Neffen zu hoffen, dünkt es Ulrich. Doch noch bevor er Luft holen kann, verdeutlicht Riwin sein Interesse.

„Wäre ich nicht selbst Zeuge deines Wunders auf der Mauer gewesen, könnte ich dem keinen Glauben schenken. Nur weil wir uns etwas nicht vorstellen, nicht erklären können, mag es dennoch geschehen. Das hast du mich gestern gelehrt. Und jetzt lehnst du kurzentschlossen ab, was du für dich selbst in Anspruch nimmst? Ich halte das für einen Fehler. Was auch immer der Feind im Schilde führen mag, wissen wir nicht. Aber ob uns der Kaufmann etwas anzubieten hat, ist schnell geklärt. Als Fürstbischof obliegt es dir, die Menschen an das Unmögliche glauben zu lassen. Weshalb weichst du jetzt davon ab?“

Ulrich nickt verhalten, er muss sich seine nachlässige Haltung eingestehen. Zwar hegt er noch immer Zweifel an dem dubiosen Instrument des Kaufmanns, aber grundsätzlich darf er keine Eventualität außer Acht lassen, sei sie auch noch so abwegig. So schlägt Ulrich schließlich vor, den Kaufmann gemeinsam aufzusuchen. Die Beiden statten der Stadtwache auch sogleich einen Besuch ab, aber der ominöse Händler ist längst schon wieder im Gewirr der Straßen und Gassen verschwunden. Doch Riwin will nicht aufgeben, beharrlich stellt er die Männer zum Verhör. Schließlich weiß ein Wächter zu berichten, wo der Kaufmann aufzufinden sei. Die Beiden eilen ohne Umschweife hinfort. Es dauert, bis Ulrich endlich den Kaufmann mit seinem Hab und Gut in einer Gasse sitzend ausmacht. Als der fremdländisch aussehende Händler den Fürst und seinen Neffen näherkommen sieht, steht er sofort auf und tritt den beiden in unterwürfiger Haltung gegenüber.

„Darf ich mich vorstellen? Mein Name ist Linus, ich komme aus dem fernen Byzanz. Eure Stadt war so gnädig, mir vor den Barbaren Schutz zu gewähren und mich aufzunehmen. Wie kann ich eurer Herrschaft dienen?“

Mit kritischem Blick mustert Ulrich sein in edles Gewand gekleidetes Gegenüber. Der Kaufmann macht einen gebildeten und vermögenden Eindruck. Bestimmt gelang es ihm mit klingender Münze Einlass in die Stadt zu erhalten. Riwin wirkt über das Erscheinungsbild des Kaufmanns überrascht und ein wenig irritiert. Dennoch richtet er zuerst das Wort an den Byzantiner.

„Du verfügst also über ein Instrument, welches uns von Nutzen sein könnte. Ist das richtig?“

„Ja, es stimmt mein Herr. Das nur schwer zu beschaffende Instrument stammt von der Insel Gotland im Ostmeer. Es ist überaus kostbar und ich musste einen hohen Preis dafür bezahlen, dennoch würde ich es eurer Herrschaft für die Dauer der Belagerung überlassen. Damit leiste ich meinen Beitrag für die Verteidigung. Vielleicht wäre eure gnädigste Herrschaft dann bereit, mich von der Einberufung auf der Stadtbefestigung zu befreien, die eure Wache von mir einfordert.“

Ulrich sieht seine Skepsis bestätigt. Offensichtlich versucht der Kaufmann lediglich, seinen Wehrdienst zu umgehen. Doch Riwin fragt entschlossen weiter nach.

„Was soll das denn für ein Instrument sein und wie verschafft es uns einen Vorteil?“

„Wenn ihr mir gestattet, würde ich es euch vorführen. Leider gelingt das nur an einem erhöhten Ort und nicht hier in den Gassen der Stadt.“

„Nun gut, eine erhöhte Position finden wir rings um uns herum. Die Mauern der Befestigung sollten diesem Anspruch genügen. Dort wollen wir sehen, was dein Instrument vermag.“

Die Erwähnung der Stadtmauer lässt den Kaufmann erschreckt zusammenzucken, behutsam versucht er Riwin umzustimmen.

„Werte Herren, ein Aufenthalt dort scheint mir sehr gefährlich, ihr solltet auf eure Sicherheit achten. Vielleicht könnten wir eine weniger bedrohliche Örtlichkeit aufsuchen.“

Für Diepald und Riwin bedarf es keiner Worte, um den Gleichklang ihrer Gedanken zu ermitteln. Ihnen missfällt die Feigheit des Byzantiners. Selbst Frauen, Verwundete und Alte verrichten auf den Mauern mutig ihren Dienst. Entsprechend konsequent fällt Ulrichs Antwort aus.

„Du wirst uns entweder jetzt dein Instrument auf der Mauer vorführen, oder dort die nächsten Tage deinen Mann im Kampf stehen.“

Einer weiteren Argumentation bedarf es nicht. Der Kaufmann zuckt erneut zusammen und keine Widerworte erheben einen Einspruch. Umgehend wühlt er aus seinem Gepäck einen schmalen Holzbehälter hervor und nur wenige Minuten später stehen alle Drei auf einem Abschnitt der Stadtbefestigung. Verängstigt wagt der Kaufmann einen Blick zwischen die Zinnen der Mauer, weit draußen in der Ferne umschließt ein Gürtel aus Zelten und Lagerstätten die gesamte Stadt. Etwas beruhigt ob der Entfernung öffnet er hastig sein Hemd, unter dessen Kragen ein prachtvoll gearbeitetes Silbercollier zum Vorschein kommt. Zwischen unterschiedlich geformten Perlen fallen besonders drei große, runde Bergkristallanhänger aus dem Rahmen. Die gewölbten, in Silber gefassten Kristalle bestechen durch ihre absolute Klarheit. Der Kaufmann legt den Schmuck ab und fädelt zwei Kristallanhänger von der Kette. Die Anhänger in seinen zitternden Händen haltend, haucht er mit flüsternder Stimme.

„Man nennt sie die allsehenden Augen.“

Riwins Gesicht entgleist augenblicklich, scheinbar will ihn der Byzantiner doch zum Narren halten. Doch bevor er seiner Entrüstung Ausdruck verleiht, hält ihn Ulrich zurück.

„Warte Neffe, ich glaube ich weiß, um welche Art von Instrument es sich handelt und hörte schon einmal davon. Lass ihn sein Werk verrichten.“

Der Kaufmann öffnet seinen hölzernen Kasten, der zwei knapp Unterarm lange, ineinander schiebbare Lederröhren freigibt. Routiniert lässt er das schmälere Rohr in sein etwas voluminöseres Pendant gleiten. Die beiden Öffnungen des ausziehbaren Zylinders schmückt jeweils ein in Silber gearbeiteter Abschluss. Diese dienen zur Aufnahme der Bergkristallanhänger. Mit flinkem Griff befestigt der Byzantiner nun die Kristalle an den Enden der Röhre und reicht das Instrument dem staunenden Bischof.

„Bitte Herr, nehmt es. Blickt hindurch und zieht die Röhren so lange auseinander, bis ihr etwas erkennt. Es steht zwar Alles auf dem Kopf, aber das Instrument gestattet euch zu sehen, was jedem Auge sonst verborgen bleibt.“

Ulrich legt sein Stabkreuz zur Seite und hält staunend das Instrument in seinen Händen, bevor er ansetzt, einen Blick hindurch zu wagen. Zunächst erkennt er kaum etwas, doch nach einigen Versuchen schält sich aus verschwommenen Bildern das feindliche Lager in scheinbar greifbarer Nähe. Sichtlich beeindruckt kann Ulrich von dem Instrument kaum ablassen. Noch während sein Auge fasziniert in die Ferne blickt, entlässt er geradezu beiläufig den Kaufmann von der Mauer. Gebannt auf die Front der Hunnen fokussiert, spricht er begeistert seinem Neffen Riwin zu.

„Das musst du dir ansehen. Es ist wahrlich ein allsehendes Auge, ein Wunder welches uns...“, dann stockt Ulrichs Stimme.

Riwin ahnt, dass etwas Unvorhergesehenes die Aufmerksamkeit seines Onkels auf sich zieht. Aufgeregt bittet er um Aufklärung.

„Was ist los, was siehst du Ulrich?"

„Allmächtiger, sie errichten zahlreiche Haufen. Ich glaube es sind..., ja sie errichten viele Feuerstellen, überall wohin ich sehen kann. Das kann nur Eines bedeuten, Gott steh uns bei."

„Was meinst du damit, weshalb errichten sie die Feuerstellen?"

„Sind sie erst entfacht, werden die Reiter ihre Brandpfeile daran entzünden. Diese Teufel, deshalb griffen sie uns heute Morgen nicht an, sie warten auf die Mittagshitze. Uns steht ein Feuersturm bevor. Sie wollen die Stadt niederbrennen, wir müssen sofort Vorkehrungen treffen."

Augenblicklich eilen Ulrich und Riwin hektisch von der Mauer. Unten angekommen gibt der Fürstbischof umgehend Alarm und instruiert seinen Neffen mit letzten Anweisungen. Bevor die Beiden auseinandergehen, blickt Riwin noch einmal zurück und fragt mit sorgenvoller Miene.

„Sei ehrlich Onkel. Was können wir einem Feuersturm entgegensetzen? Die Stadt wird doch brennen wie Zunder. Wie halten wir dem Stand, wie sollen wir das überstehen?"

„Ich weiß es nicht Riwin, ich weiß es einfach nicht."

*****

Der Ruf des Horns schallt laut und unaufhörlich mitten aus dem Dorf. Fenja ist augenblicklich hellwach. Der Lärm des Feindes durchfährt sie wie ein Blitzschlag, instinktiv greift Fenja nach dem Schwert. Aber ihr Griff fasst nichts als Leere, die Waffe ist verschwunden. Die Türe ihrer Hütte steht offen und von dem mysteriösen Fremden fehlt ebenfalls jede Spur. Das Geräusch galoppierender Pferdehufe und fremdartige Rufe dringen an Fenjas Ohr. Sie sitzt in der Falle, das Dorf wurde von Hunnen besetzt. Ein brauchbares Versteck bietet der einzige Raum ihrer kargen, fensterlosen Hütte nicht, aber raus zu gehen käme einer sofortigen Entdeckung gleich. Mit wildem Geschrei fegen die gefürchteten Reiter überall durch die kleine Ansammlung der locker verstreuten Häuser und Hütten. An eine heimliche Flucht ist nicht zu denken.

Fenja versucht sich zu beruhigen, an den Fingernägeln kauend, bleibt sie in der Ecke ihrer Hütte sitzen. Es gelingt ihr kaum, einen klaren Gedanken zu fassen. Sicher werden die Hunnen eine Hütte nach der anderen durchsuchen. Schon verstummen die galoppierenden Hufe, die Reiter steigen ab. Zum Handeln bleibt nur wenig Zeit, Fenja muss sich schnell einen Überblick verschaffen. Hektisch kramt sie in der Tasche ihres Rocks nach Irngrets Messer, letzte Nacht hatte sie es Bruns Frau nicht mehr zurückgegeben. Wieder auf den Beinen, vergrößert Fenja mit der Klinge ein kleines Loch in der Lehm verputzten Flechtwand ihrer Hütte. Bemüht so wenig Geräusche wie nur möglich zu verursachen, dauert es eine Weile, bis die Öffnung endlich freie Sicht auf das Geschehen im Zentrum des Dorfes freigibt.

Was Fenja erblickt, lässt ihr den Atem stocken. Mit geballten Fäusten blickt sie weinend und schluchzend auf das Unfassbare. Vor der dicken Eiche inmitten des Dorfplatzes steht ihr Schützling in einträglicher Geselligkeit zwischen einem Dutzend Magyaren. Nur wenige Meter davon entfernt liegt Irngret leblos in einer großen Blutlache. Zwei andere Hunnen halten den am Boden knienden Brun von hinten fest, während ihm ein dritter mit einem langen Messer von vorne die Kehle durchtrennt. Mit zitternden Gliedmaßen sackt der Körper des aufschreienden Schmiedes zur Seite und noch im Moment des Todes greift der sterbende Brun nach der Hand seiner ermordeten Frau. Sekunden später ist es vorbei, das Werk der Schlächter vollbracht.

Von einem Weinkrampf überwältigt sinkt Fenja völlig verzweifelt und aufgelöst zu Boden. Da schrillen Gesas Schreie durch das Dorf. Fenja schnellt augenblicklich hoch und springt in einem Satz aus der Türe ihrer Hütte. Das Kind hatte sich offensichtlich in der elterlichen Behausung versteckt und rennt nun schreiend durch das Dorf. Sofort schwingt sich ein Krieger in den Sattel seines Pferdes und galoppiert der Kleinen hinterher. Noch bevor Fenja reagieren kann, holt der Reiter Gesa ein, packt sie in vollen Galopp an den Haaren und reißt den kleinen Körper zu sich hoch. Stolz auf seine Beute, übertönt er die Hilfeschreie Gesas mit lautem Gebrüll und reitet mit dem Mädchen triumphierend hin und her.

Vor ihrer Hütte stehend wurde auch Fenja sogleich entdeckt. 10

Krieger rennen direkt auf sie zu, sind nur noch wenige Meter entfernt. Erst im letzten Moment reagiert Fenja und rammt dem Ersten Irngrets Messer in den Arm. Einen Wimpernschlag darauf spürt sie einen harten Faustschlag im Gesicht und wird von vielen Männerhänden festgehalten.

Die Reaktion auf ihre Messerattacke fällt unerwartet aus. Die Krieger sind darüber amüsiert, verspotten ihren Gefährten und lachen ausgiebig über sein schmerzliches Missgeschick. Doch dann wird die Aufmerksamkeit der Krieger wieder ihr zu Teil und Fenja weiß, was sie erwartet. Sie ist eine junge, hübsche Frau und kann es in den Blicken ihrer Peiniger sehen.

Nur den Fremden vom Fluss scheint all das nicht zu kümmern. Völlig teilnahmslos und unbeeindruckt palavert er mit den anderen vier Hunnen unter der Eiche auf dem Dorfplatz.

Noch immer halten viele Hände Fenja fest im Griff. Da tritt der Ranghöchste vor und schlägt ihr mehrfach mit der flachen Hand kräftig ins Gesicht. Dann beginnt er unter lautem Johlen seiner Männer Fenjas Kleid aufzureißen. Mit hasserfülltem Blick fixiert sie den entfernt stehenden Fremden unter der Eiche. Kurz darauf reißen sie die Hände zu Boden und spreizen ihre Beine weit auseinander. So sehr Fenja auch Widerstand leistet, so aussichtslos ist ihre Situation. Fest auf den Boden fixiert, lassen die kräftigen Krieger nicht die geringste Gegenwehr zu. Verzweifelt versucht sie in eine der Hände zu beißen, da packt ein Hunne Fenja an den Haaren und unterbindet auch diesen verzweifelten Versuch des Widerstands.

Fenjas Schreie dringen auch bis zu dem Fremden, der mittlerweile etwas abseits von den anderen vier Hunnen bei den Pferden steht. Aus einer der Satteltaschen zieht er einen Bogen samt Pfeilköcher und zeigt noch immer keine Anteilnahme am dramatischen Geschehen vor Fenjas Hütte.

Rund 50 Meter weiter kniet der hunnische Anführer vor Fenjas gespreizten Beinen. Seines schweren Lederwams entledigt, hängt ihm nun die Hose zwischen den Beinen. Brutal und hart dringt er in sie ein. Fenja schreit laut auf. Eine kalte Messerklinge an ihrer Kehle signalisiert, dass sie ihren Peinigern zu Willen sein hat, Fenja verstummt. Ihr bleibt nur, sich der Tortur ohne weitere Gegenwehr hinzugeben. So löst sich die Umklammerung der vielen Hände und das Gesicht des Vergewaltigers verzerrt zu einer widerlichen Fratze.

Lüstern verfolgen auch die Hunnen bei der Eiche den Akt der barbarischen Schändung aus der Ferne. Derweil lehnt der Fremde Bogen und Köcher an die Eiche, zieht sein Schwert und klatscht die flache Seite der Klinge kraftvoll auf den Schenkel eines der Pferde. Sofort nehmen alle Tiere Reißaus. Irritiert und vorwurfsvoll richten die vier Krieger sogleich ihre Aufmerksam auf den Fremden, der schnellen Schrittes mit gezogener Waffe dem Quartett entgegen schreitet. Perplex und hektisch versuchen die vier Hunnen ihre Äxte zu ergreifen. Aber der Fremde steht bereits zwischen ihnen, in Sekundenschnelle streckt er mit nur wenigen, geschickten Streichen alle nieder, trennt ganze Gliedmaßen von den Leibern seiner Opfer.

Augenblicklich lässt auch Fenjas Vergewaltiger von ihr ab, zieht seine Hose hastig hoch und rennt mit seinen Männern in Richtung des Geschehens. Nur ein Hunne bleibt zurück und packt Fenja erneut an den Haaren. Mit einem kräftigen Tritt zwischen seine Beine löst sie sich, springt in ihre Hütte und verriegelt flugs die Tür. Drinnen wühlt sie verzweifelt ein Pulversäckchen aus ihrer Kräuterkiste hervor. Da rennt der Krieger mit einem lauten Krachen die Türe ein, reißt sie dabei aus dem Rahmen und fällt Fenja direkt vor die Füße. Sofort fasst der Hunne nach Fenjas linkem Bein und hält sie eisern fest. Geistesgegenwärtig tritt sie mit dem anderen Fuß in das vor Zorn errötete Gesicht. Zwar löst der Krieger blutend seinen Griff, aber sofort steht er mit gezogener Kampfaxt wieder auf den Beinen.

Derweil steckt der Fremde seine Waffe wieder in die Scheide, ergreift den Bogen und nimmt die Hunnen ins Visier. Vier Pfeile schießt er ab, viermal findet das Geschoss sein Ziel. Die Entfernung wäre ausreichend, um noch mehrmals auf die Hunnen anzulegen, aber stattdessen wirft der Fremde Bogen und Pfeile zur Seite, zieht sein Schwert erneut und schreitet seinen Angreifern zielstrebig aber scheinbar völlig unbeeindruckt entgegen.

Vor Zorn schnaubend tritt der Krieger Fenja in den Unterleib. Trotz des Schmerzes und der Wucht des Trittes gelingt es ihr, sich auf den Beinen zu halten. Aber der Hunne setzt sofort nach und schlägt mit seiner Axt nach Fenjas Kopf. Geschickt weicht sie aus, doch der Angriff drängt sie in die Ecke ihrer Hütte. Die Gelegenheit nutzt der erfahrene Krieger auf der Stelle und setzt zum nächsten Axthieb an, Fenja kann jetzt nicht mehr ausweichen. Aber ein Zwischenboden über der Ecke begrenzt die Raumhöhe an dieser Stelle, so bleibt die Axt mit einem Krachen in der Decke stecken. Fenja nutzt die Gunst des Augenblicks. Wie eine Furie stürzt sie sich auf den Krieger, der rücklings hart zu Boden geht. Auf ihm sitzend zerkratzt sie schreiend sein Gesicht und reibt das Kräuterpulver in Augen und Wunden des wild um sich schlagenden Hunnen.

Noch 20 Meter trennen den Fremden von den heranstürmenden Angreifern. Zügig und entschlossenen Schrittes läuft er auf die kreischende Meute zu. Mit jedem weiteren Meter wechselt sein teilnahmsloser Blick, zu einem kalten, erbarmungslosen Ausdruck. Kurz vor dem Aufeinandertreffen zittern seine Mundwinkel vor Erregung, er scheint den Kampf regelrecht herbeizusehnen. Jetzt wird deutlich, weshalb er den Bogen so früh aus der Hand gab. Der Fremde will das Blutbad, will das Schlachten aus nächster Nähe auskosten. Mit erhobenen Äxten stürzen die Hunnen unter schrillem Kampfgeschrei auf den Fremden zu, lediglich ihr Anführer schwingt einen langen Säbel. Lautes Waffenklirren begleitet das Aufeinanderprallen der Kontrahenten.

Währenddessen ringt Fenja noch immer um ihr Leben. Dem Krieger gelingt es, mit einem Faustschlag Fenja abzuschütteln. Schreiend vor Schmerz und seiner Sehkraft beraubt, rappelt er sich auf und schlägt mit seiner Kampfaxt blindlings um sich. Fenja setzt erneut zum Angriff an. Sie schnappt ein am Boden liegendes Stück Draht und springt dem Mann von hinten auf den Rücken. Festgekrallt an seinem Kopf, legt sie den Draht um seinen Hals und zieht so fest sie kann zu. Augenblicklich werden Haut und Fleisch durchtrennt, schießt eine regelrechte Blutfontäne aus dem Hals des Kriegers. Röchelnd geht der kräftige Mann zuerst auf die Knie und schließlich ganz zu Boden. Aber Fenja lässt nicht locker, erst als jegliches Zittern aller Glieder erlischt, löst sie die Strangulation und rollt erleichtert zur Seite weg. Wieder auf den Beinen, betrachtet sie voller Abscheu den am Boden liegenden Körper und spuckt in dessen lebloses Gesicht mit den weit aufgerissenen Augen. Anschließend rennt sie aus der Hütte und wird Zeuge des nächsten blutigen Schauspiels.

Der Kampf inmitten des Dorfes gleicht einem Massaker. Scheinbar mühelos geht der Fremde durch die Schar der ersten fünf Angreifer einfach hindurch. Mit hasserfüllter Miene schwingt er die Klinge seines Schwertes mit unglaublicher Schnelligkeit und Präzession. Fenja kann die flüssig ausgeführten Streiche der Waffe kaum wahrnehmen und ihr wird bewusst, für den Fremden ist das mehr ein Spiel, denn ein ernstzunehmender Kampf. Tödlich verwundet sinken alle fünf Krieger zu Boden, nur der Anführer steht noch unverletzt aber sichtlich fassungslos auf seinen Beinen. Zögernd überlegt er, was er machen soll. Der Fremde neigt sein Haupt zur Seite und blickt den Hunnen fragend an. Noch bevor der Krieger reagiert, nimmt er ihm die Entscheidung kurzentschlossen ab. Mit einer einzigen Bewegung führt er blitzschnell einen Streich, trennt zuerst den linken Arm und dann den Kopf vom Rumpf des Kriegers ab.

Einen Augenblick lang steht der Fremde regungslos zwischen all den Leichen und blickt gedankenversunken in die Leere. Nur langsam entspannen sich seine Gesichtszüge, bis er wieder abgeklärter wirkt. Anschließend geht er in die Knie und wischt die Klinge seines Schwertes an der Kleidung des zerstückelten Anführers sauber.

Fenja aber rennt dem Fremden schnell entgegen, ihre Stimme scheint sich förmlich zu überschlagen.

„Wo ist die Kleine, was ist mit dem Mädchen? Ich kann sie nirgends sehen."

„Sie ist fort, du musst sie vergessen."

Die Antwort des Mannes fällt ungewöhnlich kühl und nüchtern aus, aber Fenja nimmt das im Moment nicht wahr. Weinend und zitternd kniet sie neben Bruns und Irngrets Leichnam, hält den toten Schmied in ihren Armen.

„Was heißt sie ist fort?"

„Der Reiter hat mit ihr die Flucht ergriffen, sie endet im Lager der Hunnen bei den anderen Gefangenen und ist verloren. Also lass uns lieber das Weite suchen."

Doch Fenja will das nicht wahrhaben, schluchzend spricht sie zu den toten Eheleuten.

„Ich werde Gesa finden, ich rette euer Kleines und beschütze sie, das verspreche ich euch. Sie wird wieder lachen, glücklich sein und...", ein Weinkrampf lässt ihr jedes weitere Wort im Halse stecken.

Deutlich mitfühlender wie zuvor, unterbricht der Fremde Fenjas Trauer.

„Ich bedauere deinen Verlust, aber wir müssen hier weg, sofort!"

Unfähig zu antworten hält Fenja noch immer Brun in ihren Armen, während der Krieger behutsam nach ihrer Schulter greift.

„Sie werden bald wiederkommen. Du hilfst niemanden, wenn du hier auf das Ende wartest."

Endlich reißt die Ansprache des Fremden Fenja aus ihrer Trauer. Schluchzend schießt sie hoch und packt ihn mit beiden Händen fest am Kragen.

„Wer seid ihr überhaupt, weshalb habt ihr nicht früher eingegriffen, warum mussten sie sterben, ihr hättet...", ein weiterer Weinkrampf raubt ihr neuerlich die Sprache.

Von Fenjas Gefühlsausbruch unbeeindruckt, antwortet der Fremde kurz und nüchtern.

„Die Bögen der Hunnen steckten in den Satteltaschen ihrer Pferde. Erst nachdem ich Gelegenheit fand, die Tiere von den Kriegern zu trennen, schien ein Angriff aussichtsreich. Der Rest spielt keine Rolle."

Mit zitternder Hand wischt Fenja ihre Augen trocken und atmet zweimal ganz tief durch.

„Ihr seid nicht sehr gesprächig, könnte ich wenigstens euren Namen erfahren?"

„Das „ihr" kannst du dir sparen. Du darfst mich Cunad nennen und ich benötige deine Hilfe."

„Wobei soll ich denn helfen können?" fragt sie leise, aber statt einer Antwort erhält sie eine Gegenfrage.

„Kennst du dich hier aus?"

„Ich kenne mich hier aus, sehr gut sogar."

„Der entkommene Reiter wird Verstärkung schicken, wir müssen uns sofort in Sicherheit bringen."

„Lass uns in die Wälder fliehen, ich kenn da eine versteckte Höhle, dort...", abrupt wird Fenja unterbrochen.

„Nein, nicht in die Wälder, wir bleiben hier."

Fenja kann kaum fassen, was sie hört. Stirnrunzelnd und achselzuckend bringt sie ihr Unverständnis zum Ausdruck.

„Ich denke die Hunnen kommen, um nach uns zu suchen?“

„Und genau deswegen bleiben wir im Dorf“, erwidert Cunad mit konsequenter Stimme.

Aber Fenja hat von seiner nebulösen Art genug, sie will so schnell wie möglich weg.

„Ich höre mir das nicht länger an, du bist ja von Sinnen. Deswegen geh ich jetzt und zwar allein.“

Fenja dreht Cunad den Rücken zu, nach wenigen Schritten vernimmt sie wieder seine Stimme.

„Wenn du in den Wald läufst, werden dich die Fährtenleser auf ihren Pferden verfolgen und rasch einholen. Aber wenn wir uns im Dorf verbergen, gibt es keine Spuren für die Fährtenleser. Sie suchen dann lediglich die nähere Umgebung ab und ziehen wieder weiter. Also, willst du es noch einmal mit den Hunnen aufnehmen oder kennst du ein geeignetes Versteck im Dorf?“

Während er spricht sammelt Cunad einige kleine, eiserne Gegenstände neben Bruns Leichnam auf, sie waren offensichtlich aus einem Lederbeutel an Bruns Gürtel gefallen. Cunad nimmt den Beutel an sich und füllt die verstreut liegenden Eisenstücke wieder hinein. Fenja ist darüber wenig erfreut, erbost bringt sie ihren Missmut zum Ausdruck.

„Was immer du da an dich nimmst gehört dir nicht, hast du keine Achtung vor den Toten?“

„Ich habe Achtung vor dem was vor uns liegt, aus diesem Grunde treffe ich Vorsorge. Dein Freund brauch die Krähenfüße nicht mehr, aber uns können die Dinger durchaus noch nützlich sein.“

„Ich weiß nicht was Krähenfüße sind, wärst du so freundlich mir zu verraten, wofür sie gut sein sollten?“

Aber Cunad geht auf die Frage nicht ein.

„Willst du hier noch länger Palaver halten? Wir wären besser beraten, wenn du endlich ein geeignetes Versteck für uns findest.“

Fenja ärgert die harsche Art ihres Retters. Aber sie spürt auch, seine wahre Natur ist eine andere. Etwas Fürchterliches muss diesen Mann verändert haben, denn Cunads Präsenz begleitet eine allgegenwärtige Aura der Verbitterung. Doch für derlei Gedanken ist jetzt nicht die Zeit. Angestrengt denkt Fenja nach, aber ausgerechnet das Dorf ist der letzte Ort, an der ihr ein Versteck geläufig wäre.

Ratlos blickt sie zu Cunad, der schweigend auf eine am Horizont herannahende Staubwolke deutet.

*****

Der böhmische Sendbote erreicht den König in bester Stimmung. Otto erkennt sofort, dass dem Geheiß Boleslav aufzusuchen, kein geringfügiges Anliegen zu Grunde liegen kann. Ihm schwant bereits, der Gleichmut mit dem Böhmen hielt nur wenige Stunden an. So begleitet er den Boten nicht alleine, sondern im Gefolge seines geschätzten Beraters. Gerade bei heiklen Anlässen findet Ulman oft die diplomatischere Sprache.

Boleslav empfängt die beiden Männer direkt vor dem Leichnam des zu Tode gemarterten Hunnen. Ohne Umschweife macht der Böhme direkt seinem Unmut Luft.

„Sehet her und gebt nun acht“, dabei deutet er auf die Leiche, „mir gelang soeben, wozu ihr ganz offensichtlich nicht im Stande seid. Ich werde euch jetzt belehren, wie es um des Feindes Truppen steht.“

„Ich will es nicht wissen“, erwidert Otto mit forscher Stimme.

„Vielleicht erregt dann meine Entscheidung euer Interesse. Ich kündige unser Bündnis auf, hier und jetzt. Werft euch der unbezwingbaren Übermacht gerne entgegen, aber tut das ohne mich.“

„Ihr erhielt das Geständnis unter der Folter, aus dem Munde eines Feindes. Wie viel Wahrheit mag dem wohl innewohnen? Seit jeher streut der Feind Missgunst und Argwohn unter unseren Reihen, vergiftet Bund und Freundschaft mit arglistiger Täuschung. Furcht und Schrecken sollen die Reihen der Unsrigen entzweien. Diese Waffe Bulcsus sollten wir am meisten fürchten. Ich will nicht glauben, dass ausgerechnet ihr Fürst Boleslav, für diese Irrungen empfänglich seid.“

Der Böhme schüttelt nur den Kopf. Zwar scheinen Ottos Worte Boleslavs Bedenken etwas zu entkräften, aber das Risiko, eventuell doch einer derart gewaltigen Übermacht gegenüberzustehen, wiegt ungleich schwerer. Boleslav weiß, was sein Rückzug für Ottos

Allianz bedeutet. Tatsächlich bedauert er diese, der Vorsicht geschuldete Entscheidung sogar ein wenig. So verabschiedet er sich trotz der langjährigen Rivalität am Ende mit versöhnlichen Worten.

„König Otto, wahrlich hätte ich gerne an eurer Seite gefochten, anstatt wie in alten Tagen gegen euch. Ich bewundere euren Mut, es mit 100.000 Reitern aufzunehmen, denn das ist die Zahl, die der Hunne preisgab. Mag sein, dass er gelogen hat. Aber vielleicht auch nicht, ihr werdet es bald erfahren."

Noch will sich Otto nicht geschlagen geben. Bevor er jedoch ausholt, den abgefallenen Gefährten umzustimmen, bittet Ulmann, das Wort ergreifen zu dürfen. Auch er kennt den Böhmen schon seit geraumer Zeit, verhandelte so manches Abkommen in Ottos Namen. So stimmt auch Boleslav der Rede zu. Und Ulman wählt seine Worte mit Bedacht.

„Selbst wenn wir annehmen, Bulcsu verfüge über eine derart enorme Übermacht, wollt ihr Fürst Boleslav, diesem Heere mit euren 1000 Reitern in offener Feldschlacht gegenüberstehen? Denn genau das könnte geschehen, wenn ihr jetzt alleine den Rückweg wagt."

Boleslav wirkt nachdenklich. Otto ergreift die Gelegenheit sofort, er nutzt den Wankelmut des Böhmen und führt Ulmans Entgegnung weiter aus.

„Wäre es nicht umsichtiger, die nur noch kurze Strecke bis zur Festung mit uns zu ziehen? Dort warten weit mehr als 10.000 Verbündete. Im Lager erfahren wir auch sicherlich, wie hoch die wahre Stärke des Feindes bemessen werden muss. Sollte sich die absurde Zahl von 100.000 Reitern tatsächlich bestätigen, steht es euch offen, am nächsten Morgen erholt und unverbraucht den Rückweg anzutreten. Seht nach oben Boleslav, die Sonne hat den Zenit längst überschritten. Wollt ihr wirklich jetzt zur Umkehr blasen?"

Boleslav nimmt erneut auf seinem Klappstuhl Platz. Den Kopf auf seine Arme gestützt, verrät keine Regung, wie er sich entscheiden wird. Otto und Ulman blicken zueinander, sie wissen, was auch immer der Böhme jetzt beschließen mag, kann nicht mehr nachverhandelt werden. Schier endlos scheint der Moment des Schweigens, bevor Boleslav endlich seinen Standpunkt verrät.

„Ihr mögt damit recht haben. Ich ziehe also fürs Erste mit euch weiter. Aber unabhängig von der Truppenstärke des Feindes: Erwartet uns auch nur ein Mann weniger, wie die versprochenen 10 Legionen, könnt ihr nicht mehr mit mir rechnen. Dann ziehe ich meine Männer am nächsten Morgen zurück."

„So sei es", von einem weiteren Wortwechsel sieht Otto für den Moment ab, denn er befürchtet, Boleslav könnte seine Meinung ansonsten nochmals revidieren.

Mit gemischten Gefühlen eilen Otto und Ulman wieder an die Spitze des Heereszuges. Kurz darauf setzt die Kolonne ihren Weg nach Süden weiter fort. Dem betagten Ulman fällt das Reiten in der Hitze merklich schwer. So kommt ihm die Behäbigkeit des langen Heereszuges entgegen, sie fordert lediglich ein gemäßigtes Tempo von seinen Reitern ein. Gemächlich nebeneinander reitend, reflektieren Otto und sein getreuer Vasall die Lage von den Rücken ihrer Pferde aus.

„Wie lange uns Boleslav wohl diesmal beistehen wird?" fragt der König ratlos.

„Das weiß er vermutlich nicht einmal selbst. Wir müssen ihm aber auch zugestehen, Grund zum Zweifel hat er ja tatsächlich. Für einen Mann von Boleslavs Gemüt, hält er sich noch ziemlich wacker will ich meinen", entgegnet Ulman.

„Wahrscheinlich hast du recht. Irgendwie werden wir ihn schon bei der Stange halten. Große Sorge bereitet mir hingegen eine ganz andere Frage: Woher kam der Hunne und wie gelangte er über die Donau? Reginbald hält doch über die einzige Brücke wacht."

„Das muss noch nichts bedeuten. Die Hunnen scheuen zwar das Wasser, aber einem einzelnen könnte es durchaus gelungen sein, die Donau schwimmend zu passieren. So lange nicht noch mehr auftauchen, solltet ihr dem nicht zu viel bemessen."

Zwar stimmen Ulmans Worte den König etwas weniger besorgt, aber die Gemüter bleiben angespannt. Vorsichtshalber gibt Otto noch Order, die Anzahl der Kundschafter zu verdoppeln. In Zweiergruppen schwärmen sogleich die zusätzlichen Späher aus. Einem Duett obliegt es, den Bereich hinter dem Heereszug im Auge zu behalten. Diese Aufgabe schließt nicht nur die Straße mit ein, auch die angrenzenden Höhen und Wälder müssen gesichert werden. Kein Feind darf die Kolonne verfolgen, um das Ziel der Truppen auszukundschaften. Zunächst verläuft die Patrouille der zwei Kundschafter auch ganz unauffällig, doch dann erweckt ein Geräusch die Aufmerksamkeit der Männer, ein kaum wahrnehmbares Wiehern dringt durch den Wald. Sofort machen die Späher Halt, angespannt und konzentriert versuchen sie, das Geräusch zu lokalisieren. Von einem bewaldeten Höhenzug kommend, scheint es sich von den Männern wegzubewegen. Nach einer kurzen Beratschlagung steht der Entschluss fest, die Männer nehmen vorsichtig und wachsam die Verfolgung auf. Alle Sinne geschärft, nähern sich die beiden langsam dem Geräusch. Aber noch immer gestattet der Bewuchs des Waldes keine Sicht auf den Verursacher. Erst allmählich schält sich die Silhouette eines Pferdes aus dem Grün der Vegetation. Das am Hals blutende Tier bemerkt die Beobachter zunächst nicht, aufgebracht wiehernd steht es ruhig auf einer kleinen Lichtung, von seinem Reiter fehlt selbst die geringste Spur. Etwas ratlos blicken die beiden Kundschafter zueinander. Zaumzeug und Sattel weisen das Pferd eindeutig als zum Heereszug gehörig aus. Das Tier eines Kameraden? Ein Annäherungsversuch der Männer misslingt, das Pferd scheut und nimmt sofort Reißaus. Kurzentschlossen jagen die Beiden direkt hinterher, die wilde Hatz führt immer tiefer in den Wald hinein. Gänzlich auf das davonlaufende Pferd fokussiert, entgeht den Verfolgern das Geschehen hinter ihnen. Erst als rücklings Pfeile dicht an den Köpfen der Kundschafter vorbei zischen, realisiert das Duo die Gefahr. Ein kurzer Blick über die Schulter genügt und das ganze Ausmaß der Bedrohung wird offenbar. Unzählige Magyaren sind den Beiden auf den Fersen. So sehr die Kundschafter ihren Pferden auch die Sporen geben, es gelingt ihnen nicht, den Abstand aufrechtzuerhalten. Langsam aber stetig schmilzt der Vorsprung unaufhörlich weiter, immer dichter schießen die Pfeile an den Gejagten vorbei. Zwar führt der wilde Ritt in Richtung des rettenden Heereszuges, aber schon stürzt der Erste tödlich getroffen aus dem Sattel.

Dafür scheint zumindest seinem Kameraden das Glück nicht verwehrt zu bleiben und als er endlich die Straße erreicht, keimt Hoffnung in ihm auf. Der langsam dahinziehende Heereszug liegt in greifbarer Nähe, in der Ferne kann er dessen Ende schon deutlich ausmachen. Doch plötzlich streckt ein wohl gezielter Pfeil das Pferd des Kundschafters nieder. Der Aufschlag verläuft glimpflich, ohne ernste Blessuren kommt er wieder auf die Beine und rennt laut schreiend der Kolonne hinterher. Aber der Abstand ist beträchtlich, niemand hört die Rufe des Verzweifelten oder blickt zurück in seine Richtung. Völlig außer Atem läuft er keuchend um sein Leben, eine echte Chance hat er indes nicht.

Schon galoppieren mehrere Hunnen heran, holen den Flüchtenden in Windeseile ein. Geschickt wirft ein Reiter eine Schlinge nach dem Fliehenden und schleift seine Beute in den nahen Wald zurück. Am Seil gefangen über Stock und Stein gezogen, fügt die Tortur dem Unglücklichen allerlei schmerzhafte Verletzungen zu. Laut aufschreiend hofft er, dass die Marter bald ein Ende nimmt. Aber wenn die Hunnen ihren Ritt beenden, steht das Schlimmste noch bevor. Tatsächlich macht die Meute sogleich Halt. Fahl und zitternd ahnt der geschundene Kundschafter, was ihn nun erwartet. Ein lebender Gefangener stellt auch für die Hunnen eine äußerst wertvolle Beute dar. Die bevorstehende Kenntnis über Ottos Ziel und Truppenstärke vor Augen, bereiten die Hunnen eilends die Folter vor. Aber das Ziel des Heereszuges kennt der Todgeweihte nicht. So bleibt den Hunnen trotz Anwendung der raffiniertesten Foltermethoden diese wichtige Information verwehrt. Es dauert Stunden, bis das Wehklagen erlischt, der Tod dem grausamen Spektakel ein Ende setzt.

Von alledem ahnt Otto nicht das Geringste. Noch immer an der Spitze seines Heereszuges reitend, beratschlagt er mit Ulman, ob noch ein letztes Mal gerastet werden soll. Denn der Weg führt dicht an einem Königshof vorbei.

Solche im Besitz des Königtums stehenden Wirtschaftshöfe dienen nicht nur der Mehrung des Staatshaushaltes, sie bieten mitunter auch ein willkommenes Quartier. Doch nicht mehr allzu weit von der langersehnten Festung entfernt, besteht keine Notwendigkeit für eine Unterkunft.

Trotzdem fasst Otto den Entschluss, den nur geringen Umweg in Kauf zu nehmen, denn einen Anlass gibt es dennoch.

Schon im Vorfeld hatte der König alle Höfe dieser Gegend angewiesen, seine in der Nähe befindliche Festung mit der für den Krieg notwendigen Bevorratung auszustatten. Einen Tross nämlich, führt der Heereszug nicht mit ins Feld. Von einem Königsgut zum nächsten reisend, versorgen sich die Truppen nur Etappenweise für jeweils einen Tag. Der Verzicht eines behäbigen Trosses gewährt dem König im Bedarfsfall mehr Flexibilität und Unabhängigkeit. Umso mehr ist von Bedeutung, dass die Festung von den umliegenden Höfen und Gütern ausreichend bevorratet wurde.

Dies gedenkt Otto nun zu kontrollieren, im nahen Königshof Nordilinga will er detaillierte Auskunft über die Ressourcen seiner Festung einholen. Da Boleslav den Weg nicht kennt, steht auch von böhmischer Seite kein Einspruch zu befürchten, er wird den geringfügigen Umweg kaum bemerken. Otto hat die Route genau kalkuliert, am Nachmittag möchte er das königliche Gut erreichen und trotz der zusätzlichen Rast soll der Plan nicht in Verzug geraten. Noch vor Einbruch der Dunkelheit will Otto in die nahe gelegene Festung einmarschieren. Mit sich und seinem Plan zufrieden, reißt ihn erst Ulmans Ansprache aus seinen Gedanken.

„Mein König, ich hoffe uns erwarten wirklich ganze 10 Legionen im befestigten Lager. Was, wenn noch nicht alle Fürsten mit ihren Truppen eingetroffen sind? Boleslav wird dafür kein Verständnis haben und am nächsten Morgen abziehen."

Otto ärgert Ulmans Einwand. Dennoch versucht er, seine positive Stimmung aufrechtzuerhalten und Ulman Optimismus zu vermitteln.

„Wir erwarten ganze 13 Legionen. Selbst wenn noch nicht jeder Fürst den Weg ins Lager fand, die versprochenen 10 werden allemal beisammen sein. Nun lasst uns nicht in Argwohn schwelgen, sondern frohen Mutes in die Zukunft blicken. Wie sollen wir den Fürst der Böhmen überzeugen, wenn es uns selbst an Überzeugung mangelt?"

Ulman nickt, der Geist des Unmuts scheint gebrochen. Aber die Ruhe hält nicht lange an, denn plötzlich stürmt Boleslav heran. Wieder lässt sein Auftreten wenig Erfreuliches erwarten. Die Befürchtung bleibt nicht unberechtigt. Umgehend trägt der Böhme aufgebracht sein nächstes Anliegen vor.

„Euer waghalsiger Plan gerät immer mehr aus den Fugen. Einige meiner Kundschafter sind überfällig. Ich muss auf eine sofortige Rast bestehen. Kehren meine Männer nicht zurück, kann das nur

Eines bedeuten."

„Jetzt malt den Teufel nicht gleich an die Wand. Eure Kundschafter bewegen sich fern der Heimat auf fremden Boden. Sie werden den Weg bestimmt noch zu euch finden. Gebt ihnen ein wenig Zeit. Wir rasten sowieso in Kürze, ein Königshof liegt nicht mehr fern", antwortet Otto genervt.

Aber Boleslav beruhigen Ottos Worte nicht. Beharrlich drückt er weiter seine Besorgnis aus.

„Und ich sage euch, uns steht Ungemach bevor. Ich kann das Unheil riechen, spüre die widerwärtige Präsenz der hunnischen Teufel. Ich frage mich allmählich, was habt ihr überhaupt unter Kontrolle? Verratet mir, wie steht es um eure Kundschafter?"

„Wie soll es darum stehen? Es gibt keine Unregelmäßigkeiten."

„Seid ihr dessen gewiss, oder vermutet ihr das nur?"

Otto rauft sich die Haare, entnervt gibt er Ulman Order, nach hinten zu reiten und bei den Truppen nachzufragen. Otto hofft, die Besorgnis des Böhmen dadurch zu zerstreuen und das Gespräch endlich beenden zu können. Aber Ulman bleibt verdächtig lange fort. Erst nach einer ganzen Weile kehrt er im schnellen Galopp zurück. Otto wartet erst gar nicht auf Ulmans Berichterstattung, stattdessen nimmt er dessen Aussage vorweg.

„Also mein lieber Ulman, erhelle nun unseren aufgebrachten Fürsten und berichte, dass kein Grund zur Sorge vorliegt."

Ulman blickt sichtlich ratlos. Das verfrühte Vorpreschen seines Königs bringt ihn in Erklärungsnot. Unschlüssig ob er Auskunft erteilen soll, sieht er fragend Otto an. Ein tiefes Unbehagen steigt im König auf. Doch bevor er seinen Vasallen auffordert zu sprechen, kommt ihm Boleslav zuvor.

„Jetzt mach endlich deinen Mund auf, was hast du in Erfahrung gebracht?"

Otto nickt, auch er will trotz der dunklen Vorahnung wissen, wie es um die eigenen Späher steht. Etwas zögerlich kommt Ulman der Aufforderung des Königs nach.

„Ich bringe leider keine frohe Kunde. Auch wir vermissen einige Kundschafter. Ihnen oblag die Sicherung in unserem Rücken."

„Verflucht, ich wusste es", bricht es sogleich aus Boleslav hervor, „und auch meine Männer ritten hinter dem Heereszug."

Otto fürchtet einen weiteren Wutausbruch des Böhmen. Tatsächlich lässt das cholerisches Gebaren Boleslavs auch nicht lange auf sich warten. Wild gestikulierend reitet er flankiert von einem Leibwächter neben Otto und kreischt mit schriller Stimme.

„Wie konnte ich euren Worten gestern nur Glauben schenken? Nichts von alledem hat Bestand. Jetzt sitzt uns der Feind im Nacken und wir stehen hier mit lächerlichen zwei Legionen auf freiem Feld. Bevor ihr mir nun offenbart, wie es im Angesicht der Bedrängnis weitergehen soll, seid gewarnt, wagt es nicht noch einmal meine Kyra mit ins Spiel zu bringen. Heute Morgen gelang es euch, mich damit einzuwickeln. Haltet ihr mich für einen Narren?"

„Ich halte euch für einen Hitzkopf", antwortet Otto ruhig und unbeeindruckt.

Als Ulman ansetzt mit diplomatischeren Worten einzulenken, hält ihn der König mit einer eindeutigen Handbewegung zurück. Derweil steigt Boleslav die Zornesröte ins Gesicht. Erneut holt er zu einer weiteren Schelte aus.

„Dann zeigt euch jetzt der Hitzkopf was...", aber Otto unterbricht den Böhmen forsch.

„Spart euch die Worte. Ich entlasse eure Truppen aus dem Bündnis, zieht hin, wo immer ihr wollt, ihr seid der Sache nicht gewachsen. Nun geht mir aus den Augen, ich habe einen Krieg zu führen."

Boleslav bleiben die Worte im Halse stecken. Fassungslos macht er umgehend Halt und entlädt seine Wut an dem neben ihm reitenden Leibwächter. Mit einem Faustschlag stößt er den Mann aus dem Sattel und reitet zurück zu seinen Truppen.

„In Boleslavs Leibgarde zu dienen, scheint mir wenig erstrebenswert", kommentiert Otto gelassen das Geschehen.

Ulman hingegen kann der Situation nichts Belustigendes abgewinnen. Entsetzt wendet er sich Otto zu.

„Mein König, was ist in euch gefahren? Wie könnt ihr Boleslav entlassen, ihn derart verärgern? Wir benötigen den Beistand seiner Truppen, wir brauchen...", aber Otto lässt auch Ulman nicht zu Ende sprechen.

„Ich musste Stärke zeigen. Wir können uns von Boleslav nicht länger auf der Nase herumtanzen lassen. Und bedenke, was will er denn jetzt machen? Den Feind wähnt er hinter uns, zurück kann er also nicht. Dass zwei Legionen stärker sind als eine, weiß auch er. Es bleibt ihm keine andere Wahl, als gemeinsam in der Festung Schutz bei unseren Verbündeten zu suchen. Boleslav mag ein Hitzkopf sein, aber er ist kein Narr, auch wenn er glaubt, ich halte ihn dafür. Also beruhige dich mein lieber Ulman und vertraue auf mein Kalkül. Der Böhme verprügelt vielleicht noch ein paar seiner Männer, aber am Ende wird er mit uns ziehen."

Ulman vernimmt die Worte mit gemischten Gefühlen. Einerseits bewundert er die beharrliche Entschlossenheit und Konsequenz seines Königs, andererseits fürchtet er die damit verbundenen Risiken.

Abgelenkt vom Streitgespräch mit Boleslav, bemerkte weder Ulman noch Otto, dass der anvisierte Königshof bereits in Sichtweite rückte. Zuerst nimmt Ulman die Silhouette der Gebäude in der Ferne wahr, zitternd deutet er nach vorne und spricht mit aufgebrachter Stimme.

„Um Gottes Willen, mein König. Seht nur, seht doch nur. Der Königshof, er steht in Flammen."

*****

Die Stadtwache Augustas lässt bis in den letzten Winkel Alarm schlagen. Auf Ulrichs Anweisung hin treiben Riwins Männer alle Menschen aus dem Zentrum auf die Mauern zu, ein Jeder der zu laufen vermag wird an vorderster Front benötigt. Derweil schaffen die Kämpfer zusätzliche Schleudersteine auf die Befestigungen, Ulrich lässt jeden Eimer und jedes verfügbare Gefäß mit Wasser füllen und unaufhörlich schöpfen zahllose Hände das rettende Nass aus den Brunnen. Noch stürmt kein Feind gegen die Stadt, aber schon bald wird die nächste Staubwolke anzeigen, wenn die Reiter sich zum Angriff formieren. Ulrich weiß, es bleibt nur wenig Zeit. Am meisten Sorge bereitet ihm die Stadtmauer, der niedrige Bau stammt noch aus römischer Zeit und umschließt Augsburg nur unvollständig. Zwar ließ er die Lücken mit hölzernen Palisaden schließen, aber genau diese Abschnitte bilden die Achillesferse der Stadt. Auch die Barrikaden der Stadttore bestehen lediglich aus

Balken und Brettern. Der ungewöhnlich heiße Sommer hatte die hölzernen Schutzbauten völlig austrocknen lassen. Ein Brand würde die Palisaden in kürzester Zeit verzehren, der Weg in die Stadt stünde dann für Ross und Reiter offen. Augsburg würde ohne Zweifel fallen. Aber nicht nur die Palisaden bereiten Ulrich Kopfzerbrechen. Gerät auch nur ein Haus in Brand, greift das Feuer unaufhaltsam auf die anderen Gebäude über und legt die gesamte Stadt in Schutt und Asche.

Überall rennen Menschen hektisch durcheinander, schleppen Wasser herbei oder rüsten zur Verteidigung. Angst und Panik treibt die Menschen an, ein Jeder fürchtet, was nun die nächsten Stunden bringen.

Wieder auf der Mauer späht Ulrich durch das Instrument erneut ins feindliche Lager, danach fällt sein besorgter Blick auf die hölzernen Bauten der Stadtbefestigung. Tiefe Sorgenfalten graben sich in seine Stirn. Nach einer Weile ruft er flehend seinen Heiland an.

„Heiliger Vater im Himmel, stehe mir in diesen Stunden der Verzweiflung bei. Ich weiß nicht, wie ich Feuersturm und Ascheregen von uns wenden soll. Lass die Deinen jetzt nicht untergehen, bitte führe und geleite mich."

Da stört das Gebrüll eines Esels die Andacht Ulrichs. Mit abwesender Miene blickt er zu dem plärrenden Tier unterhalb der Mauer. Minutenlang starrt er wie versteinert auf den lauthals lärmenden Störenfried. Dann weicht des Fürsten teilnahmsloser Ausdruck einer traurigen, mitleidsvollen Mimik. Ulrich fällt es wie Schuppen von den Augen, die Chance das Schicksal abzuwenden, liegt direkt in seinem Blick. Doch diese Möglichkeit ringt ihm eine äußerst schwere Entscheidung ab, sie widerstrebt ihm durch und durch. Mit Tränen in den Augen ballt er die Fäuste und spricht erneut zu seinem Herrn.

„Weshalb oh Herr bürdest du mir diese Entscheidung auf? Wie kann ich diese Last auf meinen Schultern tragen?"

Dann schnauft Ulrich mehrmals durch und wendet das Wort an die Menschen unterhalb der Mauer.

„Nun höret und folget dem, was ich euch jetzt auftrage: Tötet den gesamten Viehbestand, ob Rind, Schwein oder Ziege, lasst kein

Tier am Leben. Verschont lediglich die Schlachtrösser. Sofort."

Die Menschen quittieren den scheinbar irrsinnigen Befehl mit fragenden Blicken. Aber Ulrich hat für lange Erläuterungen keine Zeit, mit energischer Stimme fordert er Gehorsamkeit ein.

„Wollt ihr die nächsten Stunden überleben? Falls ja, dann tut was ich euch sage, oder zögert und wir treten heute alle unserem Heiland gegenüber. Verschwendet keinen Augenblick, sondern tötet das Vieh und zieht allen Tieren die Häute ab. Aber um Gottes Willen macht schnell."

Kurz darauf erfüllen die Todesschreie der bedauernswerten Geschöpfe die gesamte Geräuschkulisse. Schreckliche Laute tönen durch die Straßen und Gassen, während die Menschen panisch zu den Mauern strömen. Ulrich aber steht erhobenen Hauptes auf der Befestigung. Tatsächlich fällt es ihm jedoch schwer, die Fassung zu bewahren. Denn der schlimmste Befehl steht ihm noch bevor. Mit einer Handbewegung winkt er einen jungen Krieger herbei.

„Wie heißt du mein wackerer Recke?"

„Man nennt mich Hanco."

„Nun gut Hanco, ich betraue dich jetzt mit einer äußerst wichtigen Aufgabe. Sorge dafür, dass die Tierhäute überall zu den Holzpalisaden und Stadttoren gelangen. Nimm dir genug Männer und lass die Häute auf die Außenseite aller hölzernen Abschnitte spannen. Benutzt Eisennägel und bedeckt jede noch so kleine Stelle. Die frischen Tierhäute werden nicht Feuer fangen und uns vor den Brandpfeilen schützen. Ihr müsst diese Aufgabe bewältigen, egal was kommt, auch wenn euch der Feind bedrängt. Jetzt lauf und verrichte das dir Aufgetragene so schnell du kannst."

Im Eiltempo rennt Hanco sofort davon. Mit einem tiefen Seufzer blickt Ulrich dem Todgeweihten wehmütig hinterher. Nie hätte er gedacht, jemals einen solchen Befehl erteilen zu müssen. Die Order an Hanco kommt einem Todesurteil gleich, denn das Verkleiden der Palisaden mit den Tierhäuten nimmt mehr Zeit in Anspruch, wie den Männern bleiben wird. Schon bald erfolgt die erste Angriffswelle, dann sind die Männer außerhalb der Befestigung den Pfeilhageln hilflos ausgeliefert. Seine Krieger wissentlich in den sicheren Tod zu schicken, erschüttert Ulrich bis ins Mark. Eine derart schwere Entscheidung hatte er noch niemals fällen müssen.

Erst die Stimme Riwins reißt den Fürstbischof aus seiner Schwermut.

„Ulrich, es ist getan. Die Menschen warten überall hinter den Befestigungen auf Anweisung. Wie lauten deine Befehle? “

„Alle die nicht auf der Mauer kämpfen, müssen zum Löschen bereitstehen. Egal ob Kind, Greis oder Weib. Jeder Brand muss sofort gelöscht werden, kostet es, was es wolle. Kein einziges Haus darf brennen, sonst wird ein Flammenmeer die ganze Stadt verschlingen. Konzentriere alle Kräfte auf die erste Häuserreihe innerhalb der Stadtmauer.“

„Aber Ulrich, was wenn die Pfeile das Feuer über die ersten Bauten hinweg tief in die Stadt tragen?“

„Das müssen wir verhindern. Unsere Schützen dürfen die Reiter nicht nahe genug heranlassen, auch wenn das hohe Verluste unter den Unsrigen bedeutet. Wir können nur an der vordersten Häuserfront gegen die Flammen kämpfen, für mehr fehlt es an Mensch und Material. Jetzt geh und gib die Order aus, jeder soll unterrichtet werden, was seine Pflichten sind.“

Auch Ulrich macht sich auf den Weg, er will die Arbeiten auf den hölzernen Palisaden und an den Stadttoren überwachen. Zum Glück erfüllt Hanco seine Aufgabe mit Bravour. An allen Barrikaden arbeiten die Männer unter Hochdruck, aber der Nachschub mit den Tierhäuten geht nur schleppend voran. Immer wieder verzögert das Ausbleiben weiterer Felle eine rasche Fertigstellung.

Den Hunnen blieb das Treiben nicht verborgen, da steigt die erste Staubwolke den Himmel auf, Ulrich weiß, was das bedeutet. Der Sturm beginnt lange, bevor die Arbeiten ein Ende finden. Plötzlich naht Diepald heran, gerade rechtzeitig, um Ulrich helfend zur Seite zu stehen. Aber Diepald wirkt verstört und panisch, mit geradezu hysterischer Stimme jammert er zu seinem Bruder.

„Oh Ulrich, dein Herr hat uns verlassen. Jetzt gehen wir im Feuer elendiglich zu Grunde. Komm mit mir in den Dom und nehme mir die Beichte ab. Ich will nicht...“, Ulrich fällt ihm sogleich ins Wort.

„Bist du noch bei Sinnen? Du wirst dich jetzt zusammenreißen. Geh und treibe die Bauern mit dem Vieh zur Eile an, wir benötigen mehr Tierhäute, sofort.“

Doch Diepald steht nur wie versteinert da. Ulrich packt ihn wütend am Kragen und schüttelt seinen Bruder kräftig durch. Mit lautem Gebrüll ringt er ihm Gehorsam ab.

„Du läufst jetzt zu den Bauern, sonst sterben Männer deines Unvermögens wegen! Jetzt geh endlich, um Gottes Willen lauf!“

Tatsächlich rennt Diepald diesmal los, Ulrich blickt ihm voller Unmut hinterher. Doch davon darf er sich nicht ablenken lassen, das Überleben der Männer außerhalb der Mauern steht auf dem Spiel. Den nahen Angriff gewahr, befiehlt der Fürstbischof zahlreiche Schilde herbzueischaffen und ein jeder der Männer, bindet sogleich einen Schild auf seinen Rücken. Hanco winkt seinem Fürsten von unten dankend zu und kurz darauf treffen endlich neue Felle ein. Da steigt erneut Staub aus den Lagern des Feindes empor. Nur wenige Augenblicke darauf rasen die Steppenreiter mit ungeheurer Schnelligkeit von allen Seiten auf die Stadt hinzu. Und diesmal nimmt auch Ulrich Deckung. Zwar sucht er hinter den Palisaden Schutz, aber die Reiter stets im Blick, koordiniert er die Verteidigung. Schnell erreichen die Angreifer jene unsichtbare Linie, welche sie den Schützen auf der Mauer preisgibt. Schon zischt ein Meer aus brennenden Pfeilen über die Köpfe der Verteidiger hinweg, schlagen Geschosse in den Festungswall. Ulrich gibt das Zeichen zur Gegenwehr. Augenblicklich stürzen alle Kämpfer aus der Deckung, schießen Pfeile und Schleudersteine in die Reihen der anstürmenden Angreifer. Auf beiden Seiten fallen Männer, erfüllen Schreie der Verwundeten die Sphäre des Geschehens.

Ulrich sieht hinab zu Hanko, viele Männer liegen verletzt oder tödlich getroffen unterhalb der Mauer, während jene die unversehrt blieben, hektisch weiterhin ihr Werk verrichten. Ulrich bleibt nur wenig Zeit, die Verwundeten hinaufziehen zu lassen, die nächste Angriffswelle wird bereits in Kürze folgen. Derweil bekämpfen die Menschen innerhalb der Mauern eifrig jeden Brand, sie erklimmen die Dächer und es gelingt die Feuer rasch zu löschen. Doch dann erfolgt ein neuerlicher Ansturm. Auch die Kräfte auf den Dächern sind den Pfeilhageln jetzt völlig schutzlos ausgeliefert. Wieder kostet der Angriff viele Leben, dezimiert vor Allem die Menschen vor der Mauer und auf den Häusern. Zwar gelingt es noch, die Reiter soweit auf Distanz zu halten, dass kein Pfeil weiter bis zur ersten Gebäudereihe trägt, aber jede neue Angriffswelle lichtet auch die Reihen der Verteidiger. Lange kann die schwindende Anzahl der Kämpfer den Abstand zu den Feuerreitern nicht mehr aufrechterhalten.

An dramatischsten tobt der Kampf um Hancos Männer außerhalb der Stadtbefestigung. Vieler Helfer durch den Feind beraubt, arbeiten sie ohne Deckung unter ständigem Beschuss und ersticken jeden Feuerpfeil mit ihren bloßen Händen. Immer schneller schmilzt die Schar der Tapferen. Auch gelang es bisher erst, nur gut die Hälfte aller Palisaden mit den schützenden Tierhäuten zu verkleiden. Die ständigen Pfeilhagel lassen die Arbeiten einfach nicht schnell genug vorankommen. Es bedarf nur noch weniger Angriffswellen, bis Hancos Männer allesamt zu Tode kommen. Ulrich muss etwas unternehmen, sonst scheint ihr Schicksal und das der Stadt besiegelt.

Ulrich blickt zurück, auch auf den Dächern gelingt es nur noch schwerlich, die Löscharbeiten aufrecht zu erhalten. Geschieht nicht rasch ein Wunder, bricht die Verteidigung schon bald komplett zusammen. Verzagt rauft sich der Fürstbischof die Haare, angestrengt denkt er nach und sinnt nach einem Ausweg.

Tatsächlich scheint sein Grübeln von Erfolg gekrönt, denn plötzlich springt er auf und rennt über den Wehrgang der Mauer hinfort. Doch muss er auf seinem Weg erneut in Deckung gehen, ein weiterer Ansturm fordert diesen Einhalt ein. Wieder fegt ein Meer aus brennenden Pfeilen heran. Die Rauchschwaden der unzähligen Geschosse lassen das Tageslicht erblassen und tauchen die Stadt in ein nebulöses, fahles Licht. Die nächste Pause nutzend, läuft Ulrich auf der Mauer immer weiter. Aber der Weg ist mit menschlichen Hindernissen regelrecht gepflastert. Überall liegen Tote und Verletzte, über die Ulrich auf sein Stabkreuz gestützt hinweg klettern muss. Keinem Flehen, keinem noch so verzagtem Betteln um Hilfe kommt der Bischof nach, schweren Herzens muss er der Verzweiflung nahe weiter seinem Ziel entgegeneilen. Erst nach einer scheinbaren Unendlichkeit bleibt er endlich stehen. Unter dem steinernen Mauerabschnitt liegt ein großer, freier Marktplatz. Und Ulrich gibt sofort Befehl.

„Räumt sofort den gesamten Platz. Schafft reichlich Holz herbei und entzündet sogleich ein großes Feuer. Dann werft alles was raucht und qualmt in die Flammen. Haltet das Feuer am Leben und gebt auf die umliegenden Häuser acht."

Dann steigt Ulrich von der Mauer und hilft das Holz zu einem mächtigen Haufen aufzuschichten. Zwar versteht Niemand das Ansinnen seines Fürsten, aber kein Einziger stellt den Befehl in Zweifel oder fragt nach dessen Zweck, wie in Trance verrichten die Menschen ihren Dienst. Abgeschlagen und am Ende ihrer Kräfte scheinen alle nur noch zu funktionieren, zumindest irgendwie. Als schließlich die Flammen in den Himmel lodern, eilt Ulrich umgehend zurück. Doch diesmal läuft er unterhalb der Mauer, in den Gassen und Straßen kommt er deutlich schneller voran. Wieder an seinem Ausgangspunkt angekommen, sieht er über die Mauer hinab zu Hancos Männern. Doch das Bild, das sich ihm bietet, schockiert Ulrich kolossal. Nur eine Hand voll Männer überstand die letzte Angriffswelle und Hancos Körper hängt von vielen Pfeilen festgenagelt leblos an der Außenseite des Festungswalls. Auch überall auf den Dächern der Häuser liegen von Pfeilen durchbohrte Leiber. Wohin sein Auge reicht, nichts als Tote und Verwundete. Schon der nächste Ansturm könnte der Bischofsstadt den Todesstoß versetzen. Da bläst das Horn des Feindes zum neuerlichen Angriff. Ulrich sinkt entkräftet zu Boden und faltet die Hände weinend zum Gebet.

Doch plötzlich tönt das Horn aufs Neue. Die Reiter nehmen eine Formation ein, gleich einem Vogelschwarm wechseln sie ihre Richtung und streben nur auf einen einzigen Abschnitt des Festungswalls hinzu. Ulrichs Feuer auf dem Marktplatz führt die Hunnen in die Irre. Aufsteigender Qualm und Flammen künden auch außerhalb der Stadt von einem großen Brand. Getäuscht und in der Annahme, es stünden Gebäude in Flammen, konzentrieren die Reiter all ihre Kräfte auf die vermeintliche Schwachstelle Augsburgs. Nur noch dort wo der Brand schon die Häuser zu verzehren scheint, will der Feind das Feuer immer weiter anheizen. Doch stattdessen schlägt Brandpfeil um Brandpfeil wirkungslos inmitten des Marktplatzes ein.

Sofort steht Ulrich wieder auf den Beinen. Lachend und voller Freude blickt er von der Mauer, kein Feind bedrängt andernorts die

Stadt, die Finte ist gelungen. Das wird den Menschen Zeit verschaffen, um neue Kräfte auf den Dächern zu formieren und auch die Arbeiten an den Palisaden können endlich ungestört beendet werden. Erst wenn der Feind die Täuschung erkennt, droht Augsburg neuerlich Gefahr. Doch zunächst richten die Magyaren weiterhin alle Kräfte gegen Ulrichs Irreführung.

Müde aber motiviert läuft der Fürst zurück zum Marktplatz, denn in den Kampfpausen muss das Feuer weiter genährt, die Täuschung so lange wie möglich aufrechterhalten werden. Noch auf dem Weg rennt Riwin seinem Onkel entgegen. Aufgeregt keucht er voller Panik.

„Ulrich, wir stecken in der Klemme. Wenn der Feind erneut die Stadt umringt, können wir uns der Brandpfeile nicht mehr erwehren. Was sollen wir dann machen?"

Der Fürstbischof kann Riwins Ängste zwar nachvollziehen, weiß aber dennoch nicht, auf was er in Anbetracht des gelungenen Täuschungsmanöver hinaus will. Etwas verärgert versucht es dennoch, seinen Neffen zu beruhigen.

„Halte ein mein lieber Neffe. Die Finte lässt alle Kräfte des Feindes wirkungslos auf den Marktplatz verpuffen. Bis Bulcsu seine Fehleinschätzung bemerkt, sind wir wieder wohlauf gestellt. Auch die Arbeiten an den Palisaden finden sicher noch rechtzeitig ein Ende. Nutzt die Zeit und schöpft auch weiter eifrig Wasser, dann überstehen wir die nächsten Stunden und löschen jeden Brand. Niemand sagt, dass es leicht wird, aber deine Sorge scheint mir übertrieben."

„Weißt du es denn noch nicht? Die Brunnen sind restlos erschöpft, sie geben keinen Tropfen Wasser mehr."

*****

Nur noch wenige Augenblicke, dann fällt die Reiterhorde der Hunnen ins Dorf ein und die Größe der Staubwolke deutet auf zahlreiche Krieger hin. Fenja steht kalter Angstschweiß auf der Stirn, unter dem enormen Zeitdruck fällt es ihr ausgesprochen schwer, einen klaren Gedanken zu fassen. Vergeblich denkt sie angestrengt nach, aber ein geeignetes Versteck will ihr einfach nicht in den Sinn kommen. Cunad schweigt, weiterer Druck wäre jetzt für Fenja nicht hilfreich. Einen Augenblick später spielt all das keine Rolle mehr, das Geräusch galoppierender Pferde kündigt die unmittelbar bevorstehende Ankunft der gefürchteten Reiterkrieger an. Cunad zieht sein Schwert, mit einer Handbewegung signalisiert er Fenja wegzulaufen.

Doch Fenja rennt in die falsche Richtung, anstatt davon zu laufen, sprintet sie direkt zum nahen Mittelpunkt des Dorfes.

„Komm schnell, mir hinterher“, hechelt Fenja gehetzt, während sie an ihrem verblüfften Gefährten mit wehendem Haar vorüber rennt.

Inmitten des Dorfplatzes steht eine riesige Eiche. Dort angekommen, greift Fenja nach einem herunterbaumelnden Seil und hangelt sich geschickt daran empor. Cunad klettert ihr augenblicklich hinterher und beide folgen dem Verlauf des Seils, das bis in die hoch gelegene Krone des gewaltigen Baumes reicht. Schon strömen rund zwei Dutzend Reiter in das Dorf, verteilen sich in jeden Winkel der kleinen Siedlung. In schwindelerregender Höhe erreichen die Beiden eine aus Brettern zusammengenagelte Sitzbank. Ein paar junge Männer aus dem Dorf zimmerten einst das provisorische Baumhaus. In der Hoffnung, es möge den Blicken der Hunnen entgehen, holt Cunad eilends das untere Ende des Seiles ein. Das Glück bleibt ihnen nicht verwehrt, niemand beobachtet, wie das Seil im dichten Geäst der Eiche aufwärts wandert und verschwindet.

Zunächst sitzen beide schweigend beieinander, bis eine verhaltene Erleichterung die Gemüter ein wenig zu entspannen scheint. Aber die Gefahr ist noch immer nicht gebannt. Aufgebracht durchsuchen die Krieger das gesamte Dorf, während zwei Fährtenleser nach verräterischen Spuren fahnden. Schließlich widmet sich einer der Kundschafter dem Zentrum des Dorfes, nachdenklich steht er zwischen den Leichen und versucht, aus den Spuren ein schlüssiges Gesamtbild zusammenzufügen. Nur gelegentlich gibt das dichte Laubwerk des Baumes einen kurzen Blick auf das Geschehen am Boden frei. Mehr schlecht als recht gelingt es Fenja und Cunad den Fährtenleser zu beobachten. Der hält zunächst unweit vom Baum inne, geht dann direkt darauf zu und mustert den Stamm der Eiche nachdenklich. Die Beiden halten den Atem an, Fenjas Puls beginnt zu rasen. Sie schließt die Augen, erst nach einer quälend langen Weile hört sie die erlösenden Worte.

„Er ist weg", flüstert Cunad leise.

Schließlich beenden die Hunnen ihre Suche, aber das Dorf verlassen die Krieger dennoch nicht. Cunad kann sich absolut keinen Reim darauf machen. Weshalb ziehen die Reiter nicht weiter? Ungeduldig rutscht er auf den Brettern hin und her.

„Was ist denn los mit dir?" fragt Fenja mit leiser Stimme.

„Ich muss hier weg und zwar schnell. Dabei weiß ich nicht mal wo wir hier sind."

„Das kann ich dir schon sagen...", Fenja erzählt die ganze Geschichte, angefangen von Cunads Rettung im Fluss bis zum dramatischen Erwachen in der Hütte. Aufmerksam lauscht er ihrer Erzählung, bevor er Fenjas Geschichte mit nur wenigen Worten kommentiert.

„Dann hast du mich also gerettet. Nun gut, ich revanchierte mich ja bereits."

„Trotzdem bist du mir ein paar Antworten schuldig! Wieso waren dir die Hunnen freundschaftlich gesonnen? Sag mir, bist du ein Verräter, auf welcher Seite stehst du?"

Cunad streift den silbernen Siegelring von seinem Finger und streckt ihn Fenja entgegen. Ihr fragender Blick bleibt nicht lange unbeantwortet.

„Dieser Ring trägt das Zeichen Bulcsus, dem obersten Heerführer der Hunnen, er weißt mich als Freund des Feindes aus."

„Und, bist du ein Freund der Hunnen?"

Fenja kennt die Antwort. Cunads Gesichtsausdruck offenbarte beim Abschlachten der Krieger mehr als deutlich, welch tiefen Hass er gegen die Magyaren hegt. Trotzdem will sie es aus seinem Munde hören.

„Ich verweilte im Auftrag König Ottos als vermeintlicher Verräter unter den Hunnen. Bulcsu hält mich für einen Überläufer, meine Treue aber gilt dem König. Gestern war ich unterwegs zu Ottos Lager bei einem Kloster jenseits der Donau, aber meine Absichten flogen auf. Ich wurde angegriffen und landete im Fluss. Die Angreifer trugen das Wappen Bertholds, eines schändlichen Verräters. Sie glauben wohl, ich sei im Fluss ertrunken, das hoffe ich zumindest. Die Hunnen heute Morgen wussten nichts von meiner Enttarnung, hielten mich noch immer für einen der ihren."

Fenja hört konzentriert zu, ein tiefer Seufzer ist Ausdruck ihrer Erleichterung. Es war also doch kein Fehler, sich für Cunad einzusetzen. Von der drückenden Last des Zweifels erlöst, möchte sie noch mehr erfahren.

„Und nun willst du deinen Weg zum König weiter fortsetzen?"

„Das musst du nicht wissen Weib", fällt Cunads ernüchternde Antwort aus.

„Das Weib heißt Fenja. Und wo immer du auch hinmöchtest, ohne meine Ortskenntnis wirst du eine Menge Zeit verlieren."

Cunad wirkt für einen kurzen Augenblick verärgert, doch dann wohnt seinem Blick etwas Versöhnliches, Wohlgesonnenes inne.

„Fenja, hör mir bitte gut zu. Das ist kein Spiel, unzählige Menschen mussten sterben und es wird so weitergehen. Der Feind ist uns um ein Vielfaches überlegen, wir stehen vor dem endgültigen Untergang. Ich aber verfüge über Informationen, die dieses Schicksal wenden könnten. Es ist von äußerster Dringlichkeit, dass ich so schnell wie möglich den König erreiche. Und aus diesem Grund muss ich von diesem Baum."

Dann richtet sich die Aufmerksamkeit der Beiden wieder nach unten. Einige Krieger durchsuchen die Leichen nahe der Eiche und führen eine lautstarke Unterhaltung. Cunad spitzt die Ohren und Fenja erinnert sich, dass er ihre Sprache spricht. Der Dialog der Krieger fällt kurz aber aufschlussreich aus. Tiefe Falten auf Cunads Stirn deuten an, der Inhalt jener Worte bedeutet kaum Erfreuliches. Erst nachdem die Stimmen der Hunnen nur noch aus der Ferne zu den Beiden dringen, wagt Fenja leise nachzufragen.

„Was haben die gesagt?"

„Du wirst dich auch schon gefragt haben, weshalb das Dorf kein Raub der Flammen wurde. Jetzt kennen wir die Antwort und ich verfluchter Narr, ich hätte es mir denken können."

Fenja wirkt entnervt, Cunad spricht schon wieder in Rätseln und kommt nicht auf den Punkt. Ungeduldig wirft sie ihm strafende

Blicke zu.

„Die bleiben hier, mindesten noch bis morgen, vielleicht länger. Sie brauchen Bauholz und schlachten das Dorf aus, um Sturmleitern und Rammböcke für den entscheidenden Angriff auf Augusta zu bauen. Deswegen wurde diese Siedlung verschont."

„Oh Gott, die armen Menschen in der Stadt. Können sie einem solchen Angriff standhalten?" haucht Fenja betroffen.

„Können sie nicht, die Stadt wird fallen. Und merk dir für die Zukunft, Gott hat damit nichts zu tun, verschone mich damit."

Bei der Erwähnung Gottes entgleist Cunads Gesicht für einen kurzen Augenblick zu jenem hasserfüllten Ausdruck, den Fenja bereits kannte. Rechtfertigend erklärt sie ihre Äußerung.

„War nur eine dumme Redensart, ich glaub ja auch nicht an den Heiland."

„Und wenn es ihn denn gäbe, würde ich ihn Satan heißen."

Erneut zeigt Cunads Mimik blanken Hass, während er abfällig und gefährlich laut ins Geäst des Baumes spuckt. Irritiert beschließt Fenja das Thema nicht weiter zu vertiefen.

Plötzlich kündigen trampelnde Hufe das Eintreffen weiterer Reiter an und der Anführer empfängt die Neuankömmlinge mitten auf dem Dorfplatz. Doch bereichert keine Verstärkung die bisherige Belegschaft, scheinbar zieht nur eine zufällig umherstreifende Patrouille vorbei. Lediglich aus einer Handvoll Krieger und einem Gefangenen besteht der kleine Trupp. Die anfänglich ruhig verlaufende Konversation zwischen dem Anführer und den Stammesgenossen wirkt zusehends angespannter. Konzentriert lauscht Cunad jedem Wort. Schnell entwickelt sich ein lautstarker Streit und immer mehr Hunnen strömen zur Unterstützung ihres Anführers aus dem gesamten Dorf herbei. Offensichtlich geht es bei dem Disput um den Gefangenen der Patrouille. Die Krieger aus dem Dorf fordern ihn als Arbeitssklaven ein, aber die Reiter sind nicht gewillt, ihre menschliche Beute auszuliefern. Cunad kann die Kontrahenten deutlich hören, aber Laub und Geäst erlauben keine Sicht auf das Geschehen. So entgeht ihm auch, wie der Anführer die Reiter mit einer Rute züchtigt und schließlich die Herausgabe des Gefangenen erzwingt. Widerwillig überlässt die Patrouille den gefesselten Mann samt seiner Habe, einem Helm und einem überdimensionalen

Schwert nebst Gürtel und Scheide.

Beschimpfungen und Flüche ihrer Stammesgenossen begleiten den Abzug der Reiter, die rasch und aufgebracht das Weite suchen. Aber auch der Gefangene lässt die Situation nicht unkommentiert und beginnt ebenfalls zu fluchen. In einer fremden Sprache lauthals um sich schreiend, zieht er wilde Grimassen und tritt nach seinen Peinigern. Die Arme auf den Rücken gebunden, bringt er dennoch einige der überraschten Hunnen zu Fall. Erst jetzt erkennt Cunad die enorme Größe des muskulösen Gefangenen, er ist ein Berg von einem Mann. Die asiatischen Krieger um mehr als einen Kopf überragend, wirkt er wie ein wütender Riese unter zwergenhaften Menschenleibern. So gelingt es den Hunnen trotz zahlreicher Krieger zunächst nicht, ihren vor Zorn rasenden Gefangenen in Zaum zu halten. Weiter um sich tretend, schleudert der Riese einige der Hunnen meterweit zurück. Erst der kräftige Hieb eines Knüppels auf seinen Hinterkopf bringt den Hünen zur Raison. Mit einer blutenden Wunde wankend, quittiert er die Verletzung mit einer wilden Grimasse und einem letzten Fluch. Erst dann sackt der Koloss zur Erleichterung der Krieger bewusstlos zusammen.

Fenja und Cunad gelingt es nur bruchstückhaft, das Spektakel am Boden zu verfolgen. Zwar kann Cunad die fremde Sprache des Riesen nicht verstehen, aber sie verrät ihm dessen Herkunft. Und die lässt nicht auf einen Freund, sondern vielmehr auf einen weiteren Feind schließen. Cunads Mitgefühl für den Hünen hält sich in Grenzen. Fenja aber fiebert, erneut an ihren Nägeln kauend, mit dem Gefangenen vor Erregung zitternd mit.

„Wer auch immer da unten den anderen erschlägt, es trifft in jedem Fall den Richtigen“, flüstert Cunad leise.

„Wie kannst du so was sagen“, erwidert Fenja mit verständnislosem Blick.

„Das ist kein Freund da unten, sondern nur ein neuer Teufel in anderem Gewand. Vor Jahren begleitete ich den König im Norden des Reiches. Er führte Verhandlungen mit kriegerischen Slawenstämmen. Auch eine Delegation von Rujanen war darunter und der da unten ist ein Rujane.“

Fenja wird aus Cunads Worten nicht schlau. Verärgert fordert sie Aufklärung ein.

„Na und, was hat das zu bedeuten?"

„Das weiß ich nicht, so weit im Süden haben die eigentlich nichts verloren. Keine Ahnung wo die Hunnen ihn aufgegabelt haben. Die Rujanen sind schon groß gewachsen, aber der da unten ist auch unter den Seinen ein erschreckendes Prachtexemplar."

Fenja steigt die Zornesröte ins Gesicht, noch immer kann sie nicht verstehen, weshalb der Mann als Feind betrachtet werden soll. Cunad entgeht die neuerliche Erregung Fenjas nicht.

„Die Rujanen sind der Schrecken des Nordens, sie hausen auf einer großen Insel Namens Rugia. Zur See fahrend terrorisieren sie die Küsten und Meere, zerstören unsere Städte und legen selbst die Zentren der gefürchteten Wikinger in Schutt und Asche. Wilde, heidnische Krieger die mehrköpfige Götzen anbeten und Menschenopfer darbringen."

Doch Fenja beeindruckt Cunads Erklärung kein Bisschen.

„Aha, der also ist ein wilder Heide. Du aber, der auf den Heiland spuckt und seine Gegner mit Verzückung in kleine Stücke zerteilt bist das nicht."

Verärgert blickt Fenja zu ihrem fassungslosen Gegenüber, ein Ausdruck denn sie bisher noch nicht von ihm kannte. Aber die erwartete Schelte bleibt aus. Stattdessen findet Cunad sogleich zu seiner Gelassenheit zurück.

„Fenja, du musst nicht für jeden bewusstlosen Mann Partei ergreifen. Dieser Schuldigkeit bist du bereits nachgekommen, das genügt völlig."

Cunads spöttischer Unterton und sein süffisantes Grinsen reizen Fenja nur noch mehr. Doch noch bevor sie zu einer neuerlichen Schelte ansetzt, fährt Cunad belehrend weiter fort.

„Du magst von mir halten was du willst. Aber der Mann da unten ist keinen Deut weniger gefährlich wie ein Hunne, im Gegenteil. Rujanen kennen nur gegenüber ihresgleichen Loyalität, alle anderen betrachten sie als Feind. Von Geburt auf sind sie unberechenbar und aggressiv. Der Feind meines Feindes ist mein Freund, trifft hier nicht zu. Ich möchte lieber keine Bekanntschaft mit ihm machen. Er würde uns sofort angreifen, wenn er die Gelegenheit dazu hätte. Besser die Hunnen erledigen ihn schnell."

Aber genau das machen die Hunnen nicht. Zum Entsetzen

Cunads schleppen die Krieger den bewusstlosen Hünen zur Eiche, lehnen ihn in sitzender Haltung an deren Stamm und binden ihn schließlich mit einem Seil daran fest. Dann fesseln zwei Hunnen auch die Beine des Rujanen und treten dabei unter wilden Beschimpfungen mehrfach auf ihn ein. Zum Abschluss setzen die Krieger den Helm des Gefangenen auf dessen Haupt und lehnen das Schwert an den Stamm. Sichtlich amüsiert betrachten die beiden Krieger ihr Arrangement und belegen den besinnungslosen Rujanen mit weiterer Verspottung. Eigentlich wirkt das Antlitz des Mannes trotz der Fesselung eher furchteinflößend.

Wie seine Peiniger, ist auch er unzweifelhaft ein Krieger. Hände, Arme und Hals zeigen Tätowierungen in Form verschlungener Ungeheuer und Fabeltiere. Das dunkelblonde, lange Haar lugt weit unter dem Helm hervor. Gleich einer Mütze bedeckt die Kalotte der eisernen Kopfbedeckung nur den oberen Teil seines Schädels. So bleibt auch das Gesicht des Kriegers weitgehend unbedeckt. Lediglich ein schmaler, nach unten verlaufender Steg schützt die Nase und zwei Umrahmungen, fassen ähnlich einer Brille, die Augen des Trägers ein. Das verleiht dem Helm etwas Maskenhaftes, während die mandelförmigen Umrahmungen der Augen den Betrachter unentwegt anzustarren scheinen. Zudem stecken in einem den Helm umspannenden Lederband zu beiden Seiten lange Federn eines Raubvogels, das lässt den jungen Krieger noch größer erscheinen.

Bemüht nicht das geringste Geräusch zu verursachen, sitzen Fenja und Cunad regungslos in der Krone des Baumes. Aber all zu Lange müssen sie nicht schweigend ausharren. Schon bald nehmen alle Hunnen wieder ihre Beschäftigung auf und verteilen sich im Dorf. Cunad ergreift umgehend leise das Wort.

„Wir müssen hier runter, uns bleibt keine Zeit."

„Was hast du denn vor?" antwortet Fenja mit vorgehaltener Hand.

„Noch suchen die Hunnen in den Hütten nach Nahrungsmitteln und geeignetem Bauholz. Verschaffen sie sich einen Überblick, ist es mit der Ruhe vorbei. Dann kommen wir hier nicht mehr weg. Und der verfluchte Rujane bleibt sicher auch nicht mehr lange ohne Bewusstsein. Erlangt er es zurück, können wir eine unbemerkte Flucht vergessen."

Fenja findet an der Vorstellung einer risikoreichen Flucht wenig Gefallen, viel lieber würde sie die Situation weiter aussitzen und warten bis die Magyaren irgendwann wieder weiterziehen. Aber alleine bleiben möchte sie auch nicht. Auch lässt ihr Cunad keine Wahl, mir ernsthafter Miene nimmt er ihr die Entscheidung vorweg.

„Kannst du ein Pferd reiten?"

„Ja natürlich kann ich reiten. Weshalb fragst du?"

„Fenja, du musst jetzt gut aufpassen, was ich dir sage. Wir seilen uns vorsichtig ab und laufen dann schnell zu den Pferden der Hunnen. Die kann ich zwar nicht sehen, aber den Lauten der Tiere nach zu urteilen, stehen sie nicht weit entfernt. Wir schnappen uns zwei Pferde und binden die anderen los. Nur wenn wir alle Tiere forttreiben, können die Krieger uns nicht folgen und sind auch ihrer Bögen beraubt. Wir reiten auch nicht auf dem Weg davon, sondern direkt in den Wald hinein. Du musst uns führen, mir ist die Gegend nicht vertraut."

„Und wenn sie uns entdecken, kannst du es mit so vielen Hunnen aufnehmen?"

Fenja fürchtet die Antwort, dennoch hofft sie eine auf ermutigende Erwiderung.

„Sie sind zu zahlreich, das wäre unser sicheres Ende. Deswegen muss Alles leise und zügig vonstattengehen."

Das unmittelbare Bevorstehen des riskanten Unterfangens stresst Fenja kolossal, erneut kaut sie wie ein kleines Kind an ihren Fingernägeln. Fast sehnt sie die vergleichsweise entspannte Phase der letzten Stunden im Schutz der Eiche zurück. Aber damit ist es jetzt vorbei. Cunad hält das untere Ende des Seiles zwischen seinen Zähnen und verhindert so ein verräterisches Herunterbaumeln, dann beginnt er mit dem Abstieg. Fenja geht das Alles viel zu schnell, dennoch ergreift auch sie das Seil und hangelt Cunad hinterher. Wo auch immer das Astwerk auf dem Weg nach unten ein wenig Sicht gestattet, hält Cunad inne und versucht einen Blick auf das Geschehen im Dorf zu erhaschen. Der Plan scheint zu gelingen, alle Krieger sind in den Hütten und Stallungen beschäftigt. Nur noch wenige Meter trennen die Beiden vom festen Boden unter der Eiche.

Plötzlich unterbricht markerschütterndes Geschrei die trügerische Stille. Wieder erwacht, beginnt der Rujane umgehend lauthals zu fluchen, mit tiefer Stimme brüllt er unverständliche Sätze in das Dorf. Fenja erscheint es wie ein Alptraum, fast die gleiche Situation erlebte sie erst gestern in der Dämmerung am Fluss. Wieder verrät die Stimme eines Anderen ihr vermeintlich sicheres Versteck. Doch die befürchtete Entdeckung bleibt aus. Zwar lugen einige der Hunnen aus den Hütten, aber nur, um auch genauso schnell wieder darin zu verschwinden. Das Gebrüll ihres Gefangenen interessiert sie nicht, zumindest nicht im Augenblick. Noch immer am Seil baumelnd, spielt Cunad mit dem Gedanken, wieder hinaufzuklettern, zu riskant scheint ihm die unerwartete Entwicklung. Aber nur wenige Meter über dem Nordmann könnten die Geräusche des Aufstiegs dessen Aufmerksamkeit auf die Beiden ziehen. Noch während er die Risiken gegeneinander abwiegt, verstummt mit einem Mal das laute Gebrüll am Fuß der Eiche. Fenja und Cunad blicken nach unten, direkt in die Augen des nordländischen Kriegers. Ohne seine Lautstärke auch nur im Geringsten zu zügeln, redet er die beiden völlig unbekümmert in ihrer Sprache an.

„Ihr gehört nicht zu den Missgeburten, oder?

Völlig perplex entfährt Cunad lediglich ein zur Vorsicht mahnendes „Psst“.

„Ist egal, die Missgeburten verstehen weder meine, noch eure Sprache. Die denken, ich rede mit mir selbst, weil sie dumm sind, diese widerlichen Missgeburten“, tönt es von unten laut und deutlich zurück.

Fenja und Cunad blicken sichtlich überfordert zueinander. Schon erhebt der Nordmann wieder seine Stimme.

„Ich rate euch mich loszubinden, sofort.“

Fenja weiß die Aufforderung des Rujaners nicht recht zu deuten.

„Droht der uns etwa, oder wie meint er das?“

„Was hab ich dir vorhin gesagt, unberechenbar und aggressiv“, erwidert Cunad, noch immer das Seilende zwischen seinen Zähnen haltend mit kaum verständlicher Stimme.

Da brüllt und flucht der Nordländer aufs Neue unversehens los. Vom Lärm des Rujaners übertönt, bemerkt keiner das Herannahen eines eintreffenden Reiters. Unvermittelt steht er plötzlich vor dem überraschten Trio. In seinen Sattel sitzend offenbart sich dem nicht weniger verdutztem Hunnen eine höchst bizarre Szenerie. Über einem fremdländisch aussehendem, wild um sich schreienden Riesen baumeln zwei verstört wirkende Gestalten festgeklammert an einem Seil. Fassungslos ob der Entdeckung öffnet Cunad seinen Mund. Das Seilende strebt sogleich dem Boden entgegen und schlägt dem Nordmann klatschend ins Gesicht, der daraufhin sofort verstummt. Das absurde Schauspiel vor Augen, kann der Reiter die Situation nicht einordnen. Irritiert blickt er zu dem grotesken Trio und erhält gleichermaßen irritierte Blicke zurück. Eine Schrecksekunde später reagiert zumindest Cunad.

„Du wartest hier", sind seine letzten Worte, dann klettert er wieselflink über einen dicken Ast und wirft sich wagemutig auf den Reiter, den er aus dem Sattel reißt.

Am Boden ringend versucht der Krieger um Hilfe zu schreien. Sekunden darauf erliegt er dem eisernen Würgegriff Cunads, während sein Pferd aufgeschreckt durchs Dorf galoppiert. Fenja stockt der Atem, das muss die Aufmerksamkeit der anderen Magyaren auf sich ziehen.

Wieder auf den Beinen sprintet Cunad zu den zwei Dutzend Rössern, die an ein Geländer gebunden nahe der Eiche stehen. Mit Ausnahme zweier Pferde durchtrennt er mit geschickten Schwerthieben die Zügel und schlägt einigen Tieren aufs Gesäß. Sofort galoppieren die Pferde erschreckt davon. Der Lärm bleibt den Hunnen nicht verborgen.

Hilflos beobachtet Fenja, wie von allen Seiten Krieger mit gezückten Äxten Richtung Dorfplatz eilen.

Zwei Pferde an den Zügeln haltend, gelingt es Cunad kaum, die aufgebrachten Tiere zu besänftigen. Aber selbst ohne das Handicap der bockigen Gäule scheint eine Flucht nur noch wenig aussichtsreich. Immer enger schließt sich der Kreis der wutentbrannten Krieger.

Auf den mit den Pferden ringenden Cunad fokussiert, bemerkt keiner der Hunnen die im unteren Geäst der Eiche baumelnde junge Frau. Fenja bräuchte nur nach oben klettern und wäre in Sicherheit. Stattdessen löst sie die Umklammerung des Seils und schlägt direkt neben dem grimmig blickenden Nordmann auf. Sie ergreift sein Schwert, durchtrennt rasch die Fesselung und schneidet dem Hünen versehentlich in den Arm. Mit einem entschuldigenden Blick zuckt

Fenja erschreckt zusammen. Umgehend auf den Beinen, schenkt ihr der Rujane jedoch keinerlei Beachtung. Gleich einer schlaksigen Marionette beginnt er seine Glieder auszuschütteln und rückt mit einem kreisenden Kopfschwung seinen schief sitzenden Helm zurecht. Erst jetzt realisieren einige Hunnen das seltsame Geschehen unter der Eiche und steuern direkt darauf zu. Auch Fenja starrt ungläubig auf den zappelnden Riesen, während ihre Hände fest den Griff des Schwertes umschließen. Selbst der unmittelbare Angriff dreier Hunnen bewegt ihn nicht zu einer Unterbrechung seines akrobatisch anmutenden Schauspiels. Eher beiläufig tritt der herum hampelnde Hüne dem ersten anstürmenden Magyaren derart heftig in den Unterleib, dass dieser rückwärts fliegend seine beiden Kampfgefährten mit sich auf den Boden schleudert. Als wäre nichts Außergewöhnliches geschehen, blickt der Rujane endlich zu Fenja, entreißt ihr forsch das Schwert und spricht mit zuckersüßer Stimme.

„Ich bin Drago, ich regle das."

Sodann wechselt seine Stimme zu markerschütterndem Gebrüll. Der Kampfschrei, den er seinen Gegnern entgegen schmettert hallt derart laut, dass alle Hunnen einen Moment lang innehalten. Nur Cunads Pferde geraten dadurch vollends außer Rand und Band, schnaubend und wiehernd reißen sie sich los und stürmen wild davon. Zwar wenden sich die Krieger nun mehrheitlich dem Nordmann zu, aber der Verlust der Pferde stresst Cunad ungemein. Der Rujaner scheint ihm wie ein böser Fluch. Für weitere Gedanken bleibt ihm keine Zeit, das Gemetzel beginnt. Zwar streckt er zunächst noch ohne Mühe mehrere Angreifer nieder, doch von allen Seiten eingekesselt, fehlt es ihm schon bald an Rückendeckung, Mehrfach entgeht er nur knapp einem Axthieb der schrill kreischenden Hunnen, alleine wird er sich nicht lange behaupten können.

Derweil umringt eine große Schar von Kriegern lauernd den zum Kampf bereiten Drago. Die Gewalt des gefesselten Nordmanns noch vor Augen, wagt es zunächst keiner, einen Angriff zu riskieren. Dieses Zögern nutzt Drago sofort aus und er ergreift selbst die Initiative. Wie ein Derwisch fegt er in die dichteste Ansammlung der Krieger. Augenblicklich spritzen jene Hunnen auseinander, die seiner Klinge nicht zum Opfer fallen. Schreckliche Schnittwunden reißt sein Schwert in die gegnerischen Leiber. Bereits nach einer zweiten Offensive scheint Drago den Kampf trotz der Übermacht zu dominieren, da legt ein Hunne seinen Bogen auf ihn an. Dem Krieger war es gelungen, einem umher galoppierenden Pferd die Satteltasche zu entreißen. Aus gehöriger Entfernung verschießt der Schütze seinen Pfeil. Fast geräuschlos streift das Geschoss Dragos linken Schultermuskel. Verärgert, den Nordmann nicht tödlich verletzt zu haben, rennt der Schütze näher und verringert die Distanz beträchtlich. Bereit zum finalen Schuss, weichen die anderen Hunnen vor dem todgeweihten Hünen zurück, erwartungsvoll geben sie die Schussbahn frei.

Viel zu lange wartet Fenja bis sie endlich wieder nach dem Seil der Eiche greift. Das Seilende zwischen ihre Zähne geklemmt, versucht sie flugs nach oben zu klettern. Aber ein Hunne hat sie längst ins Visier genommen, mit einem gewagten Satz springt er ihr hinterher und bekommt einen Zipfel ihres Kleides zu fassen. Fenja tritt so fest sie kann nach seinem Kopf. Vor Schmerz aufschreiend lässt er los und rollt am Boden ohne ernste Blessuren ab. Hektisch klettert Fenja ein Stückchen weiter hoch, bevor sie wieder einen Blick nach unten wagt. Der Stamm der Eiche kann ohne Hilfsmittel nicht erklommen werden, zumindest nicht im unteren Bereich, erst ein paar Metern weiter aufwärts bieten Äste einen Halt. Erleichtert wähnt Fenja sich in Sicherheit. Da schlägt der wutentbrannte Hunne seine Axt in den Stamm und zieht sich daran hoch. Rasch erreicht er das Astwerk und klettert schnell nach oben, direkt auf die entsetzte Fenja zu. Instinktiv strebt Fenja so schnell sie kann der Baumkrone entgegen. Oben angekommen versucht sie vergebens ein Brett aus der Verankerung zu reißen, Sekunden später holt sie schon der Hunne ein. Mit festem Griff reißt er an Fenjas Bein, bestrebt sie so zu Fall zu bringen. Erneut gelingt es ihr sich frei zutreten. Dem Krieger kräftemäßig unterlegen, bleibt ihr nur die Flucht auf einen weit ausladenden Ast. Bemüht nicht in die Tiefe zu stürzen, klettert sie zu dessen Ende. In der Hoffnung ihr Peiniger werde die gewagte Verfolgung nicht riskieren, blickt sie vorsichtig zurück. Aber der Hunne kriecht bäuchlings auf dem Ast liegend unbeirrt auf Fenja zu.

Cunad gelingt es derweil kaum noch, die zahlreichen Angreifer auf Distanz zu halten. Ohne einen Kampfgefährten, der seinen Rücken decken könnte, gerät er ständig in Bedrängnis. Neidisch blickt er zu dem nur 30 Schritt entfernt stehendem Nordmann, der vor Zorn rasende Hüne scheint das Kampfgeschehen auch ohne jegliche Deckung zu bestimmen. Zwar widerstrebt es Cunad zu dem Rujanen aufzuschließen aber die Übermacht der Angreifer drängt ihn am Ende notgedrungen doch dazu. Mit einem gewagten Ausfall versucht er bis zum Nordmann durchzubrechen. Auf halber Distanz bemerkt er aus dem Augenwinkel den zum Schuß bereiten Bogenschützen. Um ihn anzugreifen aber steht Cunad viel zu weit entfernt. Stattdessen wehrt er einen weiteren Angreifer ab und trennt mit einem Schwerthieb dessen Hand samt Säbel vom Arm. Cunad nutzt die Gunst des Augenblicks, blitzschnell schnappt er nach der Waffe und schleudert den Säbel mit aller Kraft gegen den Schützen. Der Wurf gelingt, die Klinge lässt zuerst den Bogen zerbersten und bleibt im Hals des blutüberströmten Schützen stecken. Davon merklich beeindruckt und überrascht, versäumen es die anderen Hunnen, sich Cunad in den Weg zu stellen. Sekunden darauf stehen die beiden Kämpfer Rücken an Rücken, bereit die nächsten Krieger in Empfang zu nehmen.

Den hohen Verlusten im Nahkampf überdrüssig, setzten die Hunnen ihre Attacken abrupt aus. Nur noch lauernd umringen die Krieger das schlagkräftige Duett, absolute Stille begleitet die unerwartete Kampfpause. Mit Entsetzen realisiert Cunad, was das zu bedeuten hat. Die Krieger wollen die nahe der Eiche stehenden Kampfgefährten lediglich festsetzen, während andere Hunnen die umherstreifenden Pferde einfangen. Den berittenen Bogenschützen werden Cunad und Drago nicht das Geringste entgegensetzen können.

Plötzlich unterbricht ein verzweifelter Hilfeschrei die gespenstische Stille. Direkt über Drago ertönt der angsterfüllte Ruf. Hoch oben im Geäst erkennt er Fenja, bedrängt von einem Krieger ringt sie um ihr Leben. Der Nordmann rammt seine Klinge sofort in den Boden und signalisiert mit ausgebreiteten Armen, dass sie springen soll. Fenja zögert keinen Augenblick. Die Verletzung seiner Schulter fordert Drago einen lauten Aufschrei ab, dennoch fängt er Fenja sicher auf und setzt sie unbeschadet ab. Verdutzt und überrascht blickt ihr der Verfolger oben auf der Eiche hinterher. Mit einer winkenden Handbewegung fordert Drago den irritierten Hunnen auf, es Fenja gleich zu tun. Tatsächlich stürzt auch der Hunne sogleich in die Tiefe. Mit hämischem Gesichtsausdruck tritt Drago einen Schritt zur Seite. Begleitet vom Geräusch brechender Knochen schlägt der getäuschte Krieger hart zu Boden.

„Dumme Missgeburten sind sie", kommentiert Drago zufrieden seine Finte.

Cunad kann nicht fassen was er sieht, der Nordmann wird ihm immer unheimlicher. Nun aber gilt es vorrangig, der Falle des Feindes zu entrinnen.

„Der Wald Fenja, in welcher Richtung liegt der Wald?" fragt Cunad mit eindringlicher Stimme.

Fenja blickt nach Süden, mit einem Fingerzeig gibt sie die Richtung an. Ohne zu zögern rennen alle drei los, niemand versucht das Trio aufzuhalten. Denn die Krieger fangen lieber ihre Pferde ein, beritten und ihrer Bögen habhaft, wähnen sie die drei schon bald als leichte Beute.

Am Waldrand angekommen schüttelt Cunad aufgeregt den Kopf, der Baumbestand präsentiert sich licht und offen.

„Fenja, du musst uns ins dichte Unterholz führen. Es wird nicht lange dauern, bis die Hunnen ihre Pferde fangen. Sie holen dann schnell auf und beschießen uns mit ihren Pfeilen. Wir brauchen unbedingt Deckung."

Keuchend ringt der Hüne aus dem Norden nach Luft, die Wunde seiner Schulter fordert ihren Tribut. Drago hat viel Blut verloren. Fluchs reißt Fenja ein Stück Stoff von ihrem Kleid und legt einen provisorischen Verband an. Dann korrigiert sie den Kurs und rennt den beiden Männern voraus. In der sengenden Mittagshitze hetzt das Trio immer tiefer in den Wald. Erst nach einer ganzen Weile wird das Gelände auf einer Anhöhe endlich unübersichtlicher, erschwert dichtes Unterholz die Sicht und spendet Deckung. Doch wirkliche Erleichterung macht sich nicht breit. Fenja blickt zu ihren völlig erschöpften Begleitern, für einen weiteren Kampf sind die beiden einfach zu entkräftet und das Unterholz allein wird sie nicht retten können. Plötzlich künden trampelnde Hufe vom baldigen Eintreffen der gefürchteten Reiter.

Aber Fenja will ein solches Ende nicht akzeptieren. Resolut und entschlossen treibt sie ihre resignierten Gefährten an, noch weiter in den dichten Wald zu laufen. Immer langsamer schleppt sich das Trio durchs stetig undurchdringlicher werdende Gehölz. Schon bald scheint ein Vorwärtskommen nicht mehr möglich. Erst nachdem Cunad die Führung übernimmt und mit seinem Schwert eine Schneise in die Vegetation des Unterholzes schlägt, geht es bedrohlich langsam weiter. Auch behindert das dichte Gehölz jetzt nur noch die Gejagten, denn Cunads Schneise ebnet den Hunnen buchstäblich den Weg. So schmilzt der Abstand zwischen Jäger und Gejagten stetig schneller.

Ein paar Schwerthiebe weiter steht das Trio unverhofft vor einer kleinen Lichtung. Augenblicklich bleiben alle drei wie angewurzelt stehen. Nur wenige Meter vor ihnen liegt ein riesiger Braunbär ruhend im Schatten eines Baumes. Unverzüglich richtet sich das gewaltige Tier vor Wut schnaubend auf, die Eindringlinge sind ihm eine willkommene Beute.

*****

In sicherem Abstand verfolgt die Hundertschaft der Magyaren den Heereszug Ottos. Am Vormittag gelang es den Steppenreitern mehrere Kundschafter der königlichen Truppen gefangen zu nehmen und einem schmerzhaften Verhör zu unterziehen. Aber selbst unter der Folter, konnte oder wollte kein Gefangener den Zielort des Heereszuges preisgeben. Doch mit der Beschaffung genau dieser Information hatte Bulcsu seine Reiter beauftragt. Nur aus diesem Grund ließ Bulcsu die Donaubrücke erobern und ebnete der Hundertschaft so den Weg in den Norden. Nun stehen die Reiter unter enormen Druck, sie müssen den Treffpunkt der königlichen Verbände ausfindig machen, koste es, was es wolle.

Zunächst aber vergrößert die Reiterhorde den Abstand zu Ottos Kolonne, denn die Magyaren fürchten entdeckt zu werden. Sicher bemerkten die königlichen Streitkräfte den Verlust ihrer Kundschafter und eine Konfrontation mit größeren Suchtrupps wollen die Steppenreiter nicht riskieren. Ein Sichtkontakt ist für die Beschattung auch nicht notwendig, der Heereszug hinterlässt ohnehin eine leicht zu verfolgende Spur. So schleicht die Hundertschaft in respektablem Abstand der Kolonne des Königs hinterher.

Otto beschließt derweil im Sturm ins brennende Nordlinga einzufallen. In wildem Galopp rast seine gesamte Legion auf das nahe Königsgut zu. Doch die Siedlung offenbart sich völlig menschenleer, weder Freund noch Feind empfängt die eintreffenden Truppen. Einige Scheunen und Stallungen am Rande der Siedlung liegen qualmend in Trümmern. Das Gros der Gebäude aber zeigt sich scheinbar unbehelligt, ansonsten wirkt der Ort wie eine Geisterstadt. Zwei kleine Kirchen, etliche Wohn- und Wirtschaftsgebäude, sowie mehrere Stallungen beherbergt das verlassene Königsgut. Doch absolut nichts deutet auf den Verbleib der Einwohner hin. Otto befiehlt den Fährtenlesern nach etwaigen Spuren zu fahnden und ganz Nordilinga auf den Kopf zu stellen. Bereits nach kurzer Zeit kann Ulman seinem König eine Bestandsaufnahme vortragen.

„Also mein König, die Lage scheint höchst merkwürdig. Wir fanden keine Menschenseele, keine Leichen, nicht mal ein Stück Vieh. Auch Kampfspuren sucht man vergebens, lediglich ein paar Stallungen wurden ein Raub der Flammen. Aber das Feuer könnte schon vor Stunden gelegt worden sein. Die Vorratsspeicher sind leer und die Stallungen verweist. Ich kann mir einfach keinen Reim drauf machen."

Ratlos blickt Otto zu Ulman, auch er kann die mysteriösen Umstände nicht erklären. Wie es jedoch weitergeht, das weiß er ganz genau.

„Wir sollten hier verschwinden, mir behagt die Sache nicht. Gib Order zum Marschbefehl, wir ziehen besser zügig weiter."

Just in dem Moment schließt die verspätete Kolonne der Böhmen auf. Allen vorweg reitet Boleslav heran, direkt auf Otto und Ulman zu. Sichtlich entnervt erwartet der König weiteres Gezeter des Böhmen, doch Boleslav trägt ein ganz anderes Anliegen vor.

„König Otto, haltet ein, wir dürfen jetzt nicht weiter reiten. Meine Kyra verletzte sich am Bein. Wir müssen eine Rast einlegen, sie braucht Ruhe und mein Heilkundiger benötigt einige Kräuter für ihre Genesung. Ich schicke sofort Reiter aus, die Pflanzen zu beschaffen. In ein paar Stunden können wir sicher wieder weiterziehen. Aber fürs Erste rühren wir uns nicht vom Fleck."

Otto fehlen die Worte, geradezu entgeistert blickt er mit offenstehendem Mund zu Boleslav. Erst jetzt bemerkt er, der Böhme kam auf einem anderen Pferd geritten. Noch während der König nach einer angemessenen Antwort sinnt, fährt Boleslav weiter fort.

„Ihr steht doch jetzt zu mir, so wie ich trotz allen Ungemachs zu euch stehe? Also lasst eure Männer wieder absitzen, ich zähle jetzt auf euch", dann reitet Boleslav zu seinen Leuten zurück.

Nach einer Weile des Schweigens legt Ulman seine Hand auf Ottos Schulter, der in seinem Sattel sitzend, in sich zusammengesunken scheint.

„Was gedenkt ihr jetzt zu tun?" fragt Ulman mit leiser Stimme.

Erneut vergeht ein Moment der Stille, dann streckt der König seine Glieder, sitzt wieder aufrecht auf dem Rücken seines Pferdes. Seit jeher konnte noch kein Ungemach, keine noch so harte Niederlage das Gemüt des Königs brechen. Einem inneren Rhythmus der Erneuerung gleich, scheint er aus jedem Rückschlag nur um so erstarkter hervorzugehen. Und auch jetzt währte der Augenblick des Missmuts nicht lange. Als könne ihn kein Leid der Welt erschüttern, antwortet er Ulman mit gewohnter Souveränität.

„Dieser Ort hier birgt Gefahr, so fürchte ich. Aber wenn wir unsere Kräfte jetzt entzweien, gehen wir ein nicht minder großes Risiko ein. Gewähre ich Boleslav die Rast, wird er mir ob dieser Gunst verpflichtet sein. Gehen wir also das Wagnis ein und riskieren den Ausgang des Krieges wegen eines Gauls. Aber sollte ich künftig noch einmal Boleslav nicht für einen Narren halten, so stoße mich umgehend vom Thron und entreiße mir die Krone mein lieber Ulman."

Die Worte Ottos überraschen und erschüttern Ulman gleichermaßen, mit einer solchen Entscheidung hat er nicht gerechnet. Auch hält er die Verzögerung für äußerst riskant, so äußert er sich wenig zustimmend.

„In Anbetracht der Situation fällt es mir offen gesagt schwer, an eurem Entschluss gefallen zu finden. Wollt ihr wirklich wegen Boleslav an diesem Ort verweilen?“

„Was ich will, spielt keine Rolle. Es sind die Umstände, die dieses Zugeständnis einfordern. Wir brauchen die böhmischen Truppen an unserer Seite, die Entscheidung ist getroffen.“

Ulmans Blick wandert sorgenvoll in die Umgebung, Nordilinga liegt in einer großen, weit ausgedehnten Ebene. In der Ferne von bewaldeten Höhen umrandet, gleicht die Landschaft einem Kessel. In dessen Süden liegt auf einem Bergsporn die mit Wällen und Gräben bewehrte Festung. Fast wehmütig sieht Ulman in diese Richtung und ein tiefer Seufzer gibt dem König Anlass, die Gedanken seines getreuen Vasallen aufzugreifen.

„Ich weiß was dir durch den Kopf geht. In diesem offenen Gelände lägen im Kampf alle Vorteile auf Seite der Hunnen. Taktisch gesehen sitzen wir hier quasi nackt auf dem Präsentierteller. Die rettende Festung liegt in greifbarer Nähe und wir harren hier den drohenden Untergang vor Augen tatenlos aus. So in etwa sehen diene Gedanken doch aus, oder etwa nicht?“

Ulman nickt, seine Nervosität ist ihm deutlich anzumerken. Otto greift nach der Schulter seines Getreuen und mit einem Grinsen versucht er dessen Bedenken zu zerstreuen.

„Keine Sorge Ulman, das wird schon irgendwie klappen. Und sollte die Christenheit heute eines lahmen Pferdes wegen untergehen, dann werden wir einen ganz besonderen Platz in der Geschichte einnehmen und man wird noch in 1000 Jahren über uns sprechen“, dabei zwinkert Otto mit dem Auge und steigt frohen Mutes aus dem Sattel.

Die Böhmen lagern mittlerweile am Rande Nordilingas. Otto beschließt, den verbündeten Truppen einen Besuch abzustatten. Gänzlich ohne Begleitung läuft er in ihre Mitte und hält nach Boleslav Ausschau. Zu seiner Überraschung entdeckt er den Fürsten etwas außerhalb des Lagers, alleine und in sich gekehrt starrt er in die Ferne. Trotz seines menschenverachtenden Charakters empfindet Otto so etwas wie Mitleid mit dem Böhmen. Kurzentschlossen gesellt er sich dazu.

„Wie geht es eurer Kyra? eröffnet Otto das Gespräch.

„Seid ihr gläubig? antwortet Boleslav mit einer Gegenfrage.

„In Zeiten des Friedens und an den Gräbern meiner Liebsten bete ich, so oft ich kann. Dann bin ich wahrlich ein gottesfürchtiger Mann, bestrebt den Menschen Glauben zu bringen und letztlich auch mir selbst. Das ist meine Berufung. Aber im Felde..." Otto schüttelt dabei den Kopf, bevor er weiter fortfährt.

„Scheint mir die Anwesenheit unsere Heilands nicht präsent. Ihr werdet mir zustimmen, dass dem Krieg nichts Göttliches innewohnt. Dort vertraue auch ich nur der Wachsamkeit meines Verstandes, denn Gott hat sich von den Schlachtfeldern der Menschen abgewandt. So wandle ich schon auf Erden zwischen zwei Welten. Dennoch bediene ich mich im Kriege der Macht des Glaubens, mit diesem Instrument lenke und geleite ich das Volk. Wer sonst Fürst Boleslav, würde außer uns beiden ohne Glauben in die Hölle des Schlachtfelds ziehen."

„Das schätzt ihr wahrlich richtig ein. Ich bin weder gottesfürchtig, noch ein Menschenfreund, ich war es nie. Ihr jedoch glaubt an euren Gott, aus dem ihr Kraft und Hoffnung schöpft, wenn auch nicht zu jeder Zeit. Habt Dank, dass ihr meine Quelle der Erquickung achtet, die Meisten sehen darin lediglich ein bedeutungsloses Pferd."

„So weit möglich, will ich das berücksichtigen aber zu gegebener Zeit werde ich euch daran erinnern. Jetzt hoffen wir, eure Kyra möge rasch genesen. Und denkt daran, wir müssen noch vor Einbruch der Dunkelheit die Festung erreichen."

Plötzlich dringen aufgebrachte Stimmen zu den beiden Herrschern. Ein böhmischer Spähtrupp trifft im Lager ein, offenbar verlief die Patrouille nicht ohne Zwischenfall. Umgehend laufen Otto und Boleslav darauf zu. Umringt von zahlreichen Kriegern zeigen die Kundschafter stolz ihre Beute, einen unverletzten Hunnen. Boleslav verlangt sofort nach seinem Stuhl und einer Lanze. Aber Otto geht direkt dazwischen.

„Haltet ein Fürst Boleslav, überlasst den Gefangenen mir. Ein Verhör wird lediglich weitere Zweifel und Lügen hervorbringen. Ich gedenke eine weitaus mächtigere Lanze ins Fleisch des Feindes zu bohren."

„Was soll das heißen? Das ist mein Gefangener, niemand versteht sich besser darauf, den Teufeln die Zunge gefügig zu machen."

„Ich will dem Hunnen keine Auskunft abringen, ich möchte ihm eine mit auf den Weg geben."

Boleslav kann Ottos Worten nicht folgen. Verärgert zuckt er fragend mit den Achseln und blickt mit finsterem Ausdruck zu seinem König. So angeschlagen und verletzt Boleslav noch vor wenigen Minuten wirkte, so sehr dominiert nun wieder Hass und Spannung das Gemüt des Fürsten. Aber das beeindruckt Otto nicht.

„Nun muss ich euch früher als erwartet ins Gedächtnis rufen, worüber wir gerade sprachen. Übergebt mir den Gefangenen und lernt etwas über die Macht des Glaubens, jetzt sofort", Ottos fordernder Tonfall lässt keinen Zweifel daran, dass er es ernst meint.

Mit fragender Miene will ein Krieger Boleslav die Lanze reichen, aber sein Fürst stößt ihn voller Zorn mit einem kräftigen Schlag zurück. Anschließend packt er den Magyaren am Kragen und zieht ihn Richtung Ottos Lager.

„Nun gut, so kommt mein König. Dann leihe ich ihn eben an euch aus. Lasst mich sehen, wie ihr mit dem Teufel zu verfahren gedenkt, bevor ich ihm ans Leder gehe."

Zwar bugsiert Boleslav den Hunnen tatsächlich bis zu Ottos Truppen, aber nicht, ohne unentwegt Schläge und Tritte an ihn auszuteilen. Im Lager angekommen eilt sofort Ulman herbei und der König hat auch sogleich eine Order für seinen treuen Vasallen.

„So mein Lieber Ulman, schaff mit bitte die Kiste herbei."

„Meint ihr etwa „die eine" Kiste?" fragt Ulman ungläubig.

„Richtig, ich meine genau diese Kiste. Wir lüften das Geheimnis jetzt. Und schicke nach dem Übersetzer, wir benötigen seine Dienste."

Kurz darauf schleppen zwei Krieger einen langen, schmalen Holzverschlag herbei. Mit einer Handbewegung signalisiert der König, die Kiste vorsichtig auf den Boden zu legen. Otto selbst kniet nieder und öffnet den Deckel des mit kunstvoll gearbeiteten Beschlägen verzierten Behältnisses. Ein ehrfurchtsvolles Raunen entweicht der Menge und alle Krieger folgen ihrem König unversehens auf die Knie.

Die in edlem Tuch ausgeschlagene Kiste offenbart den staunenden Betrachtern ihren kostbaren Inhalt, die Heilige Lanze.

Von dieser Lanze glaubt man, sie sei jene Waffe, die einst

Longinus während der Kreuzigung in den Leib Jesus stieß. Die mit dem Heiligen Blute Christi getränkte Lanze gilt als mächtigste Reliquie ihrer Zeit. Von einem Herrscher an den nächsten übergehend, sagt man der Heiligen Lanze nach, ein Heer dessen Anführer die machtvolle Reliquie in die Schlacht führe, sei unbesiegbar. Tatsächlich siegte bis zu diesem Tage jeder Anführer, der die Waffe mit ins Felde trug. Auch den Magyaren blieb die Macht der Heiligen Lanze schmerzlich in Erinnerung. Im Jahre 933 gelang Ottos Vater Heinrich ein überwältigender Sieg gegen die Steppenreiter. Auch er führte die Heilige Lanze in die Schlacht. Diese Niederlage und die Macht der Reliquie brannten sich tief ins kollektive Gedächtnis der Hunnen ein.

Der Gefangene realisiert sofort, welch sagenumwobene Waffe vor ihm liegt, völlig entsetzt versucht er, davor zurückzuweichen. Aber die kräftigen Arme der Krieger halten ihn mit eisernem Griff. Regelrecht panisch windet sich der Hunne in der Umklammerung und ruft schließlich die Schutzgeister seines heidnischen Glaubens an. Auf eine solche Reaktion hatte Otto gehofft und er lässt die Situation nicht unkommentiert.

„Seht her Fürst Boleslav. Wir Christen fürchten die Grausamkeit der Hunnen und unsere Angst gereicht dem Feind zum Vorteil. Die Hunnen aber kann kein Gräuel erschrecken, sie sind das Grauen selbst. Seht dennoch, wie ich jetzt den Feind mit seinen eigenen Mitteln Strafe."

Dann greift Otto nach der Lanze und schlägt die Waffe mit der flachen Seite gegen die Stirn des vor Angst aufschreienden Hunnen. Den Übersetzer weißt er an, seine Worte in der Sprache des Gefangenen wiederzugeben.

„So wie ich nun dich stellvertretend für dein ganzes Heer mit dieser Heiligen Lanze schlage, wird die göttliche Macht auf jeden eurer Männer niederfahren. Gleich dem Regen, der die Bäche, Flüsse und den Ozean speist, fließt nun der Zorn Gottes bis in die letzte Ader deines Volkes. Ihr seid allesamt des Todes."

Kreidebleich sackt der Hunne erschöpft zusammen, das blanke Entsetzen steht ihm ins Gesicht geschrieben. Aber Otto ist noch nicht am Ende. Mit fester Stimme instruiert er ein Dutzend seiner Krieger.

„Jetzt reitet los und geleitet den Bastard bis zur Donau. Dort lasst ihn laufen, auf dass er die Saat der Furcht ins Lager Bulcsus trägt."

Sichtlich beeindruckt klopft Boleslav dem König zustimmend auf die Schulter.

„Zwar brachtet ihr mich um das Vergnügen einer aufmunternden Marter, aber ich muss gestehen, diese Vorstellung war kein minderer Genus. Die Heilige Lanze also, ich ahnte nicht, dass ihr sie mit euch führt."

„Ich hatte eigentlich vor, die Präsenz der heiligen Reliquie unseren Männern erst unmittelbar vor der Schlacht zu offenbaren. Sie wird unseren Kämpfern jene Kraft verleihen, die ihnen im Angesicht des Feindes nicht mehr innewohnt. Nun aber gebrauchte ich die Heilige Lanze nicht zur Mehrung der Zuversicht und des Glaubens, sondern, um Angst und Schrecken zu verbreiten. Seid euch also gewahr Fürst Boleslav, auch der Glaube gleicht einem zweischneidigen Schwert und ich weiß beide Schneiden wohl zu nutzen."

Ottos Worte verfehlen ihre Wirkung nicht. Nachdenklich und seines Zorns beraubt, kehrt Boleslav in das Lager der Seinen zurück. Der König hofft jetzt auf einen baldigen Bescheid, endlich weiterziehen zu können. Aber Stunde um Stunde vergeht und auch die Truppen beschleicht zusehends ein Gefühl der Nervosität. Mittlerweile wird es kaum mehr möglich sein, das Ziel des Heeres noch bei Tage zu erreichen.

Derweil beobachten die Späher der Magyaren das königliche Lager, während das Gros der Hundertschaft in sicherer Entfernung wartet. Die Hunnen irritiert das Ausharren des Heeres in Nordilinga. Dass Otto ausgerechnet hier seine Truppen zusammenführt, ergibt einfach keinen Sinn. So bleiben auch die Hunnen in Lauerstellung und entsenden vorerst keinen Boten, um ihren Oberbefehlshaber über den Standort des Königs in Kenntnis zu setzen.

Just in dem Moment, als der König Boleslav ein letztes Mal zum Aufbruch ermahnen möchte, ertönt endlich das erlösende Signal aus dem böhmischen Lager. Das Heer kann endlich weiterziehen. Es dauert, bis die Truppen schließlich die ersten Höhen erreichen und das offene Gelände hinter ihnen liegt, Erleichterung macht sich breit. Zwar bricht bereits Dunkelheit über die Kolonne herein, aber bis zur Festung ist es nicht mehr weit. Nur noch langsam ziehen die Truppen durch die sternenklare Nacht. Schließlich erreicht der Heereszug ein schmales, von bewaldeten Höhen gesäumtes Tal. Zu beiden Seiten flankiert je ein kleineres, burgähnliches Bollwerk den Eingang des Tales. Wie Wächter thronen die hoch gelegenen Befestigungen über der schmalen Niederung und sichern dessen Zugang. Die eigentliche Festung aber liegt am Ende des Tales auf einem nur schwer zugänglichen Bergplateau. Bereits kurz nach Passieren der beiden Bollwerke geht es nicht mehr weiter, von vorne und den Seiten durch steile Berge eingekesselt, scheint der Weg zu enden. Da lässt Otto ein lautes Signal ertönen und erhält sofort ein selbiges zurück. Nur wenig später begrüßt der König ein gutes Dutzend schwäbischer Gesandter, sie geleiten den Zug des Heeres durch die Dunkelheit. Über einen schmalen Weg geht es nun in der Flanke eines Berges steil nach oben. Auf dem Plateau der Höhe angekommen, ziehen die Truppen durch die ersten Vorbefestigungen der lang ersehnten Festung.

Zu drei Seiten der Wallburg begrenzen unzugängliche Steilhänge und mächtige Holzpalisaden das Bergplateau. Auf dem ebenerdig verlaufenden Abschnitt des Höhenzuges sichern umfangreiche Verteidigungsbauten die Festung, denn nur von dieser Seite droht vor Reiterangriffen Gefahr. Schachbrettförmig angeordnete Fallgruben und zugespitzte Pfähle empfangen jeden Feind schon weit außerhalb der eigentlichen Festung. Erst im Anschluss riegelt der erste Graben die Burg vom Umfeld ab. Danach folgen ein zweiter Graben und schließlich eine mächtige Wallmauer. Innerhalb des befestigten Areals stehen nur wenige Bauten, neben einigen Vorratsspeichern bereichern lediglich ein paar kleinere Gebäude das spärliche Ensemble. Die Burg besteht gewissermaßen nur aus starken Befestigungen mit einem offenen Lagerplatz in dessen Inneren.

Lautes Johlen begleitet die Ankunft des Heereszuges. Zahlreiche Feuer werden entzündet und von überall laufen jubelnde Kämpfer herbei, der Einzug Ottos gleicht einem feierlichen Festakt. Bis zum Eintreffen des Königs oblag die Führung in der Festung Burchard, dem Herzog von Schwaben, einst heiratete er die Tochter von Ottos Bruder. Die beiden Männer verbindet somit auch eine familiäre Bande. Mit einer herzlichen Umarmung begrüßt der Herzog sogleich seinen König, nur langsam lösen die beiden die Umklammerung. Nun brennen Otto viele Fragen auf den Lippen.

„Sag mir mein lieber Burchard, wie steht es mit der Bevorratung? Ich fand Nordilinga verlassen vor.“

„Wir verfügen über ausreichen Vorräte, zumindest für eine befristete Belagerung. Dein Königshof hat seine Order wohl versehen. Danach schien ein Aufenthalt in Nordilinga nicht mehr sicher, die Bewohner fanden Schutz in unserer Festung.“

Noch bevor der König seine nächste Frage stellt, drängt Boleslav dazwischen. Jegliche Höflichkeit missachtend, unterbricht er rüde das Gespräch.

„Lasst mich lieber wissen, wie es um die Truppen steht. Otto hatte mir ganze 10 Legionen versprochen. Gebt mir endlich Kunde, was des Königs Worte zählen. Wie viele Männer befehligt ihr Herzog Burchard?“

Der Herzog blickt merklich irritiert, das Auftreten Boleslavs scheint ihm wenig angemessen. Dennoch gibt er Antwort, denn auch sein König will im Bilde sein.

„Ich fürchte, das wird euch nicht erfreuen. Mir selbst unterstehen zwei Legionen aus Schwaben. Herzog Heinrich von Bayern liegt schwer krank danieder, so sandte er lediglich drei Legionen, sie werden von seinen Grafen befehligt. Wir zählen also nur 5000 Mann, weit weniger wie erhofft.“

Der erwartete Wutausbruch Boleslavs bleibt aus. Wortlos wendet er sich ab und verschwindet in der Dunkelheit.

*****

Die Nachricht Riwins kommt einem Todesurteil gleich. Ohne Wasser steht der Stadt ein Flammenmeer bevor. Ulrich kann es einfach nicht fassen. All die Mühe, all die Opfer und dennoch sieht Augusta einem fürchterlichem Ende entgegen. Noch fokussieren die Hunnen ihre Angriffe ausschließlich auf des Bischofs Täuschung, doch schon bald stürmen die Reiter wieder von allen Seiten auf die Stadt ein. Zwar gelang es, alle Palisaden und Tore mit den Tierhäuten vor den Flammen zu versiegeln, aber schon bald entzünden die Brandpfeile der Hunnen wieder zahlreiche Feuer auf den Dächern und ohne Wasser können die Brandherde nicht gelöscht werden.

So sehr sich Ulrich auch den Kopf zerbricht, dieses Mal fällt ihm einfach kein Ausweg mehr ein. In einer Krisensitzung hofft er, gemeinsam eine Lösung zu ersinnen. Auch Riwin soll der Zusammenkunft beiwohnen, nur von Diepald fehlt zunächst noch jeder Spur. Erst im Dom finden die Beiden den Vermissten, betend kauert er von einem Kruzifix. Fragend blicken Ulrich und Riwin zueinander. Diepald macht einen verstörten, völlig abwesenden Eindruck. Dennoch motiviert ihn Ulrich, an der Versammlung teilzunehmen. Riwin wirft den ersten Vorschlag in die Runde.

„Wir könnten durch das Osttor einen Ausfall wagen, der Fluss liegt nicht sehr weit entfernt. Dort gibt es Wasser zur Genüge."

Ulrich schüttelt den Kopf, dem Vorschlag seines Neffen kann er nur Wenig abgewinnen.

„Wahrscheinlich würde es unsere Reiterei bis zum Lech schaffen. Aber dann, wie soll es weitergehen? Wie viel Wasser mag ein jeder transportieren können? Das wäre der buchstäbliche Tropfen auf den heißen Stein. Und die Hunnen würden sofort ihre Kräfte vor dem Tor formieren."

Riwin nickt, nur Diepald sitzt apathisch da und blickt teilnahmslos ins Leere. So obliegt es Ulrich die nächste Überlegung vorzutragen.

„Alle Tierhäute wurden für die Palisaden aufgebraucht, die Häuser können wir damit nicht schützen. Und nur mit Decken gelingt es uns kaum, die Feuer zu bekämpfen."

Niemand widerspricht dem Bischof. Aber Riwin gibt noch ein ganz anderes Dilemma zu bedenken.

„Die Angriffswellen des heutigen Tages lichteten die Reihen unserer Kämpfer mehr als sonst. Bisher gelang es uns, dem Feind den nötigen Abstand abzuringen. Mit den verbliebenen Männern kann das nicht mehr gewährleistet werden, wir sind bei Weitem zu Wenige. Selbst wenn es uns gelingt, die Reiter während des nächsten Ansturms auf Distanz zu halten, spätestens ab dem darauffolgenden Angriff bricht unsere Abwehr zusammen. Die Brandpfeile tragen dann weit in unsere Stadt hinein."

Als wäre das nicht genug, ergänzt Ulrich die Schreckensnachricht Riwins.

„Zu allem Übel fehlt uns das Wasser nicht nur zum Löschen, auch der Durst wird bald die ersten Opfer fordern."

Kollektives Schweigen erfüllt die Runde. Erst nach einer ganzen Weile ergreift Riwin erneut das Wort.

„Vielleicht können wir mit Bulcsu verhandeln."

Ulrich schüttelt erneut sein Haupt. In einer Verhandlung sieht er nicht den geringsten Sinn.

„Weshalb sollte uns Bulcsu etwas zugestehen? Mit einer solchen Übermacht kann er es sich leisten, bei den Kämpfen noch ein paar Hundert oder Tausend Krieger zu verlieren. Das spielt für Bulcsu keine Rolle. Auch wird er sich das Vergnügen des Sieges nicht nehmen lassen wollen. Und noch niemals verschonten die Hunnen eine Stadt oder deren Einwohner. Nein, das endet so oder so in einem Massaker."

Dann streckt Ulrich seine Arme nach oben und bemüht die Heilige Schrift um ein weiteres Zitat.

„Herr schaff uns Beistand in der Not, denn Menschen Hilfe ist nichts nütze."

Doch ein Wunder bleibt aus, stattdessen stürzt ein Mann der Stadtwache aufgeregt in die Runde der Ratsuchenden.

„Mein Fürst, kommt schnell, die Täuschung wurde den Hunnen offenbar. Sie rüsten wieder zum Sturm rings um die gesamte Stadt."

Die letzte Gnadenfrist scheint abgelaufen. Ulrich und Riwin eilen sofort hinaus, nur Diepald zieht es in gebückter Haltung erneut in eine Ecke des Doms zurück. An der Mauer angekommen gibt Ulrich die Order aus, Decken und Säcke in den letzten, verbliebenen Resten der Wasservorräte zu tränken. Jetzt wird wirklich Jedem die Hoffnungslosigkeit der Lage offenbar. Selbst Ulrichs Wunder vom Vortag rückt in weite Ferne, die Menschen wähnen sich dem Tode nah. Aber ihr Fürstbischof hat ihnen keinen Ausweg anzubieten.

Auf der Mauer sehen Ulrich und Riwin das ganze Ausmaß der Bedrohung. Von allen Seiten formiert der Feind seine Reiter zum nächsten Feuersturm. Da ertönt sogleich das gefürchtete Signal zum Angriff. Schon nimmt der verhängnisvolle Rhythmus aus aufeinanderfolgenden Angriffswellen seinen Lauf. Der Täuschung offenbar, attackiert der Feind die Stadt nun umso wütender und entschlossener. Jetzt greifen auch Ulrich und Riwin zu den Waffen, schießen den Steppenreitern Pfeile und Geschosse entgegen. Verzweifelt tobt der Abwehrkampf gegen die erdrückende Übermacht und wieder fordert jede Angriffswelle zahlreiche Leben ein. Doch noch schlimmer wiegt die Gefahr der Brände. Schon nach dem ersten Ansturm tragen die Brandpfeile der Hunnen viele Feuer auch in die zweite und dritte Häuserreihe. Aber selbst auf den vordersten Gebäuden werden die Menschen der Flammen nicht mehr Herr. Nur mit feuchten Decken gegen die Feuer gerüstet, breiten sich die Brände an allen Orten aus. Diese Entwicklung bleibt auch den Hunnen nicht verborgen. Energischer denn je, bedrängen sie die Stadt und nehmen dabei auch hohe Verluste in Kauf. Die lodernden Dächer vor Augen schicken sie sich an, ihr Werk nun zu vollenden, die Bischofsstadt soll restlos niederbrennen. Jetzt geben auch die Letzten auf, die Feuer noch zu bändigen.

Inmitten dieser Hölle ringt Ulrich nicht mehr mit dem Feind, sondern mit sich selbst. Noch nie hatte er seinen Glauben verloren, jetzt aber scheint Gott die Stadt im Stich zu lassen, resigniert und fassungslos lässt er sein Stabkreuz sinken. Als wären die Apokalyptischen Reiter leibhaftig geworden, schleudert der Feind von allen Seiten die Vernichtung in die Stadt, das Inferno ist nicht mehr aufzuhalten. Überall rennen panisch Menschen durcheinander, jetzt ist sich jeder selbst der Nächste. Dichter Rauch und Qualm verdunkelt den Himmel, während ein jeder schreiend vor den Flammen flüchtet. So bemerkt niemand, dass dicke Wolken das Firmament verdüstern und ein Gewitter seine Ankunft prophezeit. Wie aus dem Nichts ergießt der Himmel plötzlich einen Wolkenbruch von ungeahnter Stärke.

Ohne weiteres Zutun löscht der starke Regen augenblicklich jedes Feuer. Es scheint als öffne der Himmel alle Schleusen, so gewaltig schüttet die Flut auf die nach Erlösung flehende Stadt. Sofort stellen die Magyaren ihren Ansturm ein und ziehen abgeschlagen und ernüchtert in ihr Lager ab. Die Menschen Augustas aber tanzen jubelnd und triumphierend durch die Straßen, während andere jedes noch so kleine Gefäß zum Auffangen des Regens bereitstellen. Auch von Ulrich fällt jegliche Ermattung, jedes Ungemach, gleich einer

Auferstehung ab. Erhobenen Hauptes steht er wieder auf der Mauer und schreit ein weiteres Bibelzitat hinaus.

„Die Wolken beschwert er mit Wasser und durch das Gewölk bricht sein Licht. Und so du ins Feuer gehst, sollst du nicht brennen und die Flamme soll dich nicht versengen."

Und Ulrichs Worte verfehlen ihre Wirkung nicht. Tatsächlich springt der Funke des Himmlischen auf alle über, erfasst die ganze Stadt und hüllt die Überlebenden in andächtige Dankbarkeit an ihren Herrn. Ein Gefühl der Segnung durch den Heiland selbst erfüllt die Herzen aller und der Geist des Göttlichen beseelt jeden, der die Kämpfe überstand.

Frohgemut genießen die Menschen die Gunst des Augenblicks. Auch Ulrich und Riwin fallen sich freudig in die Arme. Aber noch ist der Tag nicht überstanden. So fragt der Neffe seinen Fürsten wie es weitergeht.

„Ulrich, ich will die Freude deines Herzens nicht verstimmen. Aber der Regen währt nicht ewig. Kehren die Hunnen erst zurück, droht uns erneut Gefahr vor Feuer und Vernichtung."

„Da bin ich Zuversichtlich mein lieber Neffe. Ich glaube nicht, dass die Hunnen uns noch einmal mit Brandpfeilen überziehen."

„Wie gelangst du zu so freudiger Erkenntnis?" fragt Riwin erwartungsvoll.

„Die Hunnen sind ein abergläubisches Volk. Nichts schreckt sie mehr, als die Macht von irgendwelchen Geistern oder fremde Götter. Glaube nicht, dem Feind wäre meine Unversehrtheit im Hagel ihrer Pfeile verborgen geblieben. Auch unsere Errettung durch den Regen werten sie nicht minder als ein Zeichen Gottes, wie wir selbst. Ihrem Gemüt entsprechend wagen sie bestimmt nicht nochmal, was ihnen unser Heiland heute nicht gewährte. Welch Ungemach uns morgen auch erwarten mag, ein Feuersturm gehört wohl nicht dazu."

„Und damit wir darüber nicht im Dunkeln bleiben, sollten wir noch einen Blick ins Lager des Feindes werfen. Noch erlaubt das Licht des Tages eine Aussicht. Nutzen wir das Instrument des Kaufmanns, ich würde gerne sehen, wie es funktioniert."

„Da sprichst du wahre Worte. Ich muss das Instrument erst holen, treffen wir uns wieder auf der Mauer."

Ulrich verbarg das Instrument im Dom, auf dem Weg dorthin

reflektiert er die dramatischen Ereignisse des Tages. Der unverhofften Rettung steht der Verlust vieler Leben gegenüber, so beschreitet Ulrich mit gemischten Gefühlen seinen Gang. Im Dom angekommen nimmt er das Instrument des Kaufmanns an sich und sieht nach seinem Bruder. Aber Diepald kann er nirgendwo finden, nur zu gerne hätte ihn Ulrich an der hoffnungsvollen Stimmung teilhaben lassen. So will er später nach ihm suchen, denn jetzt muss er wieder auf die Mauer.

Mit einem Krug Wasser empfängt der Neffe seinen Onkel auf der Stadtbefestigung.

„Sieh Ulrich, so wie du gestern den Kämpfern Wasser botst, so reiche ich nun dir den Krug."

Ulrich dürstet es tatsächlich, mit einem Zug leert er dankend das Gefäß. Während er mit etwas Ungeschick das Instrument zusammenbaut, gibt Riwin seine Gedanken preis.

„Sollte uns morgen wirklich kein neuer Angriff mit Brandpfeilen bevorstehen, können wir es schaffen, noch einen weiteren Tag durchzuhalten. Uns fehlen viele Männer, aber mit Gottes Hilfe überstehen wir den morgigen Tag. Ich bete, dass der König endlich kommt und uns befreit. Was meinst du, er lässt uns doch sicher nicht im Stich?"

Mit einem Kopfschütteln verneint Ulrich die Frage, dazu äußern will er sich aber nicht, denn nur er und Diepald wissen von Ottos Plan. Vielleicht weiht er seinen Neffen noch mit ein, doch nicht zu dieser Stunde. Mittlerweile gelang es Ulrich auch das Instrument zu montieren, er reicht es Riwin und wartet gespannt auf dessen Urteil. Lange blickt der Neffe begeistert in die Ferne, bis sein Gesichtsausdruck ernste Züge annimmt.

„Was siehst du Riwin?" mich dünkt du wirkst beunruhigt ob der Aussicht."

„Erst durch das Instrument offenbart sich mir die gesamte Stärke des Feindes. Ich wähnte nicht, dass es so viele sind. Aber sie führen ihre Pferde in die Koppeln, heute steht uns kein Angriff mehr bevor."

„Recht so, sollen sie zurückweichen vor der Herrschaft unseres Heilands. Er wies sie heute in die Schranken. Wir sollten die Zeit nutzen und des Herren Größe dankbar im Gebet anpreisen. So wird er auch am morgigen Tag schützend seine Hand über uns richten."

Bevor der Neffe seine Zustimmung ausdrücken kann, eilt ein Mann der Stadtwache heran. Riwin hatte ihn mit einer Bestandsaufnahme beauftragt. Hastig tritt er vor des Fürsten Neffen und trägt das Fazit seiner Prüfung vor.

„An Nahrung herrscht kein Mangel. Geräuchert und gepökelt wird uns das Fleisch der getöteten Tiere eine Weile sättigen. Auch konnten wir fürs Erste genug Wasser sammeln und die Brunnen beginnen sich langsam wieder zu füllen. Jedoch ich fürchte...die Verluste...verzeiht mir, wenn ich...", die Stimme des Mannes stockt.

Ungeduldig treibt Ulrich ihn zur Eile an.

„Raus damit, was willst du uns sagen? Sprich unverhohlen, was es zu berichten gibt."

„Die Verluste auf den Mauern und beim Löschen wiegen weitaus schwerer, wie befürchtet. Wir büßten heute die Hälfte aller Kämpfer ein. Die verbliebenen Kräfte reichen auf keinen Fall aus, um morgen alle Mauern zu besetzen. Erhalten wir nicht umgehend Verstärkung, werden uns die Hunnen beim nächsten Angriff überrennen."

*****

Zähnefletschend brüllt der gewaltige Bär dem entsetzten Trio seinen Zorn entgegen. Ein Angriff des Kolosses steht unmittelbar bevor.

Erstarrt stehen die vor Entsetzen gelähmten Gefährten den aggressiven Drohgebärden des Tieres gegenüber. Eine Flucht ins Unterholz hätte nicht die geringste Chance und auch der Weg zurück käme einem Selbstmord gleich. Das sichere Ende vor Augen zieht Drago langsam sein Schwert und flüstert mehr zu sich selbst, als dass er zu seinen Begleitern spricht.

„Nun gut, dann sei es so. Ich schneide dir mein Zeichen in den Pelz du Ungeheuer."

Mit einem verhaltenen Kopfschütteln signalisiert Cunad seinem Kampfgefährten, von diesem Wagnis abzulassen. Denn selbst der großgewachsene Nordmann wirkt gegen den monströsen Bären nur wie ein Zwerg. Als könnte es nicht schlimmer kommen, eilen ausgerechnet jetzt die verhassten Reiter auf der Schneise durchs Gebüsch heran.

„Keiner rührt sich", flüstert Cunad leise.

Von den Geräuschen der anstürmenden Hunnen noch weiter angeheizt, gebärdet sich der Bär zusehends angriffslustiger und aggressiver. Cunad lässt das wütende Tier für keinen Moment aus den Augen, während er mit den Händen vorsichtig kleine Eisenstücke aus dem Beutel seines Gürtels kramt, die er rücklings in die Schneise des Unterholzes wirft. Fenja erinnert sich an Cunads Worte: „Die Dinger können uns durchaus noch nützlich sein."

Jetzt erkennt Fenja die Bestimmung der Krähenfüße. Insgesamt vier miteinander verschweißte Metallspitzen sind so angeordnet, dass immer eine der stählernen Dornen nach oben zeigt. Mehrere Dutzende dieser Krähenfüße liegen nun verstreut am Boden der schmalen Schneise. Fenja und Drago begreifen sofort, was Cunad damit bezweckt.

„Auf mein Zeichen werfen wir uns alle rechts ins Unterholz", haucht Cunad den Beiden zu.

Die Vegetation erlaubt den Hunnen nur wenige Meter voraus zu schauen, dennoch hetzt die Reiterhorde auf der Schneise im vollen Galopp der kleinen Lichtung entgegen. Fenja befürchtet, die Pferde würden sie jeden Moment niederrennen, so nah sind die Reiter zu vernehmen. Erst im allerletzten Augenblick gibt Cunad das erlösende Signal.

„Jetzt", im Bruchteil einer Sekunde stürzen alle drei zur Seite und kriechen so schnell es geht ins Unterholz.

Sofort schickt der Bär sich schnaubend an, dem Trio nachzusetzen. Doch dazu kommt es nicht. Auf den letzten Metern der Schneise treten die heranstürmenden Rösser der Hunnen in die Krähenfüße und stürzen laut wiehernd zu Boden. Gleich mehrere Pferde- und Menschenleiber schleudern dem aufgebrachten Bären auf der Lichtung entgegen. Wie von Sinnen greift das gewaltige Raubtier sofort an und richtet ein wahres Gemetzel unter Ross und Reiter an. Keinem der zehn Hunnen gelingt es, rechtzeitig halt zu machen. So stürzen auch die hintersten Reiter über ihre zuvor gefallenen Stammesgenossen. Ein sich überschlagendes Pferd trifft den Bären frontal und bringt ihn so zu Fall, außer sich vor Zorn richtet er sich brüllend wieder auf. Dem Blutrausch verfallen, wütet er nur umso schlimmer, reißt seine chancenlosen Opfer regelrecht in Stücke. Fürchterliche Schreie hallen durch den Wald, das Massaker scheint kein Ende zu nehmen.

Mittlerweile konnten Fenja, Cunad und Drago wieder offeneres Gelände erreichen. Sichtlich gezeichnet, aber erleichtert folgen die beiden Männer ihrer Gefährtin durch den Wald. Fenjas Vorschlag, eine nicht allzu weit entfernte Höhle aufzusuchen, findet allgemeine Zustimmung. In einer guten Stunde wollen sie dieses Ziel erreichen, danach möchte Cunad alleine weiterziehen. Auf halber Strecke scheint Allen eine kurze Rast angebracht. Drago wirkt sichtlich angespannt und nachdenklich.

„Da wohnt hoffentlich nicht noch ein Bär in der Höhle?“ fragt er mit verhaltenem Ausdruck.

„Nein mein Großer, in der Höhle droht uns keine Gefahr. Aber wir brauchen dringend Wasser, das gibt es da nicht. Entweder wir laufen einen Umweg zu einer Quelle, oder wir warten bis es nachher regnet“, antwortet Fenja während sie nach Dragos verletzter Schulter sieht.

Cunad quittiert Fenjas Worte mit einem fragenden Blick.

„Wasser brauchen wir tatsächlich dringend. Doch auf Regen werden wir vergeblich warten, die Sonne brennt und nicht das kleinste Wölkchen lässt auf Erfrischung schließen. Wir nehmen den Umweg über die Quelle. Ich komme um vor Durst.“

„In Ordnung, laufen wir zuerst zur Quelle, aber der Regen kommt, du wirst schon sehen“, beharrt Fenja auf ihrer Prophezeiung. Davon unbeeindruckt wendet sich Cunad Drago zu.

„Erklär mir mal Eines Rujane, du wolltest eben mit dem Bären kämpfen und nahmst es im Dorf mit einer Übermacht an Hunnen auf, wie konnte dich eine kleine Patrouille gefangen nehmen?“

Drago nimmt seinen Helm ab und kratzt sich nervös am Kopf. Die Frage scheint ihm wenig zu behagen, so antwortet der Nordmann äußerst zögerlich.

„Ich begegnete erst einer anderen Patrouille, die wollte ich nur nach dem Weg fragen. Aber die Missgeburten waren mir nicht freundlich gesonnen, da hab ich alle erschlagen. Später kam noch eine zweite Patrouille, die haben mich dann erwischt. "

„Was heißt die haben dich erwischt?"

„Na ja, der erste Haufen hatte ein paar Lederschläuche mit einem schmackhaften Gebräu dabei, das hab ich dann getrunken. Ich wurde müde und erwachte in Fesseln. So war das."

Cunad hatte eine ausgefallene Geschichte erahnt, was er aber jetzt hört, übertrifft seine wildesten Erwartungen, gerade deswegen möchte er es ganz genau wissen.

„Irgendwie dünkt es mich, du hast nicht nur geschlafen, sondern dich auch mit vergorener Stutenmilch volllaufen lassen. Und das inmitten der von dir erschlagenen Hunnen, in einer von Feinden beherrschten Region. Liege ich da richtig?"

„Du magst Recht haben, vergorene Stutenmilch war das also. Gut, dass ich das jetzt weiß."

Cunad schüttelt nur den Kopf, der Nordmann ist ihm einfach nicht geheuer. Am liebsten würde er den chaotischen Fremdling schnellst möglich wieder loswerden. So zielt seine nächste Frage direkt darauf ab.

„Rujane, was immer auch dein Ziel sein mag, jetzt kannst du dienen Weg ja weiter fortsetzen. Sag uns einfach wohin du möchtest, Fenja weißt dir sicher die Richtung."

„Ich bin auf der Suche nach König Otto, wisst ihr wo ich den finden kann?"

Cunad stockt der Atem, noch bevor er reagiert, ergreift zu seinem Entsetzen umgehend Fenja das Wort.

„Na dann musst du dich an Cunad halten, der will nämlich auch zum König. Sicher freut er sich darüber und ihr könnt...", Cunad lässt sie nicht zu Ende sprechen, geradezu panisch fällt er ihr ins Wort.

„Das geht auf keinen Fall. Der König führt Krieg, für derlei Belange hat er keine Zeit. Ich kann niemand zu ihm führen, schon gar nicht...", diesmal ist es Drago, der die Rede unterbricht.

„Dafür hat er sicher Zeit. Die Grenzen seines Reiches im Norden liegen entblößt. Der Stamm der Abroditen nutzt diese Gelegenheit und rüstet mit mehreren Verbündeten gegen euren König.

Schon bald wollen sie seine Grenzen überrennen. Ich bin gekommen ihn zu warnen und ein Angebot zu unterbreiten. Das Volk der Rujanen bietet Otto ein Bündnis gegen die Abroditen an. Ich wurde geschickt, weil ich eure Sprache spreche."

Cunad steht das Entsetzen ins Gesicht geschrieben. Jetzt wird er den Nordmann wohl oder übel mitnehmen müssen. Sichtlich erschüttert verschlägt es ihm die Sprache, ganz im Gegensatz zu seinem neuen Begleiter, der ob der ungeahnten Entwicklung geradezu in freudige Verzückung gerät.

„Ich bin Drago, falls du das noch nicht mitbekommen hast. Glaub mir, es ist ein großes Glück, dass wir nun Gefährten bleiben. Nun muss keiner von uns beiden alleine weiterziehen. Wir werden sicher viel Spaß miteinander haben."

„Ehrlich Rujane, ich erahne nichts, was auf Spaß hindeuten würde. Mit dir im Schlepptau fall ich auf, wie ein wandelndes Kuriositätenkabinett."

Brüskiert ob Cunads Worte beschäftigt sich Drago schweigend lediglich mit seinem Helm. Die langen Federn der Kopfbedeckung hatten im Unterholz stark gelitten, ausgefranst und abgeknickt verleihen sie dem Helm nun ein ausgesprochen bizarres Aussehen. Mit einem Kopfschütteln quittiert Cunad Dragos absonderliches Antlitz und fordert seine Begleiter zum Aufbruch auf.

„Lasst uns weitergehen. Erst zur Quelle und dann bringen wir Fenja zu ihrer Höhle. Danach machen wir beide uns auf den Weg zum König."

Kurz darauf löscht der erfrischende Quell den Durst des ausgebrannten Trios. Nur wenig später führt Fenja die beiden Männer schließlich zu der kleinen Höhle. Bevor Cunad und Drago aber weiterziehen, beschließen beide Männer sich ein wenig Schlaf zu gönnen, lediglich Fenja verspürt keine Müdigkeit. So beschließt sie, in der Umgebung nach Essbarem zu suchen. Erst am späten Nachmittag kehrt sie mit einer großen Menge verschiedenster Beeren zurück. Zusammengebunden in ihrem Kleid präsentiert sie dem gerade erwachten Cunad ihre Ausbeute und auf einem umgestürzten Baumstamm nehmen beide sogleich Platz. Drago hingegen schläft noch immer laut schnarchend, zusammengerollt in einer Ecke der Höhle.

„Lassen wir ihm noch ein wenig Zeit, ich werde ihn noch lange genug ertragen müssen", spricht Cunad, während er freudig von den Beeren nascht.

„Darf ich dich etwas fragen?" will Fenja wissen und Cunad nickt einwilligend.

„Weshalb hast du so aufgebracht reagiert, als ich heute Vormittag Gott erwähnte? Ich wurde in einer langen, heidnischen Ahnenreihe als Heilerin erzogen, du aber kämpfst für das christliche Heer des Königs. Das verstehe ich nicht."

Cunads Ausdruck versteinert augenblicklich. Von Fenja abgewandt blickt er in die Ferne. Nach einer Weile greift er wider erwartend doch noch Fenjas Frage auf.

„Einst war auch ich ein gottesfürchtiger Mann, vertraute auf des Herrn Gerechtigkeit und den Glauben. Vor fünf Jahren kämpfte ich im Namen des Herrn als Panzerreiter gegen einfallende Hunnen. Währenddessen wurde meine Frau geschändet und zu Tode gemartert, mein Sohn verschleppt und auf irgendeinem Sklavenmarkt der Hunnen verkauft. Hätte ich damals nicht blind vertraut..., nun ja, es spielt keine Rolle mehr. Es ist der Hass, der mich seither aufrechterhält und ich hasse mit jeder Faser meines Körpers."

Fenja greift betroffen nach seiner Hand, doch Cunad zuckt nur zusammen und lässt die Berührung nicht zu. Gerne würde sie ihm ein paar versöhnliche Worte mit auf den Weg geben, aber sie spürt, Cunad möchte nicht mehr darüber sprechen. Selbst die kurze Offenbarung hatte ihn sichtlich Kraft gekostet, so beschließt Fenja, besser das Thema zu wechseln.

„Auf jeden Fall brauchst du dir keine Sorgen machen, wenn ihr nachher weiterzieht. Ich komm hier gut zurecht und geb auf umherstreifende Hunnen acht. Der Wald ist mein zu Hause, hier wird mir nichts geschehen. Wann wollt ihr zwei euch denn auf den Weg machen?"

„Ich werde unseren etwas zu groß geratenen Recken gleich aus seinen Träumen reißen. Er kommt mir vor, wie eine entfesselte Naturgewalt mit dem Gemüt eines Kindes. Die bevorstehende Unternehmung mit ihm bereitet mir wenig Wohlbehagen."

„Aber er ist doch zumindest ein unerschrockener Kämpfer", entgegnet Fenja.

„Das war der tollwütiger Bär vorhin auch“, kontert Cunad.

„Unterschätze ihn nicht, er ist nur anders. Ich bin mir sicher, es steckt vielmehr in ihm, als du denkst. Gib ihm die Gelegenheit es...“, ein weiteres Mal lässt markerschütterndes Geschrei aus Dragos Kehle die beiden zusammenzucken.

Cunad zieht sofort sein Schwert, panisch blickt er in alle Richtungen, aber nirgendwo ist eine Bedrohung auszumachen. Erst nachdem eine Maus aus der Höhle rennt und Dragos Schimpf verstummt, realisiert Cunad die Situation. Aufgebracht läuft er auf den Schreihals zu.

„Rujane, ist das jetzt dein Ernst, fürchtest du etwa Mäuse?“

„Das Scheißvieh ist mir übers Gesicht gelaufen, ich verabscheue diese kleinen Nager. Mäuse und Ratten, absolut widerlich. Und deren Schwänze, hast du dir die mal genau angesehen, einfach ekelhaft. Genau wie die kleinen Zöpfe auf den kahl geschorenen Schädeln der Hunnen, die sehen aus wie Rattenschwänze. Ich hasse die Missgeburten.“

Erheitert beobachtet Fenja die beiden Männer. Schmunzelnd lässt sie sich zu einer gewagten Bemerkung hinreißen.

„Offenbar verbindet euch ein ausgesprochen tiefliegender Hass gegen die Hunnen, allerdings nicht unbedingt aus demselben Grund. Ich würde sagen, das ist ein Anfang.“

Könnten Cunads Blicke töten, Fenja hätte ihr Leben verwirkt. Doch noch bevor einer der Männer Fenjas Worte kommentiert, treibt ein plötzlich eintretender Platzregen alle in die Höhle zurück. Das unverhoffte Nass lässt Cunad die Ereignisse der letzten Minuten vergessen, wie gebannt starrt er aus der Höhle.

„Es regnet, wie konntest du das wissen?“ Cunad scheint darüber völlig fassungslos.

„Ich verbrachte den größten Teil meines Daseins im Wald, kann den Regen riechen, schmecken, oder wittern. Wie immer du das auch nennen magst, ich verstehe mich eben darauf.“

Fenjas Antwort verstört Cunad nur noch mehr, nervös läuft er in der Höhle auf und ab. Drago und Fenja blicken ratlos zueinander, Cunads Reaktion wirkt maßlos überzogen.

„Hältst du mich jetzt für eine Hexe, oder was ist los mit dir?“

„Nein, aber du musst uns begleiten“, Cunad wirkt jetzt wieder gefasster.

Fenja stemmt die Fäuste in die Hüften und gibt mit entschlossener Stimme Kontra.

„Das werde ich ganz sicher nicht, ich bleibe hier. Was soll das denn überhaupt? Ich denke du möchtest am Liebsten alleine weiterziehen, um unauffällig zu reisen. Und jetzt soll euch ausgerechnet eine Frau begleiten, das macht nun überhaupt keinen Sinn. Ich fühle mich genau hier am sichersten und denke nicht daran, irgendwohin zu laufen, egal mit wem.“

Drago nickt zustimmend, Cunads plötzlicher Gesinnungswandel scheint einfach nur absurd. Doch Cunad lässt nicht locker, beharrlich redet er auf Fenja ein.

„Ich weiß, das klingt höchst widersprüchlich, aber du musst mit uns weiterziehen. Und ja, es macht die Reise nicht gerade leichter, wenn du uns begleitest. Dennoch bleibt mir keine andere Wahl, als darauf zu bestehen. Ich kann dir nicht erklären weshalb, du musst mir vertrauen. Aber bitte glaube mir, es ist von immenser Bedeutung, dass du mit uns kommst.“

Fenja hasst es, wenn Cunad in Rätseln spricht. Sie ist auch nicht gewillt, klein bei zu geben.

„Auf einmal soll es wichtig sein euch zu begleiten. Weshalb, willst du nicht verraten. Weil es regnete? Ich kann das nicht nachvollziehen und bleibe hier, mehr gibt es dazu nicht zu sagen.“

Cunad erwidert zunächst kein Wort, sondern starrt nachdenklich auf den kräftig strömenden Regen. Erst nach einer ganzen Weile wendet er das Wort erneut an Fenja.

„Das Mädchen aus dem Dorf, wie hieß sie nochmal?“

„Gesa“, antwortet Fenja mit bedrückter Stimme.

„Wenn du mitgehst, erhältst du Gelegenheit das Mädchen zu befreien.“

Fenja schießen augenblicklich Tränen aus den Augen, mit zitternder Stimme hakt sie skeptisch nach.

„Ist das ein mieser Trick mich zu überreden? Wie soll das möglich sein? Ich rate dir...“, Cunad fällt ihr sogleich ins Wort.

„Kein Trick, wir müssen nach Augusta. Und der Weg in die Stadt gelingt nur durch das Gefangenenlager der Hunnen.“

Noch bevor Fenja reagiert, ergreift Drago aufgebracht das Wort.

„Was redest du da Christ? Wir wollen zu deinem König und der weilt nicht in Augusta."

„Stimmt, aber ich weiß lediglich wo der König die letzte Nacht lagerte. Wohin er danach weiterzog, ist mir nicht bekannt. Über diese Kenntnis verfügt lediglich ein Mann, Ulrich, der Fürstbischof von Augusta. Wollen wir zu Otto, müssen wir zuerst zu ihm."

Cunads Worte stoßen auf wenig Begeisterung. Drago bringt seinen Unmut darüber deutlich zum Ausdruck.

„Bist du von Sinnen, wie soll das gehen? Die Stadt wird von unzähligen Hunnen belagert. Da kommt weder jemand rein noch raus."

„Und weil es unzählige Hunnen sind, wird es funktionieren", erneut lässt Cunads Aussage fragende Gesichter zurück, so fährt er zügig weiter fort.

„Dass ich enttarnt wurde, wissen sicher nur wenige und nicht die ganze Truppe. Außerdem hält man mich für Tod, ertrunken in den Fluten des Lechs. Doch mein Siegelring weißt mich noch immer als Freund der Hunnen aus. Ich bringe euch als Beute ins Gefangenenlager, dort kann Fenja das kleine Mädchen suchen. Dann mach ich dem Feind glauben, dem Fürstbischof von Augusta wäre viel an eurem Wohlergehen gelegen und dass er alle Kriegsgefangenen Hunnen in den Mauern der Stadt gegen euch drei eintauschen würde. Diesen Köder werden die Hunnen fressen. Die geben uns höchstens zwei oder drei Mann als Wachen mit. Sind wir im Schutz der Parlamentärflagge vor der Stadt, erledige ich die Wachen und gebe mich Augusta zu erkennen. Schon sind wir drin."

„Meinst du das könnte wirklich funktionieren?" fragt Fenja mit strahlenden Augen.

Drago nimmt Cunads Antwort vorweg, der Plan missfällt ihm durch und durch.

„Das verstehst du also unter unauffällig reisen. Dein Vorhaben gefällt mir nicht. Und ich begeb mich keinesfalls nochmal in Gefangenschaft, das kannst du vergessen. Selbst wenn es gelingen sollte, müssten wir aus der Stadt auch wieder rauskommen. Der Plan ist unausgegoren und verrückt."

„Verrückt? Das sagst ausgerechnet du zu mir? Es spielt auch keine Rolle wie du das findest Rujane, wollen wir den König finden, bleibt uns keine andere Wahl. Mein Plan wird uns unbeschadet in die Stadt geleiten. Niemand kennt die Hunnen besser als ich. Wie wir wieder rauskommen, weiß ich auch. Wir warten auf die Nacht und schleichen über die Mauer zum nahen Fluss. Die Strömung treibt uns dann nach Norden, weg vom Feind und direkt auf König Otto zu."

Drago nimmt seinen zerzausten Helm vom Kopf und kratzt sich erneut nervös am Haupt. Cunads Idee überzeugt ihn kein Bisschen, im Gegenteil. Die Rettung Gesas vor Augen ergreift Fenja plötzlich die Initiative, sie umarmt den kampferprobten Riesen und spricht mit weinerlicher Stimme.

„Drago, im Dorf hatten wir uns gegenseitig geholfen. Ich befreite dich und du rettetest mich, wir sind uns also nichts schuldig. Aber dennoch bitte ich dich von ganzem Herzen uns zu begleiten. Wer soll denn sonst im Gefangenenlager auf mich aufpassen? Wer weiß, was mich da erwartet, was mir ohne dich alles widerfährt? Bitte, bitte erweiche dein Herz und..."

„Ja, ja ist ja gut. Du hast im Dorf meine Fesseln gelöst, nicht der da mit seinem blödsinnigen Plan. Ich lass mich also auf den Schwachsinn ein und zwar für dich. Hast du das gehört Christ, ich tu es wegen Fenja, nicht weil mir deine Idee gefällt. Wenn du Mist baust, lernst du mich kennen, das schwört dir ein Rujane."

„Wenn ich Mist baue, bin ich genauso dran. Also sei dir sicher, ich bring uns wohlbehalten in die Stadt und auch wieder raus. Fenja, wie lange laufen wir denn von hier aus bis nach Augusta?"

„Wenn wir ohne Eile laufen höchstens zwei Stunden", antwortet Fenja.

Cunad blickt zum mittlerweile wieder wolkenlosen Himmel, die Sonne steht nicht mehr allzu hoch am Firmament. Nach einer kurzen Gedenkminute wendet er sich wieder seinen Begleitern zu.

„Wir können das erst morgen machen. Erreichen wir zu später Stunde das Lager der Hunnen, werden sie mit dem Austausch der Gefangenen bis zum nächsten Morgen warten. Was eine Nacht im Lager des Feindes für Fenja bedeuten würde brauch ich euch wohl nicht zu erklären. Lasst uns bis zum Morgen hierbleiben und früh aufbrechen."

Die Aussicht auf Gesas Befreiung lässt Fenja regelrecht aufblühen, aber der Gedanke direkt in die Höhle des Löwen zu gehen macht ihr auch Angst. Sie ahnt, ganz so einfach wie Cunad es prophezeite wird der Plan nicht funktionieren und so blickt Fenja mit gemischten Gefühlen zu ihren Begleitern. Drago steht sein Gemütszustand ob des Vorhabens ins Gesicht geschrieben, grimmig und missmutig lugt er unter seinem Helm hervor. Doch auch Cunad wirkt nachdenklich und besorgt. Keiner wagt es mehr zu sprechen, jedem sind die Risiken und Unwägbarkeiten des nächsten Tages bewusst. Nach einer langen Phase des Schweigens zieht Cunad einen Schleifstein aus seiner Gürteltasche, schärft konzentriert sein Schwert und fordert Drago auf, es ihm gleich zu tun. Den Schleifstein abwechselnd benutzend, lassen beide immer wieder ihre Finger prüfend über die Klingen gleiten. Das wortlose Zusammenspiel der Männer wirkt geradezu harmonisch, wäre es nur immer so dünkt es Fenja. Aber so wird es nicht bleiben. Vielmehr resultiert die trügerische Eintracht aus jener Frage, die sich nun ein jeder stellt; werden alle die Risiken des nächsten Tages lebend überstehen oder läuft das Trio seinem sicheren Ende entgegen?

Dritter Tag
08.AUGUST 955

Bereits mit den ersten Sonnenstrahlen setzt sich die Hundertschaft der Hunnen in Bewegung. Am vorhergehenden Abend beschlossen das kleine Reiterheer, die Verfolgung des Königs bis zum Licht des nächsten Morgens auszusetzen. Vorsichtig stellen sie nun der deutlich sichtbaren Fährte nach, die den Reitertrupp schließlich zuerst nach Nordilinga führt. Von dort weist die Spur in Richtung Süden, geradewegs auf eine entfernt gelegene, dicht bewaldete Bergkette zu. Doch von den Höhen jener Berge könnte die Hundertschaft schon frühzeitig ausgemacht werden. So nimmt der Magyarenhaufen die Verfolgung langsam und möglichst unauffällig auf. Nicht die geringste Staubwolke soll die Häscher Bulcsus verraten.

Derweil eilen Otto und Ulman schnellen Schrittes durch die großflächig angelegte Wallburg. Sie sind spät dran, denn im Zelt des Herzogs Burchard findet eine Lagebesprechung statt. Auf dem Weg passieren die Beiden auch Boleslavs Lagerplatz, die Truppen des Böhmen bereiten sich bereits zum Abzug vor. Otto weiß nicht, wie er Boleslav jetzt noch umstimmen könnte. So hofft er, Burchard habe noch eine rettende Idee, den böhmischen Fürsten zum Bleiben zu bewegen.

Der schwäbische Herzog empfängt den König im Beisein seines Adjutanten Einhard. Des Herzogs rechte Hand wirkt trotz des edlen Gewandes ungepflegt und wenig gefällig. Sein schulterlanges, in Strähnen herabhängendes Haar verstärkt diesen Eindruck noch beträchtlich. Zu Ottos erstaunen eröffnet Einhard, nicht Burchard das Gespräch.

„Werter König, auch wenn es euch nicht so erscheinen mag, die Lage steht für uns zum Besten. Der Feind verfügt nur über einige Tausend Reiter, das ist gewiss. Anders lautende Kunde soll euch nur verängstigen."

Otto und Ulman blicken skeptisch zueinander, dann endlich ergreift Burchard selbst das Wort.

„Ich sehe den Zweifel in euren Gesichtern. Aber mein treuer Begleiter Einhard verfügt über ausgezeichnete Kundschafter und hat von so mancher Begebenheit Kenntnis, die anderen verborgen bleibt."

„Auch der König weiß sich einen Eindruck vom Feinde zu verschaffen und schart fähige Männer in seiner Mitte", entgegnet

Ulman sichtlich aufgebracht.

„Fähige Männer wie Cunad?“ fragt Einhard mit einem selbstgefälligen Grinsen.

„Was fällt dir ein?“ entfährt es Otto entsetzt, bevor er einen Moment darauf deutlich gefasster weiterspricht.

„Woher kennst du diesen Namen und was weißt du sonst noch über ihn? Ich rate dir, wähle deine Worte mit Bedacht.“

Burchard will beschwichtigend eingreifen, aber Ulman hält ihn zurück. Einhard hingegen strahlt trotz des Königs Mahnung, etwas Anmaßendes, Überhebliches aus. So antwortet er wenig beeindruckt in arrogantem Tonfall.

„Natürlich wundert ihr euch, weshalb ich diesen Namen kenne. Mehr noch, ich bin auch über Cunads geheimen Auftrag im Bilde. Woher ich das weiß? Von meinen eigenen Spionen in Bulcsus Lager. Euer sauberer Getreuer ist ein Überläufer. Er wechselte die Seiten und will euch mit Lügen und Schwindel in die Irre führen. Denkt nach, wie sonst könnte ich über Cunads Namen und Auftrag unterrichtet sein?“

Dennoch stehen Otto und Ulman Zweifel ins Gesicht geschrieben. Deren Ausdruck veranlasst Burchard, seinem getreuen Adjutanten beizustehen.

„All das mag euch befremdlich erscheinen, aber seid versichert, ihr könnt Einhard vollumfänglich vertrauen. Besser ihr wisst jetzt um Cunads Treulosigkeit, anstatt weiter auf einen Verräter zu bauen. Grämt euch also nicht, sondern seid frohen Mutes, denn es gibt noch mehr Begrüßenswertes zu berichten. Letzte Nacht erschien ein Bote, schon morgen trifft Herzog Konrad aus Lothringen hier im Lager ein. Zu später Stunde zwar, aber immerhin. Ein ansehnliches Reiterheer steht in seinem Gefolge. Und ihr wisst selbst, Konrad folgen seit jeher die schlagkräftigsten Kämpfer, die das gesamte Reich zu bieten hat. Sie werden die Speerspitze unserer Verbände sein.“

Otto schweigt zunächst, stattdessen ergreift Einhard erneut das Wort.

„Ihr seht mein werter König, selbst das Abrücken der böhmischen Reiter muss uns keine Sorge bereiten. Wir verfügen auch ohne Boleslav über genügend Kräfte, um Bulcsu ein für alle Mal...“, Otto lässt Einhard nicht zu Ende sprechen, sondern unterbricht ihn harsch mit konsequenter Stimme.

„Verschont mich mit derart gewagten Ratschlägen und tretet mir niemals wieder mit solcher Vermessenheit gegenüber. Solange ich nicht mit eigenen Augen die Stärke des Feindes abschätzen konnte, gehe ich vom Schlimmsten aus. Und auch Konrads Truppen liegen noch in weiter Ferne."

Erneut ergreift Burchard die Initiative.

„Mein König, wir benötigen einen Plan, wie ihr die bevorstehende Schlacht zu führen gedenkt. Nur wenn wir uns ein Bild von der Vorgehensweise und der Stärke des Feindes machen, können wir die geeigneten Maßnahmen ergreifen. Wir müssen uns vorbereiten und brauchen dringend einen der Situation angepassten Schlachtplan. Auf Cunad könnt ihr nicht mehr zählen, aber dank der hervorragenden Aufklärungsarbeit meines geschätzten Einhards verfügen wir über das nötige Wissen. Bulcsu kommandiert nur wenige Tausend Reiter. Mit einer derart geringen Truppenstärke wird er eine Festung wie diese niemals angreifen. Wir müssen uns also nicht auf eine Belagerung oder einen Angriff vorbereiten, stattdessen sollten wir diesen Ort verlassen und den Feind in einer offenen Feldschlacht vernichten. Tun wir das nicht und verschanzen uns in dieser Festung, werden die Hunnen auch alle Ländereien nördlich der Donau verwüsten. Das darf auf keinen Fall geschehen. Mir ist schon gewahr, das entspricht nicht im Geringsten euren ursprünglichen Plänen, aber wir müssen unseren Wissensvorsprung nutzen. Nur so gelingt es uns den Sieg zu sichern."

Otto nimmt jedes Wort mit angestrengter Miene auf, zu Burchards Ausführungen äußert er sich aber nicht. Stattdessen überrascht er alle Anwesenden mit einer unerwarteten Mitteilung.

„Ich ziehe mich jetzt aus dieser Lagebesprechung zurück. Mein getreuer Ulman soll alles Weitere mit euch erörtern."

Eigentlich hatte Otto vor, mit Burchard noch eine Menge anderer Angelegenheiten zu besprechen und gemeinsam die Wehranlagen zu inspizieren. Jetzt aber obliegt es Ulman, sich an Stelle des Monarchen mit dem Schwabenherzog auszutauschen. Später wird er seinem König Bericht erstatten. Für den Moment jedenfalls hält es Otto für dringlicher, Boleslav einen Besuch abzustatten. Doch selbst ohne die Notwendigkeit den Böhmen aufzusuchen, drängt es Otto, das Zelt des Schwabenherzogs schnellstmöglich zu verlassen. Der König muss seine Gedanken sortieren, denn der Verrat seines Getreuen Cunad erschüttert ihn ungemein. Nicht nur, dass er sich in diesem Mann so sehr getäuscht hatte, das Ausbleiben der erhofften Berichterstattung aus vertrautem Munde bedeutet auch eine erhebliche Informationseinbuße. Nun muss sich Otto einzig auf die Behauptungen Einhards stützen.

Auch wenn der Frankenkönig die Kunde von Cunads Untreue im ersten Moment nicht wahrhaben wollte, so spricht doch Alles dafür. Dass Einhard einzig durch Cunads Verrat Kenntnis über dessen Geheimauftrag erlangen konnte klingt plausibel. Außerdem erwartete der König seinen Vasallen zwei Nächte zuvor im Kloster Gunzinhusir, doch er traf nicht ein. Zunächst hoffte Otto noch, Cunad würde in den darauffolgenden Tagen den Weg zu seinem König finden, aber das hat jetzt keinerlei Bedeutung mehr. Otto wird absolut nichts über die Angriffspläne und die tatsächliche Truppenstärke des Feindes erfahren, zumindest nicht aus einer vertrauten Quelle.

Damit nicht genug, auch das für den nächsten Tag erwartete Eintreffen Konrads beschäftigt den Frankenkönig. Zwar begrüßt er die dringend benötigte Verstärkung über alle Maßen, aber Konrad gegenüberzutreten erfüllt ihn auch mit einer gewissen Nervosität. Denn die Vorgeschichte und das Verhältnis der beiden Männer zueinander darf als kompliziert bezeichnet werden.

Der erst 33 Jahre alte Konrad erwies sich schon im jungen Alter als ausgesprochen talentiert und fähig. Bereits mit 22 erlangte er die lothringische Herzogswürde und zählte viele Jahre zu den engsten Getreuen im Gefolge des Königs. Otto festigte diese Bindung noch enger, indem er Konrad seine Tochter zur Frau gab. Und der junge Herzog erfüllte alle an ihn gerichteten Erwartungen mit Bravour. Mit dem Herzen eines wahren Kriegers erwarb er sich unter den Truppen einen Ruf als hoch geachteter und im ganzen Lande respektierter Kämpfer. Von seinen Männern regelrecht verehrt und jedem Feind gefürchtet, schien seine Laufbahn unaufhaltsam. Doch ausgerechnet Konrads größter Gönner selbst setzte dem ein jähes Ende. Einer eigentlich geringfügigen Zwistigkeit wegen, zog Otto vor zwei Jahren Konrads Güter ein und sprach ihm den Herzogstitel kurzentschlossen wieder ab. Schon bald darauf verstarb Konrads Gemahlin und der entmachtete Herzog wandte sich von seinem König ab. Im darauffolgenden Jahr kam es zwar zu einer halbherzigen Aussöhnung der Beiden und Otto gab die beschlagnahmten Ländereien wieder frei, doch die Herzogswürde erhielt Konrad nicht zurück. Dennoch titulieren nicht wenige den beliebten Franken weiterhin als Herzog. Seiner roten Haarpracht wegen wird er auch Konrad der Rote oder einfach nur der Rote genannt. Heute bedauert Otto seine übermäßig harten Repressalien gegen Konrad. Sollte der Rote wie in alten Tagen seinem König zur Seite stehen und die Schlacht gegen den Feind siegreich verlaufen, will ihm Otto den Herzogstitel in allen Ehren wieder verleihen. Aber dennoch bereitet ihm der Gedanke Konrad von Angesicht zu Angesicht gegenüberzustehen trotz der dringend benötigten Verstärkung Unbehagen.

So beschäftigen Otto wenig erbauliche Gedanken, während er gemäßigten Schrittes seiner nächsten Herausforderung entgegenläuft.

Der König erblickt Boleslav schon von weitem, hoch zu Ross dirigiert er seine Männer ebenfalls aufzusatteln. Das Abrücken der Böhmen steht unmittelbar bevor. Wieder blickt der Fürst vom Rücken seines Pferdes auf Otto herab und richtet sofort das Wort an ihn.

„Das hatten wir doch gestern schon. Erspart mir bitte weitere Komplimente für meine Kyra und die damit verbundene Absicht mich um den Finger zu wickeln.“

„Ihr solltet zumindest wissen, dass Konrad von Lothringen morgen mit einem starken Reiterheer hier eintrifft.“

Boleslav wirkt unbeeindruckt, richtet sich im Sattel auf und blickt langsam einmal um die eigene Achse. Dann beugt er sich auf dem Rücken seines Pferdes sitzend zu Otto und spricht mit leiser Stimme.

„Noch kann ich keinen Konrad oder einen seiner Streiter hier im Lager ausmachen. Und was innerhalb eines einzigen Tages von euren Plänen und Vorhaben alles misslingt, durfte ich erst gestern erfahren.“

„Konrad hatte schon oftmals seine unbedingte Treue und Gefolgschaft unter Beweis gestellt", kontert Otto.

„Richtig, das hatte er, doch das ist lange her. Wie mag es wohl heute um seine Ergebenheit bestellt sein, nachdem ihr den fähigsten in euren Reihen gedemütigt und des Herzogstitels beraubt habt?"

Der König nickt verhalten und stimmt dem Böhmen zu.

„Was soll ich im Angesicht des Geschehenen leugnen, es sind wahre Worte die ihr sprecht. Dennoch baue ich auf Konrads Beistand. Was euch betrifft, so bleibt mir nur, eine sichere Heimkehr zu wünschen, auch wenn ich euren Entschluss zu tiefst bedaure. Und glaubt bloß nicht, ich werde hier an diesem Orte untergehen. Wir sehen uns wieder, das verspreche ich euch."

„Ich nehme euch beim Wort. Zerschmettert die ungarischen Teufel und lasst keinen einzigen am Leben, auf dass wir wie in alten Zeiten, wieder unsere eigene Feindschaft pflegen können", dabei zwinkert Boleslav mit seinem linken Auge und gibt Kyra gleich darauf die Sporen.

Otto befürchtete es bereits, allein mit Worten und Versprechungen ließ sich Boleslav nicht umstimmen aber etwas Anderes hatte er ihm nicht mehr anzubieten. So lässt der König den Fürsten mit seinem Gefolge ziehen und beobachtet schweren Herzens das Abrücken der 1000 Mann starken Legion. Wie mächtig die feindlichen Truppen auch immer aufgestellt sein mögen, die Kämpfer des starrsinnigen Fürsten wird Otto in der Schlacht auf jeden Fall vermissen.

Aber nicht nur die Böhmen verlassen das schwer befestigte Lager, auch Einhard reitet unbemerkt hinaus. Im Schutze des abziehenden Heereszuges registriert niemand seine Abwesenheit. In der Tiefe des Tals angekommen, setzt er sich von den Böhmen ab und reitet in Richtung eines nahen Bergrückens. Nach einer Weile zwingt der steile Hang Einhard zum Absteigen, hastig bindet er sein Pferd an einen Baum. Nur mühsam gelingt es ihm mehr kletternd als laufend, den höchsten Punkt des bewaldeten Gipfels zu erreichen. Völlig außer Atem bleibt ihm dennoch keine Zeit für eine erholsame Rast. Eilends sucht er schwer atmend ein gutes Dutzend größerer Steine zusammen und formt daraus einen Kreis. Auch trockenes Holz und etwas Reisig ist schnell gefunden. Mit einem Feuerstahl und zitternden Händen entzündet er das Reisig und heizt den Brand mit neuer

Nahrung weiter an. Nachdem ausreichend Glut den kleinen Steinkreis füllt, kramt Einhard einen Beutel aus seiner Tasche und streut den pulvrigen Inhalt über der gesamten Feuerstelle aus. Sofort steigt dichter Qualm zum Himmel auf. Dann schickt der Adjutant des Herzogs sich zum Rückweg an. Doch er eilt viel zu hastig den steilen Hang hinunter, stolpert, fällt und landet schließlich mit allerhand Blessuren direkt neben seinem Pferd. Zwar trägt er keine ernsthaften Verletzungen davon, aber viele Stellen seines Körpers schmerzen und die gesamte Kleidung hängt in Fetzen. Das nächste Mal wird er den weniger steilen Anstieg auf der jenseitigen Flanke des Berges wählen, doch dafür blieb ihm heute keine Zeit. So steigt er unter lautem Wehklagen in den Sattel und tritt zeternd den nicht allzu weiten Rückweg an.

Kurz darauf erreicht er abgekämpft die Festung, sein Ausflug hatte nur wenig Zeit in Anspruch genommen. Den Wachen am Tor erklärt Einhard, er sei beim Inspizieren der vorgelagerten Reiterhindernisse gestürzt. Keiner der Führungskräfte bemerkte seine Abwesenheit. In seinem Zelt angelangt, wechselt er die Kleidung und versucht sein zerzaustes Äußeres zumindest halbwegs wiederherzustellen. Erst jetzt schnauft er erleichtert durch. Doch damit ist sein verräterisches Werk noch nicht beendet. Vor Einbruch der Dunkelheit muss der vermeintlich treue Adjutant das hoch gelegenen Bergplateau noch einmal aufsuchen. Läuft Alles wie geplant, wird er dort die Kundschafter seines wahren Herren treffen. Denn Bertholds Männer durchstreifen nach dem Königslager suchend die gesamte Region. Die Rauchsäule soll ihnen den Weg zum Treffpunkt weisen. Wie vereinbart, werden Bertholds Häscher an der Feuerstelle dann auf Einhard warten. Dort gibt der Verräter auch Ottos fatalen Schlachtplan preis, er wird die königliche Allianz geradewegs ins sichere Verderben führen. Die Sache läuft gut für Ottos Feinde und Berthold von Reisenburg wird seine neuen Herren schon bald voll und ganz zufrieden stellen.

*****

Bereits im frühen Morgengrauen weckt Cunad seine schlafende Gefährtin. Mit müden Augen streckt Fenja ihre Glieder und blickt verschlafen zu Cunad, der nicht weniger ermattet vor ihr steht. Beide verbrachten die Nacht außerhalb der Höhle, zumindest einen Teil davon. Cunad kommentiert als erster den nächtlichen Auszug aus der Grotte.

„Den Bären von gestern wähnte ich neben mir, so laut tönte das Geschnarche des Rujanen. Ich sorgte mich ernsthaft, ob der Wind sein Grunzen nicht bis zu einem Lager des Feindes trägt. Unmöglich auszuhalten war das, da zog es mich hinaus ins Freie. Wie ich sehe, erging es dir nicht besser."

„Seine Lautstärke überraschte auch mich, aber hier draußen fand ich dann noch etwas Schlaf. So fühle ich mich eigentlich ganz ausgeruht."

Verärgert blickt Cunad Richtung Höhle. Noch immer dringt lautes Schnarchen aus dessen Inneren. Vor dem Eingang stehend, schüttelt Cunad nachdenklich den Kopf. Alle Viere von sich gestreckt und auf dem Rücken schlafend liegt Drago in einer Ecke der kleinen Höhle. Den Helm trägt er selbst im Schlaf auf seinem Haupt. Cunad reißt einen kleinen Ast vom Stamm eines Strauchs und läuft leisen Schrittes auf den ruhenden Riesen zu.

„Was hast du denn vor?" will Fenja wissen.

„Ich wecke ihn auf Mäuse Art, mal sehen was passiert", kommentiert Cunad sein Tun mit einem schadenfrohen Grinsen.

Fenja hält das für keine gute Idee, aber Cunad kniet bereits neben Drago und streicht ihm mit dem Ast vorsichtig über den Hals. Unter einen lauten Aufschrei fährt Drago blitzartig hoch und schlägt mit seinem Kopf dermaßen hart auf einen Felsvorsprung, dass er trotz des Helms sofort wieder besinnungslos in seine Ausgangsposition zurück sackt. Fenja eilt entsetzt hinzu, fassungslos blickt sie auf den bewusstlosen Drago. Die Wucht des Aufpralls hinterließ eine große Beule in seinem Helm, selbst das Naseneisen litt unter dem Zusammenstoß und steht nun schräg über seines Trägers Riechorgan. Auch Cunad wirkt ob der ungeahnten Entwicklung überrascht und irritiert.

„Was sollte der Blödsinn du Schwachkopf? Wenn er wieder zu Bewusstsein kommt...", schon unterbricht Dragos Stimme Fenjas

Schimpf.

„Verdammt, mir brummt der Schädel. Das kann doch nicht mehr von der vergorenen Stutenmilch herrühren, ich verstehe das einfach nicht. Und ich erinnere mich an einen bösen Traum, eine widerliche Ratte lief mir über den Hals, dann sah ich nur noch helle Sterne. Ich fühle mich wirklich nicht wohl meine Freunde."

„Komm raus ins Freie, das tut dir sicher gut mein Großer", rät Fenja erleichtert.

Draußen vor der Höhle fixieren Fenja und Cunad wie gebannt die mächtige Beule auf Dragos Helm. Dem Hünen entgehen die starrenden Blicke der beiden nicht.

„Stimmt etwas nicht mit meinem Kopf?" will Drago sogleich wissen.

„Nein, nein. Alles in Ordnung", beruhigt ihn Cunad, bevor er mit einem süffisanten Grinsen weiterspricht.

„Ich bewundere nur deinen Helm, du scheinst ihn wirklich niemals abzusetzen."

„Er beeindruckt dich, das merk ich. Ist ja auch ein prachtvoller Helm. Ich mag ihn sehr, das stimmt. Er lässt mich doch gefährlich aussehen, findet ihr nicht?" dabei setzt Drago seine wildesten Grimassen in Szene.

Doch der Anblick mit dem verbogenen Nasenschutz, der mächtigen Beule und den zerrupften Federn reizt Fenja schallend loszulachen, aber das wagt sie nicht. Es fällt ihr ausgesprochen schwer, die Emotion zu unterdrücken. Sie spitzt verkrampft die Lippen, nickt verhalten und dreht sich ganz schnell um. Auch Cunad kommt nur schwer umhin, seiner Belustigung nicht freien Lauf zu lassen. Doch dann wendet er beherrschten Gemüts erneut das Wort an Drago.

„Ein wahrlich imposantes Exemplar dein Helm. Aber ich fürchte, er dient mehr der Abschreckung, als dass er wirklich schützt."

„Ganz und gar nicht, er hält selbst jedem Schwerthieb stand", entgegnet Drago entrüstet.

„Ich sah schon so manchen Helm unter einem einfachen Stück Holz zerbersten. Siehst du diesen Ast am Boden liegen? Ich wette, selbst ein leichter Schlag damit genügt und dein Helm nimmt schweren Schaden. Die meisten Helme sehen einfach nur gut aus und taugen nicht zum Kampfe."

Drago greift sogleich den Stock und drückt ihn Cunad entschlossen in die Hand.

„Na los schlag mich. Dein Holz wird brechen und dann lache ich dich aus mit deinem Knüppel."

Darauf hatte es Cunad abgesehen. So lässt er sich nicht zweimal bitten und schlägt den Ast unvermittelt gegen Dragos Kopf. Ein dumpfes „Tock" begleitet den Aufprall des Knüppels und trotz des nur halbherzig ausgeführten Angriffs lugt Drago ein wenig schmerzverzerrt unter seinem Helm hervor. Etwas benommen aber mit triumphierenden Blick kommentiert er das Geschehen.

„Was hab ich dir gesagt, mein Helm hält wacker Stand. Jetzt staunst du, das hättest du nicht gedacht."

„Du magst unversehrt geblieben sein, aber dein Helm sieht ziemlich mitgenommen aus", kontert Cunad mit zufriedenem Gesichtsausdruck.

Mit entsetzter Miene wandern Dragos Hände tastend nach oben, dann zieht er blitzartig den Helm vom Kopf. Ungläubig und sichtlich enttäuscht betrachtet er die Schäden der eisernen Kalotte. Fassungslos setzt der Hüne sich zu Boden und streichelt zärtlich über seine ramponierte Kopfbedeckung.

„Das Problem wäre erledigt", flüstert Cunad seiner Gefährtin leise zu.

Fenja stemmt die Fäuste in die Hüften, für ihren Geschmack zog sich Cunad eindeutig zu unredlich aus der Affäre. Aber die wahre Geschichte zu offenbaren, hält sie ebenfalls für keine gute Idee. Stattdessen läuft sie noch einmal in den Wald, um nach Essbarem zu suchen. Doch die Ausbeute fällt an diesem Morgen mager aus, so kehrt sie lediglich mit einer überschaubaren Menge an Beeren und Wurzeln zurück. Aber das spielt in Anbetracht der bevorstehenden Ereignisse auch keine große Rolle. Die aufsteigende Nervosität lässt den Appetit des Trios in den Hintergrund treten. Lediglich nach einer ordentlichen Ration Wasser dürstet es alle drei. Die fragenden Blicke der beiden Männer beantwortet Fenja auch sogleich.

„Wir marschieren ohnehin Richtung Augusta. Der Weg führt uns zunächst noch eine Weile durch den Wald. Sobald wir den verlassen, spenden uns mehrere Bäche ausreichend Wasser. Danach folgt eine große, flache Ebene, Augusta liegt direkt in ihrer Mitte. Wir müssen also nicht den Umweg über die Quelle nehmen. Besser wir brechen zeitig auf."

„Ich muss euch aber noch Fesseln anlegen", gibt Cunad zu bedenken.

„Das machst du dann, wenn wir den Wald verlassen. Ich stolpere bestimmt nicht gefesselt durchs Geäst, ganz sicher nicht", erwidert Drago forsch.

Fenja legt kein Veto ein, schweigend deutet sie in die besagte Richtung und läuft den beiden vorneweg. Am Waldrand angelangt, empfängt die Gefährten auch direkt ein schmaler Bach. Unvermittelt löschen alle gierig ihren Durst. Für einen kurzen Moment verweilt das Trio noch in andächtiger Besinnung, dann beendet Cunad das nachdenkliche Schweigen.

„Ab jetzt laufen wir ohne Deckung durch offenes Gelände, ich rechne jederzeit mit umherstreifenden Hunnen. Fenja, wir brauchen etwas für die Fesseln. Kannst du uns aus den Gewächsen der Umgebung ein paar Seile basteln?"

Fenja nickt und verschwindet flugs im Dickicht des nahen Unterholzes. Es dauert nicht lange, bis sie mit allerlei Pflanzenfasern aus dem Wald zurückkehrt. In Windeseile knüpfen ihre flinken Hände zwei stabile Stricke daraus, die sie mit sorgenvollem Ausdruck Cunad reicht.

„Wir schaffen das schon, sorge dich nicht, der Siegelring des Bulcsu wird uns schützen. Im Lager suche ich gleich einen Anführer, der sich mit dem Gefangenenaustausch bei seinem Vorgesetzten verdient machen möchte. Bis zum Mittag sitzt du mit deiner kleinen Gesa sicher und behütet in Augusta", spricht Cunad beruhigend, während er ihr die Arme auf den Rücken fesselt.

Drago hingegen lässt sich weit weniger bereitwillig die Hände binden. Unruhig hin- und her zappelnd hält er viele Einwände parat.

„Schnüre die Fessel nicht zu fest, ich will mich im Notfall selbst daraus befreien. Oder vielleicht sollten wir es doch ganz anders machen, bestimmt finden wir den König auch, wenn wir einfach nach ihm suchen. Besser wir ..."

„Rujane, Schluss damit! Wir waren uns einig, jetzt läuft es eben so", fällt Cunad Drago hart ins Wort.

„Mir gefällt dein Plan halt nicht, ich hätte mich niemals darauf einlassen sollen. Und außerdem rate ich dir, gib bloß gut acht auf mein Schwert und meinen Helm. Wehe du gibst die Sachen aus der Hand.“

Cunad trägt sein Schwert an der linken Hüfte. Nun versucht er, Dragos Waffengurt zu seiner Rechten anzulegen. Aber der Gürtel besitzt einen viel zu großen Umfang, Cunad und Fenja würden ohne Probleme gemeinsam hineinpassen. Genervt murmelt er mehr zu sich selbst, als zu den anderen.

„Einen Umfang wie ein Ochse hat der verfluchte Rujane.“

„Was grummelst du da vor dich hin“, zischt Drago gereizt zurück.

Aber Cunad lässt sich zu keiner weiteren Äußerung mehr hinreißen. Stattdessen schultert er den Schwertgurt Dragos und hält mit fragendem Gesichtsausdruck den Helm des Nordmanns in den Händen.

„Setz ihn am besten auf, so geht er nicht verloren“, fordert Drago besorgt.

„Das kannst du vergessen Rujane, ich mach mich doch nicht lächerlich, erst recht nicht vor den Hunnen. Oder glaubst du tatsächlich, die nehmen mich noch ernst, wenn ich so herumlaufe?“

„Pass bloß auf, was du sagst. Glaub nicht, nur weil ich jetzt gefesselt bin...“, Drago gelingt es nicht zu Ende zu sprechen.

Völlig überraschend stürmt plötzlich eine kleine Reiterschar heran. Ihre Bögen im Anschlag kommt das halbe Dutzend Hunnen schnell näher und lässt den überraschten Gefährten kaum Gelegenheit zur Vorbereitung. Noch gerade so gelingt es Cunad, Dragos Hände fertig zu verschnüren. Beim Anblick der anstürmenden Magyaren erstarrt Fenja regelrecht vor Angst. Cunad aber läuft mit ausgebreiteten Armen auf die Reiter zu und streckt ihnen seinen Siegelring entgegen. Nach einem kurzen Wortwechsel reiten die Krieger auf Fenja und Drago zu. Kritisch mustern die Steppenreiter das Duo und umkreisen es dabei. Fenja kann die Blicke der Männer regelrecht spüren, gesenkten Hauptes wagt sie es nicht, ihnen in die Augen zu sehen. Ganz im Gegensatz zu Drago, seine stechenden Blicke scheinen die Reiter zu durchbohren. Erst Cunads Aufforderung, weiter zu ziehen, entspannt die Situation und die Hunnen eskortieren das Trio Richtung Augusta. Jetzt gibt es kein Zurück mehr.

Der Weg führt durch das flache, unbewaldete Lechfeld. Überall durchstreifen patrouillierende Steppenreiter die Landschaft und mit jedem Meter nimmt ihre Anzahl weiter zu. Mehr Sorge bereitet Cunad allerdings eine ganz andere Beobachtung. Die Hunnen führen zahlreiche Ochsenkarren in Richtung der Stadt, beladen mit Leitern und Rammböcken droht Augusta der finale Angriff. Cunad weiß, die Magyaren wagen stets nur dann eine Eroberung, wenn von der zu erstürmenden Stadt kein nennenswerter Widerstand mehr erwartet werden darf. Erwägen die Hunnen noch heute einen Angriff, wird Augusta vor Einbruch der Nacht in die Hände des Feindes fallen. So sieht Cunad bangen Herzens den Ereignissen der nächsten Stunden entgegen.

Bereits weit vor Augustas Toren erreicht die kleine Kolonne die Grenze des riesigen Hunnenlagers. Immer tiefer führt die Eskorte das Trio in die Mitte der feindlichen Truppenaufstellung hinein. Schließlich erreicht die Gruppe eine Art großes Gatter, das Gefangenenlager. Wie Vieh drängen sich hunderte inhaftierte Seelen gefesselt auf engstem Raum. Fenja laufen dicke Tränen über die Wangen. Dann steigen die Reiter ab und Cunad spricht zu ihrem Hauptmann. Mit fester Stimme weißt er den Hunnen an, einen Gefangenenaustausch vorzubereiten. Aber der Hauptmann grinst nur hämisch und gibt seinen Leuten Order, die Beiden in das Gatter zu bugsieren. Umgehend ergreifen zwei Männer Drago, während ein dritter Fenja an den Haaren packt. Noch einmal kreuzen sich die Blicke der Gefährten. Cunad fällt es merklich schwer, den Beiden in die Augen zu schauen. Ein wehmütiges Gefühl beschleicht sein Gemüt und bohrender Zweifel an dem Plan keimt in ihm auf.

Da fordert der Hauptmann Cunad auf, ihn zu seinem Vorgesetzten zu begleiten. Cunad protestiert, weder das Siegel Bulcsus, noch die Aufforderung des Gefangenenaustausches scheinen den Hunnen zu beeindrucken. So bleibt ihm keine Wahl, er muss dem Hauptmann Folge leisten. Der Weg führt weit von den Gefangenen hinweg, das Feldlager der Magyaren scheint riesig. Auf einem freien Platz fallen Cunad mehrere große Haufen Sturmgerät ins Auge.

Hierher also liefern die Ochsenkarren ihre Fracht für den bevorstehenden Angriff. Nicht nur Leitern und Rammböcke türmt der Feind zu großen Haufen auf, auch Feuerholz wird hier gelagert.

Schließlich führt der Hauptmann Cunad zu einer großen Jurte. Nur wenige Anführer verfügen über solchen Luxus, das Gros der Hunnen nächtigt unter freiem Himmel. Der Hauptmann bittet um Einlass und erhält sofort Bestätigung. Die Jurte offenbart sich einfach ausgestattet, lediglich ein paar Felle bieten Gelegenheit zum Niederlassen. Im Schneidersitz am Boden kauernd fordert der Anführer Cunad mit einer Handbewegung auf, es seinem Gastgeber gleichzutun, den Hauptmann indes lässt er stehend warten. Cunad aber nimmt sofort Platz und legt auch Dragos Waffen ab. Ein grob gezimmertes Brett tut seinen Dienst als Tischersatz. Der Anführer wirkt deutlich angetrunken, aus einem Becher schlürft er unentwegt vergorene Stutenmilch. Zu Cunads Überraschung spricht er nicht nur die Sprache der Magyaren.

„Du trägst den Ring des Horka Bulcsu Christ. Was willst du dann bei mir?"

„Euer Hauptmann schleppte mich hierher, daß müsst ihr ihn fragen und vor dem großen Hokra Bulcsu auch verantworten. Es wird ihm nicht gefallen, dass eure Männer sein Siegel nicht achten."

Sofort greift der Anführer nach einer langen Rute. Er befiehlt seinem Hauptmann niederzuknien und prügelt mit kräftigen Schlägen immer wieder auf ihn ein. Eine ganze Weile beobachtet Cunad schweigend das Geschehen, doch dann unterbricht er die gewaltsame Züchtigung.

„Haltet ein. Vielleicht will das Schicksal, dass euch dieses Missgeschick zum Vorteil gereicht."

„Was meinst du damit Christ?"

„Ich führte zwei Gefangene ins Lager, einen dummen Krieger aus dem Norden und ein einfaches Bauernweib. Dem Fürstbischof von Augusta liegt viel an ihrem Wohlergehen. Das gilt ebenso für ein kleines Mädchen in eurem Gefangenenlager. Ich bin mir sicher, die drei armseligen Gestalten können wir gegen alle Kriegsgefangenen in Augustas Mauern einfordern. Lob und Ehre wären euch von Horka Bulcsu sicher. Was meint ihr dazu."

Der Anführer trinkt erneut aus seinem Becher, dann stößt er

mehrmals laut auf und beginnt schallend zu lachen. Das Kichern des betrunkenen Hunnen scheint kein Ende zu nehmen. Cunad steht der Schweiß auf der Stirn, die Reaktion des Anführers lässt auf wenig Zustimmung schließen.

„Ein schöner Tausch wäre das. Und meine Belohnung wäre bestenfalls die Peitsche“, grunzt der Hunne.

„Was bewegt euch zu so düsterer Erkenntnis?“ hakt Cunad sofort nach.

„Ich verrate dir jetzt, wie viele unserer Krieger der Fürstbischof in den Mauern Augustas gefangen hält: Nicht einen einzigen“, dann lacht der Hunne weiter, während ihm vom Alkohol berauscht der Speichel aus dem Munde läuft.

„Und außerdem, wir nehmen die Stadt ohnehin noch am heutigen Tage ein. Was glaubst du denn wofür wir sonst das ganze Sturmgerät zusammentragen?“

Cunad durchfährt die Nachricht wie ein Blitzschlag. Kreidebleich vor Entsetzen, gelingt es ihm nur schwerlich, einen klaren Gedanken zu fassen. Das scheint auch der angetrunkene Anführer zu erahnen, mit finsterem Gesichtsausdruck fixiert er sein verstört wirkendes Gegenüber. Doch Cunad findet schnell zu seiner Fassung zurück.

„Nun gut, dann entschuldigt die Unterbrechung. Lasst euch nicht weiter aufhalten.“

„Wovon denn aufhalten?“ grunzt der Anführer rülpsend.

„Ich unterbrach euch bei der Züchtigung des Hauptmanns. Fahrt also frohen Mutes weiter damit fort.“

Doch der Anführer scheint Cunads Aufforderung kaum mehr wahrzunehmen. Vom Alkohol gezeichnet schielt er mit einem hängenden Augenlid schweigend auf den Boden. Es dauert, bis sein betäubtes Gehirn die Worte Cunads verarbeitet, dann fährt er mit der Züchtigung des Hauptmanns fort. Plötzlich brüllen Hörner ein Alarmsignal durchs ganze Lager. Die Geräusche außerhalb der Jurte lassen auf reges Treiben unter den Truppen schließen. Überall rennen Hunnen durcheinander oder eilen zu den Pferdekoppeln. Irgendetwas muss passiert sein. Cunad drängt es nachzusehen, was da vor sich geht. Da erbitten Männer Einlass in die Jurte, den ihnen der Hauptmann auch sofort gewährt. Doch treten keine Hunnen ein, stattdessen betreten zwei Krieger aus Bertholds Gefolge das Zelt.

Mit Entsetzen erkennt Cunad, diese Männer sieht er nicht zum ersten Mal. Zwei Tage zuvor enttarnten ihn die beiden Krieger und trachteten am Fluss nach seinen Leben. Völlig irritiert blicken Bertholds Männer und Cunad zueinander, bis einer mit hasserfüllter Stimme das Wort an Cunad richtet.

„Du lebst ja, du Verräterschwein. Vorgestern wähnten wir, du seist ertrunken. Ein zweites Mal entkommst du uns nicht. Erledigen wir dich eben jetzt.“

*****

Schon zu früher Morgenstunde eilt Ulrich durch sein Gotteshaus. Am Vorabend konnte er Diepald nicht mehr finden und auch jetzt bleibt seine Suche erfolglos. Aber dafür hat der Bischof ohnehin nur wenig Zeit. Es drängt ihn auf die Mauer, um die Machenschaften des Feindes zu erkunden. Doch zu seinem Entsetzen vermisst er auch das allsehende Auge, es liegt nicht an seinem angestammten Platz im Dom. Aufgebracht und wütend läuft er Richtung Stadtwache, denn Ulrich vermutet, Riwin hätte sich des Instruments bemächtigt. Zwar trifft er seinen Neffen auch tatsächlich in der Wache an, aber Riwin zuckt nur mit den Achseln, vom Verbleib des Instrumentes weiß er absolut nichts zu berichten. Ulrich ist entsetzt, taucht das allsehende Auge nicht wieder auf, bleibt den Verteidigern künftig der Blick ins Lager des Feindes verwehrt.

Enttäuscht und voller Sorge eilt er nun mit leeren Händen zu der Grenze seiner Stadt. Auf dem Weg macht er noch in einer Schmiede Halt. Bereits vor Tagen hatte er ein ganz spezielles Stück in Auftrag gegeben. Den Schmiedemeister trifft er zwar nicht an, aber dafür reicht der Geselle dem Fürst die fertiggestellte Auftragsarbeit. Ulrich greift danach und hält eine lange, umgearbeitete Lanze in seinen Händen. Gemäß Ulrichs Wunsch brachte der Schmied zwei quer zum Schaft verlaufende, zusätzlichen Lanzenblätter an. Nun ergibt die Komposition der drei Klingen ein Kreuz am Ende des Schaftes. Zufrieden betrachtet der Fürstbischof die symbolträchtige Waffe, nickt dem Gesellen wohlwollend zu und tauscht sein hölzernes

Kreuz gegen das mit stählernen Lanzenblättern bewehrte Pendant.

Dann setzt Ulrich seinen Weg zur Stadtbefestigung weiter fort. Schon aus der Ferne erkennt Ulrich, wie wenig Männer auf den Mauern wachen. Ein tiefer Seufzer entfährt ihm, bevor er schließlich zu den Männern emporsteigt. Die Stimmung empfängt ihn schlimmer wie befürchtet. Nicht ein Gesicht verrät auch nur die kleinste Emotion, selbst die allgegenwärtige Angst und Hoffnungslosigkeit findet keinem Ausdruck mehr. Die Menschen scheinen einfach nur noch ausgebrannt. Marionetten gleich erfüllen sie wie lebende Tote ihren Dienst. Ulrich schafft es kaum sie anzublicken, er weiß einfach nicht, wie er seine Leute jetzt noch motivieren kann. Da sieht er in einiger Entfernung seinen Bruder auf der Mauer stehen. Jetzt klärt sich auch das Verschwinden des allsehenden Auges auf, Diepald hält das Instrument in seinen Händen.

Erfreut und erzürnt zugleich läuft Ulrich auf ihn zu, doch Diepald bemerkt das Nahen seines Bruders nicht. Erst Ulrichs Ansprache lässt ihn erschreckt zusammenzucken.

„Geliebter Bruder, zwar erfreut es mich dich anzutreffen, aber woher wusstest du von dem allsehenden Auge? Wie konntest du es einfach an dich nehmen?“

„Ich hörte gestern wie du mit Riwin darüber sprachst. Heute Morgen fand ich es aus Zufall unter einer Bank im Dom. Es war nicht schwierig herauszufinden wie es funktioniert. Und nun blicke ich auf unseren Untergang.“

Ulrich weiß selbst wie schlimm es steht, doch seines Bruders andauernder Pessimismus verärgert ihn immens. Ohne Diepalds Worte zu kommentieren, entreißt er ihm das Instrument und wagt persönlich einen Blick hindurch. Tatsächlich offenbart die Sichtung eine höchst furchteinflößende Szenerie.

Die Magyaren horten eine große Menge Leitern und Sturmgerät. Nun scheint die Strategie des Horka Bulcsu aufzugehen. Die Angriffswellen der letzten Tage hatten ihr primäres Ziel bereits erreicht, sie sollten lediglich die Kräfte der Verteidiger dezimieren. Nun stehen der Stadt nicht mehr ausreichen Kämpfer zur Verfügung, um die eigentliche Erstürmung abzuwehren. Bisher versuchte noch kein einziger Hunne die Befestigung der Stadt zu überwinden. Doch damit ist es jetzt vorbei, schon bald wird die geballte Kraft des Feindes über diese Mauern drängen.

Nach einer Weile setzt der Bischof das Instrument des Kaufmanns ab. Ulrichs resignierte Miene verrät, Diepalds düsterer Einschätzung gibt es nichts hinzuzufügen. Dann setzt er das allsehende Auge erneut an und späht noch einmal gebannt ins Lager des Feindes.

Noch rüsten die Hunnen nicht zum Angriff, sondern schaffen weiter Sturmgerät heran. Die Gnadenfrist währt vielleicht noch ein paar Stunden, dann wird der Feind zum Ansturm blasen. Ulrichs Blick wandert auch zu einem neu errichtetem Gefangenenlager inmitten der Belagerer. Bisher fristete die gesamte menschliche Beute der Hunnen ihr Dasein jenseits des Flusses beim Hauptquartier des Horka Bulcsu. Dort wachten seit Beginn der Belagerung die Reserveeinheiten des Feindes über alle Inhaftierten. Scheinbar des Nächtens verlegten die Hunnen zahlreiche Gefangene zu den zum Sturm bereiten Kampfeinheiten diesseits des Flusses. Aber zu welchem Zwecke wurden sie dorthin verlegt? Ulrich ahnt bereits weshalb, doch möchte er seine Gedanken dazu nicht mit Diepald teilen. Das würde der ohnehin schon hoffnungslosen Stimmung weiter Nahrung bieten.

Ulrich weiß, eigentlich scheuen die Steppenreiter einen Belagerungskrieg und ganz besonders die verlustreiche Erstürmung feindlicher Mauern. Die Verlegung der Gefangenen an die vorderste Front kann nur Eines bedeuten. Um die eigenen Kräfte zu schonen wird der Feind die armen Seelen dazu zwingen, das Sturmgerät vor den Mauern Augustas in Stellung zu bringen. Dann müssen die Verteidiger ihre eigenen Leute unter Beschuss nehmen, das dürfte die Moral der Kämpfer bis ins Mark erschüttern. So blickt Ulrich wehmütig durch sein wundersames Instrument. In bedrückten Gedanken versunken, reißt erst Diepalds Ansprache den Fürst aus seinen Überlegungen.

„Ich muss wohl keine Worte mehr hinzufügen, du siehst das Dilemma ja selbst. Riwin hatte gestern recht, wir müssen mit Bulcsu verhandeln und die Stadt kampflos übergeben. Alles andere wäre Wahnsinn."

„Und dann, was würde passieren? Die Hunnen führen unsere

Kinder und Frauen in die Sklaverei, allen anderen steht ein schmählicher Tod bevor. Lediglich wir und eine Hand voll Adelige blieben vielleicht verschont, um ein saftiges Lösegeld für uns zu erpressen. Nein, auf keinen Fall erkaufen wir unsere Leben auf Kosten all der vielen Schicksale in der Stadt. Du schlägst dir das jetzt aus dem Kopf, eine Verhandlung steht nicht zur Debatte!"

Ulrichs scharfer Tonfall lässt keine Zweifel offen, dass es diesbezüglich keine Kompromisse gibt. Diepald wirkt völlig fassungslos, mit offenstehendem Mund starrt er in die Ferne. Dann rennt er von der Mauer und schreit mit schriller Stimme.

„Wir sind allesamt verloren, verloren und des Todes."

Ulrich unterlässt es hinterherzulaufen, stattdessen blickt er seinem Bruder gleichgültig und resigniert hinterher. Als könnte es nicht schlimmer kommen, erscheint auch noch ein Mann der Stadtwache und informiert Ulrich, dass die Brunnen erneut versiegen. Wasser wird höchstens noch für einen weiteren Tag zur Verfügung stehen. Ulrich sinkt auf die Knie, mit ausgebreiteten Armen ruft er auf der Mauer kauernd seinen Heiland an.

„Ich wartete des Guten, und es kommt das Böse; ich hoffte aufs Licht, und es kommt Finsternis."

Diepald hingegen läuft sichtlich planlos durch die Gassen der Stadt. Unverständliche Sätze vor sich hinmurmelnd scheint er verwirrt und orientierungslos. Doch dann bleibt er plötzlich stehen und wirkt mit einem Mal wie ausgewechselt. Als wollte er sich selbst bestätigen, nickt Diepald unentwegt mit dem Kopf und läuft zielstrebig Richtung Osttor.

Östlich der Stadt zieht der Lechfluss in geringer Entfernung seine Bahnen. Dort bietet der schmale Bereich zwischen Lech und Augusta dem Feind kaum Raum für einen Angriff, auch zum Lagern eignet sich der wenig breite Streifen nicht. Aus diesem Grund lassen die Gegebenheiten an dieser Stelle keinen Ansturm des Feindes erwarten und das Osttor blieb auch bisher gänzlich unbehelligt. Gerade deshalb halten nur einige Männer an diesem Abschnitt wacht und ungleich weniger Barrikaden versperren dieses Tor. Das weiß auch Diepald und gerade deshalb eilt er nun genau dorthin. Nahe dem Tor verlangsamt Diepald unvermittelt sein Tempo und bleibt dann schließlich direkt davor stehen. Eine ganze Weile verharrt er so, dann befiehl er mit fester Stimme den Wachen das Unglaubliche.

„Ihr öffnet jetzt das Tor.“

Irritiert und fassungslos ob des Befehls blicken die Kämpfer zu Diepald, nicht eine Wache reagiert. Da brüllt Diepald mit vor Zorn errötetem Gesicht unvermittelt los.

„Wollt ihr wohl meinen Befehlen Folge leisten. Ihr widersetzt euch Diepald, dem Bruder des Fürstbischofs und obersten Befehlshaber der Stadtwache. Also öffnet sofort das Tor.“

Noch immer bleiben die Männer wie angewurzelt stehen. Nur einer wagt es Diepalds Befehl in Frage zu stellen.

„Verzeiht, aber wenn wir das Tor öffnen wird das den Hunnen nicht entgehen, sie werden dann in die Stadt stürmen und...“, Diepald fällt ihm mit kreischender Stimme hart ins Wort.

„Ihr habt zu gehorchen und meine Befehle nicht zu hinterfragen. Der Fürstbischof handelte ein Abkommen mit den Hunnen aus. Ihre Delegation wird gleich vor diesem Tor erscheinen. Also folgt jetzt auf der Stelle meinen Anweisungen, oder soll ich euch Beine machen?“

Die Männer blicken fragend zueinander, dann lösen sich die ersten aus der Gruppe und beginnen die hölzerne Verstärkung des Tores bei Seite zu schaffen. Der Bruder des Bischofs wirkt jetzt nervös, immer wieder sieht er ängstlich prüfend in alle Richtungen, doch weder Ulrich noch Riwin verweilen in diesem Teil der Stadt. So erfüllen die Männer Diepalds fatale Order und kurz darauf stehen die beiden Flügel des Tores offen. Jedoch blockieren noch weitere Barrikaden auf der Außenseite den Zugang. Schon vor Tagen ließ der Bischof in weiser Voraussicht alle Tore stark verrammeln. Jetzt nimmt es gehörig Zeit in Anspruch, den Zugang wieder freizuräumen.

„Geht das nicht schneller verflucht nochmal?“ brüllt Diepald den Männern ungeduldig zu.

Nur noch wenige Barrikaden versperren den Weg hinaus zum Tor. Nicht mehr lange, dann steht der Zugang für Ross und Reiter offen. Das entgeht auch einem umherstreifenden Hunnen nicht, im wilden Galopp fegt er zurück ins Lager seiner Kameraden. Kurz darauf ertönt das gefürchtete Horn der Magyaren, brüllt laut und dumpf das Signal zum Angriff in den Äther.

Noch immer auf der Mauer kniend zuckt Ulrich erschreckt zusammen, auch er vernimmt das Signalhorn des Feindes. Mit einer so frühzeitigen Erstürmung hatte er nicht gerechnet. Sofort steht er auf den Beinen und blickt mit seinem Instrument in die Ferne. Doch rüsten sich die Hunnen nicht zur Erstürmung der Mauern, stattdessen ziehen zahlreiche Reiterscharen auf die Engstelle zwischen Lechfluss und dem Osttor zu. Noch bevor Ulrich das Drama begreift, eilt ein Mann der Stadtwache heran. Völlig außer Atem keucht er die verhängnisvolle Botschaft seinem Bischof zu.

„Mein Fürst, ich fürchte es tut größte Not, euer Bruder ließ das Osttor öffnen."

Ulrich durchfährt es wie ein Blitzschlag, doch er reagiert sofort.

„Alle Männer unter Waffen sofort zum Osttor und gebt Riwin Bescheid. Schafft die Schlachtrösser aus den Ställen und mobilisiert unsere gesamte Reiterei."

Ulrich blickt noch einmal über die Mauer, da steigt bereits die Staubwolke der ausrückenden Reiter aus dem Lager der Hunnen in den Himmel. Jetzt rennen Ulrich und ein jeder der eine Waffe halten kann Richtung Osttor. Schier endlos scheint die eigentlich nicht allzu lange Strecke bis zum Ziel. Dort angekommen offenbart sich Ulrich ein Bild des Schreckens. Der Zugang zur Stadt steht völlig offen, draußen vor dem Tor steht Diepald und winkt einem heranstürmenden Reiterstrom des Feindes zu. Für ein Schließen und Verbarrikadieren des Tores ist es bereits zu spät, die Angreifer sind schon viel zu nah. Nahe genug, um deutlich das Weiße in den Augen der anrückenden Reiter zu erkennen.

*****

Boleslavs Heereszug passiert bereits die beiden vorgelagerten Befestigungen zu beiden Seiten des schmalen Tales. Weit oben thronen die kleinen Bollwerke über dem Taleingang, von unten sind sie nur mit Mühe auszumachen. In Kürze erreicht der Stahl bewehrte Lindwurm die weite Ebene, in der auch Nordilinga liegt. Plötzlich stürmt die vorausgeeilte Vorhut in vollem Galopp zu ihrem Hauptverband zurück. Boleslav fordert umgehend Erklärung ein.

„Was fällt euch Hunden ein, weshalb hetzt ihr wie verschrecktes Vieh zu mir zurück?"

„Mein Fürst, die Hunnen. Wir sahen Hunnen in der Ebene. Sie entdeckten uns nicht, aber sie reiten direkt in unsere Richtung und erreichen bald das Tal", berichtet einer der Männer panisch.

„Wie viele an der Zahl?" will Boleslav sogleich wissen.

„6 bis 8 Dutzend würde ich schätzen, mehr auf keinen Fall."

„Nun gut, ihr reitet mit 20 Männern wieder den Hunnen entgegen. Nähert euch bis auf Sichtweite und wartet bis sie euch entdecken. Dann macht erneut kehrt und flieht durchs Tal zurück in Richtung Festung, die Teufel werden euch ganz gewiss hinterherjagen."

Die ab beorderten Männer sehen bestürzt und fassungslos zu ihrem Fürsten, doch zu widersprechen wagen sie nicht. So reiten sie wie befohlen notgedrungen davon. Jetzt winkt Boleslav einen seiner Unterführer herbei und gibt sofort Befehl.

„Wir ziehen den gesamten Heereszug weiter ins Tal zurück und zwar schnell."

„Wieder zur Festung?" hakt der Unterführer nach.

„Du stumpfsinniger Narr, natürlich nicht. Wir erfreuen Otto lediglich mit einem angemessenen Abschiedsgeschenk und schlachten ein paar Hunnen. Danach ziehen wir weiter Richtung Heimat aber zuerst gönnen wir uns noch ein wenig Spaß. Du übernimmst die eine Hälfte unserer Männer, ich die andere. Wir verteilen uns an den Ausläufern der Steilhänge links und rechts des Tals. Im Schutze des Waldrandes beziehen unsere Krieger mit den Bögen im Anschlag Stellung. Die Hunnentölpel werden uns dort nicht entdecken, sondern dumm wie sie sind blindlings unserer Vorhut folgen. Reiten sie dann im Tal durch unsere Mitte, decken wir das Pack von beiden Seiten mit einem Pfeilhagel ein."

„Und unsere Vorhut? Die Hunnen werden den Männern dicht aus den Fersen sein."

„Die Vorhut ist doch unser Köder du Narr. Und welche Bestimmung wohnt einem Köder inne? Gefressen zu werden ist sein Zweck. Jetzt los uns bleibt wenig Zeit, sonst verderben wir uns das

Vergnügen noch.“

Augenblicklich machen die böhmischen Truppen kehrt und beziehen wie von Boleslav gefordert zu beiden Seiten des Tales Stellung. Tatsächlich lässt das dichte Grün der Vegetation nicht im Geringsten erahnen, welch tödliche Gefahr sich dort verbirgt. Boleslav blickt regelrecht erregt ins Tal hinunter. Er kann es kaum erwarten, sich an dem bevorstehenden Gemetzel zu weiden. Das makabere Schauspiel lässt tatsächlich auch nicht lange auf sich warten, schon galoppiert die stark dezimierte Vorhut in das Tal hinein. Lediglich fünf Reiter blieben von den Pfeilen der dicht aufgeschlossenen Hunnen verschont. Jetzt folgt Boleslavs großer Moment, mit einem Horn lässt er das Signal zum Angriff ertönen. Die Hunnen realisieren die Falle auf der Stelle. Just in dem Moment, als die Böhmen die erste Salve niederregnen lassen, erwidern die Steppenreiter den Beschuss. Doch ihr verzweifelter Widerstand scheint aussichtslos. Auf einem Präsentierteller gleich, mangelt es den Magyaren an Deckung, während Boleslavs Krieger im Schutze der Vegetation kaum nennenswerte Verluste erleiden. Unter den Eingekesselten aber fallen Ross und Reiter in geradezu atemberaubender Geschwindigkeit. Einer zehnfachen Übermacht können die Hunnen aus unterlegender Position ihren Gegnern keine ernstzunehmende Gegenwehr entgegensetzen. Der ungleiche Kampf geht schnell zu Ende. Noch bevor es den letzten Hunnen aus dem Sattel reißt, stürmt Boleslav hoch zu Ross hervor, um den Triumph aus nächster Nähe auszukosten – eine fatale Fehlentscheidung.

Jubelnd und im vollen Galopp stürmt der böhmische Fürst über das mit Leichen gepflasterte Schlachtfeld. Nicht einem Steppenreiter gelang die Flucht, tödlich getroffen oder schwer verletzt legt die ganze Hundertschaft danieder, keine Hunne sitzt mehr auf dem Rücken seines Pferdes. Aber eben nicht alle kamen durch den Pfeilbeschuss ums Leben. Einer der verletzen Magyaren kriecht röcheln über den Boden und sucht nach seinen Waffen. Den prominenten Fürst der Böhmen hat der Sterbende längst ausgemacht. Sekunden später nimmt er mit letzter Kraft den ahnungslosen Boleslav ins Visier. Das Heulen des Pfeiles währt nur einen kurzen Augenblick, dann schlagen Ross und Reiter auf den Boden auf. Trotz des harten Aufschlags versucht Boleslav wieder auf die Beine zu kommen, doch benommen sinkt er zurück ins blutgetränkte Gras. Auf allen Vieren kriechend schleppt sich der Böhme zu seiner sterbenden Kyra, der Pfeil steckt tief im Hals des Tieres. Entsetzt beobachten des Fürsten Krieger das Drama inmitten des Tales, kein Böhme wagt es auch nur in die Nähe zu kommen.

Auf der Festung indes blieben die Ereignisse im Tale nicht verborgen. Der König selbst führt eine Reiterschar hinunter, doch da hat das Schicksal schon lange seinen Lauf genommen. Otto blickt zufrieden über das mit Leichen übersäte Schlachtfeld. Jetzt möchte der König Boleslav danken, aber in den Reihen der am Waldrand stehenden Böhmen kann er den Fürsten nirgendwo ausmachen. Erst nachdem einige ausgestreckte Arme dem suchenden Otto die Richtung weisen, erkennt er Boleslav zwischen all den niedergestreckten Leibern. Der König realisiert sofort, was passiert sein muss. Otto weist seine Männer an zurückzubleiben, er selbst steigt aus dem Sattel und läuft auf den am Boden knienden Fürsten zu. Otto nähert sich Boleslav vorsichtig von hinten und bleibt in angemessenem Abstand stehen. Direkt vor dem kauernden Böhmen keucht und schnaubt des Fürsten geliebtes Tier seinem qualvollen Ende entgegen.

„Ihr müsst den Todeskampf eurer Kyra beenden“, flüstert Otto mit behutsamer Stimme.

„Ich weiß, aber ich kann das einfach nicht“, erwidert Boleslav völlig niedergeschmettert.

„Wenn ihr es wünscht, übernehme ich an eurer statt diese Bürde.“

Boleslav nickt zitternd, dann schließt er die Augen. Otto zieht sein Schwert und nimmt direkt gegenüber dem trauernden Fürsten am Boden Platz. Das sich im Todeskampf windende Tier liegt nach Luft schnaubend genau zwischen den beiden Oberhäuptern. Dann rammt Otto die Klinge mit voller Wucht in die Brust der sterbenden Kyra, ein letztes, leises Wiehern entweicht dem geschundenen Tier. Der Böhme hält seine Augen noch immer geschlossen, Tränen rinnen unter der in tiefen Falten gelegten Stirn über seine Wangen. So sitzen die Beiden noch eine gehörige Weile regungslos und schweigend gegenüber. Auch sonst wagt sich keiner der am Waldrand ausharrenden Krieger zu rühren. Erst der Ruf eines über das Tal fliegenden Adlers unterbricht die Stille. Boleslav öffnet die Augen, streichelt seiner Kyra noch einmal über den Kopf und zieht den Pfeil aus deren Hals. Sein Antlitz scheint von einem Moment auf den anderen um Jahre gealtert. Mit stechendem Blick und hasserfülltem Ausdruck bricht er die eisernen Geschossspitze vom Schaft des Pfeiles ab und richtet das Wort zu seinem Gegenüber.

„Seht dieses Pfeileisen König Otto und seid mein Zeuge. Ich will nicht eher Ruhe geben, bis ich mit der Klinge des Pfeiles die Kehle Bulcsus zerfetze. Das gelobe ich bei meinen Leben."

„So sei es, ich will euch gerne die Gelegenheit dazu eröffnen", antwortet Otto mit festem Tonfall.

„Noch eine Bitte richte ich an euch. Ich möchte hier auf diesem Boden meine Kyra bestatten. Dieses Tal scheint mir ein schöner und beschaulicher Ort dafür."

Der König gewährt dem Fürsten die Bitte, dann lässt er Boleslav zurück und reitet mit seinen Männern wieder der Festung entgegen. Oben angekommen bestellt er Burchard zu einer neuerlichen Besprechung ins große Zelt des Lagers ein. Wieder erscheint der Herzog in Begleitung seines Adjutanten und auch Ulman wohnt wie schon zuvor der zweiten Einberufung bei.

„Also höret", eröffnet Otto das Gespräch, „dieses Mal bin ich es, der mit froher Kunde aufwarten kann. Boleslav wird uns mit seinen Böhmen jetzt doch zur Seite stehen. Im Laufe des Nachmittags dürfen wir mit seiner Rückkehr in die Festung rechnen."

„Bravo, woher kommt der Sinneswandel?" will Burchard mit freudiger Stimme wissen.

„Das spielt keine Rolle, aber ich kann euch auf jeden Fall versichern, dass es mit dem Wankelmut des Fürsten nun ein Ende hat. Boleslav wird seine Männer an unserer Seite in die Schlacht führen und zwar ohne Wenn und Aber."

„Hervorragend, darauf sollten wir trinken", spricht Burchard während er einen Bediensteten um einen Krug voll Brandwein schickt.

„Das sollten wir tatsächlich, eine wahrlich großartige Nachricht", bestätigt Ulman.

Nur Einhard wirkt wenig erheitert, sondern macht einen deutlich zurückhaltenderen Eindruck. Diese Missstimmung fällt nicht nur Ulman auf und er kommt auch nicht umhin, die Blessuren im Gesicht des Adjutanten zur Sprache zu bringen. Generell macht Ulman keinen Hehl daraus, dass er Einhard wenig wohlwollend gegenübersteht. So drängt es ihn, seine ablehnende Haltung mittels einer gewagten Kommentierung Ausdruck zu verleihen.

„Mich dünkt, nicht alle Anwesenden teilen unseren Frohsinn, ob der freudigen Entwicklung. Sagt Einhard, derangierte ein unwilliges Weib euer Antlitz, auf dass ihr keine Begeisterung mehr an den Tag zu legen vermögt?"

Einhard fehlen zunächst die Worte, während Otto und Burchard sichtlich amüsiert über Ulmans Mutmaßung lachen. Es gelingt dem Gedemütigtem nur schwer, seine Wut in Zaum zu halten. Erst nachdem das Gelächter der beiden Staatsmänner verstummt, versucht er sich dann doch noch zu erklären.

„Natürlich begrüße auch ich die Bereicherung unserer Streitkräfte. Dennoch gebe ich zu bedenken, Boleslav war sehr viel länger unser Feind, denn unser Freund. Wir sollten ihm nicht blindlings unser Vertrauen schenken, nicht wenn es um den Ausgang eines so bedeutenden Krieges geht. Er könnte auch ein gefährliches Risiko darstellen. Wer also wird die Verantwortung für dieses Wagnis übernehmen?"

Otto lässt Einhard noch gerade so zu Ende sprechen. Und des Königs Tonfall lässt keinen Zweifel daran, dass er keinen Widerspruch duldet.

„Boleslav bereichert nicht nur unsere Truppen, er wird auch künftig diesem Kriegsrat angehören! Schon der nächsten Lagebesprechung wohnt er bei. Gerne darfst du dann von Angesicht zu Angesicht Boleslav dem Grausamen deine Einschätzung vortragen. Ob das aber deinem ohnehin schon entstellten Antlitz zuträglich wäre, sei dahingestellt."

Geradezu demonstrativ quittiert Ulman des König Worte mit einem breiten Grinsen. Burchard aber blickt ernst und angespannt. Um Harmonie bemüht, versucht er zu vermitteln.

„Wir dürfen uns keinesfalls entzweien, Zank und Unmut bringen uns nicht weiter. Ein Jeder hat das Seine diesem Kriegsrat beizutragen. Als mein geschätzter Adjutant ist Einhard auch ein Teil davon. Ohne seine Kenntnis wüssten wir den Feind kaum einzuschätzen. Lasst euch nicht von Äußerlichkeiten in die Irre führen, darum bitte ich euch mein König."

„Es sind nicht Einhards Äußerlichkeiten welche mich verstimmen, doch mangelt es ihm an Respekt. Euch als geschätzten Herzog vertraue ich mein lieber Burchard. Aber nun gut, da ihr für euren Adjutanten bürgt, will ich meine Vorbehalte gegen ihn zurückstellen. Nur glaubt ihr wirklich, wir sollten dem Feind auf offenem Felde gegenübertreten, anstatt uns zu verschanzen?"

„Das müssen wir sogar. Bulcsus Plan sieht vor, die gesamte Region in Schutt und Asche zu legen, um uns so zu schwächen. Die Lande südlich der Donau liegen bereits geschändet danieder. Dies darf sich hier nicht weiter fortsetzen. Das Märchen von der gewaltigen Übermacht soll uns in der Defensive halten. Mit Konrads Verstärkung verfügen wir über fast 10.000 schlagkräftige Männer, weit mehr wie Bulcsu aufzubieten hat. Lasst uns keine Mühen für die Vorbereitung einer Belagerung verschwenden, sondern Bulcsu direkt in einer Feldschlacht stellen. Sollte der Kampf trotz unserer Übermacht zu unserem Nachteil verlaufen, können wir uns noch immer in den Schutz der Festung zurückziehen."

Otto nickt verhalten. Dafür hält Ulman einen berechtigten Einwand parat.

„Ich nutzte die letzten Stunden und erkundete die gesamte Festung. Sie wurde für ein deutlich größeres Heer erbaut. Allein die Länge der Wehrgänge auf den Mauern ist beträchtlich. Es bedarf zahlreicher Männer, um die Wälle zumindest notdürftig mit ausreichend Kämpfern zu besetzen. Ziehen wir in die Schlacht, müssen wir einen erheblichen Teil unserer Kräfte zurücklassen, ansonsten kann die Festung im Falle eines Angriffs nicht verteidigt werden. Können wir es riskieren, auf einen solch großen Anteil unserer Truppen im Felde zu verzichten?"

„Bulcsu führt bei weitem zu wenig Männer ins Feld, er kann uns unmöglich an zwei Fronten angreifen", widerspricht Einhard.

„Das bedeutet, wir müssen die Festung mehr oder weniger schutzlos zurücklassen", resümiert Otto.

„Darauf läuft es hinaus, richtig", bestätigt Burchard und nickt mehrfach seinem König zu.

Zwar hadert Otto mit dieser Konsequenz und zögert noch dem zuzustimmen, aber eine wirkliche Alternative mag auch ihm nicht in den Sinn kommen. So bleibt ihm am Ende keine andere Möglichkeit, als den Schlachtplan Burchards abzusegnen.

„Dann sei es also so. Die Unternehmung dieses Krieges fußt ohnehin von Anfang an auf lauter Wagnissen und Unwägbarkeiten. Beten wir, dass uns das Schicksal auch weiterhin wohlgesonnen bleiben möge."

Einhard blickt noch immer kritisch, seine innere Vergnügtheit verbirgt er jedoch ganz bewusst, denn der Triumph könnte nicht vollkommener ausfallen. Schon bald wird die Falle zuschnappen und die Allianz ihrer sicheren Vernichtung entgegen reiten. Bulcsu nämlich kann seiner gewaltigen Übermacht wegen auch problemlos an zwei Fronten angreifen. Seine Steppenreiter werden die schwach besetzte Festung geradezu im Handstreich nehmen und auch des Königs Streitmacht hat auf freiem Felde nicht den Hauch einer Chance. Nun muss der Verräter die frohe Botschaft nur noch Bertholds Häschern übermitteln.

Diese hatten die Rauchsäule am Himmel bereits am Vormittag aus weiter Ferne ausgemacht. Zwar schwand das Zeichen am Firmament schon viel zu bald, doch wies der Rauch den Männern die ungefähre Richtung. Gipfel um Gipfel untersuchten sie die nähere Umgebung, bis endlich die vereinbarte Feuerstelle gefunden wurde. Nun harren sie geduldig auf die Ankunft Einhards und der Verräter lässt nicht lange auf sich warten.

*****

Cunad sitzt noch immer auf dem Fell im Zelt des Hunnen, als Bertholds Männer nach den Schwertern greifen. Nur der Hauptmann versteht nicht was geschieht und sein betrunkener Anführer lacht nur schallend los. Cunad handelt augenblicklich, blitzschnell zieht er Dragos Schwert und schlägt den beiden Kriegern die Klinge in die Beine. Sofort sinken die Männer unter einem lauten Aufschrei zu Boden und Cunad führt ohne Umschweife auch sogleich den tödlichen Streich gegen die Kehlen seiner Widersacher. Röchelnd ringen Bertholds Krieger mit dem Tode, während der Hauptmann fragend zu seinem noch immer lachenden Anführer sieht. Noch bevor einer der Hunnen reagiert, ist Cunad wieder auf den Beinen und zieht die Klinge quer über die Brust des überraschten Hauptmanns, der keuchend inmitten des Zeltes zusammenbricht. Das Gelächter des Anführers verstummt, er stottert etwas Unverständliches und greift erneut nach seinem Becher. Cunad gewährt ihm diesen letzten Schluck, dann stößt er das Schwert mitten in das Herz des Hunnen.

Das laute Treiben im Lager ließ kein verdächtiges Geräusch nach außen dringen. Cunad wagt einen vorsichtigen Blick hinaus, überall rennen Krieger durcheinander, satteln auf oder rufen ihren Kampfgenossen zu. Und stetig mahnt das Horn die Hunnen weiterhin zur Eile an. Cunad nutzt das Chaos, verlässt zügig das Zelt und will den Ort des Geschehens unauffällig verlassen. Doch nach wenigen Schritten bemerkt er voller Ärger, zwar führt er beide Schwerter mit, aber Dragos Helm blieb unbeachtet in der Jurte liegen. Ein Blick zurück und Cunad stockt der Atem. Blutüberströmt schleppt sich der Hauptmann aus der Jurte und deutet mit letzter Kraft direkt in seine Richtung. Die umher stehenden Krieger rennen sofort los, mit gezückten Äxten rasen sie auf Cunad zu. Jetzt bleibt nur die Flucht, inmitten des feindlichen Lagers, umringt von tausenden Hunnen.

Eingepfercht zwischen unzähligen Gefangenen versuchen sich Fenja und Drago einen Überblick zu verschaffen. Das Gatter des Lagers wäre kein ernstzunehmendes Hindernis, aber umgeben von der gesamten Streitmacht Bulcsus, käme jeder Fluchtversuch einem Selbstmord gleich. Das wissen auch die Magyaren, kein Krieger schenkt den Eingeschlossenen Beachtung.

Immer tiefer drängen die Beiden in die Mitte der Gefangenen, aber nirgendwo kann Fenja auch nur ein einziges Kind ausmachen. Das Lager beherbergt hauptsächlich Männer und auffallend wenige Frauen. Fenja erfasst eine tiefe Traurigkeit, hier wird sie Gesa nicht finden. Doch noch bevor sie die Trauer überwältigt, lässt Drago mit vor Zorn errötetem Gesicht seinem Unmut freien Lauf.

„Cunad der Idiot band uns die Hände auf den Rücken. Da sind

wir hier die Einzigen, alle anderen tragen ihre Fesseln vorne. Und deine Kleine findest du in diesem Lager auch nicht, es gibt hier keine Kinder. Sorge bereitet mir außerdem der Alarm im Lager, der Ruf der Hörner verheißt nichts Gutes wie ich fürchte. Lass uns besser überlegen, wie wir uns selbst helfen. Cunads Plan kannst du vergessen, nichts von Alledem was er prophezeite trifft zu. Wenn ich ihn in die Finger bekomme dann ist er erledigt, ich kriege ihn zu fassen und werde...", doch Fenja unterbricht forsch Dragos Schimpf.

„Schluss damit! Du hast ja recht, aber das bringt uns jetzt nicht weiter."

Nachdem sich Drago wieder beruhigt, blickt sie in die Reihen der Gefangenen und spricht schließlich eine junge Leidensgenossin an.

„Ich sehe hier keine Kinder, nur einige Frauen und viele Männer. Würdest du mir bitte sagen, was es mit diesem Lager auf sich hat?"

Die junge Frau wirkt abwesend und apathisch. Ohne Fenja anzusehen, antwortet sie mit monotoner Stimme.

„Wir Frauen müssen den Hauptmännern der Hunnen zu Willen sein. Sie holen uns raus, wann immer es ihnen beliebt. Also mach dich auf das Schlimmste gefasst. Die meisten Frauen und auch die Kinder halten die Hunnen in einem Lager auf der anderen Seite des Lechs gefangen. Alle Männer aber wurden für den großen Ansturm hierher verfrachtet. Man wird sie zwingen, die Leitern und Rammböcke während des Angriffs in Stellung zu bringen. Dafür opfern die hunnischen Mörder keine eigenen Leute. All die vielen Männer hier werden schon bald vor den Mauern Augustas verheizt, sie sind nur Futter für die Schlacht."

Auch Drago hört der Frau aufmerksam zu. Wütend zerrt er an seinen Fesseln und flüstert Fenja leise zu.

„Jetzt hörst du es, Cunads Plan war von Anfang an schwachsinnig. Beginnt der Sturm, führen die Hunnen alle Männer aus diesem Lager, dann werden wir getrennt. Wir müssen etwas unternehmen und zwar rasch."

„Aber was sollen wir denn machen? In Fesseln und von so vielen Hunnen umringt bleiben uns doch keine Möglichkeiten, oder hast du eine Idee?"

„Alleine richten wir hier gar nichts aus. Ich sehe etliche ehemalige Kämpfer der königlichen Allianz unter den Inhaftierten, mit denen will ich sprechen. Ihre Kleidung unterscheidet sich deutlich von den Lumpen der Bauern. Alle Kämpfer sollen im Zentrum des Lagers zusammenkommen. Inmitten der anderen Gefangenen wird das den hunnischen Missgeburten nicht auffallen. Diese Botschaft müssen wir schnell unter den Leuten verbreiten, ein jeder soll die Weisung weitergeben. Lass uns keine Zeit verlieren."

Wie ein Lauffeuer verbreitet sich die Nachricht über die Zusammenkunft der einstigen Kämpfer unter den inhaftierten Menschen. Flüsternd erreicht die Botschaft jeden Mann und jede Frau. Nach und nach finden immer mehr der ehemaligen Krieger in die Mitte des Gefangenenlagers. Da unterbrechen plötzlich laute Rufe das heimliche Flüstern. Einer der Bauern kämpft sich schreiend und wild gestikulierend bis zum Gatter vor. Er versucht ganz offensichtlich die Aufmerksamkeit der Hunnen zu erregen und die geheime Zusammenkunft der Männer zu verraten.

Cunad läuft so schnell er kann, der noch immer anhaltende Alarm kommt ihm dabei zu Gute. Überall rennen Männer durcheinander oder reiten ungestüm durchs Lager. Aber seine Verfolger sind ihm bereits dicht auf den Fersen. Cunad wagt es nicht, zurück zu sehen. Stattdessen erfasst sein Blick jedes vor ihm liegende Hindernis, gekonnt weicht er den umher eilenden Kriegern aus und nutzt das Durcheinander. Plötzlich muss Cunad innehalten, direkt vor ihm reiten gleich mehrere Hundertschaften davon. Einer unüberwindbaren Barriere gleich, steht er wartend vor der Wand aus hinfort galoppierenden Kriegern. Kurzentschlossen setzt Cunad Alles auf eine Karte und rennt mitten in die von Staub gehüllten Steppenreiter. Zwar wird er mehrfach von den abrückenden Reitern erfasst und schmerzhaft angerempelt, aber am Ende schafft er es unverletzt bis auf die andere Seite. Kaum ein Verfolger wagt, es Cunad gleichzutun. All jene die es dennoch versuchen, kommen zu Fall und enden unter den Hufen der davon stürmenden Hundertschaften.

Auf der anderen Seite des Reiterstromes rennt Cunad noch eine ganze Weile weiter, bevor er nach Luft ringend schließlich stehen bleibt. Seine Verfolger hat er ohne Zweifel abgeschüttelt und in diesem Teil des Lagers scheint sich niemand sonst für ihn zu interessieren. Dann erweckt eine kleine, verlassene Feldschmiede Cunads

Aufmerksamkeit. Der Schmied mag noch nicht lange fort sein, denn in der Feuerstelle glühen die Kohlen in kräftigen Rottönen verlassen vor sich hin.

Von hier kann Cunad die Situation außerhalb des Lagers hervorragend überblicken, zahlreiche Krieger reiten auf das Tor im Osten zu. Deswegen also der Tumult im Lager, am Osttor muss irgendetwas vorgefallen sein. Danach fällt Cunads Blick auf den nahen Haufen mit dem aufgetürmten Sturmgerät. Er selbst steht noch immer vor der Schmiedeesse mit den vor Hitze glühenden Kohlen. Dann fällt es ihm wie Schuppen von den Augen und er zögert keinen Augenblick.

Cunad greift nach einem hölzernen Eimer der Schmiede und füllt unter Zuhilfenahme einer Schaufel glühende Kohlen hinein. Zügig, aber bemüht möglichst wenig Aufmerksamkeit zu erregen, läuft er jetzt dem großen Stapel Sturmgerät entgegen. Dort angekommen, hofft Cunad mit den glühenden Kohlen ein Feuer zu entfachen. Den henkellosen Eimer in seinen Armen haltend, wartet er auf eine passende Gelegenheit. Aber in unmittelbarer Nähe streiten ein paar Hunnen miteinander. Misstrauisch äugt bereits ein Krieger immer wieder zu ihm hinüber. Derweil kann Cunad den stetig heißer werdenden Eimer kaum mehr in den Händen halten. Ihn abzusetzen aber wagt er nicht, ein jeder würde dann dessen brisanten Inhalt sehen können. Lange wird er die Hitze nicht mehr ertragen, sein vor Schmerz verzerrtes Gesicht kündigt bereits das Scheitern des gewagten Vorhabens an. Zu Allem Unglück erregt Cunads Gebaren zusehends die Aufmerksamkeit des ohnehin schon misstrauisch dreinschauenden Kriegers. Von unerträglichen Schmerzen geplagt, hüpft Cunad zwischenzeitlich von einem Bein aufs andere. Der Hunne lässt ihn nun nicht mehr aus den Augen und macht auch seine zankenden Kameraden auf den seltsam gestikulierenden Gesellen aufmerksam. Schließlich löst sich einer der Krieger aus der Gruppe und läuft direkt auf Cunad zu. Der aber fasst den Eimer mit beiden Händen am Rand, holt Schwung, dreht sich dabei zweimal um die eigene Achse und schleudert den Holzkübel soweit er kann in die Mitte des Sturmgeräts. Zwar realisieren die Krieger nicht, welchem Zweck das merkwürdige Manöver Cunads diente, dennoch wollen sie jetzt seiner habhaft werden.

Sofort eilt die ganze Gruppe grimmig dreinschauend auf ihn zu, Cunad jedoch weicht nicht von der Stelle. Der erste Krieger packt ihn fest am Arm und fordert eine Erklärung ein. Cunad aber schlägt ihm mit der flachen Hand zweimal kräftig ins Gesicht und hält dem überraschten Hunnen seinen Siegelring vor die Augen. Mit resoluter Stimme fragt er den Krieger, ob er das Siegel seines Oberbefehlshabers nicht achte und ihm der Sinn nach einer Strafe stünde. Den Hunnen beeindruckt der unmissverständliche Auftritt Cunads merklich, in unterwürfiger Haltung weicht er umgehend zurück und zieht mit seinen Kameraden zügig ab.

Cunad atmet erleichtert auf, fürs Erste wäre die Gefahr gebannt. Jetzt muss er schnell das Weite suchen, in Kürze wird das Sturmgerät in Flammen stehen. Dann wissen auch die getäuschten Krieger, weshalb Cunad den Eimer in den Haufen warf. Doch noch bevor er sich anschickt, den Ort des Geschehens zu verlassen, fällt Cunad eine direkt angrenzende Pferdekoppel ins Auge. Dicht gedrängt stehen die Tiere in dem aus Ästen und Zweigen geflochtenem Gatter. Cunad läuft kurzentschlossen zu dessen Tor und bemerkt sofort die Nervosität der aufgebrachten Gäule. Sie scheinen den bevorstehenden Ausbruch des nahen Feuers bereits zu wittern. Derweil schlagen schon die ersten Flammen aus der Mitte des aufgetürmten Sturmgeräts. Erneut erklingt ein Horn und schlägt Alarm, während sich das Feuer in rasender Geschwindigkeit durch den gewaltigen Holzhaufen frisst. Verzweifelt versuchen die Hunnen das Sturmgerät auseinanderzuziehen, aber die enorme Hitze hält sie davon ab. Der Lärm und die lodernden Flammen versetzen die Pferde nun in regelrechte Panik. Aufgeregt bäumen sie sich auf oder scharren wiehernd mit den Hufen. Darauf hatte Cunad gewartet, jetzt muss er nur das Gatter öffnen und die entfesselte Herde wird das Lager sogleich ins Chaos stürzen. Doch die Tiere sind mittlerweile völlig außer Rand und Band. Zwar gelingt es Cunad noch sein Vorhaben in die Tat umzusetzen, aber er schafft es nicht mehr, vor der heranstürmenden Herde in Deckung zu gehen. Wie von Sinnen jagen die galoppierenden Tiere direkt auf ihn hinzu.

Am Rande des Gefangenenlagers erwecken die Rufe des Verräters bereits Aufmerksamkeit. Einer der Wachleute versucht den Schreihals wachen Blickes auszumachen. Doch noch bevor der

Überläufer das Gatter erreicht, stützen sich zwei junge Frauen wie Furien auf den Mann und bringen den schreienden Bauern zu Fall. Der kräftige Tritt eines anderen Häftlings bringt ihn schließlich endgültig zum Schweigen. Zwar beobachtet der Wächter das Geschehen, doch hält er die Angelegenheit lediglich für eine Streitigkeit unter den Gefangenen und wendet sich nach kurzer Zeit schon wieder ab. Nicht nur Fenja und Drago atmen erleichtert auf.

Inmitten des Gefangenenlagers finden derweil die einstigen Kämpfer der königlichen Streitkräfte zusammen. Von den anderen Gefangenen vor den Blicken der Wächter geschützt, ergreift Drago ohne Umschweife das Wort.

„Also ihr gescheiterten Krieger, hört mir jetzt gut zu...", doch Drago wird nach nur wenigen Worten unterbrochen.

„Wieso sollten wir das? Deinem Aussehen nach zu urteilen gehörst du nicht einmal zu den Unsrigen. Du hast uns überhaupt nichts zu sagen."

Die versammelten Männer bekunden durch Nicken ihre Zustimmung. Drago wirkt des Einwandes wegen sichtlich genervt und seine Antwort fällt höchst dramatisch aus.

„Deine Respektlosigkeit wird dir noch teuer zu stehen kommen. Du unbedeutender Wicht widersprichst Drago, dem Oberbefehlshaber der sächsischen Truppen aus Magdeburg. Habt ihr etwa noch nie einen Sachsen gesehen?"

Ein allgemeines Kopfschütteln verneint die Frage des übermütigen Nordmanns. Merklich verunsichert sieht die Runde der Männer zueinander. Fenja hingegen würde am liebsten im Boden versinken, auf eine derart dreiste Lüge Dragos war sie nicht gefasst. Der aber ist mit seiner Selbstdarstellung noch lange nicht am Ende.

„König Otto persönlich entsandte mich eigens zu dem Zwecke, euch Versager aus den Fängen des Feindes zu entreißen. Ihr werdet also meinen Befehlen ohne zu zögern Folge leisten, ich dulde keinen noch so geringen Ungehorsam. Seht diese junge Frau zu meiner Rechten, sie wird euch die Wahrhaftigkeit meine Worte gerne bezeugen", dabei blickt Drago mit geschwellter Brust zu Fenja hinüber.

Aber Fenja bringt kein Wort heraus, stattdessen nickt sie lediglich verhalten. Da erhebt ein weiterer Zweifler seine Stimme.

„Also du bist der Oberbefehlshaber der sächsischen...", Drago fällt dem Mann sofort ins Wort.

„Wie bitte?" schnaubt Drago erzürnt.

„Verzeiht bitte. Ihr also seid der Oberbefehlshaber der sächsischen Truppen und der König schickte euch aus, uns zu befreien?"

„Richtig und da niemand sonst außer mir in der Lage dazu wäre, erledige ich die Sache selbst. Weil nur Hohlköpfe wir ihr in des Königs Truppen dienen."

Fenja kann kaum fassen, was Drago von sich gibt. Am liebsten würde sie ihre Ohren zuhalten, aber die Fesseln hindern sie daran. Schon hält einer der Kämpfer einen weiteren Einwand parat.

„Ihr seid nur ein Mann und obendrein auch noch in Fesseln. Zu allen Seiten lagern zehntausende Hunnen. Selbst unter Waffen gelänge es uns niemals, hier heil rauszukommen. Wie in Gottes Namen soll denn unsere Befreiung von statten gehen?"

„Mit jenen Waffen, die euch Hohlköpfen nicht einfallen. Denn nur List und Tücke helfen uns hier heraus", kontert Drago selbstsicher.

Nicht nur Fenja fehlen ob Dragos gewagtem Auftreten die Worte, auch alle Männer blicken schweigend und ungläubig auf den vor Selbstüberschätzung strotzenden Hünen in ihrer Mitte. Drago aber übt sich auch weiterhin nicht in Zurückhaltung, sondern erhebt stattdessen aufs Neue seine Stimme.

„Erteile ich Einem von euch eine Order, gibt er diese umgehend an die anderen weiter. Ihr ehemaligen Krieger befehligt wiederum das Bauernpack. Ich erhob euch also gerade zu meinen Unterführern, seht euch als befördert an und macht mir keine Schande."

Zwar wagt niemand einen Widerspruch, aber keiner bekundet auch nur durch die kleinste Geste seine Akzeptanz. Drago scheint das kein Bisschen zu verunsichern, stattdessen stolziert er gelassen aus der Mitte seines fassungslosen Publikums hinaus. Fenja zögert noch zunächst, doch dann läuft sie dem Aufschneider zackigen Schrittes hinterher. Am Rande des Lagers findet sie endlich Gelegenheit, ihrem Unmut über Dragos Auftritt Ausdruck zu verleihen. So sprudelt es geradewegs aus ihr heraus.

„Bist du noch ganz bei Sinnen? Oberbefehlshaber der sächsischen Truppen willst du sein? Wieso hast du dich nicht gleich als König Otto ausgegeben?"

„Meinst du wirklich? Aber den König hätten die mir doch nicht abgenommen, oder vielleicht doch?“

„So war das auch nicht gemeint, verdammt. Was ist nur los mit dir. Du kannst den Menschen nicht einfach einen solchen Bären aufbinden. Ich hoffe du hast wenigstens einen Fluchtplan parat, der deine Lügengeschichte zumindest eine wenig rechtfertigen würde.“

Doch Drago blickt nur verständnislos zu seiner vor Zorn erröteten Gefährtin und unterstreicht mit einem Achselzuckend seine Unkenntnis.

„Heißt das, es gibt überhaupt keinen Plan wie wir von diesem Ort entkommen können? Ist das jetzt dein Ernst?“ faucht Fenja gereizt.

„Woher soll ich wissen, wie wir hier wieder rauskommen? Hätte ich einen Plan, wüsstest du davon. Sollte mir aber einer einfallen, werden die Gefangenen dank meines Einfallsreichtums Folge leisten. Dazu benötigen wir eine Befehlskette, die haben wir jetzt“, antwortet Drago sichtlich zufrieden.

„Hast du mal in ihre Gesichter gesehen? Das sah mir so gar nicht danach aus, als ob die dir gehorchen werden. Die nehmen dir deine Geschichte nie ab, im Leben nicht.“

„Es spielt überhaupt keine Rolle, welche Geschichte ich denen aufgetischt hätte. Die Männer werden meine Befehle ausführen, denn ich bin ihr einziger Hoffnungsschimmer. Sie folgen dem verrückten Nordmann, oder sterben bei der Erstürmung der Stadt. Ich würde Ersteres machen und die werden es auch, verlass dich drauf.“

Fenja wirkt weit weniger optimistisch, zweifelnd blickt sie auf ihr überzeugtes Gegenüber. Aber es keimt auch ein Funke Hoffnung in ihr auf. Vielleicht behält Drago am Ende ja auch recht, zumindest scheint eine Flucht nun nicht mehr gänzlich ausgeschlossen. Doch der zaghafte Anflug von Zuversicht nimmt ein jähes Ende, als am Eingangsgatter des Lagers etliche Hunnen in Erscheinung treten. Wild umher schreiend und auf die Gefangenen einschlagend treiben sie die Männer aus dem Lager. Einer Viehherde gleich, schiebt die Masse der Inhaftierten Richtung Ausgang, drängt auch Drago unaufhörlich von Fenja fort. Ein letzter Blick, dann verlieren sich die beiden aus den Augen.

*****

Allen vorweg rennt Ulrich bis einige Meter vor das Tor und erteilt den Männern sofort Befehl.

„Bildet einen Schildwall, niemand darf durchkommen, lasst keinen in die Stadt."

Diepald aber läuft noch immer den Hunnen entgegen. Erst als Pfeile in seiner Nähe niederregnen, macht er kehrt und versucht den Reitern zu entkommen. Doch auf halber Strecke wird Diepald getroffen und er stürzt in einen vorgelagerten Graben.

Einen Wimpernschlag darauf fegt die Reiterschar mit voller Wucht in die Reihen der Verteidiger. Ulrich empfängt den ersten heranstürmenden Reiter mit seinem neuen Stabkreuz und durchbohrt ihn mit einem lauten Kampfschrei. Aber der ungestüme Angriff der Steppenreiter schleudert den Bischof auch zu Boden. Doch er kommt wieder auf die Beine und gemeinsam gelingt es, die Angreifer mit Schwertern und Spießen zunächst noch auf Distanz zu halten. Zwar setzen die Hunnen in erster Linie nur ihre Nahkampfwaffen ein und verschießen wenig Pfeile, aber gegen die zu Pferde kämpfenden Angreifer können Ulrichs Männer nicht lange bestehen. Das Hauen und Stechen artet schnell zu einem unübersichtlichen Gemetzel aus.

Gleich einem riesigen Lindwurm quetscht sich ein gewaltiger Reiterstrom zwischen den Fluss und die Stadtmauer Augustas. Doch das Vorwärtskommen der feindlichen Offensive gerät ins Stocken. Noch gelingt es Ulrichs Männern, die Front gegen die Angreifer zu halten aber ihr Zahl schwindet unter den Axthieben der tobenden Hunnen gefährlich schnell. Egal wie viele Angreifer die Verteidiger auch erschlagen, von hinten drängt eine schier unerschöpfliche Masse unerbittlich weiter nach. So weichen die königlichen Streiter einen Meter um den anderen zurück und das offenstehende Tor rückt langsam aber stetig immer näher. Noch ist es keiner direkten Bedrängnis ausgesetzt, aber die Kämpfer können die Steppenreiter nicht mehr lange aufhalten. Das Tor muss rechtzeitig verschlossen werden, sonst strömt die gesamte Reiterschar ungehindert in die Stadt hinein. Bisher hoffte Ulrich, Riwin würde mit seinen Reitertruppen ein Ausfall wagen und den Feind zurückdrängen. Doch ein Ausfall findet nicht statt, seinem Neffen gelang es offensichtlich nicht, die Reitereinheit in solch kurzer Zeit zu mobilisieren. So fasst der Fürstbischof einen tragischen Entschluss. Zwischen all den Schreien und dem Schlachtgetöse brüllt er lauthals den Männern auf der Mauer zu.

„Schließt unverzüglich das Tor und errichtet neue Barrikaden dahinter, sofort!“

Die Wachen zögern, der Befehl kommt einem Todesurteil gleich. Weder der Bischof, noch einer seiner Männer käme dann noch mit dem Leben davon. Das Hadern der Wachen veranlasst Ulrich, den Befehl zu wiederholen, panisch brüllt er erneut die Order aus.

„Um Gottes Willen, versperrt dem Feind den Weg und schließt jetzt auf der Stelle das Tor.“

Des Bischofs zweite Aufforderung findet diesmal auch Beachtung, unter lautem Ächzen schließen die schweren Flügel des Tores den Zugang endlich ab. Erst jetzt realisieren einige Kämpfer Ulrichs das verhängnisvolle Ereignis. Völlig aufgelöst laufen sie dem vermeidlich rettenden Portal entgegen und betteln vehement um Einlass. Doch das Schicksal Aller vor dem Tore ist besiegelt, kein Mensch kommt nunmehr in die Stadt hinein.

Das Verschließen des Tores erzürnt die Hunnen ungeheuer. Rasend vor Wut drängen sie jetzt noch beharrlicher auf Ulrichs Männer ein. So dauert es nicht lange, bis sich das Ende des verzweifelten Widerstandes der Ausgeschlossenen abzuzeichnen beginnt. Auch dem Fürstbischof gelingt es nur noch schwerlich, seine Waffe gegen den Feind zu führen. Das kräftezehrende Schlagen und Stechen fordert seinen Tribut, ermattet sinken Ulrichs Arme nieder. Von seinen Mitstreitern kaum mehr zu unterscheiden, entstellt das bluttränkte Antlitz den Bischof bis zur vollständigen Unkenntlichkeit.

Da erscheint Riwin auf der Mauer und er ist nicht alleine, zahlreiche Bogenschützen nehmen ihren Platz auf der Befestigung ein. Energisch befehligt der Neffe seine Schützen, die sofort einen Pfeil nach dem anderen in die Flut der Leiber jagen. Endlich bietet sich die Gelegenheit, den Feind aus nächster Nähe unter Beschuss zu nehmen. Eingekeilt zwischen Fluss und Stadt bricht Unruhe unter den in Bedrängnis geratenen Steppenreitern aus, denn des beengten Raumes wegen kann kaum ein Krieger den Beschuss erwidern. Bisher verbreitete die enorme Vielzahl der hunnischen Krieger

Furcht und Schrecken, jetzt aber wird der vermeintliche Vorteil der schieren Masse zu ihrem eigenen Verhängnis. Von hinten drängen immer mehr Reiter nach und den Kriegern fehlt es an Bewegungsfreiheit, sie stehen sich gegenseitig selbst im Wege. So gelingt es den Magyaren nur noch ganz vereinzelt, ihre gefürchteten Reiterbögen einzusetzen. Für die Schützen auf der Mauer hingegen bieten die Hunnen ein leichtes Ziel. Unzählige werden von Pfeilen getroffen und aus dem Sattel gerissen. Schon schlägt die Unruhe unter den Steppenreitern in blanke Panik um, wendet sich der Angriff zur ungeordneten Flucht.

Das Zurückweichen des verhassten Feindes löst auf der Mauer lautes Jubeln und Johlen aus. Aber nicht nur dort herrscht frohe Stimmung, auch Ulrichs Männer atmen erleichtert auf, sie sind dem Tod noch einmal von der Schippe gesprungen. Eilends lässt Riwin Seile von der Mauer herab. Nicht nur, um Ulrich und seine noch verbliebenen Kämpfer in die Stadt zu holen, sondern auch, um das Tor von außen erneut verbarrikadieren zu lassen.

Noch bevor Ulrich das Seil erklimmt, schreitet er prüfend das Schlachtfeld ab, denn zunächst gilt es, alle Verletzten und Gefallenen zu bergen. Kein Verwundeter darf seinem Schicksal überlassen werden. Da vernimmt Ulrich Abseits der Mauer ein leises Wehklagen. Versteckt in einem Graben liegt bäuchlings eine röchelnde Gestalt, Diepald. Ein Pfeil ragt weit aus seiner linken Schulter, aber des Bischofs Bruder lebt. Ulrich packt ihn am Haarschopf und blickt in Diepalds Augen.

„Es mag das gleiche Blut durch unsere Adern fließen. Aber lieber würde ich an deiner statt, einen jenen Kämpfer lebend vorfinden, der deinetwegen auf diesem Felde zu Grunde gehen musste."

„Das verstehe ich geliebter Bruder. Und deswegen lass mich einfach hier zurück, auf dass der Ort meiner Schmach auch zu meinem Grabe werde. Doch flehe ich dich an, verzeih mir meinen schändlichen Verrat, bitte lass uns in brüderlicher Verbundenheit verabschieden."

Des Bischofs Blick schweift in die Ferne ab, dann wendet er sich wieder Diepald zu. Ulrich packt ihn an seinem Kragen und versucht den Bruder aufzurichten. Dabei kommentiert Ulrich sein Handeln, um jeglichem Missverständnis vorzubeugen.

„So leicht stiehlst du dich nicht davon. Deine Fleischwunde wird dich nicht töten. Aber du wirst dich verantworten für das, was du getan hast, für deinen Verrat und den Tod der vielen Männer. Du wirst dafür geradestehen, vor all jenen, die in diesen Mauern auf Erlösung hoffen. Jetzt steh auf, der Kerker wartet auf dich."

Diepald schweigt, ohne eine Emotion zu zeigen lässt er sich von Ulrich bis zur Mauer führen, wo ihn Männer der Stadtwache sogleich nach oben ziehen. Derweil lassen ihre Kameraden Holz zum Bau der Barrikaden hinunter, das Tor muss auch von außen neu befestigt werden.

Doch noch bevor es den Männern gelingt, die hölzerne Befestigung zu erneuern, wendet sich das Blatt auf ungeahnte Weise.

Einer der obersten Heerführer des Feindes eilt den zurückströmenden Hunnen entgegen, wutentbrannt zwingt er die fliehenden Steppenreiter zur Umkehr und hetzt die Krieger vor sich her. Unter lautem Krakeelen und Beschimpfungen drischt er unentwegt mit einer Peitsche auf die gedemütigten Reiter ein. Gleich einem riesigen Vogelschwarm ändern die Truppen ihre Richtung und stürmen erneut auf das noch nicht wiederhergestellte Stadttor zu. Bestürzt hangeln Ulrich und alle Männer außerhalb der Stadt unverrichteter Dinge eilends an den Seilen die Mauer hinauf. Oben angekommen packt Ulrich seinen Bruder am Nacken und presst dessen Kopf über die Mauer.

„Sieh nur was du angerichtet hast, Blicke auf das Leid, dass deinetwegen über uns hereinbricht."

Aber Diepald schließt die Augen und faltet seine Hände zum Gebet. Dann winkt Ulrich zwei Männer herbei und lässt seinen Bruder abführen. Riwin indes blickt beschämt und mitleidsvoll zu seinem Vater, für weitere Gedanken oder Gefühle bleibt ihm keine Zeit. Aufs Neue befehligt er die Bogenschützen und lässt weitere Pfeile heranschaffen. Wieder nehmen die Schützen Reiter um Reiter unter Beschuss, wieder reißt es unzählige getroffen aus dem Sattel. Doch das beeindruckt den Heerführer der Hunnen kaum. Immer vehementer treibt er seine Krieger an, er will den Durchbruch durch das Tor erzwingen. Dabei hält er selbst gerade so viel Abstand, dass ihm die Pfeile der Verteidiger nicht erreichen können. Seine Reiter lassen sich jedoch nur widerwillig antreiben, sind sie doch schutzlos den

Schützen auf der Mauer ausgeliefert. Aber der Heerführer setzt seinen Willen mit eiserner Härte durch. Erneut drängen unzählige Magyaren eingekeilt zwischen Mauer und Fluss Richtung Tor. Und auch dieses Mal gelingt es den Hunnen nicht, ihre wirksamste Waffe erfolgreich einzusetzen.

Erneut bieten die feindlichen Krieger den Schützen auf der Mauer ein leichtes Ziel, aber der Strom aus Reitern scheint unermesslich. Viel schwerer jedoch wiegt, der Vorrat an Pfeilen neigt sich langsam aber stetig dem Ende zu. Zwar liegen überall in der Stadt von den Magyaren verschossene Pfeile verstreut aber die kurzen Holzschäfte der feindlichen Geschosse sind für den Gebrauch mit Langbögen schlichtweg ungeeignet.

Derweil treibt der Heerführer mit lautem Schreien die in vorderster Front kämpfenden Hunnen an, mit ihren Äxten auf das Tor einzuschlagen. Es bedarf mehrerer harscher Ermahnungen, bis die Krieger aus dem Sattel steigen und dem Befehl des Heerführers endlich Folge leisten. Nur Sekunden später, prasseln unzählige Axthiebe auf die hölzerne Konstruktion des Tores nieder.

Zwar richten Riwins Schützen ihre Aufmerksamkeit nun gegen die Krieger vor dem Tore, aber auch hier rücken unentwegt neue Feindkräfte nach. Fast scheint es, als würde jeder gefallene Hunne durch zwei weitere ersetzt.

Einzelne Axthiebe vermögen dem schweren Holztor nicht das Geringste anzuhaben. Auch ein paar Dutzend Schläge mit den stählernen Klingen würden keinen ernst zu nehmenden Schaden verursachen, aber die Vielzahl der unentwegt auf das Tor niederfahrenden Hiebe entwickeln eine ungemein zerstörerische Kraft. Lange kann das Osttor dem nicht widerstehen. Zu allem Unglück neigt sich ausgerechnet jetzt der Pfeilbestand dem Ende zu.

Ratlos schweifen Riwins Augen über die Mauer, doch kann er seinen Onkel nirgendwo auf den Befestigungen ausmachen. Erst ein Blick zum Tor offenbart den Aufenthaltsort Ulrichs. Doch steht der Bischof nicht alleine unterhalb der Mauer, zahlreiche Reiter füllen dort den Platz. Mit gehöriger Verspätung fand endlich jene Reitereinheit ihren Weg zum Einsatzort, die Riwin zu Beginn des Angriffs einberufen hatte. Aufgeregt gestikulierend erteilt Ulrich den Reitern eine Order, doch Riwin steht viel zu weit entfernt, die Absicht seines

Onkels bleibt ihm deshalb noch verschlossen. So läuft er eilends von der Mauer und völlig aufgelöst auf seinen Onkel zu.

„Ulrich, es herrscht gleich größte Not, uns gehen die Pfeile aus“, warnt Riwin nach Atem ringend den Bischof.

„Ich weiß und das ist nicht das einzige Ungemach. Hörst du wie das Tor unter den Trommelschlägen der Axthiebe ächzt, es wird gewiss nicht mehr lange standhalten.“

„In Gottes Namen, was machen wir den bloß?“ fragt Riwin mit bebender Stimme.

„Noch stürmen die Hunnen nur widerwillig gegen das Tor. Werden sie gewahr, dass uns die Pfeile ausgehen, bedarf es keiner Erzwingung mehr durch ihren Heerführer. Dann rennen sie aus eigenem Willen gegen die Stadt. Um den Angriff abzuwehren, müssen wir nur einem Mann den Garaus machen.“

„Nur einem Mann? Du gedenkst doch nicht den Anführer der Hunnen anzugreifen? Ein Ausfall wäre in Anbetracht der enormen Übermacht der blanke Wahnsinn.“

Ulrich beachtet die Worte Riwins nicht, stattdessen unterbricht er seinen Neffen, steigt auf ein Pferd und ereilt noch eine letzte Order.

„Schont den Feind zunächst und jagt nur noch sparsam Pfeile über die Mauer. Doch haltet eine Reserve zurück. Erst auf mein Zeichen hin, deckt ihr die Hunnen mit Allem ein, was dann noch übrig ist.“

Direkt darauf gibt Ulrich Befehl das Tor zu öffnen. Doch noch vor dem Ausfall stellt er seinen Reitern eine verlockende Belohnung in Aussicht.

„20 Goldstücke für denjenigen, der dem Heerführer den Kopf vom Leibe trennt.“

Riwin weiß nicht recht wie ihm geschieht, noch bevor er seine Gedanken ordnen kann, fegt die gesamte Reitereinheit durchs Tor hinaus. Nur wenige Hunnen schaffen es, die Gunst des Augenblicks zu nutzen und durch das offenstehende Tor in die Stadt zu drängen. Das Gros der Magyaren wird von den über sie hinwegfegenden Reitern buchstäblich überrollt. Riwin lässt das Tor sofort wieder schließen und mit der nur geringen Zahl an Eindringlingen werden seine Kämpfer schnell fertig. Auch draußen gelingt es kaum einem der zu

Fuße kämpfenden Magyaren, den Klingen der Reiter zu entkommen. Mit ihren Schwertern richten Ulrichs Kämpfer ein regelrechtes Blutbad unter den lediglich mit Äxten bewaffneten Hunnen an. Das stählerne Kreuz im Anschlag reitet Ulrich an der Spitze seiner in Keilformation ausbrechenden Einheit, gerade einmal 80 Reiter führt er in die Schlacht. Die Reihen der feindlichen Fußkämpfer sind schnell durchbrochen, jetzt treffen Ulrichs Mannen auf ein regelrechtes Meer von Steppenreitern. Das verlangsamt den gewagten Vorstoß erheblich, aber der überraschte Heerführer scheint bereits in greifbarer Nähe. Schimpfend und lauthals krakeelend feuert er aus dem Sattel seine Krieger an. Die nahen Reiter Ulrichs vor Augen, erkennt er schließlich den Zweck des unerwarteten Ausfalls. Sofort schickt er sich an, sein Pferd zu wenden. Aber sein Fortkommen wird durch die Vielzahl der eigenen Krieger behindert. Da brischt ein junger Reiter Ulrichs hervor und steuert direkt auf den zur Flucht gewandten Heerführer zu. Der junge Recke will die 20 Goldstücke sein Eigen nennen.

Derweil versuchen Riwins Schützen mit gezielten Schüssen Ulrichs Männern beizustehen. Aber die Magyaren passen ihre Taktik an. Nicht mehr ganz so eng gedrängt, setzen nun auch immer mehr Hunnen ihre Bögen ein.

Mittlerweile gelang es dem beherzten Reiter Ulrichs, dem Heerführer bedrohlich nahe zu kommen. Die Gefahr vor Augen, zieht der Hunne seinen Säbel. Doch noch bevor der junge Recke zum ersten Streich ausholen kann, schlägt ein Pfeil in seinen Rücken und er sackt sofort zusammen. Erleichtert wendet sich der Heerführer ab und schenkt dem gescheiterten Angreifer keine Beachtung mehr. Da kehrt plötzlich wieder Leben in die Glieder des Verletzten, angeschlagen aber fest im Sattel sitzend, setzt er zu einer weiteren Attacke an. Das Manöver bemerkt auch ein naher Bogenschütze des Feindes, blitzschnell legt er auf den Attentäter an. Oben auf der Mauer erfassen Riwins Schützen ebenfalls die missliche Lage ihres Kameraden. Noch bevor der Hunne seinen Bögen löst, strecken ihn drei Pfeile zugleich vom Rücken seines Pferdes. Erst jetzt realisiert der Heerführer den neuerlichen Angriff. Doch zu spät, noch während er versucht erneut zu wenden und den Säbel zu ziehen, durchbohrt ihn das Schwert des jungen Kämpfers von hinten und die Spitze der Klinge lugt weit aus seiner Brust hervor. Dann zieht der tapfere Held die Waffe aus dem Rücken seines Opfers und trennt mit einem Streich den Kopf vom Leib des Hunnen.

Aber die erhoffte Reaktion der Hunnen bleibt aus. Entweder bemerken die Magyaren den Verlust ihres Heerführers in dem Kampfgetümmel nicht, oder sie schenken dem keinerlei Beachtung. Nicht ein Feind schickt sich zum Rückzug an. Derweil büßte Ulrich bereits die Hälfte seiner Reiter ein, sehnsuchtsvoll blick er zum Tor hinüber. Aber zwischen dem rettenden Zugang und seiner schwindenden Kämpferschar versperrt die Übermacht des Feindes jegliches Vorwärtskommen, der Weg zurück ist abgeschnitten.

*****

Mit lautem Getöse fegt der böhmische Heereszug durchs Tor der Festung. Boleslav steigt ab und marschiert sofort auf das große Kommandozelt hinzu. Und er hat Glück, der gesamte Kriegsrat weilt dort bereits versammelt. Als er eintritt, begrüßt ihn Otto herzlich, legt die Hand auf seine Schulter und bekundet mit einem Nicken, dass der böhmische Fürst dem Kriegsrat künftig beiwohnen möge. So wünscht Boleslav auch gleich den Schlachtplan zu erfahren. Geduldig hört er zu, zeigt aber nicht die kleinste Regung. In sich versunken spielt der Böhme mit einem länglichen Gegenstand in seinen Händen. Geradezu zärtlich liebkosen die Finger des Fürsten den kurzen Holzschaft mit der stählernen Spitze an dessen Ende. Von Neugier getrieben fragt Burchard, was es mit der kleinen Klinge auf sich hat.

„Ein ungewöhnliches Spielzeug, welches ihr in euren Händen haltet Fürst Boleslav. Ein Pfeileisen des Feindes wie ich meine. Euer Talisman?“

„Eher das Gegenteil. Aber dieses Pfeileisen hilft mir, mich stets an meinen höchsten Auftrag zu erinnern.“

„Und welcher wäre das, verehrter Sklaventreiber aus dem Osten?“ will Einhard gelangweilt wissen.

Die Runde aller Anwesenden erstarrt, denn Einhard legt sich

ohne es zu ahnen bei dem Böhmen mit dem falschen Kontrahenten an und Boleslav erwidert die Provokation auch ohne Umschweife.

„Folge mir in die Schlacht, dann will ich dir das gerne zeigen. Doch nehme ich an, ein Bückling wie du, ficht eher mit verschlagenen Worten, denn mit scharfen Waffen. Also besinne dich deiner Natur gemäß auch weiterhin nur auf belangloses Gewäsch und halt dein dummes Maul."

Die Antwort Boleslavs hat gesessen, Einhard wagt nicht den kleinsten Widerspruch. Ulmann aber empfindet zum ersten Mal so etwas wie Gleichklang mit dem Böhmen, zumindest was den Adjutanten Burchards betrifft. Auch reizt es Ulman schallend loszulachen, doch hält er sich zurück und verleiht seiner Genugtuung nur mit einem verhaltenen Schmunzeln Ausdruck. Otto hingegen fordert die Runde ungeduldig auf, nun endlich dem Kriege gewidmete Themen zu erörtern.

„Wer also hat etwas von Bedeutung zu der bevorstehenden Schlacht beizutragen? Ich will mich keiner Anregung verschließen."

Boleslav hält zwar keine Anregung, aber einen berechtigten Einwand parat.

„Weshalb schickt ihr eure Kundschafter in Haufen zu 10 Mann in die Lande hinaus? Das scheint mir wenig zweckdienlich, solch große Gruppen hinterlassen weitaus mehr Spuren, als denn sie ebensolche ausfindig machen."

„Das würde uns nie in den Sinn kommen, wie gelangt ihr zu solch abwegiger Erkenntnis?" fragt Burchard verwundert.

„Weil ich nahe des Tals mit eigenen Augen eine Schar eurer Leute erblickte. Sie streiften suchend durch den Wald."

Otto sieht fragend zu Burchard, der ganz offensichtlich keine Erklärung anzubieten hat. Ulman hingegen wirkt mit einem Mal nervös, aufgewühlt richtet nun auch er eine Frage an den Böhmen.

„Welche Farben trugen diese Männer, konntet ihr ein Wappen erkennen?"

„Zumindest einer trug ein Zeichen auf seinem Schild. Ich kann es nicht beschwören, aber ich meine, einen roten Turm auf weißem Grund erkannt zu haben."

„Das Wappen Bertholds", klärt Ulman mit entsetzter Stimme auf.

König Otto wird augenblicklich bewusst, was das bedeuten

könnte. Wohlweislich verbannte er Berthold und dessen Gefolge eines zurückliegenden Verrats wegen auf seine Burg. Nun aber streifen seine Männer weitab der Reisenburg durch die Lande, eine neuerliche Treulosigkeit steht zu befürchten. Otto schlägt sofort Alarm und weist auch den Fürst der Böhmen an, flinke Reiter in die Umgebung zu entsenden. Der König muss der abtrünnigen Meute habhaft werden, sonst bleibt das Lager nicht geheim.

Nicht auszudenken, würde die Streitmacht Bulcsus zu früh den Weg zum königlichen Lager finden. Welch fatale Fügung wäre das, wenn Konrads Truppen nur kurz vor der Festung das angestrebte Ziel schlussendlich doch nicht mehr erreichen könnten.

Noch während der König mit Burchard eine sinnvolle Verteilung der Kundschafter beratschlagt, meldet sich Einhard mit einer unerwarteten Bekanntgabe zu Wort.

„Nachdem mir Feigheit vor dem Feind unterstellt wurde, will ich diese Gelegenheit nutzen, jeden Zweifler eines Besseren zu belehren. So ziehe auch ich hinaus, die Verräter dingfest zu machen mein König."

Otto nimmt Einhards selbstgefällige Beistandsbekundung nur beiläufig wahr, die Kunde von Bertholds Häschern beunruhigt ihn zu tiefst und lässt seine Gedanken in düstere Vorahnungen abschweifen. Derweil eilen bereits zahlreiche Reiterscharen aus der Festung hinaus. Auch Einhard schickt sich an nun aufzubrechen, doch Burchard will seinen Vasallen nicht alleine fortreiten lassen. Zu seinem Schutze lässt der besorgte Herzog fünf seiner besten Kämpfer abstellen. Zähneknirschend muss Einhard diese Geste des Beistandes hinnehmen, dann stürmt die kleine Gruppe durch das Tor hinfort. Zielbewusst strebt Einhard in Gefolgschaft seiner Beschützer dem angepeilten Höhenzug entgegen. Wieder wählt er den steil ansteigenden Weg zum Gipfel, der die Reiter schließlich zum Absteigen zwingt. Doch zunächst hält er noch inne und lauscht nach weiteren Suchtrupps hörend in den Wald hinein. Kein Hufgetrampel lässt auf andere Reiter schließen. Erleichtert bindet er sein Pferd an einen Baum und fordert Burchards Eskorte auf, es gleich zu tun. Dann brüllt Einhard kreischend den Männern seine Absicht zu.

„Ich kenne diese Gegend. Der Gipfel vor uns scheint mir ein ausgezeichnetes Versteck. Lasst uns hinaufsteigen und nachsehen."

Die Krieger zucken erschreckt zusammen und fordern Einhard mit Nachdruck auf, er möge der Umsicht geschuldet sofort seine Lautstärke zügeln. Doch allen Ermahnungen zum Trotz, führt Einhard während des gesamten Aufstiegs ständig lauthals Selbstgespräche. Der Verräter hofft, sein Lärmen werde die am Gipfel wartenden Häscher warnen. Und seine Rechnung geht tatsächlich auf, nach Erklimmen des Bergplateaus scheint der schwer erreichbare Ort ansonsten keine Menschenseele zu beherbergen. Auch Einhard stellt nun endlich seine weithin hörbaren Äußerungen ein. Entspannung macht sich ob der trügerischen Stille breit, doch dann fällt den Kriegern die verwaiste Feuerstelle ins Auge. Zu einer genaueren Untersuchung kommt es indes nicht, ohne jedes Vorzeichen zischen plötzlich etliche Pfeile aus einem nahen Gebüsch. Keinem der Krieger gelingt es seine Waffe zu ziehen oder zu entkommen, annähernd im gleichen Moment sinken alle tödlich getroffen auf den Boden.

„Das war knapp", kommentiert Einhard das Geschehen.

„Weshalb um Gottes Willen erscheint ihr in Begleitung dieser Krieger?" will einer der aus dem Unterholz kriechenden Häscher wissen.

„Ihr wurdet gesehen, zahlreiche Suchtrupps fahnden in diesem Moment nach euch und nun ist höchste Eile geboten. Die nahe Festung Ottos habt ihr bestimmt schon selbst entdeckt. Lediglich 7000 Kämpfer stehen ihm dort zur Seite. Aber bereits morgen Abend trifft Verstärkung ein, Konrad der Rote führt ein starkes Reiterheer zum König, das darf die Festung nicht erreichen. Bulcsu muss seine Streitmacht so schnell als möglich in Gang setzen und die Truppen Konrads abfangen. Wendet er sich dann dem König zu, soll nur ein Teil seiner Reiter in der großen Ebene Stellung beziehen. Otto wird die Festung fast schutzlos zurücklassen und die Schlacht im offenen Felde wagen. Dann kann Bulcsu den wahren Umfang seiner Streitmacht offenbaren, die Festung im Handstreich erobern und den König in die Zange nehmen. Ohne Rückzugsmöglichkeit steht den Königstreuen der sichere Untergang bevor. Der Krieg ist praktisch schon entschieden. Nun reitet los und..."

Mit einer warnenden Handbewegung fordert einer der Männer Einhard zum Schweigen auf. Nicht allzu weit entferntes Wiehern verrät das Nahen eines Suchtrupps. Bertholds Anführer und Einhard blicken zueinander, ein Nicken signalisiert die weitere Vorgehensweise. Die Beiden winken einen der Männer heran, während die anderen zu den abseitsstehenden Pferden eilen. Dann zieht Einhard sein Schwert und sticht die Klinge ohne Zögern in den Leib des ahnungslosen Bauernopfers. Doch noch ist die Täuschung nicht perfekt, der Anführer legt seinen Bogen an und verpasst dem Verräter einen Streifschuss an dessen linker Schulter. Der laute Aufschrei lenkt den Suchtrupp geradewegs auf Einhard zu. Derweil entfliehen Bertholds Häscher in entgegengesetzter Richtung ungesehen davon. Unter erbärmlichem Wehklagen empfängt der Verräter seine Retter und trägt ein heuchlerisches Schauspiel vor.

„Gott sei Dank, ihr kamt im rechten Augenblick. Es war ein Hinterhalt, wir hatten keine Möglichkeit mehr zu Entkommen. Aber trotz meiner Verletzung, erschlug ich einen der feigen Mörder. Jetzt helft mir und bringt mich schnell zurück zur Festung."

Doch bevor der Hauptmann des Suchtrupps der Bitte Einhards nachkommt, gibt er seinen Männern Order, nach verräterischen Spuren Ausschau zu halten. Erst dann beglückwünscht er den verletzten Einhard ob seiner Tapferkeit und kommandiert zwei Krieger für das Geleit des scheinbar königstreuen Helden ab. Dann nimmt der Suchtrupp die Verfolgung auf, ein gutes Dutzend Reiter jagt Bertholds Männern hinterher. Die Fährte führt erwartungsgemäß nach Süden, der weit entfernten Donau entgegen. Direkt am jenseitigen Ufer des Stromes thront die kleine Burg der Abtrünnigen. So steht eine äußerst lange und strapaziöse Verfolgung zu befürchten. Der Hauptmann schenkt seinen Männern Nichts, sondern verlangt Ross und Reiter das Härteste ab. Zunächst hat es noch den Anschein, als sei alle Mühe vergebens, doch der Suchtrupp bleibt den Gejagten beharrlich auf den Fersen.

Derweil tagt Ottos Kriegsrat in der Festung bereits aufs Neue. Auch Einhard wohnt dieser weiteren Besprechung bei, mit Schmerz verzerrter Miene sitzt er stöhnend an der Tafel. Dieses Mal eröffnet Burchard das Gespräch.

„Bevor wir nun die Situation erörtern, komme ich nicht umhin, auf meines Adjutanten Tapferkeit und Königstreue hinzuweisen. Nur seinem beherzten Einsatze haben wir es zu verdanken, dass die

Häscher Bertholds aufgespürt werden konnten. Ohne Rücksicht auf Leib und Leben stellte er seine Opferbereitschaft unter Beweis. Wie ich meine, sollte seine unbedingte Loyalität nur völlig außer Frage stehen."

Der König stimmt den Worten Burchards ohne Vorbehalte zu. Boleslav hingegen blickt ausgesprochen skeptisch drein und auch Ulman wirkt wenig erfreut, als Otto seine Anerkennung für Einhards Taten in Worte fasst.

„Ich muss gestehen, mit eures Adjutanten Ergebenheit haderte ich schon ein wenig. Auch mochte ich nicht wahrhaben, dass mein Getreuer Cunad zu den Abtrünnigen zählen soll. Nun aber will ich ohne Schwanken Einhard Glauben schenken und keine Zweifel mehr zulassen."

Boleslav scheinen Einhards Treuebekundungen ausreichend abgehandelt, ungeduldig wechselt er das Thema.

„Nun lasst uns wichtigeren Angelegenheiten zuwenden. Wir müssen etwas unternehmen. Zwar verfolgen Reiter Bertholds Häscher, aber ob sie ihrer habhaft werden, wage ich in Frage zu stellen. Erfährt Bulcsu von unserem Lager, könnten schon morgen seine Truppen vor dieser Festung aufmarschieren. Konrad wäre dann der Weg zu uns abgeschnitten, dies gilt es unbedingt zu verhindern. Wir sollten dem Roten umgehend eine Boten entgegenschicken. Konrad muss den Weg in größter Eile fortsetzen, sonst droht seine Vernichtung."

„Das sehe ich genauso. Nur wenn Konrad seine Truppen antreibt und früher wie geplant in unser Lager stößt, entkommt er Bulcsus Streitmacht. Andernfalls steht es auch schlecht um uns bestellt", bestätigt Otto.

Boleslav will das Beschlossene sogleich zur Ausführung veranlassen, doch Einhard kommt ihm dabei zuvor.

„Lasst mich aufs Neue mit dieser Aufgabe meine Ergebenheit beweisen. Unter Herzog Burchards Truppen weilt ein legendärer Reiter, Enolf ist sein Name. Man sagt, er reite wie der Teufel und niemand könne ihm im Sattel beikommen. Ich betreue ihn nur zu gerne mit diesem wichtigen Auftrag, vorausgesetzt ihr wünscht das werter König."

„Auch ich vernahm den Ruf dieses flinken Reiters. Hält der

König Nichts dagegen, darfst du dich sogleich auf den Weg zu ihm machen mein lieber Einhard“, bestätigt Burchard.

Und der König hat auch keinen Einwand vorzutragen. So schickt sich Einhard umgehend an, das Zelt in Eile zu verlassen. Beim Hinausgehen blickt er noch einmal zurück und nimmt mit einer weiteren Beteuerung Abschied von der Runde.

„Tagt nur munter ohne meine Gesellschaft weiter. Ich will die Aufgabe zu eurer größten Zufriedenheit erfüllen.“

Lauthals nach Enolf rufend läuft Einhard durch das Lager, bis er den Gesuchten nach einer Weile schließlich findet. Den noch recht jungen Reiter lobt Einhard zunächst ob seiner Befähigung, dann führt er ihn direkt zu einem mäßig großen Zelt. Enolf folgt dem Adjutanten ahnungslos in dessen Feldbehausung. Im wenig aufgeräumten Inneren lädt lediglich ein kleiner Schemel zum Verweilen ein, Einhard bittet ihn dort Platz zu nehmen. Enolf kommt der Bitte nach und blickt mit fragendem Gesicht zu seinem nervös wirkenden Gastgeber. Doch bleibt der Wissensdrang des jungen Mannes unbeantwortet, schweigend und mit drohendem Blick starrt Einhard auf sein Gegenüber. Enolf beschleicht ein beklemmendes Gefühl und ihn drängt es, die beengte Behausung schnellstmöglich wieder zu verlassen, aber da versperrt ihm Einhard schon den Weg. Sofort kommt es zu einer Rangelei, in deren Verlauf der Adjutant ein Messer zückt. Blitzschnell rammt Einhard die scharfe Klinge in den Leib seines Opfers. Enolf blick fassungslos auf den aus seiner Brust ragenden Messergriff und bricht leise röchelnd zusammen. Jetzt lässt sich Einhard auf dem Schemel nieder, abschätzig sieht er auf den sterbenden Mann zu seinen Füßen. Eine ganze Weile beobachtet er schweigend und teilnahmslos den Todeskampf. Erst nachdem Enolfs zuckende Glieder das nahe Ende ankündigen, unterbricht der Mörder das Schweigen und spricht zu seinem Opfer.

„Fürs Erste werde ich deinen Leichnam hier in meinem Zelt verbergen. Aber keine Sorge, schon bald verscharre ich dich in der Erde. Du sollst auch nicht alleine der Verwesung anheimfallen, sondern ein Massengrab mit deinen königstreuen Kameraden teilen, denn da landet ihr am Ende allesamt du dummer Tölpel.“

Mit den Worten Einhards geht auch der letzte Atemzug des Ermordeten einher, dann verbirgt der Schlächter den Leichnam unter einem Stapel Kleidung. Nur wenige Minuten darauf betritt Einhard wieder das Kommandozelt und bestätigt mit einem heiteren Lächeln die pflichtbewusste Erfüllung seines Auftrags.

„Es ist getan, die Angelegenheit muss uns nun nicht mehr bekümmern. Enolf überbringt auf schnellstem Weg die Botschaft. Konrad wird diese Festung also ganz sicher noch rechtzeitig erreichen. Niemand muss sich mehr mit Sorge plagen."

Bereits seit Stunden folgt der Suchtrupp Bertholds Männer. Doch eine Sichtung des Feindes steht noch immer aus und bis zur Donau ist es nicht mehr weit. Das gegenüberliegende Ufer aber dürfen die Königlichen nicht betreten, die Region südlich des Stromes wäre für sie nicht sicher. So bleibt dem Suchtrupp nur noch wenig Zeit, denn auch das Licht des Tages neigt sich bald dem Ende zu. Doch die Beharrlichkeit des Hauptmanns wird belohnt, im Schein der letzten Sonnenstrahlen machen die Jäger das Ziel ihrer Begierde aus. Unweit der rettenden Donau wähnt die Reiterschar des Bertholds sich bereits in Sicherheit. Dem Trugschluss unterlegen, die Verfolger hätten die Fährte längst verloren, ziehen die Häscher nur noch gemächlich auf den Grenzfluss zu.

Die gejagte Beute vor Augen fordert der Hauptmann Ross und Reiter nochmal das Äußerste ab und fegt mit seinen Männern direkt auf die kleine Gruppe zu. Jetzt gilt es möglichst rasch bis auf Schwertlänge aufzuschließen, denn die Krieger des Königs führen keine Bögen mit ins Feld. Tatsächlich gelingt es, den Abstand beträchtlich zu verringern. Aber jetzt realisieren auch Bertholds Männer die Gefahr, eilends erhöhen nun auch sie das Tempo. Vor Furcht getrieben mangelt es den Fliehenden jedoch an Achtsamkeit. So stürzt das erste Pferd beim Überspringen eines Baches und dem Gefallenen bleibt nur die aussichtslose Flucht zu Fuß. Die Verfolger aber widmen dem davonlaufenden Häscher keine Mühe, sondern reiten einfach über ihn hinweg. Noch acht Widersacher gilt es zu erwischen, doch machen fünf von ihnen plötzlich Halt, steigen ab und legen ihre Langbögen auf die Jäger an.

Schon reißt es den ersten Verfolger getroffen aus dem Sattel seines Pferdes, kurz darauf noch einen zweiten, einen dritten und sogar noch einen vierten. Dann aber fegen die unversehrten Reiter in die

Gruppe der Bogenschützen und strecken allesamt mit ihren Schwertern nieder. Doch das Scharmützel kostet wertvolle Zeit, die drei verbliebenen Häscher erreichten mittlerweile den rettenden Fluss. Aller Möglichkeiten beraubt, bleibt Ottos Männern nur noch hilflos zuzusehen, wie Bertholds Schergen unbeschadet das jenseitige Ufer erreichen und den Weg zu ihrem Herrn weiter fortsetzen. Jetzt kann niemand mehr die feigen Verräter aufhalten, wird Berthold schon in Kürze den Schlüssel zum Sieg in seinen Händen halten.

*****

Den Ausgang des Gefangenenlagers flankieren zu beiden Seiten mehrere Hunnen. Völlig wahllos und willkürlich prügeln sie mit Stöcken auf die hinausströmenden Gefangenen ein. Drago sieht suchenden Blickes immer wieder zurück, doch in dem Gedränge kann er Fenja nirgendwo ausmachen. Unaufhörlich schiebt die Masse an Leibern auf den Ausgang mit den Hunnen zu. Wie viele seiner Leidensgenossen auch, muss Drago mehrere harte Stockschläge beim Passieren der Wächter einstecken. Sofort strömt Blut aus einer klaffenden Kopfwunde über seine Wange und behindert ihm die Sicht. Aber er spürt den Schmerz nicht, die Trennung von Fenja raubt ihm die Sinne. Außerhalb des Gatters nehmen schließlich weitere Hunnen die Gefangenen in Empfang. Doch zu Dragos Überraschung warten keine Sturmleitern und Rammböcke auf die verängstigte Menschenschar, stattdessen weißt ein Übersetzer die Gepeinigten zu einer ganz anderen Aufgabe an. Vor ihnen liegt ein großer Haufen, bestehend aus Fellen und Decken aber auch Eimer und lederne Wasserschläuche beinhaltet der ungeordnete Stapel. Drago begreift sofort, er blickt in alle Richtungen und kann sogleich die Rauchsäule inmitten des Hunnenlagers ausmachen. Die Aufseher treiben die Menschen also nicht zu Schlacht, sondern um das Feuer zu bekämpfen. Unter erneuten Stockhieben folgt ein Jeder gehorsam den Anweisungen der Wächter, greift mit gebundenen Händen in den Haufen und harrt weiteren Befehlen. Nur Drago steht mit auf den Rücken gefesselten Armen fragend vor dem Stapel.

Ein Hunne tritt schimpfend hervor, mahnt den Nordmann zum Gehorsam und durchtrennt mit einem Messer flugs die Fessel. Zu Dragos Verwunderung erneuert der Wächter nicht den Strick, denn es gilt so wenig Zeit wie möglich zu verlieren. Erleichtert greift Drago sofort nach einem hölzernen Eimer und verschwindet zwischen seinen Leidensgenossen. Dann treiben die Wachen die Menge Richtung Osten. Aber das Feuer wütet genau in der entgegengesetzten Richtung, erst jetzt realisiert Drago den vollen Umfang des Unterfangens. Die Gefäße und Schläuche müssen zuerst gefüllt, die Felle und Decken im Wasser getränkt werden. Aus diesem Grund treiben die Hunnen ihre Arbeitssklaven gen Osten zu, den dort zieht der nahe Lechfluss seine Bahnen. Auf dem Weg dorthin lässt sich Drago so gut es geht zurückfallen, immer wieder ruft er Fenjas Namen. Und sein Rufen bleibt nicht ungehört, laut und deutlich tönt es „Drago, Drago" zurück. Nur wenige Augenblicke darauf erkennt er den zerzausten Wuschelkopf in der Menge, Fenja bahnt sich inmitten der hinteren Reihen ihren Weg durch die dicht gedrängte Menschenschar. Auch sie trägt keine Fesseln mehr, sondern hält ein Ziegenfell in ihren Händen. Vor Freude juchzend fallen sich die Beiden in die Arme. Noch während Drago seine Gefährtin fest umschlossen hält, dringen entfernte Geräusche an sein Ohr. Kaum wahrnehmbares Kampfgeschrei erweckt die Aufmerksamkeit Dragos. Jetzt kommt dem Nordmann seine enorme Größe zugute. Die Anderen weit überragend, kann er sehen, was Allen sonst verborgen bleibt. Flussaufwärts erkennt er in der Ferne wildes Treiben vor einem der Stadttore. Die in der Sonne aufblitzenden Klingen und kaum wahrnehmbares Kampfgeschrei künden von einem harten Gefecht nur wenig außerhalb der Stadt. Fenja entgeht das Augenmerk ihres Gefährten nicht, aufgeregt bittet sie um Aufklärung.

„Was erregt deine Aufmerksamkeit, was sieht dein Auge?

Aber Drago antwortet nicht, stattdessen mahnt er Fenja mit einer Handbewegung zur Geduld und lässt seinen Blick einmal um die eigene Achse kreisen. Dabei zählt er mit leiser Stimme alle berittenen Wächter im Umkreis der Gefangenen. Gerade einmal vier Dutzend Steppenreiter treiben die Menge Richtung Fluss hinunter. Drago wirkt jetzt angespannt und konzentriert. Für Erklärungen bleibt ihm keine Zeit, so weist er Fenja ohne Umschweife zum Handeln an.

„Fenja, wir erreichen gleich den Fluss. Alle ehemaligen Krieger müssen sich in der Nähe der Wachen verteilen."

„Und dann, wie geht es weiter?" hakt Fenja nach.

„Niemand darf am Fluss Eile an den Tag legen. Das Tränken der Felle und Befüllen der Gefäße müssen langsam vonstattengehen. Alle sollen ihre Hände tief ins Wasser tauchen, das wird die Fesseln weiten. Keiner der Kämpfer darf sich aus dem Fluss erheben, bevor er seine Hände befreien konnte. Wenn ich den ersten Reiter aus dem Sattel hole geht es los, dann müssen alle Wachen überwältigt werden. Jetzt bring meine Order aus, die Leute sollen sie rasch untereinander weitergeben..."

„Aber was, wenn...", unterbricht Fenja nervös von der unvorhergesehen Entwicklung überfordert.

„Kein Aber, lass uns sofort zu Werke gehen und halte dich in meiner Nähe. Jetzt los, verbreite die Frucht des Widerstands unter den Menschen."

Der Fluss ist schnell erreicht. Unmissverständlich treiben die wachhabenden Hunnen alle an, im flachen Wasser die Felle zu tränken und jedes Gefäß zu füllen. Hunderte Menschen knien jetzt im Nass und kommen ihrer Aufgabe klaglos nach. Besonders das Einweichen der Felle und Befüllen der langen Lederschläuche nimmt Zeit in Anspruch. Aber schon treiben die Magyaren zur Eile an, sie scheinen die bevorstehende Auflehnung regelrecht zu wittern. Wild schreiend galoppieren sie im seichten Flussbett zwischen den Gefangenen hindurch. Aber kein einziger Gefangener setzt sich in Bewegung, stattdessen tauschen sie flüsternd leise Worte untereinander aus. Die Wächter bemerken den kollektiven Widerstand der Menschenmenge auf der Stelle. Gewillt die Verschwörung im Keime zu ersticken, zückt der erste seine Axt und spaltet einem jungen Mann den Schädel. Im Wasser kniend fährt Fenja entsetzt zusammen. Mit leiser Stimme spricht sie zitternd zu den am nächsten kauernden Gefangenen.

„Könnt ihr euch von den Fesseln befreien, geben die Stricke nach?"

Doch sie erhält nur verhaltenes Kopfschütteln zurück. Derweil tasten Dragos Hände nach jedem halbwegs großen Stein. Einen nach dem anderen sammelt er vom Flussbett auf und legt ihn in den Eimer. Da zücken auch die anderen Wächter ihre Waffen, ein fürchterliches Blutbad steht bevor. Plötzlich steht Drago auf und schreit über die Köpfe der Gefangenen hinweg.

„Harrt weiter aus, eure Fesseln werden nachgeben. Haltet durch, gleich was geschehen mag“:

Sofort galoppiert ein gutes Dutzend Hunnen in Richtung des Aufrührers. Drago aber fasst seinen mit Steinen beschwerten Eimer und schlägt ihn kraftvoll gegen den Kopf des ersten heranstürmenden Pferdes. Ross und Reiter gehen sogleich im seichten Bett des Flusses zu Boden. Auch den zweiten Steppenreiter bringt er so zu Fall, dann bricht der Henkel seines Eimers. Der improvisierten Waffe beraubt, steht Drago jetzt mit leeren Händen den drohenden Gefahren gegenüber. Schon fegt der dritte Krieger mit schrillem Kampfgeschrei direkt auf ihn zu. Unmittelbar vor dem Aufeinandertreffen reißt Drago seine ausgestreckten Arme weit nach oben und grölt mit einem markerschütternden Schrei dem Reiter seinen Hass entgegen. Der Aufschrei scheint dem Pferd durch Mark und Bein zu fahren, mit lautem Wiehern bäumt es sich auf und wirft seinen überraschten Reiter aus dem Sattel. Derweil stehen die beiden zuerst gestürzten Krieger wieder auf den Beinen und greifen wutentbrannt ihren entwaffneten Kontrahenten an. Geschickt weicht Drago dem ersten Axthieb aus, fasst den Hunnen am Kopf und bricht mit bloßen Händen das Genick des Kriegers. Schon schlägt der zweite Angreifer auf Drago ein, jedoch bekommt der Nordmann den Schaft der Axt zu fassen, entreißt dem Hunnen die Waffe und holt selbst zum todbringenden Streiche aus. Plötzlich hält Drago inne und blickt mit zweifelnder Miene auf die Waffe, die leichte Kampfaxt wirkt wie Spielzeug in der Hand des Hünen. Dann wirft er die Axt zur Seite und streckt mit seiner Faust den Krieger hart zu Boden. Auch der dritte Hunne steht jetzt erneut zum Kampf bereit, Drago fixiert ihn mit stechenden Augen. Eingeschüchtert erwidert der Krieger zaghaft seinen Blick, sieht zu seinen gefallenen Kameraden, dreht sich um und sucht so schnell er kann das Weite. Doch das hält die verbliebenen Steppenreiter nicht von einem Angriff ab, ganze 10 Krieger steuern jetzt in vollem Galopp direkt auf Drago zu. Fragend sieht er zu Fenja, aber ihr Kopfschütteln signalisiert, die Fesseln der Gefangenen lösen sich noch immer nicht. Kurzentschlossen versucht Drago tieferes Wasser zu erreichen, von seiner Größe erhofft er sich dort einen Vorteil. Aber er unterschätzt die Geschwindigkeit seiner anstürmenden Angreifer. So reiten ihn die Magyaren einfach nieder und bringen den Hünen unter den Hufen der Pferde zu Fall. Fenja erstarrt, in den aufgeschäumten Fluten kann sie ihren Gefährten nirgendwo mehr ausmachen. Da taucht er an das Bein eines Pferdes geklammert wieder auf, hebt das Pferd aus und wirft es samt Reiter einfach um. Doch von hinten trifft ihn die Waffe eines Kriegers am Kopf und er versinkt erneut im aufgewühlten Wasser. Immer mehr Magyaren eilen zum Ort des Geschehens, an die 30 Steppenreiter durchpflügen jetzt den Lech an dieser Stelle. Das vermeintliche Ende ihres Gefährten vor Augen, ergreift Fenja verzweifelt die Initiative. Voller Sorge springt sie auf und schreit zu den Gefangenen.

„Erhebt euch, helft mir. Wir müssen die Reiter überwältigen."

Aber Keiner wagt es, Fenjas Aufforderung nachzukommen. Denn die Fesseln weiten sich nur langsam, noch sind Allen die Hände gebunden. Der lautstarke Aufruf erweckt lediglich die Aufmerksamkeit der Hunnen. Jetzt galoppieren auch auf Fenja Steppenreiter mit gezückten Waffen zu. Derweil schleppt sich Drago auf allen Vieren in einiger Entfernung ans Ufer, sofort nehmen seine Jäger die Verfolgung auf. Zwar schafft es Drago aufzustehen, aber derart angeschlagen kann er der heranstürmenden Übermacht keine ernstzunehmende Gegenwehr mehr entgegensetzen.

Plötzlich scheint von einem Moment auf den anderen die gesamte Szenerie in eine Gischt aus tobendem Wasser getaucht. Eine gewaltige Pferdeherde fegt vom Ufer aus galoppierend in den Fluss, drängt Alles und Jeden in die Fluten zurück. Inmitten der unzähligen Pferdeleiber sitzt Cunad hoch zu Ross. Mit triumphierendem Blick hält er Dragos Schwert und wirft es dem Nordmann auch sogleich entgegen. Und der nutzt die Klinge, wofür sie einst geschmiedet wurde. Aber auch Cunad greift ohne Umschweife ins Kampfgeschehen ein, dennoch scheint die Übermacht erdrückend. Da steigen endlich auch die ersten Gefangenen aus den Fluten. Ihrer Fesseln entledigt, rotten sich die Männer um die einzelnen Steppenreiter zusammen und bringen diese in Bedrängnis. Zahllose Hände greifen nach den Kriegern, ziehen ihre Peiniger aus den Sätteln und ertränken einen nach dem anderen in den Fluten des Lechs. Noch bevor Drago und Cunad die unerwartete Wende realisieren, sind alle Wächter ringsum niedergerungen. Jetzt sieht die Menge fragend zu den beiden Rettern und auch Fenja eilt hinzu. Sie möchte nach Dragos Kopfverletzung sehen, aber der Nordmann lässt sie nicht gewähren. Es drängt ihn, so schnell wie möglich aufzubrechen. Cunad blickt zurück in Richtung der dicht bewachsenen Uferböschung, das Feindlager liegt nicht weit entfernt dahinter. Geschützt durch die Vegetation bemerkten die Hunnen das Aufbegehren ihrer Gefangenen noch nicht. Aber das scheint nur eine Frage von wenigen Augenblicken, jeden Moment droht die Entdeckung. So stimmt Cunad dem Drängen Dragos zu.

„Das Feuer und die in alle Richtungen fliehenden Pferde lenken die Hunnen ab, aber dennoch werden sie uns rasch entdecken. Drago hat recht, wir müssen hier sofort weg."

„Lasst uns ans andere Ufer fliehen und in die Wälder laufen", schlägt kurzentschlossen Fenja vor.

„Etwas flussabwärts liegt am jenseitigen Ufer das Lager Bulcsus, da kommen wir nicht dran vorbei", entgegnet Cunad.

Aber für Drago steht der Fluchtplan längst schon fest. Von Fenja und Cunad abgewandt, richtet er das Wort direkt an die erwartungsvolle Menschenmenge.

„Nun gut, bis hierher haben wir es geschafft. Jetzt folgt weiter meinen Befehlen und die Schmach der Gefangenschaft liegt bald hinter euch. Der Grund des Flusses birgt viele Steine, ein Jeder sammelt so viele wie er tragen kann und wir waten dann stromaufwärts. Alle kampferprobten Männer laufen in den ersten Reihen oder verteilen sich am Rand, Frauen und Bauern in die Mitte. Treffen wir auf Hunnen, werden wir die Missgeburten steinigen. Zielt auf ihre hässlichen Köpfe und zerschmettert ihre Schädel."

Dann fängt Drago eines der entlaufenen Schlachtrösser des Feindes ein und packt es mit festem Griff an den Zügeln. Der Nordmann will es Cunad gleichtun und auch zu Pferde weiterziehen. Aber diesmal wird ihm seine Größe zum Verhängnis. Die ausgesprochen kleinwüchsigen Tiere der Hunnen taugen kaum für einen

Koloss von solchem Ausmaß. Die Steigbügel hängen viel zu hoch und Dragos Füße berühren fast den Boden. Aus der Ferne wirkt es, als sitze er auf einen Hund und nicht auf einem zum Reiten bestimmten Geschöpf. Trotz der angespannten Situation beobachten Fenja und Cunad mit einem amüsierten Grinsen Dragos Tun. Sein vergebliches Bemühen, das Tier zur Fortbewegung zu bewegen, lässt den grotesken Anblick nur noch absurder erscheinen. Schließlich entledigt sich das Tier laut wiehernd seiner unliebsamen Last. Mit ausgestreckten Vorderläufen senkt es sein Gesäß und nimmt im seichten Flussbett Platz. Drago verliert sofort den Halt, rutscht rücklings über das Gesäß des Rosses und gleitet mit ungeahnter Geschmeidigkeit ins flache Wasser.

Der Nordmann belässt es bei dem missglückten Versuch, auch des befürchteten Spottes seiner Beobachter wegen. Wieder auf den Beinen, strebt er flussaufwärts und fordert alle auf ihm hinterher zu laufen während Cunad und Fenja die Nachhut bilden.

„Was hat Drago denn vor?“ will Fenja wissen.

„Am Osttor Augustas tobt ein schwerer Kampf, ich denke dort will er hin. In Anbetracht aller verbleibenden Möglichkeiten vielleicht die klügste Entscheidung“, antwortet Cunad.

„Vielleicht?“ fragt Fenja mit ängstlicher Stimme.

„Du bewogst mich doch ihm zu vertrauen. Nun, das tue ich gerade. Weshalb haderst du jetzt damit?“

Noch bevor Fenja antworten kann, scheinen ihre Zweifel bestätigt. Flussabwärts nehmen an die Hundert Magyaren die Verfolgung auf, der Fluchtversuch ist kein Geheimnis mehr, jetzt läuft ein jeder so schnell er kann. Derweil führt Drago die vordersten Reihen bereits aus dem Flussbett, das umkämpfte Osttor scheint nicht mehr allzu weit entfernt. Doch zum Entsetzen Aller galoppiert auch von Vorne eine gewaltige Reiterschar direkt auf die Fliehenden hinzu. Jetzt sitzen die vermeidlich Befreiten in der Klemme, schnappt die Falle des Feindes unbarmherzig zu.

*****

Mit Entsetzen starrt Riwin auf das Drama unterhalb der Mauer. Seine Schützen dürfen keine Pfeile mehr verschwenden, sonst bleibt die von Ulrich eingeforderte Reserve nicht erhalten. Doch zusehends geraten die Gotteskämpfer um ihren Fürstbischof in immer größere Bedrängnis. Dennoch gibt Ulrich nicht das Zeichen zum finalen Pfeilregen. Aber welches Zeichen überhaupt? Der Bischof hatte nicht näher erläutert, wie er das Signal auszuführen gedenkt. Riwin beginnt zu zweifeln, vielleicht erfolgte das Signal bereits und er hatte es nur nicht als solches erkannt. Wieder blickt er zu seinem von Feinden umringten Onkel. Zu seiner Verwunderung scheint Ulrich inmitten des Schlachtfeldes etwas zu suchen. Die Augen auf den Boden gerichtet, entgeht der Bischof dabei nur knapp einigen Treffern. Trotz fortwährender Bedrängnis gelingt es Ulrich dennoch, das Objekt seiner Begierde ausfindig zu machen. Er sticht die stählerne Spitze seines Kreuzes nach unten und spießt den abgetrennten Kopf des Hunnenführers auf. Jetzt will Ulrich die Aufmerksamkeit des Feindes auf die blutverschmierte Trophäe lenken. Triumphierend streckt er seine Waffe gen Himmel und schreit aus Leibeskräften ein Bibelzitat hinaus.

„Dazu wird der Herr, dein Gott, Angst und Schrecken unter sie senden, bis umgebracht sein wird, was übrig ist und sich verbirgt vor dir."

Der Anblick verfehlt seine schauderhafte Wirkung nicht. Ausgerechnet auf Ulrichs Symbol der Christenheit thront der Kopf des enthaupteten Anführers. Die Hunnen halten plötzlich inne, starren entsetzt und voller Bestürzung auf das gekreuzigte Haupt ihres Befehlshabers. Jetzt wartet Riwin nicht mehr auf ein eindeutiges Signal, die Situation fordert eine sofortige Entscheidung ein. Augenblicklich nehmen seine Schützen die Steppenreiter unter massiven Beschuss. Die Salven reißen regelrechte Lücken in die Reihen der wie gelähmten Magyaren und endlich geht das Kalkül des Bischofs auf, die Steppenreiter wenden sich zur Flucht. Geradezu panisch flieht der feindliche Heerhaufen und zieht in eine Staubwolke gehüllt von dannen. Abgekämpft und ermattet aber erleichtert blicken Ulrichs Mannen hinterher. Riwin gibt sofort Befehl, das Tor freiräumen und schnellst möglich öffnen zu lassen. So ziehen die verbliebenen Reiter des Bischofs wieder der Stadt entgegen und warten geduldig auf

Einlass. Nur Ulrich rührt sich nicht vom Fleck und blickt in Gedanken versunken den abziehenden Feindkräften hinterher.

Dann plötzlich folgt das Unerwartete. In unmissverständlichem Tonfall befehligt Ulrich seine Männer zurück und gibt Order, den Hunnen umgehend nachzusetzen. Entgeistert sehen alle zueinander, niemand kann den unsinnigen Befehl des Bischofs fassen. Auch Riwin wähnt seinen Onkel dem Wahnsinn nahe, doch oben auf der Mauer steht er viel zu weit entfernt, um eine Erklärung einzufordern. Derweil zögern Ulrichs Reiter, ob des selbstmörderischen Vorhabens. Doch Ulrich treibt seine Reiter unerbittlich an und tatsächlich galoppiert die kleine Schar sogleich den Hunnen hinterher. Bestürzt ergreift Riwin das Instrument und blickt mit zitternden Händen hindurch.

Jetzt erkennt auch er, was Ulrich zu einem solch gewagten Unterfangen bewegt. Verfolgt von einer Hundertschaft des Feindes, laufen flussabwärts hunderte Gefangene dem Osttor entgegen. Von dort aber drängen die fliehenden Steppenreiter auf die unbewaffnete Menschenmenge zu. So bahnt sich nur knapp vor der rettenden Stadt ein grausames Gemetzel an.

Doch Ulrich holt schnell auf, mit seinen Reitern fällt er den abziehenden Hunnen hart und unerbittlich in den Rücken. Völlig überrascht und panisch geben die hintersten Reihen ihren Pferden umgehend die Sporen. Darauf hatte Ulrich spekuliert, nun treiben die am Ende der Feindmeute reitenden Hunnen ihre vorderen Kampfgefährten vor sich her. Der Druck der nachschiebenden Masse erlaubt keinem Krieger Halt zu machen. Aber ohnehin zeigt die fliehende Reiterhorde an den Gefangenen scheinbar kein Interesse, sondern zieht an den seitlich im Flussbett watenden Menschen vorbei.

Dafür gelang es zwischenzeitlich den hunnischen Verfolgern, zu den Entflohenen aufzuschließen, mit gezückten Äxten rast die Hundertschaft im Bett des Flusses auf die Nachhut ihrer Opfer zu. Fenja und Cunad blicken entsetzt und Hilflos zurück.

Derweil kommt Ulrich von vorne aus Richtung des Osttors herbei gestürmt und führt seine Streiter zum Lech hinunter. Zwar erreichen seine Krieger sogleich die ersten Fliehenden aber da haben die hunnischen Verfolger den letzten Haufen der Gefangenen bereits erreicht. Doch das befürchtete Gemetzel bleibt aus, zu Ulrichs

Verwunderung stellt die vermeidlich hilflose Menschenschar eine ungeahnte Wehrhaftigkeit zur Schau.

Ein fremdländisch aussehender Hüne brüllt „Jetzt“ und augenblicklich regnet ein gewaltiger Steinhagel auf die Hunnen nieder. Nur einen Wimpernschlag darauf erreichen endlich auch die Reiter Ulrichs das Geschehen und verwickeln den Feind in einen blutigen Nahkampf. Selbst die eigentlich zu Schützenden stellen weiterhin ihre Wehrhaftigkeit unter Beweis. Dem Kommando des Hünen folgend, schleudern sie immer wieder Steine und setzen so dem Feind gehörig zu. Auch der Riese selbst wütet wie von Sinnen, seine Klinge reißt die Gegner regelrecht in Stücke.

Das Gefecht ist schnell entschieden, auch dieser Feindverband sucht angeschlagen und gedemütigt das Weite. Da bemerkt der Bischof noch einen zweiten bewaffneten Kämpfer unter den Entflohenen und reitet direkt auf ihn zu. Noch bevor Ulrich eine Frage an den Unbekannten richten kann, kommt dieser ihm zuvor und eröffnet sofort das Gespräch.

„Ich grüße und danke euch Fürstbischof Ulrich. Mein Name ist Cunad, ich bin auf geheime Order des Königs unterwegs. Aber ihr solltet über mich und meinen Auftrag unterrichtet sein.“

Ulrich erwidert zunächst kein Wort, stattdessen weißt er seine Männer an, ein Pferd herbeizuführen und kurz darauf sitzt neben Cunad auch Drago im Sattel. Zur Verwunderung Ulrichs zieht Cunad eine junge Frau zu sich herauf. Der fragende Blick des Bischofs bleibt nicht unbeantwortet.

„Es ist nicht das, wonach es aussieht. Dieses Mädchen wird den Ausgang des Krieges entscheiden, aber das erkläre ich euch im Schutze der Stadt.“

Doch aus der fragwürdigen Bemerkung Cunads vermag der Bischof keinen Sinn zu schließen, im Gegenteil, die drei Gestalten muten ihm recht seltsam an. Aber auch Fenja kann nicht fassen, was sie soeben aus dem Mund ihres Gefährten vernahm. So klammert sie sich fragenden Gemüts an Cunad fest, als dieser seinem Pferd die Sporen gibt. Nach einem kurzen Ritt steigen alle inmitten eines kleinen Marktplatzes wohlbehalten wieder ab. Riwin kommt ebenfalls herbeigelaufen und auch die glücklich Entflohenen lassen nicht lange auf sich warten. Ulrich blickt zufrieden auf die dringend benötigte Bereicherung Augustas und begrüßt die Neuankömmlinge herzlich. Riwin stimmt des Bischofs Frohsinn dankend zu.

„Was für ein Segen, die Menschen sind uns mehr als nur willkommen, dem Herrn sei Dank."

„Der Herr hat damit nichts zu schaffen", merkt Cunad kritisch an.

„Natürlich hat er das, was redest du denn da?" wirft Drago energisch ein.

Alle Blicke richten sich fragend zu dem Nordmann, der seinen Einwand flugs erläutert.

„Dieser Mann hat doch recht. Ich, Herr Drago führte die Gefangenen in die Freiheit. Er meint doch mich, oder etwa nicht?"

„Bravo, ein heidnischer Barbar als Prophet der Christenheit", kommentiert Cunad das Missverständnis mit einem süffisanten Grinsen.

„Aber das ist doch des Königs oberster Befehlshaber aus Sachsen", mischt sich einer der Neuankömmlinge ein.

Mit offenstehendem Mund lauscht Ulrich fassungslos der haarsträubenden Konversation. Den kritischen Blick des Fürstbischofs bemerkt auch Fenja, sie tritt hervor und versucht das Missverständnis aufzuklären. Doch ihre unbeholfene Einrede irritiert die Zuhörer nur umso mehr.

„Das ist doch Alles ganz anders. Die Sache mit dem Oberbefehlshaber war nur eine Finte. In Wirklichkeit will Drago den König vor den bösen Nordmännern warnen, er ist ja selber einer. Also zumindest irgendwie so in der Art."

Mit missbilligendem Ausdruck und hochgezogenen Augenbrauen lauscht Ulrich Fenjas wirren Worten. Dann setzt er dem verstörenden Plausch ein konsequentes Ende.

„Schluss damit! Mich dünkt, hier besteht erheblich mehr Klärungsbedarf, wie ich es erahnte. Cunad, der wilde Riese und die Retterin des Abendlandes folgen mir jetzt in den Dom."

Dann läuft Ulrich zügig dem Kirchenbau entgegen, das Trio folgt ihm in respektablem Abstand. Auf dem Weg finden die Gefährten Gelegenheit, über die Ereignisse der letzten Stunden zu sprechen. So erfährt Cunad auch von Dragos heldenhaften Taten während der Gefangenschaft. Er wendet sich dem Nordmann zu und spricht ihn zum ersten Mal mit seinem Namen an.

„Drago, ich möchte aufrichtig um Verzeihung bitten, ich schätzte dich falsch ein. Du bist wahrlich ein großer und tapferer Krieger, einem jeden der Unseren absolut ebenbürtig."

„Nur ebenbürtig?" flunkert Drago mit einem Augenzwinkern Cunad zu.

Dann reicht er sichtlich erfreut seinem Gefährten die Hand, Cunad schlägt erleichtert ein. Tatsächlich bedeutet dem mürrischen Einzelgänger das Bündnis mehr, wie er sich eingestehen wollte. So folgen weitere Freundschaftsbekundungen und wechselseitige Schmeicheleien zwischen den ungleichen Männern. Selbst der Verlust von Dragos Helm lässt keinen Unmut aufkommen. Fenja kann es kaum fassen, erst herrschte andauernde Feindseligkeit unter den beiden und jetzt überhäufen sie sich mit vollmundigen Lobpreisungen. Erst Fenjas Anrede unterbricht die gegenseitigen Sympathiebekundungen.

„So meine neu gefundenen Herzensbrüder, nachdem ihr euch nun lange genug gegenseitig in den Arsch gekrochen seid, wird es Zeit einzutreten. Wir sind am Ziel."

Inmitten des noch unvollendeten Doms bleibt Ulrich zunächst stehen. Erwartungsvoll will er seinen Begleitern einen Moment der Andacht und der Bewunderung für das ehrfurchtsvolle Gotteshaus gönnen. Doch es kommt ganz anders.

„Ist das ein Tempel für euren Christengott?" will Drago wissen.

„Das könnte man so sagen", antwortet Cunad.

Ulrich selbst verzichtet auf etwaige Erklärungsversuche gegenüber dem mit heidnischen Symbolen voll tätowierten Nordmann. Stattdessen lauscht der Fürstbischof mit kritischem Gesichtsausdruck den Worten der beiden Männer. Während Fenja Dragos blutende Kopfverletzungen versorgt, schweift der Blick des Nordmanns sichtlich beeindruckt durch das voluminöse Kirchenschiff. Dann fällt Drago das Kruzifix mit dem gekreuzigten Jesus ins Auge.

„Ihr huldigt eurem Gott also auch mit Menschenopfern."

„Dort hängt kein echter Mensch, sondern eine Holzfigur und die stellt Jesus Christus dar", klärt Cunad auf.

„Aber der ist angenagelt. Habt ihr etwa euren Gott geopfert?" fragt Drago erstaunt."

„Nicht direkt geopfert, aber er wurde vor fast 1000 Jahren ans Kreuz geschlagen."

„Und ihr lasst ihn schon seit 1000 Jahren so herumhängen?"

„Das ist kompliziert", antwortet Cunad.

„Nein das ist Blödsinn. Kein Wunder, dass es euch Christen an den Kragen geht. Hättet ihr mich so lange angenagelt hängen lassen, würde ich mich auch nicht um euch scheren. Das wird nichts mit eurem Gott, ehrlich nicht. Betest du zu ihm?"

„Tue ich nicht."

„Und Fenja?"

„Fenja auch nicht."

„Gut so", damit scheint das Thema Christenheit für Drago erst mal abgehandelt.

Ulrich wirkt ob des ungläubigen, obskuren Trios völlig entnervt. Alles was er bisher von diesen drei Sonderlingen vernahm, scheint höchst merkwürdig und wirr. Es widerstrebt ihm zu glauben, ausgerechnet diese drei fragwürdigen Gestalten hätten in irgendeiner Weise etwas von Bedeutung mitzuteilen. So bestellt er Cunad trotz massiver Zweifel in einen Nebenraum und weist die anderen an, im Kirchenschiff zu warten. In seinem Arbeitszimmer will der Fürstbischof dem Spion des Königs auf den Zahn fühlen. Doch zu Ulrichs Verwunderung präsentiert ihm Cunad eine unglaubliche Geschichte, die sich keinesfalls als belanglos, sondern vielmehr als von äußerster Wichtigkeit entpuppt. Mehr noch, selbst ein siegreicher Ausgang des Krieges scheint nun nicht mehr ausgeschlossen. Jetzt hört Ulrich aufmerksam und geduldig zu.

Derweil greift der wartende Drago im Schiff des Kirchenbaus das Thema Glauben noch einmal auf.

„Wir Ranen verehren ganz andere Götter. Groß sind sie, furchteinflößend und mächtig. Außerdem besitzt ein jeder vier Köpfe, so entgeht ihnen nicht das Geringste. Dieser Christus aber hält selbst sein einziges Augenpaar geschlossen. Wie will er da sehen, wenn sein Volk in Bedrängnis gerät. Das würde ich gerne euren Priester fragen."

„Die Menschen verehren Jesus nicht, weil er bedrohlich auf sie wirkt. Christus lehrt, wenn dich jemand auf die linke Wange schlägt, halte ihm auch die andere hin."

„Na das macht ihr ja bei den Hunnen schon die ganze Zeit", kommentiert Drago trocken Fenjas Erklärung.

„Besser du lässt es, mit dem Bischof darüber zu sprechen. Du bist ihm ohnehin nicht geheuer", erwidert Fenja und unterstreicht mit einem Kopfschütteln ihre Empfehlung.

„Ist sowieso besser, ich geh erst mal draußen frische Luft schnappen. Bestimmt erzürnt es meine Götter, wenn ich im Tempel eures seltsamen Christi zu lange verweile."

Fenja versucht erst gar nicht ihren Gefährten aufzuhalten, ein Moment der Stille und des Schweigens tut ihr jetzt einfach gut. In einer Ecke des Gebäudes nimmt sie ermattet Platz. Die Anstrengungen der letzten Stunden tragen sie bereits nach wenigen Augenblicken in einen tiefen, bewusstlos gleichen Schlaf. Wie lange sie sich der Erschöpfung hingibt, bemerkt sie nicht. Irgendwann reißen sie die Stimmen des Bischofs und Cunads aus ihrer Ohnmacht. Noch entgeht den beiden Männer Fenjas Aufmerksamkeit und sie wähnen die junge Frau noch immer schlafend. So vernimmt sie auch jene Worte, die nicht für ihre Ohren bestimmt sind.

„Auch wäre es wenig zuträglich, wenn sie wüsste, welch enorme Verantwortung auf ihren schmalen Schultern lastet", dann tritt Ulrich vor die noch immer auf dem Boden kauernde Fenja.

„Von diesem kleinem Häufchen Leben also hängt Alles ab", spricht Ulrich zu seinem vermeintlich schlafenden Gegenüber.

Die beiden Männer reagieren sichtlich verblüfft, als die scheinbar hinweg getretene munter das Wort ergreift.

„Ich verstehe nicht. Welche Last habe ich denn zu tragen und was soll von mir abhängen?" fragt Fenja mit fordernder Stimme.

Ulrich will ihr die Hand reichen, aber Fenja nimmt die versöhnliche Geste nicht an. Stattdessen bleibt sie mit trotzigem Blick am Boden sitzen. So versucht es der Bischof mit beschwichtigenden Worten.

„Cunad tat gut daran, dir das Geheimnis bisher nicht anzuvertrauen, auch in deinem eigenen Interesse. Zu gegebener Stunde wird dir das Verborgene offenbar werden, aber nicht heute. Sei dir jedoch gewahr mein Kind, dein Wohlergehen und deine Sicherheit liegen uns mehr am Herzen, wie unser eigenes Heil. Also vertraue auf unsere Obhut und gebe dich fürs Erste damit zufrieden. Wir können dir im Moment nicht mehr enthüllen."

Fenja sieht mit großen Augen zu den beiden Männern vor ihr auf. Die rätselhaften Äußerungen des Bischofs beschäftigen sie ganz offensichtlich über alle Maßen. Dennoch lässt sie wie erbeten, das Thema auf sich beruhen, zumindest für den Augenblick. Dann schweift ihr Blick suchend durch das Kirchenschiff. Erst jetzt realisieren auch Cunad und Ulrich die Abwesenheit Dragos. Der Bischof wirkt augenblicklich aufgebracht.

„Wo steckt der wilde Heide, er soll das Kind beschützen und nicht von dessen Seite weichen."

Die Antwort auf Ulrichs Frage folgt aus einer Richtung, die keiner der Anwesenden erwartet hätte. Hektisch stürmt ein Mann der Stadtwache herein und trägt sein Anliegen sogleich dem Bischof vor.

„Mein Fürst, in den Gassen wütet ein gefährlicher Riese, er schlägt auf unschuldige Bauern ein. Wir wissen nicht, wie wir ihm habhaft werden können und er behauptet, er gehöre zu euch."

Ulrichs Gesicht versteinert auf der Stelle, dann eilen alle hektisch der Stadtwache hinterher. Nur wenige Ecken weiter treibt Drago mit wild gestikulierenden Armen und grimmigen Brummtönen eine Schar von kreischenden Bauern vor sich her. Cunad geht sogleich dazwischen.

„Was geht hier vor? Drago, erkläre mir sofort, was du hier treibst."

„Fenja sagte, die Christen hielten entsprechend den Geboten ihres Gottes auch die andere Wange hin. Das stimmt überhaupt nicht. Ein jeder den ich schlug, lief sofort schreiend fort. Außerdem sahen die mich an wie einen Aussätzigen, das gefiel mir überhaupt nicht. Da zog ich ein paar Grimassen, damit sie einen Grund zum Glotzen haben. Irgendwie hat das dann Spaß gebracht als alle hysterisch durcheinanderliefen."

Ulrich schlägt die Hände über seinem Kopf zusammen. Die Menschen bangen ohnehin schon wegen der Bedrohung vor den Toren Augustas um ihr Leben. Der furchteinflößende Heide aus dem Norden aber verbreitet jetzt auch Furcht und Schrecken innerhalb der Mauern. So beschließt der Bischof das obskure Trio den Blicken der Öffentlichkeit schnellst möglich wieder zu entziehen und in den Dom zurückzukehren. Doch Drago weigert sich, das

Gotteshaus noch einmal zu betreten. Auch Cunad verfolgt ganz andere Interessen, er will unbedingt zur nächsten Waffenschmiede. Entnervt weist Ulrich ihm den Weg.

„Wenn es denn sein muss. Nur ein kurzes Stück die Gasse hinunter findest du, wonach du suchst. Die Schmiede fertigen zwar mit Hochdruck Pfeile für den morgigen Tag, aber in Gottes Namen, sie werden deinen Wünschen nachkommen."

Kurz darauf betritt Cunad die Schmiede. Doch bestand er darauf, alleine einzutreten. So behält Ulrich den grimmig dreinschauenden Nordmann in der Gasse fest im Auge. Die vorbeilaufenden Menschen wirken ob der furchteinflößenden Erscheinung verängstigt oder entsetzt. Unter den starren Blicken der Bauern beginnt Drago erneut mit einem tiefen Grollen seinem Unmut Ausdruck zu verleihen. Hektisch treibt Ulrich die Menge sogleich an, zügig weiterzulaufen und nicht stehen zu bleiben. Nur mit Mühe gelingt es dem Bischof, den Hünen von einer erneuten Raserei abzuhalten. Dabei wirkt der ansonsten souveräne Ulrich sichtlich überfordert. Endlich tritt Cunad wieder aus der Schmiede, doch einen diskreteren Ort möchte er noch immer nicht aufsuchen.

„Lasst uns jetzt zur Stadtmauer gehen. Wir wollen uns ein Bild von der Umklammerung des Feindes machen. Schließlich müssen wir die Stadt schleunigst wieder verlassen und suchen nach einer Lücke in den Reihen der Belagerer."

„Gut, sehr gut sogar. Besser wir finden schnell einen Weg, um euch wieder los zu werden", stimmt Ulrich hastig zu.

Dann schickt der Fürst nach seinem Neffen, Riwin soll das Instrument zur Mauer bringen. Zunächst aber verweilt Ulrich noch alleine mit seinen unbequemen Gästen auf der Stadtbefestigung. Cunad fixiert mit festem Blick den Lech, nachdenklich graben sich tiefe Furchen in seine Stirn. Cunads Gedanken bleiben Ulrich nicht verborgen, er drückt aus, was Cunad nicht auszusprechen wagt.

„Eine Flucht durch den Fluss kann nicht gelingen. Spätestens dort wo die beiden Lager des Feindes den Lech in ihre Mitte nehmen, wird man euch entdecken, auch in der Nacht. Außerdem steht der König weit entfernt, ohne Pferde ist das nicht zu schaffen."

Wortlos stimmt Cunad mit einem verhaltenen Nicken zu. Ulrich sieht das Vorhaben dennoch nicht am Ende.

„Wir werden einen Weg finden, wie ihr zu Otto gelangt. Euer Handeln hat uns Zeit verschafft. Das Verbrennen des Sturmgeräts lässt in den nächsten Tagen keine Eroberung der Stadt erwarten und uns bleibt Zeit, die neuen Kräfte für die Verteidigung Augustas zumindest behelfsmäßig auszubilden. Doch bis es soweit kommt, wird euch der Herr längst den Weg in Ottos Lager gewiesen haben. Daran glaube ich mit der ganzen Kraft meines Herzens."

„Ich kann eure Zuversicht nicht teilen", antwortet Cunad mit resignierter Stimme.

Endlich findet sich auch Riwin ein und Ulrich präsentiert seinen staunenden Gästen das wundersame Instrument. Cunad verschafft sich als Erster einen erweiterten Einblick ins Lager des Feindes, lange und konzentriert sieht er in die Ferne. Keine Gefühlsregung verrät, was er erblickt. Schließlich setzt er das Instrument ab und äußerst sich mit nur einem Satz.

„Ich sagte doch, ich kann eure Zuversicht nicht teilen."

„Was soll das heißen?" will Ulrich wissen.

„Nicht alle Rammböcke und Leitern wurden ein Raub der Flammen und die Hunnen schaffen zügig Ersatz heran. Bis zum Abend ist der Feind für einen Angriff wieder wohl gerüstet. Morgen nach Sonnenaufgang steht Augusta der finale Sturmangriff bevor und bis zum Mittag werden hunnische Krieger über diese Mauern drängen. Ihr aber vertraut in blindem Gottesglauben auf euren Herrn und nehmt tatsächlich an, euch würden mehrere Tage gewährt? Die Wahrheit ist, euch bleiben nur noch Stunden."

*****

Mittlerweile brach Dunkelheit über die Lande südlich der Donau herein und auch die Reisenburg liegt nun in tiefe Finsternis gehüllt. Ausgezehrt erreichen die drei Kundschafter ihr langersehntes Ziel aber sie tragen ihrem Herrn frohe Kunde in sein Domizil.

Im Schlafrock empfängt der Burgherr seine treuen Häscher. Berthold kann die Neuigkeiten kaum erwarten und stellt Norwin, den Anführer der Reiter, sogleich zur Rede.

„Nun sprich und spann mich nicht länger auf die Folter, oder hast du etwa schon wieder versagt?“

Norwin verneint die Frage seines Herren und berichtet stolz von Allem, was er in Erfahrung bringen konnte. Berthold hört konzentriert zu und klatscht freudig in die Hände, bevor er Norwins Vortrag mit eigenen Worten zusammenfasst.

„In einer Festung also verbirgt der feige König seine Streitmacht. Aber das wird ihm nichts nützen, weil ihn Einhard in die Falle lockt. Doch zuerst sollen Konrads Truppen fallen, da tut höchste Eile Not. Lel und Bulcsu müssen das sofort erfahren und ihre Streitkräfte in Bewegung setzten.“

„Das ist wahr, doch wer soll die Botschaft überbringen?“

Diesen Triumph will Berthold höchstselbst auskosten, denn endlich kann er Lel jene Informationen liefern, welche der Stellvertreter Bulcsus bereits seit Langem von ihm einfordert. Aber die Oberbefehlshaber der Hunnen weilen vor Augusta und das liegt weit entfernt. Auch will Berthold die Reise nur in Begleitung seiner Männer antreten, so antwortet er Norwin lediglich mit einer Gegenfrage.

„Wie schätzt du die Lage ein, können wir den Weg nach Augusta noch des nächtens wagen und folgten euch die Männer Ottos über den Fluss?“

„Sie folgten uns zwar nicht, aber mag sein, dass sie noch auf Verstärkung hofften und die Donau erst später überquerten. Aus diesem Grunde scheint mir eine Reise nach Augusta heute Nacht sehr riskant. Wir könnten auf unsere neu erstarkten Verfolger stoßen und kämen in der Dunkelheit nur schlecht voran. Ich würde euch empfehlen, erst am Morgen ins Lager der Hunnen aufzubrechen.“

Berthold wirkt zunächst noch unschlüssig, doch nach reiflicher Überlegung stimmt er Norwin schließlich zu.

„Du magst mit deinem Ratschlag recht behalten. Brechen wir zu früher Stunde auf, erreichen wir noch am Vormittag das Lager vor den Toren Augustas. Lel und Bulcsu werden sofort Truppen Richtung Norden schicken und Ottos Mannen schon am Nachmittag bedrängen. Konrad aber wird erst am Abend erwartet. Des Roten Schicksal ist also in jedem Fall besiegelt. Nun aber lass uns jetzt zur Ruhe betten, auf dass wir morgen gemeinsam den endgültigen Untergang des Königs und all seiner Anhänger in die Wege leiten.“

Vierter Tag
09. AUGUST 955

Der Tag beginnt mit wenig erfreulichen Nachrichten im Lager Ottos. Noch in der Nacht kehrten die dezimierten Verfolger von der Donau zurück aber die Reiter konnten Bertholds Häschern nicht mehr habhaft werden. Entsprechend bedrückt fällt an diesem Morgen nun die Stimmung aus. Jetzt hängt Alles vom Erfolg des Meldereiters ab, doch der hat die Festung nie verlassen.

In der irrigen Annahme, er müsse längst die Truppen Konrads erreicht haben, stützt sich jede Hoffnung auf diese fatale Fehleinschätzung.

Wird der Rote rechtzeitig im Lager eintreffen, oder kommt Bulcsu ihm zuvor? Diese Frage liegt wie ein bleierner Mantel über der gesamten Festung und lässt kaum Raum für andere Gedanken. Auch Otto gelingt es nur schwerlich, an etwas anderes zu denken. Nervös läuft er auf den Wehrgängen der Mauer planlos auf und ab. Die Ungewissheit raubt dem König schier die Sinne, er muss sich mit einer zumindest halbwegs sinnvollen Aufgabe ablenken. So beschließt er, die nicht weit entfernten Vorburgen am Eingang des Tales aufzusuchen.

Die am südlichen Talrand gelegene Befestigung liegt zwar am nächsten, aber deren Zugang erfordert einen weit ausschweifenden Ritt über die angrenzenden Höhen. So dauert es eine Weile, bis Otto den hoch gelegenen Wehrbau endlich erreicht. Gerade mal 160 Kämpfer verrichten hier ihren Dienst. Direkt an einer steilen Felswand gelegen riegelt ein halbkreisförmiger Wall mit vorgelagertem Graben das Refugium vom Umland ab. Dennoch schätzt Otto die Anlage nicht allzu wehrhaft ein. Zwar schützt die steil abfallende Felswand auf der einen Flanke vor Angriffen, aber andererseits erscheint dem König die im Bogen verlaufende Umwallung auf der ebenerdigen Seite nicht mächtig genug. Nur wenige Meter aufragend, versperrt die niedrige Wallmauer und ein schmaler Graben etwaigen Feinden lediglich halbherzig den Weg.

In der Hoffnung, die auf der gegenüberliegenden Seite des Tales befindliche Befestigung biete mehr Schutz, nimmt Otto den Ritt auch noch bis dort in Kauf. Dieser Wehrbau präsentiert sich auch tatsächlich überzeugender, denn hier riegeln gleich zwei hintereinander gestaffelte Wälle und Gräben den ebenerdigen Zugang ab. Zu den beiden verbleibenden Flanken erschweren steile Hänge eine

Eroberung des annähernd dreieckig geformten Wehrbaus. Auch in diesem Bollwerk halten keine 200 Männer wacht.

Der König blickt zum Himmel, die Sonne zeigt schon bald die Mittagsstunde an. Es wird Zeit, die große Festung wieder heimzusuchen. Vielleicht erfreut frohe Botschaft die Gemüter und Späher kündigen das baldige Eintreffen der lang ersehnten Verstärkung an. Doch anstelle wünschenswerter Neuigkeiten, empfangen Zank und Missgunst Ottos Rückkehr.

Lautes Krakeelen dringt aus der Mitte des Lagers und führt den König geradewegs zum Ort der Streitigkeiten. Sofort läuft Ulman seinem Herrn aufgeregt entgegen.

„Was zur Hölle geht hier vor?“ verlangt Otto zu erfahren.

„Herzog Burchard geriet mit dem Fürst der Böhmen in Zwist, die Lage spitzte sich schnell zu und eskalierte schließlich. Nun stehen die Leibgarden beider Parteien zum Kampfe bereit“, antwortet Ulman mit aufgeregter Stimme.

Der König schüttelt entnervt den Kopf und geht sofort dazwischen. Dann fordert er beide Kontrahenten unmissverständlich auf, ihre Krieger umgehend aus der Fehde zu entlassen.

„Wir klären das jetzt im Kommandozelt und nicht vor unseren Truppen. Ich fasse es einfach nicht, was fällt euch ein, unsere Streitmacht derart zu entzweien?“

Im Zelt nehmen Boleslav, Burchard und auch Einhard gesenkten Hauptes an der großen Tafel Platz, nur Ulman blickt aufrecht sitzend unverdrossen drein. Keiner spricht ein Wort, während Otto aufgebracht und sichtlich zornig an der Stirnseite des Tisches steht. Schließlich eröffnet Herzog Burchard das Gespräch.

„Er missachtete Einhard auf frevlerische Art und Weise“, dabei deutet der Herzog mit seiner ausgestreckten Hand auf Boleslav.

„Euer Adjutant brachte mir nicht den gebührenden Respekt entgegen. Ich fühlte mich genötigt, ihn ein wenig zu maßregeln“, kontert der Fürst gelangweilt.

„Ein wenig zu maßregeln? Was genau versteht Boleslav der Grausame darunter? Etwa wenn ihr das Haupte meines Einhards gewaltsam in einen Haufen Pferdemist drückt, so dass er zu ersticken droht. Denn genau das tat der böhmische Barbar“, hält Burchard aufgebracht dagegen.

Aber Boleslav antwortet nicht, sondern blickt dem Herzog mit einem breiten Grinsen provozierend in die Augen. Dafür ergreift jetzt Otto die Initiative und fordert beide Kontrahenten auf, die Zwistigkeiten zu beenden.

„Schluss damit! Der Feind tritt uns vielleicht schon am heutigen Tage gegenüber, für derlei Kinkerlitzchen fehlt uns schlicht die Zeit. Also reißt euch jetzt zusammen und tragt diesen törichten Zank sofort zu Grabe."

Doch weder Boleslav, noch der Herzog fühlen sich angesprochen. Erst nachdem der König mit einem Schlag auf den Tisch seiner Forderung Nachdruck verleiht, wagt Burchard halbherzig den ersten Schritt.

„Entschuldigt sich der Böhme bei Einhard, will ich der Genugtuung gut sein lassen."

„Eine Entschuldigung wünscht eure Schmeißfliege? Einen Nachschlag kann er haben! Bekomme ich ihn noch einmal zu fassen, wird er mich richtig kennenlernen."

Otto verliert ob des Fürsten Provokation die Fassung. Mit hochrotem Kopf brüllt er zu Boleslav.

„So äußert ihr euch nicht an dieser Tafel. Muss ich euch an euer Wort erinnern? Erst gestern verspracht ihr mir die Bündnistreue."

„Mitnichten tat ich das! Ich gelobte lediglich gegen Bulcsu in die Schlacht zu ziehen und nicht, mich mit eurer gesamten Sippschaft zu verbrüdern. Dieser Kriegsrat ist eine Farce. Präsentiert mir fähige Heerführer und ich will das meine dazu beitragen. Aber mit dem da ziehen meine Krieger sicher nicht ins Feld."

Dem König fehlen die Worte, fassungslos nimmt nun auch er auf einem der Stühle Platz. Dafür springt Burchard jetzt vor Zorn getrieben auf. Boleslav hingegen scheint das emotionsgeladene Spektakel regelrecht zu amüsieren, unbeeindruckt sieht er mit einem neuerlichen Grinsen Burchards nächstem Wutanfall entgegen.

„Ihr bezichtigt mich also der Unfähigkeit?" schreit der verärgerte Herzog mit geballten Fäusten über den Tisch.

„Diese Frage habt ihr doch längst selbst beantwortet. Es fehlt euch an der nötigen Abgeklärtheit für das bevorstehende Gemetzel. Seht euch doch nur an, einer harmlosen Maßregelung wegen dreht ihr durch und verliert die Nerven. Wie wird das, wenn erst das große

Blutvergießen über uns hereinbricht?“

Nun hält auch Burchard nicht mehr zurück, er trommelt mit den Fäusten gegen den Tisch und lässt seinem Unmut freien Lauf.

„Ich sagte es bereits, eure Missachtung nehme ich nicht länger hin. Meine Truppen werden keinesfalls an der Seite eines tollwütigen Barbarenhaufens kämpfen. Wir brauchen euch hier nicht. Besser ihr reitet schnell dorthin zurück, wo ihr hergekommen seid.“

Die maaslose Unvernunft der Kontrahenten treibt Otto schier in den Wahnsinn. Ohne einen der Anwesenden noch weiter zu beachten, verlässt er schnellen Schrittes das Zelt. Draußen hält er zunächst inne und saugt die heiße Sommerluft in seine Lungen. Doch der Moment der Ruhe währt nur kurz, schon dringt aufs Neue lautstarker Schimpf aus dem Komandozelt hinaus. Jetzt kommt auch Ulman achselzuckend seinem König hinterhergelaufen. Aber Otto signalisiert mit einer Handbewegung, dass er momentan keinerlei Gesellschaft wünscht. Stattdessen sucht der König die Einsamkeit, er muss die Gegebenheiten aus der Distanz erörtern. So verlässt er abermals die Festung und reitet in das Tal hinunter. Im Schatten einer großen Linde findet Otto wonach er sucht. Er steigt ab und beobachtet das Sprudeln eines nahen Quells. Doch schon bald läuft sein Blick ins Leere, reflektiert sein geistiges Auge das Zerbrechen der noch vor wenigen Augenblicken bestehenden Allianz. So viel Zeit und Mühen kostete einst das Schmieden dieses verheißungsvollen Bündnisses, so viel Hoffnung verband das Volk mit dessen Geburt. Und ausgerechnet jetzt, nur wenige Stunden vor Eintreffen der feindlichen Streitmacht, scheinen selbst die Reste dieser Allianz auseinanderzufallen. Als wäre diese fatale Entwicklung nicht genug, lastet auch die Sorge um das Schicksal von Konrads Truppen auf Ottos Gemüt. Viel schlimmer hätte es nicht kommen können...

*****

Die drei Gefährten verbrachten die ganze Nacht im Dom. Zwar gelang es Fenja und Cunad am Vorabend erst nach intensiver Überzeugungsarbeit Drago zum Bleiben zu bewegen aber am Ende willigte er schließlich ein.

An diesem Morgen weckt Ulrich das Trio noch bevor das erste Licht des Tages durch die Fenster scheint. Dann verlässt der Bischof den Dom, um eine angemessene Mahlzeit zur Stärkung bei zu holen. Denn die bevorstehenden Ereignisse werden einem Jeden das Äußerste abverlangen, so zumindest steht es zu befürchten. Derweil streckt Drago laut gähnend alle Viere von sich weg und spricht ermuntert seinen Freunden zu.

„Ich schlief hervorragend, angenehm kühl und ruhig ist es hier. Der Tempel eures Gottes fängt an mir zu gefallen."

„Na das wird den Bischof aber freuen, wenn du dich in seinem Dome wohlfühlst", antwortet Cunad mit einem spöttischen Unterton.

Nur Fenja will nicht so recht aus dem Schlaf finden. Erst nachdem Ulrich mit reichlich Speisen und einem großen Krug zurückkehrt, richtet sie sich mit schlaftrunkenen Augen endlich auf. Der Fürstbischof reicht ihr mit einem warmen Lächeln den wohl gefüllten Korb mit Essen, während Cunad gierig nach dem Wasser greift. Besorgten Blickes gibt Ulrich das Behältnis frei und überrascht das Trio mit einer unerwarteten Mahnung.

„Geht sparsam mit dem kostbaren Nass um, die Brunnen liegen fast restlos trocken. Deswegen muss der Krug mit Wasser für diesen Morgen reichen."

Drago sieht erstaunt zu Ulrich. Die Aufforderung des Bischofs scheint für ihn nicht nachvollziehbar. Mit ausgestrecktem Arm deutet Drago auf das große Taufbecken innerhalb des Domes.

„Euch Christen kann ich einfach nicht verstehen. Es mangelt an Wasser, um den Durst des Volkes zu stillen, aber der riesige Waschzuber in eurem Tempel ist wohl gefüllt. Eine wahre Wonne, sich darin zu reinigen."

„Im Namen Christi. Der Heide wird doch nicht..., er hat doch hoffentlich nicht unseren Taufstein entweiht."

„Hat er. Ich war so frei und nutzte die Gelegenheit, schließlich bin ich ein reinlicher Heide. Aber was heißt hier Taufstein? Bei uns nennt man so etwas einen anständigen Waschzuber", antwortet Drago ohne sich einer Schuld bewusst zu sein.

Ulrich schlägt entsetzt die Hände vors Gesicht. Drago aber vermag die Erregung Ulrichs nicht zu deuten. Angestrengt denkt er nach und wähnt zumindest den Grund für die scheinbare Verschwendung des Wassers in dem Taufstein zu erkennen.

„Ah jetzt hab ich es verstanden. Den Priester bekümmert der Wassermangel nicht, weil Augusta heute sowieso in die Hände des Feindes fällt. Ein ausgebuffter Fuchs ist dieser Ulrich. Deshalb also verschwendet er das letzte Wasser in dem Waschzuber. Das wird die Missgeburten ganz schön ärgern, wenn sie merken, dass sie in ihrer hübschen, neuen Stadt auf dem Trockenen sitzen", dabei klopf sich Drago lachend auf die Schenkel und nickt Ulrich mit einer bestätigenden Geste zu.

Fenja und Cunad blicken in banger Erwartung Richtung Bischof, aber die befürchtete Schelte des Kirchenvaters bleibt aus. Er winkt lediglich entnervt ab und beschließt, dem Hünen keinerlei Beachtung mehr zu schenken. Kurz darauf fordern die ersten Strahlen der aufgehenden Sonne zum Blick ins Lager des Feindes auf. Der Bischof ergreift das Instrument und die Gefährten folgen Ulrich Richtung Mauer. Auf dem Weg stattet Cunad der Schmiede noch einmal einen kurzen Besuch ab, wieder warten alle anderen draußen. Es dauert auch nur einen Moment, bis Cunad die Werkstatt wieder verlässt, auf Drago zugeht und dem Nordmann einen prächtig gearbeiteten Helm aufs Haupt setzt. Völlig fassungslos blickt der Hüne zu seinem Gönner und schließt ihn dankend in die Arme. Cunad aber löst die freundschaftliche Umklammerung, sieht seinem Gefährten in die Augen und spricht im herzlich zu.

„Das war ich dir mehr als schuldig und bedarf keiner dankenden Worte. Sehe den Helm als Zeichen unserer Verbundenheit. Nun komm, die Zeit drängt. Wir wollen die Geduld des Bischofs nicht noch weiter auf die Probe stellen."

Drago fehlen die Worte, er nimmt den Helm sogleich wieder ab und hält das Stück bewundernd in den Händen. So fällt es ihm schwer, mit dem zügigen Tempo der Gruppe Schritt zu halten. Auf der Mauer angekommen setzt Ulrich ohne Umschweife das Instrument zum Blick ins Feindeslager an und lässt das Trio an seinen

Eindrücken teilhaben.

„Ich befürchte Cunads unheilvolle Vorahnung scheint sich zu bewahrheiten. Es herrscht reges Treiben unter den Hunnen, sie bereiten ohne Frage die Erstürmung vor."

Ein jeder weiß, was das bedeutet. Die Stadt wird sich nur wenige Stunden halten können und das auch nur im besten Fall. Schweigend und mit fragendem Gesichtsausdruck sehen die Gefährten zu dem Bischof, der das Instrument nach einer Weile wieder absetzt. Nur Drago ist immer noch auf seinen Helm fixiert, das Geschehen vor den Toren Augustas scheint ihn nicht zu interessieren. Ulrich aber atmet ob der bevorstehenden Kämpfe schwer und richtet nach einer Weile der Besinnung das Wort an Cunad.

„Uns bleibt tatsächlich keine Zeit. Der Sturm wird schon zu dieser Stunde über uns hereinbrechen."

„Seid ihr euch dessen sicher?" fragt Fenja ängstlich, obwohl sie die Antwort eigentlich nicht hören möchte.

„Ich hege keinen Zweifel daran. Soeben setzte eine Delegation aus Bulcsus Lager über den Fluss. Noch kein einziges Mal während dieser Belagerung suchte Bulcsu die Nähe seiner Truppen. Das Erscheinen ihres obersten Heerführers gibt die letzte Gewissheit, der Angriff steht uns unmittelbar bevor."

Jetzt wendet auch Drago seine Aufmerksamkeit dem feindlichen Lager zu. Er entreißt dem Bischof buchstäblich das Instrument und sieht ohne Umschweife selbst hindurch. Noch während er sein Auge ins Lager der Hunnen richtet, kommentiert er mäßig beeindruckt seine Gedanken dazu.

„Das sieht tatsächlich gar nicht gut aus da draußen. Irgendwie haut das nicht hin mit eurem Christus, der lässt euch genauso hängen wie ihr ihn. Ich würd ihn ja mal vom Kreuz nehmen, vielleicht steht er euch dann endlich bei. Na was meinst du dazu Priester?"

Aber Ulrich hört nicht zu, im Geiste spielt er durch, welche Maßnahmen nun ergriffen werden müssen. Auch wenn der Sieg des Feindes sicher scheint, soll Bulcsu kein leichtes Spiel erwarten, die Stadt wird nicht im Handstreich fallen. Gerade im rechten Moment trifft Riwin ein, gemeinsam gilt es jetzt die nötigen Vorbereitungen zu treffen. Aber nicht nur zur Schlacht auf den Mauern rüsten die Männer, den Menschen wird auch bewusst, die Zeit des Abschieds naht endgültig. Noch eine letzte Umarmung, ein letzter Kuss, dann trennt der Ruf zum Kampfe einen jeden Vater und Ehemann von seinen Liebsten.

Derweil schleppen Andere Schleudersteine und Bündel mit Pfeilen zu den Wehranlagen. Auch schwere Kisten voller Krähenfüße erreichen die Mauern, Ulrich hatte schon lange vor der Belagerung die Schmieden Augustas damit beauftragt. Das restliche Wasser wird verteilt und die Stadtwache gibt an die Neuankömmlinge des Vortags Waffen aus. Auch Bauern und Handwerker beruft Ulrich ein, selbst Jünglinge und so manches Weib erklimmen die Befestigungen. Doch als Fenja um eine Waffe ansucht, verweigert ihr der Bischof diese Bitte. Energisch untersagt er ihr ein weiteres Verweilen auf der Mauer und selbst Cunad und Drago stimmen Ulrich zu. So bleibt auch Fenja nur der Abschied, schweren Herzens trennt sie sich von ihren liebgewonnenen Gefährten und läuft zurück zum Dom. Dort öffnet sie die Pforte und füllt das Gotteshaus mit zahlreichen Frauen und Kindern. Jetzt bleibt nur zu hoffen und sich gegenseitig Trost zu spenden.

Da ertönt auch schon das gefürchtete Horn der Hunnen. Von allen Seiten marschieren unzählige Horden des Feindes auf und rücken zunächst nur langsam vor. Die erste Reihe der Angreifer trägt Leitern und Rammböcke vorweg. Die nachfolgenden Reihen bestehen aus leichter, mit Äxten oder Säbeln bewaffneter Infanterie, sie bilden das Gros der Formation. Zu guter Letzt folgen berittene Bogenschützen nach. Ulrich und Riwin geben Order, vorrangig die Träger der Sturmgeräte ins Visier zu nehmen. Noch aber erfolgt kein Befehl zum Abschuss, die Magyaren stehen noch zu weit entfernt. Zitternd und von Angst getrieben, lösen die Ersten dennoch ihre Pfeile. Erst nachdem die Aggressoren in Reichweite der Geschosse gelangen, stürmen sie mit ungeheurer Schnelligkeit gegen die Stadt. Augenblicklich zischt gezielter Pfeil- und Steinbeschuss den Angreifern entgegen. Jetzt regnen auch unzählige Krähenfüße von den Mauern der Stadt und erschweren die Annäherung des Feindes erheblich. Keinem Angreifer gelingt es, die letzten Meter bis zum Fuße der Mauern zu überwinden. Wer nicht von Pfeilen getroffen niedersinkt, findet in dem die Stadt umschließenden Gürtel aus Krähenfüßen sein jähes Ende. Zwar erwidern die Steppenreiter der hinteren Reihen den Beschuss, aber auch diesen Schlagabtausch entscheiden die Schützen der Verteidiger für sich. So steht dem Spektakel wider erwartend ein schneller Ausgang bevor, bereits nach kurzer Zeit treten die Hunnen tatsächlich die Umkehr an. Ihre Sturmleitern und Rammböcke aber lassen sie scheinbar ungeachtet zurück. Die Männer auf den Mauern können ihr Glück kaum fassen, freudiger Jubel bricht allerorten in Augusta aus. Auch Cunad legt die Waffen nieder, tanzend ruft er seinen Mitstreitern Siegesparolen zu. Doch kann er Drago nirgendwo erkennen, sein Blick schweift suchend über die Befestigungen. Schließlich entdeckt er seinen Gefährten rücklings sitzend an die Mauer des Wehrgangs gelehnt. Ganz offensichtlich nahm er nicht am Kampfe teil. Achselzuckend und mit fragender Miene läuft Cunad auf ihn zu.

„Was soll das mein Freund, hat der Kampfgeist dich verlassen? Oder fürchtest du dein neuer Helm könnte Schaden nehmen? Egal, es ist vorüber. Jetzt lass uns teilhaben an diesem unerwarteten Triumph", fordert Cunad zur Vergnüglichkeit auf.

„Das war doch nur der Auftakt, die laufen sich erst warm. Es lohnt noch nicht der Mühe. Ich rate dir, tue es mir gleich und schone deine Kräfte", antwortet Drago gelassen.

„Was meinst du damit?" fragt Cunad sorgenvoll.

„Ich sage dir, uns steht ein Schauspiel in drei Akten bevor, erst im letzten wird es spannend. Nun setz dich zu mir und warte es einfach ab."

Jetzt fällt es auch Cunad wie Schuppen von den Augen. Der Sieg war viel zu leicht errungen, der Feind gab einfach zu schnell auf. Die Bestätigung folgt auf dem Fuße, das Horn der Hunnen tönt ein zweites Mal. Die folgende Angriffswelle hat der ersten einen entscheidenden Vorteil voraus. Beim Ansturm behindern nun keine sperrigen Leitern und Rammböcke das Vorwärtskommen der Angreifer, alles liegt bereits griffbereit vor den Mauern. Dieser Umstand gestattet es den Eroberern, die gefahrvolle Zone innerhalb der gegnerischen Reichweite deutlich schneller zu überwinden. Weit weniger Pfeile finden nun ihr Ziel. Noch erleiden die Angreifer beim Ansturm durch die ausgebrachten Krähenfüße hohe Verluste, aber der Kampf tobt ungleich härter. Auch die ersten Leitern bringt der

Feind in Stellung. Sofort klettern einige Hunnen darauf empor. Das Stechen und Hauen auf den Wehrgängen beginnt, nur mit Mühe hindern Ulrichs Männer die Angreifer am Überwinden der Mauern. Doch der Feind kann den Druck auf den Leitern nur unzureichend aufrechterhalten, denn ständig treten nachrückende Krieger in die Krähenfüße und scheitern nur wenige Meter vor der Stadt. Letztlich schaffen es nur wenige Hunnen, die in Stellung gebrachten Sturmleitern zu erreichen.

Und wieder tobt ein erbitterter Schusswechsel unter den Schützen beider Parteien. Doch diesmal zwingt die Abwehr der emporkletternden Angreifer die Verteidiger aus ihrer Deckung, sie bieten den Magyaren jetzt ein leichtes Ziel. So fällt das Duell der Pfeile für die Königstreuen in dieser Runde beträchtlich verlustreicher aus. Doch am Ende stürzt ein Hunne nach dem anderen erschlagen von der Leiter, der Feind zieht sich ein zweites Mal zurück. Aber der Preis war hoch, viele Kämpfer mussten ihr Leben lassen oder liegen verwundet danieder.

Cunad sackt vom Kampf gezeichnet ermüdet zusammen, den Rat seines Gefährten hatte er nicht befolgt. Nun ist es Drago, der erhobenen Hauptes vor seinem am Boden kauerndem Kameraden steht. Kopfschüttelnd bringt der Nordmann sein Unverständnis zum Ausdruck.

„Euch Christen ist einfach nicht zu helfen. Keinen noch so wohlgemeinten Ratschlag nehmt ihr an. Jetzt wirst du im letzten Kampfe nicht lange bestehen können. Ich aber will mein Leben so teuer wie möglich verkaufen, will die Missgeburten gehörig mit meiner Klinge tadeln, bevor das Ende kommt."

Dragos Worten wohnt ob des nahen Todes nichts Trauerndes oder Bekümmerndes inne. Er spricht, als trage er ein völlig lapidares Anliegen vor. Cunad sieht seinen Gefährten entgeistert an, doch bleibt ihm keine Zeit darüber nachzudenken. Das Horn des Feindes ertönt schon wieder, der Tanz beginnt aufs Neue.

In diesem Anlauf aber schickt Bulcsu weitaus mehr Krieger in die Schlacht. Fast scheint es, als rage Augusta einer Insel gleich, aus einem Meer von Leibern hervor. Den Männern auf der Mauer stockt der Atem. Jetzt gibt kein Schütze mehr gezielte Schüsse ab, selbst jeder verirrte Pfeil streckt einen Hunnen nieder, so zahlreich umringt der Feind die Stadt. Eine Konsequenz indes bleibt aus, der Beschuss bewirkt lediglich den buchstäblichen Tropfen auf den heißen Stein. Noch schlimmer aber wiegt etwas ganz Anderes. Die im zweiten Ansturm erschlagenen und getroffenen Hunnen liegen rings um Augusta verteil vor den Mauern. Über ihre Leiber hinweg steigend erreicht die dritte Angriffswelle nun sicheren Fußes die Leitern. Von den eben noch so tückischen Krähenfüßen geht keine Gefahr mehr aus, sie liegen unter einem regelrechten Leichenteppich begraben. So ebnen die Gefallenen ihren lebenden Kampfgenossen noch im Tode den Weg. Unerbittlich drängen Heerscharen des Feindes rund um die Stadt auf den Leitern empor. Noch wehren Ulrichs Männer tapfer einen Jeden ab, der versucht die Brüstungen zu überwinden. Auch gelingt es, die ein oder andere Leiter zu Fall zu bringen, aber unzählige Bogenreiter unterstützen ihre emporkletternden Kameraden mit gezieltem Pfeilbeschuss. Dies dezimiert die Verteidiger mit geradezu astronomischer Geschwindigkeit. Das allgegenwärtige Singen der Pfeile tut ihre übrige Wirkung unter den schwindenden Kräften auf der Mauer. Zusammen mit dem schrillen Kampfgeschrei der wie von Sinnen wütenden Magyaren verbinden sich die todbringenden Töne zu einem markerschütternden Duett.

Dem massiven Druck des Feindes kann die Stadt nicht lange trotzen. Zwar halten die Tore den Rammböcken noch immer Stand, aber schon springen erste Krieger über die Leitern auf die Mauer. Nun stehen sich auf den Wehrgängen Kämpfer beider Parteien Auge um Auge gegenüber. Und die Hunnen fallen wie tollwütige Hunde über die tapfer kämpfenden Verteidiger her. Besonders die in der Kriegskunst nicht geübten Bauern und Handwerker fallen der Raserei des Feindes schnell zum Opfer. Nach kurzer Zeit tobt überall auf den Wehrgängen ein erbitterter Nahkampf. Das andauernde Gemetzel ringt Ulrichs Männern das Äußerste ab, völlig entkräftet wird einer nach dem anderen von der erdrückenden Übermacht überwältigt. Auch Ulrich hat mittlerweile Mühe, seine Waffe weiter gegen den Feind zu richten. Cunad ergeht es nicht viel besser, nur unter Aufbringung der letzten Kraftreserven hält er den Attacken seiner Kontrahenten stand. Einzig Drago schwingt die Klinge ohne Anstrengung. Als mähe er Gras, streckt jeder seiner Streiche gleich mehrere Hunnen nieder. Aber Drago alleine kann die Flut der feindlichen Krieger nicht aufhalten. Die Zeit wird schon in Kürze auch des Nordmanns unabwendbares Scheitern einfordern.

So trifft der Bischof in höchster Not eine tragische Entscheidung. Er kämpft sich bis zu Riwin durch und gibt Order, Augusta in Brand zu setzen.

„Geliebter Neffe, unsere Verteidigung bricht jeden Moment zusammen. Erreichen die Schlächter des Feindes erst unsere Gassen, beginnt ein grausames Gemetzel. Kein Kind, kein Weib wird dem entrinnen. Wir müssen die Stadt sofort in Flammen legen. Vielleicht gelingt es einigen Seelen, in dem Chaos des Infernos einen Weg hinfort zu finden. Jetzt geh und lass vieler Orten Feuer legen."

Riwin hält Ulrich keine Widerworte entgegen. Er nickt und umarmt seinen Onkel ein letztes Mal, dann steigt er von der Mauer, den schicksalhaften Auftrag in die Tat umzusetzen. Doch mittlerweile tobt die Schlacht auch innerhalb der Stadtbefestigung, Riwin muss sich seinen Weg erkämpfen. Ulrich aber legt inmitten des Kriegsgetümmels seine Waffe ab und faltet kniend seine Hände zum Gebet.

„Segne und behüte uns durch deine Güte. Herr, erhebe dein Angesicht über uns und gib uns Licht. Treuer Jesu, bleib bei mir. Geh voran, ich folge dir."

Weit vor den Toren Augustas harren Bulcsu und Lel siegessicher den Ereignissen. Im Sattel sitzend erwarten sie noch vor der Mittagsstunde das Ende Augustas und beobachten starr den Todeskampf der untergehenden Stadt. Gefühlsregungen gleich welcher Art sind dem obersten Heerführer von jeher fremd. Wie immer bestimmen rationales Handeln und Pragmatismus sein Kalkül. Unnahbar wirkt die massige, gedrungene Gestalt des Bulcsu. Ganz im Gegensatz zu Lel, seine schlank gewachsene Erscheinung wirkt unberechenbar und kalt.

Da treffen fremde Reiter ein, Berthold und sein Gefolge erreichen nach langem Ritt das im regen Treiben bewegte Lager. Ohne Umschweife empfängt Lel seinen Schergen trotz der tobenden Schlacht, Bulcsu aber würdigt Berthold keines Blickes. Was der Verräter zu berichten weiß, erfüllt seinen Auftraggeber mit Genugtuung. Dann lässt Lel den Mächtigsten unter seines Gleichen an dem Wissen teilhaben. Ohne die kleinste Regung zu zeigen lauscht Bulcsu den Ausführungen seiner rechten Hand. Er erfährt vom Lager Ottos, dessen Befestigungen, der baldigen Verstärkung und von Einhards gelungener Täuschung. Die Falle ist gestellt, jetzt muss Horka Bulcsu nur noch zuschlagen.

Unterdessen kann sich Augusta des Ansturms kaum mehr erwehren, der Stadt steht die unmittelbare Eroberung bevor. Da ertönt das Horn aufs Neue, einem Wunder gleich zieht die Übermacht des Feindes überraschend hinfort. So wie Wasser seinem Laufe folgt, strömt die gesamte Flut der Hunnen über die Mauern mit ungeheurer Schnelligkeit zurück. Gott hatte Ulrichs Flehen also erhört, die Aggressoren auf scheinbar wundersame Weise in die Flucht geschlagen. Die Überlebenden Augustas können ihr Glück kaum fassen. Ungläubig lugen viele prüfend über die Mauern, vergegenwärtigen sich der Wahrhaftigkeit des Unmöglichen.

Indes ordnet Bulcsu umgehend den Aufbruch Richtung Norden an. Mit der geballten Kraft seiner vollständigen Streitmacht will er den verhassten König so schnell als möglich stellen, die anrückende Verstärkung Konrads vernichten und Augusta erst danach im Handstreich nehmen. Die kaum mehr wehrhafte Stadt wird seinen Truppen auch in den kommenden Tagen nicht den geringsten Widerstand entgegensetzen können. Auf die Zerschlagung der königlichen Truppen hatte Bulcsu so lange gewartet, jetzt will er die Gelegenheit sofort beim Schopfe packen. So bereitet das gewaltige Reiterheer den raschen Abzug vor und rückt schon kurz darauf von dannen. Selbst das Lager am jenseitigen Flussufer mit den Gefangenen und den Ersatzpferden lässt Bulcsu zurück, lediglich eine ausreichend starke Besatzungstruppe hält weiterhin darüber wacht. Noch bevor die Menschen Augustas begreifen wie ihnen geschieht, verliert sich die Staubwolke der abziehenden Streitkräfte am Horizont. Einzig die zahlreichen Leichen und das Wehklagen der Verletzen auf den Mauern bleiben zurück. Noch vor einem gefühlten Wimpernschlag tobte und wütete allerorten erbarmungslos die Schlacht, nun aber wohnt der Szenerie etwas Gespenstisches, Unwirkliches inne.

Ungeachtet der beklemmenden Stimmung sieht Ulrich der abziehenden Streitmacht lange hinterher. Selbst nachdem er seinen Blick endlich abwendet, findet der Bischof für die Belange der angeschlagenen Stadt zumindest im Moment noch keine Zeit. Vorrangig gilt es jetzt, die richtigen Entscheidungen zu treffen. Eine Zusammenkunft muss jedoch nicht einberufen werden, Riwin und die drei Gefährten gesellen sich von ganz alleine zu Ulrich auf die Mauer. Cunad weiß, was jene schicksalhafte Stunde nun von ihm und seinen Freunden fordert.

„Fenja, Drago und meine Wenigkeit müssen sofort aufbrechen. Der Weg nach Nordilinga ist mir vertraut, die nahe Festung des Königs werden wir dann schon finden. Lasst uns keine Zeit verlieren, sonst..."

Ulrich lässt Cunad nicht zu Ende sprechen.

„Dir ist sicher nur der Weg über die alte Römerstraße gen Norden vertraut, sie führt direkt zur Donaubrücke und von dort über einen großen Bogen Richtung Westen in die weite Ebene Nordilingas. Aber dieser Route folgt auch Bulcsus Streitmacht. Da die Hunnen das Wasser scheuen, wird der Feind sicherlich die Brücke besetzen und dort Truppen zurücklassen. Außerdem müsst ihr Otto noch vor dem Feind erreichen. Wie soll das vonstattengehen, wenn ihr hinter Bulcsu reitet? Nein, nein, im Windschatten der Streitmacht erreicht ihr Otto nie, das bedarf eines anderen Weges."

„Ich bin mit der Gegend ansonsten nicht vertraut. Gibt es einen kürzeren Weg, dann kenne ich ihn nicht", gibt Cunad zu bedenken.

Das scheinbar aussichtslose Unterfangen scheint Riwins Aufmerksamkeit zu wecken. Wissend sieht er in die Runde, bevor er zögernd seine Gedanken dazu preisgibt.

„Mir wäre schon eine Lösung gewahr, aber ich fürchte, mein Vorschlag dürfte nicht auf jedermanns Zustimmung stoßen."

Augenblicklich wird Riwin die ganze Aufmerksamkeit zu teil, alle Blicke richten sich fragend zu des Bischofs Neffen. Nur Ulrich ahnt bereits, was Riwin nun im Schilde führt. Seine Vermutung findet auch sogleich Bestätigung.

„Wollt ihr den König noch vor den Hunnen erreichen, braucht ihr eine kürzere, direktere Route und eine solche gibt es auch. Denn der von Bulcsu gewählte Weg über die alte Römerstraße führt nämlich in einem ausschweifenden Bogen bis nach Nordilinga. Viel schneller und ohne Umschweife geht das über Hohstat, einer kleinen Siedlung am Südufer der Donau. Vom gegenüberliegenden Ufer aus gelangt man auf einem schmalen, langen Pfad direkt bis zu des Königs Lager. In Anbetracht der völlig unterschiedlich verlaufenden Routen sollte euch ein Feindkontakt erspart bleiben", dabei verschweigt Riwin den eigentlichen Haken an der Sache.

Doch auch ohne sich des unausgesprochenen Pferdefußes bewusst zu sein, hält Cunad noch ganz andere Unwägbarkeiten dagegen.

„Dort gewährt uns gewiss keine Brücke Geleit über die Donau. Den Strom schwimmend zu passieren scheint mir ein gehöriges Wagnis. Seine Strömungen und Strudel sind tückisch. Außerdem bleibt das bereits erwähnte Problem bestehen, den Weg nach Hohstat kenne ich nicht."

Riwins Erwiderung lässt nicht lange auf sich warten. Doch als er seinen Plan zu Ende vorträgt, nimmt Ulrichs Mimik einen wenig amüsierten Ausdruck an.

„Mein Vater besitzt nahe Hohstat eine kleine Burg, der Weg dorthin ist ihm wohl vertraut. Auch weiß er eine Stelle, die euch ein gefahrloses Überqueren des Flusses erlaubt. Ich weiß, ich weiß, mir sind die Missetaten Diepalds gewahr. Aber ich sprach heute Nacht lange und in tiefster Verbundenheit mit ihm. Er bereut seine Untat aufrichtig und bitterlich. Er gäbe Alles dafür, dass durch ihn verursachte Leid wieder gut machen zu dürfen."

Für jedermann offensichtlich hält sich Ulrichs Begeisterung in Grenzen. Cunad, Drago und Fenja aber können die Vorbehalte des Bischofs nicht nachvollziehen, so klärt sie Ulrich kurzerhand darüber auf. Denn diese Entscheidung darf nur gemeinsam gefällt werden. Des Sachverhaltes offenbar, blicken Cunad und Fenja äußerst unentschlossen drein, für Drago hingegen steht die Sache fest.

„Dann schafft den Übeltäter her, ich werde ihm schon Beine machen. Bei mir gibt's solchen Zinnober nicht, nicht mit mir", dabei unterstreicht Drago die Ernsthaftigkeit seiner Worte mit einer grimmigen Grimasse.

Ulrich hingegen sieht man seine Ablehnung noch immer deutlich an. Eine wirkliche Alternative aber kommt auch ihm nicht in den Sinn. So stimmt er trotz aller Bedenken am Ende schließlich zu.

„In Gottes Namen, dann sei es eben so. Aber euch begleitet nicht nur Diepald, sondern alle verbliebenen Kämpfer, die auf einem Pferde reiten können. Sie bieten euch bis nach Hohstat an der Donau sicheres Geleit, von dort aus müsst ihr euch alleine bis zur Festung durchschlagen. Folgt immer nur dem Pfad in nördliche Richtung und ihr werdet den König finden. Diepald jedoch soll mit seinen Reitern an den Ufern des Flusses nach Osten bis zur Brücke weiterziehen. Dieser Übergang muss unbedingt zurückerobert werden, er ist von immenser strategischer Bedeutung. Mein Bruder soll also seine Gelegenheit erhalten, den Namen seines Hauses wieder reinzuwaschen. Er wird dieses heikle Unterfangen anführen."

Ulrich lässt umgehend die Reiterei mobilisieren, während Riwin seinen inhaftierten Vater aus dem Arrest der Stadtwache herbeiholt. Das Aufeinandertreffen der Brüder fällt trotz Diepalds gestriger Verfehlung emotionsreich aus. Ulrich ahnt, die Mission, welche Diepald nun obliegt, wird eine Prüfung ohne Wiederkehr. Eindringlich instruiert der Bischof seinen Bruder und schwört ihn auf unbedingte Pflichterfüllung ein. Die Vorbereitungen sind schnell getroffen und die Reiterei steht schon zum Abzug bereit. Nun bleibt nur noch, auch von den drei Gefährten Abschied zu nehmen und Ulrich spricht mit warmer Stimme.

„Gebt acht auf eurem Wege, auf dass ihr sicher und wohlbehalten des Königs Lager erreicht. Legt höchste Eile an den Tag, ihr müsst das Mädchen unbedingt vor Eintreffen des Feindes zu Otto bringen. Das soll euer Auftrag sein, dann wird auch dir liebe Fenja, schon bald deine Bestimmung in diesem Kriege offenbar."

Fenja würde die gefahrvolle Reise lieber nicht antreten und sie macht auch keinen Hehl daraus. Nur widerwillig stimmt sie zu, richtet aber eine Bedingung an den Bischof.

„Im Gefangenenlager der Hunnen fristet ein kleines, rothaariges Mädchen ihr kümmerliches Dasein. Gesa ist ihr Name, sie gehört zu mir. Ich weiß, noch wacht der Feind darüber. Sollte sich aber eine Gelegenheit ergeben, nehmt ihr euch dieses Mädchens bis zu meiner Rückkehr an und sorgt für dessen Wohlergehen."

„Der Herr sei mein Zeuge, das werde ich", antwortet Ulrich mit fester Stimme.

„Eures Gottes Zeugnis hilft mir nicht, ich bin den Heilkünsten und Werten der alten Völker verschrieben. Gebt mir einfach euer Wort.“

Ulrich nickt bestätigend und mahnt seine Wachen zur Dringlichkeit an.

„Ist das Tor nun endlich freigeräumt, dann gebt den Dreien ihre Gäule, obwohl für den zu groß geratenen Heiden wohl eher ein Ochse angeraten wäre.“

Drago quittiert des Bischofs Spott mit einem missgestimmten Grollen, dann folgt das Trio Diepalds Männern aus der Stadt hinaus. Erleichtert und wehmütig zugleich blickt Ulrich auf der Mauer stehend hinterher und spricht nachdenklich zu seinem Neffen.

„Die Wege des Herren sind wahrlich unergründlich.“

„Wie meinst du das?“ will Riwin wissen.

„Ein Heide, ein Ungläubiger und eine Hexe, ausgerechnet in ihre Hände legt der Herr das Schicksal unserer geliebten Christenheit. Von diesen drei Gestalten hängt jetzt Alles ab.“

Der Weg bis Hohstat nimmt rund zwei Drittel der gesamten Strecke in Anspruch. So erreicht die mehr als 80 Reiter zählende Karawane erst nach verstreichen der Mittagsstunde die Nähe des Donaustromes. Die angepeilte Siedlung am Ufer des Flusses liegt nun nicht mehr fern. Zwar verlief der Ritt bis hierher ohne Zwischenfall, kurz vor erreichen Hohstats aber lassen verhängnisvolle Vorzeichen auf die Anwesenheit des Feindes schließen. Eine große Schar Krähen steigt aus der Siedlung auf und beißender Verwesungsgeruch liegt in der Luft. Der Reitertrupp verlangsamt sein Tempo und stoppt in sicherer Entfernung. Nach kurzer Beratschlagung kommen Alle überein, das kleine Dorf zu umzingeln und von mehreren Seiten gleichzeitig einzufallen.

Auch Cunad und Drago nehmen an dem Angriff teil, während Fenja mit einigen Reservekräften im Hintergrund verbleibt. Die Attacke der Reiter bricht unvermittelt und blitzartig über Hohstat herein. Augenblicklich läuft ein halbes Dutzend Hunnen aus einer der Hütten und versucht, die nahen Pferde zu erreichen. Doch der Angriff kommt zu überraschend, nicht ein Krieger erreicht sein Schlachtross. Im Sattel sitzend strecken die Angreifer jeden Hunnen mit nur wenig Hieben nieder. Das Scharmützel ist schnell vorbei, kein weiterer Krieger sonst hält sich im Dorf verborgen.

Die Reiterschar steigt ab und erst jetzt erfassen die Männer das menschenverachtende Werk der Schlächter. Überall liegen verstümmelte Leichen unbestattet im gesamten Dorf verteilt. Ob Kinder, Frauen oder Greise, der Feind machte keinen Unterschied. Selbst ein jedes Stück Vieh liegt abgeschlachtet danieder, nur wenigen Tieren wurde ein Stück Fleisch entnommen. Da dringt leises Röcheln aus einer der Hütten, Cunad und Drago stürmen sofort hinein. Das Bild, welches sich ihnen offenbart, lässt selbst hartgesottene Männer erschaudern. Eine junge Frau liegt nackt und gefesselt am Boden. Nicht nur ihr Gesicht wurde übel zugerichtet, zahlreiche, mitunter schwere Verletzungen überziehen ihren geschundenen Körper. Cunad legt zitternd eine Decke über das entstellte Häufchen Elend. In diesem Moment tritt Fenja plötzlich ein. Drago versucht sie zurückzuhalten, aber vergebens, schon kniet die Heilerin neben der etwa gleichaltrigen Leidtragenden. Fenja löst die Fesseln und hält tröstend ihre Hand. Die Frau ringt ganz offensichtlich mit dem Tode. Doch brennt ihr ein Anliegen derart auf der Seele, dass sie noch nicht loszulassen vermag. Mit stockender Stimme teilt sie Fenja leise ihren Kummer mit.

„Mein kleiner Sohn, Elbel ist sein Name. Habt ihr ihn gefunden, wurde er verschont?“

Fenja schließt für einen Moment die weinenden Augen, ihr gesamter Körper scheint zu beben. Doch dann fängt sie sich wieder. Sie legt ihre Hand auf die Stirn der Sterbenden und schenkt ihr den ersehnten Frieden.

„Wir fanden deinen Elbel unbeschadet. Es wird ihm an nichts mangeln, das verspreche ich dir. Du musst nun nicht mehr Sorge tragen.“

„Das ist schön“, haucht es kaum mehr wahrnehmbar zurück, dann fährt der Geist aus ihrem geschändeten Körper.

Cunad verlässt die Hütte schwankend wie in Trance, versteinert nimmt er nur wenige Schritte weiter auf dem Boden Platz. Das soeben erlebte ruft das schlimmste Trauma aus seinem Innersten hervor. Auf ganz ähnliche Weise fand er seine Frau vor Jahren sterbend vor. Der Widerhall dieses fürchterlichsten aller Schrecken, wirft ihn völlig aus der Fassung.

Drago verlässt zwar ebenfalls schweigend die kleine Hütte, doch verschafft er sich auf nordmannweise Luft. Scheinbar ohne Schmerz zu empfinden schlägt er mit bloßen Händen auf die Wand des benachbarten Gebäudes ein. Gleich mehrere große Löcher hämmern seine blutenden Fäuste in die Flechtwand der Hütte. Erst nachdem seine geschundenen Knöchel nach Einhalt verlangen, sinkt auch er ermattet zu Boden.

Fenja hingegen benötigt etwas Zeit, um sich von der Verstorbenen zu lösen. Erst dann kehrt auch sie dem Ort des Geschehens den Rücken zu. Im Stechschritt tritt sie Cunad gegenüber und spricht mit resoluter Stimme.

„Was auch immer ich zur Beendigung dieses Krieges beitragen kann, was auch immer von mir abverlangt wird, ich will künftig ohne Hadern Allem Folge leisten."

„Und aus diesem Grunde ziehen wir jetzt auf der Stelle weiter", antwortet Cunad und steigt sogleich in seinen Sattel.

So lässt auch Diepald seine Männer aufsatteln und gemeinsam überqueren alle unbeschadet die Wasser der Donau. Am Nordufer angelangt, trennen sich die Wege des Heereszuges und der drei Gefährten. Diepald führt das Trio noch bis zum Beginn des Pfades und reitet dann mit seinen Männern der östlich gelegenen Brücke entgegen. Noch ein letztes Winken und die Gefährten sind ab jetzt auf sich allein gestellt.

*****

Diesmal ist es Boleslav, der außerhalb des Lagers nach Zerstreuung sucht. Der Zwistigkeiten überdrüssig, erkundet er im Geleit vertrauter Krieger das weitere Umland. Gefährlich weit nach Süden führt der Fürst die kleine Reiterschar, bevor der fortgeschrittene Nachmittag zu Umkehr mahnt. Mittlerweile könnte auch Bulcsus Streitmacht ihren Weg zur Festung finden, eine Rückkehr wäre dann so gut wie ausgeschlossen. Gerade als der Böhme sich zur Umkehr wendet, vernimmt ein Krieger Hufgetrampel in der Nähe. Boleslav lässt sofort darauf zuhalten, in schnellem Galopp stellt sein Trupp die unbekannten Reiter. Aber keine Hunnen fängt die kleine Einheit ab, eine junge Frau in Begleitung zweier Schwertträger geht Boleslav ins Netz. Mit fragendem Blick mustert der Böhme das seltsam anmutende Trio. Seine Neugier bleibt nicht lange unbefriedigt, der kleinere der beiden Männer ergreift sofort das Wort.

„Bitte sagt mir, dass ihr zu des Königs Streitkräften zählt. Wir kommen von Augusta und müssen unbedingt das Lager Ottos finden. Ich heiße Cunad, der König erwartet mich bereits."

„Das tut er, aber nicht in der von dir erwarteten Weise. Eigentlich müsste ich euch entwaffnen und als Gefangene zur Festung führen, aber ich folge nicht den Worten einer dreckigen Schmeißfliege", antwortet der Böhme gelassen.

„Wie darf ich das verstehen?"

„Die Schmeißfliege, Einhard ist ihr Name, bezichtigt dich, du seist ein Überläufer. Hat die Schmeißfliege recht?" dabei sieht Boleslav seinem Gegenüber mit zur Seite geneigtem Haupt prüfend in die Augen.

„Hat er nicht, dieses absurde Missverständnis wird sich leicht aufklären lassen", beteuert Cunad seine Unschuld.

Dann geleiten die Böhmen das Trio zügig Richtung Festung. Bereits beim Passieren des Tores ruft einer der Wächter Cunads Namen, umgehend eilen weitere Männer Burchards hinzu und fordern des Fürsten Beute ein. Doch Boleslav denkt nicht daran, die Gefährten klaglos auszuliefern. Der Streit droht wieder zu entflammen. Erst recht, nachdem ausgerechnet Einhard schnell hinzu gelaufen kommt, in sicherer Entfernung zu den Böhmen bleibt er schließlich stehen. Boleslavs spitze Zunge kommentiert das Erscheinen Einhards auf der Stelle.

„Darf ich vorstellen, die Schmeißfliege."

„Ich kenne den Mann nicht", antwortet Cunad während er mit seinen Gefährten aus dem Sattel steigt.

„Mich durfte er schon kennenlernen. Du solltest es mir gleichtun und die Angelegenheit gleich hier von Mann zu Mann regeln", provoziert der Böhme weiter.

Doch Einhard denkt gar nicht daran. Stattdessen lässt er das Trio von einem Dutzend Wächter umstellen. Der Konflikt droht nun zu eskalieren. Mit gezückten Waffen umringen Burchards Männer die drei Neuankömmlinge. Boleslav lässt ohne Umschweife sofort auf seine Kontrahenten anlegen. Verliert jetzt auch nur Einer die Nerven, steht eine blutige Auseinandersetzung bevor.

Dragos beeindruckende Erscheinung scheint den umringenden Wächtern besonders beachtenswert. Mit einer Lanze im Anschlag fuchtelt einer der Männer nervös vor Dragos Gesicht hin und her. Der Nordmann fordert ihn unmissverständlich auf, diese Provokation augenblicklich einzustellen. Doch folgt keine Reaktion. So greift Drago blitzschnell mit seiner Rechten nach der Lanze und bekommt das stählerne Blatt auch sogleich zu fassen. Dann bricht er mit einem lauten Knacken die Spitze vom hölzernen Schaft des Speeres einfach ab. Völlig entgeistert starrt der Wächter fassungslos auf seine kastrierte Waffe. Augenblicklich weicht der Kreis seiner Kameraden erschrocken einen Schritt zurück.

Endlich kommt auch Otto hinzu, die Kontrahenten senken allesamt die Waffen. Der König schickt nach seinen eigenen Männern und befiehlt den aufgebrachten Gegenspielern abzuziehen. Boleslav zögert zwar zunächst, doch dann folgt auch er der Order Ottos. Die drei Gefährten atmen erleichtert auf. Aber der König zeigt nicht das geringste Interesse an dem Trio, stattdessen lässt er Cunad und Drago kurzerhand entwaffnen. Im Anschluss gibt er sogleich Order, die Neuankömmlinge abzuführen. Cunad versucht sich zu erklären, aber Otto winkt nur ab. Erst nachdem der König entschwindet und die drei Gefährten binden lässt, wird Cunad der volle Umfang des Dilemmas bewusst. Dann zerren Ottos Männer alle Drei an den Rand der Festung. Abseits von den Lagerstätten der Truppen ragt dort eine mittelgroße Eiche empor. Drago ahnt bereits, wie es jetzt weitergeht. Kurz darauf sitzen die Gefährten mit dicken Stricken an den Stamm gebunden.

„Irgendwie bin ich jetzt wieder genau dort, wo Alles mit euch angefangen hat, gefesselt an einen blöden Baum", raunt Drago verhalten.

Cunad hingegen zeigt nicht die geringste Reaktion, während Fenja wenigstens mit einem Nicken ihre Wahrnehmung zum Ausdruck bringt. Aber das kann Drago nur erahnen, er sitzt auf der gegenüberliegenden Seite des Stammes und kann seine Gefährtin nicht sehen. So harrt das Trio in schweigsamer Geselligkeit der Dinge.

Ulman lassen die Ereignisse der letzten Stunden keine Ruhe. Das Scheitern der Allianz will er nicht tatenlos hinnehmen. Von Anfang an war Ulman bei jeder Verhandlung zugegen, kennt den mühsamen Werdegang bis hin zur Verwirklichung des lang ersehnten Bündnisses. So läuft er dem Kommandozelt entgegen und hofft, dort seinen König anzutreffen. Kurz vor dem Eintreten vernimmt er leise Stimmen, doch dringt nicht Ottos Stimme an sein Ohr. Der Herzog und sein Adjutant beratschlagen die Begebenheiten. Ulman blickt sich prüfend um und zieht es vor zu lauschen, anstatt der Runde beizuwohnen. Einhard wirkt aufgebracht, er fordert Cunads sofortige Hinrichtung, um ein Exempel an dem Verräter zu statuieren. Burchard hingegen scheint unentschlossen, außerdem benötigt er das Einverständnis Ottos für eine Exekution. Immer eindringlicher redet Einhard auf den Herzog ein und nach einer Weile stimmt dieser tatsächlich zögernd zu. Jetzt gilt es nur noch, den Segen Ottos einzuholen.

Ulman läuft sogleich hinfort, er muss den König noch vor Burchard sprechen. Das Glück bleibt ihm auch nicht verwehrt, er findet Otto bei den sächsischen Truppen und bittet auch sogleich um ein Gespräch.

„König Otto, entschuldigt mein Drängen. Ich ersuche in einer äußerst wichtigen Angelegenheit euer Gehör. Herzog Burchard wird euch in Kürze aufsuchen, um die Hinrichtung des Cunad zu erbitten. Ich halte das für übereilt, sollten wir nicht besser...“, Otto fällt seinem Adjutanten entschlossen ins Wort.

„Ich werde des Herzogs Ansinnen nicht abschlagen. Bedenke mein lieber Ulman, die Männer sind der Treulosigkeit Cunads gewahr. Was wäre das für ein Zeichen, würde ich nicht mit aller Härte handeln. Die Umstände fordern mir also in jedem Fall ein konsequentes Durchgreifen ab. Wir müssen der Truppe zeigen, wie wir mit Überläufern verfahren. Ich begrüße also Burchards Vorhaben, soll er sich der leidigen Angelegenheit annehmen. So muss ich mich nicht weiter darum bekümmern.“

„Mir scheint die Schuld des Cunad nicht recht erwiesen. Wer außer Einhard kann das bezeugen? Ich hege Zweifel, ihr nicht?“

„Nüchtern betrachtet, nein. Egal wie du oder ich zu Einhard stehen, er stellte seine Treue unter Beweis und war bereit, sein Leben dafür zu geben. Ob es uns gefällt oder nicht, wir haben diesem Mann viel zu verdanken. Außerdem steht zu befürchten, dass wir diesen Krieg verlieren. Nicht auszudenken, würde der Feind den Verräter befreien und dann siegreich über unser Ende frohlocken."

„Verzeiht meine neuerliche Einrede, aber wollt ihr Cunad nicht wenigstens anhören?"

„Und dann, wie sähe das aus? Cunad würde doch nur versuchen mit weiteren Lügen Zweifel und Argwohn in unsere Reihen zu sähen. Haben wir denn nicht schon genug davon, soll weiteres Misstrauen uns noch mehr entzweien?"

Otto wartet die Antwort seines Adjutanten nicht mehr ab, sondern wendet sich wieder den sächsischen Truppen zu. Die Angelegenheit ist für ihn damit erledigt. Ulman aber bleibt ratlos zurück, die Hinrichtung hält er für einen verhängnisvollen Fehler. Nur zu gerne würde er selbst mit Cunad sprechen, aber der König erließ ein absolutes Kontaktverbot. Etwaige Lügen des angeblichen Verräters sollen keinesfalls die Moral der Truppe unterwandern. Selbst die Aufseher dürfen lediglich in respektablem Abstand über die Gefangenen wachen. Ulman denkt nach, doch es mag ihm einfach nichts mehr einfallen, wie er in der Angelegenheit noch etwas bewirken könnte. Das Schicksal Cunads scheint besiegelt. Vielleicht hatte Otto ja auch recht und der vermeintliche Verräter verdient den Tod. Ulman beginnt zu zweifeln und hinterfragt sich schließlich selbst. Womöglich beruht sein Misstrauen einzig auf der persönlichen Abneigung gegen Einhard, eventuell hatte er sich einfach in etwas verrannt.

Das Erscheinen Burchards macht jede weiter Überlegung obsolet. Es bedarf nur eines kurzen Wortwechsels und der Herzog erhält des Königs Einverständnis. Der Hinrichtung ist nun legitim und Burchard möchte keine Zeit verlieren.

Cunad sieht die Delegation der Henker schon von Weitem auf die Eiche zukommen. Fünf kräftige Krieger und ein Pferd begleiten den Herzog mit seinem Adjutanten. Fenja fragt sofort was das bedeutet, aber Cunad antwortet nicht. Erst nachdem Fenja den Strick erkennt, wird ihr der Zweck dieses Besuches offenbar. Nur Drago bleibt die Sicht auf das sich anbahnende Drama verwehrt, er sitzt gefesselt auf der abgewandten Seite des Eichenstammes. Fenja beginnt sofort zu schreien und zu wüten, jetzt begreift auch Drago was geschieht. Da tritt Burchard vor und fordert Beherrschung ein.

„Ruhe jetzt, keines Weibsbilds Wehklagen wird etwas ändern. Also haltet Stille und lasst uns diesen Mann seiner verdienten Strafe zuführen. Es ist auch gleich vorüber.“

Dann fordert der Herzog die Wachen auf, den Todgeweihten loszubinden und auf das Pferd zu setzen. Aber noch bevor die Henker Hand anlegen, ergreift Cunad gefasst das Wort.

„Wenn ihr mich jetzt an diese Eiche knüpft, ist der Krieg verloren. Ich will wahrlich nicht um mein Leben flehen, denn nach dem Tode sehne ich mich seit jener Stunde, als mir mein Sohn und meine Frau genommen wurden. Also besinnt euch nur für einen Moment und hört mir zu. Ihr erahnt nicht im Geringsten, was da auf euch zurollt, der Feind...“, Cunad sackt bewusstlos zusammen, ein Fußtritt Einhards gegen den Kopf reißt ihn in die Dunkelheit.

„Wachen, bindet den Verräter los und setzt ihn auf das Pferd“, befiehlt Burchard mit unnachgiebiger Beständigkeit.

Jetzt brüllt nicht nur Fenja aus Leibeskräften, auch Drago beginnt regelrecht zu toben und verflucht die Peiniger aufs Äußerste. Derart lautstark tönt der Schimpf, dass Burchards Anweisungen kaum mehr ins Gehör der Henker finden. Entnervt gibt der Herzog Order, die beiden Schreihälse zu knebeln. Aber Fenja beißt ihrem Peiniger kräftig in die Hand, mit einem lauten Aufschrei gibt er blutend auf. Noch schwieriger scheint es, dem tobenden Nordmann Herr zu werden. Selbst an den Baum gebunden entwickelt Drago ein enormes Potential. Aus Leibeskräften tritt er gegen Burchards Männer und teilt wuchtige Kopfstöße aus. Selbst zu fünft werden sie dem rasenden Hünen nicht Herr. Ungeduldig und verärgert ruft der Herzog noch drei weitere Krieger hinzu. Erst dann gelingt es, das Duo endlich zur Räson zu bringen. Jetzt wirft Einhard die Schlinge über einen ausladenden Ast des Baumes, während Burchards Männer vergeblich versuchen, den noch immer bewusstlosen Cunad auf das Pferd zu setzen. Denn die Erschlaffung seiner Glieder lässt den Todgeweihten immer wieder aus dem Sattel rutschen. Hilfesuchend und ratlos blicken die Männer zu ihrem Herzog. Zermürbt und der missglückten Hinrichtung überdrüssig, gibt Burchard neuerlich entnervt Befehl.

„Verdammt was ist das für ein Possenspiel. Es kann doch nicht so schwer sein, einen Mann an diesen Baum zu knüpfen. Dann legt ihn eben auf den Boden und das verfluchte Seil um seinen Hals. Gemeinsam werdet ihr das doch bewerkstelligen, oder muss ich etwa selbst mit Hand anlegen? Jetzt zieht ihn hoch, ich will das Schwein nun endlich baumeln sehen."

Aber dazu kommt es nicht. Zwei Dutzend Pfeile schlagen direkt neben Burchard in den Boden ein, der Herzog sieht bestürzt zurück. Ihre Bögen im Anschlag, stehen an die dreißig Böhmen um des Herzogs Gruppe verteilt. Nur Boleslav sitzt hoch zu Ross und provoziert Burchard mit einem höhnischen Gesichtsausdruck. Außer sich vor Empörung brüllt der Herzog los.

„Was erdreistet ihr euch? Für diese Untat werdet ihr als nächster hängen."

„Wird er nicht", Ulman tritt aus der Böhmen Mitte hervor, „Fürst Boleslav handelt auf meine Order hin."

„Aber, aber der König...," stottert Burchard entgeistert, während Ulman des Herzogs stockende Rede mit flinkem Scharfsinn übernimmt.

„Der König weiß Bescheid, ich schickte bereits nach ihm. Wir treffen ihn auch gleich zu einem aufschlussreichen Anlass. Auch ihr werdet mich dorthin begleiten. Doch zuvor lassen eure Männer auf der Stelle von Cunad ab und befreien die beiden anderen Gefangenen. Sonst kann ich nicht für des Böhmen Nachsicht garantieren. Euer Einhard aber bleibt hier in Gewahrsam."

Burchards Entrüstung schlägt in unheilvollen Argwohn um. Erst recht, nachdem Ulman den Herzog bis zum Zelt des Einhard führt. Auch Otto wartet dort bereits und empfängt die beiden mit fragendem Gesichtsausdruck.

„Mein lieber Ulman, so sehr ich dich auch schätze, doch geziemt es sich nur wenig, wenn der Ratgeber nach seinem König schickt. Erkläre mir jetzt, weswegen du mich hierher einbestellst."

„Mir ließ die Sache keine Ruhe, so forschte ich in Einhards Bleibe nach. Was ich euch nun zeige, bedarf keiner weiteren Erläuterung. Tretet ein und nehmt auch Herzog Burchard mit hinzu."

Das Innere des Zeltes wirkt ausgesprochen schlampig und unaufgeräumt. Neben Einhards Schlafplatz fällt ein ungeordneter

Haufen Decken und Kleidung ins Auge. Die Hand eines Mannes lugt darunter hervor. Entsetzt legt Burchard sofort den leblosen Körper frei. Ottos Fassungslosigkeit offenbart seine schlimmsten Befürchtungen, die Ulman auch sogleich bestätigt.

„Richtig mein König, vor euch liegt der Leichnam Enolfs. Der Reiter hat die Festung nie verlassen."

Otto verlässt wortlos das Zelt, nur mühsam findet er im Freien seine Sprache wieder.

„Mein Gott, zu welch fatalem Irrtum ließ ich mich verleiten. Ich wage nicht zu fragen, ist es für Cunad schon zu spät?"

„Boleslav half mir Kraft seiner Krieger, das Schlimmste zu verhindern, Cunad lebt. Also hegt bitte keinen Gramm gegen den böhmischen Fürsten, sonst hätte ich die Hinrichtung auf keinen Fall vereiteln können."

Otto ist erleichtert und schockiert zugleich. Das besonnene Handeln Ulmans konnte zwar die Exekution Cunads verhindern, aber der Leichnam Enolfs offenbart auch, dass Konrads Truppen nun erst zu später Stunde eintreffen werden. Jetzt bleibt einzig die Hoffnung, Bulcsus Streitmacht möge erst am nächsten Tage die Festung erreichen. Aber genau das scheint nicht sonderlich wahrscheinlich. Und tatsächlich währt die vage Hoffnung auch nur wenige Augenblicke. Noch auf dem Weg zurück zur Eiche erbittet ein Kundschafter Ottos Gehör. Aufgeregt und atemlos steigt der Reiter aus dem Sattel. So dauert es einen Moment, bis der nach Luft ringende Späher panisch seine Meldung verkündet.

„Mein König, gebt sofort Alarm, die Hunnen kommen! Eine riesige Streitmacht rückt östlich Nordilingas in die große Ebene vor."

*****

Vorsichtig nähern sich Diepalds Männer der Donaubrücke. In respektablem Abstand steigen sie im Schutz eines kleinen Wäldchens ab und blicken zu dem Bauwerk in der Ferne. Doch die Entfernung ist beträchtlich. Diepald beschließt, zwei Späher zu entsenden.

Er selbst ließ einst die gewaltige Brücke aus massiven Eichenstämmen über den Donaustrom spannen. Jetzt aber hält der Feind das strategisch wichtige Bauwerk besetzt. So wartet Diepald ungeduldig auf die Rückkehr seiner Kundschafter. Doch wird sein Langmut nicht lange auf die Probe gestellt, schon nach kurzer Zeit erstatten ihm die beiden Männer aufgeregt Bericht.

„Am Südufer und auf der Brücke halten zahlreiche Hunnen wacht. Der Feind ist uns in etwa zwei zu eins überlegen. Aber die Hunnen richten ihre Aufmerksamkeit nur gen Süden, in Richtung Augusta. Sie vernachlässigen den Norden, von dort wähnen sie offenbar keinerlei Gefahr. Wohl aus diesem Grunde halten sie auch ihre Pferde auf dem Nordufer. Sie errichteten nahe der Brücke eine behelfsmäßige Koppel für ihre Rösser."

„Sehr gut, wir stehen also genau auf der richtigen Uferseite. Jetzt können wir den Hunnen in den Rücken fallen. Aber wir müssen ihrer Pferde habhaft werden, dann sind sie auch ihrer Bögen beraubt. Gibt es wagemutige Recken unter euch Männern, die den Hunnen die Pferde stehlen?"

Es gibt sie, gleich drei Männer stehen bereit, das kühne Wagnis einzugehen. Jetzt hängt Alles von der zeitlichen Koordination des Unternehmens ab. Diepald kann seine Reiter nur in gehöriger Entfernung zur Brücke in Stellung bringen, sonst bemerkt der Feind den Hinterhalt. Das kleine Wäldchen spendet die nötigte Deckung für die List aber erst nachdem die drei Freiwilligen unbemerkt die Pferde der Hunnen in die Flucht schlagen, darf der eigentliche Angriff erfolgen.

Vorsichtig über den Boden kriechend schleichen die Saboteure der Pferdekoppel entgegen. Das Ziel scheint fast erreicht, da wittern die Rösser die Anwesenheit der Fremden, zahlreiche Tiere beginnen nervös zu Wiehern. Sofort eilt ein halbes Dutzend Hunnen von der Brücke zu den nahen stehenden Pferden. Misstrauisch erkunden ihre Blicke die nähere und weitere Umgebung. Ihre Aufmerksamkeit richtet sich auch gegen jenen Waldrand, indem die Reiter sich verborgen halten. Zwar fällt es Diepald aufgrund der Entfernung schwer, die Ereignisse richtig zu interpretieren, dennoch gibt er instinktiv Befehl.

„Keiner rührt sich", entfährt es ihm erschrocken.

Bedenklich lange fixiert ein Hunne den kleinen Wald. Doch dann richtet er seine Aufmerksamkeit auf das hohe Gras hinter den Pferden und nimmt eine Bewegung der Halme wahr. Der Krieger greift in eine der Satteltaschen und zieht seinen Bogen daraus hervor. Dann legt er einen Pfeil auf genau jene Stelle an, die seine Augenmerk erregte. Dem Lösen des Pfeils folgt ein lauter Aufschrei. Sofort bemächtigen sich auch die anderen Hunnen ihrer Bögen und laufen erregten Gemüts in Richtung des verräterischen Schreis durchs hohe Gras. Noch bevor sie den Getroffenen erreichen springen die beiden anderen Männer auf und versuchen ihr Heil in einer aussichtslosen Flucht. Das singen der Pfeile ist das letzte, was sie wahrnehmen, bevor ihre Körper tödlich verwundet auf den Boden schlagen. Lediglich dem ersten Opfer blieb ein schneller Tod verwehrt. Zwar ragt der Pfeil aus seinem Rücken, aber er lebt. Zwei Magyaren packen den Verletzten an den Beinen und schleppen ihn zur Brücke. Was nun folgen wird, ist auch den entsetzten Beobachtern im Schutz des Wäldchens bewusst. Der Gefangene kann dem bevorstehenden Verhör mit Sicherheit nicht lange standhalten. Doch damit nicht genug, die Hunnen entsenden mehrere Reiter, die Umgebung zu erkunden. Diepald gibt umgehend Order an seine Leute.

„Wer von euch beherrscht den Umgang mit der Handschleuder am vortrefflichsten, der trete jetzt hervor? Alle anderen ziehen sich ohne Aufheben tiefer in den Wald zurück, sofort."

Ein Kämpfer namens Bero winkt mit einer Schleuder und signalisiert Diepald seine Befähigung. Derweil reitet ein Hunne gemächlich aber zielstrebig genau auf den nicht mehr allzu weit entfernten Waldrand zu. Argwöhnisch sondiert er wachsam die gesamte Umgebung. Kurz vor der Baumgrenze hält er zunächst inne und lauscht wachsam in den Wald hinein. Dort sitzt verborgen hinter einem Busch der schussbereite Bero und er weiß, die Situation gestattet ihm nur einen einzigen Versuch. So fällt es ihm schwer, den richtigen Zeitpunkt abzuwägen. Noch scheint der Hunne zu weit entfernt, aber kommt er näher, riskiert Bero entdeckt zu werden. Kalter Angstschweiß rinnt dem Schleuderer übers Gesicht, auch seine auf den Feind gerichteten Augen bleiben davon nicht verschont. Getrübten Blickes erkennt er nur noch schemenhaft den stetig näher kommenden Reiter. Vergeblich versucht er seinen Scharfblick wieder herzustellen, aber die erhoffte Sehkraft erlangt er einfach nicht zurück. Mit zitternden Händen umklammern seine Fäuste den in die Schleuder eingelegten Stein. Unglaublich schwer lastet die Verantwortung auf seinen Schultern. Nicht nur sein eigenes Schicksal, auch das der gesamten Truppe hängt nun von Beros Fähigkeiten ab. Er versucht sich zu beruhigen, schließt die Augen und hört kurz darauf das Schnauben des herannahenden Schlachtrosses. Bebend vor Angst springt er auf, rennt aus dem Wald und schwingt die Schleuder bis er endlich den Stein aus seiner Waffe löst. Das Geschoss trifft den völlig überrumpelten Hunnen direkt auf die Schläfe, geräuschlos gleitet er aus seinem Sattel. Geistesgegenwärtig ergreift Bero sogleich die Zügel des Pferdes und führt das Tier in den dichten Wald hinein. Jetzt eilen auch Diepald und die anderen Kämpfer hinzu. Fluchs ziehen sie den gefallenen Hunnen von der Wiese und vollenden Beros Werk, der Feind liegt jetzt erschlagen danieder. Diepald sieht abschätzend in die Reihen seiner Männer und winkt den kleinsten umgehend herbei. Dann weißt er ihn an, sich seiner Kleider zu entledigen und das Gewandt des Hunnen anzulegen. Tatsächlich passt die fremde Tracht wie angegossen. Noch bevor der kleinwüchsige Kämpfer weiß wie ihm geschieht, tönt ihm Diepald mit brauner Erde das Gesicht und erteilt eine riskante Order. Auf dem Ross des Hunnen soll der Verkleidete bis zur Pferdekoppel reiten und anschließend das Gatter öffnen. Die Tiere mögen dann sofort die Flucht ergreifen, dass zumindest hofft des Bischofs Bruder. Dieser Plan wirkt auf Diepalds Männer überstürzt und wenig ausgereift. So sehen die Kämpfer ihrem hinfort reitenden Kameraden bangen Herzens hinterher. Wieder hängt das Schicksal Aller vom Erfolg eines einzelnen Mitstreiters ab.

Gemächlichen Tempos reitet der kostümierte Kämpfer auf das Gatter zu, die Brücke mit den ahnungslosen Hunnen liegt nicht allzu weit dahinter. Zwar registrieren einige Magyaren das Nahen ihres vermeintlichen Mitstreiters, aber keiner hegt einen Verdacht. Die Täuschung gelingt, der Reiter öffnet das Gatter und fegt sofort in wildem Galopp hinein. Ein Teil der Tiere nimmt umgehend Reißaus, während andere aufgebracht und wiehernd durcheinanderlaufen. Aber eben nicht alle Pferde stürmen aufgebracht davon, einige wollen partout nicht aus der provisorischen Umzäunung laufen. Die Hunnen jedoch reagieren augenblicklich und rennen mit gezückten Äxten über die Brücke Richtung Koppel. Auch Diepalds kleine Streitmacht stürmt jetzt aus dem Wald hervor und jagt im vollen Galopp dem Feind entgegen. Nahezu gleichzeitig treffen die Kontrahenten bei den ausharrenden Pferden aufeinander.

Zwar gelingt es einigen Hunnen ihre Pferde zu erreichen, aber da tobt der Nahkampf schon aller Orten. Seiner Verletzung zum Trotz kommandiert Diepald inmitten der Kämpfe wacker das Geschehen, aber seine Offensive gerät schon bald ins Stocken. Einfach zu viele Hunnen rücken über die Brücke kommend weiter auf das Schlachtfeld vor. Kurzentschlossen teilt Diepald seine Reiter in zwei Gruppen auf.

Während er selbst mit etwa der Hälfte seiner Truppen bei der Koppel kämpft, kommandiert er die restlichen Männer auf die Brücke ab. Dort muss dem Nachströmen weiterer Hunnen unbedingt Einhalt geboten werden. Auf den beiden Schauplätzen verläuft die Schlacht jedoch höchst unterschiedlich.

Bei der Brücke fällt es den zu Fuße kämpfenden Magyaren schwer, ihre Stellung zu behaupten, gegen die berittenen Angreifer verlieren sie Meter um Meter an Boden. Rasch schlagen Diepalds Kämpfer die Magyaren zurück und drängen den Feind über die Brücke ans andere Ufer. Dort tobt jetzt der Kampf weitab der Koppel und Diepalds Männer gewinnen zusehends die Oberhand.

Ganz anders sieht es auf dem Schauplatz bei den Pferden aus. Etliche Hunnen sitzen mittlerweile fest im Sattel und stemmen den königlichen Kräften erbitterten Widerstand entgegen. Trotz heftiger Kämpfe gelingt es zunächst keiner Partei, sich über ihre Widersacher zu erheben. Erst nachdem zusehends zahlreichere Hunnen ihre gefürchteten Reiterbögen gegen Diepalds Mannen richten, scheint das Gefecht seinem Ausgang entgegenzustreben. Ein königlicher Streiter nach dem Anderen erliegt den heulenden Pfeilen der rasenden Reiterkrieger. Jetzt zückt auch Diepald seine Waffe und greift mit Schmerz verzierter Miene ins Geschehen ein. Den verzweifelten Versuch, das unausweichliche Schicksal abzuwenden, bezahlt des Bischofs Bruder teuer. Ein Pfeil trifft ihn in die rechte Brust und er sackt sofort zusammen. An den Hals seines Pferdes geklammert, versucht er sich im Sattel zu halten. Hilflos und aller Möglichkeiten beraubt, starrt er auf das Scheitern seiner Männer.

Doch noch bevor die Magyaren ihren Triumph vollenden, nimmt die Schlacht eine unerwartete Wendung. Vom anderen Ufer her kehren die siegreichen Kämpfer über die Brücke zurück und nehmen die Hunnen in die Zange. In vollem Galopp fahren die Kämpfer den Steppenreitern in den Rücken. Wiedervereinigt liegt das Kräfteverhältnis jetzt zu Gunsten der Königlichen und die Schlacht findet zu einem jähen Ende. Zwar ringen die Kämpfer Diepalds am Ende alle Feinde restlos nieder, aber der Preis dafür scheint hoch bemessen. Des Bischofs Bruder liegt im Sterben und annähernd die Hälfte aller Leben forderte die Schlacht von den Siegern ein. Keine 50 Männer zählt die dezimierte Streitmacht nun. Bei Weitem zu wenige, um die Brücke gegen einen anstürmenden Feind verteidigen zu können. Ihrem ursprünglichem Zweck kann die Unternehmung so nicht mehr gerecht werden. Doch Diepald will trotz der misslichen Lage das Scheitern seiner Mission nicht hinnehmen. Schwerverletzt und von seinen betrübten Männern umlagert, ringt er um eine Perspektive. Angestrengt denkt er nach und ersinnt einen genialen Plan.

Denn Gefahr droht lediglich von der nördlichen Seite des Flusses, falls Bulcsu etwaige Botschafter oder einzelne Truppenteile nach Augusta entsendend. Den nach Süden ziehenden Reitern darf kein Durchgang über die Brücke gewährt werden, nicht ein Hunne soll das Lager vor den Toren der Bischofsstadt erreichen. Zunächst erwog Diepald ein Niederbrennen des hölzernen Bauwerks, aber das würde im Bedarfsfall auch Ottos Streitmacht an einer Passage des Stromes hindern und kommt aus diesem Grunde nicht in Frage.

Dennoch hält Diepald einen taktischen Winkelzug parat. Als ehemaliger Bauherr kennt er die Konstruktion der Brücke ganz genau. Nur drei den Fluss überspannenden Balkenreihen tragen die quer liegenden Bohlen auf welchen man das Bauwerk überschreitet. Werden auf einem Teilstück diese Bohlen entfernt, müssen Angreifer über die drei weit auseinanderliegenden Balken der Unterkonstruktion balancieren. Das wäre selbst ohne eine Störung durch die Verteidiger ein riskantes Unterfangen. Darüber hinaus will Diepald aus den herausgenommenen Bohlen eine stabile Barrikade in Gestalt einer Schutzwand am Ende der Lücke errichten lassen. Im Bedarfsfall können diese Querbohlen auch schnell wieder über die Längsbalken gelegt werden, um ein gefahrloses Überschreiten der eigenen Truppen zu ermöglichen.

Vor unerträglichen Schmerzen geplagt, befehligt Diepald auf dem Boden liegend die Arbeiten und lässt auf annähernd 10 Meter Länge die hölzernen Bohlen entfernen. Derweil beseitigen einige Männer die zahlreichen Leichen in den Fluten des Donaustromes. Ob Feind oder Freund, ein jeder Leib findet lediglich ein nasses Grab. Der Mangel an Zeit und die enorme Hitze lassen keine würdigere Bestattung zu. Abschließend errichten Diepalds Männer aus den entnommenen Bohlen eine massive Schutzwand auf der Südseite, die Brücke gleicht jetzt einer kleinen Festung. Bis zur Vollendung aller Arbeiten hält Diepald durch, dann fällt er in eine tiefe Ohnmacht und seine Männer bangen, ob ihr Befehlshaber noch ein letztes Mal daraus erwachten wird.

*****

Die Schreckensnachricht von der Sichtung des feindlichen Heeres trifft den König wie ein Blitzschlag. Nicht nur, dass Konrads Truppen nun kaum mehr das Lager erreichen werden, auch der Verrat Einhards wirft jetzt viele Fragen auf. Ganz sicher sollte seine Doppelzüngigkeit des Königs Truppen in eine Falle locken, der ursprünglich festgelegte Schlachtplan würde gewiss ins sichere Verderben führen. So bleibt dem König zunächst nur, weitere Kundschafter zu entsenden. Über die Strategie des Bulcsu werden aber auch sie nicht das Geringste in Erfahrung bringen können.

Die einzig wirklich greifbare Hoffnung verspricht nun ausgerechnet jener Mann, den Otto noch vor wenigen Augenblicken hinrichten lassen wollte. So eilen der König, Ulman und Burchard hastig dem vorgeblichen Richtplatz entgegen. An der Eiche ließ Boleslav den wahren Verräter zwischenzeitlich binden und stellte eine starke Wache ab. Cunad hingegen steht wohlauf, aber von den Ereignissen gezeichnet wieder auf den Beinen. Otto begrüßt ihn mit einer reumütigen Umarmung und bittet innig um Vergebung. Doch für derlei Gebaren bleibt zu dieser Stunde wenig Zeit. Dem stimmt auch Cunad zu und er kommt sofort zur Sache.

„Ich kenne eure Pläne nicht, aber die Truppen dürfen dem Feind auf keinen Fall in einer offenen Feldschlacht gegenübertreten. Zumindest nicht für den Moment, doch dazu später. Das Gebot der Stunde lautet, bis auf die Kundschafter alle Kräfte in dieser Festung zu halten. Mir sind Bulcsus Absichten wohl vertraut und seine Streitmacht ist gewaltig. Aber es gibt noch sehr viel mehr zu berichten. Ihr müsst sofort den Kriegsrat einberufen mein König."

„Alle Köpfe des Rates stehen bereits hier beisammen. So lasst uns nicht zögern und gemeinsam das große Zelt aufsuchen", antwortet Otto bestätigend.

Da ertönt hinter des Königs Rücken eine wohlvertraute Stimme.

„Nicht alle Köpfe will ich meinen. Oder legt ihr keinen Wert auf die Meinung des Roten und die Schlagkraft seiner Reiter?"

Otto wähnt zu träumen. Ohne zurückzublicken weiß er, wer da zu ihm spricht. Der König dreht sich um und kann es kaum fassen, vor ihm steht Konrad wie er leibt und lebt. Stotternd versucht Otto das Geheimnis seiner unerwartet frühen Ankunft zu ergründen.

„Konrad mein alter Freund, du und deine Männer seid wahrlich willkommen. Wir fürchteten um eure Sicherheit und wähnten nicht mehr, euch in dieser Festung empfangen zu dürfen."

„Eure Sorge war berechtigt, auch wir erblickten die Hunnen in der Ebene. Noch gerade so schaffte es mein Heereszug in die Festung. Hätte euer Bote uns nicht gewarnt und zur Eile ermahnt..., ich will lieber nicht darüber spekulieren."

Otto kann nicht nachvollziehen, von welchen Boten Konrad spricht. Ratlos blickt er in die Runde seiner Getreuen. Doch die nicht weniger hilflos dreinschauenden Gesichter wissen keine Antwort zu geben. Bis Ottos Blick auf Ulman trifft, das stolze Lächeln seines Getreuen verrät, wem der König diese wünschenswerte Fügung zu verdanken hat. Es bedarf keiner Worte, um aus der Vermutung Gewissheit werden zu lassen. Mit einem Nicken bestätigt Ulman, was Otto bereits erahnt. Das tiefe Misstrauen, welches des

Königs Diener gegen Einhard hegte, veranlasste Ulman selbst, einen zweiten, geheimen Boten zu entsenden. Otto erwidert Ulmans nickende Geste und spricht dankbar berührt der gesamten Runde zu.

„Ein König alleine vermag nichts Großes zu bewirken, es sind die Männer, die er in seiner Mitte schart. Diese Gesellschaft hier kann wahrhaftig auch das Äußerste überwinden. So lasst uns nun zu Werke schreiten und im großen Zelt zusammenfinden, auf dass wir dem Feind nun endlich Einhalt gebieten."

„Aber zuvor gilt es noch etwas zu erledigen", wirft Boleslav mit konsequentem Tonfall ein.

Sofort reicht ein Krieger dem Böhmen Pfeil und Bogen. Innerhalb eines einzigen Augenblickes reißt Boleslav die Waffe hoch, legt auf den gefesselten Einhard an, löst den Pfeil und nagelt den Kopf des Verräters an den Stamm. Otto nickt und die gesamte Gesellschaft folgt ihrem König Richtung Kommandozelt. Lediglich Fenja setzt sich von der Gruppe ab, dem Kriegsrat wohnt sie ohnehin nie bei und ihr Gemüt verlangt nach etwas Ruhe.

Noch vor dem Zelt packt Cunad seinen Gefährten am Arm und zerrt den unschlüssig dreinschauenden Drago mit hinein. Im Inneren nahm bereits die gesamte Belegschaft an der großen Tafel Platz. Fragend sieht der irritierte Kriegsrat zu Cunad und seiner hünenhaften Begleitung. Ottos Blick fordert unmissverständlich Aufklärung über die Anwesenheit des Exoten ein. Drago aber reagiert nicht, so stellt Cunad seinen groß gewachsenen Kameraden vor, berichtet vom drohenden Krieg im Norden und dem Bündnisangebot der Ranen. Aufmerksam lauscht der König den Ausführungen Cunads und spricht dem Nordmann schließlich seinen Dank aus. Dann nickt er Drago zu und autorisiert dessen Anwesenheit im Kriegsrat. Doch gibt Otto auch zu verstehen, dass der Krieg im Norden zunächst noch warten muss, denn erst gilt es an diesem Ort die Schlacht zu schlagen. Aus diesem Grund wünscht Otto auch sogleich etwas über Konrads Truppenstärke zu erfahren. Die Antwort des Roten aber entspricht nur wenig den Erwartungen des Königs.

„Eine Legion mit gut 1000 Panzerreiter führe ich ins Feld. Vermutlich hofftet ihr auf eine weitaus größere Verstärkung."

„In der Tat, wir rechneten mit einem Vielfachen an Reitern", bestätigt Otto mit resignierter Stimme.

„Haltet ein, es bedarf deswegen keines Unmuts. Wie jeder weiß, führe ich stets die Besten der Besten in meinen Truppen. Handverlesen sind sie allesamt. Meine fähigsten Heerführer bildeten die Männer über viele Jahre hinweg aus. Ein jeder Kämpfer mag in der Schlacht so viel wie zehn hunnische Teufel wiegen."

„Na dann wollen wir hoffen, dass sie nicht auf elf Hunnen treffen", wirft Drago herzlich lachend ein, während er sich dabei belustigt auf die Schenkel klopft.

Allerdings findet ansonsten keiner der Anwesenden zu jener Heiterkeit, die den Nordmann amüsiert. Besonders Otto wirkt ausgesprochen irritiert. Waren es doch die ersten Worte, welcher der Rujane dem König gegenüber preisgab. Auch der Umstand, dass Drago nur schwerlich zu einer disziplinierteren Haltung zurückfindet und sich ob seines Scherzes nicht beruhigt, sorgt für allgemeine Befremdung. Zu tiefst amüsiert bricht das Lachen immer wieder aus ihm heraus. Eigentlich Anlass genug, um ein deutliches Machtwort auszusprechen, doch stattdessen murmelt Otto nur einen einzigen Satz verhalten in die Runde.

„Als wäre dieser Kriegsrat nicht schon ohnehin mit ausreichend Absurditäten gesegnet, eine wahre Bereicherung in diesem Sinne scheint mir dieser Nordmann."

Ungeachtet des Aufflammens weiterer Lachattacken Dragos, drängt es Burchard zu einer Entschuldigung. Denn Einhards folgenschwerer Verrat hätte ohne des Herzogs unerschütterlichen Glauben an seinen Adjutanten weitaus weniger schwerwiegende Folgen nach sich gezogen. Die Runde nimmt die Entschuldigung wohlwollend entgegen, wenngleich auch nicht von allen mit der gleichen Abgeklärtheit. Erst dann erhält endlich auch Cunad Gelegenheit, seine Rede vorzutragen.

„Das Heer des Feindes, welche eure Kundschafter in der Ebene erblicken, scheint mehr als respektabel. Und dennoch offenbart euch Bulcsu nur einen Teil davon. Seine restlichen Streitkräfte hält er an einem anderen Ort versteckt. Treten wir ihm in einer offenen Feldschlacht gegenüber, werden jene vor uns verborgen gehaltenen Einheiten die entblößte Festung angreifen. Für eine Schlacht an zwei verschiedenen Schauplätzen benötigen wir eine ausreichende Zahl an Männern. Wie viele Reiter beherbergt dieser Ort."

„7000 Kämpfer zählten wir bisher, weitere 1000 führte Konrad heute noch herbei. Bei Weitem zu wenige, um auf offenem Felde einer solchen Streitmacht gegenüberzutreten und gleichzeitig diese Festung zu verteidigen. Dieser Ort wurde für eine deutlich mächtigere Belegschaft erbaut", antwortet der König.

Herzog Burchard weiß um seine Mitschuld an dieser prekären Situation. Vielleicht gerade deshalb bringt er die schmerzliche Konsequenz aus diesem Dilemma auf den Punkt.

„Uns bleibt also keine Wahl, wir müssen uns in der Festung verschanzen. Jedoch sind wir auf eine wirklich lange Belagerung nicht vorbereitet, wir setzten ja bisher auf einen Angriffsplan. Jetzt ist es zu spät, die nötigen Vorbereitungen für ein langes Ausharren zu treffen. So muss Bulcsu überhaupt keine großen Unternehmungen anstrengen, er kann uns in kürzester Zeit einfach aushungern. Und ich muss mich für all das verantworten, nur wegen meines Glaubens an Einhards Treue sitzen wir jetzt in der Falle."

Niemand widerspricht, schweigend scheint der Kriegsrat sein Schicksal ohne Einspruch hinzunehmen. Da erhebt Cunad erneut das Wort.

„Es muss nicht zwingend auf eine lange Belagerung hinauslaufen. Lasst es mich erklären. Ein jeder hier weiß, der Feind scheut über allen Maßen das Wasser. Der Grund dafür liegt in der Beschaffenheit ihrer Reiterbögen. Deren Sehnen, aber auch die gesamte Konstruktion dieser Waffen vertragen keine Nässe. Deshalb können die Hunnen ihre Bögen bei starkem Regen nicht einsetzen. Sind sie erst mal nass, dauert es lange, bis der Feind seine gefürchteten Pfeile wieder gegen uns richten kann. Wenn wir nun...", Boleslav unterbricht Cunad harsch.

„Wie soll uns das weiterbringen? Auch ich hörte von dieser angeblichen Schwäche der hunnischen Bögen. Aber taktisch könnten wir uns das nur dann zu Nutze machen, wenn wir bereits im Vorhinein wüssten, wann es regnen wird. Außerdem, blickt einfach mal nach oben. Der Himmel lässt nicht den geringsten Tropfen Wasser erwarten. Dieses Wissen gewährt uns keinen Vorteil. Wir sollten Bulcsu einfach mit einem Angriff in der Nacht überraschen."

Cunad drängt es, schnell darauf zu antworten, aber dann bittet ein eintreffender Kundschafter um Gehör. Aufgebracht und verängstigt berichtet er von der Streitmacht des Feindes. Demnach errichtet eine gewaltige Übermacht der Hunnen rund eine Stunde entfernt am Ufer eines kleinen Flusses ihr Lager. Dort erwarten sie scheinbar am nächsten Tage den Angriff der königlichen Streitkräfte. Gewaltig und in ihrer Anzahl nicht mehr abzuschätzen sei das feindliche Heer. Otto kann es in den Augen des Spähers sehen, blanke Panik und Entsetzen beherrschen das Gemüt des Mannes. Wie ein Lauffeuer wird sich die Kunde der hoffnungslosen Lage unter den Truppen verbreiten und jeglichen Kampfgeist noch zu dieser Stunde zunichtemachen. Völlig entrüstet schlägt Otto mit der Faust auf den Tisch und verliert komplett die Fassung. Geradezu hysterisch springt er auf und schreit lauthals seine Frustration hinaus.

„Es reicht ein für alle Mal. Die Hunnen dürfen nicht triumphieren, weder heute, morgen oder jemals wieder. Das geht schon viel zu lange so. Sie verwüsten unsere Lande, schänden unsere Frauen und rauben selbst die Kinder. Bis hierher und nicht weiter. Wie müssen diesem Spuk ein Ende setzen, koste es, was es wolle. Hier sitzen kriegserprobte Heerführer beisammen. Wer verdammt nochmal von euch weiß, wie wir den Feind zu schlagen vermögen. Tragt mir Alles vor, wie abwegig es auch erscheinen mag. Also los, reißt euch zusammen, ich höre."

Hilflos blicken die Anwesenden des Kriegsrats mit verzagten Gesichtern zueinander, nur Cunad reckt vorsichtig die Hand nach oben. Mit einer Geste seines rechten Armes erteilt der König ihm das Wort.

„Ich führte eine junge Frau ins Lager. Sie ist der Elemente kundig und kann den Regen vorhersagen, ich wurde selbst Zeuge davon. Wenn wir uns hier verschanzen und nur lange genug der Belagerung standhalten, könnte uns die Gabe dieses Mädchens vielleicht retten. Prophezeit sie uns den nächsten Wolkenbruch, bereiten wir einfach zu gegebener Stunde einen Ausfall vor."

Otto mag kaum glauben was er hört, völlig entgeistert sieht er in die Runde seines Kriegsrats. Boleslav schlägt lediglich die Hände vors Gesicht und auch Ulman und Burchard wirken wenig positiv gestimmt. Keiner kommentiert die Rede Cunads, sein absurd scheinender Vorschlag ruft lediglich allgemeines Unverständnis hervor. Nach einer ausgedehnten Weile des Schweigens bringt Otto die Gedanken der gesamten Runde auf den Punkt.

„Das kann doch nicht dein Ernst sein Cunad. Schlägst du diesem Kriegsrat ernsthaft vor, wir sollen auf die Zauberkunst einer dahergelaufenen Hexe bauen? Ich zweifle ernsthaft, ob du noch bei Sinnen bist."

„Mein König, mir ist durchaus bewusst, wie fantastisch diese Geschichte klingen mag. Aber besinnt euch auf meine bedingungslose Treue und Ergebenheit. Mehrmals kämpfte ich an eurer Seite, begab mich auf euren Wunsch unter die Reihen des Feindes. Nie gab ich euch einen Grund an mir zu zweifeln. Dennoch hättet ihr mich heute einer Täuschung wegen hinrichten lassen. Verzeiht meine anmaßenden Worte, aber unterliegt jetzt bitte nicht dem nächsten Trugschluss, sondern vertraut auf das, was ich aus tiefster Überzeugung dieser Runde rate."

Der König hört aufmerksam zu. Bisher zählte Cunad zu seinen engsten Vertrauten, sonst hätte er nie die Verantwortung für das Ausspionieren des Feindes in seine Hände gelegt. Auch beschämt es Otto, dass er ihm misstraute und ihn hinrichten lassen wollte. Aber das Schicksal der gesamten Streitmacht von den zweifelhaften Fähigkeiten eines Mädchens abhängig zu machen, widerstrebt ihm durch und durch. Doch möchte Otto auch die Meinung seiner Getreuen wissen.

„Also meine Herren, ihr habt es gehört. Auf die Zauberkünste dieser jungen Frau zu bauen wäre ein Akt der Verzweiflung wie ich meine. So frage ich euch, wie verzweifelt sind wir?"

Boleslav scheint die Frage keiner Antwort würdig, sein grimmiger Gesichtsausdruck verrät auch ohne Worte, wie er zu der Sache steht. Damit vertritt er denselben Standpunkt wie Burchard, auch der Herzog mag nicht auf solchen Hokuspokus bauen. Ulman hingegen wirkt unentschlossen, zwar hat er keine Alternative zu bieten, aber den Vorschlag Cunads schätzt er ausgesprochen fragwürdig ein. Lediglich Konrad findet zu einer halbwegs wohlgesonnen Meinung.

„Verzweifelt sind wir allemal. Auch bleibt uns sowieso kaum eine

Wahl, wir müssen ohnehin zunächst in dieser Festung ausharren. Ein Angriff unsererseits, egal ob bei Tag oder Nacht, käme einem Selbstmord gleich. Sollte Cunads Mädchen tatsächlich in den nächsten Tagen Regen prophezeien, werden wir weitersehen. Weiß die junge Frau überhaupt, welch schwere Bürde dann auf ihren schmalen Schultern lastet?"

„Nein, sie weiß es nicht. Und wahrscheinlich wäre es besser, wenn das so bleibt", antwortet Cunad bedächtig.

Danach herrscht kollektives Schweigen. Doch zeigen die Gesichter aller Beteiligten, dass die Mehrheit ausgesprochen Kontrovers der Sache gegenübersteht. Lediglich Drago wirkt entspannt, noch immer prägt ein breites Grinsen seine Mimik. Die Heiterkeit des Nordmanns bringt ihn mit dem Böhmen ins Gespräch und kurz darauf füllt die angeregte Konversation der beiden das Vakuum im Inneren des Zeltes. Auf eine gewisse Art und Weise scheint eine Art Gleichklang die an sich unterschiedlichen Männer zu verbinden. Die Geschwätzigkeit Dragos und Boleslavs lockert die verkrampfte Stimmung und schon bald diskutieren alle einhellig über etwaige Angriffspläne. Lediglich Otto sitzt unbeteiligt auf seinem Stuhl und starrt abwesend ins Leere. Auch Cunad verzichtet darauf, einer sinnlosen Erörterung eines zum Scheitern verurteilten Angriffs beizuwohnen. Nur er sah vor Tagen das feindliche Heer in seiner Gesamtheit, nur ihm ist das enorme Ungleichgewicht beider Parteien in seinem ganzen Ausmaß bewusst.

So zieht es Cunad vor, mit Fenja einen Spaziergang durch die Festung zu unternehmen. Nur unweit des Kommandozeltes erblickt er seine junge Gefährtin und beobachtet sie zunächst noch eine ganze Weile. Völlig arglos sitzt sie im Gras und streicht behutsam über eine kleine Blume. Mit ihrer lockigen, wild zerzausten Haarpracht wirkt sie mehr wie ein Kind, denn wie eine junge Frau. Cunad weiß, wenn jemand des Schicksals glückliche Fügung noch herbeiführen kann, dann dieses zarte Wesen. Keine noch so wohl ersonnene Strategie wird sonst den Feind in seine Schranken weisen. Lediglich in einem Ausfall während eines starken Regens glaubt er einen Funken Hoffnung zu erkennen. Aber der Kriegsrat scheint wenig überzeugt und der trockene, regenarme Sommer lässt nicht den kleinsten Schauer erwarten. So nähert sich Cunad mit wenig verheißungsvollen Gedanken seiner wartenden Gefährtin. Als ihn Fenja bemerkt, springt sie mit einem warmen Lächeln auf und stimmt einem Spaziergang freudig zu. Cunad nutzt die Exkursion nicht nur für einen kleinen Plausch, ganz nebenbei mustert er auch die Wehrhaftigkeit der ausgedehnten Festung. Fenja aber bewegt noch immer die vereitelte Hinrichtung bei der Eiche.

„Cunad, ich bin so froh ob deiner Rettung. Das war unglaublich schlimm, ich glaubte den Verstand zu verlieren. So etwas will ich nie mehr wieder erleben. Aber jetzt stehst du ja wohlbehalten vor mir. Ich hoffe, bei eurer Besprechung im Zelt konntest du all deine Belange klären. Meinst du es wäre nun nicht an der Zeit, auch mich in das Geheimnis einzuweihen? Was hat es mit mir auf sich, dass dir und Ulrich so wichtig erschien?"

Cunad nimmt Fenja an den Händen und sieht tief in ihre blauen Augen.

„Fenja, so leid es mir tut, du musst dich noch gedulden. Die Zeit ist noch nicht reif dafür. Wenn ich mich dann offenbare, wirst du verstehen, weshalb mir das vorher nicht möglich war. Bitte vertraue einfach. Aber darüber hinaus könntest du dem Kriegsrat noch einen wichtigen Dienst erweisen. Die Wasservorräte hier liegen im Argen. Es wäre hilfreich zu erfahren, wann es wieder regnen wird. Das vereinfacht es, die Rationierung des Wassers festzulegen und wäre sehr, sehr wichtig. Solltest du also etwas verspüren, teile es mir bitte sofort mit."

„Das mach ich gerne, aber momentan nehme ich da überhaupt nichts wahr, fühlt sich auch nicht so an, als ob es in Kürze regnen würde. Sag deinem Kriegsrat besser, dass das noch dauern dürfte. Hoffentlich reicht die Bevorratung noch so lange, denn ich nehme mal an, es steht eine Belagerung bevor. Dabei hoffte ich, das hätten wir in Augusta hinter uns gelassen."

Cunad nickt, dann erweckt ein hitziger Wortwechsel die Aufmerksamkeit der Beiden. Innerhalb des Tores droht ein Streit zu eskalieren. Mit vorgehaltenen Lanzen versuchen die Wachen einige Kämpfer am Verlassen der Festung zu hindern. Fenja und Cunad eilen sofort hinzu. Ein beschwichtigendes Eingreifen der beiden aber scheitert, niemand hört den Gefährten zu. Stattdessen stehen sich erneut zum Kampf bereite Männer gegenüber. Mittlerweile strömen immer mehr Krieger zum Schauplatz des Geschehens, doch keiner ergreift die Partei der in Bedrängnis geratenen Wachen. Schlimmer noch, die Anzahl jener, die entfliehen wollen steigt stetig an. Die Nachricht von der enormen Übermacht des Feindes lässt die Männer fahnenflüchtig werden. Noch belagern die Hunnen nicht die Festung, noch scheint eine Flucht die einzige Möglichkeit, dem bevorstehenden Inferno zu entkommen. Immer eindringlicher fordert die rasch anwachsende Zahl der abtrünnigen Krieger hinausgelassen zu werden, während weitere Männer das Geschehen unschlüssig beobachten. Als schließlich die ersten ihre Schwerter ziehen, droht die Lage völlig zu eskalieren. Ausgerechnet in diesem Moment erbitten zurückkehrende Kundschafter Einlass in die Festung, aber die Wachen riskieren es nicht, das Tor zu öffnen, sonst droht die Menschenschar hinauszuströmen. Von nun an schwillt der Druck von beiden Seiten auf die Wachen an. Vor Allem jene, die hinaus wollen scheinen zum Äußersten bereit. Kräftemäßig in der Unterzahl, riskieren die Wachleute keine Konfrontation mit den zum Kampf bereiten Deserteuren. Derweil werden auch die ausgesperrten Späher immer ungeduldiger. Lauthals fluchend versuchen sie den Einlass zu erzwingen, die Angst sitzt ihnen fest im Nacken. Denn was sie zu berichten wissen, lässt Allen das Blut in den Adern gefrieren.

„Öffnet jetzt sofort das verfluchte Tor. Unweit der Festung rückt eine zweite Streitmacht von Süden vor, nicht minder mächtig, wie die Armee vor Nordilinga. Also lasst uns jetzt hinein, bevor die Hunnen kommen und wir hier draußen unser Ende finden."

*****

Die Menschen innerhalb Augustas erholen sich nur langsam von den dramatischen Ereignissen der letzten Stunden. Es gibt zahlreiche Tote zu beklagen, die Verwundeten zu versorgen und Massengräber auszuheben. Auch Wasser wird vom nahen Fluss herbeigeschafft. Unbehelligt von den zurückgebliebenen Hunnen, schleppen Frauen, Greise und Kinder das dringend benötigte Nass in die

Stadt. Doch umkreisen immer wieder einzelne Steppenreiter Augustas Mauern. Ulrich verfolgt jede ihrer Aktivität mit Argusaugen, einen Reim kann er sich jedoch nicht darauf machen, die Hunnen scheinen die Stadt lediglich zu beobachten. So verlässt der Bischof nach einer ereignislosen Weile die Mauer und wendet sich den Belangen innerhalb Augustas zu.

Wo auch immer Ulrich durch die Gassen wandelt, offenbart sich ihm dasselbe Bild. Noch vor wenigen Tagen sprudelte allerorten das Leben, quoll die Stadt geradezu aus ihren Nähten. Jetzt aber wirkt Augusta fast wie ausgestorben, so viele Leben nahm die Schlacht. Gegen Abend möchte der Bischof einen Gottesdienst abhalten, es gilt für die Rettung der Stadt zu danken, die Toten zu betrauern und für Otto den Beistand Gottes zu erflehen. Aber bis dahin ist noch Zeit. Riwin leistet ebenfalls hilfreiche Dienste, er überwacht den Transport des Wassers und hält nach etwaigen Angreifern Ausschau. Doch während alle Überlebenden irgendeiner Beschäftigung nachgehen, treibt Ulrich eine seltsame Unruhe um. Schließlich zwingt ihn die Nervosität wieder auf die Mauer und er sieht abermals durch sein mittlerweile wohlvertrautes Instrument. Nun umkreisen die Hunnen in kleinen Gruppen die geschundene Stadt. Immer wieder scheinen sie sich dabei zu beratschlagen und deuten auf diesen oder jenen Abschnitt der unbesetzten Schutzbauten. Schließlich wagen einzelne Krieger den Ritt bis unmittelbar vor die Mauer. Sie schießen vereinzelt Pfeile darüber und warten was geschieht. Doch es erfolgt keine Reaktion. Niemand hält mehr wacht, alle streitbaren Männer sind tot oder verließen im Gefolge Diepalds die Stadt. Ulrich lässt nach Riwin schicken, das Gebaren des Feindes lässt dem Bischof keine Ruhe. Der Neffe gesellt sich auch schon kurz darauf zu seinem Onkel auf die Mauer. Gemeinsam beobachten die beiden nun das seltsame Spektakel.

„Was hältst du davon?“ möchte Ulrich wissen.

„Ich finde das beängstigend. Wir nahmen bisher an, die zurückgebliebenen Hunnen sollen lediglich über die Reservepferde und das Lager mit den Gefangenen wachen. Nun aber dünkt es mich, im Feind erwacht aufs Neue eine Begehrlichkeit“, antwortet Riwin besorgt.

„Dem stimme ich zu. Die loten uns aus, prüfen unsere Wehrhaftigkeit. Sicher entging denen nicht, wie Diepald mit den Reitern aus der Stadt ausrückte. Jetzt vermuten die Hunnen, dass nur noch Verwundete, Frauen und Kinder hinter den Mauern kauern. Und das Schlimmste daran ist, sie vermuten das Richtige. Wie hoch schätzt du ihre Zahl?“

„Das spielt im Falle eines Angriffs keine Rolle, es sind auf jeden Fall zu viele. Greifen sie an, können wir die Stadt nicht halten. Es war wohl unbedacht, die letzten Männer aus der Stadt zu schicken und den Feind an unserer Entblößung teilhaben zu lassen. Das haben die gesehen. Sollten wir mit unserer Befürchtung recht behalten, steht uns tatsächlich ein Angriff bevor. Welch Tragik wohnt dem inne, wenn Augusta, gleich einer reifen Frucht, gerade mal ein paar hundert Barbaren in den Schoß fallen würde.“

Ulrich nickt, eine Erwiderung aber bleibt er Riwin zunächst schuldig. Erst nach einer ganzen Weile äußert er sich doch noch mit wenig erbaulichen Worten.

„Der Herr ist also mit seinen Prüfungen noch immer nicht am Ende.“

„Das wird keine Prüfung, das wäre unser sicheres Ende“, antwortet Riwin sichtlich aufgebracht.

„Begehe nicht den gleichen Fehler wie Diepald, vertraue auf die schützende Hand unseres Herren. Wie oft schon schien unser Untergang besiegelt? Und dennoch trotzen wir dem Feind noch immer“, erwidert der Bischof betroffen und selbstsicher zugleich.

Ulrich sieht sich auf jeden Fall veranlasst, Vorsichtsmaßnahmen zu treffen. Er ruft die Wasserträger in die Stadt zurück und lässt auch das Osttor am nahen Fluss sofort wieder schließen. Die Anordnungen verbreiten aber auch eine gewisse Nervosität innerhalb Augustas. So wird den Menschen schmerzlich bewusst, die Gefahr ist keineswegs gebannt. Tatsächlich dauert es auch nicht lange, bis die Provokationen der Hunnen in beängstigtem Maße zunehmen. Jetzt reiten kleinere Trupps bis unmittelbar vor die Mauer, um heulende Pfeilsalven in die Stadt zu verschießen. Zwar regnen die meisten Geschosse auf den Dächern nieder, aber vereinzelte Pfeile finden hier und da ein menschliches Ziel. Bisher gab es noch keinen Verlust an Menschenleben zu verzeichnen, sondern lediglich eine

Hand voll Verletzte, doch die psychologische Wirkung ist enorm. Das permanente Geheul der Geschosse lässt die Gefahr in den Gassen auf jedem Meter omnipräsent erscheinen. Kaum einer der ausgebrannten Seelen kann es fassen, dass der Überlebenskampf aufs Neue beginnt. Resigniert suchen sie Deckung und blicken ängstlich zueinander. Noch schlimmer aber wiegt die Angst, der gefürchtete Pfeilbeschuss bilde lediglich den Auftakt. Diese Bedenken teilt auch Ulrich, deswegen verfolgt er weiterhin jede Aktivität des Feindes durch sein Instrument. Doch fällt ihm lediglich die Rolle eines passiven Beobachters zu, denn irgendetwas zu verändern oder gar zu verhindern vermag er nicht. Hilflos und entsetzt muss er mitansehen, wie die Hunnen ihre Kräfte vor einem Mauerabschnitt im Westen bündeln, um sich tatsächlich für einen Angriff zu formieren. Nicht ohne Grund wählen die Magyaren dieses Teilstück der Befestigung. Nirgendwo sonst kann die Mauer derart einfach überwunden werden, denn dieser Abschnitt wurde deutlich niedriger erbaut. Geradezu verlockend mögen auch die Leitern vor der Mauer auf die Hunnen wirken, nach dem großen Ansturm liegen sie noch immer um die Stadt verteilt.

An die dreihundert Reiter rotten sich jetzt zusammen. Im Angesicht des bevorstehenden Angriffs fegt Ulrich plötzlich von der Mauer und entschwindet hastig in Richtung seines Gotteshauses. Riwin bleibt rat- und fassungslos zurück. Kurz darauf ertönt die weithin hörbare Glocke des Doms, das erste Mal seit der Belagerung Augustas. Zwar scheinen die Hunnen für einen Moment lang irritiert, aber schon bald schenken sie dem Geläut des Domes keine Aufmerksamkeit mehr. Der Angriff steht jetzt unmittelbar bevor. Ungeachtet dessen, schlägt Ulrich die Glocke unablässig weiter an. Bis in weite Ferne trägt ein aufkommender Wind die Laute aus der Stadt. Doch der Lärm hält die Hunnen nicht von ihrem Vorhaben ab. Dem Signal ihres Anführers folgend, gibt die Schar der Eroberer ihren Pferden die Sporen und in eine Staubwolke gehüllt galoppiert der Feind jetzt schnell auf die entblößte Stadt hinzu. Gerade mal mit einem Dutzend Männer erwartet Riwin den Angriff auf der Mauer, mehr Kräfte stehen ihm nicht mehr zur Verfügung.

Derweil fand das Geläut der Glocke andernorts Gehör. Denn

auch all jene Menschen, die in den Wäldern Zuflucht suchten, entging der Abzug der großen Streitmacht nicht. Seither treibt der Hunger sie aus den Verstecken, ganze Scharen ziehen jetzt suchend durch die Wälder. Auch Augusta weckt Begehrlichkeiten bei den Hungernden, denn das Anschlagen der Glocke signalisiert den Menschen, dass die Stadt noch nicht erobert wurde. In deren Mauern vermuten sie noch eine reichhaltige Bevorratung. So richten sich nun viele Blicke aus der Ferne auf die in Bedrängnis geratene Bischofsstadt.

Augusta liegt inmitten des weiten, offenen Lechfeldes. Im Osten wie im Westen begrenzen bewaldete Flanken die ausgedehnten Flussauen. Vor dort treten jetzt zu beiden Seiten scharenweise Menschen aus dem Wald hervor. Schon bald sind sie derart zahlreich, dass ihnen ihre schiere Masse Mut und Souveränität verleiht. Die restlichen Bedenken bezwingt der Hunger, dann ziehen die Menschen mit Knüppeln und Steinen bewaffnet von allen Seiten auf Augusta zu.

Auf dem Wehrgang der Mauer zwingt das Singen der Pfeile Riwins Kämpferschar in Deckung. Schon in Kürze werden die ersten Hunnen über die Leitern in die Stadt klettern. Doch noch kauern die wenigen Verteidiger in abgewandter Haltung auf dem Wehrgang. Erst wenn der Feind über die Mauer drängt, wollen die Kämpfer ihre Deckung verlassen und sich der Übermacht entgegenstellen. Doch noch versteinert ein jeder Moment des Lauerns zu einer scheinbaren Unendlichkeit. Riwin durchlebt das nicht zum ersten Mal, er kennt das Gefühl, wenn ihm die Sinne im Angesicht des bevorstehenden Kampfes das Zeitgefühl verzerren. Jetzt aber währt jener Moment des Ausharrens schon viel zu lange, die Zeit scheint vollkommen erstarrt. Das Warten steigert die Beklommenheit ins Unermessliche, Riwin sehnt den Angriff regelrecht herbei. So riskiert er schließlich einen prüfenden Blick über die Brüstung und wagt kaum zu glauben, was er sieht. Statt die Mauer emporkletternde Krieger, kann Riwin nur hinfort reitende Hunnen ausmachen. Die gesamte Reiterschar zieht eilends in ihr Lager ab. Verdutzt und ungläubig sieht er ihnen hinterher.

Erst nachdem die aus den Wäldern strömenden Menschenmassen näherkommen, begreift Riwin, weshalb die Hunnen sich zur

Umkehr wandten. In Anbetracht der unerwarteten Bedrohung blieb den Steppenreitern nur, ihr Lager mit den Pferden und Gefangenen zu beschützen. Ulrich hatte es also tatsächlich erneut geschafft, eine Eroberung Augustas zu vereiteln. Gänzlich ohne Kampfhandlung entging die Stadt ihrem vorgeblichen Schicksal, das Anschlagen einer Glocke genügte völlig. So empfängt Riwin seinen zurückkehrenden Onkel staunend und zu tiefst beeindruckt. Ulrich hingegen lässt sofort die Tore öffnen, den kühnen Rettern soll der Einlass nicht verwehrt werden.

Mit ausgestreckten Armen läuft Ulrich der Bauernschar entgegen. Ihrer Bitte um Nahrung entspricht der Bischof augenblicklich. Zwar verfügt Augusta nicht mehr über Korn und Brot, aber das Fleisch der notgeschlachteten Tiere steht geräuchert und gedörrt in ausreichendem Umfang zur Verfügung. Erst nachdem sich alle satt gegessen haben, sucht Ulrich das Gespräch. Er bittet die Wortführer der einzelnen Haufen hervorzutreten und spricht seine Anerkennung für das mutige Handeln Aller aus. Danach offenbart der Bischof den Männern, Frauen und Kindern seine eigentliche Absicht.

„Ihr seht, es mangelt uns weder an Nahrung noch an Platz. Augusta lädt euch alle ein, dic nächsten Tage und Nächte im Herzen der Stadt zu verbringen. Beratet euch untereinander und sagt mir, wie ihr dazu steht.“

Die Anführer der Bauern blicken kritisch und unentschlossen. Sie Tuscheln miteinander und ihre aufgebrachte Gestik verrät, das Angebot des Bischofs ruft ausgesprochen kontroverse Reaktionen hervor. Nach einer Weile verstummt das flüsternde Palaver und ein Wortführer tritt hervor, der nun mit einer Stimme für die Gesamtheit seiner Leute spricht.

„Eure Einladung kommt im Gewand einer Täuschung daher. Euch bewegt nicht unser Leid zu solch einer noblen Geste, nein, ihr benötigt Männer für die Verteidigung dieser Stadt. Die Hunnen werden nach der Schlacht aus dem Norden zurückkehren, ob als Sieger oder geschlagen weiß Niemand zu sagen. Doch kaum jemand glaubt an einen Triumph des Königs. Dann wird Augusta zu einer tödlichen Falle und wir sind nur Bauern, keine Krieger. Seht in die gepeinigten Gesichter dieser Menschen hier, seht die leidgeplagten Kinder und

Frauen. Erwartet ihr ernsthaft, dass wir diese Lämmer zur Schlachtbank führen? Nein, wir bemächtigen uns noch eines angemessenen Anteils eurer Vorräte, denn das seid ihr uns schuldig und gehen dorthin, wo wir hergekommen sind."

Der Bischof kann die Bedenken des Bauernvolkes nachvollziehen, zumindest teilweise. Für einen Moment ringt er nach den richtigen Worten, dann offenbart Ulrich seine eigene Sicht der Dinge.

„Ich mache wahrlich keinen Hehl daraus, dass wir eure Hilfe benötigen. Doch obliegt mir nicht nur, diese Stadt zu schützen, es geht um unser gesamtes Volk. Fällt Augusta, bleibt dem König diese Rückzugsmöglichkeit verwehrt, dann kann er den Krieg ganz sicher nicht gewinnen. Dieses Mal geht es den Hunnen nicht ums Beute machen oder den Ausgang einer einzelnen Schlacht, dieses Mal geht es ums Ganze. Der Feind will jegliches Aufbegehren ein für alle Mal brechen, will unser Volk auf ewig unterjochen. Verlieren wir diesen Krieg, verlieren wir ihn alle gemeinsam. Wie lange wollt ihr euch dann noch in euren Schlupfwinkeln verkriechen? Spätestens der Winter wird das unausweichliche Ende bringen. Ist dies das Schicksal, welches euren Familien zuteil soll?"

Der Wortführer blickt mit leerem Gesichtsausdruck zu Ulrich. Verunsichert wendet er sich ab und erneut den anderen Anführern zu. Wieder folgt eine eindringliche Debatte unter den Männern. Doch diesmal fällt die Beratschlagung deutlich hitziger aus. Fast droht ein handfester Streit unter den Bauern zu entfachen, doch am Ende scheint ein gemeinsamer Nenner gefunden, so tritt der Wortführer Ulrich zum zweiten Mal gegenüber.

„Unsere Entscheidung ist gefallen und sie bedarf keiner weiteren Berichtigung. Sollten euch die zurückgebliebenen Hunnen wieder bedrohen, schlagt erneut die Glocke an. Wir halten uns in der Nähe und eilen Augusta zu Hilfe. Die Hunnen werden sich dann gewiss ein zweites Mal unverrichteter Dinge in ihr Lager zurückziehen. Sollte aber die Hauptstreitmacht der Hunnen zurückkehren, könnt ihr keinesfalls mit unserer Unterstützung rechnen. Dann ziehen wir uns in die tiefsten und dunkelsten Wälder zurück."

„Nun gut, das ist ein Anfang. Aber wenn ihr eine Zukunft ohne Knechtschaft oder Vertreibung wünscht, so ist es damit nicht getan. Euer Beistand wird vor Allem dann benötigt, wenn es dem König gelingt, in der Ferne einen Sieg über die Hauptstreitmacht des Feindes zu erringen."

Fragend sehen die Bauern zueinander, was der Bischof damit genau aussagen möchte, wissen sie nicht recht einzuordnen. Ulrich gibt den Anführern keine Gelegenheit darüber zu rätseln oder zu palavern. Stattdessen verdeutlicht er in aller Dramatik, welche Konsequenzen auch ein siegreicher Ausgang des Krieges nach sich ziehen würde.

„Ihr selbst wart Zeugen der gewaltigen Streitmacht des Feindes. Wenn Otto triumphiert und das wird er mit Gottes Beistand, kann er eine so enorme Übermacht nicht gänzlich auslöschen, dann folgt der Rückzug des gescheiterten Feindes. Unter dem Druck der Verfolgung werden die angeschlagenen Resttruppen alles verwüsten, was ihnen in den Weg kommt. Wir alle fürchten die Hunnen, wenn sie siegessicher und bei bester Laune auf Beutezug umherstreifen. Wie mögen sie sich wohl gebaren, wenn sie gedemütigt und hasserfüllt zur Umkehr gezwungen wurden? Ganz sicher streifen die verstreuten Einheiten der Hunnen dann noch wochen- oder monatelang durch die gesamten Lande. Gleich wo ihr euch versteckt, die teuflischen Reiter werden jeden noch so abgeschiedenen Schlupfwinkel ausfindig machen. Nur wenn wir uns vereint dem letzten Aufbäumen der hunnischen Geisel entgegenstellen, können wir unsere geliebte Heimat retten. Andernfalls wird vor Allem die Landbevölkerung, also ihr selbst, den Preis dafür bezahlen. Verfallt also nicht der Illusion, dass es mit einem Sieg des Königs auf dem Schlachtfeld vorbei wäre, denn das ist es ganz sicher nicht. So frage ich euch also, steht ihr eurem König zur Seite, wenn er nach euch rufen wird?"

Nicht nur den Anführern wird ob Ulrichs Rede die ganze Tragweite dieses Krieges bewusst, einem jeden steht nun die düstere Erkenntnis ins Gesicht geschrieben. Die Wahrhaftigkeit jener Worte des Bischofs begreift jetzt auch das einfältigste Gemüt. So herrscht endlich relative Einigkeit unter den Bauern und die Mehrheit sichert dem König auch tatsächlich ihren Beistand zu.

Noch bis zum späten Nachmittag verweilt die Landbevölkerung in der Stadt, dann sehen Ulrich und sein Neffe dem abziehenden Menschenstrom wehmütig hinterher. Doch Riwin hadert mit der ausgehandelten Abmachung des Bischofs, unverhohlen bringt er seinen Zweifel zum Ausdruck.

„Wieso hast du nicht eindringlicher versucht, die Bauern in der Stadt zu halten? Ohne neue Kräfte können wir nicht dem geringsten Angriff standhalten. Die Wehrbauten Augustas sind verweist, was nützen uns die Mauern, wenn wir sie nicht mit Männern besetzen? Die Hunnen könnten es jederzeit ein zweites Mal versuchen."

„Das werden sie ganz sicher nicht. Der Feind sah aus der Ferne zahlreiche Menschen in die Stadt strömen und wieder abziehen. Wie viele genau, das vermag niemand abzuschätzen. Die Hunnen nehmen sicher an, dass etliche Bauern hier in den Mauern Augustas zurückblieben. Außerdem fürchten die Krieger, dass wir im Falle eines weiteren Angriffs mit der Glocke wieder nach Verstärkung rufen. Nein, nein, die Hunnen hüten bis zu Bulcsus Rückkehr brav ihr Lager und werden keinen neuerlichen Angriff wagen."

„Dein Wort in Gottes Gehör. Ich traue den Hunnen nicht, sicher hecken sie bereits eine neue Teufelei aus. Mit den Bauern in unsere Stadt wäre mir weitaus wohler zumute."

„Es ist jetzt wie es ist und ich bin frohen Mutes darüber. Mehr hätte ich den Bauern ohnehin nicht abverlangen können, zu gegebener Zeit wird der König ihre Unterstützung einfordern. Und bis dahin bleibt die Glocke des Domes unsere Versicherung. Sorge dich also nicht, wir werden ganz sicher unbehelligt bleiben."

Doch diesmal irrt der Bischof. Im Schutze der hereinbrechenden Dunkelheit bereiten die Hunnen ihren nächsten Schachzug vor und niemand in den Mauern Augustas ahnt, welch dramatisches Ereignis der Stadt als nächstes bevorsteht.

Fünfter Tag
10. AUGUST 955

Die sternenklare Nacht legt einen Mantel des Schweigens und der Stille über das königliche Lager. Kaum ein Geräusch durchdringt die Finsternis. Selbst die Tiere des Waldes scheinen vor den Ereignisses des nächsten Tages in stummer Haltung zu erstarren. Nur einige Männer halten auf den Wehrgängen der Festung schweigend wacht, doch die gespenstische Lautlosigkeit wird jäh unterbrochen. Der König fährt sofort aus seinem unruhigen Schlaf empor. Direkt vor seinem Zelt nimmt Otto mehrere krakeelende Personen wahr. Offensichtlich fordern die Störenfriede trotz der nächtlichen Stunde den König zu sprechen, aber die Wachen wollen ihren Monarchen nicht wecken. Otto glaubt auch Ulmans Stimme zu vernehmen und der Wortwechsel schwillt zu einer hitzigen Debatte an. Entnervt steht der König auf und tritt lediglich mit seinem Schlafgewand gekleidet aus dem Zelt. Augenblicklich verstummt der Dialog und zwei Wachen, Ulman, Cunad sowie Fenja blicken entgeistert Richtung Otto. Das plötzliche Erscheinen ihres Königs überrascht sie allesamt. Nach einer Schrecksekunde versuchen die Wachen hektisch, ihr Unvermögen stotternd zu erklären. Doch Cunad übertönt die beiden Wachabenden sogleich und das Durcheinander der Stimmen entbrennt aufs Neue. Auch Ulman beteiligt sich beherzt an der Debatte, aber aus dem Wirrwarr vermag der König keinen Sinn zu schließen.

„Schluss damit, auf der Stelle“, tönt es konsequent aus Ottos Kehle.

Erneut verhallt der Zwist zum zweiten Mal. Lediglich Ulman regt mit kleinlauter Stimme an, Cunad und Fenja Gehör zu schenken. Otto stimmt um des Friedens Willen kopfschüttelnd zu und bugsiert die drei Unruhestifter in sein Zelt hinein. Zu des Königs erstaunen scheint nicht Cunad etwas von Belang vortragen zu wollen, sondern Fenja. Etwas unsicher und eingeschüchtert steht sie vor Otto und fragt zaghaft, ob sie sich nun verbeugen solle. Der König verneint und fordert stattdessen eine zügige Erklärung für die nächtliche Störung ein. Nur zaghaft wagt Fenja ihm zu antworten.

„Cunad und dann auch Ulman drängten mich, euch meine Kunde vorzutragen. Ich selbst begreife nicht, weshalb das so wichtig sein soll. Also bitte verzeiht...“, dem König fehlt für derlei Aufhebens der Langmut, so unterbricht er Fenja ungeduldig.

„Genug, genug, jetzt sprich endlich mein Kind. Was soll das ganze Theater mitten in der Nacht?“

„Bricht der neue Tag herein, könnt ihr noch vor der Mittagsstunde die Wasserzuteilung eurer Männer neu berechnen. Das war´s schon, was ich sagen sollte.“

Otto wirkt ob Fenjas Antwort völlig verstört. Wäre die Lage nicht derart ernst, so wähnte er, es handle sich um einen schlechten Scherz. Geradezu erschüttert nimmt er auf seiner Bettstatt Platz und sieht entgeistert zu Ulman. Dieser erkennt den dringend angeratenen Erklärungsbedarf und löst das Missverständnis sogleich auf.

„Die junge Frau möchte damit eigentlich etwas ganz Anderes zum Ausdruck bringen. Sie meint, am morgigen Vormittag würde es wohl tatsächlich regnen.“

Die Worte Ulmans verärgern Fenja ungemein. Ihre Zurückhaltung weicht auf der Stelle und sie berichtigt die Darstellung Ulmans mit einem scharfen Unterton.

„Ich meine das nicht vage, ich weiß es ganz sicher. Ziemlich genau zwischen der Morgen- und der Mittagsstunde zieht überraschend ein Gewitter auf. Es mag nach Sonnenaufgang nicht danach aussehen, aber das Unwetter wird kommen und starken Regen bringen. Glaubt das, oder lasst es bleiben, aber stellt mich nicht im Vorhinein in Frage.“

Otto beeindruckt die kühne Haltung Fenjas, was er jedoch von ihrer Prophezeiung halten soll, das weiß er nicht. Neugierig und misstrauisch zugleich beobachtet er die junge Frau, bevor er prüfend eine Frage an sie richtet.

„Du verstehst dich also auf die Begebenheiten der Natur, bist mit Alledem vertraut, richtig?“

Fenja nickt nur trotzig, da stellt der König seine nächste Frage.

„Würde ich dich nun aus diesem Zelt herausführen und wir blickten gemeinsam gen Nachthimmel, was würden wir sehen?“

„Mit etwas Geduld könnten wir eine Besonderheit erblicken. Denn wie jedes Jahr in diesen Tagen zucken kleine, helle Funken von hier nach dort über das große Himmelszelt.“

Was Fenja beschreibt sind die Perseiden. Ein sich jährlich wiederholender Meteorstrom, der am 10. August ein Maximum an Sternschnuppen zeigt. Der König kennt das Phänomen und prüft Fenjas

Wissen weiter.

„Diese Funken nennt man die Tränen des Laurentius. Sie erinnern an jenen Märtyrer, der einst in römischer Gefangenschaft einen grausamen Tod erlitt. Was weißt du noch darüber?"

„Das nächtliche Schauspiel beginnt jedes Jahr zur Erntezeit Mitte Juli, zunächst sehr zaghaft, dann nimmt die Zahl der Tränen deutlich zu. Diese und nächste Nacht erreicht das Weinen des Himmels seinen Höhepunkt. In zwei Wochen ist Alles wieder vorüber."

„Du kennst also nicht einmal den Namen dieses Phänomens und doch verfügst über das Wissen eines Gelehrten darüber?"

„Ich bin weder des Lesens noch des Schreibens mächtig. Aber um Mutter Natur zu verstehen, benötige ich das auch nicht. Einiges beobachte ich, anderes erfühle ich. Mag sein, dass mir Kraft meiner Schöpfung eine Gabe in die Wiege gelegt wurde, doch das spielt keine Rolle. Ich bin, was ich bin."

Otto sieht fragend zu Cunad und seine Antwort lässt nicht lange auf sich warten.

„Ich selbst war Zeuge ihrer Fähigkeiten. Sie sagte entgegen aller Erwartung Regen voraus und der Himmel ergoss sich wie von ihr prophezeit. Deswegen bin ich fest davon überzeugt, dass sie auch diesmal Recht behalten wird."

„Wie oft treffen deine Vorhersagen zu?" möchte der König von Fenja wissen, bevor er ohne eine Antwort abzuwarten weiterspricht.

„Du weißt schon, das Schicksal Aller hier hängt nun von deiner Aufrichtigkeit ab. Täuscht du uns oder dich selbst, bedeutet das nicht nur dein eigenes Ende, du schickst auch 8000 Männer in den sicheren Tod. Überlege dir also wohl, was du mir antworten möchtest."

„Wieso hängt jetzt das Leben Aller von mir ab? Es spielt doch keine Rolle, ob ihr jetzt oder in ein paar Stunden entscheidet, wie ihr das Wasser einzuteilen gedenkt. Dann sehen wir ja, ob es regnet. Ich versteh das einfach nicht."

Der irritierte König und Ulman sehen die nicht weniger verstörte Fenja an. Erst jetzt begreifen die beiden Männer, Cunad hatte ihr die wahre Bedeutsamkeit des Regens noch nicht offenbart. Dass die Entscheidung über einen Angriff von ihrer Prophezeiung abhängt, ahnt sie nicht einmal im Ansatz. Nun obliegt es Otto, die ahnungslose Fenja aufzuklären und er tut es mit Bedacht. Doch aller Besonnenheit zum Trotz, fällt Fenja in eine regelrechte Schockstarre. Die Last, der über Sieg oder Niederlage entscheidenden Verantwortung drückt ihr unerbittlich aufs Gemüt. Mit zitternden Händen und einer Ohnmacht nah, schwinden ihr die Sinne. Ulman reagiert als Erster, mit beiden Händen stützt er ihren zarten Körper und führt Fenja zu des Königs Bettstatt. Derweil springt Otto verlegen von derselben auf und steht nun sichtlich überfordert in der Mitte seines Zeltes. Wie ein Häufchen Elend kauert Fenja sitzend auf dem Bett des Königs. So dünkt es Otto, ein Schluck Wein könnte jetzt der Leidgeplagten helfen. Aber auch Cunad ist bemüht Beistand zu leisten, er nimmt zu ihrer Rechten Platz und legt tröstend seinem Arm um Fenja, indes kommt Otto mit einem Becher angelaufen. Doch versucht er vergebens, den Inhalt der Patientin einzuflößen. Bestrebt, beruhigend auf sie einzuwirken, nimmt obendrein auch Ulman zur Linken neben Fenja Platz. Aber bedrängt von den drei Männern, bewirken die gut gemeinten Anstrengungen lediglich das Gegenteil. Mit einem Mal macht Fenja ihrem Unmut unversehens Luft und bellt mit lauter Stimme.

„Hört auf damit. Ich bitte euch, lasst mich einfach in Ruhe."

Genau in diesem Moment läuft Drago auf das Zelt hinzu. Er zechte bis in die Nacht mit Boleslav und wollte vor dem Schlafengehen noch nach Fenja sehen. Seine Gefährtin fand er jedoch nicht an ihrem Schlafplatz vor, seither streift er suchend durch das ganze Lager. Der verzweifelt wirkende Hilferuf Fenjas weist ihm nun die Richtung, strammen Schrittes eilt er jetzt dem Zelt des Königs entgegen. Die beiden Wachen versuchen dem Hünen Einhalt zu gebieten, aber im Zelt sind nur zwei dumpfe Schläge zu vernehmen, dann steht der Nordmann wutentbrannt im Inneren. Das Bild, welches sich Drago bietet, mag selbst in nüchternen Zustand zu Irritationen führen, angetrunken aber wirkt die Szenerie geradezu verfänglich und obszön.

Zu beiden Seiten von Cunad und Ulman flankiert, sitzt Fenja sichtlich eingeschüchtert auf des Königs Bettstatt, während Otto nur mit seinem Schlafrock gekleidet direkt vor ihr steht. Drago ballt die Fäuste. Jeden Moment wird er sich auf den König stürzen, den vermeidlichen Lüstling hart mit seinen Fäusten strafen. In Anbetracht des bevorstehenden Angriffs zuckt Otto angsterfüllt zusammen. Doch Fenja kommt der Attacke des Nordmanns gerade noch rechtzeitig zuvor und klärt das Missverständnis mit ein paar knappen Sätzen auf. Erleichterung macht sich breit, nur Otto wirkt noch immer deutlich mitgenommen. Nach einem Schluck Wein verlangt es den leidgeprüften König nun höchstselbst. Gerade in dem Moment, als Fenja endlich nach dem Becher greifen will, zieht Otto ihn zurück und leert das Gefäß in einem Zug. Da betritt einer der Wachen mit blutender Nase wankend das Zelt, er zeigt auf Drago und versucht erneut sein Scheitern zu erklären. Aber Otto interessiert die Rechtfertigung des Wachmanns nicht. Mit einer Handbewegung signalisiert der König, dass er wieder gehen möge. Allerdings bleibt Ottos Aufforderung zunächst noch ohne Resultat. Erst ein strenger Blick Dragos führt die erhoffte Reaktion herbei, der Wachmann trollt sich augenblicklich. Dann neigt sich jegliche Aufmerksamkeit wieder Fenja zu. Eingeschüchtert stottert sie mit weinerlicher Stimme.

„Ich, ich weiß es jetzt nicht mehr genau, den Regen meine ich. Das wird mir Alles zu viel. Vergesst was ich gesagt habe und lasst mich einfach gehen."

Alle sehen entgeistert zueinander, lediglich Drago ergreift die Initiative.

„Blödsinn! Wenn du vorhin davon überzeugt warst, ist das auch so. Mehr gibt es dazu nicht zu sagen, Ende der Debatte. Also, wie lautet der Schlachtplan, wann greifen wir die Missgeburten an?"

Ulman kann Dragos unerschütterlichen Pragmatismus nicht teilen. Skeptisch blickt er zu seinem König, der aber scheint das gewagte Vorhaben ernsthaft in Erwägung zu ziehen, dass sieht ihm Ulman an. Dennoch bringt er seine Bedenken gegenüber einer solch riskanten Offensive zum Ausdruck.

„Mein König, die Überbringerin der ungewissen Botschaft zweifelt nun selbst an ihrer Prophezeiung. Wie werden das die anderen Heerführer aufnehmen? Ich befürchte, das dürfte kaum auf Zustimmung stoßen."

Der König wirkt zunächst unschlüssig. Nach einem Moment der

Besinnung antwortet Otto dann doch mit überraschender Entschlossenheit.

„Deswegen bringt der Nordmann unsere kleine Weissagerin auch gleich weg. Die Heerführer müssen sie nicht zu Gesicht bekommen. Mein Beschluss steht fest, wir greifen an. Eine andere Alternative bleibt uns ohnehin nicht, zumindest keine akzeptable. Künftige Generationen werden keine Schmählieder ob unserer Feigheit singen. Lieber fallen wir mit wehenden Fahnen in der Schlacht, als hier in dieser Festung ängstlich wimmernd unserem Ende entgegen zu sehen. Jetzt geh und wecke die Heerführer, ich werde sie schon überzeugen."

*****

Auch in Augusta täuscht die trügerische Stille, im Schutz der Dunkelheit schleicht Ungemach der Stadt entgegen. Von ihrem Führer handverlesen, pirscht ein Dutzend Hunnen auf die Mauer zu. Energisch verfolgen sie ein ganz konkretes Ziel, die Zerstörung der Glocke innerhalb des Doms. Denn das Signal vom Vortag an die Bauern war den Magyaren eine Lehre. Noch einmal soll es Ulrich nicht gelingen, Verstärkung aus dem Wald herbeizurufen.

Unterhalb der Stadtbefestigung angekommen, sondiert das Kommando für einen Moment die Lage. Dann huschen die Krieger über eine Leiter bis nach oben. Auf der Mauer halten nur vereinzelt einige Frauen und Greise wacht, ein Leichtes sie zu überwältigen. Still und leise geht der Überfall vonstatten. Unbemerkt strecken Pfeile die wenigen Wachhabenden nieder, denn die Geschosse tragen keine Hohlkörper und gleiten lautlos durch die Nacht. So verrät auch nicht das kleinste Geräusch den Vorstoß des Kommandos. Jetzt gilt es nicht entdeckt zu werden und möglichst rasch den Dom zu finden. Von Haus zu Haus schleichend suchen die Hunnen mehrmals Deckung, stoßen langsam aber stetig immer weiter ins Herz Augustas vor. Doch direkt vor dem Kirchenbau macht der Invasionstrupp halt, ein kleiner Marktplatz gewährt den Menschen Raum zum Schlaf. Die Krieger zögern, der Weg hindurch scheint wenig aussichtsreich. Zwar scheint die Menschenschar in tiefen Schlaf versunken, doch schon entdeckt ein kleiner Junge die feindlich gesinnten Eindringlinge. Das Licht des Mondes offenbarte ihre Anwesenheit. Zwar ziehen sich die Krieger in den Schatten eines Gebäudes zurück, aber der Junge blickt arglos und neugierig in Richtung der Hunnen. Die Gefahr in der er schwebt, versteht er nicht. Stattdessen steht er auf und läuft langsam auf die exotisch aussehenden Gestalten zu. Plötzlich erwacht auch die Mutter des Kindes, die Abwesenheit ihres Sohnes realisiert sie augenblicklich. Sofort eilt sie ihm schnellen Schrittes hinterher, die Bedrohung in der Finsternis bleibt ihr jedoch verborgen. Erst nachdem ihr Junge mit dem Finger auf die im Schatten stehenden Eindringlinge deutet, erkennt die Mutter schemenhafte Kreaturen. Instinktiv bleibt sie stehen, will nach den Anderen um Hilfe rufen. Doch zu spät, schon durchbohrt ein gezielter Schuss die Kehle seines Opfers und ein zweiter Pfeil zerfetzt das Herz des kleinen Mannes. Niemand sonst bemerkt das mörderische Treiben.

Die Krieger beschließen den heiklen Marktplatz zu umgehen und es von der rückwärtigen Seite des Domes zu versuchen. Tatsächlich gewährt ihnen dort eine Seitenpforte ungehindert Einlass. Doch im Inneren herrscht Dunkelheit, kaum ein Mondstrahl durchdringt die schmalen Fenster. Vorsichtig tastend bewegen sich die Krieger fort, es gilt den Glockenstuhl zu finden. Diesen beherbergt der nicht gänzlich fertiggestellte Turm, sein Aufgang liegt versteckt im Kirchenschiff. Dort schläft auch Ulrich, ahnungslos liegt er inmitten seines Gotteshauses. Noch bemerken ihn die Hunnen nicht, aber auf ihrer Suche nach dem Treppenaufgang kommt ein Krieger dem ruhenden Bischof gefährlich nahe, nur noch wenige Schritte, dann wird er über Ulrich stolpern. Da durchdringt ein leises „Pst" das Kirchenschiff. Der Anführer signalisiert seinen Gefährten, dass der Aufgang nun gefunden wurde. Auch der Krieger nahe Ulrich macht auf der Stelle kehrt und schleicht direkt dem leisen Ruf entgegen. Der Bischof bemerkt von alledem noch immer nichts, seelenruhig schläft er geruhsam auf dem Kirchenboden. Die Krieger aber huschen schnell die Treppe hoch. Der Glockenstuhl ist rasch erreicht, die Mission in Kürze ausgeführt, denn das Geläut hängt lediglich an einem nicht allzu dicken Seil. Nach nur wenigen

Schnitten mit einer scharfen Klinge stürzt die Glocke polternd in die Tiefe. Mit einem lauten Hall schlägt sie schließlich auf und zerbricht in mehrere Einzelteile. Ulrich springt buchstäblich aus dem Schlaf. Sein stählernes Stabkreuz im Anschlag läuft er im Dunkeln auf den Aufgang zu. Sogleich stürmt der erste Krieger die Treppen hinunter und direkt auf den verblüfften Bischof zu. Aber Ulrich reagiert besonnen, mit einem kräftigen Ruck rammt er seine Waffe in die Brust des lauthals aufschreienden Feindes. Direkt darauf drängen auch die anderen Krieger nach, stehen Ulrich mit gezückten Äxten gegenüber. Der Anführer erkennt sofort, welch wichtige Persönlichkeit den Weg versperrt. In Anbetracht der Übermacht eilt Ulrich sofort in den Schutz der Dunkelheit zurück und sucht tief im Inneren des Kirchenschiffs zwischen den Gebetsbänken Deckung. Aber die Hunnen verlassen nicht den Dom, stattdessen stellen sie dem Bischof nach. Denn Ulrichs Kopf brächte eine gehörige Belohnung ein, die wollen sich die Krieger nicht entgehen lassen. Zwischen den Bänken versteckt bleibt Ulrich in der Finsternis zunächst noch unsichtbar aber die Hunnen wissen sich geschickt zu verteilen. Absolute Stille erfüllt den voluminösen Kirchenbau, die Jäger hoffen auf ein verräterisches Geräusch ihrer Beute. Ulrich versucht so flach wie irgend möglich zu atmen, das Pochen seines Herzschlags tönt ihm jetzt wie lauter Donnerhall. Vorsichtig wagt er einen Blick aus seiner Deckung aber es gelingt ihm lediglich drei der Krieger auszumachen. Dabei verursacht die Bewegung ein kaum wahrnehmbares Rascheln seiner Kleidung. Doch wahrnehmbar genug, um die Aufmerksamkeit eines Kriegers zu erwecken. Sofort rennt der Hunne zwischen den Kirchenbänken auf das richtungsweisende Geräusch hinzu. Ulrich bleibt regungslos in seiner Deckung. Zwar hört er den Angreifer auf sich zu stürmen, sehen kann er ihn jedoch nicht. Zusammengekauert richtet er lediglich seine Waffe in jene Richtung, aus der sein Gehör den Angreifer ortet. Die Sinne lassen den Bischof nicht im Stich, der Krieger rennt direkt in die Klinge des Stahl bewehrten Kreuzes. Wieder unterbricht ein Schmerzensschrei die Stille. Sofort schlagen zwei Pfeile neben Ulrich in die Kirchenbänke ein, während ein dritter den Leib des aufgespießten Kriegers trifft. Die Hunnen schießen jetzt gänzlich nach Gehör und der Schrei ihres Gefährten verriet die Position des Bischofs. Will Ulrich überleben, muss er sofort das Weite suchen. Bemüht so wenig Geräusche wie möglich zu verursachen, schleicht er geduckt auf eine der großen Säulen zu. Zwar gelingt es ihm, bis dorthin unbeschadet durchzukommen, aber sein sperriges Stabbreuz musste er zwischen den eng stehenden Kirchenbänken zurücklassen. Unbewaffnet und an die Säule gelehnt versucht Ulrich aufs Neue seine Atmung zu kontrollieren. Trotz aller Bemühungen schnauft der Bischof viel zu schwer, die Hunnen haben ihn längst ausgemacht. Von allen Seiten schleichen sie nun auf ihr Opfer zu. Plötzlich vernimmt Ulrich direkt von der Seite ein Geräusch und nimmt nur noch einen vagen Schatten wahr. Bis auf eine Armlänge ist der Krieger bereits heran und holt mit seiner Axt zum Streiche aus. Der Bischof duckt sich instinktiv, das eiserne Blatt der Waffe schlägt krachend in die Säule ein. Auf allen Vieren versucht Ulrich jetzt zwischen den Kirchenbänken zu entkommen. Aber der Krieger nimmt sofort die Verfolgung auf, während zwei weitere den Bischof von Vorne in die Zange nehmen. Ulrich tastet auf dem Boden verzweifelt nach seiner Waffe, ohne Erfolg. Stattdessen vernimmt er nur wenige Meter entfernt ein leises Knarzen. Das Holz eines Bogens ächzt und stöhnt unter der Belastung des Auszugs, ein Krieger legt die Waffe direkt auf den Bischof an.

Da dringen von außen Stimmen in das Kirchenschiff. Der Hunne zögert und Ulrich nutzt die Gelegenheit unter der Kirchenbank hindurch zu kriechen. Die Stimmen werden lauter, aufgebrachter.

Das Getöse der herabstürzenden Glocke blieb nicht unbemerkt. Riwin und einige Männer eilen auf das Kirchenportal hinzu, dann fliegt die Tür des Doms mit einem lauten Knall weit auf. Die Fackeln der eintretenden Männer tauchen das Kirchenschiff in ein diffuses Licht. Aber weder Riwin, noch seine Begleiter können irgendjemand ausmachen. Da tönt Ulrichs Stimme unter dem Kirchengestühl hervor.

„Passt auf, ein Haufen Hunnen hält sich hier versteckt."

Im gleichen Moment springen die Hunnen aus der Deckung und rennen zu dem Seiteneingang hinaus. Die Retter nehmen in dem Halbdunkel nur schemenhafte Gestalten wahr, verblüfft sehen sie den Kriegern tatenlos hinterher. Da taucht Ulrichs Kopf zwischen den Kirchenbänken auf und er schreit aus Leibes Kräften.

„Um Gottes Willen, hinterher. Auf was wartet ihr denn noch. Sie dürfen nicht entkommen und den Verlust der Glocke ihrem Führer melden."

Riwin eilt mit seinen Männern sofort aus dem Dom, die Hunnen aber sind schon weit voraus. Doch auf ihrer Flucht finden sie nicht den direkten Weg zur Mauer, stattdessen schlagen sie in dem Gewirr der Gassen mehrmals die falsche Richtung ein. Das gibt den Verfolgern Gelegenheit, den Abstand langsam aber stetig zu verringern. Immer weiter schließen Riwins Männer auf. Plötzlich machen drei der Hunnen kehrt, knien nieder und legen ihre Bögen auf die nahen Jäger an. Die anderen Magyaren aber setzen ihre Flucht ungehindert fort. Nicht allen Verfolgern gelingt es, rechtzeitig Deckung zu nehmen. Zwei sinken von Pfeilen getroffen augenblicklich zu Boden.

Während seine Kameraden in einer Seitengasse Schutz suchen, umgeht Riwin die drei Bogenschützen und stellt den fliehenden Hunnen alleine nach. Zunächst verliert er den Anschluss, doch dann nimmt er die Fährte wieder auf. Die sieben Hunnen wähnen, sie hätten ihre Jäger abgeschüttelt und verlangsamen ihr Tempo deutlich. Riwin schleicht sich vorsichtig heran. Zwar bemerken ihn die Krieger nicht, aber von hinten zischt plötzlich ein Pfeil über seine Schulter hinweg. Die drei zurückgebliebenen Bogenschützen hatten ihre Position zwischenzeitlich wieder aufgegeben und schließen nun zu ihren Kameraden auf. Riwin steht genau inmitten dieser beiden Gruppen. Jetzt werden auch die vor ihm laufenden Krieger auf den Verfolger aufmerksam, umgehend legen auch sie ihre Bögen auf Riwin an. Der will instinktiv in eines der Häuser flüchten, doch dann bleibt er wie angewurzelt mitten auf der Gasse stehen. Mit gespannten Bögen kommen nun die Krieger von beiden Seiten auf ihn zu. Blitzschnell zieht er zum scheinbaren Angriff sein Schwer, wirft sich aber sodann gleich flach auf den Boden. Just in dem Moment, als Riwin seine Waffe zieht, lösen die Hunnen ihre Pfeile. Doch trifft ihn keines der Geschosse, rechtzeitig geduckt fliegen die Pfeile beider Seiten über ihn hinweg. Dafür erwischt es an seiner statt gleich mehrere Krieger der sich gegenüberstehenden Parteien. Alle drei Magyaren in Riwins Rücken brechen von den Pfeilen ihrer Kameraden getroffen zusammen. Aber auch die zweite Gruppe hat Verluste zu beklagen, dort fallen dem missglückten Beschuss immerhin noch zwei Krieger zum Opfer. Völlig entsetzt über den Ausgang des Gefechtes eilen die verbliebenen Hunnen weiter Richtung Mauer. Riwin setzt im Licht der aufgehenden Sonne augenblicklich hinterher.

Am Rande der Stadt wurde die Ermordung der Wachen bereits bemerkt und jetzt herrscht reges Treiben auf der Mauer. So zögern die fliehenden Hunnen, als sie die Stadtbefestigung erreichen. In Anbetracht der Menschenmenge scheint an diesem Mauerabschnitt ein Übergang nur wenig ratsam. Noch bevor die Krieger eine Alternative finden, schließen auch Riwins zurückgebliebene Männer auf. Jetzt sitzen die Hunnen in der Falle, wild fluchend suchen sie in einer Hütte Schutz. Riwin und seine Mannen kreisen die Baracke unterhalb der Mauer sogleich von allen Seiten ein. Die eingeschlossenen Hunnen quittieren diese Maßnahme mit gezielten Schüssen gegen ihre Verfolger. Riwin befiehlt seinen Männern in Deckung zu bleiben, denn die Zeit spielt gegen die Magyaren. Nicht mehr lange, dann wird der Feind den letzten Pfeil verschossen haben. Im folgenden Nahkampf wähnt Riwin leichtes Spiel, doch da irrt des Bischofs Neffe.

Plötzlich tönt der Rufe eines Horns aus der Hütte und ein zweites Horn gibt sogleich Antwort. Außerhalb der Stadt liegt eine Reiterschar des Feindes in Bereitschaft, bereits seit Stunden lauert sie auf ihren Einsatz. Nun kommunizieren die Hunnen miteinander. Riwin steht das Entsetzen ins Gesicht geschrieben. Jegliche Vorsicht außer Acht lassend, versucht er verzweifelt die Hütte zu erstürmen. Aber noch verfügen die Eingeschlossenen über ausreichend Pfeile. So zwingt ihn der Beschuss zum Abbruch des riskanten Unterfangens, hinter einen Steintrog sucht er kauernd Deckung.

Abrupt verstummen beide Hörner. Doch die Stille hält nicht lange an. Lautes Geschrei ertönt jetzt von der Mauer, die Menschen strömen panisch herunter und flüchten in die Gassen. Begleitet vom Geheul eines Pfeilregens fegt aus dem Halbdunkel ein Reiterheer der Stadt entgegen.

Schon prasseln unzählige Geschosse aus dem Himmel. Ein Jeder dem es nicht gelang in Deckung zu gehen, fällt augenblicklich dem Beschuss zum Opfer. Bereits nach wenigen Minuten endet der Pfeilhagel so plötzlich, wie er begonnen hatte. Auf der verwaisten Mauer stellt sich nun Niemand mehr den fliehenden Hunnen entgegen. Eiligst überwinden die Saboteure das Bollwerk und werden von ihren Kameraden vor der Mauer in Empfang genommen. Riwin bleibt nur, den abziehenden Hunnen hilflos hinterher zu schauen. Jetzt weiß der Feind, dass die Stadt keine Verstärkung mehr zu rufen vermag.

*****

Ulman hatte es bereits befürchtet, sein Auftrag die Heerführer zu wecken trifft auf wenig Wohlgefallen. Burchard reagiert noch halbwegs angemessen, er nimmt die nächtliche Einberufung zum Kriegsrat mit nur wenig Widerworten auf. Aber bereits Konrad drückt seinen Unmut deutlich aus, eine Zusammenkunft zu dieser Stunde erscheint ihm dumm und töricht. Boleslav hingegen lässt seiner Empörung völlig freien Lauf. Ulman muss nicht nur übelste Beschimpfungen ertragen, der Böhme bewirft ihn auch mit Essensresten. Doch zu guter Letzt finden nach einer Weile alle Heerführer im großen Zelt zusammen, Otto empfängt sie in geradezu beflügelter Stimmung. Seine Euphorie aber ruft eher missverständliche Reaktionen hervor. Während Konrad und Burchard nur mit ungläubigen Blicken ihrer Verwunderung Ausdruck verleihen, richtet Boleslav sofort das Wort an Otto.

„Ein nächtlicher Angriff des Feindes dürfte kaum der Anlass dieser obskuren Zusammenkunft sein. Vielmehr scheint euch etwas zu belustigen. Sagt werter König, wie sehr amüsiert euch dieses nächtliche Spektakel, ihr wollt uns wohl zum Narren halten? So will auch ich meinen Beitrag zu Erheiterung dieser auserwählten Gesellschaft beisteuern."

Dann reißt Boleslav eine Schüssel mit Obst vom Tisch und bewirft den gegenüber sitzenden Ulman aufs Neue. Während dieser mit um Hilfe suchendem Ausdruck versucht den heranfliegenden Äpfeln und Birnen auszuweichen, fehlen allen anderen zunächst die Worte. Erst nach einer ausgedehnten Schrecksekunde fordert der König endlich Gehorsam ein.

„Auf der Stelle Schluss mit diesem Unfug. Beherrscht euch jetzt und hört mir zu. Wir werden bei Tage ausrücken und den Feind angreifen. Deswegen berief ich jetzt den Kriegsrat ein."

„Dazu rate ich doch schon die ganze Zeit und nur deswegen lasst ihr mich wecken? Ich geh jetzt wieder schlafen", antwortet der Böhme völlig unbeeindruckt.

„Wie bitte, weshalb in Gottes Namen sollten wir Bulcsu angreifen?" reklamiert Konrad aufgebracht.

„Weil es in wenigen Stunden regnen wird und weil ich es befehle", kontert Otto.

Konrad und Burchard schütteln kollektiv die Köpfe. Den Worten ihres Königs mögen sie kaum Glauben schenken.

„Das hat euch Cunads Hexe zugeflüstert, richtig?" hakt Burchard kritisch nach.

Noch bevor Otto antworten kann, tut der Böhme seine Meinung kund.

„Mir egal, wer wem was zugeflüstert hat. Ob eine Hexe, die Geister aus dem Totenreich oder kleine Teufelchen auf Ottos Schulter, Hauptsache wir ziehen gegen Bulcsu endlich in die Schlacht."

„Welch besonnenen Worte", merkt Burchard spöttisch an.

Otto fürchtet der alte Streit zwischen Boleslav und dem Herzog könnte wieder entflammen, so äußert er sich weiterhin mit resoluter Stimme.

„Mir verlangt es nicht nach eurer Zustimmung, noch will ich eure Meinung hören. Mein Entschluss steht unabdingbar fest. Diese Festung mag wehrhaft sein, aber einer derart gewaltigen Übermacht halten wir hier nicht lange Stand. Wir rücken aus und reiten scheinbar in die Schlacht, ganz so, wie der Feind es sich erhofft. Doch beziehen wir nicht in der großen Ebene Stellung, wo Bulcsu uns erwartet, sondern davor, im Schutz der auslaufenden Berge. Dieses Terrain ist für den Feind denkbar ungünstig. Bulcsu wird warten, bis wir uns daraus hervorwagen und ihm in offenem Felde gegenübertreten. Doch wir greifen nur an, wenn tatsächlich Regen fallen sollte. Andernfalls ziehen wir uns unverrichteter Dinge einfach wieder zurück."

„Wohin denn zurück? Die zweite Streitmacht wird zwischenzeitlich unsere Festung überrannt haben", gibt der Rote zu bedenken.

„Wohl gesprochen mein lieber Konrad. Deswegen geben wir diese Festung bereits vorher auf. Eine derart große Anlage zu verteidigen würde die Hälfte unserer Truppen erfordern. Ich will aber höchstens 1000 Männer zurücklassen, sonst fehlen uns die Kämpfer in der Schlacht. Aus diesem Grund räumen wir diese Festung und besetzen stattdessen eine der beiden Vorburgen am Eingang des Tales, denn für deren Verteidigung reichen 1000 Männer aus. Wir schaffen den gesamten Tross hinüber und sichern uns so trotz Allem eine Rückzugsmöglichkeit."

Absolutes Stillschweigen erfüllt das Zelt. Aber der ablehnende Ausdruck des Herzogs und des Roten scheint sich zu entspannen. Nach einer Weile beendet Cunad das allgemeine Schweigen.

„Das klingt mir nach einem wohldurchdachten Plan. Aber ob Bulcsu tatsächlich jene Streitmacht im offenen Feld anführt, das wage ich zu bezweifeln. Meines Wissens obliegt das seinem Unterführer Lel. Bulcsu selbst will nämlich die Eroberung des königlichen Lagers kommandieren. Er hofft, sein Unterführer treibe dann unsere fliehenden Truppen vom Schlachtfeld aus direkt in seine Arme."

Cunads Worten wird die ganze Aufmerksamkeit des böhmischen Fürsten zu teil. Dann kramt Boleslav seine Pfeilspitze hervor und hält das makabre Andenken dem König entgegen.

„Ihr wisst was das bedeutet. Dort wo wir Bulcsu erwarten, da finde auch ich mich ein. Das Schwein gehört mir, mir ganz alleine. Meine Böhmen also übernehmen die Verteidigung der Wälle und des Trosses."

Der König nickt, denn nur die Böhmen führen Pfeil und Bogen mit ins Feld. Ideal, um von den Wällen der Vorburg aus Bulcsus Reiter auf Distanz zu halten. Der Schutz des Trosses und des Lagers scheint gesichert.

Bis zum Sonnenaufgang bleibt nunmehr nur noch eine Stunde. Otto befiehlt unverzüglich die Truppen zu wecken und Vorbereitungen für den Umzug zu treffen. Schon bald nach dem Morgengrauen soll die gesamte Streitmacht weiterziehen, der Plan des Königs in Erfüllung gehen. Doch vor der Schlacht gilt es die Männer neu zu motivieren. Gelingt es nicht den Kampfgeist und die Moral der Truppe wieder herzustellen, wird dieser Tag das Ende bringen.

So bleibt dem König kaum mehr Zeit, eine kriegerische Rede zu ersinnen. Mit dem ersten Licht des Tages lässt Otto die komplette Streitmacht aufmarschieren. Hoch zu Ross tritt er den Kämpfern gegenüber. Auch alle Heerführer, Cunad und Drago harren den ermutigenden Worten Ottos. Der König aber setzt weniger auf die Macht der Worte, denn auf die Symbolkraft seiner heiligen Reliquie. Mit der legendären Lanze vor den Truppen hin und her reitend beeindruckt er seine Kämpfer jedoch nur unzureichend, eine wirkliche Motivation des Kampfgeistes erreicht er damit nicht. Die Furcht vor der erdrückenden Übermacht des Feindes lässt keinen Raum für klerikalen Hoffnungsglauben. Blanke Todesangst erfüllt die Reihen seiner Krieger, des Königs Trumpf verblasst zur Unzulänglichkeit. Fast hilflos wirkt Otto ob des nicht geglückten Engagements. Resigniert und abgeschlagen blickt er jetzt um Unterstützung flehend in Richtung seiner Heerführer. Aber keiner vermag den König zu bestärken.

Drago versteht den Wirbel um die Lanze nicht. Erst nachdem Cunad ihn aufklärt, dass es sich um jene Waffe handelt, die einst Jesus in die Lende gestoßen wurde, scheint sein Wissensdurst befriedigt. Zumindest für einen Moment, dann kündet weiteres Stirnrunzeln aufs Neue das Unverständnis des Hünen an.

„Sehe ich das richtig? Ausgerechnet jene Lanze, die eurem Christus in den Leib gerammt wurde, soll die Kämpfer jetzt ermuntern? Mit einem Symbol des Scheiterns wollt ihr eurer Streitmacht Mut zusprechen? Wie soll das denn gehen? Ihr Christen macht einfach Alles falsch. Wäre das die Waffe, mit der euer Gott seine Feinde erschlagen hätte, ja das hätte etwas. Aber so, so wird das nichts. Hätte ich euch gleich sagen können."

Noch bevor Cunad dem Nordmann antworten kann, setzt Otto doch zu einer Rede an. Der König wirkt nun wieder gefasster und souverän. Umso erwartungsvoller hoffen die Menschen auf ein Zeichen neuer Zuversicht. Doch Ottos Appell fällt höchst dramatisch aus.

„Ihr Alle vernahmt die Kunde von der erdrückenden Übermacht des Feindes. Gewaltig und unbezwingbar soll sie sein. Nie zuvor habe ein menschliches Auge eine derart erschreckende Streitmacht erblickt. Solchermaßen unbezwingbar sei das hunnische Monstrum, dass es am Ende die gesamte Christenheit verschlingen werde. Nun erwartet ihr, dass ich dem widerspreche, ich euch verkünde, all das entspräche nicht der Wahrheit und wir könnten einen Sieg erringen. Doch muss ich euch enttäuschen. Jeder einzelne von uns, vom niedrigsten Rang bis hin zu eurem König ist dem Tode geweiht. Gegen ein derart gewaltiges Heer können wir nicht bestehen. Das große Sterben steht uns unausweichlich bevor. Niemand wird diese Bürde von uns nehmen."

Dann hält Otto inne, schockiert und fassungslos sehen die Männer zu ihrem König. Lediglich Drago klatscht begeistert in die Hände. Nach einem Moment der Stille ergreift Otto neuerlich das Wort.

„Seit euch also gewahr, jeder Einzelne hat sein Leben bereits verwirkt. Noch mag Atem unsere Brust durchströmen, aber eines Jeden Schicksal ist besiegelt. So gibt es nichts mehr zu verlieren, was nicht bereits verloren wäre. Lasst also los von eurem Dasein hier in dieser Welt. Macht euch bewusst, wir sind die Armee der Toten. Befasst euch also nicht mehr mit eurem eigenen Ableben, sondern denkt an das, was unser Scheitern nach sich zieht. Denkt an das Schicksal eurer Liebsten. Denn was unausweichlich folgt, sind unvorstellbare Gräueltaten, die unseren Töchtern, Söhnen, Weibern und Müttern widerfahren werden. Kein noch so abgelegenes Versteck kann das verhindern. Geschändet und gefoltert sehen eure Frauen und Kinder einem langsamen Dahinsiechen in Sklaverei entgegen. Geht in euch und blickt in diese düstere Zukunft. Stellt euch genau vor, was eure Liebsten dann ertragen müssen. Das Alles tut der Feind euch an, das Alles werden euch die Hunnen nehmen. Was fühlt ihr jetzt, wenn ihr den Feind im Geiste vor euch seht?"

Nicht ein Mann antwortet, aber Otto kann es auch so in den Gesichtern lesen. Kaum ein Antlitz zeigt mehr Furcht und Schrecken, stattdessen regiert Wut und Zorn die Gemüter seiner Krieger. Mit festem Griff umklammern die Fäuste der Kämpfer ihre Waffen. Und noch ist Otto mit seiner Rede nicht am Ende.

„So ist es recht, lasst ihn nur zu, den Schmerz der euch nun quält. Spürt tief in euer Innerstes, auf dass der ganze Hass aus euren Herzen hervorzubrechen vermag. Wer soll die Schlächter dafür strafen, wenn wir das nicht im Felde tun? Wir mögen die Armee der Toten sein, aber lebende Tote sind wir allemal. Deswegen werden

Groll und Abscheu heute unsere Waffen führen. Und was vermag die Streitmacht aus dem Totenreich zu bringen, wenn nicht das Sterben selbst. So lasst uns Tod und Höllenqualen auch zu den verhassten Feinden tragen. Untergang und Verderben steht auf unseren Bannern, sollen Fäulnis und Verwesung ihre Leiber fressen. Wir rücken jetzt zur Schlacht hinaus, so viele zu richten, wie der Herr es uns gestattet. Und ich prophezeie euch, der Herr wird den Kämpfern seiner heiligen Reliquie einen hohen Blutzoll gewähren."

Ottos Rede hat gesessen, das gesamte Heer wirkt jetzt wie ausgewechselt. Einige Männer geraten regelrecht in Rage, andere erzittern buchstäblich vor Wut und Zorn. Doch am Ende beherrscht ein Jeder seine Emotionen. Zielgerichtet und entschlossenen Blickes werden die letzten Vorbereitungen getroffen. Viele Kämpfer schärfen noch einmal ihre Waffen oder prüfen konzentriert das Rüstzeug. Wenig später zieht die gesamte Streitmacht aus der Burg hinaus und mit ernster Miene führt der König seine Truppen an. Gleich einem Meer aus bunten Wogen wehen die farbigen Banner und Fahnen über den Köpfen der Reiter, deren Schuppen und Kettenpanzer im Licht des aufgehenden Gestirns die Strahlen der Sonne reflektieren.

Die weniger stark befestigte Vorburg am südlichen Talrand passiert der Heereszug unbeachtet, Otto zieht gleich bis zu der zweiten vor. Denn die nordöstlich gelegene, größere Wallburg bietet nicht nur erheblich mehr Platz, sondern auch mehr Schutz. Die Heerführer inspizieren das Gelände jetzt ganz genau. Zu zwei Seiten des dreieckigen Festungsbaus fallen steile Berghänge ins Tal hinab und ausreichend hohe Mauern schützen die Burg vor Feinden, die dennoch über die steilen Flanken einen Angriff wagen. Reiterkrieger können die Festung deshalb nur von der dritten, der flachen Seite her angreifen. Dort riegeln zwei hintereinander gestaffelte Wallmauern mit vorgelagerten Gräben die Anlage vom Umland ab. Die Fläche innerhalb der Wehranlage weißt keinerlei Bauten oder Gebäude auf. Sie dient ausschließlich dem Zwecke der Verteidigung, vor Wind und Wetter schützt sie indes nicht. Konrad und Burchard diskutieren eifrig, wie lange die Festung Bulcsus Reitern standhalten möge. Derweil entlässt Otto die bisherige Burgbesatzung und schickt sie zu dem kleineren Wehrbau, auf dass sie die dortige Belegschaft unterstützen möge. An ihrer statt nehmen nun die Böhmen diese Plätze ein, kampfbereit besetzen sie die Schanzen und Wehrgänge der ganzen Festung. Auch der Tross mit allen Vorräten zieht jetzt ein und Otto mahnt Boleslav ein letztes Mal zur Umsicht.

Zu guter Letzt heißt es dann Abschied nehmen und sich gegenseitig Glück zu wünschen. Selbst für die drei Gefährten trifft das zu, denn Fenja verbleibt auf Ottos Order hin im Schutz der Festung. Somit bleibt auch Drago keine Wahl, er wird seinem Schützling auch jetzt nicht von der Seite weichen. Lediglich Cunad zieht mit dem König in die Schlacht, als Heerführer soll er eine der bayerischen Legionen im Kampfe leiten. Schweren Herzens verabschiedet er gedrückter Stimmung seine lieben Freunde. Für ein langes Lebewohl bleibt keine Zeit, denn Otto drängt zum Aufbruch. So fallen Cunads Abschiedsworte herzlich aber knapp aus.

„Passt aufeinander auf, ich will euch beide heute Abend wohlbehalten wiedersehen. Tut mir einen Gefallen und nehmt diesen Talisman entgegen, gleichermaßen verhasst und liebgewonnen benötige ich seine Dienste nicht mehr."

Dann überreicht Cunad Drago den Siegelring des Bulcsu und die drei Gefährten umarmen sich ein letztes Mal. Auch der König kommt zum Abschied noch hinzu, nachdenklich blickt er zuerst gen Himmel und dann direkt zu Fenja. Nicht das kleinste Wölkchen scheint auf Regen hinzudeuten. Fenja weicht dem prüfenden Blick nicht aus, sie sieht dem König lange in die Augen und bekräftigt mit einem Nicken noch einmal ihre Prophezeiung.

Dann reitet die Streitmacht mit wehenden Bannern weiter Richtung Osten. Eine gute Stunde wird der Weg bis zu den feindlichen Stellungen in Anspruch nehmen. Zwar ließe sich die Strecke auch schneller bewältigen, aber Otto wählt nicht die direkte Route, sondern führt seine Truppen auf einem Umweg durch zerklüftetes Gelände. So hofft er, etwaige Angriffe der Hunnen zu erschweren, denn auf einem Marsch durch offene Gefilde wäre der Heereszug den Pfeilhageln des Feindes hilflos ausgeliefert. Trotz des bergigen Terrains schleichen unablässig einzelne Steppenreiter um den Heereszug, sie eskortieren die Legionen regelrecht. Die Heerführer beschleicht ein mulmiges Gefühl. Fast wirkt es, als führe der Henker seinen Delinquenten zum Schafott. Nach einer guten Stunde macht der Heereszug des Königs unweit der feindlichen Aufstellung schließlich halt. Am Fuße der auslaufenden Bergkette sieht Otto in die Ebene hinunter. Die Streitmacht des Feindes erblickt er nun zum ersten Mal, Schaudern durchfährt ihn und seine Heerführer. Eine gewaltige Übermacht hatten Alle erwartet, was sich aber jetzt den Männern offenbart, liegt jenseits jeder Vorstellungskraft. Die enorme Anzahl aller Reiter vermag der König nicht mehr abzuschätzen. Eine Streitmacht apokalyptischen Ausmaßes bezog in dem flachen Gelände Stellung und wartet ungeduldig auf die königlichen Truppen. Dabei muss es sich um die Hauptstreitmacht des Feindes handeln, so dünkt es Otto. Kaum vorstellbar, ein zweites, ähnlich gewaltiges Heer wolle die Festung angreifen. Ganz gewiss ließ Bulcsu nur einen kleinen Teil seines Heeres zum Angriff auf die Böhmen abstellen, darin stimmen Ulman und der König überein.

In Anbetracht der Übermacht plagen Otto nun massive Zweifel, eine Offensive scheint reiner Selbstmord. Er sieht erneut nach oben, noch immer lässt der Himmel keinen Regen erwarten. Im Gegenteil, kräftig strahlend steht die Sonne am wolkenfreien, blauen Firmament. Doch es kommt noch schlimmer als Konrad die Aufmerksamkeit des Königs erweckt, aufgeregt deutet der Rote Richtung Westen. Von dort steigt dichter Rauch gen Himmel auf. Entsetzen steht Otto ins Gesicht geschrieben, die Rauchsäule steht über genau jenem Bergrücken, auf dem er die Böhmen vor gerade mal einer Stunde in der Festung zurücklassen musste.

*****

Boleslav beschließt, sich nach Abzug des Königs aus der Festung ein wenig Schlaf zu gönnen. Die Nacht war kurz und das Trinkgelage mit Drago ausschweifend. Sicher wird noch genug Zeit bleiben, bis die ersten Hunnen vor den Schanzen der Festung erscheinen, das zumindest nimmt Boleslav in gutem Glauben an. Doch dem Böhmen bleibt kaum Gelegenheit zur Ruhe. Schon bald nach Abrücken des königlichen Heereszuges sind verzweifelte Schreie und Waffenklirren aus der Ferne zu vernehmen. Auch das gefürchtete Heulen der Pfeile dringt bis zu den Böhmen hinüber. Der Feind greift die nicht allzu weit entfernte Vorburg am gegenüber liegenden Talrand an. Schweigend lauschen die Böhmen dem gespenstischen Hörspiel, denn einen Sichtkontakt erlaubt das dicht bewaldete Gelände nicht. Boleslav erklimmt entnervt die Mauer und gesellt sich mürrisch zwischen seine Krieger. Die Störung seines Schlafes scheint in weitaus mehr zu erregen, wie der Klang des Kampfgetöses in der Nachbarschaft. Abfällig sieht er zu seinen Männern, denen die Betroffenheit in ihre Gesichter geschrieben steht.

„Jetzt macht euch nicht gleich in die Hosen", zischt er gereizt hervor.

Etwas abseits auf der Mauer stehend lauschen auch Fenja und Drago den unheilvollen Geräuschen. Doch schon bald herrscht Totenstille und Rauch steigt in der Ferne auf. Die südliche Vorburg ist gefallen, lichterloh schlagen die Flammen bis weit über die Baumwipfel empor. Ängstlich greift Fenja nach Dragos Hand.

Plötzlich erscheint ein einzelner Reiter vor der Festung, wie versteinert hält er scheinbar furchtlos inne. Alle Augen richten sich dem Hunnen entgegen. Dann streckt er langsam den Arm aus, ballt die Faust und senkt seinen Daumen nach unten. Boleslav gibt dessen unbeeindruckt sofort Befehl.

„Holt die Sau aus ihrem Sattel."

Der Hunne versucht zu wenden und den Rückzug anzutreten, aber augenblicklich streckt ihn ein Dutzend Pfeile nieder. Direkt darauf ist dumpfes Grollen zu vernehmen, wie eine Flutwelle strömen tausende Magyaren durch das Tal. Gleich einer homogenen Masse fließt der Strom aus Ross und Reiterleibern durch die Landschaft, ergießt sich selbst bis in die kleinsten Winkel. Schnell wird die ganze Festung von allen Seiten fest umschlossen. Unterhalb der beiden steilen Flanken aber machen die Hunnen plötzlich halt. Wie ein Raubtier auf die Beute lauernd, riegeln die Reiter jeden Fluchtweg aus der Festung ab. Denn der eigentliche Angriff erfolgt frontal, auf der ebenerdigen Seite direkt vor dem großen Schutzwall. Wie eine undurchdringliche Wand marschiert dort das Heer der Hunnen auf. Aber auch hier macht der Feind in respektabler Entfernung unerwartet halt. Den Abstand, den das Heer zur Festung hält, liegt ein verschlagenes Kalkül zu Grunde.

Jetzt erkennt auch Boleslav, welchem Zweck das Manöver mit

dem einzelnen Reiter diente. Die Steppenreiter wollten lediglich die Reichweite der böhmischen Langbögen erkunden. Jene Pfeile, die über den Leichnam des Hunnen hinwegflogen, markieren Bulcsu nun die tödliche Gefahrenzone. Nur wenige Meter dahinter beziehen die Reiterkrieger Stellung.

Drago begreift sofort, was jetzt als Nächstes folgt. Eilends führt er Fenja von der Mauer und bis zum weit dahinterstehenden Tross. Dort soll sie in Deckung gehen und ihr Versteck unter einem der Fuhrwerke auf keinen Fall verlassen. Verzweiflung macht sich in ihr breit. Die südliche Vorburg konnte der Übermacht nicht annähernd eine ganze Stunde standhalten. Sehr viel länger werden auch die Böhmen nicht bestehen, bevor die Hunnen über diese Mauern drängen. Das weiß auch Drago, sie kann es deutlich in seinem Gesicht ablesen. Mit großen Augen sieht sie zu ihrem Beschützer und trägt ihr vermeidlich letztes Anliegen vor.

„Du kommst doch rechtzeitig wieder, bitte lass mich nicht alleine sterben."

Drago fasst mit seiner Rechten behutsam nach Fenjas Kinn und erwidert innig ihren Blick. Für einen Moment ringt er um die passenden Worte, bevor der Nordmann mit leisem Tonfall zu ihr spricht.

„Ich komme wieder, versprochen. Diese Reise treten wir gemeinsam an", dann zögert Drago, es fällt ihm schwer, von Fenja abzulassen.

„Jetzt geh schon und kämpfe. Zeig den Hunnen, wie ein zorniger Rujane mit seinen Feinden verfährt. Wir sehen uns, bevor das Ende kommt."

Drago nickt, dann rennt er wieder zu den Schanzen, wo er schleunigst Deckung sucht. Gerade noch rechtzeitig, denn das berüchtigte Heulen kündigt das unmittelbare Einschlagen des ersten Pfeilhagels an. Hinter der Mauerbrüstung geduckt harrt Drago aus, er wartet auf den Nahkampf, bis der Feind über die Schanzen in die Festung stürmt.

Derweil bleiben auch die Böhmen allesamt in Deckung, ihre Bögen würden die Pfeile ohnehin nicht bis zu den feindlichen Linien tragen. Erst wenn die Magyaren gegen die Festung stürmen, werden sie den Beschuss erwidern. Tatsächlich lässt der Angriff auch nicht lange auf sich warten. Wie von den Böhmen erwartet, rennen unzählige Hunnen der Mauer entgegen, während von hinten Bogenschützen die Verteidiger ins Visier nehmen. Doch diesmal geht die Rechnung der Hunnen nicht auf, denn Boleslav hat seine Kämpfer auf die Taktik des Feindes vortrefflich vorbereitet. Zwar erheben sich die Böhmen, um die Angreifer unter Beschuss zu nehmen und bieten den Hunnen ein scheinbar leichtes Ziel, aber eben nur scheinbar. Denn die Männer operieren paarweise, ein jeder Schütze erhält Deckung durch den Schild eines Gefährten. So fällt kaum ein Böhme den Pfeilen des Feindes zum Opfer und noch gelingt es keinem Hunnen, den Schutzwall zu erreichen. Doch die gelungene Taktik der Verteidiger beeindruckt die Hunnen nicht und so folgt eine Angriffswelle auf die nächste. Fortwährend stürmen Krieger wie von Sinnen auf die Festung zu und unablässig mähen der Böhmen Pfeile die Aggressoren beständig nieder. Eine gehörige Weile geht das so und die Hunnen werden einfach nicht müde, ihre Männer beim Ansturm zu verheizen. Ermüdung aber stellt sich mittlerweile bei den Böhmen ein. Den Schützen werden ob des unablässigen Beschusses die Arme schwer. Aber das bereitet Boleslav noch kein Kopfzerbrechen, er befiehlt den paarweise agierenden Männern einfach die Position zu tauschen. Die Schildträger übernehmen die Aufgabe der Bogenschützen und umgekehrt. Der Wechsel gestattet es den erschöpften Schützen, ihre müden Glieder zu erholen. So erweckt es noch den Anschein, als würde Bulcsus Streitmacht scheitern. Doch die Zeit spielt gegen diese Illusion. Pausenlos schleppen Männer bündelweise Pfeile zu den Schützen auf die Mauer, aber der Bestand nimmt mit jeder neuen Angriffswelle unausweichlich ab. Drago sitzt noch immer entspannt in Deckung, das nahende Ende der Pfeilreserven entgeht ihm jedoch nicht. So streckt und reckt er seine Glieder, massiert die Muskeln und rückt den Helm zurecht. Schon ist der letzte Pfeil verschossen, das Gemetzel steht nun unmittelbar bevor.

Entgegen aller Erwartungen ertönt aber das Horn des Feindes. Alle angreifenden Hunnen ziehen sich in die Reihen der Schlachtaufstellung zurück, selbst der Feindbeschuss reißt augenblicklich ab. Kritisch und verwundert lugt nicht nur Boleslav zum Feind hinüber. Aus deren Mitte drängt Bulcsu plötzlich hoch zu Ross nach vorne.

Er führt seine zu Fuße kämpfenden Sturmtruppen an und lässt sie bis etwa 100 Schritt vor die Festung vorrücken. Dort macht die Wand aus Kriegern abrupt Halt, absolute Stille herrscht auf beiden Seiten. Mit verschränkten Armen sitzt Bulcsu siegessicher fest im Sattel, er blickt direkt zu Boleslav, der wie versteinert auf den Hunnen starrt. Doch des Böhmen Verkrampfung hält nicht lange an, lauthals fluchend entreißt er einem Kämpfer seinen Bogen und verlangt nach einem Pfeil. Achselzuckend sehen alle Männer zueinander, die Pfeile wurden allesamt verschossen. Auch die vom Feind verschossenen Pfeile bieten keine Alternative, mit ihren kurzen Schäften sind sie für des Böhmen Langbogen ungeeignet. Den verhassten Hunnenführer zum Greifen nahe, vereitelt ihm jetzt das Fehlen eines banalen Pfeils die lang ersehnte Rache. Rasend vor Zorn fegt Boleslav auf der Mauer hin und her, greift nach einem Speer und schleudert mit einem lauten Schrei die Waffe Richtung Bulcsu. Aber für einen Treffer steht der Oberbefehlshaber des Feindes viel zu weit entfernt. Auf halber Strecke schlägt der Speer im Boden ein und gibt den Hunnen das Signal zum Angriff. Mit schrillem Kampfgeschrei drängt die gesamte Streitmacht augenblicklich auf die Festung zu. Nichts und Niemand kann die Erstürmung jetzt noch aufhalten. Den nur mäßig breiten Graben verfüllen die Hunnen rasch mit den Leibern ihrer gefallenen Kameraden, jetzt trennt nur noch die Wallmauer den Feind vor den Verteidigern.

Nun wird es auch für Drago Zeit, er zieht sein Schwert und reiht sich in die Schlachtreihe der Böhmen ein. Mit der Wucht eines Vorschlaghammers prallt sogleich ein Meer aus Leibern gegen den nicht allzu hohen Schutzwall. Die schiere Masse schlägt mit solcher Kraft gegen die Mauer, dass die gesamte Konstruktion bis in ihre Grundfesten erzittert. Etliche Böhmen suchen wankend nach Halt oder stürzen rücklings von dem Wehrgang.

Leitern benötigen die Hunnen für die Erstürmung der niedrigen Mauer nicht. Über die Schultern ihrer Kameraden hinweg kletternd ist es für sie ein Leichtes, den Wehrgang zu erklimmen. Verzweifelt und tapfer versuchen die Böhmen den Feind am Überwinden der Mauer zu hindern. Doch so viele Angreifer Boleslavs Kämpfer auch erschlagen, für jeden gefallenen Feind scheinen gleich mehrere neue nachzudrängen. So dauert es nicht lange, bis zahlreiche Hunnen das

Hindernis überwinden und der Kampf auch auf dem Wehrgang tobt. Die Böhmen leisten erbitterten Widerstand, kein Kämpfer, der nicht etliche Hunnen mit seinem Schwert erschlägt. Auch Drago lässt seiner Kampfkunst freien Lauf. Die Magyaren an Größe deutlich überragend, fegt er wie eine Naturgewalt durch ihre Reihen.

Bulcsu indes verharrt in seinem Sattel sitzen noch immer auf der gleichen Stelle. Auf halber Strecke zwischen seinen Bogenschützen und der Festung verfolgt er mürrisch das Gemetzel. Die Vernichtung der Böhmen schreitet ihm nicht schnell genug voran. Mit einer Handbewegung signalisiert er seinen Schützen, den Beschuss aufs Neue aufzunehmen. Das Heulen der Pfeile ruft unter den Kämpfenden beider Seiten Fassungslosigkeit hervor. Denn die Geschosse kennen weder Freund noch Feind, der Beschuss dezimiert die Männer ohne Unterschied. Der Nahkampf vereitelt den Kämpfern jede Möglichkeit, vor den todbringenden Pfeilen Schutz zu suchen. So gibt es unter beiden Parteien gleichermaßen Opfer zu beklagen. Der Verlust an Kämpfern erschüttert jedoch nur die Böhmen, Bulcsu hingegen verfügt über ausreichend Reservekräfte. Ein weiteres Handzeichen des Hunnenführers und der Beschuss reißt wieder ab. Das berichtigte Kräfteverhältnis scheint nun Bulcsus Wohlgefallen zu entsprechen. Die Korrektur der Dominanz zeigt sogleich auch ihre Wirkung, nachrückende Hunnen schlagen die Verteidiger Meter um Meter zurück.

Für die Böhmen aber zahlt sich jetzt die ungewöhnliche Konzeption der Festung mit den zwei hintereinander gestaffelten Schutzwällen aus. Denn Boleslav gibt Order, die umkämpfte Mauer aufzugeben und auf der zweiten Stellung zu beziehen. Diese letzte Verteidigungslinie schützt ein vorgelagerter, wesentlich breiter Graben und seine mit unzähligen Eisendornen gespickte Tiefe birgt tödliche Gefahr. Lediglich eine Vielzahl schmaler Bretterstege führen über das Hindernis hinweg. Die Böhmen eilen so schnell sie können darüber hinfort und beziehen auf dem zweiten Schutzwall unverzüglich Stellung. Die Stege aber holen sie flugs mit Seilen ein, um nachrückenden Hunnen den Zugang zu verwehren. Doch noch gelang nicht Allen der Rückzug und während die letzten Böhmen über die Stege hetzen, nimmt Drago von alledem nichts wahr. Dem

Blutrausch verfallen kämpft er von zahllosen Hunnen umringt zwischen den beiden Mauern unbeeindruckt weiter. Boleslav versucht ihm mehrfach zuzurufen, aber der Nordmann hört den Fürsten nicht. So bleibt den Böhmen keine Wahl, er muss auch die letzten Stege einholen lassen. Viel zu spät realisiert Drago die Ereignisse in seinem Rücken, der Fluchtweg ist ihm bereits abgeschnitten. Eilends rennt er bis zum Graben und sieht fragend zu den Böhmen, doch niemand auf der Mauer kann dem Nordmann Hilfe leisten. Plötzlich macht Drago kehrt und schlägt mit seiner Klinge eine Schneise in die Reihen der ihn umgebenden Krieger. Nach einer erneuten Umkehr blickt Drago in den freigekämpften Korridor und nutzt die Gasse für einen schnellen Sprint. Mit aller Kraft läuft der Hüne auf den Graben zu und wagt schließlich einen kühnen Sprung. Aber die Distanz bis zur rettenden Seite ist gewaltig. Gebannt verfolgen die Böhmen Dragos halsbrecherischen Sprung, gerade so gelingt der Drahtseilakt. Doch erreicht er wankend festen Boden, verliert das Gleichgewicht und droht rücklings in den Graben zu stürzen. Im letzten Moment streckt eine Böhme seine Lanze Dragos rudernden Armen entgegen und der Nordmann bekommt den Schaft der Waffe tatsächlich zu fassen. Dann ziehen ihn die Männer hoch, während einige Hunnen ebenfalls zum Sprung ansetzen. Jedoch scheitern alle Versuche, es Drago gleichzutun. Die Krieger enden allesamt in dem mit langen Eisendornen bewehrten Graben. Spott und Gelächter der böhmischen Verteidiger begleitet das Scheitern der Hunnen. Doch die Überheblichkeit der Böhmen währt nicht lange, als erneut das Horn des Bulcsu aus der Ferne ruft.

Nicht nur Boleslav ahnt, was dieses Signal bedeuten mag. Seine Befürchtung unterstreicht auch das Zurückströmen des Feindes aus dem bereits eroberten Areal der Festung. Ein neuerlicher Pfeilhagel steht unmittelbar bevor. Doch diesmal tragen die Geschosse nicht das gefürchtete Heulen in die Burg, sondern etwas weitaus Schlimmeres.

Der Feind weiß die einzige Schwachstelle des Schutzwalls für seine Zwecke auszunutzen. Denn diese Mauer wurde nicht aus Stein gebaut. Ihre Konstruktion besteht aus zwei parallel verlaufenden Balkenreihen, deren Zwischenraum mit Erde und losen Feldbrocken verfüllt wurde. Auf dieser Verfüllung liegt schlussendlich der ebenfalls hölzerne Wehrgang auf.

Mit seiner dunklen Vorahnung unterliegt der Böhme auch keinem Irrtum. Schon zeichnen die Rauchschwaden unzähliger Brandpfeile ein Muster aus qualmenden Linien in das ansonsten himmelblaue Firmament. Umgehend nehmen alle Deckung, während das Gros der Pfeile in die hölzerne Verschalung schlägt. Brandgeruch macht sich breit und schon kurz darauf steht der gesamte Wall lichterloh in Flammen. Unerbittlich zwingt das Feuer die Böhmen von der Mauer. Mit ungeheurer Schnelligkeit verzehrt der Brand die Holzkonstruktion und das Füllmaterial ergießt sich aus dem Schutzwall. Entsetzt beobachten die Böhmen, wie nachrutschende Erde und Gesteinsbrocken den Graben Stück um Stück verfüllen. Die letzte Haltelinie ist gefallen.

Nach Abklingen der Feuersbrunst werden die Hunnen schon bald darüber hinweg stürmen. Boleslav gibt Befehl zum weiteren Rückzug in die Festung und lässt aus den Kisten und Fahrzeugen des Trosses eine behelfsmäßige Barrikade errichten. Doch gleicht diese Maßnahme einem Akt der Verzweiflung, das Provisorium kann den Hunnen keinen nennenswerten Widerstand entgegensetzen. Bulcsus Reiter werden die Barrikade in kürzester Zeit überrennen. Das weiß auch Drago, gerade deswegen eilt auch er nach Fenja rufend zu den Fuhrwerken. Aber der Wagen unter dem er seine Gefährtin verließ, steht nicht mehr an seinem angestammten Platz. Völlig entsetzt darüber schreit er mehrmals ihren Namen und rennt suchend durch das Chaos der zurückweichenden Böhmen. Doch so sehr sich Drago auch bemüht, seinen Schützling kann er nirgendwo ausmachen. Noch lodern hohe Flammen in den Himmel, aber die Zeit sitzt dem Nordmann hart im Nacken. Erlischt das Feuer, erstürmt der Feind sofort die Festung. Rasend vor Verzweiflung fragt er Boleslav, aber der Fürst hat Fenja nicht gesehen, Dragos Gefährtin bleibt verschwunden. Das Augenmerk des Nordmanns schweift noch einmal zurück in Richtung der brennenden Mauer und zwischen Schwaden aus Qualm und Rauch erkennt er in der Ferne eine schemenhafte Gestalt. Angestrengt versucht er seinen Blick zu schärfen und tatsächlich, dort läuft Fenja nach Drago suchend verzweifelt hin und her. Aber noch bevor sich der Hüne auf den Weg machen kann, nimmt das Schicksal früher wie erwartet seinen Lauf.

An mehreren Stellen springen plötzlich Reiter durch die Flammen ins Innere der Festung. Drago schreit verzweifelt auf, dann verschwindet die Silhouette Fenjas inmitten der heranstürmenden Hunnen.

*****

Enormer Druck lastet jetzt auf Ottos Schultern. Das übermächtige Heer der Hunnen vor Augen und die brennende Festung in der Ferne fordert ihm das Äußerste ab. Jede noch so kleine Fehleinschätzung kann nun zur Katastrophe führen, für lange Überlegungen aber fehlt es ihm an Zeit. Was immer Otto auch jetzt entscheiden mag, wird unmittelbar den Ausgang des Krieges bestimmen. Fragend blicken die Heerführer zu ihrem König, der sorgenvoll und nachdenklich in seinem Sattel sitzt. Zeigt sich der Monarch jetzt unentschlossen, verliert er auch den Rückhalt bei den Truppen. Es bedarf eines Augenblicks der Besinnung, dann findet Otto zu seiner Entschlossenheit zurück. Gefestigten Gemüts vermag selbst die Übermacht des Feindes das Kalkül des Königs jetzt nicht mehr zu erschüttern. Wiedererstarkt gibt er die erste Order aus und befehligt Konrads Legion zurück zur Festung.

Ein Blick in die Ebene und Otto nimmt Unruhe innerhalb der feindlichen Aufstellung wahr. Die Anführer der Hunnen reiten wild zwischen den einzelnen Truppenteilen umher, Nervosität erfasst die Reihen ihrer Krieger. Denn die Magyaren sehen, was den Blicken der Königlichen noch verborgen bleibt. Hinter den Bergen, im Rücken Ottos, ziehen rabenschwarze Wolken auf. Erst entfernter Donnerhall weiht auch das Heer des Königs ein. Jetzt gilt es rasch zu handeln, denn die Hunnen scheinen unschlüssig, hadern in Anbetracht des bevorstehenden Unwetters mit einer Schlacht zu dieser Stunde.

Zieht die Streitmacht erst von dannen, wäre diese einmalige Gelegenheit für die Königlichen vertan und der Rückzug des Feindes scheint unmittelbar bevor zu stehen. Doch Otto reagiert sofort und trägt Cunad eine ganz spezielle Order auf.

„Wir greifen gleich gemeinsam an. Im Verlauf der Schlacht werden auch Hunnen in die Wälder der Umgebung fliehen. Du stellst ihnen mit deinen Männern nach während ich mit meinen fünf Legionen das Gros der feindlichen Truppen im offenen Felde bekämpfe. Viel Glück und sieh zu, dass du am Leben bleibst."

Dann richtet sich Otto seiner gesamten Streitmacht zu. Erwartungsvoll harren die Truppen der Worte des Königs. Und Otto lässt an seinem Vorhaben nicht den geringsten Zweifel.

„Ihr Heerführer höret, auf mein Signal hin stürmen wir in ihre Aufstellung. Nicht in der Phalanx, sondern in Keilformation greifen wir die Hunnen an. Lasst und das Heer des Feindes in zwei Teile spalten. Versuchen sie zu fliehen, werden wir sie jagen, auf dass keiner von ihnen entrinnen möge. So befehle ich euch, keinem Hunnen soll Gnade gewährt werden. Ihr wisst was meine Worte bedeuten, macht kurzen Prozess mit den Teufeln, keine Gefangenen!"

Noch bevor die Hunnen sich zum Rückzug formieren, reitet die Streitmacht in die Ebene hinunter. Angeführt von ihrem König legt das Reiterheer zunächst ein gemächliches Tempo vor, denn noch lässt der erhoffte Regen auf sich warten. Aber im Rücken der Keilformation zieht die Gewitterfront schnell näher, schließt unnachgiebig immer weiter auf. Aus der Perspektive des Feindes rollt weitaus mehr wie eine gewöhnliche Streitmacht auf die Steppenreiter zu, der Himmel selbst scheint Ottos Streitmacht beizuwohnen. Von Donner und Blitzschlag begleitet ziehen dicke, schwarze Wolken über den Köpfen der Angreifer den Hunnen entgegen. Panik erfasst die ersten Truppenteile der Magyaren. Da öffnet der Himmel alle Schleusen und starker Regen prasselt allerorten nieder. Jetzt gibt Otto mit der Heiligen Lanze im Anschlag seinem Pferd die Sporen. Die gesamte Streitmacht rast in vollem Galopp der in Auflösung befindlichen Aufstellung der Hunnen entgegen. Mit festem Griff streckt ein jeder Panzerreiter seine Stoßlanze dem verhassten Feind entgegen. Gleich einem Geschoss schlägt die Keilformation ins Fleisch der feindlichen Truppen, stößt weit ins Herz der Aufstellung hinein. Von der unerwarteten Entwicklung völlig überrascht, nimmt jeder Hunne sofort reiß aus. Es gelingt den Steppenreiter nicht, die Befehlskette aufrecht zu erhalten oder eine effiziente Gegenwehr zu organisieren. Ein Beschuss der gefürchteten Reiterbögen bleibt aufgrund des starken Regens wie erwartet aus. Nach dem Erstschlag mit den Lanzen zückt das gesamte Heer die Schwerter, tausende Hunnen fallen sofort den Klingen der Königlichen zum Opfer. So müssen die Steppenreiter zunächst empfindliche Verluste hinnehmen. Doch schon nach kurzer Zeit geraten die Truppen der Magyaren in Auflösung und entfliehen in verschiedene Richtungen. Ein Teil der Streitmacht wendet sich der Donau zu und zieht in südliche Richtung. Otto setzt den flüchtenden Verbänden sofort nach. Aber der König schätzt die Situation falsch ein. In der irrigen Annahme, die Hauptstreitmacht der Magyaren zu verfolgen, zieht er mit seinen fünf Legionen lediglich dem kleineren Teil der feindlichen Verbände hinterher. Otto fürchtet, die vermeintliche Hauptstreitmacht versuche ihre Verfolger abzuschütteln, um bis Augusta vorzustoßen und die wehrlose Bischofsstadt zu überrennen, eine fatale Fehleinschätzung. Derweil bleibt die eigentliche Gefahr, nämlich die tatsächliche Hauptstreitmacht des Feindes am Ort des Geschehens zurück und entflieht auf vielerlei Wegen.

Auch der Hunnenführer Lel und das Gros der hunnischen Einheiten ziehen in die Wälder der Umgebung ab. In zahlreiche Abteilungen aufgeteilt, entschwinden die Hunnen in das weitere Umland. Das vermag auch Cunad mit nur einer einzigen Legion nicht zu verhindern.

Zur gleichen Zeit jagen Ottos Legionen die fliehenden Magyaren weiter Richtung Süden. Immer wieder setzen sich einzelne Einheiten der Hunnen ab, um in verlassenen Dörfern Schutz zu suchen. Aber der König will seine Kräfte nicht zerstreuen und unterlässt es, die in den Häusern verschanzten Krieger anzugreifen. Stattdessen gibt er Order, die Dörfer samt den eingeschlossenen Hunnen kurzerhand niederzubrennen. Aber ohnehin verlieren Ottos Truppen ihrer behäbigen Pferde wegen zusehends den Anschluss. Derweil strebt das Gros der Fliehenden unaufhaltsam der Donau entgegen. Dort wird die Flucht der Hunnen noch einmal ins Stocken geraten. Das Überschreiten des Stromes gibt der Allianz letztmalig Gelegenheit, den Hunnen in den Rücken zu fallen. Hat der Feind die Donau erst einmal passiert, werden die flinken Steppenreiter ihren Vorsprung bis Augusta stetig ausbauen. Dann bleibt es fraglich, ob Otto die Stadt noch retten kann.

Währenddessen enden auch die letzten Scharmützel auf dem großen Schlachtfeld. Cunads Legion sieht von einer Verfolgung der in alle Richtungen entfliehenden Magyaren ab, denn dafür mangelt es ihm an ausreichend Männern. Von Lel und der Hauptstreitmacht des Feindes fehlt indes jede Spur, lediglich der Ruf der Hörner ist in weiter Ferne zu vernehmen. Tief in den Wäldern sammelt Lel die weit zerstreuten Einheiten und führt die einzelnen Truppenteile wieder rasch zusammen, um seine Kräfte zu neuer Stärke zu formieren. Das weiß auch Cunad und so bleibt ihm nur, mit seiner Legion den raschen Rückzug anzutreten. Eine Konfrontation mit Lels wiedererstarkten Streitmacht würde das sichere Ende bedeuten.

So steht die unvorhergesehene Truppenverteilung für die Königlichen nicht zum Besten. Der scheinbar große Triumph auf dem Schlachtfeld kehrt sich nun ins Gegenteil.

Cunads unterlegene Legion befindet sich auf dem Rückzug, niemand weiß um das Schicksal Konrads und Boleslav stemmt sich lediglich mit einem kläglichen Rest seiner Böhmen dem Angriff Bulcsus entgegen. So bleibt den zurückgebliebenen Legionen nur die Hoffnung, der König kehre bald retour und würde das Kräfteverhältnis wieder ausgleichen. Doch das Gegenteil ist der Fall. Statt umzukehren, entfernen sich die Legionen Ottos immer weiter Richtung Süden. Niemand wird den zurückgebliebenen Truppen zu Hilfe eilen.

Die beiden Heerführer der Hunnen aber werden ihre beiden Truppenverbände schon bald wieder vereinen. So scheint es unabwendbar, dass die angeschlagenen Legionen im Norden ihrer totalen Vernichtung noch entgehen könnten. Danach wird auch die Hauptstreitmacht des Feindes ihren Blick nach Süden richten, um Augusta und die Truppen Ottos zu vernichten.

*****

Drago kann Fenja nicht mehr sehen. Entweder ritten die Hunnen über seine Gefährtin hinweg oder nahmen sie gefangen. Dennoch will er in Richtung ihrer letzten Sichtung laufen. Doch einsetzender Pfeilbeschuss vereitelt das aussichtslose Unterfangen, Drago muss notgedrungen mit den Böhmen hinter den Barrikaden Schutz suchen. Mehrmals versucht er noch die Deckung zu verlassen, aber der anhaltende Pfeilregen zwingt ihn immer wieder zurück. Das Warten raubt ihm schier die Sinne und der Beschuss will einfach nicht nachlassen. Derart lange währt das Heulen der Pfeile, dass jegliche Hoffnung auf rechtzeitige Rettung aussichtslos erscheint. Drago blickt noch einmal Richtung Mauer. Ein Meer aus Hunnen erstreckt sich zwischen ihm und Fenjas letztem Standpunkt, an ein Durchkommen ist nicht zu denken. Gleich einer Lawine hat die Flut des Feindes Dragos Gefährtin einfach verschlungen. Von Vorwürfen geplagt erstarrt er sitzend hinter einem Karren. Selbst als der Feind die Barrikaden zu überrennen droht, verharrt er ohne jede Regung. Mittlerweile tobt der Nahkampf allerorten. Zwar schlagen sich die Böhmen wacker, aber die Schlacht ist längst verloren. Einer nach dem Anderen wird von der erdrückenden Übermacht im Nahkampf niedergerungen. Inmitten des Infernos tobt Boleslav mit seinem Schwert und einer Axt bewaffnet. Rasend vor Zorn streckt er zahlreiche Hunnen nieder und schreit lauthals seinen Hass hinaus. Drago aber sitzt noch immer regungslos an seinen Karren gelehnt, bisher bemerkten ihn die Hunnen in dem Durcheinander nicht, nun aber wird ein Krieger auf den Hünen aufmerksam. Mit einem schrillen Kampfschrei rennt der Hunne auf den Nordmann zu und setzt zu einem Axthieb an. Erst im letzten Moment neigt der sitzende Drago seinen Kopf zur Seite und das stählerne Blatt der Waffe schlägt krachend in den Karren ein. Dann steht Drago endlich auf und packt den Krieger mit den bloßen Händen. Der eiserne Griff des kräftigen Riesen führt sofort einen knackenden Genickbruch herbei. Drago wendet sich erneut dem Karren zu, hebt das Fuhrwerk an und begräbt zwei angreifende Hunnen darunter. Mit versteinertem Gesicht zieht er sein Schwert und greift beherzt ins Kampfgeschehen ein. Unerbittlich tobt die Schlacht, während sich die endgültige Niederlage der dezimierten Böhmen abzuzeichnen beginnt. Etliche Hunnen nehmen derweil nicht mehr am Kampfe teil, sondern plündern inmitten des Durcheinanders bereits den Tross.

Da ertönt das gefürchtete Horn des Feindes aufs Neue. Entsetzt schrecken die Böhmen zusammen, das kann nur den finalen, alles beendenden Pfeilhagel bedeuten. Doch das Horn stößt diesmal anders lautende Signale hinaus. Der befürchtete Beschuss bleibt aus und die Hunnen halten für einen kurzen Moment inne, bevor ihre Blicke in Richtung der niedergebrannten Mauer wandern. Von dort stürmt plötzlich eine Reitertruppe in die Festung, Boleslav erkennt sofort die Banner Konrads. Das Erscheinen der Panzerreiter überrascht die Hunnen völlig und für einen Moment dominieren des Roten Kämpfer das Geschehen. Jetzt feuert der Böhme seine Krieger noch einmal an, verlangt einem Jedem das Letzte ab. Trotz des gelungenen Überraschungsmoments gerät der Vorstoß rasch ins Stocken, denn noch immer liegt das Kräfteverhältnis zu Gunsten der Magyaren. Vor Allem die Pfeile des Feindes dezimieren Konrads Aufgebot erheblich. Erst als die Gewitterfront auch über diesen Schauplatz zieht und dem Feind den Einsatz seiner Reiterbögen vereitelt, geraten die Hunnen endlich in die Defensive. Zwar versuchen die wilden Krieger anfangs noch im Nahkampf zu bestehen aber nach beträchtlichen Verlusten ertönt schließlich ein weiteres Signal, Bulcsu lässt zum Rückzug blasen.

Jetzt zögert Drago keinen Augenblick, entgegen jeglicher Vernunft rennt er voreilig zwischen den zurückströmenden Hunnen in Richtung der zerstörten Mauer. Doch nur wenige der Fliehenden schenken ihm Beachtung und Drago wehrt jede Attacke siegreich ab. Verzweifelt wandern seine Blicke suchend über das Schlachtfeld. Die Angst, Fenjas leblosen Körper irgendwo zwischen den gefallenen Kriegern zu entdecken, raubt ihm schier die Sinne. Doch ihren Leichnam nicht zu finden, empfindet er kaum weniger tragisch. Dann hätten sie die Hunnen fortgeschleppt und Fenjas Martyrium nähme kein Ende. Wie er es auch dreht und wendet, auf eine glückliche Fügung wird Drago nicht mehr hoffen dürfen. Resigniert und abgeschlagen stehen dem Hünen die Tränen in den Augen. Da hört er von hinten wie Boleslav lauthals „Drago, Drago“ schreit. Aufgeregt blickt er zurück, der Böhme deutet hektisch auf einen der abziehenden Steppenreiter. Ein Hunne kämpft im Sattel sitzend mit seiner widerspenstig zappelnden Beute, Fenja. Drago rennt sofort aus Leibeskräften darauf zu, aber die Entfernung ist beträchtlich. Wild um sich schlagend gelingt es Fenja, sich aus der Umklammerung zu lösen. Mit einem Satz springt sie vom Pferd und läuft so schnell sie kann davon. Aber der Reiter holt Fenja sofort wieder ein, packt sie an den Haaren und schleift seine Beute ein ganzes Stück weit hinterher. Drago gibt jetzt Alles und hält weiter direkt darauf zu. Da zieht der Hunne Fenja wieder hoch und bricht ihren Widerstand mit einem kräftigen Kopfstoß. Augenblicklich weicht jegliche Kraft aus ihren Gliedern und sie sackt bewusstlos zusammen. Drago schreit laut auf. Noch immer gute 30 Schritt entfernt kann er seinem Schützling keine Hilfe leisten. Schlimmer noch, fassungslos muss er mit ansehen, wie der Krieger seinem Pferd die Sporen gibt und samt Fenja inmitten der abziehenden Steppenreiter das Weite sucht. Der Verzweiflung nahe sinkt Drago abgeschlagen und völlig außer Atem auf die Knie. Da hört er Boleslavs Ruf zum zweiten Mal. Der Böhme greift nach Pfeil und Bogen eines gefallenen Hunnen und legt aus gewaltiger Entfernung auf den davon galoppierenden Reiter an. Unendlich lange tönt das Heulen des Pfeils, bevor er einen Hinterlauf des Pferdes streift. Das Tier scheint zunächst einzuknicken, hält für einen Moment inne, fängt sich wieder und reitet zum Entsetzen Dragos schließlich doch hinfort. Der Nordmann schlägt fluchend die Hände vors Gesicht, steht wieder auf und läuft zielstrebig einem Panzerreiter Konrads entgegen. Noch bevor der Reiter den Nordmann nach dessen Anliegen fragen kann, reißt ihn dieser wortlos aus dem Sattel. Für Erklärungen bleibt Drago keine Zeit, er bemächtigt sich kurzerhand des Pferdes und reitet eilends den abziehenden Hunnen hinterher.

Boleslav quittiert Dragos überstürztes Handeln mit einem verständnislosen Kopfschütteln. Der Böhme rechnet nicht, den Nordmann nochmal lebend wiederzusehen. Alleine den Hunnen hinterherzujagen kommt einem Selbstmord gleich. Zwar bedauert Boleslav den Verlust des Hünen, aber daran etwas zu ändern steht nicht in seiner Macht. Außerdem wurde das Schlachtfeld noch nicht gänzlich befriedet und vereinzelte Scharmützel innerhalb der Festung fordern Boleslavs Aufmerksamkeit ein. Konrads Panzerreiter schnitten etlichen Hunnen den Fluchtweg ab und keiner der Zurückgebliebenen denkt an eine Kapitulation. Aber weder Boleslav noch der Rote selbst greifen in die letzten Kampfhandlungen ein. Stattdessen finden die beiden Heerführer in dem Chaos der Verwüstung zueinander. Doch tritt der Böhme Konrad wenig dankbar gegenüber.

„Ihr habt euch ja ziemlich Zeit gelassen, hättet ihr nicht früher eintreffen können. Aber was soll´s, wenigstens schlugt ihr euch im Kampfe akzeptabel."

„Akzeptabel? Aus eurem Munde werte ich das als Kompliment. Aber lasst uns nun wichtigeren Dingen zuwenden. Die Kämpfe sind gleich vorüber, deshalb sollten wir rasch über die weitere Vorgehensweise beratschlagen. Diese Festung liegt in Schutt und Asche, sie wird weder uns, noch Ottos Truppen Schutz gewähren. Besser wir verlagern den Tross wieder in die große Burg zurück."

„In die große Festung? Wieso sollten die verfluchten Hunnen sie nicht auch niedergebrannt haben, zumal wir sie ohne Schutz zurückließen?"

„Wäre sie ein Raub der Flammen geworden, hättet ihr das von hier aus sehen müssen. Bulcsu war sich des Sieges derart sicher, dass ihn seine Arroganz zur Nachlässigkeit verführte. Wir sollten dieses Versäumnis nutzen."

Boleslav lässt sich mit einer Antwort Zeit, während Konrad den Verschluss seines Schuppenpanzers öffnet. Der nachlassende Regen hinterlässt eine kaum zu ertragende Schwüle und der Rote ringt gierig nach Luft. Boleslav kommentiert des Roten Leichtsinn auf der Stelle.

„Ich rate euch davon ab eure Brust zu entblößen. Die verfluchten Hunnen sind stets für eine Überraschung gut. Seid also immer wachsam und auf das Äußerste gefasst. Aber nun gut, meine Männer sammeln noch die verschossenen Pfeile ein, dann sehen wir, ob die Festung tatsächlich noch steht. Falls ja, sollten wir dort schnell Einzug halten, bevor Bulcsu selbst auf die Idee kommt, die Festung zu besetzen. Dann wären wir ganz schön angeschmiert. Für eine entschlossene Verteidigung fehlt es uns dort zwar an ausreichend Männern, aber hier können wir nicht bleiben. Und sicher kehren auch Ottos Legionen bald zurück. Der König wird sich schon denken können wo wir stecken, wenn er diesen Trümmerhaufen hier vorfindet."

Mit den letzten Worten Boleslavs nehmen auch die Kampfhandlungen ein jähes Ende. Das Gros des Feindes zieht sich in die Wälder der Umgebung zurück und die letzten eingeschlossenen Hunnen strecken die Waffen. Konrad sieht in Anbetracht der sich ergebenden Krieger fragend zu Boleslav. Doch der Böhme scheint wenig gewillt, sich mit dem Roten abzustimmen. Stattdessen gibt er seinen Männern umgehend Order, die entwaffneten Hunnen augenblicklich abzuschlachten.

„Erledigt", mit nur einem Wort kommentiert Boleslav den Akt der Grausamkeit.

Dann wendet sich der Böhme von Konrad ab, fassungslos bleibt der Rote zurück. Aber für Zwistigkeiten bleibt zu dieser Stunde keine Zeit. Jetzt muss der Umzug zurück zur großen Festung rasch vonstattengehen. Der Regen ist vorüber und die Hunnen werden sich in Kürze neu formieren, dann muss jederzeit mit einem weiteren Angriff gerechnet werden.

So brechen die Truppen Konrads und des Böhmen zügig auf und beziehen schon bald wie vorgesehen Stellung. Umgehend besteigen die beiden Heerführer den mächtigen Schutzwall und beratschlagen etwaige Verteidigungsmaßnahmen. Die Präsenz der prominenten Persönlichkeiten auf der Mauer weckt auch die Aufmerksamkeit einer umherstreifenden Hunnenschar. Von den Königlichen unbemerkt, steigen die fünf Magyaren aus dem Sattel und schleichen vorsichtig dem Wall entgegen. Diese Gelegenheit scheint den Hunnen jedes Risiko wert. Ein erfolgreicher Anschlag auf die beiden Heerführer würde den Kriegern Ruhm und Ehre zu Teil werden lassen. Das Gelände vor dem Hauptwall erstreckt sich zunächst flach und offen. Dahinter spendet dichter Wald den Hunnen Deckung. Für einen gezielten Beschuss müssen die Krieger jedoch erheblich näher heran.

Versetzt angelegte Gruben bilden ein regelrechtes Schachbrett zwischen der Baumgrenze und der Mauer. Sie sollen die Annäherung angreifender Reiter erschweren. Die auf allen Vieren heranschleichenden Hunnen behindern diese Hindernisse jedoch kein

Bisschen. Im Gegenteil, besonnen von Grube zu Grube vorrückend, bieten sie den Kriegern vor Entdeckung Schutz. Derweil beratschlagen Konrad und Boleslav noch immer unbefangen auf der Mauer. Dann verharren die Hunnen im Mittelfeld der Reiterhindernisse in einer der zahlreichen Gruben. Noch eine letzte Prüfung ihrer Bögen und die Krieger legen auf das ahnungslose Duo an. Zwar tragen ihre Pfeile die verräterischen Hohlkörper, aber die Kürze der zu überbrückenden Distanz gibt ihren Opfern kaum Gelegenheit zur Reaktion.

Boleslav nimmt aus dem Augenwinkel noch eine Bewegung wahr, doch da heulen schon die Pfeile auf. Sein warnender Aufschrei kommt zu spät. Obgleich es ihm gelingt sich wegzuducken, trifft ein Geschoss den Roten direkt in den Hals. Seinen Schuppenpanzer hatte der fränkische Heerführer nicht wieder verschlossen. Röchelnd und blutend bricht Konrad sofort zusammen und ringt verzweifelt nach Luft. Noch während die Schützen der Böhmen den Beschuss erwidern, verstirbt der Rote zuckend in Boleslavs Armen. Außer sich vor Zorn greift nun auch der Fürst nach einem Bogen und schießt den Attentätern schreiend mehrere Pfeile hinterher. Zwar erliegen mehrere Hunnen dem Beschuss der Schützen, doch am Ende bleiben zwei der Attentäter unbeschadet und entschwinden auf Nimmerwiedersehen.

Das Fährtenlesen ist dem Nordmann wohl vertraut. Zwar führen zahllose Spuren von der Burg hinfort, dennoch gelingt es Drago, die Fährte von Fenjas Entführer aufzunehmen. Boleslavs Streifschuss fügte dem Pferd des Hunnen eine empfindliche Verletzung zu, nun lahmt es und hinterlässt eine leicht zu identifizierende Fährte. Auch lässt die Fleischwunde des Tieres und die doppelte Last den Reiter immer weiter zurückfallen. Es gelingt dem Hunnen nicht, den Anschluss an seine Kameraden zu halten. Aber auch Drago kommt nicht schnell voran, das Verfolgen der Fährte gestattet ihm lediglich ein gemäßigtes Tempo. Da ertönt der ferne Ruf des feindlichen Horns aus dem Wald. Die Magyaren sammeln ihre Truppen, das weithin hörbare Signal weißt den verstreuten Einheiten die Richtung. Diese Entwicklung setzt Drago weiter unter Druck. Findet Fenjas Entführer zu seinen Kameraden, wird der Nordmann seine Gefährtin gewiss nicht mehr befreien können. So bleibt ihm nur wenig Zeit und die Spur führt tief in den vom Feind verseuchten Wald hinein.

Tatsächlich dauert es auch nicht lange, bis Drago dem ersten Haufen Hunnen in die Arme reitet. Sofort legen die Magyaren auf den fremdländisch aussehenden Nordmann an, seine Erscheinung wissen sie nicht einzuschätzen. Neugierig nähert sich das gute Dutzend Krieger von mehreren Seiten. Davon völlig unbeeindruckt winkt Drago den Hunnen geradezu überschwänglich zu. Mit einem breiten Grinsen empfängt er scheinbar fröhlich gestimmt die misstrauisch dreinblickenden Krieger. Noch immer richten sie ihre Waffen auf den exotisch anmutenden Hünen. Erst das Vorzeigen des Siegelrings ihres Oberbefehlshabers entspannt die Situation ein wenig. Nun mustern die Krieger ihr seltsames Gegenüber aus der Nähe und sie sprechen Drago schließlich an. Aber der Nordmann weiß die Worte nicht zu deuten, die Sprache ist ihm vollkommen fremd. Statt zu antworten gestikuliert er unbeholfen mit seinen Händen. Sofort erwacht das Misstrauen der Krieger aufs Neue und die ersten greifen wieder nach den Waffen.

Plötzlich erweckt das Geräusch nahender Reiter die Aufmerksam der Gruppe. An die dreißig Hunnen stoßen aus dem Wald dazu. Mit Entsetzen erkennt Drago seine Gefährtin inmitten des heranstürmenden Reiterhaufens. Fenja befindet sich noch immer in der Gewalt ihres Entführers, dem der hünenhafte Riese sofort ins Auge fällt. Drago fürchtet, der Entführer werde sich an die Begegnung in der Festung erinnern, denn dem Hunnen dürfte nicht entgangen sein, wie Drago schreiend auf ihn zu rannte. Verdächtig lange fokussiert der Krieger den Nordmann, bevor er aufgeregt den Anführer der Hunnen herbeiwinkt. Nach einem kurzen Wortwechsel wendet sich der Anführer Drago zu. Der aber tut so, als schenke er alldem keine Beachtung. Stattdessen fuchtelt er mit dem Siegelring des Bulcsu vor den Gesichtern der misstrauisch dreinschauenden Hunnen hin und her. Davon unbeeindruckt signalisiert der Anführer mit eindeutigen Gesten, Drago solle den Ring an seinen Mittelfinger stecken. Denn Bulcsu ließ einen jeden dieser Ringe für eben diesen Finger des jeweiligen Trägers anfertigen. Drago gibt sich zunächst verständnislos. Da legt ein Krieger seinen Bogen direkt auf ihn an. Die Bedrohung soll der Aufforderung des Anführers den nötigen Nachdruck verleihen. Drago bleibt jetzt keine Wahl, unbeholfen versucht er den Ring auf seinen Mittelfinger zu stecken. Doch es mag ihm nicht gelingen, die Ringschiene ist viel zu knapp bemessen. So versucht er es an seinem Ring- und zu guter Letzt an seinem kleinen Finger, vergebens.

In der Gewissheit, keiner der Hunnen verstehe seine Worte, kommentiert Drago in schmeichelhaften Tonfall besänftigend das Missgeschick und spricht mit zuckersüßer Stimme.

„Ihr kleinen widerlichen Missgeburten. Hunderte von euch erschlug ich freudig mit der Klinge, Dutzende tötete ich mit meinen bloßen Händen. Ihr werdet dem keine Ende setzen, nicht heute und nicht hier."

Den Wohlklang seiner anbiedernden Stimme unterstreicht er mit einem Lächeln und beschwichtigenden Gesten. Die Hunnen blicken irritiert zueinander und es scheint, als hätte Dragos Schauspiel seine Wirkung nicht verfehlt. Dann aber sprechen die Krieger untereinander und richten im Anschluss ihre Bögen aus nächster Nähe direkt auf des Nordmanns Kopf. Jetzt ist es Drago, der ob der unerwarteten Entwicklung sichtlich irritiert und überrascht dreinschaut. Da erhebt einer der Hunnen seine Stimme.

„Du einfältiger Schwachkopf. Dachtest wohl, keiner von uns wäre deiner Sprache mächtig. Aber selbst ohne dein leichtsinniges Geschwätz wurdest du bereits erkannt. Jetzt nimm Abschied von dem Weib und stirb. Danach wird deine kleine Schönheit jedem Krieger hier zu Willen sein. Wir werden dein Weibsbild für dich nehmen, einer nach dem anderen."

Mit einem dreckigen Lachen schließt der Hunne seine Rede. Drago wagt einen abschätzenden Blick in die Reihen der ihn umgebenden Feinde. Mit derart vielen Hunnen kann auch er es nicht aufnehmen. Tatsächlich gelänge es ihm kaum, sein Schwert zu ziehen. Der Nordmann sieht zu Fenja, Tränen rinnen über ihre zarten Wangen. Die beiden Gefährten wissen, was als nächstes folgt. Drago wendet seinen Blick von Fenja nicht mehr ab. Und obwohl es Fenja schwerfällt, den Blickkontakt im Angesicht des endgültigen Abschieds aufrecht zu erhalten, hält sie der Belastung stand. Fest fixiert auf ihren dem Tode geweihten Gefährten wirft sie Drago schluchzend einen Kuss zu. Noch während im Hintergrund erneutes Hufgetrampel die Ankunft weiterer Hunnen ankündigt, hebt der Anführer bereits seinen Arm, um das Signal zur Exekution des Nordmanns zu erteilen.

*****

In Augusta fürchten nicht nur Ulrich und Riwin einem neuen Angriff der Magyaren. Die halbe Stadt wurde Zeuge des nächtlichen Spektakels und ein jeder weiß, Augusta kann nun keine Hilfe mehr herbeirufen. So beratschlagen der Bischof und sein Neffe bereits seit Stunden, was sie einem etwaigen Ansturm entgegenhalten könnten. Aber so sehr sich die beiden auch den Kopf zerbrechen, ein rettender Gedanke scheint in weiter Ferne. Nur wenige Menschen innerhalb Augustas sind wehrfähig oder taugen für den Kampf. Auch verfügt die Stadt über kein zweites Geläut, welches das zerborstene ersetzen könnte. Über das Wissen wie man eine Glocke gießt, verfügen nur einige hochspezialisierte Fertigungsstätten und eine solche gibt es in Augusta nicht. Zwar hatte Ulrich vor Wochen eine neue, voluminösere Glocke in Auftrag gegeben und sie befand sich bereits auf dem Weg, aber in den Wirren des Krieges fand das Geläut nicht mehr bis zur Bischofsstadt. Dieser Umstand schmerzt nun in Anbetracht der prekären Situation besonders. Doch sind es genau diese schicksalhaften Umstände, in denen Ulrich am Ende wider erwartend plötzlich einen Hoffnungsschimmer zu erahnen glaubt. Auf der Stelle teilt er diesen Gedanken seinem Neffen mit.

„Mein Gott, Riwin, weshalb dachte ich nicht schon früher daran. Die neue Glocke, sie könnte unsere Rettung sein."

„Wieso denn das? Sie erreichte unsere Stadt nicht mehr, sondern wird irgendwo auf dem Weg in die Hände der Hunnen gefallen sein. Die Glocke ist verloren."

„Nicht unbedingt. Wieso sollten sich die Hunnen damit belasten. Für eine Glocke hätten sie weder Verwendung, noch könnten sie ein so schweres und sperriges Stück zu Pferde transportieren."

„Selbst wenn du damit recht behältst, wir wissen nicht, wo die Glocke auf ihrer langen und gefahrvollen Wegstrecke abgeblieben sein könnte."

„Eigentlich hätte das gute Stück noch vor dem Erscheinen der Hunnen bei uns eintreffen sollen. Wie wir wissen, ist das jedoch nicht geschehen. Der lange Transport aus der nördlich gelegenen Fertigungsstädte erforderte mehrfachen Halt auf seinem Weg zu uns. Nicht auszuschließen, dass die Überführung erst bei einer der letzten Stationen zum Erliegen kam. "

„Was möchtest du mir damit sagen? Ich erkenne keinen Vorteil in dieser Erkenntnis."

„Der letzte Zwischenaufenthalt sollte im Kloster Thierhaupten erfolgen. Mit Gottes Willen liegt die Glocke genau dort, in greifbarer Nähe unserer Stadt. Ein flinker Reiter könnte das Kloster in gerade mal einer guten Stunde erreichen."

Riwin wirkt wenig überzeugt, Ulrich aber verfällt ob dieser Möglichkeit in regelrechte Euphorie und setzt sich schließlich durch. So wird rasch ein Einsatzplan erstellt. Demnach obliegt es Riwin in Begleitung eines weiteren Reiters zum Kloster Thierhaupten zu eilen, um der Sache auf den Grund zu gehen. Allerdings dürfen die beiden nicht den direkten Weg zum Kloster wählen, denn dieses liegt inmitten des flachen Lechfeldes zwischen Augusta und der Donaubrücke. Das Abrücken der Reiter Richtung Norden würde den Hunnen vor den Toren Augustas sicher nicht verborgen bleiben. So verlässt Riwin mit seinem Begleiter Augusta Richtung Westen, das Lager der Magyaren aber liegt östlich der Stadt. So bemerkt kein Hunne den Ausfall der beiden Hoffnungsträger. Rasch erreichen das Duo einen bewaldeten Höhenzug, der parallel zum Lechfeld Richtung Norden führt. Noch vor der Mittagsstunde blicken Riwin und sein Begleiter Wenzel von der Höhe in das offene Lechfeld hinunter. Das Kloster scheint nicht zerstört und ist mit bloßem Auge aus der Entfernung kaum auszumachen. Aber Ulrich gab seinem Neffen das Instrument mit auf dem Weg. Konzentriert sucht Riwin nun die gesamte Ebene nach etwaigen Hunnen ab. Nirgendwo kann er einen Reiter des Feindes ausmachen, der Weg durch das offene Gelände scheint sicher. So setzen die beiden ihren Ritt hinunter in die Ebene fort und nähern sich vorsichtig dem Kloster. In ausreichender Entfernung zum Ziel setzt Riwin erneut das Instrument zu einer letzten Prüfung an. Das Kloster wirkt einsam und verwaist, keine Menschenseele ist zu sehen. Dennoch nähern sich die beiden nur vorsichtig und behutsam dem verwaist wirkendem Gebäudekomplex. Das Kloster besteht aus einem im Fachwerk errichteten Haupthaus und mehreren hölzernen Nebengebäuden. Leise steigen die beiden Reiter aus dem Sattel und lauschen zunächst der gespenstisch wirkenden Stille. Kein Geräusch lässt auf die Anwesenheit weiterer Personen schließen. Mittels eines Handzeichens signalisiert Riwin seinem Begleiter, zunächst die Nebengebäude abzusuchen. Mit gezückten Schwertern betreten die beiden als Erstes eine Stallung, doch das Gebäude birgt nur gähnende Leere. Auch alle weiteren Holzbauten zeigen dasselbe Bild. Die Mönche hatten wohl das gesamte Vieh und alle Vorräte rechtzeitig in Sicherheit gebracht. Für eine gelungene Evakuierung spricht auch die Abwesenheit etwaiger Kampfspuren und das Fehlen von Leichen.

Befände sich die Glocke tatsächlich im Kloster, würde sie Riwin in einem der Nebengebäude vermuten aber keine der Stallungen oder Scheunen beherbergt das Geläut. Im Gegensatz zu Ulrich teilt der Neffe aber ohnehin nicht dessen Hoffnung. So sieht er sich nun in seinem Zweifel bestätigt und es bleibt nur noch, das wenig erfolgversprechende Haupthaus zu durchsuchen. Der große Fachwerkbau aber zeigt sich verwinkelt und in seinem Inneren ausgesprochen finster. Mit seinen zahlreichen Gängen und Kammern gleicht das Gebäude einem Irrgarten. Vorsichtshalber beschließt das Duo, die Räumlichkeiten mit gezückten Schwertern zu erkunden. Besonnen und wachsam schleichen die beiden leise durch das verwinkelte, fast fensterlose Erdgeschoss. Es dauert, bis sich ihre Augen an die Dunkelheit gewöhnen. Welchen Raum, welche Kammer sie auch betreten, nirgendwo finden Riwin oder Wenzel etwas von Belang. Im Dunkel eines Ganges stolpert Riwin über einen Absatz und sein Schwert entgleitet ihm mit einem lauten Knall auf den Boden. Noch während er es aufhebt, rieselt plötzlich Staub von der Decke und deutliches Getrampel aus dem darüber liegenden Stockwerk verrät die Anwesenheit weiterer Personen. Wessen Aufmerksamkeit Riwins Missgeschick auch immer erregte ist also nicht alleine. Eindeutig lassen die Geräusche auf zahlreiche Personen schließen und deren Schritte eilen in Richtung des Treppenabgangs. Das Treppenhaus aber liegt unmittelbar neben dem Eingang des

Gebäudes und somit direkt bei der einzigen Fluchtmöglichkeit, denn die schmalen Fenster gleichen winzigen Luken und bieten keine Ausstiegsmöglichkeit. Doch die beiden befindet sich weit ab davon, tief in den verwinkelten Eingeweiden des finsteren Gebäudes. In der Hoffnung, den Ausgang noch vor den Unbekannten zu erreichen, rennen die beiden durch die Dunkelheit. Aber die Schritte aus dem Obergeschoss sind ihnen weit voraus. Zu allem Unglück nimmt das Duo auch noch einen falschen Abzweig und landen tief im Inneren des Klosters. Schon ist hektisches Getrampel zahlreicher Männer auf der Treppe zu vernehmen, der Weg hinaus ist abgeschnitten. Riwin und Wenzel stehen wie erstarrt im großen Speisesaal des Klosters. Für einen Moment überlegen die beiden, ob sie sich verstecken sollten. Aber die Unbekannten wissen um die Anwesenheit der Eindringlinge und würden ihrer in jedem Falle habhaft werden. So bleibt den beiden nur der ungleiche Kampf. Der Saal aber birgt eine große Gefahr, denn von den beiden gegenüberliegenden Eingängen des Raums können die Angreifer Riwin und Wenzel in die Zange nehmen. Für einen Ortswechsel ist es jedoch viel zu spät und schon strömen von beiden Seiten zahlreiche Männer in den Saal. Riwin und Wenzel stehen Rücken an Rücken, bereit den Angreifern einen gebührenden Empfang zu bereiten. Lauernd kreisen die schemenhaften Gestalten die Eindringlinge schweigend ein. Im Halbdunkel des Saales erkennt Riwin die Waffen der Männer, Mistgabeln, lange Stöcke und einfache Holzknüppel.

„Das sind nie im Leben Hunnen“, spricht er laut zu Wenzel.

„Und ihr ganz sicher auch nicht“, tönt es von den Gestalten zurück.

„Dann muss sich keiner vor dem anderen fürchten. Also lasst uns die Waffen senken und hinaus ans Licht gehen, damit wir uns von Angesicht zu Angesicht gegenübertreten können“, erwidert Riwin.

Vor dem Kloster wird der ganze Umfang der Verwechslung offenbar, eine Schar Mönche steht den beiden gegenüber. Riwin bringt seine Verwunderung darüber sofort zum Ausdruck.

„Ich bin überrascht Mönche hier im Kloster anzutreffen. Weshalb verschonten euch die Hunnen?“

„Das taten sie nicht, wir flohen rechtzeitig in die Wälder. Aber nachdem das große Heer der Hunnen am Kloster vorbei in nördliche Richtung abzog, kehrten einige von uns zurück“, antwortet einer der Mönche.

„Das war nicht klug. Ob als Sieger oder abgeschlagen, die Hunnen werden schon bald zurückkehren und durchs Lechfeld ziehen. Ihr müsst euch sofort wieder in den Schutz der Wälder begeben. Doch zuvor möchte ich euch noch eine Frage stellen, denn uns führte ein ganz bestimmtes Anliegen zu diesem Ort. Ihr wisst nicht zufällig etwas über den Verbleib jener Glocke, die für Augustas Dom bestimmt war?“

„Der Glocke wegen seid ihr hier? Man sollte annehmen, Augusta hätte andere Sorgen in diesen schweren Tagen. Aber was soll´s, kommt mit, ich zeige euch etwas.“

Dann führen die Mönche Riwin und Wenzel bis zu einer großen Scheune. Ein mächtiger Heuberg tut sich dahinter auf.

„Ist es das, wofür ich es halte?“ fragt Riwin ungläubig.

„Ist es. Das Heu verbirgt einen stabilen Wagen mit der Glocke. Ihr müsst nur noch zwei Pferde davor spannen, aber die habt ihr ja dabei.“

Riwin und Wenzel können ihr Glück kaum fassen, aufgeregt befreien sie das Fuhrwerk aus seinem Versteck. Was sie darunter freilegen, erscheint ihnen unwirklich und geradezu fantastisch. Als wäre sie aus purem Gold gefertigt, glänzt und strahlt eine prächtige Bronzeglocke auf dem unscheinbaren Karren. Während Riwin wie hypnotisiert auf das vermeidliche Wunder starrt, holt Wenzel rasch die Pferde herbei. Einige der Mönche gehen ihm unaufgefordert zur Hand und spannen routiniert die Tiere vor das Fuhrwerk. Riwin möchte sofort aufbrechen, zuvor aber gilt es noch den Mönchen Dank auszusprechen und Glück zu wünschen. Doch dazu kommt es nicht mehr.

Ohne jegliche Vorwarnung strömen plötzlich hunderte Hunnen in wilder Raserei heran. Riwin und Wenzel suchen instinktiv unter dem Fuhrwerk Deckung, während die Mönche aufgeregt zum Haupthaus rennen. Doch der Weg ist ihnen bereits abgeschnitten, inmitten des Klosterhofs nimmt das Drama seinen Lauf. Zunächst schlachten die Krieger nur einen Teil der Mönche ab, die restlichen

Gottesmänner aber treiben sie in ihrer Mitte zusammen. Die Hunnen wirken sichtlich aufgebracht und hasserfüllt. Mit Feuerstählen entzünden einige Krieger Flammen und stecken das Klostergebäude in Brand. Die auf den Boden gezwungenen Mönche müssen kniend dem Schauspiel beiwohnen und bereits nach kurzer Zeit brennt das gesamte Kloster lichterloh. Dann packen einige Hunnen den ersten Mönch und schleudern ihn wie einen Sack Getreide in das Flammenmeer. Riwin und Wenzel kauern fassungslos unter ihrem Karren. Zunächst schließen beide vor dem Grauen ihre Augen, aber die Schreie der Mönche kann Riwin kaum ertragen. Unter lautem Johlen der Hunnen ereilt einem Mönch nach dem anderen dasselbe Schicksal. Schließlich schickt sich Riwin an, das Versteck zu verlassen, um voller Todessehnsucht einzugreifen. Aber Wenzel hält ihn vehement zurück.

„Wenn du jetzt da raus gehst wirst du sicher sterben und nicht eine Seele retten können. Das sind Hunderte. Noch bevor du nur in ihre Nähe kommst werden dich ihre Pfeile durchbohren. Also besinn dich! Und wir müssen auch von diesem Karren weg. Noch gilt ihre Aufmerksamkeit den Gräuel an den Mönchen, danach werden sie uns hier auf jeden Fall entdecken. Lass uns rasch unter den Heuhaufen kriechen. Das schaffen wir, es sind nur wenige Meter bis dorthin. Jetzt komm, bevor es zu spät ist."

Dann robbt Wenzel los, aber Riwin folgt ihm nicht, sondern verharrt weiterhin wie erstarrt unter dem Fuhrwerk. Zitternd und tränenüberströmt schafft er es nicht, sich von dem Massaker abzuwenden. Selbst nachdem die Flammen auch den letzten Mönch verzehren, bleibt Riwin wie angewurzelt liegen. Seine Fäuste in das Erdreich gekrallt, schluchzt er klagend unter seinem Karren hervor. Jetzt werden ihn die Hunnen gleich entdecken dünkt es Wenzel. Denn die ersten Krieger erkunden mit Fackeln bereits die Nebengebäude, während andere das gesamte Außengelände durchkämmen. Erst jetzt kommt Riwin wieder zu Sinnen, erkennt die Gefahr in der er schwebt. Endlich kriecht auch er vorsichtig zu Wenzel unter den Heuhaufen. Gerade noch rechtzeitig, denn eine Schar Krieger läuft direkt auf den Wagen mit der Glocke zu. Die Hunnen nehmen das Geläut genau in Augenschein, scheinen sich darüber zu beratschlagen und klopfen mit ihren Äxten neugierig dagegen. Angelockt durch den Klang, eilen stetig neue Krieger zu dem Karren. Plötzlich wenden einige davon ihre Aufmerksamkeit dem Heuhaufen zu. Riwin und Wenzel wagen kaum zu atmen. Dann wirft einer der Hunnen seine brennende Fackel in das Heu.

*****

Auf der Donaubrücke herrscht schon den ganzen Vormittag relative Entspannung. In der Nacht kümmerten sich die Männer hingebungsvoll um ihr verwundetes Oberhaupt und tatsächlich stabilisierte sich Diepalds Zustand auch ein wenig. Zumindest zeitweise erlangt des Bischofs Bruder immer wieder seine Besinnung und er wirkt in diesen Phasen auch erstaunlich klar. So auch jetzt und Diepald wird nicht müde, die Verteidigung der Brücke im Geiste zum wiederholten Male durchzuspielen.

Die Situation erscheint den Männern geradezu bizarr. Die traumhafte Landschaft der Flussauen erstrahlt im warmen Licht der Sommersonne und der Strom zieht friedlich seine Bahnen. Unzählige Insekten schwirren brummend durch die Lüfte und das klare Wasser lädt verführerisch zu einem Bad. Der Krieg und all die Grausamkeiten scheinen in weite Ferne gerückt.

Doch die Realität offenbart schon bald die tatsächliche Bestimmung dieses Tages. Rauchsäulen steigen in der Ferne auf und ihre Zahl steigt stetig an. Wie auf eine Kette gereiht ziehen sie eine Bahn in Richtung Süden, streben direkt auf die Brücke zu. Schon bald wird die Streitmacht der Hunnen mit aller Härte gegen die Barrikade auf der Brücke drängen.

Diepald schwört noch ein letztes Mal seine Kämpfer ein, dann beziehen die Männer ihre Posten. Gebannt starrt jetzt ein jeder Richtung Norden und etliche erflehen im Gebet den Beistand ihres Herrgotts. Kurz darauf kündigt eine gewaltige Staubwolke das Eintreffen der gefürchteten Reiterkrieger an. Die Anzahl der Angreifer lässt den Männern auf der Brücke das Blut in den Adern gefrieren. Zu Tausenden rasen die Krieger in vollem Galopp aus der Staubwolke heran. Doch ist es eben dieses Tempo, das den Reitern zum

Verhängnis wird. Denn vor der Barrikade klafft das große Loch inmitten der Brücke. Die herangaloppierenden Hunnen entdecken die Falle viel zu spät, es gelingt ihnen nicht, rechtzeitig Halt zu machen. Scharenweise stürzen sie in die Tiefe und ertrinken jämmerlich in den Fluten des Stroms, selbst die nachrückenden Reiter entgehen diesem Schicksal nicht. Denn den hinteren Reihen bleibt eine Sicht auf die verhängnisvolle Falle verwehrt und so schieben sie ihre vorderen Kameraden weiterhin beständig ins Verderben. Kein Krieger kann dem Druck der schieren Masse auch nur das Geringst entgegensetzen, das klaffende Loch der Brücke verschlingt einen nach dem anderen.

Bisher blieben Diepalds Männer unbehelligt. Hinter der massiven Barrikade geschützt, verfolgen sie freudig das Spektakel. Derweil baut sich der Rückstau der nachströmenden Hunnen immer weiter auf. Die unkontrollierbare Reiterlawine schiebt unaufhörlich nach und drängt unzählige Menschen- und Pferdeleiber beiderseits der Brücke in den Fluss hinein. So stürzen nun auch über die angrenzenden Ufer ganze Reiterhorden in die Fluten des breiten Stromes. Zwar ertrinken in dem Chaos etliche der abgedrängten Reiter, aber einige schaffen es tatsächlich bis zum Ufer gegenüber. Die Meisten setzen ihren Weg gen Süden sogleich auch weiter fort und scheren sich nicht um das Schicksal ihrer Kameraden oder um Diepalds Männer auf der Brücke. Das ändert sich, nachdem auch ein Anführer das diesseitige Ufer erreicht. Unter lautem Gebrüll und Drohgebärden formiert er aus den übergesetzten Kriegern eine Truppe und fällt Diepald in den Rücken. Zwar können die Hunnen ihre im Fluss durchnässten Bögen nicht einsetzen, aber am südlichen Ende der Brücke gibt es keine Barrikade. Die Männer sind dem Angriff der Magyaren schutzlos ausgeliefert. Jetzt rächte es sich, dass niemand daran gedacht hatte, auch auf der rückwärtigen Seite eine Barrikade zu errichten. Entsetzt realisiert Diepald die verhängnisvolle Situation. Mit den wenigen Männern kann er dem Angriff aus dem Hinterhalt nicht lange standhalten, die Hunnen werden die Brücke in Kürze einnehmen. Doch die Todgeweihten geben Alles, strecken im Nahkampf zahllose Hunnen nieder und leisten erbitterten Widerstand. Selbst Diepald richtet sich noch einmal auf, das Schwert zu schwingen. Seine Verletzungen schmerzen derart, dass er bei jeder Bewegung laut aufschreien möchte. Doch stattdessen dringen leise Gebete über seine Lippen. Im Angesicht des Todes findet auch er zu jenem Gott, an dem er stets gezweifelt hatte. Immer zahlreicher stürmen die Hunnen jetzt auf die Bedrängten ein, immer schneller schmilzt die Anzahl der auf verlorenem Posten kämpfenden Verteidiger. Außer sich vor Zorn wüten die Eroberer, prügeln mit ihren Äxten rasend auf die letzten Männer ein. Diepald sieht das stählerne Blatt der Waffe im Kampfgetümmel noch kommen, für eine Gegenwehr fehlt ihm jedoch die Kraft. Tödlich an der linken Schläfe getroffen sinkt er augenblicklich zu Boden. Wenige Augenblicke darauf liegen auch die letzten Verteidiger erschlagen danieder, die Brücke ist gefallen.

Sofort beginnen die Hunnen mit der Reparatur, lösen die Bohlen aus der Barrikade und schließen die klaffende Lücke inmitten der Brücke. Zwar hatte der Widerstand Diepalds den Steppenreitern zahlreiche Krieger gekostet, nun aber steht einer geordneten Passage des Flusses nichts mehr im Wege. Dennoch blicken die Hunnen weiterhin sorgenvoll gen Norden, denn die zurückgefallenen Truppen Ottos werden die Verfolgung nicht aufgeben und das Gros der eigenen Streitkräfte muss das Nadelöhr der Brücke erst noch überqueren. So legen die Magyaren höchste Eile an den Tag, um die Engstelle über die Donau möglichst rasch hinter sich zu lassen.

Auch die Legionen des Königs haben keine Zeit zu verlieren. Aber deren Pferde verfügen nicht über die Ausdauer ihrer Kontrahenten. So muss Otto seine Reiter zügeln, sonst droht die Verfolgung der Hunnen am Ende zu scheitern. Doch des Rückstandes zum Trotze, erreichen auch die Königlichen bald die Donau. Otto hofft, der Feind habe den Strom noch nicht zur Gänze überquert und seine Erwartung wird nicht enttäuscht. Bereits aus weiter Ferne erkennt er nicht nur die Brücke, auch tausende Steppenreiter ringen um eine Passage über den Fluss. Das offenbart den Legionen eine zweite Chance, dem Feind gehörige Verluste beizubringen. Kurz vor Erreichen der Donau geben die Angreifer ihren Pferden noch einmal die Sporen, im vollen Galopp will Otto den Hunnen in den Rücken fallen. In Anbetracht der heranstürmenden Legionen bricht kollektives Entsetzen unter den Magyaren aus und etliche warten nicht mehr, bis sie auf die völlig überfüllte Brücke gelangen.

Stattdessen stürzen sie sich panisch in die Fluten und finden dort oft zu einem jähen Ende.

Schon prallen Ottos Reiter mit der Wucht eines Blitzschlages den Hunnen ins Kreuz. Die königlichen Legionen halten den Druck konsequent aufrecht und drängen die Steppenreiter scharenweise in die Fluten des Stromes. Wieder gelingt es den Hunnen nicht, eine organisierte Gegenwehr auf die Beine zu stellen. In heillosem Durcheinander versucht ein jeder, seine eigene Haut zu retten. Umso vernichtender schlägt der Angriff Ottos zu buche. Das Gemetzel gleicht weniger einem Kampfe, denn einer völlig enthemmten Schlachtorgie. Ottos Legionen mähen nieder, was sie zu fassen bekommen. Unzählige Leichen erschlagender Hunnen pflastern das Nordufer oder treiben stromabwärts die Donau hinunter. Dennoch erreichen Tausende das rettende Südufer und reiten weiter Augusta entgegen. So findet die Hatz auch nicht an diesem Ort zu einem Ende. Sofort mobilisiert Otto seine Legionen, um über die Brücke zu setzen und die Verfolgung aufzunehmen.

Im weiteren Verlauf des Nachsetzens treffen die Königlichen immer wieder auf zurückgefallene Hunnen. Verletzt oder von Erschöpfung geschwächt, konnten sie nicht den Anschluss zu ihren Kameraden halten. Etliche davon strecken ihre Waffen, um sich zu ergeben. Doch für Otto macht das keinen Unterschied, auch jetzt gewährt er keinem Einzigen die Gnade.

Die Befürchtung des Königs, Augusta würde überrannt und in die Hände des Feindes fallen, lässt ihn den Weg bis zur Bischofsstadt schier endlos erscheinen. Tatsächlich fordern der strapaziöse Ritt und die Kampfhandlungen auch ihren Tribut, die Legionen verlangsamen ihr Tempo zusehends. Entkräftung zeichnet Mensch und Tier in der Kolonne gleichermaßen. Bis Augusta ist es noch weit und mit jedem Meter büßt des Königs Streitmacht weiterhin an Schlagkraft ein. So werden die Legionen der Stadt nicht die erforderliche Hilfe bringen. Eine erholsame Rast aber kommt für den König nicht in Frage.

Stattdessen zeichnen sich die nächsten Kämpfe ab. Eine größere Anzahl Hunnen scheint bei einigen Gebäuderuinen zu lagern. Otto gibt ohne Umschweife sofort Befehl zum Angriff. Er spaltet seine

Truppen auf und lässt die lagernden Hunnen von allen Seiten attackieren, kein Steppenreiter soll dem Schwert entkommen. Doch diesmal stürmen die Legionen weit weniger engagiert dem Feind entgegen. Die Hunnen aber zeigen sich kampfeslustig und ausgeruht. Dennoch bleibt das Schlachtenglück dem König treu, die Ruinen beherbergen weit weniger Hunnen, wie befürchtet. Lediglich zwei Hundertschaften halten sich dort verschanzt. Den zahlenmäßig überlegenen Königlichen können die Magyaren trotz erbitterter Gegenwehr nur wenig entgegensetzen. So nimmt auch Herzog Burchard selbst am Kampfe teil, mit seinen Schwaben umgeht er die Ruinen und greift den Feind in dessen Rücken an. Inmitten der Kampfhandlungen kriechen zu seiner Überraschung plötzlich zwei Gestalten unter einem brennenden Heuhaufen hervor. Der Herzog erkennt Riwin erst auf den zweiten Blick, doch dann führt er den Bischofsneffen sofort zum König, der in Gesellschaft Ulmans auf das zerstörte Kloster blickt. Beide wirken ob des bekannten Gesichtes nicht weniger verwundert und Otto bittet sogleich um eine Erklärung.

„Was in Gottes Namen hast du hier weit ab der Stadt verloren?"

„Das ist eine längere Geschichte", antwortet Riwin bevor er weiter fortfährt und den König aufklärt.

Otto und Ulman lauschen erstaunt den Ausführungen Riwins, erfahren von der Not Augustas, den Bauern, der Glocke und dem Gemetzel an den Mönchen. Letzteres kommentiert Ulman mit einem Erklärungsversuch.

„Das mit den Mönchen ist ausgesprochen tragisch. Ich nehme an, die Hunnen werden sich gerächt haben, weil wir etliche ihrer Kameraden mitsamt den Häusern in denen sie Zuflucht suchten niederbrannten."

Derweil überrennen des Königs Männer die restlichen Hunnen und entwaffnen die letzten Widerständler. Und auch dieses Mal wird keinem Gefangenen eine Schonung zu teil, längst kennt die Grausamkeit auf beiden Seiten keine Grenzen mehr. Ungeachtet der Gräueltaten brennt nun auch Riwin eine Frage auf den Lippen.

„Ihr kamt von Norden über die Brücke. Mein Vater, Diepald, führte dort die Kämpfer an. Ich getraue mich kaum zu fragen. Wie erging es ihnen, kamen sie mit dem Leben davon, oder ist mein Vater vielleicht sogar bei euch?

Ottos Gesichtszüge versteinern auf der Stelle, dann steigt er aus dem Sattel und legt seine rechte Hand auf Riwins Schulter. Nun vernimmt Riwin jene Worte, die er bereits befürchtet hatte.

„Es tut mir leid mein Junge, wir fanden Keinen lebend vor. Alle auf der Brücke kämpften tapfer bis zum letzten Atemzug. Dein Vater hielt die Hunnen auf und starb als Held. Die Gelegenheit zu trauern und ihn zu ehren wird kommen, aber nicht jetzt und nicht an diesem Ort."

Riwin nickt nur verhalten, kreidebleich wischt er sich die Tränen aus den Augen. Nun bereut er es, seinen Vater beim Abschied nicht versöhnlichere Worte mit auf den Weg gegeben zu haben. Diepald hatte sein Versprechen eingelöst und die Ehre der Familie wiederhergestellt. Jetzt aber erscheint Riwin das Zeugnis seines Vaters geradezu unbedeutend und belanglos, der Verlust wiegt ungleich schwerer. Bemüht, so gefasst wie möglich zu wirken, erfleht er jetzt von Otto Beistand für Augusta.

„Ich fürchte um das Wohl Ulrichs und der Stadt. Ich hielt mich hier eine ganze Weile lang versteckt. In dieser Zeit zogen zahlreiche Reiterscharen des Feindes am Kloster vorüber. Erreichen sie Augusta, herrscht dort größte Not."

„Was denkst du, wie lange vermag Ulrich die Reiter abzuwehren?" will der König wissen.

„Nicht einen Augenblick, denn die Mauern Augustas beherbergen nur noch Kinder, Frauen und Greise. Aber selbst deren Anzahl ist gering. Die Stadt steht den Hunnen praktisch offen. Sollten sie vor uns eintreffen, nimmt der Feind Augusta im Handstreich. Nur wenn die Hunnen vor Erreichen der Stadt noch eine Rast einlegen und wir sie einholen, gibt es Hoffnung. Ansonsten finden wir nur noch rauchende Trümmer und Leichenberge vor."

Eigentlich dachte Otto soeben noch darüber nach, seinen erschöpften Legionen doch eine kurze Verschnaufpause zu gönnen. In Anbetracht der Aussage Riwins aber bleibt ihm keine Wahl, er muss seine Truppen weiter vorantreiben. Ulman ahnt, was in seinem König vorgeht, mahnend versucht er auf ihn einzuwirken.

„Ich weiß um die Not Augustas. Aber wenn wir unsere Männer in diesem Tempo weiter hetzen, braucht es keine Hunnen mehr, dann sterben sie vor Erschöpfung. Erscheinen wir derart ausgebrannt und kraftlos vor Augusta, fällt nicht nur die Stadt, so ist es auch mit uns zu Ende. Das gebe ich zu bedenken mein König.“

Auch Otto steht die Entkräftung ins Gesicht geschrieben. Mit müden Augen sieht er zu Ulman, dann wandert sein Blick zu den Truppen. Kraftlos und ermattet kauern oder liegen die Männer überall auf dem Boden verteilt, kein einziger sitzt mehr auf dem Rücken seines Pferdes. So harren Ulman und Riwin gespannt auf des Königs Entscheidung. Die lässt nicht lange auf sich warten, Otto greift nach der Heiligen Lanze und gibt entschlossen die nächste Order aus.

„Auf, auf, wir ziehen sogleich weiter, also zurück auf eure Rösser. Augusta benötigt unseren Beistand. Lasst uns keine Weile verschwenden, die Zeit sitzt uns im Nacken.“

Zwischenzeitlich legten die vorausgeeilten Hunnen ein enormes Tempo vor. Noch bevor die königlichen Truppen die Klosterruine verlassen, stürmen tausende Hunnen auf die Mauern Augustas zu. Nichts und niemand wird die Reiterhorden jetzt noch aufhalten können.

*****

Drago scheint mit seinem Schicksal nicht mehr zu hadern, es wirkt, als warte er geradezu auf die Erlösung der todbringenden Pfeile. Aber der Eindruck täuscht, blitzschnell reißt er einen nahestehenden Hunnen aus dem Sattel, zieht ihn zu sich herüber und hält ihn mit eisernem Griff umklammert. Doch ruft die Verzweiflungstat, sein Opfer als Schutzschild zu missbrauchen, nur allgemeines Gelächter unter den Kriegern hervor. Zwar löst kein Schütze seinen Pfeil, aber der Hunnen Wortführer erhebt sichtlich erheitert und unbeeindruckt seine Stimme.

„Nun gut, du möchtest also noch nicht sterben. Dann lass mich doch mal überlegen“, spricht der Krieger mit nachdenklicher Miene, bevor er mit bedrohlich, boshafter Stimme fortfährt.

„So sei dir also noch ein wenig Zeit gegönnt. Doch dann müssen wir für angemessene Unterhaltung sorgen, denn du sollst dich schon ein wenig amüsieren. Werde Zeuge, wie wir uns mit deiner kleinen Schönheit vergnügen. Sieh nur ganz genau hin, was wir mit diesem Weibe alles anstellen. Ihr Schreien und Wimmern soll das Letzte sein, was du in deinem jämmerlichen Dasein wahrnimmst."

Derweil tönt das Hufgetrappel der nahenden Reiter lauter, die Situation scheint immer aussichtsloser. Da mischt sich plötzlich lautes Geschrei und Waffenklirren in die Geräuschkulisse. Die vermeidliche Verstärkung der Hunnen entpuppt sich als das Gegenteil. Denn keine weiteren Magyaren, sondern Cunads Legion, stürmt dort in wildem Galopp heran. Völlig überrumpelt und entsetzt sehen die Hunnen der konsequent geführten Attacke entgegen. Drago nutzt die Gunst des Augenblicks, er wirft seine Geisel zu Boden und reitet zwischen den überraschten Hunnen hindurch. In vollem Galopp steuert er auf Fenjas Peiniger zu und rammt den Entführer kurzentschlossen nieder. Ross und Reiter gehen samt Fenja sofort zu Boden. Die junge Frau rollt geschickt ab und steht augenblicklich wieder auf den Beinen. Der Nordmann reicht ihr sofort die Hand und zieht sie in den Sattel hoch. Dann entschwinden die beiden inmitten der einfallenden Legion ihres Gefährten. Drago verzichtet, an dem folgenden Gemetzel teilzunehmen. Das Töten überlässt er diesmal anderen, Fenja ist jetzt wichtiger. Mit der gerade einmal fünfzig Mann zählenden Hunnenschar werden Cunads Kämpfer auch schnell fertig. Drago und Fenja steigen aus dem Sattel und fallen sich innig in die Arme, überwältigt vor Freude, können die beiden nicht mehr voneinander ablassen. Erst nach einer ganzen Weile, löst Drago die Umarmung. Doch scheint seinem Gemüt auch etwas Trauriges innezuwohnen. Fenja bemerkt die verhaltene Gefühlsregung sofort.

„Was liegt dir im Moment des Jubelns auf dem Herzen mein Retter?"

„Dein Retter? Aber das bin doch nicht ich. Zwar hatte ich genau das vor, aber am Ende wurde Cunad diese Ehre zuteil. Jetzt grämt mich mein Versagen einfach. Egal, Hauptsache du wurdest befreit."

Drago hat die Worte kaum ausgesprochen, da erscheint der Held des Tages schon leibhaftig und macht auch keinen Hehl aus seinem Triumph.

„Das wird ja langsam zur Gewohnheit mit euch beiden", spricht Cunad mit einem Augenzwinkern.

„Was meinst du damit?" hakt Drago mürrisch nach.

„Na, dass ich euch aus höchster Not befreien muss. Gedenke nur an eure Rettung aus dem Gefangenenlager oder muss ich deine Erinnerung auffrischen?"

Cunad hatte Dragos Dilemma schon längst erkannt. Bereits seit Tagen beobachtet er die beiden und ihm entging nicht, welche Blicke sie sich untereinander zuwarfen. Jetzt bereitet es ihm genüsslich Freude, auf Dragos Achillesferse herumzureiten.

„Solltet ihr beiden Turteltäubchen euch wieder in Gefahr begeben, gib mir beim nächsten Mal vorab einfach Bescheid. Ist sonst immer schwierig euch rechtzeitig zu finden. Wobei, die Dramaturgie meines Erscheinens im letzten Moment hat schon auch etwas für sich."

Dabei grinst Cunad süffisant aus seinem Sattel sitzend auf die beiden herunter. Drago aber sieht fragend zu Fenja.

„Was bitte sind denn Turteltäubchen, was meint Cunad damit?

Sichtlich beschämt versucht Fenja die Bedeutung dieses Wortes zu umschreiben. Stotternd ringt sie um eine bagatellisierende Antwort.

„Also das heißt eigentlich, es bedeutet...so etwas wie, wie...zwei Menschen die etwas gemeinsam haben. Genau!"

Drago wirkt zunächst nachdenklich, nickt dann aber und gibt sich mit der Antwort zufrieden. Dann wendet sich das Trio wieder ernsthafteren Themen zu. Nachdem Cunad schilderte, wie es ihm auf dem Schlachtfeld erging, erzählen Fenja und Drago vom Fall der Burg. So sind sich alle einig, Konrad und die Böhmen wären wohl am wahrscheinlichsten wieder in die große Festung eingezogen. Zwar liegt das Bollwerk nicht in weiter Ferne, aber der Weg bis dorthin birgt Gefahr. Irgendwo in den Wäldern lauern Bulcsus Streitkräfte und auch Lel könnte mit seinen Truppen jeden Moment aus dem Hinterhalt auftauchen. So gilt es möglichst rasch und unauffällig die große Festung zu erreichen. Cunad lässt sofort abrücken und die Legion reitet unverzüglich ihrem Ziel entgegen. Tatsächlich bleibt die Kolonne auf ihrem Weg zur Festung unbehelligt. Erleichterung macht sich nach dem Einzug in das rettende Refugium breit und Boleslav läuft den Neuankömmlingen auch sogleich entgegen. Seine Begrüßung fällt jedoch kein wenig herzlich aus, stattdessen wartet er mit einer forschen Frage auf.

„Wo verdammt sind Otto und die anderen fünf Legionen abgeblieben?“

„Die werden bestimmt in Kürze eintreffen, davon gehe ich ganz sicher aus“, antwortet Cunad in festem Tonfall.

„Das will ich hoffen, sonst sitzen wir hier auf verlorenem Posten. Aber nun sagt schon, habt ihr den verfluchten Hunnen kräftig in den Arsch getreten?“

Cunad schildert den Verlauf der Schlacht in allen Einzelheiten, zumindest jenen Verlauf, den er selbst kennt. Boleslav scheint zu gefallen, was er hört. Geradezu gierig saugt er Cunads Schilderung des anfänglichen Sieges auf dem Schlachtfeld auf. Die Stimmung kippt erst, nachdem er von der Flucht des Lel und dessen Truppen hört. Wutschnaubend stampft Boleslav mit den Beinen auf den Boden und rauft sich mit wilden Grimassen die Haare. Das Trio beschließt, den vor Wut schäumenden Böhmen stehen zu lassen und einen Lagerplatz innerhalb der Festung zu suchen. Außerdem hofft Cunad, in Konrad einen weniger erregten Gesprächspartner zu finden. Fenja hingegen verlangt es nach etwas Ruhe, sie rollt sich auf dem Boden zusammen und fällt sofort in einen tiefen Schlaf. Cunad und Drago aber blicken zu dem Kommandozelt, es steht noch immer. In Erwartung, den Roten dort anzutreffen, laufen sie direkt drauf zu. Jedoch wird ihre Hoffnung jäh enttäuscht. Im Zelt sitzt lediglich Boleslav auf dem Stuhl des Königs und hält den Kopf tief in seinen Händen vergraben. Nachdem er die beiden bemerkt, richtet er sich sogleich auf und wirkt wieder gefasster. Dann berichtet er vom Schicksal Konrads und beklagt das Ausbleiben der Legionen Ottos. Cunad erschüttert die Kunde vom Tode Konrads enorm. Zu tiefst betroffen nimmt er auf einem der Stühle Platz und benötigt einen Moment der Besinnung. Derweil scheint Boleslavs Nervosität wieder zuzunehmen. So mahnt Cunad den Böhmen zu einer beherrschten Haltung.

„Was immer auch geschehen mag, wir müssen einen kühlen Kopf bewahren. Ich gebe zu, Otto ist längst überfällig. Wir müssen uns mit dem Gedanken auseinandersetzen, dass er eventuell nicht zurückkommt. Vielleicht liefen seine Legionen geradewegs in eine Falle."

Boleslav sieht Cunad mit starrem Blick lange in die Augen, dann schüttelt er den Kopf und gibt schließlich seine Meinung preis.

„Nein, Nein, das glaube ich nicht. Nicht nachdem wie ihr den Lauf der Schlacht geschildert hattet. Der alte Haudegen treibt sich irgendwo da draußen rum. Wankelmütig wie er ist, traue ich ihm auch zu, dass er kurzentschlossen bis nach Augusta zog. Das würde zu ihm passen, uns hier im Stich zu lassen, um seine geliebte Bischofsstadt zu retten."

Cunad fällt es schwer zu glauben, Otto hätte sie in den Fängen der gegnerischen Hauptstreitmacht als Bauernopfer zurückgelassen. Handfeste Argument dagegen hat er aber nicht. So bleibt er dem Böhmen eine Antwort schuldig. Dafür tut Drago seine Ansicht kund.

„Ich war nicht Zeuge der Schlacht. Aber eventuell schätzte Otto die Situation falsch ein und zog deshalb nach Augusta. Vielleicht ahnt er nicht einmal im Ansatz, dass uns hier die Turteltäubchen im Nacken sitzen."

„Wie bitte? Was redet der Normann da für einen Blödsinn", entfährt es Boleslav genervt.

„Na Bulcsu und Lel, die beiden Turteltäubchen eben", antwortet Drago selbstsicher.

„Hat der was auf den Kopf bekommen, einen Knüppel oder einen Axthieb vielleicht?" zischt Boleslav mit fragendem Gesichtsausdruck.

„Vergesst das einfach", antwortet Cunad und greift wieder das eigentliche Thema auf.

„Als ich vorhin durchs Lager streifte, schätzte ich die Anzahl unsere Männer ab, alle drei Legionen mussten ganz schön Federn lassen. Ich denke, wir zählen keine 2000 Kämpfer mehr. Damit werden wir einem Ansturm des Feindes nicht lange standhalten. Wenigstens müssen wir in Anbetracht des fortgeschrittenen Tages kaum mehr damit rechnen, heute noch bedrängt zu werden."

„Na bravo, dann bin ich ja beruhigt", tönt Boleslav sarkastisch.

In der Hoffnung, Drago könnte etwas zur Ermutigung des Böhmen beitragen, sieht Cunad hilfesuchend zu seinem Gefährten, doch der Hüne zuckt nur mit den Schultern. Niemand scheint sich mehr zu äußern wollen, Totenstille herrscht im Inneren des Zeltes. Es vergeht noch eine ganze Weile des Schweigens, dann steht Boleslav auf und schreitet kopfschüttelnd auf den Ausgang zu. Kurz vor Verlassen des Zeltes dreht er sich noch einmal um und überrascht mit einem letzten Statement.

„So endet es also. Ich sitze hier mit einem blauäugigen Königstreuen und einem durchgedrehten Nordmann fest, umringt von einer erdrückenden Übermacht. Was denkt ihr beide eigentlich? Mit den ersten Sonnenstrahlen des nächsten Morgens bricht hier die Hölle los."

„So muss es nicht enden", widerspricht Cunad.

„Und ob, genauso wird es enden. Ich sandte zahlreiche Kundschafter aus, nur wenige kehrten zurück. Was sie zu berichten wussten, lässt keine Zweifel offen. Die Streitkräfte Bulcsus und Lels sind längst vereint, zimmern bereits Sturmleitern und bereiten den morgendlichen Angriff vor. Nur unweit dieser Festung lagern ihre Truppen und allerorten lauern ihre Späher. Wir kommen hier nicht mehr weg, die Sache ist gelaufen. Genießt also die Nachtruhe, es wird eure letzte sein."

*****

Wieder einmal ruft Ulrich inmitten des Domes seinen Heiland an, voller Sorge kniet er vor dem großen Kruzifix. Der Tag ist bereits weit fortgeschritten und Riwin noch immer nicht zurück. Stattdessen zog Rauch aus Richtung des Klosters auf. Einzig Augusta blieb von einem neuerlichen Angriff verschont, doch befürchtet Ulrich Schlimmes. So fällt sein Gebet nur kurz aus, es zieht ihn wieder auf die Mauer. Mit Argusaugen sieht er konzentriert nach Westen, aber Riwin bleibt verschwunden. Dafür erregt der Norden die Aufmerksamkeit des Bischofs. Eine gewaltige Staubwolke kündigt das baldige Eintreffen zahlreicher Reiter an. Noch kann Ulrich nicht ausmachen, wer der Stadt entgegenzieht. Sind es die Hunnen oder der König, Triumph oder Untergang? Die Antwort auf diese Frage wird schon bald über das Schicksal der Stadt bestimmen. Der Bischof schärft seinen Blick, aber die Unbekannten reiten noch in weiter Ferne. Hätte Ulrich jetzt nur das Instrument, er könnte die Banner von Freund und Feind längst unterscheiden. So aber muss Ulrich warten, bis das Reiterheer die unmittelbare Nähe der Stadt erreicht. Der Bischof überlegt, ob er nicht vorsorglich Alarm schlagen solle, aber wen könnte er noch zu den Waffen rufen? Er unterlässt es und fixiert stattdessen weiterhin gebannt die anrollende Staubwalze. Gefährlich nahe stürmen die Reitertruppen bereits heran, ihr hohes Tempo scheint nichts Gutes zu verheißen. Die Befürchtung Ulrichs findet auch sogleich ihre Bestätigung, kreidebleich starrt der Bischof entsetzt auf das Armageddon. Die Silhouette unzähliger Hunnen schält sich aus der Wolke, in vollem Galopp rast das Reiterheer den Mauern entgegen. Ulrichs Schockstarre hält nur Sekunden an, dann brüllt er aus Leibeskräften in seine Stadt hinunter.

„Die Hunnen! Flieht, um Gottes Willen flieht sofort in die Häuser und verbarrikadiert euch darin."

Der Bischof aber will die Mauer nicht verlassen. Mit beiden Händen umklammert er sein Stabkreuz und schreit dem Untergang ein Bibelzitat entgegen.

„Siehe der Herr macht die Erde leer und wüst und wirft um, was auf ihr ist und zerstreut ihre Bewohner. Das Land verdorrt und verwelkt, die höchsten auf Erden verschmachten."

Jeden Moment prallen die Reiterscharen gegen die Mauern, doch dann kommt alles anders. Unmittelbar vor der Stadt schwenken die Hunnen Richtung Osten und direkt auf das jenseitigen Lechufer zu. Eiligst überquert das Heer die Furt des seichten Flusses und steuert ihr Lager mit den zurückgebliebenen Kameraden an. Ulrich irritiert das Agieren des Feindes. Zunächst befürchtet er noch, die Hunnen rüsten mit Sturmleitern zum Kampfe, doch dann erkennt er das eigentliche Vorhaben der Magyaren. Sie fegen an ihrem Lager vorbei und fallen ohne Umschweife direkt in die angrenzenden Pferdekoppeln ein. Geradezu panisch wechseln die Reiter ihre erschöpften Rösser aus. Ulrich harrt auf der Mauer auch weiterhin gebannt den Geschehnissen. Werden die Steppenreiter jetzt ihre Waffen gegen die Stadt richten? Mitnichten, alle Hunnen satteln zwar wieder auf, aber jagen in östliche Richtung der Heimat entgegen. Der Stadt und auch dem Gefangenenlager schenken sie keinerlei Beachtung. Selbst alle Wachhabenden verlassen ihre Posten und schließen sich dem Strom der abziehenden Reiterhorden an. Freudig realisiert Ulrich das unverhoffte Wunder. Diese Hunnen kehrten nicht als Sieger, sondern abgeschlagen und gedemütigt zurück. Vermutlich sitzen die Legionen Ottos den fliehenden Magyaren dicht im Nacken. Dennoch starrt Ulrich weiterhin gebannt nach Osten. Erst nachdem die Staubwolke der Flüchtenden am Horizont verschwindet, richtet er sein Augenmerk wieder gen Norden. Doch dauert es eine gehörige Weile, bis endlich eine zweite Staubwolke vom Eintreffen der königlichen Streitkräfte kündet. Jetzt gibt es für den Bischof kein Halten mehr. Er lässt in der gesamten Stadt Entwarnung ausrufen und reitet den Befreiern ungestüm entgegen.

Ulman macht den herangaloppierenden Reiter als Erster aus, fragend sieht er zu seinem König. Schon aus der Ferne hegt Otto einen Verdacht, das weiße Gewand des Fremden lässt auf Bischof Ulrich schließen. Die Ahnung des Königs findet nur Minuten später ihre Bestätigung und Ulrichs Begrüßung fällt in höchstem Maße überschwänglich aus.

„Oh mein Gott. Dem Herrn sei Dank, ihr seid es wahrhaftig. Wie lange, wie innig sehnte ich mir diesen Augenblick herbei. Lasst euch umarmen."

Doch Otto scheint für derlei Gebaren nicht der rechte Zeitpunkt. Stattdessen bringt er sein eigenes Begehren kurz und knapp auf den Punkt.

„Wo sind die verfluchten Hunnen?"

„Sie zogen an Augusta vorüber, suchten rasch die Koppeln mit den Wechselgäulen auf und entflohen allesamt nach Osten der Heimat entgegen. Ihr verwaistes Lager liegt am jenseitigen Ufer des Lechs unweit der Stadt."

„Verdammt, das darf doch nicht wahr sein. All die Mühen und wir bekommen sie am Ende nicht zu fassen. Welch Gram, welch Verdruss verdirbt nun diesen Tag."

Sichtlich aufgebracht brüllt Otto seinen Schimpf hinaus. Fluchend und in seinem Sattel tobend verliert er fast die Fassung. Ulrich fällt es schwer, den exzessiven Gefühlsausbruch des Königs nachzuvollziehen, entkamen doch nur wenige tausend Hunnen. In Anbetracht der gewaltigen Streitmacht ein eher vernachlässigbares Kontingent. So wendet sich Ulrich seinem Neffen zu, den er freudestrahlend im Gefolge Ottos ausmacht. Zumindest Riwin erwidert die innige Begrüßung seines Onkels und erzählt sogleich vom Kloster, den Kämpfen und der Glocke. Ulrich dankt dem Herrgott für die wohlbehaltene Rückkehr seines Neffen. Dann bittet er Riwin, die Nachhut des Heereszuges aufzusuchen und für die Verbringung der Glocke in den Dom Sorge zu tragen. So trennen sich die Wege der beiden erneut und Ulrich folgt dem König, der die Kräfte seiner Legionen gerade teilt. Während er vier Legionen unter Burchard in Augusta einziehen lässt, reitet er selbst mit der verbliebenen Legion dem Lechfluss entgegen. Ulrich schließt sich Letzterem an, denn auch er möchte unbedingt das verlassene Lager der Hunnen aufsuchen.

Bereits von Weitem erkennt der Zug des Königs eine große Menschenschar nahe des Lagers, sie läuft direkt auf die Legion hinzu. Hatte der Feind doch Krieger zurückgelassen? Die Königlichen halten für einen Moment inne, doch dann offenbart sich die Identität der Unbekannten. Es sind jene Frauen und Kinder, welche in der Gefangenschaft des Feindes ihr trauriges Dasein fristeten. Ulrich bricht sofort aus dem Verband der Seinen aus und galoppiert der Menschenschar entgegen. Die Menge empfängt ihn jubelnd und voll Freude. Dennoch sieht Ulrich allen die Strapazen der Gefangenschaft an und nicht wenige sind von Misshandlungen gezeichnet. Doch das Glück, den Fängen der Hunnen entronnen zu sein, strahlt nun über allem, was diese leidgeplagten Seelen ertragen mussten. Ulrich stehen ob dieses Anblicks die Tränen in den Augen. Zu tiefst berührt steigt er ab und umarmt zahlreiche Frauen und Kinder. Dann lädt er alle ein, ihm in den Schutz der Stadt zu folgen. Doch zuvor kommt Ulrich seinem Versprechen nach und ruft fragend in die Menge.

„Gesa. Ist ein Mädchen Namens Gesa unter euch?“

Aber niemand tritt hervor oder bejaht des Bischofs Frage. Nach einer Weile wiederholt er seinen Ruf, doch das Ergebnis bleibt dasselbe. Sorgenfalten graben sich in Ulrichs Stirn, Fenjas Schützling bleibt verschollen. So sehr er hilfesuchend in die Runde blickt, nicht das Geringste deutet auf die Anwesenheit des Mädchens hin. Enttäuscht steigt er wieder in den Sattel, erhebt dann aber noch ein letztes Mal die Stimme.

„Ich bin ein Freund Fenjas. Sie schickte mich, die kleine Gesa zu suchen.“

Ulrich sprach die Worte kaum aus, da tritt zaghaft ein Mädchen aus der Menge und sieht erwartungsvoll zum Bischof auf.

„Wo ist Fenja, bringst du mich zu ihr?“ tönt es aus dem Kindermund.

„Aber natürlich. Du musst dich nur noch ein wenig gedulden, denn zunächst gehen wir in die große Stadt. Dort werden sich ganz liebe Klosterschwestern bis zu Fenjas Rückkehr um die kümmern. Ist das ein Angebot nach deinem Geschmack?“

Die Worte des Bischofs zaubern ein Lächeln auf Gesas Gesicht. Dann reicht Ulrich dem Kind freudig die Hand, zieht die Kleine in den Sattel hinauf und führt die Karawane in Richtung des Osttors.

Derweil nimmt Ottos Legion das Lager in Beschlag. Ihr Blick fällt auch auf die zurückgelassenen Pferde in den Koppeln, ihre Anzahl scheint gewaltig. Dann zieht es den König und Ulman in das Zentrum des Lagerplatzes. Sie steigen ab und betreten eine große Jurte, ganz offensichtlich die Behausung Bulcsus. Staunend stehen sie in deren Mitte und entdecken eine Menge Gold und Silber, zumeist geraubte Kirchenschätze. Doch mag in Otto keine Freude darüber aufkommen, misstrauisch richtet er das Wort an Ulman.

„Das stimmt doch etwas nicht, das Alles stinkt zum Himmel. Sie lassen all diese Kostbarkeiten zurück, hätten Augusta im Handstreich nehmen und uns danach vor den Toren der Stadt zur Schlacht stellen können. Aber nichts davon geschah, was übersehen wir?“

„Ein Hinterhalt vielleicht?“ antwortet Ulman besorgt mit einer Gegenfrage.

„Ich kann mir einfach keinen Reim drauf machen, besser wir ziehen uns rasch in den Schutz Augustas zurück.“

Otto lässt noch die Schätze zusammenpacken, dann rückt die Legion der Stadt entgegen. Dort traf zwischenzeitlich auch Riwin im Gefolge der Nachhut ein und im Eiltempo gelang es, das neue Geläut behelfsmäßig zu installieren. Ulrich erteilt sofort Order, die

Glocke umgehend anzuschlagen. Ihr Hall erfüllt nicht nur die Gassen der Stadt, sondern trägt den Klang auch weit in das gesamte Umland hinaus. Noch während die Legion des Königs der Stadt entgegenzieht, vernehmen die Bauern jenes Signal, welches sie zum Bündnis ruft.

In Augusta angekommen, brennen Otto zahlreiche Fragen auf den Lippen. Antworten erhofft er sich nun von einem tiefgreifenden Gespräch mit Ulrich. Die erste Gelegenheit dazu hatte der König vor den Toren der Stadt ausgeschlagen. Umso mehr drängt es ihn jetzt, dem Versäumnis nachzukommen. Aber im Dom trifft Otto den Bischof nicht an, verärgert und ungeduldig bleibt ihm nur die Suche nach Ulrich. Doch genau das erweist sich als ausgesprochen schwierig. Augusta platzt förmlich aus den Nähten, der Zuwachs an Mensch und Tier bringt die Stadt an ihre Grenzen. Nicht nur die Kämpfer der Legionen füllen die Plätze und Gassen, auch die entflohenen Gefangenen tanzen jubelnd durch die Bischofsmetropole. Sie alle feiern die Befreiung und das vermeidliche Ende des Krieges.

So vergeht geraume Zeit, bis Otto endlich fündig wird. Zu seinem Ärger trifft er den Bischof jedoch nicht alleine an, Ulrich begrüßt die soeben eingetroffenen Anführer der Bauern. Der König beschließt, die Initiative zu ergreifen und tritt mit forschem Schritt hervor. Sofort nehmen die Bauern eine unterwürfige Haltung ein. Otto zollt ihnen seinerseits Respekt, fordert aber auch sogleich ihr Bündnis ein.

„Meine Truppen sind gut aufgestellt, dennoch möchte ich auf eure Unterstützung am morgigen Tage nicht verzichten. Bei Sonnenaufgang reitet eine meiner Legionen zur Donau, ihr werden sie als Hilfstruppen unterstützen."

„Mein König, verzeiht, wie soll das vonstattengehen? Die Donau liegt weit entfernt und wir besitzen keine Pferde", gibt einer der Anführer zu bedenken.

„Die Hunnen ließen ausreichend Rösser zurück. Reiten werdet ihr wohl können und der Bischof vermag euch sicher mit Waffen zu rüsten."

„Werter König, seht meiner Neugierde nach. Aber der Bischof offenbarte uns soeben, die Streitmacht des Feindes sei vernichtet. Gegen wen sollen wir dann zu Felde ziehen?"

„Das kann ich euch schon sagen. Nördlich der Donau reiben drei Legionen die letzten Kräfte des Feindes auf. Ganz sicher gelingt es einigen Hunnen zu fliehen. Gewiss werden sie Richtung Süden ziehen, um den Donaustrom zu überqueren. Dies gilt es zu verhindern, deswegen entsende ich morgen ein paar Hundertschaften meiner Kämpfer, die Brücke zu besetzen. Ihr bezieht mit ihnen an der Donau Stellung. Aber keine Bange, nur wenige werden es schwimmend bis auf die andere Seite schaffen. So gilt es lediglich hier und dorten ein paar einzelne Hunnen beim Erklimmen der Ufer zu erschlagen. Mir selbst obliegt eine weitaus gefahrvollere Aufgabe. Die Hauptstreitmacht des Feindes floh heute Richtung Osten. Bestimmt verlangsamen einzelne Truppenteile ihr Tempo und plündern auf ihrem Weg in die Heimat unsere östlichen Reichsgebiete. Das werde ich mit meinen Legionen zu verhindern wissen, wir setzen den Teufeln morgen hinterher."

Die Worte des Königs treiben Ulrich Runzeln auf die Stirn. Dann fällt es dem Bischof wie Schuppen von den Augen. Kurzentschlossen entreißt er Otto der Konversation und nimmt ihn bestimmt zur Seite. Der König weiß nicht wie ihm geschieht und fordert verärgert eine Erklärung ein.

„Was in Gottes Namen ist in euch gefahren?" zischt Otto gereizt.

„Wie viele Hunnen erschlugen die Legionen im Kampfe, wie viele ungefähr", will Ulrich mit aufgelöster Stimme wissen.

„Das spielt doch jetzt keine Rolle, aber es mögen zwanzigtausend gewesen sein, vielleicht auch etwas mehr. Ich vermag das nicht genau zu sagen."

Ulrich sieht seinen König entgeistert an, das Entsetzen steht ihm ins Gesicht geschrieben. Fahl wie eine weiß getünchte Wand ringt er schwankend um Fassung, bis er endlich den Grund für seine Bestürzung preisgibt.

„Noch vor wenigen Tagen umringten an die hunderttausend Hunnen diese Stadt, keine zehntausend ließen während der Belagerung ihr Leben. Der gesamte Rest zog mit Bulcsu und Lel Richtung Norden, wo eure Legionen rund zwanzigtausend weitere erschlugen. Wo, so frage ich euch, wo ist dann das Gros der feindlichen Streitkräfte abgeblieben?"

„Was soll denn diese Frage, dessen wart ihr doch Zeuge? Die

Hauptstreitmacht floh vor wenigen Stunden an den Mauern Augustas vorbei. Das habt ihr mir selbst erzählt“, erwidert Otto geradezu entrüstet und verständnislos.

Ulrich fehlen die Worte, jetzt wird ihm das ganze Ausmaß der fatalen Fehleinschätzung offenbar. Otto sieht dem Bischof seine Bestürzung an und verlangt nach einer Erklärung. Doch muss er Ulrich mehrfach auffordern, bis dieser stotternd seine Sprache wieder findet.

„Mitnichten berichtete ich euch das. Ich bezeugte nur, dass Hunnen an Augusta vorbeizogen, vielleicht zwei oder dreitausend an der Zahl. Von der Hauptstreitmacht war nie die Rede. Mein König, eure wilde Jagd trieb lediglich ein unbedeutendes Truppenkontingent vor sich her. Welch fürchterlicher Irrtum und wir Narren glaubten, der Krieg sei bereits ausgestanden. Stattdessen steht es schlimmer wie je zuvor. Bulcsu ist es am Ende also doch noch gelungen, unsere Kräfte zu entweihen. Möge Gott den armen Legionen im Norden beistehen, doch fürchte ich, ihr Schicksal wurde längst besiegelt.“

Jetzt erblasst auch Otto und ihm stockt der Atem. Vielleicht basiert die verhängnisvolle Entwicklung auch auf gar keinem Irrtum, eventuell hatte es Bulcsu genauso geplant und Otto fiel auf die Finte des kriegserfahrenen Strategen herein. Schließlich sah der Plan des Hunnenführers von Anfang an vor, des Königs Truppen zu entzweien. Auf jedem Fall kommt die Erkenntnis der wahren Umstände einem Todesurteil gleich. Jetzt ist guter Rat teuer und Otto weiß, Bulcsu wird alles daransetzten, um die zurückgebliebenen Legionen schnellstmöglich auszuradieren. Das vermag der König auch nicht mehr zu verhindern. Denn selbst wenn der Angriff des Feindes erst am nächsten Tage erfolgt, wird dies sicher schon zu früher Stunde geschehen. Otto aber steht mit seinen ausgebrannten Truppen weit entfernt in Augusta. Selbst wenn sie zu früher Stunde aufbrechen, erreichen die Königlichen erst im Verlauf des Nachmittags die Festung im Norden, viel zu spät für eine Rettung.

Sechster Tag
11. AUGUST 955

Noch vor dem Morgengrauen rüttelt Fenja ihren Gefährten wach, Cunad springt regelrecht aus dem Schlaf. Verwirrt und schlaftrunken bringt er nur einen Satz hervor.

„Was ist los, greifen uns die Hunnen an?"

„Nein, nein. Aber ich möchte etwas wissen. Gibt es Krähenfüße hier in dieser Festung?"

„Und deswegen weckst du mich des Nächtens auf? Aber ja, es gibt einige Säcke voll davon. Sie stehen am großen Wall nahe dem Eingangstor. Werden wir angegriffen, werfen wir sie dort hinaus, wo uns der Feind am eindringlichsten attackiert. Jedoch wird uns das nicht retten."

„Vielleicht tut es das doch", widerspricht Fenja ungewohnt bestimmt.

Noch etwas benommen sieht Cunad fragend zu seiner Gefährtin. Aber anstatt sich zu erklären, regt Fenja an, auch Drago und Boleslav zu wecken. Cunad aber hält entschieden dagegen.

„Den Böhmen zu wecken ist erfahrungsgemäß eine heikle Angelegenheit. Ganz grundsätzlich halte ich das für keine gute Idee. Schon gar nicht, ein paar Krähenfüße wegen."

Da erläutert Fenja endlich, worauf sie mit den Krähenfüßen anspielt. Cunad hört ihren Ausführungen zuerst gelangweilt, dann immer aufmerksamer zu. Am Ende weckt er selbst den Nordmann und weiht Drago mit ein paar knappen Sätzen ein. Denn Fenja ersann einen Plan, der tatsächlich funktionieren könnte, dem stimmt auch Drago zu. Weitaus problematischer wird es nun, Fürst Boleslav davon zu überzeugen. Ihm obliegt die Befehlsgewalt über die verbliebenen Truppen in der Festung und zuletzt wirkte er ziemlich resigniert. Außerdem blieb allen dreien noch in Erinnerung, wie ungehalten der Böhme auf die Störung seiner Nachtruhe reagierte. Aber die Durchführung jenes kühnen Planes erfordert rasches Handeln und duldet keinen Aufschub. So steht das Trio kurz darauf vor Boleslavs Schlafstätte. Laut schnarchend liegt der Böhme völlig unbekleidet auf einem Fell am Boden. Fenja und Cunad weichen der Nacktheit des schlafenden Fürsten wegen sofort zurück, nur Drago gesellt sich ohne Umschweife direkt hinzu.

„Dann tu ich es", attestiert der Nordmann selbstlos.

Nach kurzem Zögern rüttelt Drago ungestüm an Boleslavs

Schulter. Erschreckt fährt der Böhme sofort hoch, sieht fragend zu dem Hünen auf. Drago möchte einem Wutausbruch des Böhmen verhindern, mit besänftigenden Worten versucht er dem zuvorzukommen.

„Boleslav, du und ich, wir sind doch zwei Turteltäubchen, das lässt sich nicht verleugnen. Ich für meinen Teil stehe dazu. So tue es mir trotz der unverhofften Stunde gleich und öffne dich ohne Aufhebens für diese Zusammenkunft, auf dass wir vereint und gestärkt daraus hervorgehen mögen.“

Boleslav blickt völlig verstört ob dieser Rede. In der Zweideutigkeit jener Worte glaubt der Böhme gleichgeschlechtliche Absichten Dragos zu erkennen. Angewidert lässt sein Gesichtsausdruck zum ersten Mal so etwas wie Angst erkennen. Erst nachdem Boleslav auch die Anwesenheit Fenjas und Cunads realisiert, entspannt er sich ein wenig. Dennoch will der Böhme die vermeintliche Annäherung des Nordmanns nicht auf sich beruhen lassen.

„Ehrlich Drago, ich mochte dich bisher. Künftig aber halte von mir Abstand und komm mir niemals mehr zu nahe, verstanden?“

„Wie müssen sprechen, jetzt“, bringt Cunad das eigentliche Anliegen auf den Punkt.

Noch immer von Dragos scheinbaren Absichten irritiert, fällt es Boleslav zunächst noch schwer, der Aufforderung nachzukommen. So ergreift Cunad ungeduldig erneut die Initiative und fährt mit fester Stimme weiter fort.

„Eventuell gibt es einen Weg, wie wir der Übermacht des Feindes entrinnen können. Fenja hatte da eine Idee...“, Cunad stockt, denn Boleslavs Aufmerksamkeit scheint ausschließlich dem hektischen Anlegen seiner Kleidung gewidmet.

„Sprich weiter, ich höre ja zu“, kommentiert der Böhme die Unterbrechung, während er ungestüm an seiner Hose zerrt.

„Ihr müsst auch zuhören, das ist jetzt wichtig. Bevor ich also weiter fortfahre, sagt mir bitte, wo eure Kundschafter das Lager der Hunnen ausmachten.“

„Sie lagern nicht mehr in der großen Ebene, sondern gefährlich nahe südlich dieser Festung. Ihre Späher beobachten jeden unserer Schritte. Versuchen wir zu fliehen, merken die das und setzen uns rasch nach“, antwortet Boleslav emotionslos.

„Hervorragend, dann könnte es klappen“, mutmaßt Cunad optimistisch.

„Was könnte klappen? Sollte damit unser Untergang gemeint sein, dann stimme ich dem zu.“

„Nein, wir Reiten nach Augusta.“

„Augusta? Unmöglich, die Stadt liegt fast einen Tagesritt weit entfernt. Der Feind würde uns schon innerhalb der ersten Stunde einholen. Wegen solcher Hirngespinste raubt ihr mir die Zeit? Für derart verzweifelte Fantastereien bin ich nicht zu haben. Da ziehe ich ja noch lieber das abartige Angebot des Nordmanns in Betracht.“

„Nun hört doch einfach zu, eines solch banalen Fluchtplans wegen würden wir euch nie zu stören wagen. Tatsächlich aber gäbe es eine Möglichkeit, wie wir eine Verfolgung durch die Hunnen vereiteln könnten. Der schnellste Weg nach Augusta führt zunächst durchs nahe Tal und weiter der alten Römerstraße entgegen. Das ohnehin nicht allzu breite Tal wird von steil aufragenden Berghängen flankiert und beherbergt eine unsichtbare Engstelle. Denn dort gestattet sumpfiges Gelände nur innerhalb eines schmalen Korridors den Durchgang, der zu beiden Seiten verlaufende Morast gebietet jedem Reiter Einhalt. Würde dieser Korridor versperrt, wäre das Tal völlig unpassierbar. Unseren Verfolgern bliebe nur, den gesamten Höhenzug weitläufig zu umgehen. Das aber...“

„Würde verdammt viel Zeit in Anspruch nehmen“, ergänzt Boleslav Cunads Ausführungen, bevor er seine eigenen Gedanken dazu preisgibt.

„Das Tal beginnt zu Füßen dieser Bergfestung. Rücken wir zügig aus, wären wir vermutlich hindurch, bevor die Hunnen unsere Flucht bemerken. Mit dem Versperren des Korridors denkt ihr wohl an die Krähenfüße. Aber selbst, wenn wir die gesamten Bestände dort ausbringen, wage ich zu bezweifeln, dass wir Bulcsu einen solchen Umweg aufzwängen können. Er wird auf jeden Fall versuchen, irgendwie durchzubrechen. Geraume Zeit aufhalten würde es ihn jedoch allemal.“

„Letztlich kommt es darauf an, wie lange. Denn wir müssen den Vorsprung nur bis zur Donaubrücke aufrechterhalten. Diese Strecke nimmt in etwa ein Drittel des gesamten Weges in Anspruch. Erreichen wir unbeschadet den Fluss, überqueren wir die Brücke und geben sie anschließend den Flammen preis. Das sollte Bulcsus Streitmacht wesentlich länger aufhalten. So könnten wir es tatsächlich bis Augusta schaffen."

Boleslav wirkt dennoch unentschlossen, nervös läuft er wie ein gefangenes Raubtier auf und ab. Das Trio lässt dem Böhmen Zeit, er soll den kühnen Plan zunächst noch auf sich wirken lassen. Dann kramt Boleslav seine Pfeilspitze aus einer Gürteltasche und starrt gebannt darauf. Erst nach einer ganzen Weile scheint der Entschluss des Böhmen festzustehen.

„Das ganze Unterfangen birgt viele Gefahren. Nach Konrads Tod obliegt mir die alleinige Befehlsgewalt. Ich trage die Verantwortung für die gesamte...", plötzlich hält Boleslav inmitten des Satzes inne, schüttelt den Kopf und fängt nochmal von vorne an.

„Ach was soll´s, drauf geschissen. Ich rede schon wie ein ängstlicher, den Königsthron leckender Bückling des Hofstaats. Also auf, lasst es uns einfach so machen."

Die Zeit dafür scheint knapp bemessen, denn bereits in den ersten Morgenstunden droht der Feind mit all seinen Streitkräften rund um die Festung aufzumarschieren. So gilt es, möglichst noch vor Sonnenaufgang das Lager zu verlassen. Doch zunächst müssen die gesamten Truppen geweckt und die nötigen Vorbereitungen getroffen werden. Eine Marschordnung und genaue Instruktionen für die Truppen sind ebenfalls von Nöten. Vor Allem aber muss all das leise vonstattengehen. Mit Sicherheit ließ Bulcsu ausreichend Späher vor der Festung postieren, um stets über jede Aktivität der Königlichen im Bilde zu sein. Der Fluchtplan kann nur gelingen, wenn die Kundschafter des Feindes vom Ausrücken der Legionen überrascht werden, sonst droht das Vorhaben zu scheitern.

Bemüht, so wenig Aufhebens wie nur möglich zu verursachen, herrscht jetzt rege Geschäftigkeit im Lager. Doch trotz der gebotenen Eile dauert die Mobilisierung viel zu lange, es beginnt bereits zu dämmern. Auch bemerkt ein aufmerksamer Späher des Feindes das Treiben innerhalb der Festung. Vorsichtig schleicht er im Halbdunkel einer Palisade des Bergplateaus entgegen. Von den Königlichen unbemerkt, gelingt ihm ein Blick ins Innere der Festung. Der bevorstehenden Flucht gewahr, zieht sich der Späher umgehend zurück und reitet ohne Umschweife dem Lager der Seinen entgegen. Dort lässt bereits auch Bulcsu seine Streitkräfte mobilisieren, denn die Festung soll am frühen Morgen fallen. Die Kunde vom heimlichen Abrücken der Königlichen aber erzürnt den Heerführer kolossal und so gibt er kurzerhand Befehl, sofort zur Festung aufzubrechen. Die Hörner jedoch lässt er schweigen, kein Signal soll Boleslav und seine Mannen warnen.

In der Festung überwacht derweil Cunad das Verteilen der Krähenfüße an die Nachhut. Dann fegen die Legionen aus der Festung hinaus, erreichen schließlich das Tal und streben der anvisierten Engstelle entgegen. Bisher scheint Alles nach Plan zu verlaufen, doch die Ernüchterung folgt auf dem Fuß. Die irrige Annahme, des Feindes Späher hätten die Flucht gerade erst bemerkt, offenbart sich nun in ihrer ganzen Konsequenz. Denn schon jagt die gesamte Streitmacht Bulcsus im vollen Galopp ihrer Beute hinterher. Noch bevor der königliche Zug die Engstelle erreicht, macht die Nachhut ihre Verfolger in nicht allzu weiter Ferne aus. Eigentlich kalkulierte Cunad, der Heereszug bliebe zunächst noch unbehelligt und könne die Krähenfüße ohne Zeitnot ausbringen, doch nun bleibt es fraglich, ob der Heereszug die Engstelle überhaupt rechtzeitig erreicht. Aber selbst, wenn, der nötige Vorsprung wäre der vorzeitigen Entdeckung wegen ein für alle Mal verspielt.

*****

Auch dem König blieb erneut nur wenig Schlaf vergönnt. Doch entschied er diesmal selbst, die Nachtruhe noch vor den ersten Sonnenstrahlen zu beenden. Denn bereits am Vorabend gab er seinen Truppen Order, vor Tagesanbruch in den Norden aufzubrechen. Ulrich aber hadert mit der Entscheidung Ottos, die Legionen zu verlegen. Im Falle eines Angriffs wäre die Stadt den Feinden abermals schutzlos ausgeliefert. So versucht er seinen König beharrlich umzustimmen.

„Gott sei mein Zeuge, ich will euch wahrlich nicht belehren. Aber mit der Kraft eurer Legionen könnte Augusta jedem Angriff überstehen. Ich flehe euch an, lasst uns gemeinsam von den Mauern dieser Stadt aus Bulcsus Streitmacht die Stirn bieten.“

„Ich ziehe in die Schlacht und lasse meine zurückgebliebenen Legionen im Norden nicht im Stich“, antwortet Otto mit fester Stimme.

„Selbst wenn sie nicht schon gestern in den Pfeilhageln der Hunnen untergingen, dann erwartet sie dieses Schicksal in den nächsten Stunden, lange bevor ihr den Norden erreichen werdet. Mein König, besinnt euch, ihr könnt diese Legionen nicht mehr retten. Ihr Schicksal ist besiegelt, jenes dieser Stadt aber noch nicht“, spricht Ulrich flehentlich.

„Ich werde meiner gestrigen Fehleinschätzung keine zweite Nachlässigkeit folgen lassen. Das sind meine Männer und ich bin für sie verantwortlich.“

„Seid ihr das nicht auch für diese Stadt? Bedenkt, in einer offenen Feldschlacht hätte euch Bulcsu genau dort, wo er euch haben möchte. Ich befürchte, nein, ich bin mir dessen sicher, im offenen Felde werdet ihr auch eure restlichen Legionen verlieren.“

„Kein Wort mehr darüber, mein Entschluss steht unabdingbar fest“, antwortet Otto mit konsequentem Tonfall.

„Dann lasst wenigsten mehr Männer zurück“, beschwört Ulrich seinen König.

„Ich sprach euch bereits 300 Kämpfer zu, die werden reichen müssen. Und sollte mein Plan aufgehen, gerät Augusta nicht mehr in Bedrängnis.“

„Aber wenn...“, Otto fällt Ulrich hart ins Wort und macht seinen Standpunkt ein letztes Mal unmissverständlich klar.

„Kein aber, spart euch eure Widerworte. Heute werde ich die Entscheidung erzwingen, koste es was es wolle. Mit Stumpf und Stiel will ich das Übel ausmerzen. Und jetzt ruft mir die Anführer der Bauern herbei, ich habe ihnen eine Order zu verkünden.“

Ulman hatte den König in all den Jahren selten derart entschlossen und resolut erlebt. Scheinbar reifte in der Nacht ein Plan in seinem Geist heran. Ottos Befehle an die Bauern offenbaren nun einen ersten Eindruck jenes Vorhabens.

„Überall südlich der Donau hält sich in zahlreichen Verstecken die Landbevölkerung verborgen. Eure Leute kennen deren Schlupfwinkel. Bedient euch bei den erbeuteten Pferden des Feindes und schickt Reiter ins gesamte Land hinaus. Meine Botschaft soll jeden erreichen, der eine Waffe, einen Knüppel oder eine Mistgabel halten kann. Nicht in die offene Schlacht will ich das Bauernvolk führen, sondern an den Ufern der Donau zur Wache rufen. Bis zur Mittagsstunde will ich die Gestade des Stromes gesichert wissen. Nun sendet unverzüglich eure Boten aus, meinen Aufruf allerorten in das Land zu tragen."

Die Anführer entsenden auch umgehend zahlreiche Reiter in die nähere und weiter Region. Das Gros der Bauern aber schickt sich auf Befehl des Königs an, den Legionen bis zur Donaubrücke zu folgen. Vor den Toren Augustas formieren die Bauern ihre Männer, doch die Truppen Ottos lassen auf sich warten. Noch legen die Krieger ihr Rüstzeug an, schärfen die Klingen oder treffen sonstige Vorbereitungen für die Schlacht. Kaum einer der Männer spricht, in andächtiger Haltung geht ein jeder seiner Tätigkeit nach. Eigentlich hatte Otto befürchtet, die Truppen seien nach den gestrigen Strapazen kaum mehr motiviert. Auch deshalb, weil sich der vermeintliche Sieg des Vortages lediglich als Illusion entpuppte. Doch scheint genau diese Irrung die Männer anzutreiben, sie alle eint der Drang, dem verhassten Feind nun endgültig den Garaus zu machen. So ziehen sie entschlossen aus der Stadt, um jenen Sieg einzufordern, der ihnen am Tag zuvor verwehrt geblieben war.

Ulrich und Riwin verfolgen den Auszug des Heereszuges von der Mauer aus, sorgenvoll sehen beide den nach Norden reitenden Truppen hinterher. Otto und Ulman führen die Legionen an, die Bauern ziehen als Nachhut den regulären Truppen hinterher. Der König möchte die Donau möglichst rasch erreichen. Die Bauern will er an deren Ufern zurücklassen und mit den Legionen zügig bis zur Festung vorstoßen. Doch der lange Ritt wird mehr wie einen halben Tag in Anspruch nehmen, vorausgesetzt es gibt keine Zwischenfälle. Zunächst scheint auch noch alles wie geplant zu verlaufen. Der Heereszug kommt gut voran und Otto offenbart nun endlich seinen Schlachtplan.

„Mein lieber Ulman. Ich bin fest davon überzeugt, die Hunnen bedrängen unsere Freunde jenseits der Donau erst am heutigen Tage. Was denkst du, wie lange werden Boleslav, Konrad und Cunad den Angriff auf die Festung abwehren können?"

„Ich vermag das nicht einzuschätzen. Aber es könnte knapp werden, der Marsch bis dorthin dauert noch lange, zu lange eventuell."

„Die werden wissen, dass ich sie nicht im Stich lasse und durchhalten. Will Bulcsu die Festung erobern, so muss er sie belagern. Dann fallen wir den Hunnen in den Rücken und nehmen sie zwischen uns und der Festung in die Zange. So reiben wir die Teufel zwischen unseren Fronten auf, dann hat der Spuk ein Ende. All jene, welche in der Schlacht entkommen und zu entfliehen versuchen, nehmen die Bauern an den Ufern der Donau in Empfang. Auch soll eine halbe Legion die Brücke besetzen, dann bleibt dem Feind der Weg nach Süden versperrt."

Ulman nickt etwas verhalten, der Schlachtplan überzeugt ihn nicht zur Gänze, so trägt er vorsichtig seine Bedenken vor.

„Mein König, ich will nicht mit euren Befehlen hadern. Aber bedenkt, sollte Bulcsus Streitmacht die Festung längst erobert haben und bereits Richtung Süden marschieren, dann träfen wir den Feind auf unserem Weg gen Norden. Im offenen Felde....ihr wisst selbst was das bedeuten würde..."

„Nein, nein, gewiss wird die Festung nicht vor unserer Ankunft fallen", antwortet Otto knapp.

„Habt ihr auch erwogen, dass Bulcsu seine Kräfte wieder geteilt haben könnte? Vielleicht belagert nur ein Teil seiner Streitkräfte die Festung, während die anderen Truppen Richtung Augusta ziehen. Auch dann laufen wir dem Feind direkt in die Arme. Das wäre kaum weniger fatal."

Aber Otto winkt nur ab und geht auf die Bedenken Ulmans nicht mehr ein. Doch schon bald zeigt sich der prophetische Inhalt jener Worte. In vollem Galopp stürmen Männer der Vorhut heran, aufgeregt erstatten sie ihrem König sofort Bericht.

„Hunnen, die Hunnen kommen. Von Norden reitet eine Streitmacht des Feindes direkt auf uns zu."

*****

Inmitten des Tales eilen die Legionen mit aller Kraft der Engstelle entgegen. Die liegt nicht mehr allzu weit entfernt, aber die Verfolger schließen mit enormem Tempo zügig auf. Zwar passieren neben Boleslav, Drago und Fenja auch die ersten Reiter jenen Engpass, aber der Durchfluss gerät zusehends ins Stocken, denn der schmale Weg durch den beiderseits verlaufenden Sumpf gleicht einem Nadelöhr. Ein jeder Reiter drängt nun beharrlich auf die Enge zu, bedrohlich langsam überwinden die Legionen dieses Hindernis. Der entstehende Rückstau bringt ausgerechnet die letzten Reihen in beträchtliche Gefahr. Eine fatale Entwicklung, hängt doch der gesamte Fluchtplan von der Nachhut ab. Nur wenn es gelingt, die Krähenfüße am Ende sorgsam zu platzieren, mag die Flucht noch glücken. Doch die von Cunad kommandierte Nachhut gerät in weitere Bedrängnis. Denn die Verfolger schließen bis auf Reichweite ihrer Bögen auf und eröffnen sofort den Beschuss. Der Pfeilhagel fordert umgehend Tribut und reißt erste Lücken in die Reihen der unter Beschuss stehenden Nachhut.

Erst im letzten Moment findet das Ausharren vor der Engstelle ein Ende, alle Reiter sind hindurch und auch die Nachhut kann ihren Kameraden endlich folgen. Noch gerade so schaffen es Cunads Männer, die Krähenfüße auszustreuen und den Durchgang für die nachfolgenden Hunnen unpassierbar zu machen.

Wirkliche Erleichterung will sich dennoch nicht einstellen. Das vorzeitige Erscheinen des Feindes gefährdet den Zeitplan allemal und die Hunnen reagieren anders als erhofft. Zwar macht das Gros der Steppenreiter tatsächlich kehrt, um die Bergkette zu umgehen, aber etliche Krieger versuchen auch den Sumpf zu überqueren. Cunad blickt ein letztes Mal zurück, noch stecken diese Reiter im Morast. Das dürfte jedoch nicht so bleiben, über kurz oder lang werden sie sich daraus befreien und die Verfolgung aufnehmen. Derweil eilt die Hauptstreitmacht des Feindes ihrem Abfangkurs entgegen. Gelingt es Bulcsu, die Königlichen auf ihrem Weg zur Donaubrücke abzupassen, geraten die Legionen in die Zange. Der Wettlauf gegen die Zeit beginnt.

Nach und nach schließt Cunad bis zur Spitze des Heereszuges auf. Nun gilt es gemeinsam die Marschgeschwindigkeit festzulegen. Bis zur Brücke kann das hohe Tempo den Pferden nicht abverlangt werden, sonst brechen die Tiere vorzeitig zusammen. Verlangsamt die Kolonne ihre Geschwindigkeit jedoch zu sehr, fängt der Feind die Königlichen auf ihrem Weg zur Brücke ab. Eine prekäre Situation.

Boleslav und Cunad beschließen, die Geschwindigkeit zunächst zu reduzieren. Gemäßigten Tempos erreicht der Heereszug schließlich die alte Römerstraße und folgt derselben Richtung Donau. Noch steht den Truppen gut die Hälfte der Strecke bis zu jenem Zwischenziel bevor. Just in dem Moment, als Boleslav wieder Fahrt aufnehmen lässt, tauchen in der Ferne Steppenreiter hinter den Legionen auf. Zwar schafften es nur rund dreihundert Hunnen den Sumpf zu überwinden und die Verfolgung aufzunehmen, doch trotz ihrer geringen Anzahl resultiert daraus ein ernst zu nehmendes Problem. Sollte sich Boleslav auf ein Gefecht mit den Verfolgern einlassen, kann der Zeitplan nicht mehr eingehalten werden. Bulcsus Hauptstreitmacht würde den Weg der Königlichen dann sicher noch vor Erreichen der Brücke abschneiden.

Aber auch die einzig andere Alternative führt ein rasches Ende herbei. Lässt Boleslav die Verfolger unbehelligt, werden sie schnell aufschließen und die fliehenden Legionen in ihrem Rücken unter Beschuss nehmen. Das weiß auch Cunad und er fasst einen drastischen Entschluss. Für Absprachen mit Boleslav oder seinen Gefährten bleibt ihm keine Zeit. Er kommandiert kurzentschlossen die Nachhut ab und lässt sich weit zurückfallen. Schließlich macht er mit den Männern kehrt und reitet in vollem Galopp den Hunnen entgegen. Völlig entsetzt brüllt Fenja aus dem Sattel sitzend zu Boleslav hinüber.

„Was macht Cunad da?“

„Er bringt jenes Opfer, welches unsere Errettung einfordert“, tönt es von dem Böhmen zurück.

„Aber das dürfen wir nicht zulassen, wir müssen umdrchen. Bitte Fürst Boleslav, gebietet dem Einhalt, bitte...“

Aber Boleslav hört nicht mehr zu, sondern treibt die Legionen weiter der Donau entgegen. Stattdessen finden Fenjas Worte bei Drago Gehör, beschwichtigend versucht er seine Gefährtin zu beruhigen.

„Cunad ist ein echter Teufelskerl, den sehen wir gewiss wieder.

Also beruhige dich, du wirst deine Kräfte heute noch anderweitig brauchen. Ich hab da so ein Gefühl und das trügt mich nur höchst selten."

Derweil hetzt Cunad mit der Nachhut direkt auf die Hunnen zu, umgehend setzt der zu erwartenden Pfeilregen ein. Wieder fallen zahlreiche Männer dem Beschuss sofort zum Opfer. Dennoch liegt das Überraschungsmoment auf Seiten der Königlichen. Cunad stößt mit seinen verbliebenen Kräften direkt in die Mitte der Steppenreiter vor und zwingt dem Feind einen blutigen Nahkampf auf. Die Schlacht tobt hart und unerbittlich aber am Ende erringen die Königlichen unter erheblichen Verlusten den Sieg. Cunad zählt noch rund zehn Dutzend Kämpfer in den Reihen der Seinen und er gewährt den vom Kampf erschöpften Männern eine Rast. Ohnehin glaubt er nicht, der Hauptstreitmacht des Feindes noch entkommen zu können. Dennoch lässt er schon bald wieder aufsitzen, um die ursprünglich geplante Route wieder aufzunehmen. Eine ganze Weile strebt die dezimierte Nachhut gemäßigtem Tempos der Donau entgegen, dann erweckt eine gewaltige Staubwolke Cunads Aufmerksamkeit. Noch sind deren Verursacher außer Sichtweite, aber zweifelsohne rückt dort die große Streitmacht des Bulcsu an. Schnell und unerbittlich kommt sie zügig näher. Auch wenn Cunads Männer jetzt Alles aus ihren Pferden herausholen, vor den schnelleren Hunnen gibt es letztlich kein Entkommen.

Weiter südlich kam Boleslav dem Ziel bereits beträchtlich näher. Hoffnung erfüllt die Gemüter der Legionen und der Böhme wähnt die Donaubrücke schon in Kürze überschritten. Danach will er das Bauwerk niederbrennen, eine unbehelligte Flucht bis Augusta wäre dann so gut wie sicher.

Lediglich Drago zweifelt am Gelingen dieses Vorhabens. Er schließt zu Boleslav auf und trägt seine Bedenken vor.

„Irgendwie dünkt es mich, uns steht eine böse Überraschung bevor. Denn mich kribbelt es im Bauch, das bedeutet immer großen Ärger."

Seinem Optimismus will Boleslav von Drago nicht erschüttern lassen. Verständnislos blickt er zu ihm hinüber und bringt seinen Unmut darüber zum Ausdruck.

„Ganz ehrlich Nordmann, ich bin nur selten wohl gestimmt.

Willst du mir das nun verderben? Ist mir egal, wo es dich juckt oder zwickt. Verschone mich mit deinen Befindlichkeiten, das geht mir nämlich am Arsch vorbei. Und ich warne dich, lass dir nie mehr wieder einfallen, mich nochmal Turteltäubchen zu nennen, niemals wieder. Verstanden?"

Der Hüne wirkt ob Boleslavs Ablehnung zunächst nachdenklich. Kurz darauf erreicht der Heereszug eine Anhöhe, direkt darunter zieht in einiger Entfernung die Donau ihre Bahnen. Drago richtet sich in seinem Sattel auf und blickt mit großen Augen hinunter in die Ferne. Augenblicklich gerät er in Verzückung, beginnt vergnügt zu jubeln und nervt Boleslav erneut.

„Ich wusste es doch. Sieh hinunter zu der Brücke, alles voller Hunnen, da kommen wir nicht rüber. Na, wer hat jetzt recht behalten? Ich natürlich, habe bei so was nämlich immer recht."

Dabei deutet Drago zur Donau, klatscht sich voller Frohsinn lachend auf die Schenkel und führt in seinem Sattel einen regelrechten Freudentanz auf. Zermürbt schärft Boleslav seinen Blick, die Brücke liegt bereits in Sichtweite. Entsetzt lässt Boleslav den Heereszug sofort stoppen. Tatsächlich halten zahlreiche Hunnen das hölzerne Bauwerk besetzt, die Legionen sitzen in der Falle.

*****

Otto durchfährt die Nachricht wie ein Blitzschlag. Mit einer Feindberührung noch vor Erreichen der Donau hatte er nicht gerechnet. Die alte Römerstraße auf der seine Truppen marschieren, liegt inmitten des flachen, ausgedehnten Lechfeldes. Keine Vegetation oder Deckung, gleich welcher Art, bietet hier den Königlichen Schutz. Mit dem Mut der Verzweiflung bleibt Otto jetzt nur eine Wahl und er riskiert einen verlustreichen Frontalangriff. In vollem Galopp lässt er auf den Feind zuhalten. An der Spitze reitend kann er schon bald die Steppenreiter ausmachen. Doch diese formieren sich nicht zur Schlacht, sondern drehen bei und reiten in hohem Tempo wieder zurück. Der Grund dafür lässt Ottos Herz sogleich auch wieder höherschlagen. Dort fliehen nicht die großen Reiterhorden Bulcsus, sondern gerade mal ein paar hundert Magyaren, verstreute Einheiten des Feindes, die nach der gestrigen Schlacht erst am heutigen Tage den Weg nach Süden suchen. Otto weiß um die Überlegenheit der hunnischen Pferde und unterlässt eine kräftezehrende Hetzjagd. Kaum anzunehmen, die Fliehenden würden erneut bis weit in den Norden zurückstoßen, um die Streitmacht Bulcsus ausfindig zu machen. Otto nimmt vielmehr an, diese Hunnen überqueren zwar abermals die Donau, ziehen dann aber in östliche Richtung auf anderem Wege der Heimat entgegen. Mit dieser Einschätzung soll der König recht behalten. Doch als die fliehenden Steppenreiter den Fluss erreichen und die Brücke überqueren wollen, machen sie die Legionen Boleslavs im Norden aus. Nun rücken von beiden Seiten königliche Verbände auf die Hunnen zu. Auch strömten bereits zahlreiche Bauern aus den Wäldern zur Donau und lagern an der Ufern des Flusses. Der Hunnen Anführer wähnt einen raffinierten Schlachtplan der Königlichen hinter der scheinbaren Falle und lässt kurzerhand die Brücke besetzen.

Boleslavs Truppen sehen von den Höhen über der Donauniederung bis weit in die Flussauen hinunter. Noch fixiert der Böhme seine Augen auf die vom Feind besetzte Brücke. Erst nachdem er seinen Blick weiter in die Ferne schweifen lässt, erkennt er am Horizont die anrückende Streitmacht Ottos und macht auch die Bauern an den Ufern aus. Der Anblick zaubert Boleslav ein gehässiges Grinsen ins Gesicht. Triumphierend wendet er sich Drago zu.

„Wusste ich doch, scheiß auf dein Bauchgefühl. Die Dreckskerle da unten nehmen wir jetzt in die Zange und schicken das Pack zur Hölle."

Auch des Königs Truppen erfassen zwischenzeitlich das Geschehen und Otto zögert keinen Augenblick. Von Norden wie von Süden stürmen jetzt Legionen der Brücke entgegen. Die Hundertschaften der Magyaren können sich der gewaltigen Übermacht kaum erwehren. Von den Legionen hart bedrängt, fallen die Hunnen im Sekundentakt den Klingen der königlichen Kämpfer zum Opfer und unter dem Druck des beidseitigen Angriffs springen immer wieder Krieger von der Brücke in die Fluten. Wer nicht ertrinkt, versucht das Ufer schwimmend zu erreichen. Jetzt sind die an den

Gestaden lauernden Bauern am Zug und sie bestehen die Bewährungsprobe mit Bravour, die ganze Wut der Landbevölkerung entlädt sich nun an den verhassten Feinden. Wie von Sinnen schlagen die Bauern auf jeden ein, der die Ufer zu erreichen vermag. Auch von Fischerbooten und größeren Lastkähnen aus verrichten die Bauern ihr todbringendes Werk. Binnen kürzester Zeit ist das Gemetzel vorüber, die Brücke vollständig erobert. Nach der Schlacht drängt es den König, Boleslav und Konrad zu sprechen, es brennen ihm viele Fragen auf den Lippen. Otto muss nicht lange suchen, denn schon kommt der Böhme grimmig auf ihn zugeritten. Der König empfängt ihn dennoch mit wohlwollenden Worten.

„Mein Gott, bin ich froh, euch unbeschadet wiederzusehen. Wie erging es euch im Norden und wo ist Bulcsus Streitmacht abgeblieben?"

„Wie es uns erging? Was denkt ihr wohl, nachdem ihr euch in Augusta verkrochen hattet und wir von Feinden umringt alleine zurückblieben? Konrad starb in meinen Armen und seht selbst, welch kläglichen Rest ich jetzt noch anführe. Wie gütig, dass ihr euch unseres Schicksals doch noch annehmt. Bulcsu sitzt uns nämlich mit seinen gesamten Truppen im Nacken", antwortet Boleslav dem König mit aufgebrachter Stimme.

Otto geht auf die Provokation nicht ein. Doch der Tod des Roten trifft ihn schwer und angestrengt versucht er, einen neuen Schlachtplan zu ersinnen. Boleslav kommt dem zuvor und schlägt sofort das Naheliegendste vor.

„Was gibt es da zu überlegen, Bulcsu trifft schon bald hier ein. Wir ziehen sofort nach Süden und brennen die Brücke nieder. Das wird die Teufel aufhalten und wir erreichen Augusta unbeschadet. Sollten sie dann die Stadt berennen, werden sie sich blutige Köpfe holen."

Aber der König schüttelt wieder erwartend den Kopf und gibt einen völlig anderslautenden Befehl.

„Nein, wir fliehen jetzt ganz sicher nicht. Alle Legionen sollen sofort auf das Nordufer übersetzen, danach fackeln wir die Brücke ab. So lautet meine Order."

Boleslav und Ulman blicken entgeistert zueinander, ihren König wähnen sie dem Wahnsinn nahe. Dem Böhmen scheint es ob des selbstmörderischen Befehls die Sprache verschlagen zu haben, mit offenstehendem Mund starrt er fassungslos zu Otto. Dafür fühlt sich Drago beflissen, die Order des Königs sogleich zu kommentieren.

„Sehr gut. Gefällt mir euer König, ich halte das auch für die beste Idee."

Boleslav wagt kaum zu fassen, was er aus dem Mund des Nordmanns hört. Zitternd vor Entrüstung findet er sogleich zu seiner Sprache zurück und schreit Drago lauthals an.

„Was mischt ausgerechnet du dich jetzt hier ein! Du bist doch sowieso völlig irre."

Auch Ulman wohnt der bizarren Lagebesprechung bei. Des Königs Order lässt ihn an dessen Verstand zweifeln und die Zustimmung Dragos setzt der Groteske die buchstäbliche Krone auf. Auch dass ausgerechnet Boleslav jemand anderen als irre bezeichnet, scheint ihm nicht weniger absurd. So versucht Ulman mit Argumenten seinen König umzustimmen.

„Mein König, ich bitte euch zu besinnen. In einer offenen Feldschlacht und der Donau im Rücken dem Feind gegenüberzutreten wäre Wahnsinn. Wir müssen uns sofort zurückziehen, sonst reiten wir mit wehenden Fahnen unserem sicheren Untergang entgegen. Aber von den Mauern Augustas aus können wir uns sehr wohl verteidigen, das steht außer Frage. Hört auf Boleslavs Rat, uns bleibt doch keine andere Wahl. Wenn wir...", Otto lässt Ulman inmitten seines Vortrags einfach stehen, gibt seinem Pferd die Sporen und reitet auf die versammelten Anführer der Bauern zu.

Boleslav und Ulman bleiben wie erstarrt zurück. Der König scheint tatsächlich seinen Verstand verloren zu haben. Derweil richtet Otto das Wort den Bauern zu.

„Soeben sah ich mit eigenen Augen, wie auch das einfache Volk zu kämpfen vermag. Ich erweise euch meinen Respekt und meine Achtung, doch ist es nicht zu Ende. Meine Legionen ziehen gleich gen Norden, danach setzt ihr sofort die Brücke in Brand, auf dass der Fluss nur noch schwimmend überwunden werden kann. Was auch immer in den nächsten Stunden diesen Strom von Nord nach Süd zu überqueren sucht, darf die Gestade nicht erreichen. Verrichtet euer Werk nur weiterhin so tapfer und beflissen. Erschlagt sie beim Erklimmen der Ufer, ersäuft sie in den Fluten oder ertränkt sie von den Boten aus."

Dann gibt Otto seinen Truppen den Befehl, umgehend auf das Nordufer überzusetzen. Der Verzweiflung nahe, zaudern Boleslav und Ulman, der unheilvollen Order nachzukommen. Doch während der Heereszug bereits die Brücke überquert, kehrt Otto zu seinen zögernden Vasallen zurück und deutet Richtung Norden.

„Seht nach oben Fürst Boleslav, über diese Anhöhe seid ihr gerade erst gekommen. Und genau auf diesen Höhenzug kehren wir jetzt allesamt zurück. Aber nicht, um uns auf der alten Römerstraße zu halten oder Bulcsu entgegen zu marschieren. Stattdessen verbergen wir all unsere Truppen dort oben beiderseits des Weges in den Wäldern. Kommen die Hunnen, bleiben wir versteckt und lassen ihre Streitmacht zwischen uns hindurchziehen, auf dass sie unbehelligt die Ufer des Flusses erreichen. Erst dann stoßen wir von den Anhöhen kommend wie ein Adler auf seine Beute herab. Der Angriff aus dem Hinterhalt wird Bulcsu überraschen und mit der Donau im Rücken fehlt es ihm an Spielraum für eine Schlachtaufstellung. Glaubt mir, dass funktionierte auch schon gestern. Doch das war lediglich die Bewährungsprobe, heute geht es um das Ganze. Aber nun bleibt keine Zeit, wir müssen uns jetzt sputen."

Verblüfft und erleichtert zugleich sieht Boleslav zu Ulman. Der König hatte also doch nicht seinen Verstand verloren und konnte sogar mit einem raffinierten Schlachtplan überzeugen. Lediglich Ulman wirkt noch skeptisch.

Boleslav aber reitet sofort von dannen und führt seine Kämpfer der Hauptstreitmacht des Königs zu. Erst jetzt gibt Ulman seine Bedenken preis.

„Mein König, ich wollte nicht vor Boleslav sprechen. Euer Plan mag den Böhmen beeindrucken, doch verschwiegt ihr ihm ein nicht zu unterschätzendes Detail. Nur wenn auch die Bauern ihr Werk verrichten und die fliehenden Hunnen nicht ans andere Ufer lassen, vereiteln wir den Teufeln die Flucht. Ansonsten entkommt der Feind wie tags zuvor, auch Augusta schwebt dann in höchst bedenklicher Gefahr. Gestern schwort ihr das Bauernvolk auf lediglich geringe Feindkontakte ein und auch jetzt offenbartet ihr ihnen nicht das wahre Ausmaß der bevorstehenden Schlacht. Nun frage ich euch

König Otto, wie werden die Bauern im Angesicht der gewaltigen Streitmacht Bulcsus reagieren? Was bewegt euch anzunehmen, die Bauern würden in der Stunde des Schicksals nicht hinfort laufen?"

Ulman erwartet keine vollumfängliche Zerstreuung seiner Bedenken aber Ottos Antwort fällt deutlich ernüchternder aus, als er es erwartet hätte.

„Würde ich dem wankelmütigen Böhmen von der Unwägbarkeit berichten, wäre ein Streitgespräch die Folge gewesen. Dafür fehlt es uns an Zeit. Und aus dem gleichen Grund offenbarte ich auch dem Bauernvolk nicht den wahren Umfang des bevorstehenden Angriffs."

Die drohende Gefahr ist dem König also durchaus bewusst. So hält er keine Argumente gegen die Bedenken seines Adjutanten parat, sondern setzt auf volles Risiko. Ohne eine weitere Kommentierung wendet er sich ab und wieder den Legionen zu. Kurz darauf reiten seine Streitkräfte der Anhöhe entgegen. Otto blickt noch einmal zurück, die Brücke steht schon lichterloh in Flammen und stetig strömen neue Menschen aus den Wäldern an das Donauufer. Unzählige Knechte, Handwerker und Bauern beziehen entlang des Stromes Stellung. Dennoch bleibt dem König nur zu hoffen, dass die Menschen in Anbetracht der großen Streitmacht nicht entfliehen mögen.

Oben auf der Anhöhe verlässt der Heereszug die Straße. Von den schwäbischen Legionen Burchards unterstützt, sucht Boleslav die Wälder östlich des Weges auf. Auch Drago und Fenja begleiten diese Truppen. Otto hingegen führt die restlichen Legionen in die westlich gelegenen Wälder. Jetzt gilt es abzuwarten. Tatsächlich erscheinen auch schon bald die ersten Reiter auf der Anhöhe und jagen sogleich zur Donau hinunter. Doch keine Hunnen suchen dort das Weite, sondern Cunad eilt mit den Resten seiner Nachhut in wildem Galopp dem Fluss entgegen. Fenja und Drago bleibt kaum Gelegenheit zur Freude, denn die Ernüchterung lässt nicht lange auf sich warten. Aus der Ferne müssen sie mitansehen, wie die gewaltigen Reiterhorden Bulcsus ihrem Gefährten hinterherjagen. Fenja sieht flehend zum König, aber Otto schüttelt nur den Kopf, er vermag Cunad nicht zu helfen. Erst wenn alle Steppenreiter die Niederung der Donau erreichen, darf der König die Anwesenheit seiner

Legionen offenbaren. Aber zunächst zieht noch immer ein unermesslicher Strom aus Reiterkriegern zwischen den versteckten Truppenteilen Ottos hindurch, so bleibt Cunads Nachhut weiterhin auf sich allein gestellt. In Anbetracht der gewaltigen Verfolgerflut wähnt Fenja ihren Gefährten nun dem Tode nahe. Doch Cunad reitet mit seinen Männern ohne Umschweife direkt in die Fluten der Donau. Nur Sekunden später erreichen auch die ersten Steppenreiter den Fluss. Zwar tun es die Hunnen den Gejagten nicht gleich und halten an dem Ufer inne, aber auf der Stelle setzt ein Pfeilregen ein.

Mit dem Eintreffen der Steppenreiter gehen die Bauern auf der gegenüberliegenden Seite sofort in Deckung. Geduckt oder in der Vegetation des Ufers versteckt, versuchen sie den Blicken des Feindes zu entgehen. Jetzt steht tatsächlich zu befürchten, das Bauernvolk ergreife rasch die Flucht. So bleibt Cunads Männern auch von den südlichen Gestaden jegliche Hilfe verwehrt.

Ohne Deckung inmitten des Stromes, fallen dem Beschuss der Hunnen sofort etliche Männer zum Opfer. Ein jeder der jetzt schwimmen kann steigt aus dem Sattel, um dem Feind kein allzu großes Ziel zu bieten. Doch eben nicht alle Männer sind des Schwimmens mächtig und andere versäumen es, ihre Kettenpanzer rechtzeitig abzulegen. Jetzt zieht sie die Last des Rüstzeugs in die Tiefe, so ertrinken viele von Cunads Männer jämmerlich in den Fluten des Stromes. Kaum einer erreicht das rettende Ufer und auch Cunad selbst droht in der Donau umzukommen. Stetig treffen weitere Hunnen ein und schießen ihre Pfeile auf den Fluss hinaus. Cunad taucht mehrfach ab, um den Geschossen zu entgehen, aber das gegenüberliegende Ufer liegt noch immer weit entfernt. Unter dem massiven Beschuss scheint es nur eine Frage der Zeit, bis ein Pfeil auch Cunads Leben beendet. In der Hoffnung die Gefahr zu mindern, versucht er die nahe Brücke zu erreichen. Tauchend und schwimmend findet er schließlich hinter einem der dicken Eichenpfeiler des Bauwerks Schutz. Doch die Brücke steht noch immer lichterloh in Flammen und stetig stürzen brennende Balken herunter. Cunad muss den herabfallenden Planken mehrmals ausweichen und gerät sofort wieder durch gezielten Pfeilbeschuss in tödliche Gefahr.

Oben am Waldrand werden auch Boleslav und Drago Zeugen

des Dramas unter der Brücke, die Anhöhe gestattet trotz der Entfernung einen guten Blick darauf. Nach einer Weile des Beobachtens kommentiert der Böhme den heldenhaften Kampf des Cunad und drückt seine Bewunderung mit einer anerkennenden Bemerkung aus.

„Ein echter Teufelskerl ist dieser Cunad."

„Das ist er und obendrauf ein wahres Turteltäu...", Boleslav fällt Drago hart ins Wort, entrüstet verbittet er sich jede weitere Bemerkung.

„Sprich bloß nicht weiter, ich warne dich. Keinen Ton mehr von dir und deinem abartigen Gebaren", zischt der Böhme gereizt.

Doch Drago ignoriert die Warnung und wähnt die Ehre Cunads oder seiner selbst verletzt.

„Abartig? Das seid vielleicht ihr Christen. Alles verkehrt ihr in die falsche Richtung. Wir Rujaner sind da völlig anders und wissen worauf es ankommt. Dieses Naturell wurde einem jeden von uns in die Wiege gelegt. Mein Volk ist mächtig stolz darauf. Aber das könnt ihr Christen nicht verstehen."

„Ist nicht wahr, dein ganzes Volk ist so veranlagt?" staunt Boleslav verblüfft.

„Genau, so sind wir Männer aus dem Norden halt. Umso mehr ehrt es Cunad, in ihm einen Gleichgesinnten gefunden zu haben. Anfangs hadert er zwar mit mir und sperrte sich dagegen, aber das änderte sich, nachdem ich ihn von meinen Qualitäten überzeugten konnte."

„Deinen Qualitäten? Ich rate dir, verschone mich mit Einzelheiten, ich habe genug gehört! Aber Cunad, das hätte ich nie von ihm gedacht, im Leben nicht", kommentiert Boleslav kopfschüttelnd und angewidert die Rede Dragos.

Zwischenzeitlich erreichen stetig mehr Feindverbände den Fluss aber noch immer ziehen nachrückende Horden über die Anhöhe heran. Der nicht enden wollende Reiterstrom zwingt die Königlichen weiterhin in ihre Deckung. So bleibt Drago und Fenja nur die Hoffnung, ihr Gefährte werde in den Fluten der Donau nicht zu Tode kommen.

Derweil erscheinen auch Lel und Bulcsu in der Niederung des Flusses. Verärgert betrachten sie die brennende Brücke und wähnen

Boleslavs Verbände schon in weiter Ferne Richtung Augusta ziehend. Von der Anwesenheit Ottos und seiner Legionen ahnen die beiden Heerführer nicht das Geringste. Doch dann eilen Fährtenleser der Hunnen zu ihrem Oberbefehlshaber, hektisch deuten sie in Richtung des Höhenzuges. Bulcsu und Lel blicken sorgenvoll gen Norden und es fällt den Anführern wie Schuppen von den Augen. Just in dem Moment als sie die Falle erkennen, ziehen endlich auch die letzten Steppenreiter über die Anhöhe hinunter.

Otto gibt sofort Befehl zum Angriff, lediglich Fenja verbleibt mit einer kleinen Reserveeinheit im Schutz des Waldes. Jetzt stürmen alle Legionen auf breiter Front aus ihrer Deckung hervor und jagen auf die Hunnen zu. Entsetzt erkennt der Feind den Hinterhalt. Bulcsus verzweifelter Versuch, seine Truppen zu formieren, scheitert Mangels Zeit und Raum.

Mit ungeheurer Wucht stoßen die Lanzenreiter tief ins Fleisch der Feindverbände vor. Der blitzartige Angriff zwingt die Magyaren direkt in den Nahkampf und kommt einem todbringenden Pfeilhagel zuvor. Jetzt bietet sich Otto endlich jene Gelegenheit, auf die er so lange gewartet hatte. Die totale Vernichtung der Hauptstreitmacht des Feindes rückt in greifbare Nähe.

Doch zunächst tobt die Schlacht auf breiter Front und ihr Verlauf ist noch nicht abzusehen. Zwar bescherte der erfolgreich geführte Hinterhalt den Königlichen einen gelungenen Auftakt, aber die zahlenmäßige Überlegenheit des Feindes scheint unbezwingbar. Nur wenn Bulcsu die Kontrolle entgleitet und seine Truppen sich zur ungeordneten Umkehr wenden, kann der König diese Schlacht gewinnen. Gerät die Befehlskette erst einmal ins Stocken, wird die wilde Flucht von diesem Zeitpunkt ihren Ausgang nehmen. Deshalb gab Otto seinen Legionen Order, gezielt alle Führer und Unterführer des Feindes auszuschalten.

Boleslav hingegen hat es nur auf einen Anführer der Hunnen abgesehen. Doch unter den vielen tausend Kriegern kann er Bulcsu nirgendwo ausmachen. So hält sich der Böhme inmitten des Kampfgeschehens vorsichtshalber an der Seite Dragos, denn die enorme Schlagkraft des Hünen weiß er wohl zu schätzen. Den Hintergrund für diese Nähe ahnt auch Drago und als sich ihre Blicke kreuzen, zwinkert der Nordmann seinem Kampfgenossen anerkennend zu.

Jedoch deutet Boleslav auch diese Geste ungebührlich und hält von nun an einen respektablen Abstand. Die vermeintlich sittenwidrige Neigung Dragos fürchtet der Böhme ungleich inniger, wie die Gefahren auf dem Schlachtfeld.

Das Kriegsglück steht den Königlichen auch weiterhin zur Seite. Die Hunnen verlieren stetig an Boden und mittlerweile drängt die Offensive erste Truppenteile in die Donau ab. Panik erfasst die hinteren Reihen des Feindes und endlich bricht auch Bulcsus Befehlskette zusammen. Die vorteilhafte Entwicklung motiviert die Kämpfer der Legionen kolossal. Angespornt durch den Erfolg, setzen sie den Steppenreitern umso vehementer zu. Bulcsu steht jetzt unter enormen Druck, schreiend und tobend versucht er die sich anbahnende Niederlage abzuwenden. Doch seine Befehle finden kein Gehör, kaum ein Unterführer weilt noch unter den Lebenden. Die Auflösung seiner Truppen ist längst in vollem Gange. Das erkennen auch die königlichen Streiter und sie zwingen die Hunnen Scharenweise in die Fluten.

Jetzt hängt Alles von den Bauern auf den jenseitigen Gestaden ab. Otto blickt hinüber, aber zu seinem Entsetzen scheint die gegenüberliegende Seite nicht eine Menschenseele zu beherbergen. Entweder floh das Bauernvolk oder hält sich hinter der Uferböschung verborgen. Was auch immer davon zutreffen mag, diese Entwicklung birgt noch eine ganz andere Gefahr. Denn die Landbevölkerung folgte Ottos Order und zog zahlreiche Boote im Bereich der Brücke zusammen. Nun liegen sie verlassen und vertäut am Ufer gegenüber, bereit, von den ersten übergesetzten Hunnen in Beschlag genommen zu werden. Erreicht auch nur eine Handvoll Krieger unbeschadet die Boote, kann der Feind einen regelrechten Fährbetrieb aufnehmen. Vor Allem die großen Lastkähne würden den Magyaren eine ausgezeichnete Gelegenheit für eine sichere Passage des Flusses bieten. Soweit darf es der König nicht kommen lassen, doch weiß er nicht, wie er dieses Dilemma noch verhindert könnte, zumal schon einige Hunnen zielstrebig dem anderen Ufer entgegen schwimmen. Sie alle halten direkt auf einen der großen Lastkähne zu.

Derweil kämpfte sich Cunad zwischen den herabstürzenden Balken bis ans andere Ufer durch. Wohlbehalten aber erschöpft, eilt er sofort auf jenen Lastkahn zu, den der Feind sogleich erreichen wird. Gerade noch rechtzeitig, denn just in dem Moment, als die Hunnen vom Wasser aus das schwimmende Gefährt besteigen wollen, erscheint Cunad mit gezücktem Schwert und greift die Krieger unvermittelt an. Zwar gelingt es ihm, die Enterung des Lastkahns zu vereiteln, aber hunderte Magyaren überqueren bereits den Fluss und schwimmen direkt auf die Boote zu.

Die Not seines Gefährten erkennt auch Drago, ohne zu zögern springt er in die Donau und schwimmt inmitten der Hunnen darauf zu. Als Angehöriger eines Seefahrervolkes stellt die Passage des Flusses keine Herausforderung für ihn dar. Ganz im Gegensatz zu den Hunnen. Kaum ein Krieger kann sich in dem Chaos auf dem Rücken seines Pferdes halten und noch weniger Magyaren sind des Schwimmens kundig. So bleibt Drago zwischen all den Kriegern völlig unbehelligt, ein jeder Hunne kämpft darum nicht zu ertrinken. Doch noch vor erreichen festen Bodens, verliert er Cunad aus den Augen und zahlreiche Krieger erklimmen bereits die Uferböschung.

Zwischenzeitlich setzen Ottos Truppen die Hunnen immer weiter unter Druck. Die Verteidigungslinie des Feindes hält dem Angriff der Legionen nicht mehr stand und bricht schließlich vollständig zusammen. Verzweifelt versuchen Bulcsus Krieger nicht in die Wasser des Stromes abgedrängt zu werden, noch hoffen sie auf eine Rettung durch die Boote. So verharren die Hunnen eingezwängt auf engstem Raum und es mangelt an Bewegungsfreiheit. Diese Beeinträchtigung ermöglicht den Legionen leichtes Spiel. Geradezu hilflos wirkt die gewaltige Streitmacht Bulcsus in dieser prekären Lage, zahllose Krieger fallen unter den Schwerthieben der königlichen Klingen.

Dennoch befürchtet Otto, sein Kriegsglück werde ihn in Kürze wieder verlassen. Zwar fügen seine Legionen der gegnerischen Streitmacht empfindliche Verluste bei aber jeden Moment nehmen übergesetzte Hunnen die ersten Kähne in Beschlag. Stellt sich nicht umgehend auch das Bauernvolk dem Kampf, drohen auch alle weiteren Boote in die Hand des Feindes zu fallen. Der Krieg fände dann auch an diesem Tag zu keinem Ende.

Doch soweit kommt es nicht. Unter der Führung Cunads stürmen endlich unzählige Bauern, Handwerker und Knechte aus ihrer

Deckung. Noch bevor die übergesetzten Hunnen auf festem Boden Fuß fassen können, schlagen sie den Feind zurück und zwingen alle Krieger wieder in die Fluten. Wer dennoch versucht das Ufer zu erklimmen, fällt dem rasenden Mob zum Opfer. Die Enterung der Boote ist gescheitert, stattdessen besetzt das Bauernvolk die schwimmenden Gefährte. Auf dem Wasser treibend setzten sie den wehrlosen Hunnen kräftig zu, erschlagen jeden Feind, den sie erreichen können. Im Angesicht des Scheiterns bricht ein heilloses Durcheinander unter den Steppenreitern aus, Panik beherrscht nun Bulcsus Truppen. Wie versteinert blicken Lel und Bulcsu auf den Untergang ihrer einst so gewaltigen Streitmacht. Am Nordufer gleicht der Kampf mehr einer Hinrichtungsorgie, denn einer Schlacht. Die Donau wird für tausende Krieger zu einem nassen Grab und ein jeder der versucht, das Ufer zu erklimmen, fällt den Knüppeln der Landbevölkerung zum Opfer.

Die Not der Hunnen und den nahen Sieg vor Augen versetzt die königlichen Streiter in regelrechte Rage. Erbarmungslos schlagen sie auf ihre Feinde ein, gewähren keine Gnade und richten ein fürchterliches Blutbad unter den Magyaren an.

Derweil hält Boleslav noch immer nach dem verhassten Anführer der Hunnen Ausschau. Der aber steht inmitten seiner Leibgarde am Ufer und lässt gezielt einen großen Lastkahn unter Beschuss nehmen. Nur wenigen Bauern gelingt es, mit einem Sprung ins Wasser den Pfeilen zu entgehen. Bulcsu beordert sogleich einige Männer, das verwaiste Gefährt in Beschlag zu nehmen und schon kurz darauf besetzen seine Männer den treibenden Kahn inmitten der Donau. Nur Minuten darauf landen die Krieger am nahen Nordufer an, Bulcsu und Lel gehen mit der Garde umgehend an Bord.

Erst jetzt entdeckt Boleslav aus einiger Entfernung die beiden Heerführer, aber da legt der Lastkahn bereits wieder ab. Fluchend und schimpfend eilt der Böhme mit seinen letzten Schützen in Richtung der Donau. Doch bis dorthin versperren ständig Krieger dem Böhmentrupp den Weg. So dauert es, bis sie endlich das stark umkämpfte Ufer erreichen. Wieder tönt lauter Schimpf aus Boleslavs Kehle, der Kahn zieht bereits weit flussabwärts seine Bahn. Jetzt scheint es, als würde Lel und Bulcsu doch entkommen.

Das Treiben auf der Donau verfolgt auch Cunad. Von der gegenüberliegenden Seite des Flusses aus beobachtet er die beiden Heerführer ganz genau. Sofort springt er in ein kleines Boot und rudert dem Lastkahn unvermittelt nach. Zwar entgeht Drago der Fluchtversuch des Feindes aber das Ablegen Cunads in einem kleinen Ruderboot erweckt seine Aufmerksamkeit. Kurzentschlossen springt er in die Donau und schwimmt Cunad hinterher.

Am anderen Ufer tobt derweil noch immer Boleslav während der Lastkahn unbehelligt weiter Richtung Osten treibt. Eine Verfolgung vom Ufer aus mag kaum gelingen, denn die Gestade beiderseits der Donau bergen für jeden Reiter erhebliche Gefahr. Morast, Sumpf und dichte Vegetation lassen ein Nachsetzen zu Pferde schier unmöglich erscheinen. Dennoch wendet Boleslav der Schlacht den Rücken zu und treibt seine Männer an, so dicht als möglich dem Lauf des Flusses zu folgen.

Zahllose Leichen treiben auf der Oberfläche der Donau und behindern Cunads Vorwärtskommen in dem kleinen Boot erheblich. Dennoch verringert er die Distanz zum Lastkahn langsam aber stetig. Mit aller Kraft legt er sich tief atmend in die Riemen und wird schon bald entdeckt.

Mit rund zwei Dutzend Männern seiner Leibgarde entfliehen Bulcsu und Lel auf dem großen Kahn. In dem einzelnen Verfolger sehen sie keine wirklich ernstzunehmende Gefahr. So beordert Bulcsu lediglich zwei seiner Krieger auf das Heck des Lastkahns, um Cunad ins Visier zu nehmen. Augenblicklich jagen die ersten Pfeile heulend über das Wasser. Cunad duckt sich geschickt weg und die Geschosse schlagen krachend in das Holz seines Gefährts. Verärgert setzen die Schützen zu einer zweiten Salve an, das Ergebnis bleibt das gleiche. Wieder und wieder setzt sich das Schauspiel fort, gekonnt entgeht Cunad jedem Pfeil. Das Versagen der beiden Schützen erweckt schon bald die Aufmerksamkeit ihrer Kameraden und rasch finden mehr Krieger auf dem Heck des Kahns zusammen.

Zwischenzeitlich schmilzt die Reiterschar der Böhmen zusehends, einer nach dem anderen bleibt im Morast des Ufers stecken. Doch Boleslav lässt nicht locker, verbissen folgt er mit seinem schwindenden Aufgebot dem Lauf des Flusses. Nur gelegentlich gibt die Vegetation den Blick auf das Geschehen inmitten des Stromes preis. Für einen kurzen Moment gestattet lichter Bewuchs dem Böhmen freie Sicht. Boleslav sieht stromabwärts, aber nirgendwo kann er ein Boot, geschweige denn einen großen Lastkahn entdecken. Außer sich vor Zorn befürchtet der Böhme, er müsse am Ende doch das Scheitern seiner selbst auferlegten Mission hinnehmen.

Rund die Hälfte aller Krieger legt mittlerweile auf den Verfolger an. Cunad hört noch das Singen der Geschosse, dann streift ihn ein Pfeil an der Hüfte, während ein weiterer seine linke Wade durchschlägt. Er schreit laut auf, hält kurz inne und legt sich wieder in die Riemen. Sein aussichtsloses Vorhaben, des großen Anführers der Hunnen habhaft zu werden, liegt keine Vernunft gesteuerter Entschluss zu Grunde. Statt seines Verstandes, treiben dunkle Erinnerungen Cunad zu diesem Wagnis an. Seine ermordete Familie vor Augen, rudert er alle Umsicht außer Acht lassend dem sicheren Tod entgegen. Die Krieger lachen ob des verzweifelten Versuchs, dann legen sie zu der finalen Salve an.

Boleslav tobt noch immer fluchend in seinem Sattel, er wähnt die Anführer des Feindes längst entflohen. Erst ein Blick den Fluss hinauf klärt diese Fehleinschätzung auf. Ohne es zu bemerken überholten die Böhmen den Lastkahn bereits vor einer ganzen Weile. Stromauf- und nicht stromabwärts treibt das Gefährt nun Boleslav entgegen. Der Böhme schärft freudig seinen Blick aber ihm wird auch das Drama auf der Donau offenbar. Während Bulcsu und Lel am Bug des Lastkahns stehen, nehmen am Heck zahlreiche Krieger ein kleines Ruderboot unter Beschuss. Ein lauter Schrei lenkt Boleslavs Aufmerksamkeit auf den Verfolger und er erkennt Cunad augenblicklich. Noch bevor die Hunnen eine weitere Salve abschießen, lässt der Böhme seine Schützen auf den Lastkahn anlegen. Der unerwartete Angriff vom Ufer überrascht die Hunnen völlig, gleich mehrere Magyaren brechen von Pfeilen durchbohrt auf dem hölzerne Deck zusammen. Umgehend lassen ihre Kameraden von dem Verfolger ab, laufen zum Bug des Schiffes und erwidern den Beschuss der Böhmen. Der Schusswechsel konzentriert die Aufmerksamkeit der Hunnen schließlich vollends auf die Angreifer am Ufer.

Cunad nutzt die Gunst des Augenblicks, unter Aufbringung der letzten Reserven rudert er trotz der Schmerzen aus Leibeskräften.

Und tatsächlich gelingt das Wagnis auch, Cunad erreicht unbemerkt das Heck des Kahns, klettert sofort hinauf und steht wankend auf dem Deck. Doch die Hunnen entdecken ihn sogleich, zwei Krieger richten ohne Umschweife ihre Bögen auf den Eindringling und nehmen ihn unter Beschuss. Gerade noch rechtzeitig sucht Cunad hinter einer Holzkiste Deckung, aber die Krieger laufen mit ihren Waffen im Anschlag direkt darauf zu.

Der Lastkahn erreicht allmählich die Höhe der am Ufer in Stellung gegangenen Böhmen. Die Nähe gestattet ihnen deshalb eine ausgezeichnete Sicht auf das Geschehen an Deck. Boleslav erkennt die erneute Not seines Verbündeten und beschließt sofort zu Handeln. So legt er selbst auf die zwei Angreifer Cunads an und zwingt auch diese in die Deckung. Cunad aber springt sofort auf und humpelt in Richtung des Schiffsbug, dort kauern umringt von ihren Leibwächtern die Anführer der Hunnen. Sogleich eilen ihm drei der Krieger mit gezückten Äxten entgegen. Cunad streckt den ersten mit nur einem Streich seines Schwertes nieder. Doch noch bevor er auch die beiden anderen zum Kampfe stellt, eröffnet ein am Heck in Deckung liegender Hunne den Beschuss, das vermögen auch der Böhme nicht mehr zu verhindern. Das heulen des Pfeils währt nur kurz, dann schlägt das Geschoss direkt im Rücken Cunads ein. Er taumelt, dreht sich mit schmerzverzerrtem Gesicht einmal um die eigene Achse und fällt rücklings in die Donau, wo er augenblicklich untergeht.

Fassungslos starrt Boleslav auf Cunads Ende, umso mehr will er jetzt Genugtuung erzwingen. Diesem Begehren nachzukommen, erhält er auch Gelegenheit. Denn der Lastkahn schwimmt jetzt in greifbarer Nähe, Boleslav gibt seinen Männern Befehl zum Übersetzen.

Ohnmächtig taucht Cunad tief ins Wasser ein und treibt anschließend leblos an der Oberfläche. Plötzlich greift eine kräftige Männerhand nach seinem Körper, Drago hatte die Verfolgung seines Gefährten nicht aufgegeben und schwamm ihm bis zum Lastkahn hinterher. Nun hält er sich mit seiner linken Hand ans Heck des Kahns gekrallt, während er mit seiner rechten Cunad packt.

Die Rettung Cunads entgeht den Hunnen, am Bug des Schiffes wehren sie erbittert Boleslav und seine Kämpfer ab. Auf ihren

Pferden sitzend schwimmen die Böhmen dem Kahn entgegen und verschießen aus dem Sattel unaufhörlich ihre Pfeile. Zu ihrer Verwunderung erwidern die Hunnen kaum mehr den Beschuss. Denn die Köcher der Magyaren beherbergen nur noch wenige Pfeile, so bereiten sich die Krieger auf den Nahkampf vor.

Drago wagt einen vorsichtigen Blick aufs Deck des Frachtschiffs. Am Bug stemmt sich der Feind entschlossen den vom Wasser aus angreifenden Böhmen entgegen, kein Hunne blickt zurück zum Heck. So erklimmt er kurzerhand die Planken und hievt seinen schwerverletzten Gefährten hinterher. Ein zweiter Blick des Nordmanns streift prüfend übers Deck, die Krieger bemerken die Eindringlinge auch jetzt noch nicht. Geduckt kauert Drago neben seinem ohnmächtigen Gefährten und harrt der weiteren Entwicklung.

Die spitzt sich am anderen Ende des Lastkahns weiter zu. Unter der Führung Bulcsus und Lels versuchen die Hunnen, den Angriff der Böhmen mit allen Mitteln abzuwehren. Tatsächlich schafft es auch kein Angreifer, das Schiffsdeck zu erklimmen. Die Enterung droht endgültig zu scheitern. Besorgt beobachtet Drago das Geschehen und es lässt ihm schlussendlich keine Wahl, so springt er unversehens auf und fällt den überraschten Kriegern in den Rücken. Jetzt müssen die Hunnen ihre Aufmerksamkeit auch auf den Angreifer an Deck des Schiffes richten und die Attacke des Nordmanns zwingt die Hunnen mehrere Krieger von der Reling abzuziehen. Die nunmehr lückenhafte Verteidigung ermöglicht Boleslav den Kahn zu entern und neben Drago drischt jetzt auch der Fürst mit seinem Schwert auf Bulcsus Garde ein. Die Raserei der Beiden konzentriert den Kampf nun gänzlich auf das Schiffsdeck und erleichtert auch den restlichen Böhmen eine Enterung des schwimmenden Gefährts. Die Garde Bulcsus gerät unter enormen Druck und hat schon rasch das Nachsehen, sie ist dem Angriff nicht gewachsen. Ein Krieger nach dem anderen erliegt der konsequent geführten Offensive.

Wenige Minuten darauf stehen nur noch Lel und Bulcsu unbeschadet auf den Planken. Umringt von Drago und den Böhmen gebären sie sich dennoch wild und aggressiv, strecken den Angreifern tollkühn ihre gezückten Säbel entgegen. Darauf hatte Boleslav gehofft, mit konsequenter Stimme fordert er seine Böhmen und Drago zur Zurückhaltung auf. An ihrer statt tritt er nun selbst den beiden Heerführern gegenüber. Blutverschmiert und mit hassverzerrter Miene fordert er sie zum Duell heraus. Doch zur Überraschung Aller wirken Lel und Bulcsu plötzlich unentschlossen, hadern mit einer Auseinandersetzung, legen schließlich ihre Waffen ab und knien vor dem Böhmen nieder. Boleslav neigt in verkrampfter Haltung den Kopf zur Seite und ein jeder seiner Getreuen erwartet nun den tödlichen Streich des Fürsten. Doch es kommt ganz anders, statt der zu erwartenden Hinrichtung spuckt Boleslav die Delinquenten lediglich an und packt Bulcsu an der Gurgel. Mit bebender Stimme offenbart er den Gescheiterten ihr Schicksal.

„Die Gunst eines schnellen Todes habt ihr. Narren soeben verspielt. Jetzt schleppe ich euch hinfort, lasse euch wie Vieh zur Schau stellen und führe euch nach Tagen der Schande und des Schmerzes persönlich aufs Schafott. Ganz speziell für dich Bulcsu, habe ich derweil noch ein Geschenk, ich will es dir auf keinen Fall vorenthalten. Damit du dreckiges Schwein bis zur Stunde deines schmählichen Todes an mich denkst, sollst du es jetzt gleich bekommen."

Dann kramt Boleslav seine Pfeilspitze hervor, hält sie Bulcsu vor die Augen und rammt das Eisen tief in die Schulter des laut aufschreienden Hunnenführers. Doch damit nicht genug, der Böhme hält Bulcsu fest und dreht so lange am Schaft des Pfeileisens, bis Bulcsu ohnmächtig zusammenbricht. Erst jetzt lässt Boleslav von seinem Opfer ab und blickt zufrieden auf den geschundenen Heerführer hinunter. Lel indes kniet scheinbar teilnahmslos daneben, nicht die kleinste Regung verrät seine Gefühle. Erst nachdem Boleslav auch ihn an seiner Kehle packt, offenbart kalter Angstschweiß Furcht und Schrecken. Zitternd und nach Luft ringend sieht Lel zu seinem Peiniger auf. Boleslav lässt erst dann von seinem Opfer ab, nachdem die Atemnot auch Lel ins Dunkel reißt. Noch eine ganze Weile betrachtet der Böhme erregt die beiden ohnmächtigen Gefangenen, erst dann befiehlt er sie zu binden und eilt danach zum Heck des Lastkahns. Dort scheint es um Cunad äußerst schlecht bestellt, schwer verletzt und blutend ringt er mit dem Tode. Boleslav schickt sofort Männer aus, um nach Fenja zu fahnden.

Währenddessen tobt die Schlacht an der Brücke in ungeahntem Ausmaß. Der von Blut getränkte Uferboden gleicht mittlerweile einem Morast und auf den Wassern der Donau treibt ein Teppich aus vielen Tausend Menschenleibern. Die Bauern halten am Südufer noch immer stand und Ottos Legionen drängen einen jeden den sie nicht erschlagen können in die Fluten. Gleich einer unerbittlichen Vernichtungsmaschinerie verschlingt das Zusammenspiel der Gewalten die einst so stolze Streitmacht und speit deren verdaute Überreste in der Donau wieder aus. Nur vereinzelt entkommen Hunnen dem Gemetzel, fliehen über den Landweg oder überwinden unbeschadet das rettende Ufer. Das Gros der Steppenreiter aber findet hier ihr Ende, der große Krieg ist nun vorüber.

Dennoch wird auch die nicht allzu große Anzahl der Entflohenen jegliche Aufmerksamkeit der nächsten Tage einfordern. Für die Dörfer und Klöster stellen die versprengten Resttruppen allemal noch eine ernstzunehmende Gefahr dar. Aber heute verfolgen die Legionen keine Steppenreiter mehr, erschöpft und ausgebrannt zieht es Ottos Mannen nach Augusta.

Auch Boleslav und seine Böhmen sind des Kampfes müde. Doch bevor der Fürst mit seiner Beute an den Rückzug denkt, lässt er Fenja noch gewähren. Seine Reiter brachten die junge Heilerin aufs Schiff und nun kämpft sie erneut um Cunads Leben. Es dauert, bis Fenja die schweren Verletzungen ihres Gefährten versorgt, ein Transport kommt dennoch kaum in Frage. Die Strapazen einer Überführung bis nach Augusta könnten Cunads Schicksal ein für alle Mal besiegeln. Doch bleibt am Ende keine Wahl, der Rückzug im Schutze der Legionen kann nicht aufgeschoben werden. So bleibt es fraglich, ob Cunad die Reise lebend überstehen wird.

Tag des Abschieds
22. August 955

Erst heute, ganze elf Tage nach der großen Schlacht, lässt der König keine Legion mehr durch die Lande streifen. Noch die Woche zuvor trafen die patrouillierenden Reiter Ottos immer wieder auf versprengte Hunnen oder kleinere Verbände. Doch bereits seit Tagen verzeichneten die Truppen nicht einen Feindkontakt, kein Steppenreiter weilt mehr lebend innerhalb des Reichsgebietes.

Auch Bulcsu und Lel teilten das Schicksal ihrer Volksgenossen. Der König ließ die beiden Heerführer in einer öffentlichen Hinrichtung am Galgen baumeln. Boleslav bestand darauf, das Handwerk des Henkers höchstselbst verrichten zu dürfen und Otto gestand ihm diese Bitte zu.

Selbst Cunad wohnte dem Spektakel bei. Zwar mussten Fenja und Drago ihren verletzen Wegbegleiter stützen, dem drohenden Tod ist er jedoch noch einmal entronnen. Schon bald, so hoffen die Gefährten, wird sein geschundener Körper wieder vollständig genesen sein.

Nun, nach der vollständigen Befriedung des Landes werden die getreuen Mitstreiter des Königs in den nächsten Tagen wieder ihrer Wege ziehen. Heute Abend ist es jedoch an der Zeit, endlich den großen Sieg über die gewaltige Streitmacht des Feindes in einem gebührenden Gelage zu feiern. An einer mächtigen Tafel lässt Otto seine verdienten Gäste bewirten.

Nach einem opulenten Festmahl gedenkt Otto in einer ergreifenden Rede der gefallenen Helden jener Tage und im Anschluss halten alle schweigend eine Weile Andacht. Doch nun gilt es zu feiern, den überwältigenden Sieg und alle seine Unterstützer hoch leben zu lassen. Aber bevor der Abend seinem zwanglosen Verlauf entgegenstrebt, will der König jedem seiner Gäste einzeln danken. Otto steht auf und wendet sich zuerst dem Bischof zu.

„Ulrich, werter Behüter dieser Stadt. So unerschütterlich in seinem Glauben, so tapfer in seinen Taten. Ihr schenktet den Menschen Hoffnung, gabt Alles für Augusta und bliebt auch in der größten Not noch standhaft. So scheint es mir nur angemessen, dass Augusta in neuem Glanz aus den Ruinen auferstehen möge. Ich will euch ausreichend Mittel zur Verfügung stellen, setzt diese Stadt nach eigenem Gutdünken wieder instand, ich lasse euch dafür freie Hand.“

Der Bischof nickt mit freudigem Gesichtsausdruck. Dann tritt der König Riwin gegenüber, legt seine Hand auf dessen rechte Schulter und spricht ihm tröstend zu.

„Du musstest wahrlich einen besonders hohen Preis in diesem Kriege zahlen und verlorst deinen Vater. Doch soll nicht nur der Schmerz darüber dich begleiten. Denn ich übertrage dir alle Titel und Ländereien Diepalds, auf dass du sein Andenken in Ehren hältst. Als würdiger Nachfolger sollst du in die Fußstapfen dieses großen Mannes treten."

Auch Riwin kommentiert die Worte Ottos nicht. Doch erwidert er gleichermaßen dankend wie betroffen des Königs warmen Blick. Danach ist der Böhme an der Reihe.

„Fürst Boleslav, ich will gestehen, es war nicht immer leicht mit euch. Ich gehe sicher recht in der Annahme, ihr empfandet das genauso. Umso mehr erfreut es mich nun, dass wir gemeinsam heute an dieser Runde tafeln. Denn was auch immer unsere Gemüter erhitzte, darf nicht über eure Verdienste in diesem Kriege hinwegtäuschen. Nur eine Legion führtet ihr ins Feld, doch eine Legion die dem Feind das Fürchten lehrte. Eure enormen Verluste bedaure ich aufs Innigste. So will ich euch mit einem ganz bestimmten Anteil an der Kriegsbeute erfreuen. Tausende Pferde ließen die Hunnen auf ihrem Rückzug im Lager zurück, bedient euch daraus nach Belieben."

Doch Boleslav lässt auch diese Gelegenheit nicht aus, seinem Ruf als ewigen Nörgler gerecht zu werden. Merklich brüskiert reklamiert er Ottos Zugeständnis.

„Und die erbeuteten Schätze, wollt ihr etwa all das Gold und Silber ganz für euch allein beanspruchen?"

„Ich gestand bereits vor Tagen allen Heerführern einen Teil der Schätze zu. Ihr selbst wart dessen Zeuge. Die Pferde sind lediglich eine Dreingabe, nun beruhigt euch wieder, ihr kommt ganz sicher nicht zu kurz."

Boleslav sieht dennoch mürrisch drein, scheint aber fürs Erste einmal ruhiggestellt. Einen Platz weiter sitzt Cunad an der Tafel, aber der König ringt noch nach den passenden Worten. Es dauert ungewöhnlich lange, bis Otto derer fündig wird.

„Mein hoch geschätzter Cunad, ich stehe tief in deiner Schuld.

Stets bliebst du mit treu ergeben und dennoch verhängte ich ein verhängnisvolles Urteil und befahl, den treusten meiner Männer hinrichten zu lassen. So bitte ich dich nun vor diesen Zeugen aufrichtig um Vergebung. Ohne deine heldenhaften Taten hätten wir diesen Krieg gewiss nicht gewonnen. Nur allzu gerne würde ich deine Dienste auch künftig in Anspruch nehmen. Überlege dir, ob du als Heerführer in meinen Truppen dienen möchtest."

Cunad aber ist sich Dessen nicht sicher und bittet um eine Bedenkzeit. Otto nickt und steht kurz darauf vor der einzigen Frau in dieser Runde.

„Fenja mein Kind, auch deine Verdienste verhalfen uns zu diesem großen Sieg. Sag mir, was würde dein Herz erfreuen?"

„Der Bischof rettete ein kleines Mädchen aus den Fängen der Hunnen. Ihr Wohlergehen liegt mir sehr am Herzen. Sie würde gerne in der Obhut der Klosterschwestern bleiben. So bitte ich also um eure Erlaubnis dafür."

„Die Bitte sei dir gewährt, aber was kann ich darüber hinaus noch für dicht tun?" antwortet Otto mit einer zweiten Frage.

„Ein Pferd und etwas Proviant würden mir genügen. Denn ich möchte an der Seite Dragos in den Norden ziehen. Für eine Anhängerin des alten Glaubens scheint kein Platz in dieser Welt der Christenheit."

„So, so, in den wilden Norden willst du also entfliehen. Nun gut, du sollst jede Unterstützung erhalten, der es bedarf."

Fenja dankt dem König, dann wendet sich Otto seinem wohlvertrauten Adjutanten zu.

„Mein lieber Ulman, als getreuer Diener schätze ich seit Jahren allzeit deinen Rat. Doch in diesem Kriege standst du mir auch als Freund zur Seite. So reiche ich dir in Verbundenheit die Hand, auf dass es immer so bleiben möge."

Bei einer Reichung der Hände bleibt es indes nicht. Ulman steht auf und die beiden umarmen sich unter dem Beifall aller Anwesenden aufs Herzlichste. Danach folgt Otto weiterhin der Sitzordnung und kommt nun beim Herzog der Schwaben an.

„Herzog Burchard, an eurer Seite zogen ganze drei Legionen in die Schlacht. Ihr stelltet somit das größte Truppenkontingent, erst dieses Aufgebot ermöglichte uns überhaupt den Krieg. Einen Teil der Schätze gestand ich euch bereits zu. Was auch immer darüber hinaus euer Herz begehrt, verratet es mir. Ihr sollt frohen Mutes in eure Burg zurückkehren."

Doch Burchard äußerst keinen Wunsch, stattdessen richtet er neugierig eine Frage an Otto.

„Es war mir eine Ehre euch zu dienen. Aber sagt werter König, wie ist es um euch selbst bestellt, wohin zieht es euch nach dieser Zusammenkunft, ihr bleibt doch sicher nicht Augusta?"

„Mich ruft es wieder zu den Waffen. Eilboten brachten gestern Kunde von einem blutigen Massaker in Sachsen. Ein gewisser Stoignew fordert mich heraus, er führt mehrere Slawenstämme an und bedrängt das Reich im Norden. Drago hatte mich bereits davor gewarnt und ein Bündnis seines Volkes gegen die Aufständischen angeboten. Ich gedenke das Angebot der Ranen anzunehmen und breche schon die nächsten Tage in den Norden auf."

„Ihr, ihr wollt ins Land der Ranen ziehen?" entfährt es Boleslav stotternd mit aufgelöster Stimme.

„Genauso ist es, doch was ereifert euch daran?" will Otto verwundert wissen.

Aber Boleslav scheint es die Sprache verschlagen zu haben, der Böhme starrt nur gebannt auf Drago. Erst eine zweite Aufforderung des Königs veranlasst ihn sich zu erklären.

„Nun ja, wie soll ich das sagen? Die Sitten der Ranen, es gibt da delikate Gegensätze zu unseren Moralvorstellungen. Ich wage zu bezweifeln, dass sich die Erörterung jener Gepflogenheiten in Anwesenheit eines Bischofs geziemt. Besser der Nordmann erzählt es euch mit eigenen Worten."

Die Aufforderung des Böhmen, Drago solle über sein Volk berichten, erfreut den Hünen kolossal. Doch zunächst kommt er einem dringlicheren Bedürfnis nach.

„Bevor ich euch vom stolzen Volk der Ranen erzähle, will ich mich noch erleichtern, also meinen Leib entleeren. Habt einen Moment Geduld, das dauert nicht lange, ich bin sogleich wieder zurück. Ihr werdet staunen."

Boleslav schlägt in Anbetracht Dragos baldiger Erklärung die Hände über seinem Kopf zusammen. Der Hüne aber entschwindet sogleich aus dem Saal, während Verwunderung die restliche Gesellschaft eint. Jetzt dünkt es Otto, ein akuter Klärungsbedarf stehe im Raum. So fordert er ungeduldig eine umgehende Erklärung vom Fürst der Böhmen ein. Nach anfänglichem Zögern steht Boleslav dem König schließlich Rede und Antwort.

„Also diese Ranen, ihr ganzes Volk ist ausgesprochen abartig veranlagt. Besser der Bischof hört jetzt weg, denn ihre Krieger gehen allesamt der gleichgeschlechtlichen Unzucht nach und zwar mit jedem."

Dem König fehlen ob Boleslavs unglaublichen Berichts die Worte. Aber auch sonst erfüllt schweigende Fassungslosigkeit den Raum. Lediglich Ulrich zeigt eine Reaktion und er bekreuzigt sich gleich mehrfach auf das Innigste. Just in dem Moment betritt Drago den Saal, mit bebender Stimme unterbricht Otto das allgemeine Schweigen.

„Drago, um es gleich vorweg zu nehmen, ich erfuhr von höchst ungebührlichen Sitten deines Volkes. Erkläre mir das auf der Stelle."

Der Hüne vermag die Äußerung des Königs nicht recht einzuordnen, doch wähnt er nichts Bedenkliches dahinter. So antwortet er seiner naiven Natur entsprechend ohne den eigentlichen Hintergrund der Situation zu erfassen. In Unkenntnis der Zweideutigkeit seiner eigenen Worte redet er sich erneut um Kopf und Kragen.

„Ungebührlich würde ich nicht sagen, wir sind halt lediglich ein wenig anders veranlagt wie ihr Christen. So manche Gebräuche meiner Stammesbrüder mögen euch seltsam erscheinen, das ist schon wahr. Aber niemand zwingt euch daran Teil zu haben. Vielmehr sollt ihr aus freien Stücken eure Freude bei uns finden, habt also keine Furcht, sondern entledigt euch eurer Vorbehalte. Dann werden die Krieger unserer beiden Völker als wahre Turteltäubchen aus dieser Vereinigung hervorgehen."

EPILOG

Über die historischen Personen im 10. Jahrhundert ist mit Ausnahme von König Otto und Bischof Ulrich meist nur wenig bekannt. Oft kennen wir heute nicht viel mehr als ihre Namen. Dennoch soll dem interessierten Leser eine Unterscheidung zwischen den historischen und den fiktiven Protagonisten nicht vorenthalten werden.
Historische Personen:
Berthold, Boleslav, Bulcsu, Burchard, Diepald, Heinrich, Konrad, Lel, Otto, Reginbald, Riwin, Ulrich.
Fiktive Personen:
Bero, Brun, Cunad, Drago, Einhard, Elbel, Enolf, Fenja, Gesa, Hanco, Irngred, Linus, Norwin, Ulman, Wenzel.

Die Ereignisse im August 955 werden oft als sogenannte „Lechfeldschlacht" bezeichnet. Jedoch plädieren einige Historiker schon seit geraumer Zeit für eine Umbenennung, denn der Ort des Geschehens wird in der Forschung kontrovers diskutiert.
Die einschlägige Fachliteratur liefert hierfür zahlreiche Thesen und Antithesen. Der Autor dieses Werkes nahm sich die Freiheit, jenen Ort auszuwählen, den er selbst für am wahrscheinlichsten erachtet, nämlich das Nördlingen Ries.
Auch bezüglich der Truppenstärken herrscht Uneinigkeit in der Forschung. Aus dramaturgischen Gründen orientiert sich der Roman an den höchsten Einschätzungen über die Anzahl der Kriegsteilnehmer. Vermutlich nahmen aber deutlich weniger Menschen an den Kampfhandlungen teil.
Dennoch versucht das Werk möglichst viele Details des Schlachtgeschehens aus den Überlieferungen zu verarbeiten und füllt deren Lücken mit fiktiven Handlungssträngen.

Unstrittig bleibt bis heute die immense Bedeutung der Schlacht, denn die Raubzüge der Reiterkrieger gen Westen endeten nach der kapitalen Niederlage abrupt und führten eine gesellschaftliche Umstrukturierung herbei.